本书由大连市政府和大连大学资助出版

社会心理变迁与文学走向

Shehui Xinli Bianqian Yu Wenxue Zouxiang

王言锋 

中国16–18世纪社会心理变迁与白话短篇小说之兴衰

中国社会科学出版社

图书在版编目（CIP）数据

社会心理变迁与文学走向／王言锋著．—北京：中国社会科学出版社，2009.6

ISBN 978-7-5004-8183-6

Ⅰ．社…　Ⅱ．王…　Ⅲ．①社会心理-影响-古典小说-文学研究-中国-明清时代　Ⅳ．I207.41

中国版本图书馆 CIP 数据核字（2009）第 167598 号

出版策划　任　明
特邀编辑　李晓丽
责任校对　韩天炜
封面设计　弓禾碧
技术编辑　李　建

出版发行　中国社会科学出版社
社　　址　北京鼓楼西大街甲 158 号　　邮　编　100720
电　　话　010-84029450（邮购）
网　　址　http：//www.csspw.cn
经　　销　新华书店
印　　刷　北京奥隆印刷厂　　装　订　广增装订厂
版　　次　2009 年 6 月第 1 版　　印　次　2009 年 6 月第 1 次印刷
开　　本　710×1000　1/16
印　　张　21.5　　插　页　2
字　　数　384 千字
定　　价　35.00 元

序　言

一般认为，中国古代“白话小说”源于宋、元文艺市场上的讲唱技艺，其实，“敦煌藏卷”中的不少叙事类文学作品，不仅语体上可确定为“早期白话”，而且初步达到了“小说”的文体要求，标志着一种不同于“文言”语体的小说在唐、五代已经开始出现，尽管其尚处于“萌芽”的状态，所以我在编纂《全唐五代小说》时，尽量收入了这些作品①。

敦煌藏卷中的这些“白话小说”的成分和来源很复杂，有的可能与讲唱无关，完全是一种书面创作②，更多的虽与寺院讲唱，特别是“转变”有关，但主要是讲唱的“记录本”、“抄录本”。这种记录、抄录是否忠实于讲唱，或在多大程度上忠实于讲唱，都很难说清，但这种记录、抄录，在一定程度上完成了从口头讲唱到书面写作、案头阅读的转换③，使我们不仅得到了可供案头阅读的中国“早期白话小说”的作品，也为我们研究“白话小说”的形成过程提供了可靠的文献。

不过，从小说艺术来说，敦煌藏卷中的这些“白话小说”还相当稚拙，只能说是中国古代“白话小说”的“早期形态”，而非“典型形态”。中国古代“白话小说”的“典型形态”的形成，确实深受宋、元讲唱技艺的影响。只是这一类在宋、元城市中专门的文艺演出市场“瓦肆勾栏”中出现的讲唱技艺，从其源头上说，并非与唐、五代寺院讲唱无关，在很大程度上甚至可以说是唐、五代寺院讲唱的延续。因为早在唐、五代，在“俗讲”基础上形

---

① 李时人编校：《全唐五代小说》，陕西人民出版社 1998 年 10 月版。

② 《唐太宗入冥记》、《黄仕强传》（《全唐五代小说》卷九〇）等很可能与讲唱无关。唐代有不少写冥报感应的作品，如唐临《冥报记》，不过这两篇作品更多“口语”，与用文言写的同类作品在语体上有所不同罢了。甚至《叶净能话》、《韩擒虎画》、《秋胡变文》、《祇园因由记》、《前汉刘家太子变》等都有可能是书面创作。

③ 敦煌写卷中即使是源于讲唱的作品，也不可避免地有记录者的整理加工成分，甚至有一定程度的再创作。如《王昭君》（《全唐五代小说》卷八九）结尾的祭文，显然不适合口头演述，很可能是整理者添加的。另外，从《本事诗·嘲戏第七》所记诗人张祜举《目连变》嘲戏白居易故事，可知《目连变》已经成为供案头阅读的作品。

成的“转变”已经走出寺院，成为艺人们掌握的一种技艺①。只不过是由于宋、元城市中专门的文艺演出市场“瓦肆勾栏”为这类发端于唐、五代寺院的讲唱技艺发展提供了新的温床，当然也因此导致了这类技艺的变异。

毫无疑问，讲唱技艺在宋、元的发展与中国社会的历史变化有很大的关系。两宋是中国历史一个新的阶段的开始。由于国有土地制度被私有制全面取代，农耕技术的进步，宋代的农业生产力得到很大的提高，从而使经济有了很大的发展，不仅造成了社会关系的变动，又在很大程度上促进了城市的发展和变化。经过晚唐割据和五代战乱，中国城市原有的“坊市制”遭到极大破坏，至宋代形成了新的、有利于商业发展的城市格局。与此相应的是，由于土地兼并，大量人口流向城市，加速了城市化的进程。在新的社会结构、社会关系、社会生活的基础之上，两宋以来中国思想文化也出现了新的特点：一方面是随着专制统治的加强，北宋提倡通经致用的“宋学”逐渐向强化专制统治的南宋“理学”转化，并使后者在以后数百年间在中国意识形态领域占据了统治地位；另一方面是由于城市性质、功能的改变，商业的发展和城市生活的变化，服务于广大民众，特别是城市“市民”娱乐消费的“文艺市场”开始繁盛，由此产生的大量口头和书面的文艺作品因此成为反映广大民众思想观念，宣泄广大民众心理情绪的载体，成为广大民众的精神寄托和思想渊薮。也就是说，至两宋，中国传统的思想文化不仅开始出现明显的两极分化，而且下层民众的文化也有了表达、宣泄的孔道。

两宋的文艺市场非常繁荣，讲唱技艺也因此得到很大的发展，这在有关载籍中有较详细的记载。如据南宋初孟元老《东京梦华录》卷五“京瓦伎艺”记载，北宋汴京有十座“瓦肆”，大的瓦肆中的“勾栏”多达十几座。南宋灌园耐得翁《都城纪胜》、西湖老人《繁胜录》、吴自牧《梦粱录》以及宋末元初周密《武林旧事》、罗烨《醉翁谈录》中谈到南宋的行在临安城内外有二十多个瓦肆，其中出现了众多有名的艺人，“说话”技艺甚至已经有了“家数”之分。虽然关于南宋“说话四家”的划分至今仍有争论，但“小说”和“讲史”是其中最重要的两家应是毋庸置疑的。南宋之“讲史书”主要是“讲说《通鉴》、汉唐历代书史文传、兴废争战之事”，其中包括北宋已经流行的“说三分”、“讲五代史”。而所谓“小说”则是讲说种

① 晚唐吉师老《看蜀女转昭君变》诗不仅写到寺院以外民间艺人表演“转变”，更具体描写了艺人的演唱形式和演唱的内容：“妖姬未著石榴裙，自道家连锦水濆。檀口解知千载事，清词堪叹九秋文。翠眉颦处楚边月，画卷时开塞外云。说尽绮罗当日恨，昭君转意向文君。”（《全唐诗》卷七七四）

种“灵怪、烟粉、传奇、公案”以及“朴刀、捍（杆）棒、妖术、神仙”故事。据记载，当时的“小说”是最受欢迎的“说话”技艺，因为“小说者能以一朝一代故事顷刻提破”，即在一个比较短的时间里就能讲完一个完整精彩的故事。《武林旧事》记载的“小说家”多达50多人，远远超出其他各家，《醉翁谈录》记载的“话目”（即故事名称）有100多个，都可证明当时“小说”技艺的繁盛。

虽然无从知道这些宋、元“说话”艺人所讲的故事有多少被写成了书面作品，但人们根据有关记载和明代所刊的一些小说集的研究，当时确实有一些宋、元“说话”艺人所讲故事被写成了供人阅读的书面作品。而由于元刊《新编红白蜘蛛小说》残页的发现①，使人们相信，至少在元代，作为案头读物的这类“白话短篇小说”已经开始被刊行。这一类基于宋、元讲唱艺人“说话”而创作的“白话短篇小说”，被20世纪以来的中国古代小说研究者称为“话本”。“话”、“话本”的本来意思都应该是“故事”，宋、元人就是在这个意义上使用这一概念的。20世纪以来的研究者用“话本”指称这类“白话短篇小说”，本无不可，但将“话本”解释为“说话人的底本”，则未免有些望文生义。因为种种事实证明，这类作品是写出来供案头阅读的读物，用来作“说话”艺人讲唱“底本”的可能性微乎其微。

根据众多学者的研究，保留在明刊小说集中的“宋、元旧篇”总数有数十种②，这个数量虽不能算少，不过，这是宋、元数百年的积累，而从艺术水平来看，又是参差不齐的。如明嘉靖年间洪楩清平山堂编印的《六十家小说》残存的29篇作品中③，既有流传下来的“宋、元旧篇”，也有明人的作品，但这些作品的形式体制就并非如后来冯梦龙所编写的“三言”那样一致；在小说艺术方面，也有较大的差异，不少篇章还比较粗率，整体上

---

① 1979年在西安发现的《新编红白蜘蛛小说》残页被有人认定为元刊。参见黄永年《记元刻〈新编红白蜘蛛小说〉残页》，《中华文史论丛》1982年第1期。

② 胡士莹《话本小说概论》（中华书局，1980）考证出“宋代话本”40种、“元代话本”16种，又钩沉“宋元话本”5种，总计61种；欧阳健、萧相恺编《宋元小说话本集》（中州古籍出版社，1987）收“宋元话本”67篇；程毅中辑注《宋元小说家话本集》（齐鲁书社，2000），收“宋元小说话本”40篇，另作为“存目叙录”者22篇。

③ 洪楩编印的《六十家小说》，原分《雨窗》、《长灯》、《随航》、《欹枕》、《解闲》、《醒梦》六集，每集两册，每册五篇。宁波范氏天一阁旧藏残本3册，存12篇又残页7页，日本内阁文库藏残本3册15篇，此外还存其他两篇的残页。日本影印内阁旧藏时因尚不知道《六十家小说》的题名，遂据版心洪楩“清平山堂”的堂号，题为《清平山堂话本》，后来文学古籍刊行社合27篇影印时也沿袭了这一题名。其实，原刊虽有“入话”、“话本说彻”等字样，但原刊有些篇章结束更有“小说张子房慕道记终”、“新编小说快嘴媳妇李翠莲记终”、“新编小说陈巡检梅岭失妻记终”等字样，因知以“清平山堂话本”之拟名实不如原名《六十家小说》准确。

显示出不断演进的痕迹[①]。也就是说，尽管宋、元时期讲唱技艺的高超，对“白话短篇小说”创作的基础，但作为书面创作，“白话小说”仍然处于缓慢发展中。只有到了晚明，由于“三言”、“二拍”等小说集的出现，中国古代“白话短篇小说”的发展才进入了真正的高潮。

天启年间（1621—1627），冯梦龙编纂的白话短篇小说集《古今小说》（再版时改为《喻世名言》）、《警世通言》、《醒世恒言》陆续刊印出版，三集共收“白话短篇小说”120篇。在这120篇作品中，既有对以往各种类型的“白话短篇小说”，包括“宋、元旧篇”的改写、编辑整理，也有冯梦龙自己的创作。虽然在“三言”中哪些原是“宋、元旧篇”，哪些是明人的创作，哪些是冯梦龙自己的独立创作，迄今无法定论[②]，但“三言”中的小说，形式体制相对整齐划一，尤其是叙事宛曲有致，人物形象塑造生动传神，使许多篇章都达到了“白话短篇小说”艺术的极致。不要说冯梦龙自己独立创作的作品，就是其对“宋、元旧编”的改写、改编，也表现出这位杰出小说家的艺术创造力，这只要比较一下《古今小说》卷一二中的《众名姬春风吊柳七》和《六十家小说》中保存的《柳耆卿诗酒玩江楼记》就可以明显看出。

冯梦龙的“三言”不仅在文学创作上取得了巨大成功，而且也使书坊获利，后者也正是书商竭力敦请凌濛初创作“二拍”的原因。崇祯元年（1628），凌濛初创作的《拍案惊奇》四十卷由尚友堂刊行，每卷以偶句为标题，内容则为独立的“白话短篇”小说一篇，共40篇。《拍案惊奇》板行后亦大畅一时，“贾人一试之而效，谋再试之”。崇祯五年，凌濛初创作的《二刻拍案惊奇》也由尚有堂刊行，体例、规模一如《拍案惊奇》。只是由于《二刻》尚友堂原刊本遗失，现存利用了尚友堂原刊本大部分板片的重印本，只保留了38篇小说。最值得注意的是，“二拍”的78篇白话短篇小说，虽然取材广泛，所谓“取古今来杂碎事可新听睹、佐谈偕者，演而畅之”，但全是凌濛初个人的独立创作，全部作品的思想意识、精神意象和

---

① 《六十家小说》中被研究者认为是“宋人话本”的有《洛阳三怪记》、《合同文字记》等10篇，被认为是“元人话本”的有《柳耆卿诗酒玩江楼记》、《快嘴李翠莲记》等7篇，被认为是明人作品的有《刎颈鸳鸯会》、《风月相思》、《张子房慕道记》等12篇。只是其中被认定为“宋人话本”的作品基本都经过元人的改编和增饰，不可能保持宋人作品的原貌。洪楩是明嘉靖间知名的藏书家，也喜欢刻书。其所刻《夷坚志》、《唐诗纪事》等，皆出家藏古籍覆刻，为学者所重，因知其非以刻书射利者。从《六十家小说》的不同版式和大量墨钉看，其刊刻时并未对原本做重大改动，有些甚至可能是对旧刊本的覆刻。

② 参见聂付生《冯梦龙研究》下编每一章《“三言”考述》，学林出版社2002年12月版197—230页。

艺术风格都比较统一。

尽管凌濛初的“二拍”在艺术创造上并没有多少超出冯梦龙“三言”的地方，但作为个人创作，“二拍”还是在不少方面，尤其在编织故事、发挥想象力以及表达时代精神心理等方面表现出了鲜明的特色。“三言”、“二拍”的成功，吸引了更多人的仿效。几乎与《二刻拍案惊奇》刊行的同时，陆人龙创作并刊印了《型世言》十二卷四十回。另外，周楫《西湖二集》三十四卷、天然智叟《石点头》十四卷、华阳散人《鸳鸯针》四卷十六回，东鲁古狂生《醉醒石》十五卷等十余部“白话短篇小说”集也在稍后或不久问世。虽然这些小说集的艺术成就几乎无一能与“三言”、“二拍”相比，但正是由于“三言”、“二拍”高峰耸立，加上众多小说集的簇拥，“白话短篇小说”才在晚明显示出兴盛的气象。而选本的出现，盗版、拼版的发生[①]，也都从侧面反映了这一时期“白话短篇小说”的流行。

不过，这种情况在入清以后很快发生了变化。虽然清初从顺治至康熙、乾隆，各种类型的白话小说创作并没有停止，甚至还出现了“才子佳人小说”创作的热潮，短时间内，《玉娇梨》、《平山冷燕》等中、长篇“才子佳人小说”就充斥了书肆。但“白话短篇小说”创作却陷入低潮，清初“白话短篇小说”的作手首推笠翁李渔，李渔也可以说是冯梦龙、凌濛初之后最富创造力的白话短篇小说家，他的《无声戏》、《十二楼》两部白话短篇小说集共 30 篇小说，虽然美学品格并不高，却表现出了突出的创作个性。李渔之后，偶有几部作品如酌元亭主人的《照世杯》、艾衲居士的《豆棚闲话》等也已经不成气候了。所以我与何满子先生 1988 年编纂《中国古代短篇小说杰作选评》白话卷时就以李渔的作品收结，称其为中国古代“白话短篇小说”的“殿军”[②]。而李渔生于明万历三十九年（1611），卒于清康熙十九年（1680），其《无声戏》、《十二楼》刊刻发行的时间大约在清顺治十三年至十五年（1656－1658）。

就我们目前掌握的资料，作为书面创作的中国古代“白话短篇小说”从唐、五代开始萌芽，宋、元陆续出现一些比较成熟的作品，至晚明才出现了创作和传播的高潮，然而这个高潮如同昙花一现，最多不过二三十年。清初顺、康时白话短篇小说就已开始衰落，乾隆以后，不仅白话短篇小说创作

---

① 《今古奇观》（又名《古今奇观》、《喻世名言二刻》）四十卷，收“三言”31 篇，“二拍”9 篇，成为明末清初之流行选本。有书贾拼合《二拍》10 篇和《型世言》24 篇刊为《二刻拍案惊奇》（别本），后又改名为《幻影》（又名《型世奇观》，又名《三刻拍案惊奇》）刊行。又有明末刻《觉世雅言》八卷，收“三言”7 篇，又从《今古奇观》收《拍案惊奇》1 篇。

② 何满子、李时人：《中国古代短篇小说杰作选评（下）》，安徽文艺出版社 1988 年 11 月版。

基本消歇，甚至连晚明的“三言”、“二拍”、《型世言》等都已经难寻踪影，以至20世纪初中国现代学术兴起，要去日本才能找到“三言”、“二拍”的原刊本或早期刊本，而《型世言》则直到1987年，才在韩国汉城大学的奎章阁里被发现。

中国古代“白话短篇小说”缓慢的形成发展过程和高潮出现后急剧衰落，在中国小说史上划出了一道有些奇特的轨迹，或者说形成了一个令人奇怪的小说史现象。20世纪初以来，由于一些特殊的历史原因，古代白话小说研究，包括“白话短篇小说”研究曾经不止一次成为学界关注的热点。在数十年的时间内，人们对中国古代“白话短篇小说”从方方面面进行了研究，举凡资料收罗，形式体制考察，作品思想艺术的分析等等几乎无不涉及，但对这样一个十分重要的、涉及到中国古代小说发展特殊规律的现象却很少有人探讨，至少很少有人作出过合理的解释。

其实，在中国小说史上，不仅“白话小说”史上的一些重要问题没有解决，“文言小说”史上也有些令人疑惑，但至今少有人进行探讨的问题。比如，从大的方面看，中国古代“文言短篇小说”的发展轨迹就与“白话短篇小说”大不相同。前面我们谈到，“白话短篇小说”从萌芽到形成的时间很长，但创作高峰的时间很短，而且很快就一蹶不振，以至于清中叶几乎完全绝迹。所谓先抑后扬又戛然而止，而“文言短篇小说”则是先扬后抑却又绵远流长。

在中国小说史上，“文言短篇小说”的出现要早于“白话短篇小说”。当然，这不是说“文言小说”在中国是古已有之，那种将中国古代小说上溯到春秋战国、两汉魏晋的说法明显是不符合学理的。这是因为散文体小说是人类“成年的艺术”，或者说“小说”是一个国家、一个民族“叙事艺术”积累达到一定高度的产物。只有当一个国家或民族的叙事艺术积累达到一定高度，并且遇到合适的“历史必要条件”，散文体小说才能真正出现。在这一点上，中国古代小说是幸运的。7世纪出现并在8世纪末达到相当繁荣的唐代“文言短篇小说”，可以说是在世界范围内最早出现的符合散文体小说艺术格范的短篇小说。

只是唐初的“文言小说”作品，如武德时王度《古镜记》，贞观时佚名《补江总白猿传》，高宗时张文成《游仙窟》，还都是零星出现，到8世纪后期和9世纪初的贞元、元和年间（785—820），“文言短篇小说”才开始成批产生，而且很快就进入了创作高潮。沈既济的《任氏传》、《枕中记》，李朝威的《洞庭灵姻传》（《柳毅传》）、许尧佐的《柳氏传》、白行简的《李娃传》、李公佐的《南柯太守传》、元稹的《莺莺传》、蒋防的《霍小玉传》，这些被后世视为中国古代“文言短篇小说”经典作品的篇什，几乎都出自于这一时期。接着，大约从大和（827—835）开始，唐代“文言小说”又从单篇转入以小说集为主的创作，进入一个新的创作高潮，到唐末，已经有20余种小说集问世。以往人们对这些小说集注意不够，实际上这些小说集的产生不仅表现出创作数量的增长，其中也不乏佳篇。如大中以前薛用弱的《集异记》、牛僧孺的《玄怪录》、李复言的《续玄怪录》都表现出鲜明的创作个性，大中间李玫的《纂异记》、咸通间袁郊的《甘泽谣》、乾符间裴铏的《传奇》也是三部极富创造力的小说集。

从8世纪后期到9世纪末，在一个相当长的时间中，唐代“文言短篇小说”保持着持续不衰的创造力。十几年前，我曾参照《全唐诗》的体例，编校了《全唐五代小说》，全书正编100卷，收录作品1313篇。尽管按照“小说”的文体标准，所收较为宽泛，但不管怎样说，中国在1000多年前的唐代就出现了如此大量的优秀短篇小说作品，应该是一个奇迹。这些作品的出现，不仅标志着中国散文体小说的成熟，同时也创造了中国古代小说创作的第一个高潮。

但是，从五代开始，“文言短篇小说”创作就已经开始式微。两宋的“文言短篇小说”创作数量上不算少，也有一些自己的特色，但其在艺术水平上则明显不如唐人，以至于鲁迅说：“宋一代文人之为志怪，既平实而乏文彩，其传奇，又多托往事而避近闻，拟古且远不逮，更无独创之可言矣。”① 不论鲁迅的批评是否全面，但在小说艺术上，宋代“文言小说”较之唐代“文言小说”，有明显的落差，确是一个不争的事实。元代几乎找不出像样的“文言小说”，仅有少量略具故事梗概的谈片。正是在这种情况下，明初瞿佑的小说集《剪灯新话》问世，很快使当时人耳目为之一新。不过，《剪灯新话》从题材到表现方法，基本仍是规抚唐人，笔力也较荏弱。而有明三百年，于《剪灯新话》、《剪灯余话》以后并未出现文言小说创作的高潮，只有不多的一些学步《剪灯新话》而意趣远逊的作品如赵弼《效颦集》、陶辅《花影集》、邵景詹《觅灯因话》等勉强维持文言小说之流脉。清初天才作家蒲松龄《聊斋志异》的出现曾一度改变这一局面②。不过，蒲松龄的出现，并不能看作是文言小说的“复兴”，因为《聊斋志异》虽然取文言小说的形式，但其创作的成功，不仅如鲁迅所说的“用传奇法

---

① 鲁迅《中国小说史略》（第十二篇），《鲁迅全集》第九卷，人民文学出版社1981年版。

② 蒲松龄《聊斋志异》500多篇作品中，除了少量随笔短札，绝大多数都是完整的“文言小说”篇什，其中可称为佳作者多至不可枚举，充分证明蒲松龄是古代文言小说的一位巨匠。

而与志怪”，“花妖狐魅，多具人情”，出幻域而入人间，更在于他作“文言小说”而汲取了“白话小说”的艺术积累和艺术精神。也就是说，《聊斋志异》的成功实际上是建筑在“文言小说”与“白话小说”融合的基础之上。本来，由于文言和白话这两种不同的语言工具的限制，融合的可能有极大的限度，“这是一条极少能通过的艺术窄门，因此蒲松龄便成了不可无一又不能有二的独特现象”①。蒲松龄之后，也颇有一些仿效之作，但多不能望其项背，并没有改变“文言小说”衰落的趋势。

就总的说来，中国的“文言短篇小说”创作，从唐代鼎盛一时以后，虽然在近千年的时间内不绝于缕，也偶兴波澜，但除《聊斋志异》的异军突起以外，总体上即使不能说是江河日下，至少未能在文学史上再掀高潮。这无疑与“白话短篇小说”的发展形成了不同的运动轨迹。我相信，一定有不少研究者看到了这些问题，也一定有不少研究者思考过这些问题，至今我们仍然未能对这些问题作出合理的解释，肯定与我们的研究理论和研究方法有关。

发展到今天的中国古代小说研究，在理论和方法上仍然存在很多问题，应该是一个不争的事实。理论方法的缺失阻碍着古代小说研究的发展，亦是一个不争的事实。其实，不仅古代小说研究是如此，古代文学研究的其他领域也或多或少地存在这个问题。几年前，我在《光明日报》上写过一篇《古代文学研究的现代道路与理论建设》也曾谈到这一问题：“为什么我们的古代文学研究总是表现出量的增长而少有质的提高？原因固然很多，如果仅仅从学术本身来说，主要问题之一大概就是我们在基础理论、观念方法上没有超越前人。”“古代文学研究要想在21世纪得到更大的发展提高，首要任务之一就是要解决学科的理论建设问题。”记得当时就有人在网上发帖，认为话说的虽然不错，但理论在哪里呢？哪种理论可以拿来用呢？其实，我在文章中已经提到，这不仅是一个理论问题，也是一个实践问题，“古代文学研究的基础理论、学科理论，可以是多元的、开放的、允许探索的，但绝不能从理论到理论，或者再套用某种现成的理论，而是应该通过研究实践形成和发展的”。②

我以为，关于中国古代“白话短篇小说”和“文言短篇小说”形成

① 何满子、李时人《中国古代短篇小说杰作评注》（上册），安徽文艺出版社，1988年版，第297页。

② 李时人：《古代文学研究的现代道路与理论建设》，《光明日报》2003年3月26日“文学遗产”。

发展中一系列问题的研究，基本上可以从作者、作品、接受三个方面入手，通过对小说“外部研究”和“内部研究”相结合的方法来进行。而且通过这样的研究实践，可以寻找和总结出一些研究中国古代小说的理论、方法，并以这些理论、方法指导中国古代小说的研究实践，再通过研究实践深化、完善有关的理论、方法，如此周而复始，才能将中国古代小说研究推向深入。

前些年，我们曾经对唐代“文言小说”的形成问题进行过一些研究。后来出版了两篇博士学位论文，一篇是俞钢的《唐代文言小说与科举制度研究》①，一篇是邱昌员的《诗与唐代文言小说研究》②。前者侧重于从外部原因探讨唐代“文言小说”的形成问题，后者侧重于从文学内部探讨这一问题。首先，通过研究，证实了不仅唐代“文言短篇小说”的作者，大多是当时的“科举士子”，亦即当时的“精英文人”，而且唐代“文言小说”的读者也是这样一批“科举士子”。其次，唐代“文言小说”的创作与阅读，是在这样一些“科举士子”的生活中自然发生的。或者说唐代文言小说的创作与创作主体和接受者的生活方式有着重要的关系。因此，唐代“文言小说”的创作与后世为书坊服务的“职业小说家”有很大的不同。其中最重要的一点是，他们不是为了谋生而写作，其目的只是为了发抒生活的感触，或只为提供同一个社会阶层的文人欣赏。第三，正因为唐代文言小说的作者和读者大都是“科举士子”，所以小说所反映的主要是这批文人的生活状态、思想观念、情感兴趣，满足他们的审美要求。正是以上三点，决定了唐代“文言短篇小说”的特质，我们甚至可以在一定程度上将其称之为“文人小说”。唐以后的“文言短篇小说”大致都应属于“文人小说”的范畴，我想，这对理解“文言小说”的兴衰，是应该有启示意义的。

相比起“文言短篇小说”，中国古代的“白话短篇小说”，从创作主体、接受者，到小说的审美内容，显然都与“文言小说”有很大的差异。我以为，中国古代的“白话短篇小说”的特质，从总体上说，基本可以被概括为“市人小说”。尽管一些杰出的小说家，如冯梦龙、凌濛初等仍是“文人”（甚至可以被称为“士人”），并非“市人”，但是他们已经不是唐代那些与普通民众在精神上几乎隔绝的“文人”，在相当程度上他们已经成为为书坊服务的“职业小说家”，他们的创作则表现为不同程度的

① 俞钢《唐代文言小说与科举制度研究》，上海古籍出版社2004年7月版。

② 邱昌员《诗与唐代文言小说研究》，中国社会科学出版社2008年6月版。

“为市井细民写心”。而研究“白话短篇小说”的形成与盛衰的原因，同样可以从创作主体、作品内容和接受三个方面进行综合考察。这样一种研究仍然可以通过对小说“外部研究”和“内部研究”相结合的方法来进行。

这正是我赞成王言锋的博士学位论文选择从“社会心理”角度来研究中国16—18世纪“白话短篇小说”兴衰的原因。王言锋这篇《中国16—18世纪社会心理变迁与白话短篇小说之兴衰》试图通过对中国16—18世纪“社会心理”变迁与“白话短篇小说”兴衰关系的研究，揭示在什么样的“社会心理”条件下，产生了“白话短篇小说”这一文体，又在什么样的“社会心理”下，这种文体获得了怎样的发展和变化，呈现出怎样的特征，达到怎样的繁荣，又是什么样的“社会心理”促使它走向了衰亡。

一般的说，王言锋的这一研究似乎应该归于一种比较传统的“社会历史”研究，但从本文看，作者并没有停留在传统的“社会历史”研究的层面上，在研究理论和方法上都表现出新的尝试，并取得了很好的效果。

首先，由于特殊的历史原因，长期以来我们习惯于简单地从社会物质生产、经济关系与政治制度等方面来探讨文学的发展，但是社会物质生产、经济关系和政治制度等又是如何对文学艺术的发展起作用，实际是一个非常复杂的问题。1985年，我曾经写过一篇文章谈到过这个问题：“在经济、政治与文学之间实际还存在着一个重要的‘中介’，那就是因经济、政治等作用而产生的‘思想文化’。而‘思想文化’是有着多层次结构的，那些在特定经济、政治条件下群众精神生活中自发形成的不稳定的情绪、感情、愿望、要求、风俗习惯、道德风尚、价值观念和审美情趣等，是它的低级形态；系统的哲学理论、学术观念、政治思想、宗教义理等则是它的高级形态。如果我们从历史思想文化状况及其发展变化来考察文学，将会得到一些更深入的认识”①。这一说法从根本上说不是我的发明，因为恩格斯晚年在批判“庸俗历史唯物主义”倾向时已经注意到了社会经济因素与哲学、宗教、文学、艺术之间关系的复杂性，并提出了“中间环节”的说法②，为后人研究“社会心理”、“社会思潮”、“社会思想文化”等提供了启示。而俄国普列汉诺夫又在恩格斯“中间环节”说的基础上，也早就提出了社会现象在结构上可分为五个层次的“五项因素”说，并认为“一切思想体系都有一个共同

---

① 李时人《元代社会思想文化文化状况与杂剧的繁盛》，《光明日报》1985年12月31日。

② ［德］恩格斯《路德维希·费尔巴哈和德国古典哲学的终结》，《马克思恩格斯选集》（第4卷），人民出版社1972年版，第249页。

的源泉，即某一时代的心理”[①]。不管普列汉诺夫关于“五项因素”的划分是否合理，但王言锋的论文，借助普列汉诺夫理论，确实在很大程度上突破了以往中国古代小说“社会历史”研究中流行的“机械独断论”和“庸俗社会学”的框子。

其次，王言锋的这篇论文实际上并未像许多传统的中国古代小说“社会历史”研究仅仅停留在“外部研究”的范围内，而是注意到“外部研究”与“内部研究”的结合。这里所说的文学“外部研究”和“内部研究”，是西方现代文学理论家勒内·韦勒克使用的概念[②]。韦勒克、沃伦《文学理论》产生的背景是19世纪后半期和20世纪前期各种“现代文学理论”的兴起，当时出现的象征主义、唯美主义、俄国形式主义、英美新批评以及结构主义等“现代文学理论”流派，均主张文学研究的重心应在作品，特别强调对作品自身的语言、形式、结构、技巧、方法等的研究，从而对西方传统文学理论重在文学“外部研究”，忽视对文学作品进行审美的价值判断和评价的“传统”发动了一次又一次的冲击。韦勒克的理论，既可以说是对种种现代文学理论流派观点的“整合”，也表现出将各种激进的“现代文学理论”与西方“传统文学理论”进行“调和”的一种努力。但韦勒克的理论从根本上说是建立在“现代文学理论”立场上的，其中虽然有一些值得我们借鉴的东西，但也有一些片面和偏颇的东西。比如，表面上这种理论认为文学应该分为“外部研究”和“内部研究”，但它更强调的是文学的“内部研究”，而且这种划分自觉不自觉地将“外部研究”与“内部研究”互相

---

① ［俄］普列汉诺夫《马克思主义的基本问题》，《普列汉诺夫哲学著作选集》（第三卷），三联书店1974年版，第195页。按：普列汉诺夫认为全部社会现象可分为五项因素：（1）生产力的状况；（2）被生产力所制约的经济关系；（3）在一定的经济基础上生长起来的社会政治制度；（4）一部分由经济直接决定的、一部分由生长在经济上的全部社会政治制度所决定的社会中的人的心理（如精神状况和道德状况）；（5）反映这种心理特性的各种思想体系（如宗教、哲学、文学艺术）。

② 20世纪40年代末，出生于捷克而在美国任教的耶鲁大学教授勒内·韦勒克和密歇根大学的奥斯汀·沃伦教授合作出版了《文学理论》一书。这本书涉及到“文学”的定义、本质、功用、结构以及文学研究的对象和研究方法等一系列问题。其中不仅对文学研究的三个分支——“文学理论”、“文学批评”和“文学史”一一进行了界定，既指出了它们的区别，又指出了它们的联系，而且提出“文学研究”应该划分为“外部研究”和“内部研究”：“把作家研究、文学社会学、文学心理学以及文学与其他学科的关系之类不属于文学本身的研究统统归于‘外部研究’，而把对文学自身的种种因素诸如作品的存在方式、叙述性作品的性质与存在方式、类型、文体学以及韵律、节奏、意象、隐喻、象征、神话等形式因素的研究划入文学的‘内部研究’。”从而使本书对文学研究来说，不仅有了本体论的意义，也有了方法论上的意义。参见刘象愚《韦勒克与他的文学理论（代译序）》，［美］韦勒克、沃伦《文学理论》卷首，刘象愚、邢培明、陈圣生、李哲明译，三联书店，1984年1月版。

隔离，其实这两者不仅是互相联系，甚至是互为表里的；而在强调文学的“内部研究”时，这种理论更注重作品“形式”的研究而忽视作品“精神内容”的研究，或者将“精神内容”简单化、概念化。韦勒克等人的“现代文学理论”在20世纪80年代中期传入中国，并很快对当时的中国文学研究，包括古代文学研究产生了影响，其中最明显的是研究者纷纷开始关注对文学作品“形式”的研究。在中国古代小说研究领域，则是以现代“叙事学”理论解析古代小说的论著大量出现，而建筑在结构主义、俄国形式主义基础上的现代“叙事学”强调的也主要是文学的“形式”。王言锋的这篇论文既从社会历史出发，关注社会历史文化的变迁，关注作者群体与读者群体，同时也注意到文学的“内部研究”，注重文本的阅读分析，以求与“外部研究”互相印证。

当然，任何时候影响文学发生发展的都不会是“社会心理”一个原因，许多原因也是“社会心理”所不能包括的，正如王言锋在论文中引用韦勒克、沃伦所言：“把文学只当作为单一的某种原因的产物，几乎是不可想象的。”① 但王言锋的这篇学位论文选择了一个合理的角度，加之论证细密，确实将有关研究推向了深入。另外值得注意的是，这篇论文一方面对传统的研究理论和研究方法有所突破，另一方面对借用的外来理论，也并非完全套用，拘泥不化，因此，对中国古代小说研究的理论方法来说，也有一定的实验意义。

王言锋2000年来到上海师范大学攻读博士学位。在我的印象中，这是一位完全不需要老师操心的好学生，不仅特别用功，而且善于独立思考。这篇论文便是她三年全身心投入学习的结果，并以其角度新颖、论证周详获得了答辩委员会的充分肯定，被评为“优秀论文”。王言锋2003年毕业后到大连大学文学院工作，在教学和学术研究方面不断进步，每每听到这样的消息，我都为其感到高兴。现在她的这篇论文也得到出版的机会，得以有机会获得更多学界同仁的指教，我更感到由衷的高兴，特作此序，以为祝贺。

李时人

2009年2月5日于上海寓所

① ［美］韦勒克、沃伦：《文学理论》，第67页，刘象愚、邢培明、陈圣生、李哲明译，三联书店，1984年1月版。

目　　录

第三编 清初社会心理与白话短篇小说之变异

导　　言

社会存在决定社会意识，经济基础决定上层建筑。许多年以来，我们已经习惯于从一个社会、一定时期的物质生产、经济关系与政治制度等方面来探讨文学的发展，这固然是一种很重要的方法，因为前者对后者的确起着决定性的作用，运用这一方法也的确解决了文学发展史上的一些重大问题，这是毋庸置疑的。但是如果再细致地分析社会物质生产、经济结构和政治制度等又是如何地对文学艺术的发展起作用，问题就复杂了。恩格斯在晚年曾经注意到了上层建筑与经济基础之间关系的复杂性，提出了“中间因素”之说，指出在两者之间存在着一些中介环节，并强调了这一中介环节的重要性；明确指出社会经济因素对于那些更高地悬浮于空中的思想领域，如宗教、哲学、艺术等等，只是在“归根到底”的意义上起决定作用，两者之间的关系不是直接地而是间接地发生的。这也就是说，在社会存在与社会意识、经济基础与上层建筑之间有一个重要的中介环节，前者对后者的决定作用只有通过中介这一环节，才能得以最终实现。而作为“中介环节”的因素也不止一种。20 世纪初，俄国早期的马克思主义理论家、文艺批评家普列汉诺夫进一步完善了这一理论，明确提出“社会心理”是非常重要的中介环节，一切的政治、经济等因素只有通过社会心理这一中介环节才能对文学在内的社会意识产生影响。

“社会心理”一词由德国社会学家 A. 谢夫勒（Albert Schaffle，1831—1903）在 1875 年写成的《社会的构造与生命》一书中首次提出。现在一般认为，社会心理是指阶级、民族、社会集团或其他特定环境中的人群在其日常生活和相互交往中自发形成的、不定型的社会意识。它表现在人们的情感、情绪、风俗习惯、社会风气、风尚潮流和审美情趣之中。在社会意识中，社会心理是较低层次的。[①] 社会心理来源于社会生活，包括经济的、政治的、道德的、宗教的、民族的各种渠道，受各种社会因素的制约和影响，其最终源泉是社会的经济生活。社会心理是产生社会意识形式的思想前提，

① 参见《中国百科全书大辞典》，中国大百科全书出版社 2000 年版。

它提供最初的动机、激情和生动丰富的意识素材，社会意识形式是对它进行系统化、理论化、典型化加工的结果。①

对于社会心理与文学艺术发展的关系，在古今中外的文论中都能找到一些零散的论述，但是第一次从理论上提出社会心理中介理论，从中介的角度全面、明确、深入、详细地对文学艺术与社会心理的关系进行阐述的是普列汉诺夫。

普列汉诺夫在吸取了欧洲19世纪法国社会学批评派丹纳等人的研究的基础上，依据唯物主义史观的基本原理，于1907年在《马克思主义基本问题》一文中，提出了著名的社会结构“五项公式”论：

> 如果我们想简短地说明一下马克思和恩格斯对于现在很有名的“基础”对同样有名的“上层建筑”关系的见解，那么我们就可以得到下面一些东西：
>
> （一）生产力的状况；
>
> （二）被生产力制约的经济关系；
>
> （三）在一定的经济“基础”上生长起来的政治制度；
>
> （四）一部分由经济直接决定的，一部分由生长在经济上的全部社会政治制度所决定的社会中的人的心理；
>
> （五）反映这种社会心理特性的各种思想体系。②

这一理论是对马克思历史唯物主义基本原理经典表述的具体而形象的阐述，是对恩格斯“中间因素”理论的进一步完善。它第一次明确地将社会心理看作社会结构中的一个层次，将社会心理置于生产力、经济关系、政治制度与意识形态之间，创造性地阐释了社会心理在社会结构中的地位和作用。认为社会心理是由生产力和生产关系决定的社会意识，它是社会存在的反映；但它不同于社会意识形态，它是社会意识的低级形态，是自发形成的、不稳定的社会意识，社会意识形态是对它的系统化、理论化的结果。社会心理不但是社会经济关系、政治关系较直接的反映形式，而且是联系社会意识形态与社会存在的中介环节，即经济关系、政治制度对意识形态的决定作用是通过社会心理的影响来实现的。换一种说法，也就是经济关系、政治制度通过社会心理中介对意识形态间接地发生作用，社会心理则直接地影响

① 参见《哲学大辞典》，上海辞书出版社2001年版。

② ［俄］普列汉诺夫：《普列汉诺夫哲学著作选集》第三卷，三联书店1974年版，第195页。

意识形态。因此普列汉诺夫说："所有的意识形态都有一个共同的根源：这个时代的心理。"① 所以"要了解某一个国家的科学思想史或艺术史，只知道它的经济是不够的。必须知道如何从经济进而研究社会心理；对于社会心理若没有精细的了解，思想体系的历史唯物主义解释根本就不可能"②。

基于这一原理，普列汉诺夫还进一步明确而具体地指出了文艺与社会心理及社会存在之间的关系："任何一个民族的艺术都是由它的心理所决定的，它的心理是由它的境况所造成的，而它的境况归根到底是由它的生产力状况和它的生产关系所制约的。"③ "艺术同经济基础只是间接地发生关系的。因此，在讨论艺术时必须考虑到中间的环级。""社会心理学异常重要，甚至在法律和政治的历史中都必须估计到它，而在文学、艺术、哲学等学科的历史中，如果没有它，就一步也动不得。"④ 由此看来，社会心理是联系经济关系、政治制度与文学艺术的中介，社会经济关系、政治制度是文学艺术发展的最终原因，但却不是直接而是间接地发生，社会心理才是文学艺术发展的直接动因。普列汉诺夫的这一理论进一步丰富和完善了文艺的研究方法，确定并提高了社会心理在文学艺术研究中的地位，为我们深入地探讨文学的发展开辟了一条新的道路；它使文学的研究不再停留在一些表层的探索，而是能进入到更深层的挖掘，它能帮助我们了解文学发展、兴衰的更真实的原因，更加深刻全面地认识文学发展的本质规律。因此，研究社会心理与文学的关系，对于探讨文学的发展规律有着极为重要的意义。不过遗憾的是，这一理论在我国还没有得到广泛的应用，许多方面还处于探索阶段。本书试图以此理论为指导，从社会心理对文学影响的角度来探求16世纪至18世纪中国白话短篇小说的兴衰、发展变化。

中国明清时期的白话短篇小说兴起于16世纪中叶，发展繁荣于17世纪，衰亡于18世纪，从兴起、繁荣到衰落不过短短的二百年。在文学发展史上这样短寿的文学样式也并非罕见，但是作为通俗的、能自由地反映社会生活的白话短篇小说，从理论上讲应是极具生命力的。这一点，既可在同为白话体的白话长篇小说在明代之后至晚清一直十分发达、拥有广泛的学众这

① ［俄］普列汉诺夫：《马克思主义的基本问题》，载［俄］列·谢·维戈茨基《艺术心理学》，上海文艺出版社1985年版，第9页。

② ［俄］普列汉诺夫：《普列汉诺夫哲学著作选集》第二卷，三联书店1974年版，第272—273页。

③ ［俄］普列汉诺夫：《没有地址的信》，人民文学出版社1962年版，第53页。

④ ［俄］普列汉诺夫：《普列汉诺夫哲学著作选集》第2卷，三联书店1974年版，第322、273页。

一情况中得到一定的印证；也可从西方文学发展史上短篇小说所占有的重要地位和得到的繁荣发展、我国清末白话短篇小说的再度兴起、进入现代以后通俗小说长盛不衰的事实中得到印证。由此看来，关于明清白话短篇小说短暂的兴衰史研究是一个颇值得关注的课题。同时，作为与白话短篇小说兴衰相随的16—18世纪也正是一个“天崩地解”的时代，社会面临着种种变化：商品经济快速发展、封建经济结构受到冲击、新的哲学思想产生、传统理学日渐衰微、旧的王朝走向衰亡、新的王朝正在崛起等等，这一切赋予了这一时期变幻、动荡的特色。这种社会现实引起社会心理的强烈震荡，社会心理变迁的轨迹也更为明显，因而也就更具有典型性。

社会心理的变动必然反映在文学创作上，引起文学内容与形式的变化。本书试图通过这一时期的社会心理变迁与白话短篇小说兴衰关系的研究，指出在什么样的社会心理条件下，产生了白话短篇小说这一文体；又在什么样的社会心理下，这种文体获得了怎样的发展和变化，呈现出怎样的特征，达到怎样的繁荣；又是什么样的社会心理促使它走向了衰亡。通过这种具体的分析，旨在阐明明清白话短篇小说兴衰、发展的社会心理原因，进而说明社会心理与文学发展之间的关系，表明社会心理不但影响着文体的兴衰，也决定着它的内容与形式，从而揭示出某些文学发展的规律。由于一种文体的形成除了文本之外，一定规模的作者群与读者群也是必不可少的，因此本文在研究和论述角度上，还侧重从作者群与读者群两个方面的社会心理出发进行论述，以期多方位、全面、真实地揭示出社会心理与文学之间的关系。

对于社会心理研究来说，通常使用的是调查、问卷、民意测验等方法，这样得出的结果才是具有参考价值的依据，但是对于研究三四百年前的社会心理来说这显然是不切实际的。因此，我们今天对于那个时代的社会心理的了解只能另找门径，这就是历史给我们留下的丰富的各类典籍。我们可以从这些典籍的记载中去了解那个时代的社会状况，把握那个时代的社会心理。因此，以古代典籍为依据也不失为一个好的补救方法。所以本书的关于明清社会心理方面的情况基本上是通过典籍得来的。

关于本书涉及的时间、阶段的划分和表述，是一个需要说明的问题。以朝代的更迭作为文学进程的时间、阶段划分是至今通用的方法，它突出了政治与文学的密切关系。但是文学的发展毕竟是受多种因素影响的，有着自己的发展规律，因此只用朝代来规定其发展、分期，显然还不是个万全之策。不过，文学发展中表现出来的渐进性、模糊性也使我们很难确定一个确切的时间历程，因此文学发展阶段的划分是一个复杂的问题，在这种情况下，我们只能找到一个相对确切的时间，这样似乎更有利于问题的解决。所以，本书虽然在对明清短篇白话小说发展阶段的划分上，主要采用了朝代更迭的方式，但实际上，这只是一个相对的而非绝对的划分。也就是说，表面的划分是明确的，这是为了论述的方便，但实际上文学的发展并不如此清晰划一。这也就决定了本书在论述中有些内容在时间上不可能完全符合这种表面上的划分，往往要越出一点。在这一点上，社会心理也是一样的。

尽管本书强调了社会心理对于文学发展的影响作用，但是并不因此而完全否认影响文学发展的其他因素，因为任何文学的发展都是受多种因素影响的，这正如韦勒克·沃伦所言："把文学只当作为单一的某种原因的产物，几乎是不可想象的。"①

---

① ［美］韦勒克·沃伦著，刘象愚等译：《文学理论》，三联书店1984年版，第67页。

第一编

明中叶社会心理与白话短篇小说之兴起

社会心理对于文学的作用，让我们懂得社会经济关系、政治制度等社会存在对文学的影响不是直接产生的，而是通过它所引起的社会心理变化这一中介间接产生的。而社会心理对文学的作用又不是简单的、朝夕间可完成的，它往往需要经过一个复杂的、较长的过程。也就是说文学的发展，或者一种文学样式的产生，都要经过一个社会心理的准备期，只有当促使文学样式产生的社会心理准备成熟，即影响了一批写作者和读者对于这种文学样式的接受和需求时，一种新的文学样式才算真正地诞生了。明中叶以后的白话短篇小说的兴起也是这样。

16 世纪的中国大地，尤其是江南一带，正经历着一场大的社会变动。商品经济的兴起，城市的繁荣，破坏了旧有的封建经济结构；王阳明心学的兴起，新的哲学思想的传播，冲击了以程朱理学为主的儒家思想；日益壮大的市民阶层逐渐成为一股引人注目的力量，登上了社会的舞台。在社会生活中，传统的生活方式已经落伍，新的生活方式为许多人所追逐；旧有的价值观受到冲击，新的价值观应运而生；醇厚的社会风气日渐消退，代之而起的是侈奢浇薄的世风。与明中叶以前相比，社会心理发生了极大的变化，这为白话短篇小说的产生和发展作了准备。

社会心理的变化直接促进了白话短篇小说的产生和发展。在这一过程中，有两个方面尤为值得关注，这就是在当时社会环境下，市民阶层开始对社会文化娱乐积极参与，心理上产生了文化娱乐的需求，成为白话小说的主要接受者；而广大文人在市井生活中，生活趣味逐渐向世俗化倾斜，在心理上主动接受了市民文艺，和广大市民一样，成为白话通俗文学的接受者，有的文人还成为白话小说的写作者。

第一章　十六世纪中国社会的转变

公元1368年，朱元璋建立了明王朝，结束了元末数十年的社会动乱。明初统治者经过一百余年在政治、经济和文化等各个方面的整治，使因战乱而受到破坏的社会状况有了好转，封建制度有了进一步的完善，社会安定，经济发展，逐渐呈现出繁荣的景象。但与此同时，封建统治也日趋腐朽，对社会的控制减弱，商品经济得到了前所未有的发展，新的哲学思想萌生。到了16世纪，中国社会面临着一场新的变动，它虽然最终未能改变封建制度，却对封建制度进行了一次强有力的冲击，并产生了广泛而深远的影响。

第一节　商业发展与社会经济结构的变化

恩格斯说："一切社会变迁和政治变革的终极原因，不应当在人们的头脑中，在人们对永恒的真理和正义的日益增进的认识中去寻找；不应当在有关的时代的哲学中去寻找，而应当在有关的时代经济中去寻找。"① 因此，经济是引起社会变迁的根本原因。中国16世纪社会发生的转变，首先源于这一时期原有的封建社会经济结构出现了松动，并且萌生了新的经济因素。

关于封建经济结构，列宁曾明确地指出，它是指自然经济占统治地位、直接生产者占有一般生产资料特别是土地（生产者与生产资料结合）、农民对地主保存着人身依附关系、生产技术水平极端低下并停滞不前四点为基本特征的一种经济体系②。在中国漫长的封建社会里，社会经济结构基本上体现了这几个特征，但是到了明代中叶以后，封建经济结构开始呈现出一些新的转变。

明王朝建国之初，朱元璋鉴于元亡的历史教训，在加强封建专制主义中央集权政治的同时，针对被战乱严重破坏的社会经济，实行了一系列的"安民养息"措施，如兴修水利、移民开荒、军队屯田、减轻赋税等等，出

---

① 恩格斯：《社会主义从空想到科学的发展》，人民出版社1967年版，第57页。

② 参见列宁《俄国资本主义的发展》，人民出版社1960年版，第三章。

现了“家给人足，居则有室，佃则有田，薪则有山，艺则有圃”、“催科不扰”（顾炎武《天下郡国利病书》引《歙县志·风土论》）的相对稳定的局面，封建经济得到了恢复与发展。经过明初百年的经济恢复与发展，到了16世纪，社会经济呈现出繁荣景象，进入了嘉靖、隆庆、万历三朝的所谓“圣明极盛之世”。但同时，由于土地兼并现象日益严重，加上徭役赋税繁苛，农民开始纷纷破产，自给自足的自然经济遭到了严重的破坏；破产的农民成了自由劳动力，这成了明代封建经济结构开始发生变化的契机和商品经济发展的前提。随着自然经济的进一步破坏和工奴制的废除、商税率的降低，越来越多的人转身投入到手工业和商业活动中，封建经济结构面临着新的转变，尤其是经济发达的江南一带，这种转变趋势更为明显。具体表现为：

首先，传统农业经济结构发生了显著变化。

农业经济结构作为封建经济结构的主要组成部分，一直是相当稳定的，它以粮食作物生产为主，以自给自足为特征。明中叶以后，由于“田之税既重，又加以重役”（谢肇淛《五杂俎》卷四），农民单纯种植粮食作物已不能维持正常的生活，便纷纷种植具有较高经济效益的经济作物或兼营其他副业。在江南，由于土地肥沃，气候适宜，种植桑、麻、棉、茶、竹等经济作物更为普遍，如严州等县，“民多种桐、漆、桑、麻、苎。绍兴多种桑、茶、苎。台州地多种桑、柏”，“苏人隙地多榆、柳、槐、樗、楝、谷等木”，“苏之洞庭山，人以种桔为业”（陆容《菽园杂记》）。很多地区的经济作物种植面积往往占农业土地的半数以上甚至全部，如福建“烟草之植，耗地十之六七”（《皇清经世文编》卷二六，郭起元《论闽省务本节用书》）；嘉定县“邑中种稻之田不能十一”（顾炎武《天下郡国利病书》引《嘉定县志》）。又如在吴江地区，因“丝棉日贵，治蚕利厚”，而“植桑者益多，乡村间殆无旷土地”（《吴江县志》）；在湖州，“无尺地之不桑，无匹妇之不蚕”（宋雷《西吴里语》卷四）；在太仓州，“耕地宜稻者十之六七，皆弃稻栽花”（崇祯《太仓州志》卷十五《灾祥》）。在这种情况下，以生产粮食为主的单一的农业结构开始向多种经营方向发展，造成了粮食作物生产的相应减少，甚至还出现了“仰食四方”的地区，如嘉定“地不产米，止宜木棉，民必以花成布，以布贸银，以银籴米”①。随着这种现象的日益加剧，一些地区自给自足的自然经济出现了一定的解体征兆。

在农村手工业方面，由于经济作物的大量种植，一些以经济作物为原料

① 上海博物馆图书资料室编：《上海碑刻资料选辑》，上海人民出版社1980年版，第137页。

的手工业得到较快发展，尤其是纺织行业的发展更为显著。棉纺业、丝织业成了许多家庭的主要副业，有的农户还将之作为主业，赖此维持家庭生活。如朱国桢《涌幢小品》卷二记载："小民以纺织所成或纱或布，侵晨入市易棉花，以归，仍治而纺织之，明日复持以易，无顷刻闲……田家收获官偿债外，卒岁室庐已空，其衣食全赖此。"徐光启《农政全书》卷三十五也指出松郡、常镇、嘉湖等地"皆恃女织末业，以上供赋税，下给俯仰"。在嘉定县，"其民独托命于木棉"（顾炎武《天下郡国利病书》引《嘉定县志》）。条件好的家庭还成立了专门的手工业作坊，完全脱离了土地。同时，在明中叶，由于政府以"班匠银"制度替代了明初的住坐匠、轮班匠制度，完成了手工工匠制度从徭役制到税役制的转变，也极大地促进了手工业的发展。

经济作物种植面积的增加和农村手工业的发展，使农业与商业发生了越来越密切的联系，农业的商品化程度得到了提高。一方面，经济作物和手工业品作为商品营销全国各地；另一方面，粮食也成了商品，供应于广大的城乡。随着农业商品化程度的提高，城乡之间的联系开始密切起来，在经常进行物品交易的地方，渐渐形成了固定的市场和一定规模的市镇，农村城镇化进程得到了发展。

其次，商品经济呈现繁荣发展的景象。

中国封建社会是建立在农业经济基础之上的，所以历代统治者一直都实行重农抑商的经济政策，形成了典型的农本商末的经济结构。虽然在压抑之下，商品经济从未停止过它发展的脚步，但发展却是极有限的，尤其是统治者常以官营的形式垄断商业，钳制它的自由发展。不过这一现象到明中叶发生了令世人瞩目的变化。

明中叶农业经济结构的变化直接影响了城市工商业的发展。经济作物和农村其他副业的生产为工商业提供了丰富的原料和流通的商品，加上交通便利，加强了各地间的商业交流。许多商品的贸易，已不局限于地方性的市场，而是向更远的市场发展，如"凡福之绸丝，漳之纱绢，泉之蓝，福延之铁，福漳之橘，福兴之荔枝，泉漳之糖，顺昌之纸，无日不走分水岭及浦城之小关，下吴越如流水。其航大海而去者，尤不可计"（王世懋《闽部疏》）。南北商品交流也增多，"燕赵、秦晋、江淮之货，日夜商贩而南，蛮海、闽广、豫章、南楚、瓯越、新安之货，日夜商贩而北"（李鼎《李长卿集》卷十九《借箸编》）。随着各地间贸易往来日益频繁，一些原先以务农为主的小村镇，如今成为繁华的物品生产地与销售市场。在北直隶，真定府"货物殷繁，人烟辏集"（崇祯《元氏县志》卷一"市集"），广平府"居民素繁，商贾辐辏"（嘉靖《清河县志》卷一）。在南直隶，苏州府的横塘镇

“比户造酿，烧糟发客”（崇祯《吴县志》卷十）；甫里镇“榨豆油车脱粟碓坊，脍炙人口，名播四方”（康熙《吴郡甫里志》卷二）；半山桥市“百物咸聚，交易者日晐始散”（万历《崑山县志》卷一）；盛泽镇“以绸绫为业”，“四方大贾，辇金至者无虚日。每日中为市，舟楫塞港，街道肩摩”（乾隆《吴江县志》卷四）；平望镇“货物益备，而米及豆麦尤多。千艘万舫，远近毕集”（乾隆《震泽县志》卷四）。在嘉兴府，濮院镇“机杼之利，日生万金，四方商贾负赀云集”（乾隆《濮镇纪闻》卷首“总叙”）；千家窑镇“民多业陶，廛居联络，甓埴繁兴，三关贸迁勿绝”（康熙《嘉善县志》卷二）。[①] 在商品利润的刺激下，商人人数激增，他们走南闯北，活跃了市场，繁荣了商品经济。

再次，城市和市镇数量增多，城市经济繁荣。

明中叶以后，由于工商业的发展、农产品商品化程度的提高和各地物资交流的增加，扩大了全国性或区域性商品市场，在此基础上，到嘉靖、万历时，一些无名僻陋的乡村逐渐发展成“民居稠密”、“商贾辐辏”、“货物交集”的繁荣市镇，这种情形在江南地区尤为明显，如：

震泽镇　在十都。元时村镇萧条，居民数十家。明成化中至三四百家，嘉靖间倍之，而又过焉。

平望镇　在二十四都。明初居民千百家。自弘治以后，居民日增，货物齐备。而米及豆麦尤多，千艘万舸，远近毕集，俗以枫桥目之。

双杨市　在十一都。在县治西南五十里。明初居民止数十家，以村名。嘉靖间始称为市，民至三百余家，货物略多，始自成为市。

严墓市　在十七都。明初以村名，时已有邸肆，而居民止百余家，嘉靖间倍之。货物颇多，乃成为市。

擅丘市　在十八都。去县治西南五十里。明成化中，居民四五十家，多以铁冶为业。至嘉靖数倍于昔。凡铜铁木圬乐艺诸工俱备。

梅堰市　在十九都。去县治西南六十五里。明初以村名，嘉靖间居民止五百余家，自成市井，乃称为市。

盛泽镇　在二十都。明初以村名，居民止五六十家，嘉靖间倍之。以绫绸为业，始称为市。

吴江县市　自县治达于四门内外，元以前无千家之聚，明成弘间居民乃至二千余家，方巷开络，栋宇鳞次，百货具集，通衢市肆以贸易为

① 转引自韩大成《明代城市研究》附表二，中国人民大学出版社1991年版，第689—703页。

业者，往来无虚日。嘉隆以来，居民益增，贸易与昔不异。

八斥市　在三都。明初居民仅十数家，嘉靖间乃至二百余家，多设酒馆，以待行旅，久而居民辐辏，百货并集。

庵村市　在二十七都。明初以村名，有前后二村。嘉靖间始称为市。时居民数百家，铁工过半。（乾隆《震泽县志》卷四“镇市村”，《吴江县志》卷四）

又如：

清源初无城，正统己巳，北边多事，始城清源城，俗所谓旧城也。其后生齿日繁，南北商贾，舟车百货，轮辏并至，于嘉靖时又筑新城，而清源遂为一车毂击、人肩摩，商旅往来无日夜无休时之大都会矣。（周思兼《周叔夜先生集》卷五）

河口，余家始居时，仅二三家，今阅七十余年，而百而千，当成邑成都矣。……盖其舟车四出，货镪所兴，铅山之重镇也。（费元禄《晁采馆清课》卷上）

像这样的记载还有许多。关于明中叶市镇数量的增长，韩大成在《明代城市研究》中曾有过统计[①]，虽然各地情况并不一样，但总的趋势是，正德、成化时市镇出现增加的趋势，到嘉靖和万历时开始大量增加，各城镇呈现出工商业繁荣的景象。

与此同时，原有的大中城市在规模上也在不断扩大，城市的主要功能也因商品经济的发展而由以政治、军事性为主转向了以经济性为主，城市人口密集，交通便利，百业具备，物品丰富，店铺林立，城市的繁荣为世人瞩目。明人王锜就亲身经历了繁荣的吴中在数十年间的变化：

吴中素号繁华。自张氏之据，天兵所临，虽不被屠戮，人民迁徙实三都、戍远方者相继，至营籍亦隶教坊。邑里潇然，生计鲜薄，过者增感。正统、天顺间，余尝入城，咸谓稍复其旧，然尤未盛也。迨成化间，余恒三、四年一入，则见其迥若异境，以至于今，愈益繁盛，闾簷辐辏，万瓦甃鳞，城隅濠股，亭馆布列，略无隙地。舆马从盖，壶觞罍

① 参见韩大成《明代城市研究》附录一，《各地不同时期的镇市集墟数目比较表》，中国人民大学出版社 1991 年版，第 666—689 页。

> 奁，交驰于通衢。水巷中，光彩耀目，游山之舫，载妓之舟，鱼贯于绿波朱阁之间，丝竹讴舞与市声相杂。凡上供锦绮、文具、花果、珍馐奇异之物，岁有所增若刻丝累漆之属，自浙宋以来，其艺久废，今皆精妙，人性益巧而物产益多。至于人材辈出，尤为冠绝。作者专尚古文，书必篆隶，骎骎两汉之域，下逮唐、宋未之或先。此固气运使然，实由朝廷休养生息之恩也。人生见此，亦可幸哉！（明王锜《寓圃杂记》卷五《吴中近年之盛》）

明代城市数量之多、城市规模之大、经济繁荣程度之高，都是史无前例的。

另外，社会分工人数比例也发生了较大的变化。

明代社会分工人数比例的变化是：农业人口流失，数量相对减少，部分农民成了城乡中的自由劳动者；以工商业者为主的城市人口相对增加，并出现了雇佣劳动力。

明代土地兼并现象发展到明中叶日益严重，加上人口的快速增加，加剧了农村人多地少的矛盾，出现了破产的农民，他们作为无土地的自由劳动力，或受雇于地主，或背井离乡到城镇谋生。而另一方面，赋税徭役繁苛，“今之所谓均徭者，大率以田为定，田多为上户，上户则重，田少则轻，无田又轻，亦不计其资力如何也。故民惟多逐末而不务力田，避重役也。……故贫者皆弃其田以转徙，而富者尽卖其田以避其役。吴下田贱而无所售，荒而无人耕绩，此之故也”（王鏊《吴中赋税书与巡抚李司空》，《明经世文编》卷一二〇）。出现了“米贱田多”的地方和“无人可耕”和“不以田为贵”（谢肇淛《五杂俎》卷四）的情况。为了生存，农民纷纷离开土地，求食于他业。如浙江龙游百姓“多向天涯海角，远行商贾，几空县之半，而居家耕种者，仅当县之半”（天启《衢州府志》）。嘉靖时人何良俊曾详细地记载了这一时期的变化：

> 余谓正德以前，百姓十一在官，十九在田，盖因四民各有定业，百姓安于农亩，无有他志，官府亦驱之就农，不加烦扰，故家家丰足，人乐于为农。自四五十年来，赋税日增，徭役日重，民命不堪，遂皆迁业。昔日乡官家人，亦不甚多，今去农而为乡官家人者，已十倍于前矣。昔日官府之人有限，今去农而蚕食于官府者，五倍于前矣。昔日逐末之人尚少，今去农而改业为工商者，三倍于前矣。昔日原无游手之人，今去农而游手趁食者，又十之二三矣。大抵以十分百姓言之，已六

七分去农。(《四友斋丛说》卷下三“史九”)

这里记载的数字是惊人的。在人多地贫的地区，弃农的现象更为突出，如“徽州保界山谷，土地依原麓，四瘠确，所产至薄，独宜菽麦红虾秈，不宜稻粱。壮夫健牛，田不过数亩。粪壅缛栉，视他郡农力过倍，而所入不当其半。又田皆仰高水，故丰年甚少，大都一岁所入，不能支什之一。小民多执技艺，或贩负就食他郡者，常十九”（顾炎武《天下郡国利病书》，引嘉靖《徽州府志》卷八)。“福清僻在海隅，户口最繁，食土之毛，十才给二三，故其民半逐工商为生。南资粟于惠、湖，北仰哺于温、宁，此其常也”(《论本邑禁粜仓粮书》，《古今图书集成·食货典》卷一〇一)。农村雇佣工的出现和大批农民离开土地，改变了传统封建经济结构和农业人口数量，对农业的发展产生了深刻的影响。

与农业人口流失相表里的是工商业者大量增加。与农业相比，明代的工商业利税低，又无徭役，因此支出少而收益大，所谓“农夫利薄，商贩利厚”（屈大均《广东新语》卷二十五）已成为人人皆知的事实，因此许多受土地之苦的农民选择了从事工商业，于是他们的“生活不再决定于他们与土地的关系”①。同时，除了农民之外，其他社会成员也都看到了商业中存在的高额利润：“农事之获利倍而劳最，愚懦之民为之。工之获利二而劳多，雕巧之民为之。商贾之获利三而劳轻，心计之民为之。贩盐之获利五而无劳，豪滑之民为之”。(顾炎武《天下郡国利病书》苏松上）在商业利润的吸引下，包括官僚士大夫在内的更多的社会成员投身到了商品经济大潮中，进一步扩大了工商业者的队伍，增加了商业资本的投入。在全国尤其是经济发达的江南形成了经商热潮，工商业以前所未有的速度发展起来。

与此同时出现的还有大量的雇佣劳动者。一些丧失土地又无工商业生产经营资本的农民，在城市中只能靠出卖劳动力来维持生活，这就是雇佣劳动者。例如万历时的苏州一带出现了出卖劳动力的市场，《苏州府志》记载：“劳民无积聚，多以丝织为业，东北半城皆居机户，郡城之东，皆习织业。织文曰缎，方空曰纱，工匠各有专能。匠有常主，计日受值，有他故则唤无主之匠代之，曰换代。无主者黎明立桥以待。缎工立花桥，纱工立广化市桥，以车纺丝者曰车匠，立濂溪坊。什伍为群，延颈而望，粥后散归，若机户工作减，此辈衣食无所矣。”（转引自《古今图书集成·考工典》“织工

① ［比］亨利·皮朗著，乐文译：《中世纪欧洲经济社会史》，上海人民出版社1964年版，第40页。

部”）

工商业的发展、市镇的大量兴起，以及城市的繁荣、城市人口的剧增，使封建经济结构发生了一定的变化，引起了社会职业结构的改变、等级结构的松动和市民阶层的壮大，并出现了严重的贫富分化等社会现象。

社会经济结构制约着社会经济生活、政治生活和精神生活，并决定着整个社会面貌。明中叶以来社会经济结构的变化，虽然强有力地冲击了封建的传统经济，使封建经济结构呈现出解体的趋势，但是由于封建经济结构的稳定性和封建专制政权强有力的控制，新的经济因素最终未能冲破旧的经济结构的束缚，未能改变封建经济的性质。在整个社会经济中，占统治地位的仍然是自给自足的自然经济，也就是说“中华帝国的社会结构中从来没有出现过像封建制后期的西欧那样的城市贸易和制造业阶段，如果有的话，也仅仅是一种萌芽”①。但也不可否认，经济结构上出现的这些变化，给当时的社会生活带来了深刻的影响。商品经济的勃兴，比以往更广泛、更深刻地影响了社会的经济、政治和意识形态诸领域，改变了人们的谋生和生活方式，也改变了人们的价值观，一定程度上扭转了传统的“重农轻商”的经济观念，使人们终于在浓重的中世纪的暗夜里看到了一缕新世纪的曙光，呼吸到了一丝近世的气息。

第二节　新的哲学思想之兴起与传统儒家思想之式微

明中叶以来的以王阳明为代表的王学的出现，带来了新的社会思想的兴起。

作为一代开国君主，朱元璋深知意识形态与国家安定的关系，所以建国伊始就在思想上提倡尊经崇儒，奉程朱理学为正宗，“使天下之士一尊朱氏为功令”（何乔远《名山藏·儒林记上》）。明成祖朱棣在此基础上，下诏撰修了《五经大全》、《四书大全》和《性理大全》，进一步确定了程朱理学在意识形态中的统治地位。明代统治者的这些努力虽然对稳定明初社会、巩固封建统治起到了很大的作用，但是到了明代中叶，理学的僵化与繁琐日益成为人们思想的束缚，造成了整个思想界“非朱子之传义弗敢道”、“非朱子之家礼不敢行”（朱彝尊《道传录序》）的保守、教条、僵死的局面。而另一方面，政治的腐败、社会的动荡，以及商品经济的发展，又使理学无法

① 巴林顿·摩尔著，柏夫等译：《民主与专制的社会起源》，华夏出版社 1987 年版，第 137 页。

真正地深入人心，逐渐失去维系人心的力量。这种现象激起了一部分知识分子对理学的重新思考和批判，并寻求新的治世良药。如早在15世纪时，就有薛瑄、吴与弼、陈献章等人对陆九渊以来的心学进行了探索，对程朱理学进行了一些修改。但真正给整个社会思想带来巨大影响、带来新的哲学兴起的，则是王阳明的“心学”主张。

王阳明感于“今天下波颓风靡，为日已久”（《阳明全书》卷二十一《答储柴墟》）的社会现实，为了纠正程朱理学的僵化、支离与庸弱，维护儒家思想对社会秩序的统治，以其“心学”主张打破了程朱理学一统天下的格局。程朱理学强调“性即理”，将伦理纲常视为外在于人心的道德约束，是客观存在的“理”，主张人向外“格物穷理”。对此，王阳明提出了与之相反的理论——“心即理”，认为“心者，天地万物之主也”，“心外无理，心外无事，心外无物”，“万事万物之理不外于吾心”（《阳明全书》卷二《传习录》），也就是说理存在于人的内心。王阳明还为此将自己的观点与朱熹的相较，指出：“朱子所谓格物云者，在即物而穷其理也。即物穷理，是就事事物物上求其所谓定理者也。是以吾心而求理于事事物物之中，析心于理而为二矣。”“若鄙人所谓致知格物者，致吾心之良知于事事物物也。吾心之良知，即所谓天理也。致吾心良知之天理于事事物物，则事事物物皆得其理矣。致吾心之良知者，致知也。事事物物皆得其理者，格物也。是合心与理而为一者也。”（《阳明全书》卷二《传习录》）所以王阳明否定了客观的“理”的存在，也就否定了超越于人的道德本体的存在，而一切的道德、天理，只是存在于人的心中，即使“六经”也是“吾心之常道也”、“吾心之记籍也”（《阳明全书》卷七《稽山书院尊经阁记》）。从这一点出发，王阳明指出“良知”是人人具有的本心，是与生俱来的。

在“心即理”、“良知论”的基础上，王阳明还提出了“致良知”的知行合一的理论。认为良知只是“知”，人重要的不是良知，而是“致良知”，即通过“行”来完成良知，这才算达到了道德的最高境界，所以主张“知行合一”。王阳明指出，达到“致良知”并不是一件难事，只要人们向自己的内心去寻求“天理”，通过修炼，达到“内省返求”，并能够在行动上体现出来，就能实现个人道德的完善。即使有的人的良知一时被障蔽，但是只要能“随机导引，因事启沃，宽心平气以熏陶之”（《阳明全书》卷四），依然能找回来。在这一点上，平民与圣人是同样的。因此，王阳明认为“愚夫愚妇与圣人同”，“满街是圣人”，“人人皆可为尧舜”（《王文成公全集》卷二《传习录》），将一直高高在上的儒学平民化，将理学世俗化、简易化。

此外，王阳明对圣人之学也表现出了怀疑精神，认为“夫学贵得之心，求之于心而非也，虽其言之出于孔子，不敢以为是也”（《阳明全书》卷二《传习录》），“道”是“天下之公道”，“非朱子可得而私也，非孔子可得而私也”（《阳明全书》卷二《传习录》）。这种不盲目崇圣的精神对社会思想形成了一定的冲击，开启了此后的以李贽为代表的激进思想家对圣贤的怀疑精神。

王阳明“心学”的新主张，其出发点是在不违背儒家传统和理学精神的前提下对理学进行新的阐释，其本意是将封建伦理纲常灌输到世俗人心中，使之成为人们内在的心理需要，祛除一切有悖于封建伦理准则的私心欲念，从而起到维护社会秩序的作用。他是以道德自律代替道德他律的做法，追求一种比程朱理学更高的的道德约束，让人们更自觉地履行封建道德，以封建伦理思想克服那些非封建思想。总之，是为了解决认识和实践封建道德的问题。但是由于心学与程朱理学在认识“理”的思维上是相反的，从而为王阳明之后心学偏离封建正统思想建立了理论基础。如王阳明以心为理之本源，以“吾心”为是非善恶之标准的思想方法，为后来的思想家留下了极大的发挥余地，为思想的解放和自由打开了门径；他强调个人在道德实践中的主体能动作用，为后来王学冲破封建束缚，追求个性解放，肯定私心私欲提供了思想依据；“愚夫愚妇与圣人同”直接导致了泰州学派的“百姓日用是道”的大众哲学的提出；他的“学贵自得”的观点也鼓励人们大胆地怀疑和批判权威。

心学的出现为社会思想提供了新的思考途径，带来了极大的思想震撼，“一时心目俱醒，犹若拨云雾而见白日”（顾宪成《小心斋札记》卷三）。兼之王阳明及其弟子、再传弟子们长年致力于民间讲学、传授，王学在当时形成了广泛而深远的影响，“正、嘉以后，天下尊王子也甚于尊孔子”（顾宪成《顾文端公遗书》，《泾皋藏稿》卷一一，《日新书院记》），王学盛极一时，形成了浙中、江右、南中、楚中、北方、闽粤、泰州数派，在社会上产生了巨大影响，甚至将王阳明从祀孔庙。心学也成为科举考试的重要内容，“科试文字大半剽窃王氏门人之言”（顾炎武《日知录》卷十八），致使“嘉隆而后，笃信程、朱，不迁异说者，无复几人矣”（《明史》卷二八二“儒林”）。王学所形成的广泛影响也引起了一些思想家、学者的各种思索和探究，王学所具有的新的思想因素激发了人们思想的活跃，心学开始分化，离王学之初衷越来越远，离经叛道的精神也越来越强，加之“才美者乐其任意，庸鄙者借其虚声”，而“传习转讹，背廖弥甚”（《明史》卷一九五《王守仁传》）。

在这种情况下，传统儒家思想开始出现危机，这是王阳明在建立心学时所始料未及的。而其中走得最远、影响最大的是泰州和龙溪两派："阳明先生之学，有泰州、龙溪而风行天下，亦因泰州、龙溪而渐失其传"，两派"时时不满其师说"，但因"龙溪之后，力量无过于龙溪者，又得江右为之救之，故不至十分决裂"，而"泰州之后，其人多能以赤手搏龙蛇，传至颜山农、何心隐一派，遂复非名教之所能羁络矣"（黄宗羲《明儒学案》卷三十二《泰州学案》）。可见当时各学派对王学和传统儒学的偏离。其中王艮的"保身说"，认为心为本，而心附于身，所以当以身为本："身也者，天地万物之本也；天地万物，末也"；"安身以安家而家齐，安身以安国而国治，安身以安天下而天下平"（《明儒王心斋先生遗集》卷一《答问补遗》），表达了对个体生命的重视。同时，他还从"道"的高度肯定了百姓生存需求的欲望，"百姓日用是道"（《明儒王心斋先生遗集》卷三《年谱》），"圣人之道，无异于百姓日用。凡有异者皆谓之异端"（《明儒王心斋先生遗集》卷一《语录》），"百姓日用条理处，即是圣人之条理处"（《明儒王心斋先生遗集》卷一《语录》）。又如何心隐认为人的一切生理欲望都是人最根本的、最正常的欲望："性而味，性而色，性而声，性而安佚，性也。"（《何心隐集》卷二《寡欲》）人们所能做的不是扼杀这种欲望，而是要寡欲和节欲，即"育欲"。李贽思想中的叛逆性更为强烈，他"排击孔子，别立褒贬"（《四库全书总目提要》卷五十"藏书"条），否定封建权威，高扬个性解放，肯定人欲，批判道学家的虚伪本质，成为封建思想的异端。

王阳明之后的王学左派在社会上形成了广泛的影响，尤其是他们通过讲学和培养弟子，进行了广泛的传播。泰州学派人员来自社会各个阶层，"上自师保公卿，中及疆吏司道牧令，下逮士庶樵陶农夫"（袁承业《心斋先生弟子师承表》）。这种盛大的气势，以至引起统治者的惶恐，御史张讷建议拆毁天下的讲坛，批评这种讲学风气："南北相距不知几千里，而兴云吐雾，尺泽可以行天；朝野相望不知几十辈，而后劲前矛，登高自为呼应。其人自缙绅外，宗室、武弁、举监、儒吏、星相、山人、商贾、技艺以至于亡命辈徒，无所不收，其事则遥制朝权，掣肘边镇，把持有司，武断乡曲，无所不为；其言凡内而弹章建白，外而举劾条陈书揭文移。自机密重情以及词讼细事，无所不关说。"（《明熹宗实录》卷六十）各学派所形成的新思想，因不同程度地反映了广大群众的愿望，而受到欢迎。在这种情况下，传统的程朱理学开始式微，渐渐失去了维系人心的力量，对人们思想的控制越来越松弛；新的思想渐被人们认可，社会思想呈现出自由而活跃的状态，程朱理学呈现出瓦解的趋势，以至“迩来文字多背朱注，不知《通鉴》、《性理》为何物”（《神宗实录》卷五一二）。于是明中叶以来的社会生活、社会心理和社会发展开始发生了较大的变化。

第三节 从社会边缘走向中心的市民阶层

经济学家傅衣凌认为，中国城市居民是很早就出现的，并且随城市的发展也有一定的人数。但是把城市居民初步赋予其近代性质的萌芽，那是在明代中叶前后，也就是16世纪初年才开始存在的。[①] 由于社会商品经济的发展和城市的繁荣，至16世纪，市民群体壮大起来，社会地位有了一定的提高，开始由社会的边缘走向社会的中心。

作为市民前身的商人和手工业者虽然早就出现，但是由于中国历代统治者为了维护自给自足的自然农业经济，制定和推行了农本商末的经济政策，形成了“士农工商”的社会等级秩序和“重农抑商”的社会价值观，所以工商业一直得不到充分的发展，工商业者备受社会的歧视，力量薄弱，地位低下，只能在社会夹缝中求生存，根本谈不上作为一个阶层的力量影响社会。宋代以后，城市经济繁荣，手工业和商业得到发展，手工业者和商人队伍扩大；同时，户籍制也进行了改革，将城市居民列为坊廊户，以与农村居民相分别。这样，市民开始作为一个阶层出现在历史的舞台上。但是由于宋代商品经济发展限于大中城市，并且严格地受到封建专制统治的控制，因此宋代市民阶层在政治、经济和文化上还缺乏作为一个阶层的独立性和社会影响力，因而是一个还处于社会边缘的阶层。这种现象直至明代中叶以后才得到改变。

明代中叶，土地兼并加剧，赋税徭役繁重，封建统治失控日趋严重，封建传统农业经济相对萎缩，商品经济得到了前所未有的发展。与宋代城市经济的繁荣只是限于几个大中城市不同，明代中叶以后的商品经济浪潮已经突破了大中城市的局限，在全国范围内发展起来。在江南，新兴的中小城市、市镇星罗棋布，更有为数不少的乡村正在走向城镇化或半城镇化；越来越多的农村人口脱离了农业，涌入城市，成为城市居民。同时还有一些官僚士大夫和文人常居城市，或投身于商品买卖；而亦官亦商、亦儒亦商、亦农亦商的人也不在少数。这些人积极参与到城市生活中，壮大了市民阶层。市民阶层人员变得庞大复杂起来，它包括了商人、店员、贩夫、手工业者、游民、

① 参见傅衣凌《明代江南市民经济试探》，上海人民出版社1957年版。

士卒、官吏、文人、妓女等各色人物。随着城市人口剧增，千户以上的市镇比比皆是。总之，明中叶以后的市民阶层无论在人数上、区域分布上都远远胜于宋代；而市民人数的增多是市民力量壮大、登上社会舞台的前提。加上随着商品经济的不断发展和城市的日益繁荣，工商业者已日益成为一支不可缺少的社会力量，影响着社会的经济、政治和文化生活。于是市民阶层开始由社会的边缘走向社会的中心。

在经济方面，由于城市生活越来越依赖市场，因此市民阶层的经营活动对社会生活起着举足轻重的作用；同时，市民阶层的收入十分可观，往往是“市民一充商役，每每是万金之产”（《世宗嘉靖实录》），具有较强的经济实力，对社会经济生活和商业活动有着不可小看的影响力。尤其值得注意的是，在明代，市民中还出现了一个富裕的阶层。经商利厚，汉代司马迁时就已认识到：“夫用贫求富，农不如工，工不如商，刺绣文不如倚市门。”但是在封建专制和重农抑商的政策下，真正以经商致富的现象并不多见。而到了明代，富人之多，富人财富之雄厚，都是以往所不可比的。万历间的谢肇淛在《五杂俎》卷四中写道：“富室之称雄者，江南则推新安，江北则推山右。新安大贾，鱼盐为业，藏镪有至百万者，其他二三十万，则中贾耳。山右或盐或丝，或转贩，或窖粟，其富甚于新安。”在商业发达的松江，“富商巨贾操重资而来市者，白银动以数万计，多或数十万两”（叶梦珠《阅世编》卷七）。而“平阳泽潞豪商大贾甲天下，非数十万不称富”（谢肇淛《五杂俎》卷四）。苏州潘璧成“大富至百万”（沈德符《万历野获编》卷二八）。富商巨贾们凭借手中的财富，广开商铺，多地经营，甚至可以把持市场，左右一方的商业发展，显示出其强大的经济影响力，所谓“其货无所不居，其地无所不至，其时无所不骛，其算无所不精，其利无所不专，其权无所不握”（《歙志》卷十“货殖”）。商人在经商活动中为了增强自己的竞争力，加强相互间的合作与帮助，还形成了区域性的集团势力——商帮。在明中叶，大的区域性商帮已有十余个，如徽商、晋商、闽商、粤商、江右商、吴越商等，而徽商和晋商人数最多，影响最大，他们通过商帮内部的联合协作，壮大势力，操纵市场，垄断行业，以争取在激烈的商业竞争中赢得更大的利润。

经济地位在一定程度上决定了政治地位，因此，明中叶以来市民随着经济地位的提高，政治地位也有了一定的改善。尽管在中国封建社会，封建专制统治一直将商人压制于社会的最下层，为“四民”之末，没有政治上的发言权。但是商人经济实力的不断增长和在社会经济发展中作用的增强，决定了商人在提高社会经济地位的同时，必然在一定程度上扭转其受歧视的社会地位；他们还可以借手中的金钱势力一定程度地参与社会的政治生活，提高自身的政治地位。

在明中叶以后，商人经济地位的提高对其政治地位的影响表现在：首先是“援结诸豪贵，藉其荫庇”（李梦阳《崆峒子集》卷四十《拟处置盐法事宜状》)。商人往往凭借手中的金钱和商场上的实力，结交官府，贿赂官员，寻求政治上的保护。其次，纳捐得官。明政府为了解决财政上的危机，从景泰年间开始，实行纳监制度，只要向政府捐出一定数额的钱财，就可以进国子监读书，出监后可以任官职。这就为商人从政提供了一条捷径，一时间“动以万计，不胜其滥”（《明史》卷六十九)。商人通过买官而彻底实现了对政治的直接参与。有些商人还可以通过捐助、捐输、助赈等形式获得士绅的地位，这也是一种变相的买官，如陕西李姓商人“输粟延安之柳树涧上，主兵常谷、客兵常谷数千石，食安边、安塞军数万人，通引淮、扬，给冠带，自部御史而下，莫不率礼之”（《受祺堂文集》卷四)。有的商人则通过鼓励和资助子孙和族人参加科举，改变家族的商人身份，求得政治保障，提高家族地位。还有的商人本来业儒，因各种原因弃儒从商，由于他们本身就关心政治，从商后仍表现出强烈的参政意识。在经济、政治地位提高的基础上，商人还敢于同一些贵族官僚相斗。如在万历十二年（1592），江西发生灾荒，巡抚陈有年请求稍弛闭籴之令，使江西百姓有米可救，本是利民之举，但因此引来早将粮船集进江西、正欲大获暴利的商人的不满，他们嗾御史以违闭籴令的罪名罢了陈有年的官。此外，市民还通过市民斗争等形式扩大其政治影响力。

不过，我们也要明白，这一时期市民阶层政治地位的提高、对社会政治的影响力，只是相对于以前而言，所以应当给予正确的估价。事实上，由于封建社会专制的统治，市民仍然被控制在社会政治之外，加上传统的官本位思想根深蒂固，市民很难有条件发出自己的政治声音。而商人与官僚一定程度的结合，更多的表现为一厢情愿，即金钱对权力的强烈需要。有些工商业出身的人一旦有条件为官，也摇身变为统治阶层，将以往身份弃去，因此，也不能代表工商业者政治地位的上升。所以，虽然市民社会地位的提高和政治上的影响较以往有了很大的进步，但始终未登上政治舞台，成为一支有影响的、独立的政治力量。这与西方市民阶层从一开始就以反对封建专制的姿态走上政治舞台是不同的。

市民社会地位的提高、对社会的影响还表现在社会生活的其他方面。比如，市民往往是新的社会时尚、风俗、潮流和某些价值观念的最先倡导者、体现者，尤其是富商挥金如土的花钱方式，锦衣玉食的享乐生活，拥妓燕歌的娱乐方式等等，更引起了全社会的艳羡和仿效，如“富埒吴中”的巨商张冲，每有一衣制成，其款式即成为人们争相模仿的样板（皇甫汸《皇甫司勋集》卷五十一《张季翁传》）。市民阶层还逐渐形成了自己的文化——市民文化，市民第一次有了自己的话语，影响了整个社会文化的构成；反映市民生活、适合市民趣味的市民文艺蓬勃发展，并形成了以市民为主要对象的俗文化与以文人士大夫为主要对象的雅文化并峙的文化格局。市民的价值观、道德观也在社会中产生了较为广泛的影响。

随着市民阶层在经济、政治和文化风尚等方面影响力的提高，市民的社会地位有了明显的变化。他们公然与缙绅士大夫往来，平起平坐，即“以竹与漆、与铜、与窑名家起家”者，“且能与缙绅先生列坐抗礼”（张岱《陶庵梦忆》卷五“诸工”）。如在畿南冀州地区，嘉靖时有记载说：“近来人大多不论贤贵，……虽卑贱暴富，俱并齿衣冠，置之上列。”（嘉靖《冀州志》卷七人事志三“风俗”）这表明市民阶层不再是一个只能徘徊在社会边缘的阶层，而成为一个逐渐由边缘走向中心的阶层。

在16世纪的中国，商业的发展，工商业者队伍的壮大，使以工商业为主的市民阶层的社会地位有了明显的提高，韩非子曾在两千年前所担心的情况终于在这一时期出现了：“今世近习之请行，则官爵可买，官爵可买，则商工不卑也矣。奸财货贾得用于市，则商人不少矣。聚敛倍农，而致尊过耕战之士。”（《韩非子·五蠹》）于是市民阶层在社会上有了自己的声音，以一种崭新的力量对社会产生影响，并且初步具有了近代市民性质的萌芽，走出了社会边缘而日渐走向社会的中心。不过，市民阶层走向社会中心的道路是漫长的，曲折的。在16—17世纪的中国，市民阶层仍然严重地依附于封建政权，它的壮大在地区上也是以江南为主，因而离走向社会中心还有一段漫长的路程，直到清末民初以后，中国的市民才真正走向了社会的中心，登上了政治的舞台，近代性质的萌芽才开花结果。

第二章　生活方式和社会风气的改变

正如马克思在《资本论》中论及商业和商人对社会发展的作用时所说："商人对于以前一切停滞不变，可以说对于世袭而停滞不变的社会来说，是一个革命的要素……商人来到这个世界，他应当是这个世界发生变革的起点。"[①] 明中叶以来的商品经济的发展和商人地位的提高，也促进了当时社会各个方面发生了变化。其中在社会生活方式、价值观念和社会风气等方面的变化最为明显。

生活方式是人类满足其生存和发展需要而进行的全部活动的总体模式。生活方式具有相对的稳定性，但是随着社会的发展变化和人们需求、观念的改变，生活方式也会发生改变。明代中叶以后的社会经济发展、经济结构的改变，尤其是商品经济的繁荣，导致了社会生活方式的剧烈变动，出现了具有商业化倾向的、以消费和享乐为特征的生活方式；同时，人们的价值观、世界观也发生了改变，并因此而引起社会风气的变迁。

第一节　重商思潮与生活方式的改变

明代中叶的商品经济发展，使商业的重要性逐渐为社会所瞩目，传统的"重农轻商"、"农本商末"的观念受到了冲击，人们开始重新认识商人和他们所从事的商业活动；而商业高额利润的回报，不但吸引大批的农民和普通市民积极投入到经商业贾的行列中，也诱使广大的士子、官僚阶层向商业靠近，在全社会形成了一个经商热潮。经商热潮的兴起，又进一步强化了社会的重商意识，不但一些先进的知识分子从根本上扭转了农本商末的观念，统治阶级也注意到商业在国民经济中的重要地位，开始提倡农商并重的经济策略，这也决定了当时重商思潮的广度和深度。

在当时，一些思想开明的士人从不同角度肯定了商业活动和商人地位。王阳明从社会价值的角度认为商业与其他行业是一样的："古者四民异业而

① 马克思：《资本论》第三卷，人民出版社1975年版，第1019页。

同道，其尽心焉，一也。士以修治，农以具养，工以利器，商以通货，各就其资之所近，力之所及者而业焉，以求尽其心。其归要在有益于生人之道，则一而已。士农以尽心于修治具养者，而利器通货犹其士与农也。工商以其尽于利器通货者，而修治具养，犹其工与农也。故曰：四民异业而同道。”（《王阳明全集》卷二十五《节庵方公墓表》）钟惺从经商的才识上提高商业的地位，认为：“货殖非小道也，经权取舍，择人任时，管、商之财，黄、老之学，于是乎在。”（《隐秀轩集·程次公行略》）赵南星从治生的角度认为商与士、农、工是一样的，没有高低贵贱之分：“士农工商，生人之本业，……岂必仕进而后称贤乎。”（赵南星《寿仰西雷君七十序》，《乾坤正气集》卷二六五）张又渠在《课子随笔》卷三中亦曰：“男子治生为急，农工商贾之间，务执一业。”李贽从经商的艰苦情况认可了商业劳动：“商贾亦何可鄙之有，挟数万之资，经风涛之险，受辱于关吏，忍诟于市易，辛勤万状，所挟者重，所得者末。”（《焚书》卷二“书答”，《又与焦弱侯》）。有人还从国家需要出发，认为商业是社会经济中不可缺少的一个组成部分，“正唯以货殖可以佐国家之急，王政之所以不废也”（柴奇《黼庵遗稿》卷八《送罗廷相归歙序》）；“货殖者，盖商之流，王政所不可无也”（储巏《柴墟文集》卷六《赠曾舜善冠带还薄序》）。

在重商思潮中，甚至有人还将“商”提高到与“儒”相提并论的地位。如李梦阳引商人王文显的话道：“夫商与士，异术而同心，故善商者，处财货之场而修高明之行，是故虽利而不污。”（李梦阳《崆峒集》卷四十四《明故王文显墓志铭》）认为商儒在人格上是同等的。出身于新安商人家庭的汪道昆，甚至提出“良贾何负闳儒”（汪道昆《太函集》卷五五），大大提高了商人的社会地位。

同时，统治阶级内部一些有远见的高层官员面对轰轰烈烈的商品经济活动，从国家利益出发，开始提倡农商并重的经济策略。万历时的海瑞指出，社会各种阶层只是分工不同，在社会中都有自己的作用，商人也不例外：“今之为民者五，曰士、农、工、商、军。士以明道，军以卫国，农以生九谷，工以利器用，商贾通焉而资于天下。”（《海瑞集·乐耕亭记》）张居正认为“商不得通有无以利农，则农病；农不得力本穑以资商，则商病。故商农之势常若以衡”；提出了“省征发，以厚农而资商；轻关市，以厚商而利农”的建议（《张文忠全集·文集·赠水部周汉浦榷竣还朝序》）。大官僚汪道昆也提出了类似的主张，认为农商要“交相重”，“厉商则厉农，商利而农亦利”（《太函集》卷六五“虞部陈使君榷政碑”）。又如朱国桢《涌幢小品》中提到“农商为国根本，民之命脉”。曾任湖广按察佥事的冯应京，在《月令广义》中明确提出“阜财通商，所以税国饷而利民用。行商坐贾，治生之道最重也”这些都说明当时统治阶级对工商业的认可与重视。

商业发展与重商思潮的互相推动，在社会上形成了“天下之势，偏在重商”（《明经胡氏龙井派宗谱·祠规》）的局面。河北南宫“多去本就末，以商贾负贩为利”（嘉靖《南宫县志》卷一），藁城“民酷经营，而逐末计利之风日炽”（嘉靖《藁城县志》卷一），徽州则是“古者右儒而左贾，吾郡或右贾而左儒，盖诎力者不足于贾，去而为儒；赢者才不足于儒，则返而归贾”（汪道昆《太函集》卷五十四《明故处士溪阳吴长公墓志铭》），山东博平县“逐末游食，相率成风”（道光《博平县志·民风解》），济宁“多商贾，民竞刀锥，趋末者众”（道光《济宁府志·风土》）。而在江南，这一现象更为突出，扬州“俗喜商贾，不事农业”（张岱《陶庵梦忆·诸工》），浙江龙游百姓“多向天涯海角，远行商贾，几空县之半，而居家耕种者，仅当县之半”（天启《衢州府志》）。在苏州，“湖中诸山，以商贾为生，土狭民稠，民生十七八，即挟资出商。楚、卫、齐、鲁，靡远不到，有数年不归者”（《苏州府志》卷三“风俗引”《县区志》）。不但“富者缩资而趋末”（《明世宗实录》卷五四五，嘉靖四十四年四月丙戌），士大夫家经商也成风气，“逐末者多衣冠之族”（万历《东昌府志》卷二“风俗”），“虽士大夫之有，皆以商贾游于四方”（归有光《震川先生集》卷十三《白庵程翁八十寿序》）。苏州地区，“士大夫家，多以纺织求利”（于慎行《谷山笔麈》卷四），湖南衡州府，士大夫“登垄逐末，黜素崇华”（何良俊《四友斋丛说摘抄》正俗），“吴松士大夫为商不可谓不众矣”（何良俊《四友斋丛说摘抄》）。

社会各阶层对商业的重视和参与，促进了商业的发展，同时也逐渐改变了传统的生活方式。在商业经济发达的江南地区，人们逐渐地抛弃了封闭、传统的生活方式，接受了与商品经济相适应的具有近代意味和商业化倾向的生活方式。

重商思潮改变了原有的谋生方式。在传统农业经济下，人们对谋生方式的选择是有限的，往往是子承父业，一生从事一种行业，多数人从事的是农业，没有过多的选择余地。明中叶以后商品经济的发展，为人们提供了更多的职业选择机会，人们的谋生方式向工商业倾斜，不但可以弃农经商、弃儒经商，还可以亦农亦商、亦儒亦商、亦官亦商等等；而在经商中，既可以开店，也可以走街串巷；既可以本地经营，也可以远走他乡。经商方式种种，选择余地多多，而身兼数职、搞多种经营的人也不为少数。

由于谋生方式向商业倾斜，原来安定的家庭生活为远游他乡、抛妻别子的动荡生活所替代。固守土亩，怀乡恋土，这是封建社会以土地为生存命脉而形成的社会风俗和情感，“父母在，不远游”这是封建礼教对孝提出的要求，但是在经商热潮的冲击下，在商业利润的吸引下，这一切随之改变。如“苏松之逃民，其始也皆因艰窘，不得已而逋逃；及其后也，见流寓者之胜于土著，故相煽成风，接踵而去，不复再怀乡土”（周忱《与行在户部诸公书》）。又如徽州，“贾人娶妇数月，则出外或数十年，至有父子邂逅而不相认识者”。人们也习惯于这种与家人两地分离的生活，甚至还嘲笑那些留家恋乡的人：“男子冠婚后，积岁家食者，则亲友笑之，妇女亦安其俗，而无陌头柳色之悔。”（顾炎武《肇域志》江南十一，徽州府）于是离乡经商、奔波四方，成了时下许多人的生活方式。而外面的精彩世界和漂泊不定的商旅生活，也使人们走出了封闭、狭小、单调的生活天地，开阔了生活的视野，增长了人生的阅历，增强了生存能力和适应社会变化的能力。

消费型生活方式被许多人接受。由于大批农业人口走向城市、走向工商业，在商业发达的地区出现了“耕者少而食者多”、“天下之人，食力者什三四，而资籴以食者什七八矣”（丘浚《大学衍义补》卷二五中）的现象，许多农田根本就不种植粮食作物，有些地区竟完全仰食四方，人们生活资料基本上自给的传统生活方式逐渐为依赖市场的消费型生活方式所代替。人们兢兢业业地劳作不再是为了自给，而是为了赚到钱，然后再用钱去购买生活资料。于是人们越来越依靠市场来获得生活资料或生产原料，如杭州“城中米珠取于湖，薪桂取于严，本地皆以商贾为业，人无担石之储”（顾炎武《肇域志》浙江）；“嘉靖已卯倭寇剽掠城下，……城闭仅六日耳。而攘夺纷纷，几至内溃”（李长卿《李长卿集》卷十九“借箸编”，早计第一）。又如嘉定县“不产米，仰食四方，夏麦方熟，秋禾即登，商人载米而来者，舳舻相衔也。中人之家，朝炊夕爨，负米而入者，项背相望也”（顾炎武《天下郡国利病书》苏松）。“吴人好费乐便，无宿储，悉资于市”（正德《姑苏志》卷十二，风俗）。南京“薪粲而下，百物皆仰给于贸易”（顾起元《客座赘语》卷二“民利”）。逐渐的，人们在日常生活中也不以家有存米为安，只以获钱为急，因为只有钱才能维持这种消费型的生活方式，正如丘浚所说：“农民无远虑，一有收熟，视米谷如粪土，变谷以为钱，又变钱以为服饰日用之需，……天下之民莫不皆然。”（丘浚《大学衍义补》卷二五）生活资料只有通过用钱购买才能获得，这种生活方式的改变，日益显示出金钱的重要性，对当时社会的生活和人们的观念产生了极为深刻的影响。

如果说在以农耕为主的社会里，人们生产劳动的目的仅是为了获得基本的生活资料，满足基本的生存需求，那么在商品经济下，人们的生产目的就不再是这么简单了。人们已在生活资料依靠市场的消费型生活方式中初步感受到了金钱的重要，有了钱不但能吃饱穿暖，还可以享受锦衣玉食、高屋大堂、游山玩水、美声绝色等等。商业的较高回报和市场丰富的物品都为这种享受提供了可能，于是享乐成了人们生活中的一个重要内容，节衣缩食的生活方式变得过时。人们穷思竭虑地挣钱，然后穷奢极欲地享受。与此相适应，社会上各种供享乐的物品、场所、设施纷纷出现，“即以吾苏而论，洋货、皮货、绸缎、衣饰、金玉、珠宝、参药诸铺、戏园、游船、酒肆、茶店，如山如林”（顾公燮《消夏闲记摘抄》上）。在经商之余，人们逛妓院、进酒楼、吃美食、听歌舞、满足各种享乐需要，甚至出现了不为将来计、只顾眼前快活的及时行乐的生活习俗，如《广志绎》卷四就记录了当时杭州的风俗：“杭俗儇巧繁华，恶拘检而乐游旷。……然皆勤劬自食，出其余以乐残日”，“即舆夫仆隶，奔劳终日，夜则归市湖酒，夫妇团醉而后已，明日又别为计”。

总之，在当时的经商思潮影响下，以江南为主的一些城镇，人们的生活基本上形成了经营—消费—享乐为一体的都市型的、具有商业化倾向的生活方式。在这一生活方式中，金钱支撑了它的周而复始，工商业活动是这一生活方式顺利进行的保障。在市民之外，一些官僚士大夫也因参加到经商活动中来，在生活方式上向市民靠近。特别是由于他们资金雄厚，买卖红火，利润丰厚，因而更有条件过这样一种生活，所以，在一些亦官亦商者身上，这种生活方式表现得更为明显。

第二节　尚利好货的价值观

重商思潮和生活方式的改变，也影响了社会的价值观，其中主要表现在尚利好货的价值观替代了传统的重义轻利的价值观。

中国传统的价值观是以重义轻利为核心的，义与利在传统儒家思想中是一对相对立的价值取向。孔子认为“君子喻于义，小人喻于利”（《论语·里仁》），主张“君子谋道不谋食”（《论语·卫灵公》），把对于义与利的取舍，作为判断一个人是君子还是小人的主要依据。之后，孟子则将义与利进一步对立起来：“王亦曰仁义而已矣，何必曰利?”（《孟子·梁惠王上》）汉代董仲舒甚至要彻底地将利从人的思想中排除出去，“正其谊（义）不谋其利，明其道不计其功”（《汉书·董仲舒传》），完全否定了人们追求利益的正当性与合理性。在这种观念下，儒家义利观不仅否定了个人对利的合理追求，也否定了以求利为目的的商业活动和其他社会行为，这虽适合了中国封建小农经济社会的发展，但因而也决定了中国商业卑下的社会地位和艰难的发展历程。宋代程朱理学又将重义轻利这一价值观推向了极端，提出了“存天理，灭人欲”的要求，在统治者的大力提倡下，人们的利欲之心一直受到压制。

明代中叶以后，商业经济的活跃，使越来越多的人从事着以获利为唯一目的的商业活动，金钱在社会生活中起着日益重要的作用，显示出万能的魔力，而不断涌现的富商巨贾们挥金如土的豪奢生活更引起了人们对金钱的膜拜与追求；加之思想领域的解放，王学左派对人欲和百姓日用的肯定，传统的重义轻利价值观受到了怀疑和挑战，尚利好货的价值观日渐在市井中流行，金钱财富也成了许多人的生活动力和人生追求。如徽州府之岩镇：

> 三四十年来，人情丕变，万象一新，敝化奢丽，百倍于前，取快一时，遑恤我后。盖缘一二狂狡，创为奇异，而富者欲过，贫者思及，遂致外强而中干，奢侈之念一萌，不得不重财而轻义，不能不狥欲而忘亲，是以近日所相矜诩者，礼义不如文章，文章不如爵位，爵位不如金钱。是以井里之人，蚊钻蝇附，以得窥金穴为荣。甚至士大夫亦或以苞苴之重轻为疏戚，遂受其牵制而唯诺无辞，谄者日进，乌能禁其不骄哉？（《岩镇志草·贞集·迂谈》）

张瀚也曾记载了当时人们的好利求利之心：

> 财利之于人，甚矣哉！人情徇其利而蹈其害，而犹不忘夫利也。故虽敝精劳形，日夜驰骛，犹自以为不足也。夫利者，人情所同欲也。同欲而共趋之，如众流赴壑，来往相续，日夜不休，不至于横溢泛滥，宁有止息。故曰：“天下熙熙，皆为利来；天下攘攘，皆为利往。”穷日夜之力，以逐锱铢之利，而遂忘日夜之疲瘁也。（《松窗梦语》卷四《商贾记》）

人们为了获得金钱财富甚至可以不顾一切，薛论道曾在《沉醉东风》中写了十二首“题钱”，其中一首写道：

> 人为你跋山渡海，人为你觅虎寻豺，人为你把命倾，人为你将身卖。细思量多少伤怀，铜臭明知是祸胎，吃紧处极难布摆。（《林石逸

兴》卷五)

可谓说尽了人为钱忙的世相。

尚利好货价值观最先在商人为主的市民阶层中形成，也在市民阶层中表现得淋漓尽致，但是随着商品经济的不断发展，也影响到包括文人、官僚在内的全社会各个阶层，并渗透到生活的各个方面。

在古代中国，文人是封建道德、价值观的维护者和体现者，他们对整个社会的道德起着引导和示范的作用，因而在一定程度上可以决定整个社会的道德水平和价值倾向。明中叶以后，孔圣人的“学也，禄在其中矣，君子忧道不忧贫”(《论语·卫灵公》)的千古训导为时下的“学者以治生为本”(陈确《陈确集·文集》卷五)的新观念所代替，士人在义利观上表现出了明显的趋利倾向。他们或投入到锱铢必较的经商活动中去，或利用自身的特长，获取财富。他们不再以言利为耻、索利为羞，反而视为正当。据李诩所记：

> 嘉定沈练塘龄闲论文士无不重财者，常熟桑思玄曾有人求文，托以亲昵，无润笔。思玄谓曰：“平生未尝白作文字，最败兴，你可暂将银一锭四五两置吾前，发兴后待作完，仍还汝可也。”唐子畏曾在孙思和家有一巨本，录记所作，簿面题二字曰：“利市”。都南濠至不苟取。尝有疾，以帕裹头强起，人请其休息者，答曰：“若不如此，则无人来求文字矣。”马怀德言，曾为人求文字于祝枝山，问曰：“是见精神否?”(俗以取人钱为“精神”。——原注)曰：“然。”又曰：“吾不与他计较，清物也好。”问何清物，则曰：“青羊绒罢”。(《戒庵老人漫笔》卷一“文士润笔”)

他们还堂而皇之地宣称科举做官的目的就是求利：“嘉隆以前，士大夫敦尚名节。游宦归来，客或询其囊橐，必唾斥之。今天下自大夫至于百僚，商较有无，公然形之齿颊。受铨天曹，得膻地则更相庆，得瘠地则更相吊。官成之日，或垂囊而返，则群相讪笑，以为无能。士当齿学之初，问以读书何为，皆以为博科第、肥妻子而已。”(《陈岩野先生集》卷一《中兴政要书·励俗篇》)为利所趋，许多本可以走科举夺功名的学子半途而废，从事谋利快捷的工商业，如生产窑器的景德镇就是如此：“天下窑器所聚，其民殷富，甲于一省。……镇民既富，子弟多入学校，然为窑利所夺，绝无登第者。”嘉靖间因贼起，“停火三月，是秋遂中吴宗吉一人，亦竟不成进士，后为吾郡倅，升黎平守而卒。宗吉前后，终无一人举者。”（王昊《当恕轩随笔》，奉常公《二酉委谭》）难怪当时人说：“近日所相矜诩者，礼义不如文章，文章不如爵位，爵位不如金钱。”（《岩镇志草·贞集·迂谈》）何良俊也感慨道：“日逐奔走于门下者，皆言利之徒。”（《四友斋丛说摘抄·正俗》）文人的这种价值观和价值取向对已经兴起的尚利好货的社会风气无疑起到了推波助澜的作用。

在尚利好货价值观的影响下，统治阶级利用手中的权力更加疯狂地谋求金钱，掠夺财货，“士大夫家多以纺织求利”（于慎行《谷山笔麈》卷四），“缙绅仕夫多以货殖为急”（王文禄《策枢》卷四）。徐陟曾记载：“近来官宦家人，假充弟男子侄名色，撑驾官民船只，满装货物，所至商贩，渔猎民财，……横行河道，阻遏粮军”（《奏为恳乞天恩酌时事备法纪以善臣民以赞至治事》，《明经世文编》卷三五六）；又如徐阶做宰相时，“家中多蓄织妇，岁计所织，与贾为市”（于慎行《谷山笔麈》卷四）；神宗万历二十四年，太监张诚罪发，查出他“买邵皇亲等庄田不下数百余所，而市店遍于都市，所积之赀，都人号为百乐川”（《神宗实录》卷二九三）。官僚士大夫经商不但规模越来越大，且凭借权势，横行一方，谋取暴利，如李梦阳所言：“今缙绅缝掖，率贵利贱义，而务细小，往往诡托贾竖，贩引占窝，逐汗辱之利。……驾帆张帜，横行江河，虎视狼贪，亡敢谁何。”（《议处置盐法事宜疏》，《明经世文编》）

尚利好货的价值观还表现在社会的人际关系中，这就是“利”成了人情远近亲疏的决定因素。嘉靖、万历间的戏曲大家薛论道曾形象地描写了当时以钱为中心的人际关系：“为时哀，炎凉世态眼难开。见兔鹰才放，隔夜树不栽。贫居闹市亲不睬，富住深山疏也来。休夸义，只论财，英雄须自守时乖”；“叹时俗，交情先自审荣枯。冷暖观门第，礼貌看衣服。趋时附势千般有，爱老怜贫半个无。薄者厚，亲者疏，原来只是敬青蚨。”（《林石逸兴》卷八《傍妆台》曲牌《世情》）这种唯利是亲的观念还渗透到了婚姻的缔结中。由于封建统治阶级要维护社会等级秩序和本阶级的根本利益，重门阀，崇旧族，因而在婚姻上要求贵贱有别，讲究门当户对，所以“结婚是一种政治的行为，是一种借新的联姻来扩大自己势力的机会；起决定作用的是家世的利益”①。但是在明中叶“以财富相高，而左旧族”（万历《钱塘县志》卷一“风俗”）的世风下，财富成了婚姻中的决定因素，“婚姻不论门第，惟视贫富相若”（嘉靖《德庆州志》）；女索聘礼、男计妆奁成为婚

① 《马克思恩格斯选集》第四卷，人民出版社1972年版，第74—75页。

姻中的普遍现象。在嘉靖以前，“当时婚娶，但论门阀，媒妁定言，两不求备”，而今“女家许聘，辄索财礼，既醮，乃论资装，稍不如意，非过期不归，则妇归见斥矣”（明何乔远《名山藏·货殖记》）。“婚姻论财”导致了婚姻中贵贱尊卑的等级秩序被打破，“今世流品，可谓混淆之极。婚娶之家，惟论财势耳。有起自奴隶，骤得富贵，无不结婚高门，缔眷华胄者，……而为名族者，甘为秦晋而不耻”（谢肇淛《五杂俎》卷一四“事部”）。贱的可凭财富而攀贵，贵的因财富而不嫌贱，好利的价值观在婚姻中表现得十分突出。另外人与人之间的关系因重利重钱而疏远，为利而争的现象极为普遍，甚至父子兄弟间也不免，如嘉靖时，“民颇健讼趋利，相欺相凌，甚至父子兄弟若仇敌然”（嘉靖《清流县志》卷一“习俗”）。在这种情况下，为了避免利益冲突，还出现了“父子兄弟，别异而居，或终岁始一见”（崇祯《靖江县志》卷十“风俗”）的社会现象。

面对明中叶以后的这种尚利好货价值观的兴起，虽然一些激进的知识分子从人的正常需求出发给予了一定的肯定，但是由于尚利好货的价值观使世风浇漓，也激起了人们的猛烈批判，如万历时的伍袁萃道：“今天下之人，唯利是趋，视仁义若土芥，不复顾惜。”（《林居漫录·别集》卷三）顾炎武称这一时代是“金令司天，钱神卓地”（顾炎武《天下郡国利病书》）。不管人们持着怎样的态度，不可否认的事实就是：明中叶以后，社会已进入到一个向金钱表示敬意的时代。

第三节　奢靡淫逸的社会风尚

享乐的生活方式和尚利好货的价值观的流行，带来了整个社会风尚的变化。在现存的文献中，对明中叶以后的社会风尚多有记载，时间上一般以正德、嘉靖为变化的起点，并伴随着对明初醇厚风尚的对比和无限感念，如：

> 正、嘉以前，南都风尚最为醇厚。荐绅以文章政事、行谊气节为常，求田问舍之事少，而营声利、畜伎乐者，百不一二见之。逢掖以呫哔帖括、授徒下帷为常，投贽干名之事少，而挟倡优、耽博奕、交关士大夫陈说是非者，百不一二见之。军民以营生务本、畏官长、守朴陋为常，后饰帝服之事少，而买官鬻爵、服舍亡等、几与士大夫抗衡者，百不一二见之。妇女以深居不露面、治酒浆、工织纴为常，珠翠绮罗之事少，而拟饰倡妓、交结姏媪、出入施施无异男子者，百不一二见之。（顾起元《客座赘语》卷一“正嘉以前醇厚”）

嘉靖十年以前，富厚之家，多谨礼法，居室不敢淫，饮食不敢过。后遂肆然无忌，服饰器用，宫室车马，僭拟不可言。又云正德已前，房屋矮小，厅堂多在后面，或有好事者，画以罗木，皆朴素浑坚不淫。嘉靖末年，士大夫家不必言，至于百姓有三间客厅费千金者，金碧辉煌，高耸过倍，往往重檐兽脊如官衙然，园囿僭拟公侯。下至勾栏之中，亦多画屋矣。（顾起元《客座赘语》卷五“建业风俗记”）

在诸如此类的记载中，奢靡淫逸是正、嘉以来社会风尚最为明显的特征。

“人情以放荡为快，世风日以侈靡相高”（明张瀚《松窗梦语》卷八）的这种风尚“始于衣冠之家，而后及于城市”，“始于城市而后及于郊外”（归有光《震川先生集》卷三《庄氏二子字说》），“豪门贵室”起了“导奢导淫”（范濂《云间据目抄》卷二）的作用。

明代中叶，国富民安的社会环境滋生了统治阶级寻求安逸享乐的心理，生活日益腐朽；而商品经济的发展和城市的繁荣又为他们奢华的生活提供了丰富的物质条件，于是自皇族而下的整个朝廷开始形成一股奢侈享乐、荒淫无度的风气，一改明初官员“廉俭自守”的作风，如《上元县志》中记载了官员中间的这种变化：

甚哉风俗之移也。闻之长者，弘、正间居官者，大率以廉俭自守。虽至极品，家无余资，此如胡之弓、越之剑，夫人而能之也。嘉靖间始有一二稍营囊橐为子孙计者，人犹非而笑之。至迩年来则大异矣，初试为县令，即已买田宅盛舆贩金玉玩好，种种毕具。甚且以此被谴责，犹恬而不知怪。此其人与白昼攫金何异。（万历《上元县志·风俗论》）

甚至“今京师贵戚，衣服饮食，车舆文饰庐舍，皆过王制，僭上甚矣”（顾起元《客座赘语》卷四）。有的大官僚凭借自己的权势，讲究排场，鱼肉地方，奢侈无度。如万历时期首辅张居正外出时，“始所过州邑邮，牙盘上食，水陆过百品，居正犹以为无下箸处。而（钱）普无锡人，独能为吴馔，居正甘之，曰：‘吾至此仅得一饱耳。’此语闻，于是吴中之善为庖者，召募殆尽，皆得善价以归”（焦竑《玉堂丛语》卷八“汰侈”）。加上这一时期的许多官员都是集官僚、地主、商人于一身，拥有大量财富，更进一步助长了这股风气。如礼部尚书董份，“家畜童仆不下千人，大航三百余艘，各以号次听差遣。其青童都雅者五十余人，分为三班，各攻鼓吹戏剧诸技，无事则丝衣络臂，趋侍左右。一遇宴会，则声歌杂沓，金碧夺目，引商刻羽，杂以调笑，公对客流览其间，以为大愉快也”。其“以女孙婚于吴县申公子，妆奁衣饰至满三百笥。已而陈于阊门外，笥各一儿，出女子六百人舁之，亘古未有”（范守己《曲洧新闻》卷二）。工部郎徐渔浦在生活极细小处也要显示出其非同寻常的奢华：“每客至，必先侦其服何抒何色，然后披衣出对，两人宛然合璧。”（沈德符《万历野获编》卷十二）

在董份这样的“豪门贵室，导奢导淫”（《云间据目抄》卷二）之下，富商巨贾为代表的富裕阶层也不甘示弱，他们凭借手中的财富，比奢竞富，大肆挥霍，穷奢极欲：“今商贾之家，策肥而乘坚，衣文绣绮縠，其屋庐器用，金银文画，其富与王侯埒也。又蓄声乐、伎妾、珍物，援接诸豪贵，籍其荫庇。”（李梦阳《崆峒集》卷四十《拟处置盐法事宜状》）借相沿为风，相染成俗，以官僚、商贾为代表的奢靡淫逸生活，很快在社会上形成影响，成为社会风尚，在大中城市，风气最炽。在经济发达的江浙地区，“俗好偷靡，美衣鲜食，嫁娶葬埋，时节馈遗，饮酒燕会，竭力以饰美观。富家豪民，兼百室之产，役财骄淫，妇女、玉帛、甲第、田园、音乐，拟于王侯”（归有光《震川先生集》卷一一《送昆山县令朱侯序》）。商人多而富的徽州，其俗“矜富壮，子弟裘马庐食，辐辏四方之美好以为奇快”（汤宾尹《睡庵集》卷二三）。海商云集的福州、漳州，“甲第连云，朱甍画梁，负妍争丽，……斗鸡走马，吹竹鸣丝，连手醉欢，遨神辽旷”（康熙《漳州府志》卷三十《艺文·清漳风俗考》）。经济发达的吴地，“吴俗奢靡为天下最，日甚一日而不知返，安望家给人足乎？予少时，见士人仅穿裘，今在里巷妇孺皆裘矣；大红线顶十得二三，今则十八九矣；家无担石之储，耻穿布素矣；团龙、立龙之饰，泥金、剪金之衣，编户僭之矣。饮馔则费千金而不为丰，长夜流湎而不知醉矣。物愈贵，力愈艰，增华者愈无厌心，其何以堪？”（龚炜《巢林笔谈》卷五《吴俗奢靡日盛》）

仅以饮食而言，其奢侈程度就令时人咂舌。有人曾详细地记录了从正统至嘉靖年间宴客规格的变化：

> 又外舅少冶公尝言：南都正统中延客，止当日早令一童子至各家，邀云请吃饭，至巳时则客已毕集矣。如六人、八人，止用大八仙桌一张，肴止四大盘，四隅四小菜，不设果，酒用二大杯轮饮，桌中置一大碗，注水涤杯，更斟送次客，曰汕碗。午后散席。其后十余年，乃先日邀知，次日再速，桌及肴如前，但用四杯，有八杯者。再后十余年，始先日开一帖，帖阔一寸三四分，长可五寸，不书某生，但具姓名拜耳。上书某日午刻王一饭，桌肴如前。再后十余年，始用双帖，亦不过三

折，长五六寸，阔二寸，书眷生或侍生某拜，始设开席，两人一席，设果肴七八器，亦已刻入席、申末即去。至正德嘉靖间，乃有设乐及劳厨人之事矣。（王丹丘《建业风俗记》）

又如江西永丰县，先前宴会“果肴以四色或五色而止，果取诸土产，肴用家畜，所宜聊且具数而已。于是遇节庆、远亲、乡邻无弗会者”。而至嘉靖时，“今一会或费数十金，为品至数十，剪彩目食之华，实效京师，耻弗称者，率自摈焉，而婚族疏邈，如途人者有矣。噫！奢侈僭甚而犯礼多，浑朴消而殷富替，岂惟信哉！”（嘉靖《永丰县志·风俗》）何良俊也记载：

今寻常燕会，动辄必用十肴。且水陆毕陈，或觅远方珍品，求以相胜。前有一士夫请赵循斋，杀鹅三十余头，遂至形于奏牍。近一士夫请袁泽门，闻肴品计百余样，鸽子斑鸠之类皆有。尝作外官，囊橐殷盛。（《四友斋丛说》卷三十四）

饮食之奢也给来中国的外国人利玛窦留下了深刻的印象：

有时候桌上摆满了大盘小盘的各种菜肴。……所以饭没吃完，桌子上就压得吱嘎作响；碟子堆得很高，简直会使人觉得是在修建一个小型的城堡。……正式宴会常常要举行一个通宵，直到破晓。（《利玛窦中国札记》卷一）

流风所及，连生活贫困的仆役贩夫等社会底层和经济不甚发达的边远地区也追随奢靡淫逸之风，强为奢侈。如张瀚记载：

服食器用月异而岁不同已，毋论富豪贵介，纨绮相望，即贫乏者，强饰华丽，扬扬矜诩，为富贵容。若事佛之谨，则斋供僧徒，装塑神像，虽贫者不吝捐金，而富室祈祷忏悔，诵经说法，即千百金可以立致，不知计也。（《松窗梦语》卷七“风俗纪”）

又如苏州府昆山县，“邸第从御之美，服饰珍羞之盛，古或无之。甚至仆隶卖佣，亦泰然以侈靡相雄长，往往僭礼逾分焉”（万历《昆山县志》第一卷“风俗”）；在河北，“富家善宴会，贫者亦踵相效”（河北《正定府志》）。

在一些偏远地区，如山西，“太原潞、泽则已渐流于侈矣。若汾州两府并建，宗枝繁衍，常禄所入，辄竞纨绮，润屋庐以自多。细民连姻宗贵，转相仿效，至有以千金为妇饰者。……虽曰穷边绝徼，殆与内郡富庶无异，而浮侈尤甚。昔人有言：'山西厥土硗瘠，故民多贫，厥俗勤俭，故用仅足'。今地利所出，不及于曩者，而奢靡之风，乃比于东南，将何以为继也。"（顾炎武《肇域志》山西二）。"数金之家尽烩耀服饰之间，女人尽白髻而妖服"（崇祯《山西通志》卷二十九）

奢侈享乐应该是有钱人的生活，因为它由金钱和财富来支撑，但为何连穷乏之人、贫困之地也趋之若鹜呢？这是因为奢靡淫逸的风气还导致了人们的虚荣和攀比心理，归有光真实地记录了这一心理："负贩之徒，道而遇华衣者，则目睨视，啧啧叹不已，东邻之子食美食，西邻之子从母而啼，婚姻聘好，酒食宴召，送往迎来，不问家之有无，曰：吾惧为人笑也。"（《震川先生集》卷三）在"吾惧为人笑"的心理下，奢靡淫逸的风尚不再限于个别阶层和个别地区，而是"人皆志于尊崇富奢"，"群相蹈之"（张瀚《松窗梦语》卷七"风俗纪"）。关于明中叶以后的侈靡风气，黄宗羲在《明夷待访录》中《财计三》给以了极好的概括："何谓奢侈？其甚至者，倡优也，酒肆也，机坊也。倡优之费，一夕而中人之产；酒肆之费，一顿而终年之食；机坊之费，一衣而十夫之暖。"

对于这种奢靡淫逸的社会风尚，许多人都表示了反感与担忧："风俗自淳而趋于薄也，犹江河之走下，而不可返也。"（明范濂《云间据目抄》卷二）但也有人从繁荣经济的角度给予肯定，这种论调恐怕在明中叶以前的历史中是极为少见的。如吴人顾公燮认为："治国之道，第一要务在安顿穷人"，"有千万人之奢华，即有千万人之生理。若欲变千万人之奢华而返于淳，必将使千万人之生理亦几于绝。此天地间损益流通，不可转移之局也"（顾公燮《清夏闲记摘抄》上）。陆楫也认为"奢则其民必易为生"：

> 论治者类欲禁奢，以为财节民可富也。噫！先正有言：天地生财，止有此数，彼有所损，则此有所益。吾未见奢之足以贫天下也。自一人言之，一人俭则一人或可免于贫；自一家言之，一家俭则一家或免于贫。至于统论天下之势则不然。治天下者，将欲使一家一人富乎？抑立欲均天下而富之乎？予每博观天下之势，大抵其地奢，则其民必而为生；其地俭，则其民必不易为生者也。何者？势使然也。……只以苏杭之湖山言之，其居人按时而游，游必画舫、肩舆、珍馐、良酿、歌舞而行，可谓奢矣。而不知舆夫、舟子、歌童、舞妓，仰湖山而待爨者不知其几。彼有所损，此有所益。……彼以粱肉奢，则耕、庖者分其利；彼

以纨绮奢，则鬻者、织者分其利。……要之先富而后奢，先贫而后俭，奢俭之风起于俗之贫富。……其民赖以市易为生。……市易者，正起于奢。(陆楫《纪录汇编》卷二〇四《蒹葭堂杂著摘抄》)

这种观点的存在也一定程度地推动了奢侈淫逸风尚的盛行。

第三章　市民消费生活的变革

生活消费是人们为满足个人生活需要而消费各种生活资料、劳务和精神产品的过程和行为。它是社会经济发展的晴雨表。明代社会经济的发展、生活方式和社会风尚的变化，为社会消费的变革提供了有利的条件，使消费方式、消费观和消费格局等发生了较大的变化。

随着市民闲暇时间的增多、市民文化水平的提高，市民阶层在文化娱乐方面的需求进一步增长，文化娱乐消费成为人们的日常消费。

第一节　社会消费观和消费格局的改变

“商业不管向哪里发展，总能创造对于他所带来的新消费品的欲求。”①明中叶商品经济的发展，是促进城市市民消费生活发生新变化的最根本的原因，具体地说，一是商品经济在全国的发展增进了各地间商品物资的交流，城市商品丰富，为消费生活的变革提供了物质基础，满足了人们新的消费需求；二是商品经济下生活方式的变化和尚利好货、奢靡淫逸的社会风气的普遍流行，引导了市民消费观的转变；三是以手工业者和商人为代表的市民阶层经济实力的增强，提高了社会消费能力。特别是由于当时的商品经济是在封建农业经济基础上成长起来的，主要建立在地区间的物资交换基础上，而不是建立在物质的生产上；而从农民中分化出来的商人、手工业者在观念上也不可能完全摆脱小农意识，因此商业利润几乎不可能用于扩大再生产，未能实现商业资本向产业资本的转换，于是商业利润除了购买土地、用作高利贷等之外，几乎都是作为日常生活的消费金而使用或存蓄。这种资金流向也一定程度上促进了城市消费生活的繁荣。在这一时期，人们打破了旧的消费传统，树立了新的消费时尚，建立起新的消费格局，其中消费观的改变是消费生活中最根本和最引人注目的改变。

---

① ［比］亨利·皮朗著，乐文译：《中世纪欧洲经济社会史》，上海人民出版社 1964 年版，第 72 页。

所谓消费观是指人们对于消费的看法，它直接决定着人们的消费行为。明中叶以后，以市民阶层为主的消费主体在消费观上最明显的变化就是：消费不再仅仅是为了生存和生产得以继续进行的物质消耗，也不再是单纯的物质上的享受，而是在一定程度上成为个人实现自我价值的标准和手段。

在封建社会等级秩序的严格控制下，明中叶以后商人为代表的市民阶层的社会地位的提高毕竟是有限的，商人无力彻底改变千百年来的尊卑等级秩序，但却有能力向整个社会示威，它进行示威的唯一资本就是金钱，而作为商人唯一可以炫耀的也是金钱。所以他们以普通人无法达到的金钱上的挥霍和物质上的享受，来与社会的上层阶级相抗衡，引起全社会的重视和对其地位的重新审视，以此体现自身的存在与价值，获得自尊感和满足感，达到心理上的平衡。因此对于他们来说，消费不全是为了满足基本生活需求，还是为了满足某种心理需求，如为了显示个人的财力、地位、成就，为了“脸面”、“体面”，甚至是为了向有权阶层进行挑战。而当时奢靡的社会风气更是助长了这种消费观。消费观的改变具体表现在下面几个方面：

一是消费向奢侈品发展。

在商业活跃的城镇中，只求温饱的消费观已经落伍，节俭也不再是一种人人称道的美德，很多人将消费的目标放在了那些奢侈品上。在生产力水平低下的社会里，奢侈品只是特权阶级和某些有钱人的专利消费品，普通人无权也无力问求。可是商品经济的发展改变了这一消费观，人们把对奢侈品的消费作为生活质量和拥有财富的一个标志，它满足了工商业者急需显示自我能力和树立自我地位的心理需求，以及全社会成员竞富比奢的虚荣心。如在明初洪武间，“民不粱肉，闾阎无文采，女至笄而不饰，市不居异货，宴客者不兼味，室无高垣，茅舍邻比”，然而“不及二百年，其存者有几也?”（归有光《震川先生集》卷三）又如吴江县，“邑在明初，风俗淳朴，非世家不架高屋，衣服器皿不敢奢侈……至嘉靖中，庶人之妻多用命服，富民之室亦缀兽头，循份者叹其不能顿革。万历以后迄于天崇，民贫世富，其奢侈乃日甚一日焉”（乾隆《吴江县志·风俗》）。在“倾赀以相夸，假货以求胜”的心理下，“屐以珠缘，髻以金饰。宝玉翠绿，奇丽骇观”（《世纬》卷下“革奢”）、“器皿悉用白银、洋金、象牙、美玉，堆花细累；女子头饰翡翠、玛瑙、玳瑁、金玉”（《盐政志》卷七）、“男子冠巾丝履，妇女珠翠金宝绮縠罗纨，但有财尽能索耳”（万历《滕县志》卷三“风俗志”）等消费现象已为常见。

对于奢侈品的消费并不限于有钱人，因为奢侈品代表的是富足的生活和一定的地位，在这种虚荣心理的支配下，那些下层的市民也同样把奢侈品的消费作为主要的生活消费。如松江地区的上海生员，“冬必服绒道袍，暑必用踪巾绿伞，虽贫如思丹，亦不能免”（顾起元《云间据目抄》卷二“民利”）。即使是城市中最低微的人也同样喜尚奢侈，即所谓“其流至于市井贩鬻、厮隶走卒，亦多缨帽缃鞋，纱裙细裤”（《博平县志》卷四）；“虽奴隶快甲之家，皆用细器”（范濂《云间据目抄》卷二“记风俗”）；有的“家才儋石，已贸绮罗，积未锱铢，先营珠翠”（《客座赘语》卷二）；有的“贫者亦槌牛击鲜，合飨郡祀，与富者斗豪华，至倒囊不计”（《郓城县志》卷七）；有的“家无担石之储，耻穿布素”（《巢林笔谈》卷五）；有的以“卒岁之资，制一裳而无余”（《阅世编》卷八）；有的“从典肆中觅旧缎旧服翻改新制，与豪华公子列座”（《云间据目抄》卷二）。

消费向奢侈品消费发展，是社会发展和经济繁荣的一个标志。明中叶以后社会和经济的发展虽然为消费上的这一变化提供了一定的条件，但是，由于社会风气的影响，一些市民在奢侈品的消费上也呈现出某种病态心理。

二是消费向僭越礼制发展。

在封建社会里，统治阶级为了维护等级秩序，处处注重体现等级差别，制定了严格的礼制：“衣服有别，宫室有度，人徒有数，丧祭械用，皆有等宜。”（《尚书·王制》）要求在日常生活的消费标准上遵守礼制，并以国家立法的形式强制人们遵从，不得越分，以实现“贵贱之别，望而知之”（《阅世编》卷八）的统治秩序。

明初，朱元璋鉴于元朝“闾里之民，服食居住与公卿无异，贵贱无等，僭礼败度，此元之所以败也”（宋濂《洪武圣政记》）的历史教训，对国人的衣食住行等做了极为严格的规定。在《大诰》中规定：“民有不安分者，僭用居处、器皿、服色、首饰之类，以致祸生远近，有不可逃者。诰至，一切臣民，所用居处、器皿、服色、首饰之类，毋得僭分，敢有违者，用银而用金，本用绢而用绫锦纻丝纱罗，房舍栋梁不应彩色而彩色，不应重锦而重锦，民床勿敢有暖阁而雕镂者，违诰而为之，事发到官，工技之人与物主，各各坐以重罪。”（《大诰续编》居处僭分，第七〇）这些法令在明初因“律令严明”，“人遵画一之法”（张瀚《松窗梦语》卷七“风俗纪”），而极少有僭越的。

到了明中叶，随着统治机构的腐败、法制的松弛和商品经济的发展，人们膨胀的欲望最终突破了封建礼制的束缚，所谓“代变风移，人皆志于尊崇富侈，不复知有明禁，群相蹈之。如翡翠珠冠，龙凤服饰，惟皇后、王妃始得为服，命妇礼冠四品以上用金事件；五品以下用抹金银事件；衣大袖衫，五品以上用纻丝绫罗，六品以下用绫罗缎绢；皆有限制。今男子服锦绮，女子饰金珠，是皆僭拟无涯，逾国家之禁者也”（张瀚《松窗梦语》卷七“风俗纪”）。从成化年间开始，人们在消费上就呈现出逾礼越制的现象，“成化以后，富者之居，僭侔公室，丽裾丰膳，日以过求”（嘉靖《江阴县志》风俗记第三，卷四）。嘉靖年间前后，已甚为普遍和严重，而有钱的官僚和商贾则成为这一消费观的引导者，“京师则世禄之家，两浙则富商大贾，越礼逾制，僭拟王者”（《世纬》卷下“革奢”）；“风尚奢丽，礼制荡然。豪民僭王者之居，富室拟公侯之服，奇技淫巧，上下同流”（《明史》卷一八九《李文祥传》）；“得之者不以为僭，而以为荣；不得者不以为安，而以为耻”（《阅世编》卷八）。

逾礼越制的消费表现在生活的方方面面。服食器用、宫室车马等，只要是用钱可以买得到的东西，人们都敢于去消费，甚至平民家娶妇，也“不论家世何等，辄用掌扇、黄盖、银瓜等物，习以为常，殆十室而九，而掌扇上必粘‘翰林院’三字”（王应奎《柳南随笔》卷五）；“侈妇饰僭拟嫔娼优，隶卒之妇，亦有黄金横带者”（正德《建昌府志》）。这种逾礼越制的高消费，不仅满足了人们日益膨胀的享乐消费心理，也更体现了人们蔑礼求尊的心理需求。这一消费观引起许多人的关注，张居正在《陈六事疏》中指出：“今风俗奢靡，官服衣食，俱无限制。”（《张文忠公集》）王丹丘在《建业风俗记》中说：“嘉靖十年以来，富厚之家，多谨礼法，居室不敢淫，饮食不敢过，后遂肆然无忌。服食器用，宫室车马，僭拟不可言。”顾起元也道：“今则服舍违式，婚宴无节，白屋之家，侈僭无忌。”（《客座赘语》卷七“俗侈”）这种服舍逾制的做法甚至连统治者自己都不以为意：“服舍违式，本朝律禁甚明，《大明令》所著最为严备。今法久就弛，士大夫间有议及申明”，“则群起而姗之矣。”（顾起元《客座赘语》卷九“服饰”）于是“天下望其服而知贵贱，观其用而明等威”（《陆宣公集》卷十二）的惯法已经不适用了。

三是消费向挥霍发展。

明中叶以后消费向奢侈品和逾礼越制发展，在一定程度上已经表现出对金钱的挥霍趋势。但与消费奢侈品和逾礼越制不同，消费中的挥霍是一种明显的浪费现象，它以一掷千金的气势显示着金钱持有者不以钱为意的富足。这种消费中，讲究的是体面和排场，为的是达到被人艳羡的效果，以此得到虚荣心的满足和占上风的快感。

这一时期的挥霍达到了令人震惊的程度。如“新安人衣食亦甚菲啬，薄糜盐齑，欣然一饱矣。惟娶妾宿妓争讼，则挥金如土。余友人汪宗姬，家巨万，与人争数尺地，捐万金；娶一狭邪如之。鲜车怒马，不避监司前驱，监司捕之，立捐数万金”（谢肇淛《五杂俎》卷四）。又如苏州，“富室召客，须以饮馔相高，陆水之珍，常至方丈”。“一会之费，常耗数月之食。丧葬之家，置酒留客，若有嘉宾，丧车之前，彩亭绣帐，炫耀道途，聊夸市童。”（《天下郡国利病书》卷二十“江南八”，风俗）在博平县，“以欢宴放饮为豁达，以珍味艳色为盛礼”（《博平县志》卷四）。在广州，“香珠犀象如山，花鸟如海，番夷辐揍，日费数千万金，饮食之盛，歌舞之多，过于秦淮”（《羊城古钞》卷七）。昆山“邸第从御之美，服饰珍馐之盛，古或无之”（万历《昆山县志》第一卷，风俗）。在当时，甚至有“以千金为妇饰者”（《肇域志·山西》）、“贫者亦槌牛击鲜，合飨郡祀，与富者斗豪华，至倒囊不计”（《郓城县志》卷七）等现象。

四是求新尚奇的消费观。

在消费上，人们还向求新尚奇的消费观倾斜，如“吴俗习奢华，乐奇异”（张瀚《松窗梦语》卷四“百工纪”），尤其在服饰上表现得更为突出。

“在生活中，也许没有什么比服饰更能反映出总的社会风尚。”① 明中叶以后，人们在服饰消费上的追新求异表现得最为鲜明。如经嘉、隆、万三朝的李乐曾谈到当时服饰的变化：

> 嘉靖辛丑、壬寅间，礼部奉旨严行各省，大禁民间云巾、云履。一时有司视为要务，不敢虚行故事，人知畏惮，未有犯者。不意嘉靖末年，以至隆、万两朝，深衣大带，忠靖、进士等冠，唯意制用，而富贵公子衣色大类女妆，巾式诡异难状，朝廷亦曾设禁，士民全不知警。（《见闻杂记》卷二）

这种服饰的变化，不但体现了当时人们对服饰等级的僭越，其中“衣色大类女妆，巾式诡异难状”，还体现了人们在服饰上以怪异为美的审美追求和消费时尚。

顾起元在《客座赘语》卷一的“巾履”中还详细地介绍了万历以后巾履式样之繁多：

> 南都服饰，在（隆）庆、（万）历前犹为朴谨，官戴忠靖冠，士戴方巾而已。近年以来，殊形诡制，日异月新。于是士大夫所戴其名甚

---

① ［美］伊利莎白·赫洛克著，孔凡军等译：《服饰心理学——兼析赶时髦及其动机》，中国人民大学出版社1990年版，第182页。

夥，有汉巾、晋巾、唐巾、诸葛巾、纯阳巾、东坡巾、阳明巾、九华巾、玉台巾、逍遥巾、纱帽巾、华阳巾、四开巾、勇巾。巾之上或缀以玉结子、玉花瓶，侧缀以二大玉环。而纯阳、九华、逍遥、华阳等巾，前后益两版，风至则飞扬。齐缝皆缘以皮金，其质或以帽罗、纬罗、漆纱，纱之外又有马尾纱、龙鳞纱，其色间有用天青、天蓝者。至以马尾织为巾，又有瓦楞、单丝、双丝之异。于是首服之侈汰，至今日极矣。足之所履，昔惟云履、素履，无它异式。今则又有方头、短脸、毬鞋、罗汉靸、僧鞋，其跟益务为浅薄，至拖曳而后成步。其色则红、紫、黄、绿，亡所不有。即妇女之饰，不加丽焉。

层出不穷的花样翻新，正说明了人们在消费上对新奇事物的热衷。又如："留都妇女衣饰，在三十年前，犹十余年一变。迩年以来，不及二三岁，而首髻之大小高低，衣袂之宽狭修短，花钿之样式，渲染之颜色，鬟发之饰，履綦之工，无不变易。当其时，众以为妍，及变而向之所妍，未有见之不掩口者……然变易既多，措办弥广，人家物力，大半销耗。"（顾起元《客座赘语》卷九"服饰"）还有的"屐以珠缘，髻以金饰。宝玉翠绿，奇丽骇观"（《世纬》卷下"革奢"）。在一些繁华地区，时尚男女在服饰上追求怪异，达到令人啼笑的程度，如苏州"风俗浇薄，迩来服饰滥觞已极"，有歌谣唱"苏州三件好新闻，男儿著条红围领，女儿倒要包网巾，贫儿打扮富儿形"（《坚瓠集》）。通过这种与自己性别和身份颠倒、不伦不类的服饰，以达到惊世骇俗的效果。还有些地方的服饰变化之快，达到了"旬日异制"（《世纬》卷下"革奢"）。

上述消费观的出现，改变了传统的克俭、拘谨的消费习惯，将消费推向了高额消费，即将人们由过去的仅满足于基本生活需求的简单、低廉消费引向了满足各种物质和精神需要的高额消费；花钱消费成为了生活中的一个重要的内容，并被赋予了更丰富的内涵。在这种消费观的影响下，社会上开始形成了新的消费格局和消费结构，消费群向下层扩大，花钱消费不再是有钱人的日常主要行为，而成为整个市民社会的普遍行为；消费范围由日常生活必需品向各种消费品伸延扩大，日常生活必需品的消费占总消费比例开始降低，其他非生活日常必需品的消费比例有了提高。这种消费变化与以往的传统消费相比，是一场带有近代意义的消费革命，对社会经济、文化、生活产生了极大的影响。

第二节 闲暇与城市娱乐消费的需求

明中叶以来形成的新的消费观，也一定程度地影响了市民的娱乐消费，人们不但舍得花钱去消费许多非生活资料，也舍得花钱去寻欢作乐，进行娱乐消费。而社会闲暇时间的增多又使更多的人产生了娱乐消费的需求，进一步地促进了社会娱乐的消费。

马克思认为，闲暇时间是满足绝对需求所需要的劳动时间留下的从事其他活动的剩余时间，是劳动者用于消费和从事自由活动的时间，是为全体社会成员本身发展所需要的时间。在封建社会农业经济为主和生产力水平低下的条件下，绝大多数的人是日出而作，日落而息，闲暇时间极少，也就根本谈不上对闲暇时间的利用，休闲娱乐只是统治阶级的特权和专利。但是随着社会经济和社会分工的发展，社会必要劳动时间逐渐减少，闲暇时间相应增多，尤其在商品经济繁荣的城市，那些脱离了土地的工商业者相对于农民就有更多的闲暇时间。加上城市夜生活时间的增长，一些人又是只身在外，没有家事拖累，因此，城市中的许多人有较多的闲暇时间来从事娱乐活动。

明代中叶以后，社会经济的发展、城市的繁荣，有更多的人留居城市，他们有的从事工商业等活动，有的为人作雇工，有的失业或赋闲于家，有的游手好闲行串于大街小巷，或多或少，他们都有自己的闲暇时间；还有为数不少的官僚士绅迁居城市，也成为城市市民。较下层百姓，这些官僚士绅及其家庭成员拥有更多的闲暇时间。总之，拥有闲暇时间的人数量较以往有了大幅度的增加。原本并不被人重视的闲暇时间开始为众人所看重，并成为城市生活的一个重要组成部分。在这一时期，值得注意的还有，社会上出现了一个较庞大的“有闲阶层”。所谓“有闲阶层”指的是在社会中不参与维持生存劳动的特殊阶层。在明代以前，所谓的“有闲阶层”一般指的是以统治阶级为主的上层社会成员，如赋闲的文人、士大夫、贵戚、豪族、世家成员等。而在明中叶以后，商业的繁荣发展在造就了一个“富裕阶层”的同时，也为“有闲阶层”添入了新的成员，这就是富裕的商人。他们在家富财盛之后，往往把生意交给别人去做，自己坐享其成，脱离了劳动，成了“闲人”。

增多的闲暇时间又将如何打发掉呢？这便有了城市娱乐消费的需求。

一般来说，“休闲活动使人能重新找回自我，并表达在就业生活中被压抑的潜在性”；“一切劳动者在工作中找不到的东西，娱乐都能给他带来”。①

---

① ［法］罗歇·苏著，姜依群译：《休闲》，商务印书馆1996年版，第6页。

鲁迅先生在论及小说的起源时也曾说："至于小说，我以为倒是起于休息的。人……到休息时，亦必要寻一种事情以消遣闲暇。这种事情，就是彼此谈论故事，而这谈论故事，就是小说的起源。"① 鲁迅先生虽说的是小说的起源，但其实质也指明了闲暇与娱乐的关系。因此，对于有了闲暇的明中叶市民来说，娱乐生活越来越受到重视，人们不但要通过娱乐来消磨时光，还要借此缓解劳作中的紧张和压力，充实空虚的精神，给乏味单调的生活以刺激，获得暂时的快乐和愉悦。由于明中叶市民经济实力的提高，口袋里有了富余的钱，这就使闲暇时间的娱乐由家庭或邻友间的自娱自乐走向了消费娱乐，这种消费娱乐需求更为自觉和强烈。而对于那些有大量闲暇时间的"有闲阶层"和有大量钱财的工商业者来说，闲暇时的娱乐不但是打发时光的最好方法，也是消费金钱的一个重要方式，更是提高社会地位的一个手段。尤其对那些刚刚富裕起来的工商业者来说更是如此："他们梦寐以求的只有一件事：模仿旧贵族，和旧贵族一样，他们就想通过休闲来达到说明他们新地位的目的。休闲首先是消费时间，新有产者通过一切机会，惹人注目，以显示他们的不劳动。"② 在他们的积极参与和引导下，娱乐消费愈发活跃，甚至穷者亦"勤劬自食，出其余以乐残日"（王士性《广志绎》卷四）。而且在娱乐消费的具体需求上，也越来越趋向多样化、新奇化。如晚明名士张岱在《自为墓志铭》中曾记载过自己年少时新奇多样的娱乐生活：

> 少为纨绔子弟，极爱繁华，好精舍，好美婢，好娈童，好鲜衣，好美食，好骏马，好华灯，好烟火，好梨园，好鼓吹，好古董，好花鸟，兼以茶淫橘虐，书蠹诗魔。（《嫏嬛文集》卷五）

这还仅仅是一个少年子弟的娱乐消费。

随着社会城市化的进展，社会娱乐消费不断增长。娱乐消费成为人们的日常行为，也成为家庭中一项常见的支出。在这种情况下，城市用于娱乐消费的行业更加发达起来，主要表现在：一是娱乐方式多样。以往娱乐往往集中在听书、看戏、逛妓院等有限的几个行业，现在形式五花八门，应有尽有，如"苏郡五方杂处，如寺院、戏馆、游船、赌博、青楼、蟋蟀、鹌鹑等局"（顾公燮《消夏闲记摘抄》上）。除了在外娱乐，家庭娱乐方式也较

---

① 鲁迅：《中国小说的历史变迁》，载《鲁迅学术论著》，浙江人民出版社 1998 年版，第 215 页。

② ［法］罗歇·苏著，姜依群译：《休闲》，商务印书馆 1996 年版，第 14 页。

以往增多，有请艺人至家表演，有自养艺人随时娱乐，也有亲自参与到艺人表演中。这在戏曲方面表现得比较突出，如在江南一带，“士大夫居家无乐事，搜买儿童，教习讴歌”（陈龙正《几亭全集》卷二十二《政书》），连“屠沽儿”也“竞蓄戏班”（徐树丕《识小录》卷二《涵芬楼秘笈》第一集），有的还亲自排戏、演戏。二是娱乐场所、设施增多。在一些大中城市，诸如酒肆、茶馆、妓院、歌楼、书场、赌场、戏院等娱乐场所“如山如林”（顾公燮《消夏闲记摘抄》上），如杭州，嘉靖二十年时已有茶馆五十余家，且“饮客云集，获利甚厚”（田汝成《西湖游览志余》卷二十《熙朝乐事》）；而水上也是一片喧嚣：“游山之舫，载妓之舟，鱼贯于绿波朱阁之间。丝竹讴舞与市声相杂。”（王琦《寓圃杂记》卷五“吴中近年之盛”）在苏州，“山水园亭多于他郡，游具则载酒嘉肴，画舫箫鼓”（《吴县志》）。三是娱乐时间不受限制。娱乐突破了时间多在节日集会等的限制，只要有空闲，就可随时娱乐，如“金阊商贾云集，宴会无时，戏馆数十处，每日演剧”（顾公燮《消夏闲记摘抄》上）。四是从事娱乐业的人员明显增多。社会上有大量人员从事到娱乐服务行业中来，以此维生、养家，即“养活小民，不下数万人”（顾公燮《消夏闲记摘抄》上）。甚至在市井中还出现了一个“帮闲”群体，他们专靠帮衬那些有钱人娱乐而维生。

社会娱乐行业出现空前繁荣，娱乐活动几乎无时无处不有，即使一家小小的客店，也是花样繁新，如张岱在《陶庵梦忆》记载了明代一客店集餐饮与娱乐于一体的情况：

> 客店至泰安州，不敢复以客店目之。余进香泰山，未至店里许，见驴马槽房二三十间，再近有戏子寓二十余处，再近则密户曲房，皆妓女妖冶其中。余谓是一州之事，不知其为一店之事也。投店者，先至一厅事，上簿挂号，人纳店例银三钱八分，又人纳税山银一钱八分。店房三等：下客夜素早亦素，午在山上用素酒果核劳之，谓之接顶。夜至店设席贺（谓烧香后，求官得官，求子得子，求利得利，故曰贺也）。贺亦三等，上者专席，糖饼、五果、十肴、果核、演戏；次者二人一席，亦糖饼，亦肴核，亦演戏；下者三四人一席，亦糖饼肴核，不演戏，用弹唱。计其店中演戏者二十余处，弹唱者不胜计。庖厨炊爨亦二十余所，奔走服役者一二百人。下山后，荤酒狎妓惟所欲，此皆一日事也。若上山落山，客日日至，而新旧客房不相袭，荤素庖厨不相混，迎送厮役不相兼，是则不可测识之矣。泰安一州，与此店比者五六所，又更奇。（张岱《陶庵梦忆》卷四“泰安州客店”）

明中叶娱乐业的这种繁荣又进一步刺激了人们的娱乐消费，“花钱买快乐”成了人们打发闲暇时光的主要方式。

第三节　市民文化的普及与文化娱乐消费的提高

明代的市民人数众多，成分复杂，但总体看来，市民受教育的程度和文化水平远高于它的前代，这一方面要归功于统治者对民间教育的重视，另一方面又得利于商人对教育的投入。

与历代统治者相比，明朝统治者是十分重视教育的，朱元璋出于“化民成俗，以善其乡，成德达材，以资于邦”（《明大政纂要》卷十九）的目的，大力提倡教育，认为“治国之要，教育为先，教育之道，学校为本”（《南雍志》卷一《事纪》），设立了中央国子学、府州县学和村镇社学，既普及基层教育，又培养科举人才。其中社学作为最基层的教育机构受到重视，洪武八年（1375 年）正月，“太祖谕旨中书省曰：昔成周之世，家有塾，党有庠，故民无不知学，是以教化行而风俗美。今京师及郡县皆有学，而乡社之民未睹教化，宜令有司更置社学，延师儒以教民间子弟，庶可以导民善俗也”（《明实录·太祖实录》）。此旨一出，全国各地纷纷成立社学，“民间子弟八岁，不就学者，罚其父兄”（《明史·杨继宗传》）。社学在全国范围内得到普及，到洪武中期以后，出现了“无地而不设之学，无人而不纳之教。庠声序音，重规叠矩，无间于下邑荒徼，山陬海涯。此明代学校之盛，唐宋以来所不及也”（《明史·选举志》）的教育繁荣局面。尽管这种社学的教育目的主要是为了进行教化，学习的内容也无非是封建礼教，但是客观上却极大地改善了全国的教育水平，识字人口增多，全民的文化素质有了大幅度的提高。社学这种基层学校到明中叶以后有了衰落的趋势，但是它所引导的对教育的重视风气产生了较长远的影响。

明中叶以后，社会经济繁荣，教育得到进一步发展，尤其是家塾、乡馆等民间办学，基本上取代了社学而成为主要的民间基层教育形式。在商品经济繁荣的江南一带，以私塾、乡馆为主的民间教育更是十分发达，其中商人的投资对教育的发展起了很大的作用。与农民完全靠力气吃饭不同，商人更要靠头脑，既要能写会算，也要善于经营打理，把握时机，因此对于商人来说受教育是一件很必要的事情。而更为重要的是，在官本位、重士轻商的社会里，商人财富的积累不能改变其身份的低微，要想进入到上层社会，只有通过科举之路；在经商上若想生意顺利，买卖红火，也必须有官员做后台才好。所以商人在一手用金钱经商的情况下，另一手就出资抓教育。徽州人汪道昆说得最透彻明白："夫贾为厚利，儒为名高。夫人毕事儒不效，则弛儒而张贾。既而身飨其利矣，及为子孙计，宁弛贾而张儒。一张一弛，迭相为用，不万钟则千驷。"（《太函录》卷五十二《海阳处士金钟翁配戴氏合葬墓志铭》）所以商人在经商赢利之后，往往为改变家族的社会地位和家乡教育的落后状况，积极投资办学，督促子孙、资助族人和乡人科举仕进，以至有的地方出现了"十家之村，不废诵读"（嘉靖《婺源县志·风俗》）和"书声与机杼声往往夜分相继"（道光《地浔镇志·科第》）等重视读书教育的现象，发展了当地的教育。

另外，明代科举之盛也在一定程度上刺激了民间教育的发展。建国之初，朱元璋明确指出"非科举者毋得与官"（《明史·选举志》），科举成了进入仕途的唯一途径；取消了科举身份的限制，人人都可参加科举，于是科举在全国兴盛起来。明政府还规定"科举必由学校"，只有在官方学校中取得出身，才有资格参加科举，因此明代的学校教育十分发达。科举的兴盛带动了整个社会对教育的重视，江南地处文化中心，经济繁荣，科举之盛，更胜一层。当然，能最终仕进做官的人毕竟是少数，多数人还是作为普通百姓从事着各行各业，但他们却有着较高的文化水平，如张岱记余姚风俗："后生小子无不读书，及至二十无成，然后习为手艺。故凡百工贱业，其《性理》、《纲鉴》皆全部烂熟。偶问及一事，则人名、官爵、年号、地方，枚举而未尝少错，学问之富，真两脚书厨"（《嫏嬛文集·夜航船序》），这恐怕不是夸大之辞。

在这一时期，妇女教育也得到了一定的提高。以往妇女没有受教育的机会，但是明中叶以来教育的兴盛和社会思想的开放，也促进了妇女教育。如钱谦益的《列朝诗集小传》中就记述了明代华亭张儒人王氏，名凤娴，有诗才，其"女引元，名文姝；引庆，名媚姝；皆工翰藻。母子自相倡和，有《焚余草》、《双燕遗音》行于世"。又如明代昆山顾茂俭的妹妹"甚有才情。尝赋春日诗，何元朗曰：'可置《玉台新咏》中'"。文征明也曾记写过其姑、松江府推官王镗之母等人"受学家庭"之事（《文征明集》卷三十，补辑卷二十八）。而从1967年上海市嘉定县城东公社发掘的明代宣昶古墓里，其妻的随葬品中有众多的明刻说唱本，也可知其是受过教育的。

虽然历史未能留下当时市民受教育的数据材料，但是明代教育的繁荣，必然使明中叶以后壮大起来的市民在文化素质上高于历代的市民。他们中为数不少的人都识文断字，有一定的文化，朝鲜人崔溥在中国江南见到："且江南人以读书为业，虽里闾童稚及津夫、水夫皆识文字。"（崔溥《漂海录》）有的还达到很高的水平，如张岱记苏、杭一带，夜航船上的村夫俗子的学问令人吃惊："天下学问，惟夜航船中最难对付。盖村夫俗子，其学问皆预先备办，如瀛洲十八学士、云台二十八将之类，稍差其姓名，辄掩口笑之。"（张岱《嫏嬛文集·夜航船序》）一些科场失意或贫而无力科举的文人也加入到经商的行列中来，成为市民中的一员，进一步提高了市民阶层的整体文化水平，改变了社会文化结构的状况。

明代社会教育的民间化、普及化，市民文化水平和文化素质的提高，导致了市民阶层对文化娱乐消费需求的增加。明中叶以后，市井中那种只是一味地纵酒、淫乐、闲逛、宴饮、斗鸡走狗的追求纯感观享受的、低级趣味的娱乐已经不能满足人们的娱乐心理需求，人们开始寻找和倾向于文化娱乐的消费，即希望通过轻松的、通俗的并有一定文化含量的娱乐活动放松心情、消遣余暇，获得一种精神上的愉悦和满足。郑振铎先生在研究明代通俗文学时，也注意到了市民文化的提高与文化消费的关系，他说："当万历年间，民间的一般文化大约是颇高的，所以供给一般民众需要的'通俗书籍'大为流行。搜集了许多诗、词、小说或剧本、唱词、笑谈，乃至实用的地理知识等等为一书的东西，今所知的已有不少。……他们是超出于应用的目的之外的。他们乃是纯文学的产物，一点也不具有实际上应用的需要的。他们的编纂，完全是为了要适应一般民众的文学上与心灵上的需求与安慰，决不带有任何实际应用的目的。像这样的一个时代，这样的一种产物，在中国历史上社会上是很罕有的。"① 这样，进行文化娱乐消费不再是知识阶层和官僚阶层的特权。文化娱乐消费与以往相比，有了较大的提高。

明中叶社会消费观的改变、闲暇时间的增多、文化教育民间普及率的提高，所引起的社会娱乐消费需求，尤其是文化娱乐消费需求的增多，为明中叶以来市民通俗文化的繁荣发展作了消费上的心理准备。这种现象的存在告诉我们：娱乐、文化消费需求是当时市民社会一个普遍的社会需求，社会娱乐、文化消费已经成为当时社会消费的一个主要内容。顺应市民社会的这种消费要求，市民通俗文艺开始发展起来，并很快进入繁荣时期。这为作为这一时期市民文艺代表的白话短篇小说的产生、发展乃至繁荣创造了条件。

---

① 郑振铎：《大众文学与为大众的文学》，载《中国文学研究》上册，人民文学出版社 2000 年版，第 349 页。

第四章　市民审美能力和审美习惯的养成

粗识文字，这只是市民能够接受文学的前提，并不说明他们就一定能喜好文学，欣赏作品。在识字的基础上，还要有一定的文艺欣赏能力，才能真正地欣赏文艺。而这种文艺欣赏能力又是人们在长期的社会文艺消费和审美实践中培养起来的。马克思说："消费本身作为动力是靠对象做媒介的。消费对于对象所感到的需要，是对于对象的知觉所创造的。艺术对象创造出懂得艺术和能够欣赏美的大众。"① 人们在培养了文艺欣赏能力的同时，也培养了审美习惯。所谓审美习惯是指人们在长期审美实践活动中形成的比较稳定的思维、趣味、情感、喜好等，它直接积淀于人们的审美经验，并影响人们的审美选择，即主体总是对已经熟悉的审美对象表现出一种亲近的倾向和熟悉感。

明代中叶以后，随着市民对娱乐消费需求的增强，市民文化生活得到繁荣，社会上各种通俗文艺得到发展，人们在接受这些通俗文艺的同时，也逐渐地培养了自己的审美能力，养成了自己的审美习惯，而审美能力的提高和审美习惯的形成又反过来影响了人们对文艺的选择、喜好和接受，这都为白话短篇小说的产生与繁荣准备了条件。

第一节　社会通俗文艺的广泛影响

在明代初期，统治者为了加强统治和实行教化，曾严格禁止民间文艺的发展，并制定了严格的法令，如《客座赘语》中有如下记载：

洪武二十二年三月二十五日奉圣旨："在京但有军官军人学唱的，割了舌头；下棋打双陆的，断手；蹴圆的，卸脚；作买卖的，发边远充军。"府军卫千户虞让男虞端故违吹箫唱曲，将上唇连鼻尖割了。又龙江卫指挥伏颙与本卫小旗姚晏保蹴圆，卸了右脚，全家发赴云南。

---

① 马克思：《〈政治经济学批判〉导论》，载《马克思恩格斯选集》第二卷，人民出版社 1972 年版，第 95 页。

一榜永乐九年七月初一日，该刑科署都给事中曹润等奏：乞敕下法司，今后人民倡优装扮杂剧，除依律神仙道扮，义夫节妇，孝子顺孙，劝人为善，及欢乐太平者不禁外，但有亵渎帝王圣贤之词曲、驾头、杂剧，非律所该载者，敢有收藏、传诵、印卖，一时拏送法司究治。奉旨："但这等词曲，出榜后，限他五日，都要干净将赴官烧毁了，敢有收藏者的，全家杀了。"（顾起元《客座赘语》卷十"国初榜文"）

民间文艺娱乐活动受到统治者蛮横的压制，民间艺人也受到残酷的迫害：

太祖恶游手博塞之民，凡有不务本、逐末、博弈、局戏者，皆捕之，禁锢于其所，名"逍遥牢"。（顾起元《客座赘语》卷一〇"逍遥牢"）

《国初事迹》云：洪武时令乐人张良才说评话，良才因做场擅写省委教坊司招子，贴市门柱上。有近侍言之，太祖曰："贱人小辈，这宜宠用。"令小先锋张焕缚投于水。（焦循《剧说》卷一）

在这种情况下，宋元发展起来的民间文艺受到了严重的摧残，下层百姓日常生活中所能欣赏到的文艺品类较为单一，文化娱乐生活匮乏。到了明中叶，这种状况发生了很大的改变，这一方面是由于统治阶级生活日益腐化，娱乐要求日益强烈，像成祖、宣宗、英宗、宪宗、武宗、神宗等君主都喜好民间文艺，他们一边严禁民间文艺活动，一边凭借特权招集艺人在宫中演出，供自己享乐。宪宗"好听杂剧及散词，搜罗海内词本殆尽"（李开先《张小山小令后序》）；"武宗南幸，好听新剧及散词。有进词本者，即蒙厚赏，如徐霖与杨循吉、陈符所进，不止数千本焉"（周晖《金陵琐事剩录》）；"神宗好览《水浒传》"（刘銮《五石瓠》）；熹宗竟自演宋太祖"雪夜访晋之戏"（陈悰《天启宫词》）。另一方面，明中叶社会经济发展，尤其是城市商品经济发展，市民相对于明初，不但经济收入有了提高，空闲时间也相对增多，加上城市淫乐奢靡的社会风气的影响，封建法度的日渐松弛，广大市民的娱乐要求日渐高涨，文艺表演呈现出活跃的趋势。在城市、乡镇，宋元以来的许多民间文艺又枯木逢春般地繁荣发展起来。而与此同时，在市民文化娱乐的要求下，新的文艺形式也不断产生。通俗文艺无论是种类、从事人数、演出区域等各个方面都比以前有了大幅度的增长和扩大。文艺演出活动频繁，名目繁多。于是观看文艺演出，参与文艺活动，成为当时人们的一件常事、乐事。

在民间各种节日、庙会期间，民间文艺演出最为盛大，各类民间文艺纷纷亮相。比较有名的集会演出，如西湖迎春赛会，在赛会前数十天，县官就督促各坊、甲做准备，选集优人、戏子等排练一些传统节目。到立春这一天，全城百姓都来观赏（田汝成《熙朝乐事》）。又如扬州清明节：

> 是日，四方流寓及徽商西贾、曲中名妓，一切好事之徒，无不咸集。长塘丰草，走马放鹰；高阜平冈，斗鸡蹴踘；茂林清樾，劈阮弹筝。浪子相扑，童稚纸鸢，老僧因果，瞽者说书。立者林林，蹲者蛰蛰。（张岱《陶庵梦忆》卷五“扬州清明”）

又如泰山庙会，在东岳庙，各种演出纷呈：

> 东岳庙大似鲁灵光殿。棂星门至端礼门，阔数百亩。货郎扇客，错杂其间，交易者多女人稚子。其余空地，斗鸡蹴踘，走解说书，相扑台四五，戏台四五，数千人如蜂如蚁，各占一方。锣鼓讴唱，相隔甚远，各不相溷也。（张岱《嫏嬛文集·岱志》）

又如北京西直门外高梁桥的浴佛会：

> 高梁桥北，精蓝棋置每岁四月八日为浴佛会，幡幢铙吹，蔽空震野，百戏毕集。四方来观，肩摩毂击，浃旬乃已，盖若狂云。温陵黄居中诗：四月长安道，芳郊乐事偏。乍休浴佛会，更结赛神缘。角抵依人戏，婆娑里社传。汗挥都市雨，香滚禁城烟。翠黛迷金粉，青骢控锦鞯。旌幢纷耀日，铙鼓竞喧天。树色翻罗绮，莺声入管弦。移尊依水曲，挈榼拥桥边。杂遝穿花去，酣歌藉草眠。风流欢胜赏，不数永和年。（蒋一葵《长安客话》卷三《郊杂记·高梁桥》）

在这些大型民间活动期间，往往是“土著流寓、士夫眷属、女乐声伎、曲中名妓戏婆、民间少妇好女、崽子娈童及游冶恶少、清客帮闲、傒僮走空之辈，无不鳞集”（张岱《陶庵梦忆》卷五“虎丘中秋夜”）；“立者林林，蹲者蛰蛰”（张岱《陶庵梦忆》卷五“扬州清明”）。袁宏道曾详细地描绘过苏州虎丘中秋赛会时人们争相观看的情景：

> 每至是日，倾城阖户，连臂而至。衣冠士女，下迨蔀屋，莫不靓妆

丽服，重茵累席，置酒交衢间。从千人石上至山门，栉比如鳞，檀板丘积，樽罍雪泻。远而望之，如雁落平沙，霞铺江上，雷辊电霍，无得而状。布席之初，唱者千百，声若聚蚊，不可辨识。分曹部署，竞以歌喉相斗，雅俗既陈，妍媸自别。未几而摇首顿足者，得数十人而已。已而明月浮空，石光如练，一切瓦釜，寂然停声，属而和者，才三四辈。一箫一寸管，一人缓板而歌，竹肉相发，清声亮彻，听者消魂。比至夜深，月影横斜，荇藻凌乱，则箫板亦不复用。一夫登场，四座屏息，音若细发，响彻云际。每度一字，几尽一刻，飞鸟为之徘徊，壮士听而下泪矣。（《袁中郎全集》卷二“游记”）

除了上述较为固定的大型社会集会上的文艺演出，地方上或遇喜庆，或逢祈禳等事，也要演戏。此外，在某些地区，请优伶来家中演戏也较为普遍平常，尤其是一些富裕人家，这种活动更为经常化，甚至“屠沽儿家，以戏为荣，里巷相高”（徐树丕《识小录·吴优》）。

随着市民文艺的繁荣和市民娱乐需要的增长，在许多城市中，一些供于演出的固定场所，如戏院、馆子等也越来越多，人们在劳作之余，花上不多的一点钱，就可以随时地观看到各种文艺演出。

在各种民间通俗文艺中，戏曲、说唱、民歌等影响较广。如戏曲在明代得到了进一步的发展，民间演出极盛，从京城、各大小城市到乡镇，都能看到戏曲演出，在“嘉兴之海盐，绍兴之余姚，宁波之慈溪，台州之黄岩，温州之永嘉，皆以习为倡优者，名曰戏文子弟”（陆容《菽园杂记》卷一〇）。明酉阳野史说过：“世不见传奇戏剧乎？人间日演而不厌，内百无一真，何人悦而众艳也？但不过取悦一时，结尾有成，终始有就尔。”（《新刻续编三国志引》）说明当时戏剧演出之频繁和受欢迎的程度。

说唱艺术也受到普遍的欢迎。牌子曲、弹词、道情、琴书、俗曲、鼓词一类的曲艺都很兴盛。民间歌曲在明中期以后也获得了新的发展，它以通俗明了的语言和易学易唱的曲调为广大群众所喜爱和传唱：

自宣、正至化治后，中原又兴《锁南枝》、《傍妆台》、《山坡羊》之属。……自兹以后，又有《耍孩儿》、《驻云飞》、《醉太平》诸曲，……嘉、隆间乃兴《闹五更》、《寄生草》、《罗江怨》、《哭皇天》、《干荷叶》、《粉红莲》、《桐城歌》、《银绞丝》之属，……比年以来，又有《打枣竿》、《挂枝儿》二曲，其腔调约略相似，则不问南北，不问男女，不问老幼良贱，人人习之，人人喜听之，以至刊布成帙，举世

传诵，沁人心腑，其谱不知从何而来，真可骇叹！（《万历野获编》卷二五《时尚小令》）

上海嘉定县城东公社在1967年发掘成化年间宣姓墓葬时，发现随葬品中，有词话刊本计十六种，如《花关索出身在传》等讲史词话，也有《包龙图断曹国舅公案传》、《包龙图断歪乌盆传》等公案词话，也足可见出当时民间文艺受民众喜爱程度之深，在社会流传之广。说书伎艺在宋元说书的基础上，得到进一步发展，成为广大市民喜爱的文艺形式，说书人的足迹遍布城乡市镇，如李延昰描述松江市民三伏天听莫后光说书的情景："莫后光三伏时，每寓萧寺，说《西游》、《水浒》，听者尝数百人。虽炎蒸烁石，而人人忘倦，绝无挥汗者。"（《南吴旧话录》卷二十一）

丰富的民间通俗文艺在社会上形成了广泛的影响，它培养了广大市民对通俗文艺的兴趣，激发了市民主动接受民间通俗文艺的热情，造就了一个人数众多的欣赏群体。市民亲近那些融入了自己的生活和情感的各种文艺，他们不仅从中得到了精神上的快感，也受到了文艺的熏陶，提高了市民的文艺欣赏能力。如在歌舞发达的西子湖畔，便出现"住西湖之人，无人不带歌舞，无山不带歌舞，无水不带歌舞。脂粉纨绮，即村妇山僧，亦所不免"（张岱《西湖梦寻》卷二"冷泉亭"）的情形，这种情形极好地说明了民间文艺对民风的影响。在耳濡目染之下，有些市民还能进行一些简单的民间文艺创作，如一些街市上流行的俚曲小调中有很多是市民根据自己的生活和平时积累的经验创作出来的。这样，人们在频繁的观看甚至模仿中，提高了自身的欣赏能力。

第二节　说书与话本小说的影响

说话技艺在我国起源很早，唐代时就有讲说佛教故事、说唱历史故事、民间故事的变文，如《伍子胥变文》、《秋胡小说》等。到了宋元两代，由于城市的发展，市民阶层的文化娱乐需求增强，说书业在城市中日益繁盛，出现了固定的说书场所，说书人队伍有很大的增长，他们有家数，有门庭，说书题材也十分广泛。

虽然明代统治者对民间文艺控制严格，但说书伎艺并没有停止它的发展；明中叶以后，随着城市文化生活的丰富发展，说书成为一种极常见的市井文艺，现存一些典籍中记载道：

> 杭州男女瞽者，多学琵琶，唱古今小说、平话，以觅衣食，谓之陶真，大抵说宋时事。……若《红莲》、《柳翠》、《济颠》、《雷峰塔》、《双鱼扇坠》等记，皆杭州异事，或近世所拟作者也。(田汝成《西湖游览志余》卷二〇“熙朝乐事”)
>
> 瞎先生者，乃双目瞽女。自幼学习小说、词曲、弹琵琶为生。多有美色，精技艺，善笑谑，可动人者。(田艺蘅《留青日札》卷二十一“瞎先生”)
>
> 世之瞽者，或男或女，有学弹琵琶，演说古今小说，以觅衣食。北方最多，京师特盛。南京、杭州亦有之。(姜南《蓉塘诗话》卷二“洗砚新录”)
>
> 若有弹词，多瞽者以小鼓拍板，说唱于九衢三市。(臧懋循《负苞堂文集》卷二“弹词小说”)
>
> 相国寺每日寺中有说书、算卦、相面，百艺逞能，亦有卖吃食等项。(无名氏《如梦录·街市记》)

由这些记载可以看出，说书人多是瞽者，有男有女，为谋生而表演；多活动于杭州、南京、北京等经济较为发达的大中城市。说书内容有讲史的，也有讲小说的，有讲宋代旧作的，也有时人的创作。但是实际上，说书并不限于在大中城市，在一些小城镇乃至一些乡村都有说书人的身影，说书的内容也十分丰富。听说书已经成为广大群众日常生活中所喜爱的重要的娱乐活动，人们不但在街巷中、茶馆酒楼里听说书，有钱人还请说书人到家中说书，如袁宏道记其病愈后听说书的情况：“余既病痊，居锡城。门绝履迹，尽日惟以读书为事。然书浅易既不足观，艰深者观之，复不快人。其他如《史记》、杜诗、《水浒传》、元人杂剧畅心之书，又皆素所屡厌，且病余之人，精神眼力几何，焉能兀兀长手一编？邻有朱叟者善说书，与俗说绝异。听之令人脾健。每看书之暇，则令朱叟登堂，娓娓万言不绝。然久听亦厌。”(袁宏道《解脱集》卷三《游惠山记》)听说书的不仅限于男子，家中妇女也可欣赏，如“曰瞎先生者，乃双目盲女，自幼学习小说、辞典，弹琵琶为生，多有美色，精伎艺，善笑谑，可动人者。大家妇女骄奢之极，无以度日，必招致此辈，养之深院静室，昼夜狎集饮宴，称之曰先生”(田艺蘅《留青日札》卷二十一“瞎先生”)。袁中道在《寿大姐五十序》一文中也曾提过万历初时的同类事：“姐于经史百家及稗官小说，少时多所记忆。曾与中郎及余至厅堂后听一瞽者唱《四时采茶歌》，皆小说琐事，可数百句，姐入耳即记其全，予等各半。”此外，说书也得到统治者的喜爱，在宫廷内甚至还设有说书的专门职位，如万历时沈德符论及郭勋为谋求晋升公爵而撰写小说《英烈传》时曾说：“（书成）令内之职平话者，日唱演于上前。”（沈德符《万历野获编》卷五“武定候进公”）

繁荣的说话技艺在吸引大批听众的同时，也形成了极深广的社会影响，许多故事人们都耳熟能详，袁宏道在《东西汉通俗演义序》中写道：

> 今天下自衣冠以至村哥里妇，自七十老翁以至三尺童子，谈及刘季起丰沛、项羽不渡乌江、王莽篡位、光武中兴等事，无不能悉数颠末，详其姓氏里居。自朝至暮，自昏彻旦，几忘食忘寝，聚讼言之不倦。

“自衣冠以至村哥里妇，自七十老翁以至三尺童子”的这种“悉数颠末”的本事应该是从说书中学来的。甚至“里中儿代庖而创其指，不呼痛，或怪之。曰：吾倾从玄妙观听说《三国志》来，关云长刮骨疗毒，且谈笑自若，我何痛为?”（无碍居士《警世通言叙》）可见人们受说书故事影响之深。而弘治、正德年间的陶辅从维护封建道德的立场出发，曾对说书所造成的不良影响进行了批判，但他的话却从反面说明了当时说书对社会影响之深广：

> 往者瞽者缘衣食，故多习为稗官小说，演唱古今。愚者以为高谈，贤者亦可课睡。此瞽者赡身之良法，亦古人令瞽诵诗之义也。今兹特异，不分男女，专习弦管，作艳丽之音，唱淫放之曲，出入人家，频年积月，而使大小长幼耳贯心通，化成俗染。他时欲望其子女为节义之人，得乎？况其居宿不界，尤有不可胜言者。（陶辅《花影集》卷四《瞿吉翟善歌》）

“频年积月，而使大小长幼耳贯心通，化成俗染”，陶辅的这句话很准确地说明了人们在长期听说书的过程中，耳濡目染，十分了解了这一伎艺的形式和内容。此外，甚至还有人学说书，以为平时之逗乐，如有记载：“元美家有厮养名胡忠者，善说平话。元美酒酣，辄命说解客颐。忠每说明皇、宋太祖、我朝武宗，辄自称朕，称寡人，称人曰卿等，以为常，然直戏耳。士骕（王士贞子）每携忠酒楼，胡作此等语，座客皆大笑。”（明徐复祚《花当阁丛谈》卷五《书乙末事》条）

说话的繁荣和它对民众的广泛影响，带来了书面化的小说创作。早在明初，在宋元说话繁荣的基础上，产生了长篇白话小说，如《三国演义》。明中叶以后，说书的再度繁荣，不但进一步促进了白话长篇小说的继续创作，还促进了白话短篇小说的产生和发展。不过，白话短篇小说产生与发展还经历了“话本小说”的过渡阶段。

由于市民对于说书的喜爱，为了满足广大读者的要求，在嘉靖年间，在说书的基础上，出现了一种将说书书面化或据说书底本刊刻的书，因它主要是依据说书，基本上没有改动，或改动不大，因此还算不上真正的白话小说，是介于说书与小说之间的一种文学形式，可以称之为“话本小说”。如由洪楩编辑、清平山堂刊刻的《六十家小说》（近称《清平山堂话本》）和熊龙峰刊行的现仅存四篇的小说（近称《熊龙峰刊行小说四种》），就是这种典型的话本小说。前者又分《雨窗》、《长灯》、《随航》、《欹枕》、《解闲》、《醒梦》六集，每集十篇，汇集了宋、元、明时的说书话本。后者今所见的四种分别是《张生彩鸾灯传》、《苏长公章台柳传》、《冯伯玉风月相思小说》、《孔淑芳双鱼扇坠传》。此外晁瑮编撰的《宝文堂书目》中也载录了不少的话本单行本的书目，有宋元旧本，也有明代人的新作。编者对这些话本小说都极少作修改，基本上保持了说书原有的粗俗面貌。但是因这些话本小说是将诉诸听觉的说书变成诉诸视觉的书面形式，满足了人们反复和随时随地阅读的需求，所以对于白话短篇小说的发展具有重要意义：“在宋元及明初缺乏白话小说时候，话本的整理刊行，实际上起了白话小说的作用，受到群众的欢迎。短篇的‘小说’话本，启迪了拟话本的创作，为我国的白话短篇小说奠定了基础，而长篇讲史的话本，则成为《水浒》、《三国演义》的蓝图。我国的古典白话小说，在体制上都象说话的底本，正是话本的历史功绩的绝好证明。”① 无论是说书还是“话本小说”，它们都是一种叙事性文学形式，是白话短篇小说形成的基础，它们在社会上的普遍受欢迎和形成的广泛影响，为日后白话短篇小说在社会上的传播打下了基础；同时也提高了人们欣赏叙事文学的能力，并养成了一定的审美习惯。

首先是对“说书体”的接受。说书是一种诉诸听觉的艺术，它以说书人直接面对听众的形式进行艺术传达，在这一传达过程中，说书人为了便于观众的接受，采用的是说话体的形式，并形成一套较为固定的体例，我们可以称之为“说书体”。在这种“说书体”中，主要包括以下几个特点：在语言及叙述上，以白话口语为主要的叙述语言，以说书人为故事叙述者，以全知的视角叙述，参与有观众（读者）的第二人称的交流；在文体结构上，先有为等待观众安稳场子的入话与头回，后续以正文故事，开篇、结尾及中间夹有诗词、唱词。这种形式后来几乎变为一种固定的程序而为观众所熟

① 胡士莹：《话本小说概论》，中华书局1980年版，第618页。

悉、接受。

其次是对故事性的热衷。故事是大众文艺最基本的感性层面，对于具有初级文化甚或没有文化的民间大众来说，故事性的东西是最具吸引力的。说话中几乎全部的作品是故事性的，而其中较多的是讲述情爱、公案、发财、复仇等满足较低层次审美需要的故事，在具体情节上追求生动性和曲折性。说书中丰富的故事也直接为嘉靖以后供案头阅读的白话短篇小说的创作提供了大量的素材。如晚明时冯梦龙的《三言》等白话短篇小说中就有为数不少的作品是源于说书故事。

另外在审美趣味等方面，它既反映了市民的审美水平，也同时培养了市民的审美能力。人们对于初步书面化的“话本小说”的阅读，也是一次将听觉审美向阅读审美的转移，培养了一种新的审美习惯。

总之，说书与话本小说的流行是供案头阅读的白话短篇小说产生和发展的基础，它的广泛传播培养了广大市民的审美能力和审美习惯，直接地影响了白话短篇小说的产生和发展。

第三节　白话长篇小说的影响

早熟于白话短短篇小说的白话长篇小说一定程度地为白话短篇小说的繁荣培养了读者。

宋元时期，城市说话技艺发达，其中讲史等更是受到市民的欢迎。到元末明初之际，在讲史的基础上，一些下层文人便根据民间的各种传说，用说书人的口吻写了供阅读的书面故事，这就是白话长篇小说。

现存最早的白话长篇小说是《三国演义》。元末明初的社会动乱和战火的洗礼，给人们留下了深刻的记忆，分分合合的历史带给人们更多的思考，《三国演义》的出现恰恰是这种社会环境和社会心理的反映，它以谨严的结构、丰满的人物形象和半文半白的语言受到人们的喜爱。之后《水浒传》面世，它以塑造各具特色的英雄人物为主要特征，语言更加白话化。但是由于受这一时期印刷业发展条件的限制，加上统治者对通俗文艺的压制，这两部作品主要是以抄本的形式在民间流传。抄写一本数十万言的书，费时费力，因而价格不菲，不是普通人所能消费得起的，所以，在明初到明中叶的这一段时间里，这样的长篇小说主要是在官僚、富商和有钱的文人手中传阅，影响不广。

明中叶以后，商品经济发展，有钱有闲的人增多，加上社会风气的转变，阅读和写作通俗小说也不再被人歧视；而印刷技术的进步，使得廉价的书籍刻印生产成为可能。所以这一时期，白话长篇小说大量涌现。首先是在嘉靖壬午年（1522）《三国志通俗演义》刊刻出版，之后，《水浒传》、《平妖传》等白话长篇小说也相继刊刻出版。这种大量的刊刻出版，正投合了当时人们对通俗文艺的需求，赢得了广大的读者，引起越来越多的人对通俗文艺的兴趣，开始有人专门从事讲史的白话长篇小说的创作和出版。于是在《三国志通俗演义》和《水浒传》之后，形成了一个白话长篇历史小说创作的高潮，演绎各个朝代历史的小说纷纷面世。从嘉靖朝至万历初年相继出版了《皇明开运英武传》、《大宋演义中兴英烈传》、《唐书志传》、《全汉志传》、《南北宋志传》、《列国志传》等数十部作品，形成了广泛的社会影响。在历史演义风行天下的同时还出现了另一类题材的小说，这就是描鬼写怪的神魔小说。嘉靖三十二年（1553），清白堂刊出《全像西游记》二十卷一百回；万历二十年（1592）《西游记》刊印出版，它以新颖曲折的故事、生动诙谐的描写、丰富离奇的想象吸引了人们的视线。随后此类小说创作繁荣，风靡一时。如万历二十五年（1597）刊行了《三宝太监西洋记通俗演义》、《南游记》等。万历末期，《金瓶梅》刊行，在此之前，这部描写世情的白话小说已经在社会上以手抄本的形式大为流传，得到人们的喜爱。与历史、神魔小说不同的是，这部小说写的是现实题材，反映的是人们熟悉的现实生活，描写的主要人物为市井人物。这部小说将人们对历史和英雄的关注引向人们所熟悉的现实生活中，这在题材上是一个大胆的开拓。此外在这一时期，还出现了其他题材的小说，如公案小说，有《包龙图判百家公案》、《皇明诸司廉明奇判公》、《案传皇明诸司公案传》等；色情小说有《如意君传》、《绣榻野史》、《浪史》等。

由于有利可图，一些优秀的作品由多家书坊多次刊刻，如《三国演义》刊刻者“何止数十家”，《水浒传》也是“坊间梓者纷纷”（均见余象斗《水浒志传·水浒辩》），这进一步扩大了白话长篇小说的社会影响。到17世纪以后，无论是历史小说还是神魔小说、世情小说都进入到一个繁荣发展时期，作品大量涌现。如历史小说有《两汉开国中兴志传》、《杨家府演义》、《三国志后传》、《西汉通俗演义》、《东西晋演义》、《东汉十二帝通俗演义》、《胡少保平倭记》、《于少保萃忠全传》等；神魔小说有《许仙铁树记》、《二十四尊得道罗汉传》、《东游记》、《封神演义》、《唐钟馗全传》等。于是小说在社会上产生了重大的影响，对此顾炎武还曾产生过忧虑：

古有儒释道三教，自明以来，又多一教曰小说，小说演义之书，士大夫农工商贾无不习闻之，以至儿童妇女不识字者亦皆闻而如见之，是其教较之儒释道而更广也。释道犹劝人以善，小说专导人以恶，奸邪淫盗之事，儒释道书不忍斥言者，彼必尽相穷形，津津乐道。以杀人为好汉，以渔色为风流，丧心病狂，无所忌惮，子弟之逸居无教者多矣，一有此等书以诱之，曷怪其近于禽兽乎！(《日知录》卷十三“厚重”)

明代白话长篇小说也是在说书的基础上产生的书面化的叙事文学，但是由于种种原因，它较白话短篇小说更早些出现了繁荣的创作局面，它更直接地为较晚出现的白话短篇小说培养了读者，为即将繁荣的白话短篇小说作了一定的准备。

白话长篇小说基本是在继承说书中的讲史平话的基础上发展起来的，无论在形式还是在内容方面都与说书有着极为密切的关系。它不但保留了说书的体制结构，努力营造说书的现场感和交流氛围，而且在情节的设置安排等方面上也大量吸收了说书的成果，因而虽然经过文人的加工，但基本上仍以说书话本的形式示人，照顾到了人们听书的审美习惯。所以人们在阅读白话长篇小说的时候，仍然能从中感受到在书场听书时的氛围，与他们听书时的审美习惯基本上是吻合的。长篇白话小说在体制上这种对说书体形式的继承，与“话本小说”一样，培养了人们对书面化的说书文体的阅读习惯。从以后的无论是长篇还是短篇白话小说在叙述方式上一直沿用说书体这一情况，可以看出说书形式是多么根深蒂固地存在于人们的审美习惯中。

同时，长篇白话小说的出现也是一次由口头性的说书向书面化的小说转化的大胆尝试，在这一转化中，它既顾全了人们在长期听书过程中养成的审美习惯，又在一定程度上为适合人们书面阅读进行了某些改进，提高了作品的可阅读性。由于长篇白话小说创作上的成功，赢得了广大的读者，因此，它也就具有了示范性的意义。例如在语言方面，用的不是说书的纯粹的口头用语，而是一种较为规范而谨严的白话书面语，因此在语言风格上，远离了粗俗、鄙陋，表现出较为雅正的一面。《三国志通俗演义》使用的是一种半文半白的语言，即所谓“文不甚深，言不甚俗”(庸愚子《三国志通俗演义序》)。在小说的结构上，一般是经过较为严谨的加工，而不是像说书那样随意添减，因此，结构完整严谨，内容集中。在故事情节上，也不像说书那样单纯追求情节的曲折离奇，而是照顾到情节的前后照应、真实可信和抑扬有致。在作品的表现手法和描写手法上也更为多样化，尤其是注意细节的描写，而细节描写在诉诸听觉的说书中是较少应用的。创作的重心，也出现了由重情节向重人物的偏移，更加注重人物的刻画，人物形象更为丰满。长篇白话小说所具有的这种书面化的特色，逐渐为广大读者所接受。并且，随着长篇白话小说创作的繁荣，人们在长时间的接触和阅读中，审美能力也不断得到提高。

这一时期的白话长篇小说在题材方面不断出新，也在一定程度上培养了人们对多种题材的接受兴趣。从《三国演义》、《水浒传》等小说的历史题材、英雄题材，到《西游记》、《封神演义》等小说的神魔题材，《金瓶梅》等小说的世情题材、现实题材等等，人们在这一阵阵蜂拥而来的各类题材小说中，懂得了小说原是可以反映如此广阔的内容，从小说中原是可以看到如此丰富的世界。人们在这多种题材小说的接受过程中，提高了对各类题材的接受兴趣，也唤起对多种题材的需求。培养了对不同题材作品的接受能力。当然，题材多样性并不只在白话长篇小说兴起之后才出现，在宋代说话中已经分为讲史、银字、说公案、说铁骑、说经等，明代的说话也同样包含了各类题材，但是由于艺术形式和艺术水平等多种原因的限制，它还不能给人们以较为深刻的感受。白话长篇小说以鸿篇巨制的作品容量，以完整的结构和精细的讲述，在赢得了读者的同时，也强化了人们对小说这种以讲故事为主的文学形式的认识。

总之，白话长篇小说在明中叶以后的繁荣，不但开阔了市民的审美视野，也逐渐地提高了市民的审美能力，养成了一定的审美习惯。这为晚明特别是 17 世纪 20 年代以后白话短篇小说的兴盛培养了读者。

我们知道，作品只有进入了读者的视野才实现了它的价值。因此，对于作品来说，有一个具有一定数量、能够真正懂得和欣赏它的读者群是极为重要的。在明中叶，各种文艺活动的繁荣发展，以及白话长篇小说的大量刊行，在不知不觉中造就了一批喜爱并能够欣赏通俗文艺的接受者，为白话短篇小说的发展繁荣奠定了良好的基础。正如马克思《一八四四年经济学哲学手稿》中所分析的那样，“从主体方面来看：只有音乐才能激起人的音乐感；对于没有音乐感的耳朵来说，最美的音乐也毫无意义”。[①] 因此具有一定的审美能力和审美习惯的小说读者对于小说发展是极为重要的一件事。

---

① 《马克思恩格斯全集》第四十二卷，人民出版社 1979 年版，第 125 页。

第五章　文人心理的世俗化倾向

在中国古代传统文化中，雅与俗是两个壁垒分明的文化阵营，前者由文人与官僚士大夫所把持，后者为下层百姓所据有。由于文人自身所具有的文化素养和审美情趣等原因，在心理上往往排斥世俗的东西，在文化上抱有一种优越感。明中叶以来，由于科举难成、生活困苦、商人地位上升等因素，文人的社会优越感减弱，处境日益窘迫；加上城市经济发展，市井繁荣，许多文人开始投向市井生活，并逐渐地认同和接受了市民的世俗化趣味。他们喜爱市民文艺，肯定通俗文艺的价值和成就，成为市民通俗文艺的接受者；有的文人还积极进行通俗文艺的创作，为市井文艺的繁荣发展起到了重要的作用。

第一节　窘迫的人生处境与心理失衡

在历史上，士作为社会的精英阶层，居于四民之首，上受统治者的重视和优待，下被平民百姓所尊敬和仰慕，即使穷困潦倒，功名不就，也仍然可以怀着“独善其身”的信念，以一介儒生的自尊而立身于社会，保持着超越世俗的精神追求。因而士在心理上有着极强的优越感。

明朝开国者朱元璋虽然不是文人，却十分了解文人的心理，看重文人的社会作用。他一面针对动乱甫定、人心不稳的现实，实行残酷的文字狱，严厉打击和控制文人；一面为解决人才缺乏的现状，开科考试，并以种种优厚待遇笼络文人，如减免秀才的赋役，给予生活补助等，还在穿衣、礼节等方面给以特殊的礼遇，维护了文人心理上的自尊和优越感。但是到了明中叶，由于科举弊端日重、商品经济发展、金钱地位崛起，文人的处境日渐艰难。

首先是功名难就。文人以治国平天下为己任，以成就功名为目标。在明代，这种参政济世的理想由于朱元璋在开科举诏中宣布“使中外文臣皆由科举而选，非科举者毋得与官”（《明史·选举志》），而变得只有通过科举才有可能实现，成就功名的路子十分狭窄。同时，由于明代社会教育的普及、人口的增长，特别是江南地区教育发达，天下读书人数大增，而取士名额基本上没有增长，这就使得中科举的机会相对大大减少，中举士子在文人中所占的比例极小，大多数人被排除在仕途之外。所以大多数文人虽饱读诗书，也不可能功成名就。即使少数中举的士子也不一定就能马上得到官位而飞黄腾达。在明代，举人、贡生和监生都可以入仕，而实际上的官位却是有限的，于是就出现了"循资待选，年老始得一官"（《明会要》卷四十八《选举·铨选》）和"吏部听选至万余人，有十多年不得官者"（《明史·选举志》）等现象。因此，在明代，学子想功成名就显得越发不容易，所谓"士而成功者十之一，贾而成功者十之九"（《丰南志》）。而科举费用之高也不是普通家庭都能承受得起的，王世贞曾感慨过考试费用之高："余举进士，不能攻苦食俭，初岁费将三百金，同年中有费不能百金者，今遂过六七百金，无不取贷于人。盖贽见大小座主，会同年及乡里官长，酬酢公私，宴醵赏劳，座主仆从，与内阁吏部之舆人，比旧往往数倍。"（《觚不觚录》）如此高的费用，只能让贫困的学子望而却步。

明代科举舞弊现象日益严重，也使一些文人成就功名的愿望化为泡影。如《明史》指出："其贿买专营，怀挟倩代，割卷传递，顶名冒籍，弊端百出，不可穷究，而关节为甚，事属暧昧，或快恩仇报复，盖亦有之。"（《明史·选举志》）"我朝二百余年，公道赖有科场一事。自权相作俑，公道悉坏。势之所极不能亟反，士子以侥幸为能，主司以文场为市，利在则从利，势在则从势。录其子以及人之子，因其亲以及人之亲，遂至上下相同，名义扫地。虽明宪在前，国法在上，而犯者接踵相继，致使富室有力者，曳白可以衣紫；寒畯无援者，倚马不得登龙。"不仅主司不能秉持公道，主司下面的工作人员徇私舞弊现象更为严重，弄得场屋乌烟瘴气："科场之弊，人皆以为内帘甚于外帘，不知内帘之弊在上，外帘之弊在下。在上者不过字眼卖文两端，弊尚有限；在下者收卷、誊录、弥封、对读诸处，朦胧改窜，及传递等弊有不可穷诘。"对此，文人学士发出了"弊窦若此，守株待兔，其可几乎"（《花当阁丛谈》卷五）的愤慨。科举考试定为八股文，以程朱理学为标准，本来就不能实现选拔真才的目的，再加上舞弊，这样，明代的科举对于真正有才学的人，对于大多数应试弟子来说是缺乏公平的，它的权威性也随之降低。鉴于此，有人就不考科举，如山西平阳王锡予"少读书"，"在声庠序"，"既见天下多故，诸儒狃于章句声偶之文无异见，遽取组绶夸耀于乡里，以忘其国恤；其占毕之徒几倖富贵，言也冲冲，至于穷老，而乃笑治生者之鄙贱"（王猷定《四照堂集》卷五《贺王锡予寿序》），遂奋身投商。

不能中科举、中了科举不能入仕，也就是进不了权力阶层，就不能出人头地，更不能实现明道济世的政治抱负，不能实现人生的价值，这对心高气盛的读书人来说无疑是最沉重的打击。

其次，生活贫困。对于一个不富裕的家庭来说，培养出一个读书人不是件容易的事，因为一个人读书，不但不能给家庭带来任何收入，还要让家中拿出各种学习和考试费用，有的一科不中还要继续考，这就意味着家庭贫困的加剧。如果能中第，当然是苦尽甘来，但不中的是多数。即使放弃科举，因从幼只学圣贤之书，此外百工一无所会，也很难在社会上立足，因此世人说："四民之业，惟士为尊，然无成则不若农贾。"（李维桢《大泌山房集》卷一〇六）这样看来，如果没有一定的经济基础，没有必中的把握，选择读书科举必是一条穷困之路。然而一旦中举便高官厚禄这一诱饵，使许多读书人乐此不疲。因此下层文人生活贫困已成一个社会问题。

工商业者社会地位的上升使得文人受尊敬的地位受到威胁。与文人日渐窘困的境地相对照，由于商品经济的发展，工商业者日益富裕起来，有的还成了拥有巨资的宏商大贾，生活上挥金如土，奢侈靡费，愈发显出文人的落魄和寒酸，使一直居于四民之首的文人有了今非昔比的失落感。更令文人不能忍受的是他们在穿着、用物、称号等方面所特有的权利，也被商人所用。如陕西耀州"自正德以来，里俗乃日日异者……衣冠日变，而头巾方者，儒履几满市衢"（嘉靖《耀州志》卷四"风俗"）；又如"正德中，士大夫有号者十有四五，虽有号，然多呼字。嘉靖年来，束发时即有号。末年，奴仆、舆隶、俳优，无不有之"（顾起元《客座赘语》卷五"建业风俗记"）。工商业者"买官鬻爵、服舍亡等，几与士大夫抗衡"（顾起元《客座赘语》卷一"正嘉以前醇厚"）。这种僭越，在提高商人社会地位的同时，也必然降低文人的地位，文人曾经所拥有的特殊社会礼遇，商人都可以用钱来得到，因此文人一直以来所具有的地位优越感日渐丧失。同时，人心向"利"的社会风气也使社会舆论的中心发生转向，将人们的注意力吸引到与"利"紧密相关的商业和商人身上。人们对金钱产生崇敬的同时，也就降低了对知识和拥有知识的人的尊敬。在商业意识和金钱利益的影响下，出现了"右贾左儒"（《太丞集》卷五十四《明故处士溪阳吴长公墓志铭》）的现象，这种变化更能说明文人社会处境的窘迫，而文人对此除了愤慨，也只能无可奈何。

捐纳制度进一步将文人推向了尴尬境地。不管是功名难就，还是生活困苦，只要仕官之路必须经过层层考试这样一个看似公平的途径，文人就还能怀有一份自尊、自傲和希望。但是从景泰年间始，明王朝为了解决国家财政困难，出台了纳监政策，至成化间又进一步放松了条件，即任何人只要加倍缴纳钱粮，都有资格进入国子监学习，出监后可以做官。这一制度立即吸引了有钱人，一时间“动以万计，不胜其滥”（《明史》卷六十九）。一旦将钱与官爵联系在一起，知识、文章、才能等将变得一文不值，文人就完全失去了可与商人抗衡的力量。于是一直存于文人心中的那些“富贵不能淫，贫贱不能移”、“君子谋道不谋食”、“君子忧道不忧贫”等信念，再次受到怀疑，士风发生了更大的改变。这正如开始实行捐纳制度时人们所预料的那样：“为士子者知财利可以进身，则无所往而不谋利，或买卖，或举放，或取之官府，或取之乡里。视经书如土苴，而苞苴是求，弃仁义如敝屣，而货财是殖，士心一蠹，则士气士节由此而丧，他日致用，何望其能兴治有补于国家哉!”（余继登《典故纪闻》卷十四）

由于上述种种原因，文人阶层变得鱼龙混杂，整体文化水平和道德修养等都大打折扣，在社会中的威望与地位明显降低。“正、嘉以前，南都风尚最为醇厚。荐绅以文章政事、行谊气节为常，求田问舍之事少，而营声利、畜伎乐者，百不一二见之。”（顾起元《客座赘语》卷一“正嘉以前醇厚”）如今不学无术者有之，缺少操行者有之，“其间醇疵相半，瑕瑜不掩，十年之外，便成刍狗，不足训今，不可以传后，不足以裨身心，不足以经世务，不知国家何故以是为进贤之具也”（《五杂俎》卷五“事部”）。而生活的贫困和世风的影响，使许多文人尚利行商，也促使文人阶层多了商贾气，少了文人精神，“今为学者，其好则贾而已矣”（《震川先生集》卷十三《白菴程翁八十寿序》）。此外，社会上附庸风雅现象严重，人们动辄以文人自居，“未婚未冠之弱子，稍有文名，便分先达之席，不士不农之侠客，一联诗社，即躐大人之班，而异途亦可攘臂焉。以为下流既可混于上流，则杂流岂不可混于正流也”（管志道《从先维俗议》卷二）。在这种社会风气下，文人阶层的学识、气节、地位等都变得不再那么受重视和受尊敬，文人士子陷入了窘困的处境之中。

处在这种窘迫处境中的绝大多数文人的内心是痛苦而矛盾的。一方面，怀抱一腔士子的荣誉感和社会责任心；而另一方面，含着敌不过金钱势力的羞辱和英雄无用武之地的悲凉。他们既自命清高，不甘于随波逐流，可又无力改变现实；既不愿放弃理想，又不得不向现实作出妥协；既想维护传统，可又阻挡不了时代的潮流。在理想与现实、道德与金钱、传统与时风的冲突撞击下，他们内心的平衡被彻底打破，他们的精神王国开始崩塌。他们开始以各种各样的方式来宣泄内心的不平、悲愤和痛苦，以求得心理的平衡：或拥妓歌舞、放纵狂狷；或使酒佯狂，玩世自放；或颓然落魄，跌宕不羁；或放浪形骸，蔑视礼法；甚至打牌赌博，甘为优伶。如嘉靖时的杨慎谪滇南，

“好纵倡乐”，醉墨题诗于伎女裙袖，在泸州居然“胡粉傅面，作双丫髻同，插花，门生舁之，诸伎捧觞，游行城市”（焦竑《玉堂丛话》卷七）。在他们追欢买醉的背后，在他们故做超脱的言行里，潜藏的是无法排解的痛苦和不能言表的伤感。

明中叶以后士风发生大的转变，不能不说与此有一定的关系。我们看到，这一时期的文人在人生道路、人生价值、人生理想的理解与选择上出现了多元化。而这一切的变化无非是文人在当时处境下对自我生存状态和心理状态的一种或积极或消极的调适。而其中不可忽视的是在金钱势力上升的社会现实下，文人人生理想和价值观开始不自觉地偏离了传统的方向，从而引发了士人在生活的各个方面，包括心理方面发生了改变。在这种情况下，文人们开始了新的心路历程。

第二节　市井生活与生活趣味的世俗化

在窘困的人生处境下，文人士子为了生存，不得不向现实妥协，走向市井生活；市井生活的丰富多彩也吸引着更多的文人士子走出封闭的旧式生活，乐于在此驻足流连；加上新的社会思潮的兴起，又为他们世俗化的追求找到了理论依据。文人士子们终于放下了清高的架子，不但在生活上真正地走向了市井，参与到市井生活中来，而且在思想、价值观和审美趣味等各个方面都不可避免地受到了俗世化的影响，逐渐融入了市民社会。

在生计上，文人士子向市井行业靠近。在当时，文人士子经商已是较为常见的社会现象。工商业成为许多科场失意和无力科举的文人的职业选择，这不仅是当时重商思潮的影响和较高的商业利润的吸引，还由于相对而言，经商不需要特别的技艺，但又得能写会算，正合乎文人的情况，于是许多文人投身其中，如“洞庭山消夏湾蒋举人，屡试春官不第，遂弃儒攻垄断之行，鸡鸣而起，执筹握计，以赀雄里闬”（程时用《风世类编》卷二咎征）；又如“刘滋，濮阳人，少为庠生。家贫，田不二十亩，又值水旱，无以自活，乃尽鬻其田，逐什一之利。十余年致数万金”（《涌幢小品》卷九）。在商业利润的吸引下，还有相当多的文人士子是一边为官业儒，一边让家人仆从经商，以经商所得为家庭中的主要收入来源。即使士大夫家也不例外，“虽士大夫之家，皆以商贾游四方”（《震川先生集》卷十三《白菴程翁八十寿序》），“宗室士夫之家，闲房……数十处，开店招商”（吕坤《摘陈边计民艰疏》，《明经世文编》卷四一六）。还有的文人凭自己的一技之长，或处馆教书，或做幕宾，或卖字卖画，或参与到出版书籍的行业中，为出版商选文、校注、编辑或出谋划策等等。在当时，还有人提出了这样的见解："士苟欲自遂其高，则其于衣食计当先使之稍足于己，乃可无求于世。今人动名士面向人，见之营治为生，即目之为俗；及至窘迫，或有干请乞丐，得与不得，俱丧其守，其可耻又岂止于俗而已乎？"（钟惺《隐秀轩集》卷二十三）总之，越来越多的文人士子在生计上向市井行业靠近，这就使得他们不得不接近广大的市民和市井生活。

文人士子在日常生活上也越来越依赖市井，与市井的关系日益密切。从起居饮食到娱乐消遣、社会交往等，都越来越带有鲜明的市民生活的色彩。如在生活习惯上，文人士子接受了市井社会的生活方式，喜欢花钱消费，看重生活的奢侈浮华，注重享乐，追随社会风气。有人"初试为县令，即已买田宅盛舆贩金玉玩好，种种毕具。甚且以此被谴责，犹恬而不知怪"（万历《上元县志·风俗论》）。在起居饮食服饰等方面，市民与文人士子往往互相追随。一方面是市民不顾社会等级限制而僭越，另一方面是文人受到市民的影响，往往不由自主地随从了市井的习俗。如《云间据目钞》记其郡风俗云："布袍乃儒家常服也，迩年鄙为寒酸，贫者必用绸绢色衣，谓之薄华丽而恶少文，且从典肆中觅旧段旧服翻改新起……春元必穿大红履，儒童年少者必穿浅红道袍……虽贫如思丹，亦不能免。"在这种市井风气下，虽"余最贫尚俭朴，年来亦强服色衣，乃知习俗移人，贤者不免"。又如在穿鞋方面，"大家奴皆用三镶官履，与士官漫无分别，而士官亦喜奴辈穿着，此俗之最恶也"（《云间据目钞》卷二）。

在社会娱乐方面，城市的繁荣发展和娱乐生活的丰富多彩为文人的娱乐活动提供了更多的选择；曾为市民所喜爱的市井种种娱乐，也同样为文人所喜爱。文人们与市民一样，参加各种节日集会，观看各种演出；与市民一样，是满街的茶楼、酒肆、戏院、书场的常客；与市民一样，爱好声色，或携妓宴游，或沉醉歌舞，混迹于歌场妓院之间；与市民一样，对于街市上流行的小说爱不释手，对于流行的戏曲频频吟唱。文人中有的还精通民间曲乐，不时为歌妓伶人作曲填词，如沈璟"妙解音律，花、月总堪主盟；雅好词章，僧、妓时招佐酒"。顾大典"曲房侍姬如云，清閟宫商如雪"。梁辰渔"丽调喧传于白苎，新歌纷咏于青楼"（吕天成《曲品》卷上）。可谓"声色玩好，日事征逐"（万历《歙志》卷五，风土）。李开先、何良俊、申时行、黄汝亨、邹迪光等名士，都家有乐班，在亲友聚会、佳期吉日甚至日常空闲时，表演市井之曲以取乐。

在人际交往上，文人士子与市民的关系也越来越近。生活在市井中的文人为了生活和生计，每天都必须与市民打交道，这必然拉近了文人与市民的距离。而商品经济的发展，还形成了士人与商人间的互相往来和互为协作利用的关系。一方面，商人主动地依附于文人。商人虽然可以凭手中的金钱鄙视文人的寒酸，但是由于传统观念的根深蒂固，许多人的内心深处仍然对士的地位充满了艳羡之情，所以有钱之后，有的商人就喜欢附庸风雅，如新安“贾唊名，喜以贤豪长者游”（陈继儒《晚香堂小品·冯咸甫游记序》），徽商吴龙田“见海内文士，惟以不得执鞭为恨”（《珂雪斋集·吴龙田生传》）。另一方面，文人在经济、生计等方面也往往要依靠商人的资助，所以也不得不对商人尤其是资金雄厚的大商人表示一定的亲近之意。总之，商人与文人各取对方所长，补己所短，无论是在财富积累上，还是在社会地位上，都能彼此有收获，一定程度地形成了互为依赖的社会关系。如祝允明与吴中巨商汤家子弟，文征明与商人朱英，或“旦暮过从”（祝允明《怀星堂全集》卷十七《守斋处士汤君文守生圹志》），或“往来日稔”（文征明《文征明集》补辑卷三十一《朱效莲墓志铭》）。李开先与商人王云凤“交与二十余年”（李开先《闲居集》卷七《处士王治祥墓志铭》），李梦阳与商人“论诗较射，过从无虚日”（钱谦益《列朝诗集小传》丙集《文子山郑作》）。在这相互交往过程中，商人的生活出现了文人化倾向，文人生活也向商人的世俗化生活演进。此外，一些民间艺人也因其高超的技艺赢得了文人的赞许，有的还成为文人的朋友。我们看到，在这一时期，出现了大量的文人士大夫为商人、民间艺人写传记、碑铭、寿序等现象，就足以说明文人与商人、民间艺人之间关系的密切。

文人在走向市井的过程中，表现出复杂的心态。一方面，作为文人，他们应当重道守礼，舍生取义，不计功利，高雅脱俗；而另一方面，他们受市井风气熏染，又不可避免地在审美趣味、人生态度、价值观念等方面表现出世俗化倾向，即追随世风、不拘礼节、尚利好货、享乐声色等等，追求现世的幸福和感性的快乐，认同世俗的情趣和品位。随着文人世俗化生活的不断深入，前者的思想观念与审美趣味越来越让位于后者。对于当时文人士子的这种变化，一些较为正统的文人都曾经给以指责，如谢肇淛曾忿忿道：“世之人有不求富贵利达者乎？有衣食已足不愿赢余者乎？……有天性孝友不私妻孥者乎？有见钱不吝、见色不迷者乎？有一于此，是以称善士矣。我未见之也。”（谢肇淛《五杂俎·事部》）陶奭龄认为这种世俗化已经是文人的一大病患：“士大夫膏肓之疾，只是一俗，世有稍自脱者，即共命为迂、为疏、为腐。于是一入仕途，则相师相仿，以求入乎俗而已，如相率饮狂泉，亦可悲矣！”（陶奭龄《小柴桑喃喃录》卷下）尽管有如此的反对之声，但文人士子向俗已是不可逆转的历史潮流，即使是社会中的名士也往往在所难免。公安派代表人物袁宏道对人生五大快活的叙述最典型地说明了当时文人生活趣味上的变化：

> 真乐有五，不可不知。目极世间之色，耳极世间之声，身极世间之鲜，口极世间之谈，一快活也；堂前列鼎，堂后度曲，宾客满席，男女交舄，烛气薰天，珠翠委地，金钱不足，继以田土，二快活也；箧中藏万卷书，书皆珍异，宅畔置一馆，馆中约真正同心友十余人，人中立一识见极高，如司马迁、罗贯中、关汉卿者为主，分曹布署，各成一书，远文唐宋酸儒之陋，近完一代未竟之篇，三快活也；千金买一舟，舟中置鼓吹一部，妓妾数人，游闲数人，泛家浮宅，不知老之将至，四快活也；然人生受用至此，不及十年，家资田地荡尽矣。然后一身狼狈，朝不谋夕，托钵歌妓之院，分餐孤老之盘，往来乡亲，恬不知耻，五快活也。士有此一者，生可无愧，死可不朽矣。（《袁宏道集笺校·与龚惟长先生》）

这种种快乐对于以往的文人来说是不敢想象的，即使敢想也是不敢说的，而袁宏道作为当时的著名学士，却毫不避讳地公之于众，充分地体现了当时文人士子要求“安心与世俗人一样”（《袁宏道集笺校·德山麈谭》）的世俗化的心理和趣味倾向。

第三节　文人心理对通俗文艺的接受

生活和趣味的世俗化倾向，导致了文人对市民通俗文艺的普遍接受。

在历史上，文人对通俗文艺感兴趣的事情屡有发生，并不新鲜，但作为一种普遍的社会现象却并不多见。到明中叶以后，在新的历史条件下，终于促成文人阶层对市民通俗文艺的普遍接受，主要表现在如下几点：

首先，文人对通俗文艺积极欣赏，具体表现在观看、阅读、搜买、收藏通俗文艺。

在传统封建文化里，以诗文为代表的雅文化与以小说、戏曲等为代表的俗文化向来是两个文化层次，前者以文人、后者以市民为主要的审美和创作主体。在许多文人眼里，说话、戏曲、民歌等市井中的文艺是“呕呀嘈杂难为听”的“下里巴人”，因此不屑于视听。明中叶以后，文人审美趣味出现的世俗化倾向，改变了文人的文艺欣赏行为，市民通俗文艺大量地进入了文人的审美视野，文人成为市民以外的又一群通俗文艺的主要接受主体。

许多文人都十分喜爱民歌俗曲，他们不但喜欢听，还能默记于心，朗朗于口；有的精通戏曲，将赏看戏曲作为日常的娱乐，甚至家中养有戏班；有的文人成为通俗小说的热心读者，诸如《三国志》、《水浒传》等通俗小说都成为他们的案头之书。我们在许多文人的文章中，都能看到他们观看或阅读通俗文艺的文字，如袁宏道曾经借他人之口写了文人对《水浒传》爱不释手的情形："里中有好读书者，缄嘿十年，忽一日拍案狂叫，曰：'……人言《水浒传》奇，果奇。予每检《十三经》或《二十一史》，一展卷，即忽忽欲睡，未有若《水浒》之明白晓畅、语语家常，使我捧玩不能释手者也。"（《东西汉通俗演义·序》，《袁宏道集笺校》卷五十五）谢肇淛曾指出："今世之耽嗜《水浒传》，至缙绅文士，亦间有好之者。"（《少室山房笔丛·庄岳委谈》）据记载，王世贞、谢肇淛、董其昌、袁宏道、袁中道、屠本畯、汤显祖、王稚登、沈德符等人先后看过《金瓶梅》一书，袁宏道还致书董其昌，索要《金瓶梅》之"后段"："《金瓶梅》从何得来？伏枕略观，云霞满纸，胜于枚生《七发》多矣。后段在何处抄竟，当于何处倒换，幸一的示。"（袁宏道《袁中郎集》卷二十一《与董思白》）市民通俗文艺也成为一些有识见的藏书家的收藏内容，如嘉靖时藏书家晁瑮父子均出身进士，但十分重视通俗文艺，搜集了许多流传在市井间的传奇、杂剧、话本等各种文艺，载录于《宝文堂书目》中。李开先收集了市井中的一些滑稽曲文、故事等，著成《词谑》一书。

其次，文人对待市民通俗文艺的态度发生了转变，由过去的歧视、抵制到现在的肯定、推崇。

文人在欣赏市民通俗文艺的同时，看到了其存在的价值，并给予肯定，甚至推崇。许多文人通过将通俗文艺与古代名籍同列，将通俗文艺的地位提高到与历史上名篇名作相提并论的地步，表现出对通俗文艺的积极肯定。如李梦阳将《西厢记》与《离骚》并列，王慎中、唐顺之、李开先等一批名士，又将《水浒》与《史记》并提："《水浒传》委曲详尽，血脉贯通，《史记》而下，便是此书。且古来更无一事而二十册者。倘发奸盗诈伪病之，此不知序事之法，史学之妙者也。"（李开先《词谑》），袁宏道称《金瓶梅》为"云霞满纸，胜于枚生《七发》多矣"（《袁中郎集》卷二十一《与董思白》）。民歌《锁南枝》被称为"时调中状元也，如十五国风"。（李开先《词谑》）卓珂月甚至还认为民歌是明代的一绝，可与唐诗宋词元曲一样成为时代文学的象征："我明诗让唐，词让宋，曲让元，庶几《吴歌》、《挂枝儿》、《罗江怨》、《打枣竿》、《银绞丝》之类，为我明一绝耳。"（陈鸿绪《寒夜录》引）一些文人从教育功能方面提高了通俗文艺的地位。

他们看到了市民通俗文艺形式上通俗明晓、便于普通市民接受的特点，将其视为进行社会道德教育的工具而给予积极的肯定，认为“有补于世，无害于时”（胡应麟《少室山房笔丛》卷二十九）。

文人还从通俗文艺创作上的自然率真风格、表现手法和独特性等方面，肯定了通俗文艺。袁宏道就曾有这样的认识：“且夫天下之物，孤行则必不可无；必不可无，虽欲废焉而不能。雷同则可以不有；可以不有，虽则欲存焉而不能。故吾谓今之诗文不传矣。其万一传者，或今闾阎妇人孺子所唱《劈破玉》、《打草竿》之类。犹是无闻无识真人所作，故多真声；不效颦于汉、魏，不学步于盛唐，任性而发，尚能通于人之喜怒哀乐，嗜好情欲，是可喜也。”（《袁宏道集笺校》卷四《锦帆集》之二《小修诗序》）王骥德《曲律》卷三“杂论上”也说：“北人尚余天巧，今所传‘打枣干’诸小曲，有妙入神品者。南人苦学之，决不能入。盖北之‘打枣干’与吴人之‘山歌’，不必文士，皆北里之侠或闺阃之秀，以无意得之。犹诸郑卫诗风，修‘大雅’者反不能得作也。”李开先也认为民歌“出诸里巷妇女之口者，情词婉曲，自非后世诗人墨客操觚染翰，刻骨流血所能及者”（《李开先集·一笑散》）。以至有人认为“山歌”等民歌“为近日真诗一线所存”（贺贻孙《诗筏》）。

再次，文人积极地参与通俗文艺的编创活动。

市民文艺的蓬勃发展和文人文艺观的扭转，激发了文人参与通俗文艺的热情。不仅是下层文人为求衣食而参与，一些上层文人也乐于在通俗文艺方面展露才华，寄托情怀，寻求乐趣。比如在戏曲方面，“近则自缙绅、青襟，以迨山人、墨客，染翰为新声者，不可胜记”（王骥德《曲律》卷四《杂论下》）；“年来俚儒之稍通音律者，伶人之稍习文墨者，动辄编一传奇”（沈德符《顾曲杂言》）。产生了汤显祖、沈璟、屠隆、王骥德、吕天成、高濂、周朝俊、祁彪佳、吴炳、袁于令、孟称舜、李开先等一大批戏曲家。在民歌方面，文人收集、整理、改编了许多民歌，并予以出版，如张禄选辑的《词林摘艳》，郭勋选辑的《雍熙乐府》，陈所闻选辑的《南宫词纪》，龚正我选辑的《摘锦奇音》，熊稔寰选辑的《徽池雅调》，以及冯梦龙编辑的《童痴一弄·挂枝儿》和《童痴一弄·山歌》等。郑振铎先生曾明确指出明代文人对民歌的改造：“在正德刊本的《盛世新声》里，在嘉靖刊本的《词林摘艳》和《雍熙乐府》里，我们也可以得到一部分的民间歌曲。不过，其内容却是经过文人学士们的改造过的。”① 有的诗人在学习民歌的基础上

① 郑振铎：《中国俗文学史》下册，上海书店1984年版，第262页。

进而创作民歌，如竟陵派诗人钟惺记载：“友人谭友夏（谭元春）作《竹枝词》近百首，余曾赏之，皆舟行诗也。其体则七言绝，其所采民谣土风，自江陵至吾邑，上下二千里耳，乃遂能至百首。”（《隐秀轩集》卷十《江行俳体序》）李开先仿作民歌《中麓小令》一百首，收集民歌一百零三首，编为《市井艳词》。在白话小说方面，更是表现出文人积极的编辑和创作意识。明中叶以来长篇小说创作丰富，题材广泛，基本上都是出自文人之手。这种繁荣景象正是文人自觉接受和创作通俗文艺意识的最有力的体现。

此外，文人还对通俗文艺展开积极的批评。

以往文人对通俗文艺常常不屑一顾，偶尔有所观赏阅读，也绝不会郑重其事地对其进行评论。明中叶以后，通俗文艺成为某些文人进行评论的对象，这一现象进一步说明通俗文艺为文人所关注和接受的事实。

戏曲评论出现得较早较多且系统。如王世贞作《曲藻》，何良俊作《曲论》，王骥德作《曲律》等，对戏曲创作中的各个方面进行了较为系统的理论阐述和评论。此外，李开先、沈德符、王世贞、徐复祚、徐渭、李贽等众多文士还具体地对戏曲《西厢记》、《琵琶记》、《昆仑奴》、《拜月》、《幽闺记》、《红拂记》、《荆钗记》等进行了多方面的评论，并一度产生了以汤显祖为代表的临川派与以沈璟为代表的吴江派在戏曲风格、理论上的论争。小说批评也十分活跃。如蒋大器的《三国志通俗演义序》、张尚德的《三国志通俗演义引》、余邵鱼的《题全像列国志传引》、余象斗的《题列国序》、陈继儒的《叙列国传》、熊大木的《新刊大宋演义中兴英烈传序》、汪道昆的《水浒传序》、李贽的《忠义水浒传序》等等，都是通过为通俗小说作序进行小说评论。此外，袁宏道、袁中道、谢肇淛、徐渭、叶昼等众多的文士在他们的著述中也或多或少地对通俗小说进行了批评。即使在民歌方面，文人们也表现出了较高的批评热情，如李梦阳的《缶音序》、《李崆峒先生集》卷六杂调曲、《郭公谣》跋及《诗集自序》，李开先的《市井艳词序》、《市井艳词又序》等。这些评论，丰富了通俗文艺创作理论，提高了通俗文艺的地位，促进了通俗文艺的创作和繁荣发展。并且受这种批评的影响，越来越多的文人将目光投向通俗文艺。

文人对市民通俗文艺的接受还表现在，他们在传统的诗文创作中也借鉴、吸收了市民通俗文艺的一些特色。

“文变染乎世情，兴废系乎时序。”（《文心雕龙·时序》）通俗文艺的蓬勃发展和文人对于通俗文艺的喜爱与接受，使越来越多的人看到了通俗文艺所具有的独特魅力，认识到了“今真诗乃在民间”（《李崆峒全集》卷五十）。因此，一些文人在进行传统诗文创作时，也借鉴、吸取了一些通俗文艺的内容与手法等，为创作增添了新的活力。如“公安派”代表人物袁宏道强调正是民歌俗曲为他的诗歌创作带来了生机：“近来诗学大进，诗集大饶，诗肠大宽，诗眼大阔。世人以诗为诗，未免为诗苦，弟以《打草竿》、《劈破玉》为诗，故足乐也。”（《袁宏道集笺校》卷一一《解脱集》之四《与伯修》）他的一些诗就写得颇通俗而有特色。有的诗人在教人学诗时，主张向民歌学习，如李开先《词谑》记载：“有学诗文于李崆峒者，自旁郡而之汴省。崆峒教以：‘若似得传唱《锁南枝》，则诗文无以加矣。’请问其详，崆峒告以：‘不能悉记也。只在街市上闲行，必有唱之者。’越数日，果闻之，喜跃如获重宝，即至崆峒处谢曰：‘诚如尊教。’”

小品文创作上也受到通俗文艺的影响。由于通俗文艺的影响，小品文创作上冲破了传统的题材、思想和风格，注入了欣欣向荣的世俗生活，注重从日常生活写起，描写普通人和市井风情，充满世俗味道。

由于广大市民对通俗文艺的喜爱和文人对通俗的接受，当时的文艺创作中出现了一股新的文艺思潮，它注重文学的世俗内容、世俗趣味，张扬世俗情怀和自然率真的个性。如当时诗文创作中的反复古思潮，对“情”的高扬，对“童心”的提倡等等，都是这种文艺思潮影响下的文学主张，李贽、汤显祖、公安三袁等人则是这股思潮的重要的代表人物。

文人生活和审美趣味的世俗化，促使文人对于市民通俗文艺的接受，提高了市民通俗文艺的地位，但更为重要的是也为通俗文艺带来了新的读者群和创作者。在文人的积极参与下，市民文艺水平不断地得到提高，呈现出繁荣发展的景象。

第二编

晚明社会心理与白话短篇小说之繁荣

明中叶社会心理和审美心理的准备，促进了白话短篇小说在晚明的大量产生。而晚明社会繁荣与社会危机并存的社会现实，又进一步地促进了白话短篇小说的繁荣发展。一方面，晚明城市商品经济繁荣，市民对通俗文艺的需求不断高涨，在书商的鼓动下，一些文人积极地参与到白话短篇小说的编撰中，提高了小说的艺术和思想水平；另一方面，社会政治愈加腐朽，阶级、民族矛盾进一步激化，社会危机加重，在愤世、救世等社会心理的支配下，一些文人将白话小说视为泄愤、教化的工具，积极创作。于是白话短篇小说呈现出繁荣发展的局面。

第六章　商业繁荣与市民主体意识的觉醒

晚明时期，随着商品经济在明中叶基础上的继续发展，市民阶层日益壮大，他们不但凭借强大的经济实力引起包括统治阶级在内的全社会成员的瞩目，日渐走向社会的中心，更依靠其反压迫反剥削的市民运动，维护自身的利益，对封建统治施加了一定的压力。加上这一时期以李贽为代表的“异端”思想正迎合了市民心理的某些需求，在社会上形成了广泛的影响。在这种社会环境下，市民阶层开始摆脱过去自卑自贱、从属、被动的社会心理，发现了自我的价值、权利、地位以及力量，其主体意识开始觉醒，开始关注自我的生活，注重自我的表现。体现在文艺需求上，就是愿意看到表现他们生活、理想和趣味的东西，渴望在文艺中表达本阶层的意愿，求得自身话语的权利。因此这一时期的白话短篇小说呈现出较强的市民性，“这里的思想、意念、人物、形象、题材、主题，已经大不同于封建文艺和文人士大夫的传统”①。

第一节　商业繁荣与市民地位的进一步提高

明中叶在经济发展的同时，政治的腐败、土地的兼并等社会弊病也日益突出。从整个明王朝的发展趋势来看，出现了由盛向衰的转变。为了维护统治阶级的根本利益、社会的长治久安，寻求经济上的进一步发展，万历朝初期，张居正进行了政治、经济等一系列的重大改革。首先，他在万历元年(1573)，针对吏治涣散、机构行政效率低下的现象，创立了“考成法”，将行政事务中的各项应办事情，定期限，立文簿，月有考，年有稽，达到“稽核章奏，随时考成，有迁延隐蔽者，即举劾”（《明史纪事本末》卷六一）。实行“考成法”后，出现了“一切不敢饰非，政体为肃”（《明史》卷二一三《张居正传》）的吏治局面。“考成法”的实施，还迫使官员不得不去纠正田赋上的“侵欺拖欠”等现象，解决了田赋拖欠问题，以至到万

① 李泽厚：《美的历程》，安徽文艺出版社1994年版，第182页。

历四年（1576），北京等地的储粟已“足支八年”。万历六年（1578），张居正下令“度田”，对全国的庄田、民田、职田、荡地、牧地通行丈量，并以户部名义下达了《清丈条例》，以此抑制了豪强兼并土地的现象。清丈土地的结果是，至万历八年（1580），总计天下田亩数七百零一万顷，比弘治时期的四百二十二万顷多出了二百七十九万顷。以此为依据增收税赋，国家财政收入大增。

在清丈土地的基础上，张居正于万历九年（1581）正式下令全国推行一条鞭法，进行重大的经济制度变革。这一变革综合了嘉靖时期各种赋役改革措施的内容，是对明初以来的赋役制度的一次大改革。一是由对人税转为对物税，即赋役的主要对象由原先以人为主变为以物为主。这是自唐两税法以来，将人头税转变为财产税的进一步发展。二是由实物税转为货币税，货币成为赋税的主要形式。一条鞭法给农民减轻了负担，使他们能有较多的时间从事耕作，对发展农业生产有一定的作用，扭转了过去因差役繁杂苛扰，导致农民破产与逃亡的现象。赋役合编为一，简化征税名目与征税手续，限制了过去长期以来徭役编派中里甲舞弊、胥吏敲剥的现象，从而缓和了阶级矛盾，促进了社会生产。役银由以户、丁作为征收对象改变为以丁、田分担，也使商人减轻了负担。一条鞭法在全国确立之后，社会经济得到进一步发展。

在张居正改革之后，明王朝呈现出“海内肃清”、“荒外警服”、“太仓积粟可支十年，冏寺积金至四百余万……一时治绩炳然”（《明史纪事本末》卷六十一）的局面，“国势几于富强”（《明通鉴》卷六十七）。这种社会政治、经济状况也促进了商业的进一步发展与繁荣。特别是张居正还注意到商品经济的社会作用，肯定了商品经济的发展，突出了商税在国家财政收入中的重要地位，认为“商不得通有无以利农，则农病；农不得力本穑以资商，则商病”，提出了“省征发，以厚农而资商；轻关市，以厚商而利农”的建议（《张文忠全集·文集·赠水部周汉浦榷竣还朝序》）。他的“一条鞭法”中的货币化赋税形式，正是顺应了当时商品经济发展的要求，有助于商品的流通。总之，张居正执政期间的这一系列的措施、倡议，对商业经济的发展和农业商品化起到了促进作用。社会中商人队伍继续壮大，商品经济继续发展，社会经济呈现出繁荣的景象。

随着社会经济的繁荣和商品经济的继续发展，至晚明时，以工商业为主的市民阶层也在长期的社会生活中发展壮大起来。尤其是广大市民为了争取自身的发展，维护自身的利益，与封建势力展开了激烈的斗争；并在斗争中壮大了自身的力量，市民的主体意识觉醒了。

晚明以来市民斗争的主要起因，是由于明神宗为了增加国库收入，派出大批宦官作为矿监税使到全国各大城镇去监矿和征税，疯狂掠夺城市居民的财产。万历二十四年（1596），神宗皇帝派出矿监到全国各地大肆掠夺，所到之处，民不聊生："矿脉微细无所得，勒民偿之。而奸人假开采之名，乘传横索民财，陵轹州县。有司恤民者，罪以阻挠，逮问罢黜。时中官多暴横，而陈奉尤甚。富家巨族则诬以盗矿，良田美宅则指以为下有矿脉，率役围捕，辱及妇女，甚至断人手足投之江，其酷虐如此。帝纵不问。自二十五年至三十三年，诸珰所进矿税银几及三百万两，群小藉势诛索，不啻倍蓰，民不聊生。"（《明史》卷八一）万历二十六年（1598）又派出大批税使，他们如狼似虎，一时间，"或征市舶，或征店税，或专领税务，或领开采。奸民纳贿于中官，辄给指挥千户札，用为爪牙。水陆行数十里，即树旗建厂。视商贾懦者肆为攘夺，没其全资。负戴行李，亦被搜索。又立土商名目，穷乡僻坞，米盐鸡豕，皆令输税。所至数激民变，帝率庇不问。诸所进税，或称遗税，或称节省银，或称罚赎，或称额外赢余。又假买办、孝顺之名，金珠宝玩貂皮名马杂然进奉，帝以为能。甚至税监刘成因灾荒请暂宽商税，中旨仍征课四方，其嗜利如此"（《明史》卷八一）。

统治者的肆意掠夺和宦官的借势欺压，激起了广大市民的强烈反抗，一时间反对矿监税使的市民暴动在各地此起彼伏。在临清，税监马堂带从者百余人，不仅对富人"籍其业之半"，对普通的小商人也肆意掠夺，致"中家以上破者大半"，工商业和市民生活受到严重损害。万历二十七年（1599），上万名走投无路的市民在王朝佐的带领下，冲向衙署，纵火焚烧。"毙其党三十七人。"（朱国祯《涌幢小品》卷九"王葛仗义"）在湖广，身兼税使的陈奉在任不到一年激发民变十起之多："陈奉入楚，始而武昌一变，继之汉口，继之黄州，继之襄阳，继之光化县，又青山镇、阳逻镇，又武昌县仙桃镇，又宝庆，又德安，又湘潭，又巴河镇，变经十起，几成大乱。"（《明神宗实录》卷三四四）万历二十七年（1599），陈奉在武昌不但入室搜人财物，还奸人妻女，激起民愤，在生员的带动下，万余名受害市民涌至抚按衙门，欲与陈奉拼死。由于有皇帝的庇护，陈奉非但不加以收敛，反而更有恃无恐。万历二十九年（1601），陈奉诬告反对自己的湖广佥事冯应京，使之被捕，又一次激起民变，士民数万人围住陈奉的衙门，并将其爪牙十六人投入江中。一次次的民变最终迫使神宗召回陈奉。在苏州，织造太监孙隆广设关卡，敲诈市民，民不堪命，于万历二十九年（1601），在织工葛成的率领下，发动了一起有组织的民变。在这次民变中，"从者数万"（朱国祯《涌幢小品》卷九"王葛仗义"），愤怒的市民将税官投到河中，孙隆被迫连夜逃走。在江西，税使潘相的爪牙四处横行，激起多次民变，景德镇万余市民放火焚烧了御器厂房，殴打了爪牙陆泰，最后潘相被迫逃走。在福建，太监高寀十余年来大肆欺压百姓，抢夺民间货物，终于在万历四十二年（1614），激起市民变乱，“万众汹汹欲杀寀”（《明史》卷三〇五，宦官传二）。从万历中后期至天启年间的这一段时间里，像上述的这些较大规模的市民运动不下二十起，而小规模的运动更为频繁。

晚明的市民运动，参加人数多，波及地区广，斗争时间长，沉重地打击了封建统治阶级，迫使统治者不得不做出一些让步，市民阶层一定程度地争取到了属于自己的利益。这种情况在历史上也是仅见的。这说明曾是社会最底层的市民阶层不再俯首于统治者的强权之下，不再甘心于被无端地剥削与欺压，他们懂得了用自己的力量来维护自己的利益。尤其天启六年（1626）苏州爆发的反对阉党魏忠贤的市民运动，更是将市民为维护和争取自身经济利益的斗争引向了维护正义的政治斗争。宦官魏忠贤把持朝政，为非作歹，陷害忠良，逮捕正直官员周顺昌，引起了苏州市民的愤怒，他们集数万人为周乞命，声势浩大。其中颜佩韦、马杰、沈扬、杨念如、周文元五位市民为此慷慨就义。这是一场有组织的市民运动，在这场运动中，广大市民已经不是只为了自身的经济利益而反抗，他们开始关注社会和政治，表现出了对社会政治的参与意识，社会影响极大；尤其是五位市民的英勇就义，更让人们对市民阶层有了深刻的认识。复社领袖张溥为此撰写了《五人墓碑记》，对五人的义举给以高度的赞扬，对市民的力量给以充分的肯定：

> 大阉之乱，缙绅而能不易其志者，四海之大，有几人欤？而五人生于编伍之间，素不闻诗书之训，激昂大义，蹈死不顾，亦曷故哉？且矫诏纷出，钩党之捕，遍于天下，卒以吾郡之发愤一击，不敢复有株治。大阉亦逡巡畏义，非常之谋，难于猝发。待圣人之出，而投缳道路，不可谓非五人之力也。

从某种意义上讲，由于历史的局限，几乎所有的市民运动都未能取得真正的、最终的胜利，也未能彻底地改变市民的社会地位和社会处境，但却在一定程度上显示了市民作为一个新兴阶层的力量，预示了它日益壮大的发展趋势，市民的社会地位得到了前所未有的提高。而在一次次的市民运动中，市民阶层也逐渐地走向了成熟，认识到了自身所具有的力量、社会作用和价值。这一切不可避免地促进了市民主体意识的觉醒。当然，我们也必须看到，在这些市民运动中，文人在其中起了主要的领导作用，这说明市民阶层还仍然需要不断地壮大和成熟，它自身还不具备参与到社会政治中去的能力。

第二节　“异端”思想的鼓吹与市民思想的活跃

万历三十年（1602），在封建卫道士的剿杀之下，晚明著名的进步思想家李贽以“敢倡乱道，惑世诬民”之罪名被捕入狱后，割腕身亡。李贽的去世，非但未使以李贽为代表的晚明“异端”思想在社会上销声匿迹，相反，却激发了人们对其新思想的更大关注热情。李贽的书籍更加炙手可热，李贽的言论愈发为人们所谈论和信奉。在很长的一段时间内，李贽为代表的“异端”思想是社会上的热点，人们思想活跃，观念更新，晚明走向了一个更加躁动不安的时代。

李贽是泰州学派的主要代表，他师从王艮之子王襞，但在思想上却表现出更为强烈的批判意识，被认为“排击孔子，别立褒贬”（《四库全书总目提要》卷五十《藏书》）。他反对封建社会种种压抑人性的传统观念，否定以孔孟、朱熹等儒家思想权威，批判道学，揭露道学家自私虚伪的本质，大胆地肯定人的私欲等等。李贽所提出的一系列新见解，在当时社会振聋发聩，并使他成为社会的异端，名闻远近。

李贽对人的私欲给予了充分的肯定。李贽认为“人必有私”：

> 夫私者，人之心也。人必有私，而后其心乃见；若无私，则无心矣。如服田者，私有秋之获，而后治田必力；居家者，私积仓之获，而后治家必力；为学者，私进取之获，而后举业之治也必力。故官人而不私以禄，则虽召之，必不来矣；苟无高爵，则虽劝之，必不至矣。虽有孔子之圣，苟无司寇之任、相事之摄，必不能一日安其身于鲁也决矣。此自然之理，必至之符，非可以架空而臆说也。然则为无私之说者，皆画饼之谈，观场之见，但令隔壁好听，不管脚跟虚实，无益于事，只乱聪耳，不足采也。（《藏书》卷三二《德业儒臣后论》）

因为人有私心，所以人们的自然欲望是合理的。李贽因此提出了“穿衣吃饭即是人伦物理”的伦理观，认为，“穿衣吃饭即是人伦物理。除却穿衣吃饭，无伦物矣。世间种种，皆衣与饭类耳。故举衣与饭，而世间种种自然在其中”（《焚书》卷一《答邓石阳》），明确地肯定了人的自然欲。在此基础上，李贽还肯定了当时人们“好利好货”的行为：“夫天下之民物众矣，若必欲其皆如吾之条理，则天地亦且不能。是故寒能折胶，而不能折朝市之人；热能伏金，而不能伏竞奔之子。何也？富贵利达所以厚吾天生之五官，其势然也。是故圣人顺之，顺之则安之矣。是故贪财者与之以禄，趋势者与之以爵，强有力者与之以权，能者称事而官，懦者夹持而使。有德者隆之虚位，但取具瞻；高才者处之以重任，不问出入。各从所好，各骋所长，无一人之不中用。”（《焚书》卷一《答耿中丞》）“如好货，如好色，……如多积金宝，如多买田宅为子孙谋，博求风水为儿孙福荫，凡世间一切治生产业等事，皆其所共好而共习，共知而共言者，是真迩言也。”（《焚书》卷一《答邓明府书》）所以“官人不私以禄，则虽召之，必不来矣；苟无高爵，则虽劝之，必不至矣”（《李氏文集》卷一八《明灯道古录》）。认为这种尚利好货之心，即使是圣人也不可避免：“谓圣人不欲富贵，未之有也。”（《李氏文集》卷一《明灯道古录》卷上）这种对私利物欲的肯定，是对封建社会“存天理灭人欲”信条的否定，也一定程度地表达了以工商业者为主的社会中下层人们的生存要求。

李贽提出了“圣人与凡人一样”的大胆主张，认为圣人与一般人并无高低贵贱之分，反对森严的封建等级制度，要求社会平等。他首先从“尊德性”、“道问学”方面指出人与人是平等的，圣人与凡人是一样的：“尔勿以尊德性之人为异人也，彼其所为，亦不过众人之所能为而已。人但率性而为，勿以过高视圣人之为可也。尧舜与途人一，圣人与凡人一。”（《李氏文集》卷一《明灯道古录》卷上）从这种德性平等、圣凡一律的理论出发，李贽还引出了圣人与凡人在能力上的平等：“圣人不曾高，众人不曾低。”（《焚书》卷一《复京中朋友》）破除人们对圣人圣言的崇尚心理，重视普通人的才智。李贽还提出了男女在识见上没有高低之分的观点，一定程度地肯定了女子的能力：“谓人有男女则可，谓见有男女岂可乎？谓见有长短则可，谓男子之见尽长，女子之见尽短，又岂可乎？”（《焚书》卷二《答以女人学道为见短书》）这些都体现了李贽的平等观。

李贽还向封建思想的权威性提出了挑战，反对以“孔子之是非为是非”。他认为：“人之是非，初无定质；人之是非人也，亦无定论。无定质，则此是彼非，并育而不相害。无定论，则是此非彼，亦并行而不相悖矣。夫是非之争也，如岁时然，昼夜更迭，不相一也。昨日是而今日非矣，今日非而后日又是矣。虽使孔子复生于今，又不知作如何非是也，而可遽以定本行罚赏哉！”（《藏书》卷首《世纪列传总目前论》）对孔子的绝对权威提出了质疑，认为世上没有绝对权威的事情，所谓是非都是因时而异，不断变化发展的。所以行事不必拘于圣人圣言，“夫天生一人，必有一人之用，不待取

给于孔子而后足也。若必待取足于孔子，则千古以前无孔子，终不得为人乎？”（《焚书》卷一《答耿中丞》）

李贽对虚伪的道学也进行了大胆的揭露和深刻的批判。李贽对于封建道德的虚伪性有着深刻的认识，给以了有力的抨击。他说那些道学家“阳为道学，阴为富贵，被服儒雅，行同狗彘然也”（《初谭集》卷十一《释教》）。揭露了道学家以讲道学沽名钓誉的面目：“道学其名也。故世之好名者必讲道学，以道学之能起名也。无用者必讲道学，以道学之足以济用也。欺天罔人者必讲道学，以道学之足以售其欺罔之谋也。”（《初谭集》卷二十《道学》）。“夫世之不讲道学而致荣华富贵者不少也，何必讲道学而后为富贵之资也？此无他，不待讲道学而自富贵者，其人盖有学有才，有为有守。虽欲不与之富贵而不可得也。夫唯无才无学，若不以讲圣人道学之名要之，则终身贫且贱焉，耻矣。此所以必讲道学以为取富贵之资也。然则今之无才无学，无为无识，而欲致大富贵者，断断乎不可以不讲道学矣。”（《初潭集》卷十一《释教》）。尤其在与耿定向的论辩中，将道学家耿定向的言与行进行对照，深刻地揭露了道学家的自私、虚伪的面目：

> 试观公之行事，殊无甚异于人者。人尽如此，我亦如此，公亦如此。自朝至暮，自有知识以至今日，均之耕田而求食，买地而求种，架屋而求安，读书而求科第，居官而求尊显，博求风水以求福荫子孙。种种日用，皆为自己身家计虑，无一厘为人谋者。及乎开口谈学，便说尔为自己，我为他人；尔为自私，我欲利他；我怜东家之饥矣，又思西家之寒难可忍也；某等肯上门教人矣，是孔、孟之志也，某等不肯会人，是自私自利之徒也；某行虽不谨，而肯与人为善，某等行虽端谨，而好以佛法害人。以此而观，所讲者未必公之所行，所行者又公之所不讲，其与言顾行、行顾言何异乎？以是谓为孔圣之训可乎？翻思此等，反不如市井小夫，身履是事，口便说是事，作生意者但说生意，力田作者但说力田。凿凿有味，真有德之言，令人听之忘倦矣。（《答耿司寇》）

此外，李贽还反对封建礼教，尊重人的个性，宣扬人性，赞扬婚姻自主，处处表现出其叛逆思想，与封建思想道德背道而驰。

李贽以“颠倒千万世之是非”的骇俗之论和大无畏的战斗精神，猛烈地抨击了封建思想，大胆地向封建神圣权威挑战。这些言论、观点因顺应了当时日益壮大的市民阶层的要求，反映了广大被封建思想和封建政权压制的民众的普遍愿望，而在当时社会引起了极大的反响，为社会思想的解放起到了启蒙作用。汪本钶在《续刻李氏书序》中说李贽的著述："一点撺自足天下万世之是非，而一咳唾实关天下万世之名教，不但如喜笑怒骂尽成文章已也。盖言语真切至到，文辞惊天动地，能令聋者聪，瞶者明，梦者觉，酲者醒，病者起，死者活，躁者静，聒者结，肠冰者热，心炎者冷，柴栅其中者自拔，倔强不降者亦无不意俯而心折焉。何若是感触之灵通且异也！"（《续焚书》卷首）沈瓒在《近事丛残》中说："李卓吾好为惊世骇俗之论，务反宋儒道学之说。其学以解脱直截为宗，少年高旷豪举之士，多乐慕之，后学如狂。不但儒教防溃，而释氏绳检亦多所屑弃。"邹颍泉也道："李卓吾倡为异说，破除名行，楚人从者甚重，风习为之一变。刘元卿问于先生曰：'何近日从卓吾者之多也。'曰：'人心谁不欲为圣贤，顾无奈圣贤碍手耳。今渠谓酒色财色一切不碍菩提路。有此便宜事，谁不从之。'"[①] 都指出了李贽的"异端"思想在当时的启蒙作用。

李贽的"异端"思想，还因其著述颇丰，又加上书商为赢利而多次大量出版，在社会上流传颇广，形成了广泛的社会影响。

李贽一生勤奋，著作颇丰，生前刻印的就有《藏书》、《焚书》、《初潭集》、《说书》、《南洵录》、《道学钞》、《争土诀》、《阳明先生年谱》等，死后其友及书商也多次整理出版其书，据马经纶《与李麟野都谏转上肖司寇》中说："海内传先生刻书，……总计先生生平著述，见传刊四方者，不下数十百种。"一时"倾动大江南北"（沈铁《李卓吾传》），上至士大夫，下至平民，都争相传阅。李贽死后若干年，其书仍盛传不止。如李贽死后七年，即万历三十七年（1609），焦竑、李维桢在刻印《续藏书》的序中就指出："宏甫殁，遗书四出，学者争传诵之。""李卓吾先生殁，而其遗书盛传。"李贽死后十七年，即万历四十六年（1618），汪本钶在《续刻李氏书序》中又说李贽"一死而书益传，名益重"，以至"海以内无不读先生之书者，无不欲尽先生之书而读之者，读之不已，咸并其伪者而亦读矣"。统治者虽多次焚毁其书，但收藏者不绝，如"尔时，部议并毁其书刻，而世人喜其离奇，反以盛传于世"（沈铁《李卓吾传》）；又如"天启五年九月，四川御史王雅量疏：奉旨李贽诸书怪诞不经，命巡视衙门焚毁，不许坊间发卖，乃通行禁止。而士大夫多喜其书，往往收藏，至今未灭"（顾炎武《日知录》卷十八）；"虽奉严旨，而其书之行于人间自若也"（顾炎武《日知录》卷十八）。以至当时士人"全不读《四书》本经，而李氏《藏书》、《焚书》，人挟一册，以为奇货"（朱国桢《涌幢小品》卷十六）。"卓吾书

① 转引自嵇文甫《晚明思想史论》，东方出版社 1996 年版，第 71 页。

盛行，咳唾间非卓吾不欢，几案间非卓吾不适。朝廷虽焚毁之，而士大夫则相与重锓，且流传于日本。”（吴虞《吴虞文录·李卓吾别传》）。一些当代学人也对李贽的思想给予了高度评价，如袁中道曰：“于是上下数千年之间，别出手眼，凡古所称为大君子者，有时攻其所短；而所称为小人不足齿者，有时不没其所长。其意大抵在于黜虚文，求实用；舍皮毛，见神骨；去浮理，揣人情。即矫枉之过，不无偏有重轻，而舍其批驳谑笑之语，细心读之，其破的中窍之处，大有补于世道人心。”（袁中道《柯雪斋近集文钞·李温陵传》）

李贽的思想并不是当时社会的空谷足音，在当时还有一批思想开放激进的人士与李贽的思想相互呼应，如袁中道、焦竑等。清人纪昀曾说：“竑师耿定向而友李贽，于贽之习气沾染尤深，二人相率而为狂禅。贽至于诋孔子，而竑亦至尊崇杨、墨，与孟子为难。虽天地之大无所不有，然不应妄诞至此也。”（《四库全书总目提要》卷一二五《焦弱侯问答一卷》）正是有这些思想家的宣扬，晚明以李贽为代表的“异端”思想才在社会上产生了广泛而深刻的影响，促使市民思想冲破了封建思想的牢笼，变得异常活跃起来。

第三节　市民主体意识的觉醒与小说视角的转变

所谓主体意识是指作为实践和认识主体的人对于自身的主体地位、主体能力和主体价值的一种自觉意识，是主体自觉能动性和创造性的观念表现。它意识到人是周围一切事物的主体，处于主动、主导地位，具有主宰自己和支配周围事物的能力，人是一切存在物中最有价值的存在。

市民作为一个阶层虽然已经存在，并开始在社会政治、经济生活中发挥着一定的作用，但是由于传统的抑商政策和长期以来社会地位的低下，形成了市民自卑、自贱的社会心理，他们徘徊在社会的边缘，未曾意识到自己作为一支社会力量的存在，更没有意识到自身的价值和作用。因此，他们在社会生活中始终处于被支配的地位。明中叶以来，社会商品经济的发展，市民运动的兴起，“异端”思想的启迪，使市民阶层逐渐地成熟起来，开始重新审视自身的存在。在这审视中，他们重新认识了自己，看到了自己的合理存在，也看到了自己对于社会的价值和具有的力量，市民的自主意识觉醒了。他们开始关注自我，重视自我，要求自己的合理地位，争取自身应得的权利。

随着市民主体意识的觉醒，市民对文艺也提出了新的要求，这就是他们已经不满足于文艺中那些远离自己生活的或虚幻的非人间的人物和事件，希望能在作品中看到自己真实的生活和人生，渴望能在文艺中表达属于他们阶层的理想、愿望、观念、情感、趣味等等，求得他们自己阶层的话语权利。于是英雄豪杰、帝王将相、神魔鬼怪为主角的文艺对于他们已经失去了吸引力，他们开始关注于普通的市井百姓故事，史事、传闻、怪谈等题材开始让位于琐碎的日常生活。

顺应市民的要求，这一时期的文学创作表现出了新的特征。在白话短篇小说方面，以冯梦龙、凌濛初为代表的白话短篇小说的编撰者开始将视线投向了广大市民阶层，即“以市民生活为主要题材，以市民为主要的正面形象，反映市民的要求”①，小说的视角发生了明显的转变。

文学是现实生活的反映，作为叙事文学的小说更是具有直接反映现实、表现社会生活的属性。因此，文学中写什么样的人，反映什么样的生活，往往标志着什么样的人在社会中最受关注，什么样的生活最受社会瞩目。因此，文学中的人物和题材的变化不仅仅是文学本身或作家本身的问题，它反映的是更为深刻的社会变化，它体现出新的社会要求。

在封建社会里，长期以来由于统治阶级对教育的垄断，下层百姓被剥夺了文学的创作权和阅读权，文学几乎成为统治阶级的专利品，因此帝王将相、文人学士也就自然而然地成为文学的主角。即使一些市井文艺，也由于市民力量和自我主体意识的薄弱，在内容表现和人物形象上，也较少能做到对市民生活的全面反映，对普通人的深层关怀；相反，却常常表现出对神灵鬼魅的好奇，对帝王英雄的膜拜，忽略了对自己的关注。只有当下层百姓主体意识觉醒了，充分地认识到自身的地位、价值、力量，认识到自身的合理存在时，他们才会在文艺中较为充分、广泛而真实地反映自己的生活与人生。因此，当文学中的人物转变成社会的中下阶层时，这对文学的发展来说无疑是一场革命，它的出现往往表明当时的社会发生了深刻的变化。恩格斯早就注意到文学中人物的变化所具有的非同一般的意义，他曾就欧洲启蒙运动时期德国文学在这方面的变化讲道：“德国人开始发现，近十年来，在小说的性质方面发生了一个彻底的革命，先前在这类著作中充当主人公的是国王和王子，现在却是穷人和受歧视的阶级了，而构成小说内容的，则是这些人的生活和命运、欢乐和痛苦。”② 恩格斯认为“平民”、“穷人”等曾“受

① 胡士莹：《话本小说概论》，中华书局 1980 年版，第 749 页。

② 恩格斯：《大陆上的运动》，载《马克思恩格斯全集》第一卷，人民出版社 1956 年版，第 594 页。

歧视的阶级”登上文学殿堂的主角，意味着时代的重大变化及其所造成的文学观的变革。同样，在 17 世纪的中国，作为四民之末的商人、市民等人物大量地进入文学作品中，替代了帝王、将相、英雄和鬼神，成为作品主要的正面角色，他们的生活与命运构成了作品的主要情节。这种变化正反映了这一时代中商人、市民力量的壮大，市民主体意识的觉醒和他们对表现自我、关注自我的强烈要求；也体现了我国古代文学观的一次重大改变。这对于我国文学的发展也同样是一场革命。当然，作为白话短篇小说前身的宋元说话中也有一些是写市民及其生活的，但是宋元说话在当时是一种民间的口头表演，对整个文学还缺乏影响力，它只呈现出了一种趋向，而这种趋向随着晚明市民主体意识的觉醒和白话短篇小说的兴盛而日渐显著，并成为当时文学创作的一个主要潮流。

在白话短篇小说方面，《三言》、《二拍》为代表的晚明白话短篇小说集子中虽然绝大多数作品是改编以前的故事，但是在改编过程中，选用什么人物和题材，突出什么事件，却反映了当时的社会要求。因此，虽然多为改编，但也同样表现出了时代的要求。我们看到，《三言》、《二拍》中的主要人物多是中下层的市民，如商人、妓女、雇工、役吏、泼皮、乞丐、僧尼、下层文人和官吏等。这类人物占了这一时期白话短篇小说中人物的绝大多数。

与主要人物为市民紧密相关的是作品题材的市民化。这一时期的作品在题材选择上，主要是以市民熟悉和感兴趣的市井、世俗生活为主要题材，写的是“市井之常谈，闺房之碎语”（欣欣子《金瓶梅词话序》），如公案、情爱、婚姻、欺骗、讹诈、家庭、经商、恩怨、复仇等等都成为小说中常见题材。这些题材、故事，或离市民生活较近，或为市民喜闻乐见，因而受到市民读者的喜爱；而对于那些远离现实的题材，一般较少被选用。如《二拍》是写“耳目之内日用起居”（即空观主人《拍案惊奇序》），“事类多近人情日用，不甚及鬼怪虚诞”，“亦有一二涉于神鬼幽冥，要是切近可信，与一味驾空说慌、必无是事者不同”（即空观主人《拍案惊奇凡例》）。这种题材选择使得小说一般都具有“极摹人情世态之歧，备写悲欢离合之致”（笑花主人《今古奇观》序）的特色。

同时，小说在思想与趣味方面，也表现出明显的市民特色。作品通过人物和故事表达的是市民阶层自己对社会、人生的看法，对事物的喜爱和憎恶，体现出市民阶层的审美水平、审美趣味和审美倾向等等。与人物和题材相比，这一点更能代表市民文学的特色，更能深层次地反映市民文学与市民的密切关系。如果文学在思想、趣味等方面都能做到体现市民的需求，那么，反而在人物这一方面，倒不必斤斤计较于是否一定是市民。

晚明白话短篇小说中，有一部分作品涉及帝王将相、文人官僚等看来离市民较远的人物。然而，小说在刻画这些人物时，有意无意地在他们身上赋予了市民的性格和特色；在故事的讲述中，与这些人物相连的是市民的生活和世界；小说通过这些人物及其发生的故事，表达的是市民的思想、趣味和价值倾向。(《喻世明言》、《警世通言》、《醒世恒言》、《拍案惊奇》、《二刻拍案惊奇》本书以下分别简称为《喻》、《警》、《醒》、《拍》、《二拍》)

在一些以帝王将相、英雄豪杰为主要人物的短篇小说中，虽然也有《隋炀帝逸游召谴》（《醒》卷二十四）这种写王朝兴败、帝王为政及宫廷生活的作品，却是很少的，且一般不从正史取材，而是从野史笔记中寻取材料。这些作品又往往不注重与这些人物相关的重大历史事件，而是以市民的趣味和情感来选择事件，展开故事。表现之一是，侧重于帝王将相未发迹时的下层生活，如《赵太祖千里送京娘》（《警》卷二十一），人物是宋代开国皇帝，但写的是其在未成帝之前作为社会下层人物时的行义之事。《史弘肇龙虎君臣会》（《喻》卷十五）、《临安里钱婆留发迹》（《喻》卷二十一）等都是此类题材。表现之二是，虽是作帝为官之事，但是在事件上侧重从市民愿望、思想、情感出发，来表现人物，展开情节。如《拗相公饮恨半山堂》（《警》卷四）写了王安石为相变法，引起天下民怨，后辞官至江宁，一路上颇受百姓指责怨恨，受报而亡，反映了市民阶层的愿望及是非标准。《硬勘案大儒争闲气　甘受刑侠女著芳名》（《二拍》卷十二）写的是大儒朱熹硬判案冤屈他人之事，《木绵庵郑虎臣报冤》（《喻》卷二十二）写的是元代奸相贾似道的发迹与败落，表达了市民追求公正、快意恩仇的情感愿望。《唐玄宗恩赐纩衣缘》（《石点头》卷十三）写的是宫女桃夫人在为军士制衣时，寄诗其中，后唐玄宗允她与得衣士兵成婚的故事，表达了市民的情爱理想。表现之三是，有的帝王将相故事虽不反映市民的思想要求，但是因故事有趣好听，合乎他们的娱乐心理和趣味要求，也被选用。如《王安石三难苏学士》（《警》卷三）写王安石、苏轼二人比见识的故事，《梁武帝累修归极乐》（《喻》卷三十七）、《唐明皇好道集奇人　武惠妃崇禅斗异法》（《拍》卷七）讲的是市民喜闻的道教、佛教故事。此外，有的作品中虽有帝王将相，但并不作为最主要的人物，如《俞仲举题诗遇上皇》、《赵伯升茶肆遇仁宗》（《喻》卷十一），其中也写了帝王，但小说的重心则是表现下层文人的人生际遇。

这一时期的作品中还有相当一部分写了文人，但也主要是表现文人的世俗生活，体现的是世俗的趣味。在此类作品中，写得最多的是文人婚恋，尤其是写文人违背封建礼教、具有市井特色的婚恋故事最多，因这种题材特色能满足市民喜闻风月、追求自主婚恋的心理要求。有的写私会、私奔、私订终身的违反封建礼教的婚恋，如《莽儿郎惊散新莺梦伧梅香认合玉蟾蜍》（《二拍》卷九）、《同窗友认假作真　女秀才移花接木》（《二拍》卷十七）、《权学士权认远乡姑　白孺人白嫁亲生女》（《二拍》卷三）、《宿香亭张浩遇莺莺》（《警》卷二十九）等；有的写文人冲破门第、等级与下层市民女子相恋成婚，如《乞丐妇重配鸳俦》（《石点头》卷六）、《赵司户千里遗音　苏小娟一诗正果》（《拍》卷二十五）、《韩秀才乘乱聘娇妻　吴太守怜才主姻簿》（《拍》卷十）等；有的表现文人重情或负情行为，前者如《卢梦仙江上寻妻》（《石点头》卷二）等，后者如《满少卿饥附饱飏　焦文姬生仇死报》（《二拍》卷十一）、《王娇鸾百年长恨》（《警》卷三十四）等。其次，写得较多的是文人的义行或恶德，这种义与恶往往也是从市民的义利观、道德观出发来进行评判的，如《两县令竞义婚孤女》（《醒》卷一）、《李克让竟达空函　刘元普双生贵子》（《拍》卷二十）表现的是文人的仗义行为，《三孝廉让产立高名》（《醒》卷二）表现的是文人的兄弟情谊，《吕使君情媾宦家妻　吴太守义配儒门女》（《二拍》卷七）批判了奸友人妻卖友人女的不义行为。此外，对于一些历史上实有其人的著名文人，则多选其传说故事，如《马当神风送滕王阁》（《醒》卷四十）、《苏小妹三难新郎》（《醒》卷十一）、《佛印师四调琴娘》（《醒》卷十二）、《俞伯牙摔琴谢知音》（《警》卷一）、《李谪仙醉草吓蛮书》（《警》卷九）、《唐解元一笑姻缘》（《警》卷二十六）等都是具有传说性质的故事。

作品还在一些官僚人物身上，表现出了浓厚的市民色彩。一方面，作品出于表现市民愿望和对于社会公平的理想，塑造了一些清官形象，如《汪大尹火焚宝莲寺》（《醒》卷三十九）中的汪大尹、《陈御史巧勘金钗钿》（《喻》卷二）中的陈御史、《况太守断死孩儿》（《警》卷三十五）中的况太守都是有智有谋、断案公平的清官；又如《乔太守乱点鸳鸯谱》（《醒》卷八）中的乔太守、《韩秀才乘乱聘娇妻　吴太守怜才主姻簿》中的吴太守则是倾向于市民思想的开明的官僚形象。另一方面，出于被压迫被剥削者的愤恨，还塑造了一些昏官、贪官形象，并予以批判，如《十五贯戏言成巧祸》（《醒》卷三十三）的府尹主观判案，致人冤死；又如《贪婪汉六院卖风流》（《石点头》卷八）中的吾爱陶盘剥百姓，为害一方。在这些官僚身上，体现了市民强烈的爱憎之情。

由上述情况来看，虽人物为市民这一变化，对于古代文学来说的确是一个显著的变化，说明了市民主体意识的觉醒和他们在文学上表现自身的要求。但是，在人物之外，作品所表现出来的市民思想、市民趣味等等也同样是市民主体意识在文学上的一个重要表现。我们不能因为有些作品写了帝王将相、文人官僚就否认了它所具有的市民性，就认为它不能代表市民的趣味。恰恰相反，能将此类人物、题材写得让市民欢迎，并于中表现出鲜明的市民思想与趣味，反而更能说明市民主体意识的增强对于文学创作的巨大影响。当然，我们也看到，这一时期的有些创作在表现市民思想等方面还是较为浅显的，有的情调又过于庸俗，但就整体而言，毕竟实现了小说视角上的变化。关于它对中国古代文学发展的意义，正如李泽厚先生所评价的：

> 多种多样的人物、故事、情节都被揭示展览出来，尽管它们像汉代浮雕似地那样薄而浅，然而它所呈现给人们的，却已不是粗线条勾勒的神人同一、叫人膜拜的古典世界，而是有现实人情味的世俗日常生活了。对人情世俗的津津玩味，对荣华富贵的钦羡渴望，对性的解放的企望欲求，对“公案”、神怪的广泛兴趣……尽管这里充满了小市民种种庸俗、低级，浅薄无聊，尽管这远不及上层文人士大夫艺术趣味那么高级、纯粹和优雅，但他们倒是有生命活力的新生意识，是对长期封建王国和儒学正统的侵袭破坏。它们有如《十日谈》之类的作品出现于欧洲文艺复兴时代一样。①

① 李泽厚：《美的历程》，安徽文艺出版社 1994 年版，第 181 页。

第七章　市民理想与小说编创

在市民主体意识的影响下，以市民为阅读对象的白话短篇小说自然将表现市民理想作为内容的一个重要方面。

市民理想的表现是多方面的。在晚明时期，市民理想主要表现为情爱之欲、发财之梦、尚义之念和公平之心等几个方面。在这一时期，由于小说作者在编撰、创作过程中，注重从市民需求出发，作品中表现出来的市民理想特征十分鲜明。法国著名学者罗贝尔·埃斯卡皮曾说过："获得成功的书籍是一部表达该集团正期望着的内容的书籍，它使该集团认识了自己。"① 以《三言》、《二拍》为代表的晚明白话短篇小说正是这样的成功之作。

第一节　情爱之欲与小说的爱情婚姻故事

情爱之欲是人的最基本、最正常的生理和心理需求，但是在中国封建社会里，由于统治者为了维护其专制统治，一直实行着禁欲主义政策，规定了严格的清规戒律，压抑着人们的情爱之欲，朱熹甚至提出了"存天理，灭人欲"的主张，企图将人的一切需求、欲望彻底地从人的内心中摒除。至明中叶以后，随着"王学"和泰州学派的兴起，具有启蒙意义的新思想在社会上传播，为人们从禁欲主义的藩篱中解放出来创造了一定的社会舆论。以李贽为代表的晚明思想家们从强调人的价值、尊重人的个性出发，进而肯定人的各种欲望，其中就包括千百年来一直被压制的情爱之欲。他们宣称："人之贪财好色，皆自性生，其一时之所为，实天机之发不可壅阏之。"（王世贞《弇州史料后集》卷三《嘉隆江湖大侠》）有人还发出了"人生而有情"的主张："人生而有情。思欢怒愁，感于幽微，流于啸歌，形诸动摇。或一往而尽，或积日而不能自休。盖自凤凰鸟兽以至巴渝夷鬼，无不能舞能歌，以灵机自相转活，而况吾人！"（汤显祖《宜黄县戏神清源师庙记》）并

---

① ［法］罗贝尔·埃斯卡皮著，王美华等译：《文学社会学》，安徽文艺出版社 1987 年版，第 135 页。

强调情的巨大力量："情不知所起，一往而深，生者可以死，死者可以生。"（汤显祖《牡丹亭记题词》，《汤显祖诗文集》卷三十三）冯梦龙也极重情，他在《情史》序中深刻地阐述了他的观点："情始乎男女"，"……天地若无情，不生一切物。一切物无情，不能环相生。生生而不灭，由情不灭故"。

这些肯定性爱、重视情欲的主张，因一定程度上切合了市民心理需求，而受到市民的欢迎；加上市民阶层在思想上相对于农民来说自由、活跃，受到的控制相对小些，他们既容易摆脱旧传统，又乐于接受新思想，因而最先成为这一时期新思想的接受者。与此同时，城市的繁荣，商品经济的发展，市民经济实力的增强，妓院歌楼等色情业的兴旺，又为人们情爱生活的泛滥备下了一定的条件；城市灯红酒绿、纸醉金迷的生活，也进一步地膨胀着人们的情爱欲望。在这种社会条件和社会风气下，人们就更加大胆地追求性爱、情爱。能获得一桩美满的婚姻，能有一段惊魂动魄的情爱经历，能获得一位相知相悦的知己，成为市民的理想之一，出现了新的甚至具有近代色彩的情爱意识。

与人们的情爱理想相对应，在这一时期的白话短篇小说中，出现了大量的情爱婚姻故事，这既满足了人们对情爱婚姻生活的普遍关注之情，也反映了当时社会的情爱婚姻状况，体现了市民的情爱理想，表达了新的婚恋观。

在这一时期的作品中，情爱婚姻题材成为主要题材，"所占分量最多，也最具特色"①。此外，在其他题材如公案、发迹变泰，甚至佛教故事中，也往往或以情爱婚姻故事为起因，或穿插、贯穿着极具特色的情爱故事。如《陈御史巧勘金钗钿》（《喻》卷二）讲的是关于情爱的公案故事，《史弘肇龙虎君臣会》（《喻》卷十五）在发迹变泰故事中穿插着阎行首与史弘肇、柴夫人与郭大郎的情爱故事。总的看来，就是情爱婚姻成为这一时期作品的主旋律。

情爱婚姻故事在数量多的同时，在内容上也是各具特色，多姿多彩，反映了当时情爱婚姻生活的丰富性和复杂性，同时也满足了人们对情爱生活的多种心理需求。人们在这一桩桩有趣、大胆、曲折、奇巧的爱情婚姻故事中，不但看到了自己的生活，也在别人的故事中看到了比自身生活更丰富的社会内容，并在形形色色的故事里寄托了自己的种种愿望。在这里，有缠绵悱恻的人妖、人鬼、人神之恋，如《白娘子永镇雷峰塔》（《警》卷二十八）、《金明池吴清逢爱爱》（《警》卷三十）、《大姊魂游完宿愿　小姨病起续前缘》（《拍》卷二十三）、《赠芝麻识破假形　撷草药巧谐真偶》（《二

① 胡士莹：《话本小说概论》，中华书局1980年版，第426页。

拍》卷二十九）、《叠居奇程客得助　三救厄海神显灵》（《二拍》卷三十七）、《邢君瑞五载幽期》（《西湖二集》卷十四）、《宿宫嫔情殢新人》（《西湖二集》卷二十二）等；有不计身份悬殊的士妓、士婢之爱，如《单符郎全州佳偶》（《喻》卷十七）、《唐解元一笑姻缘》（《警》卷二十六）、《赵春儿重旺曹家庄》（《警》卷三十一）、《赵司户千里遗音　苏小娟一诗正果》（《拍》卷二十五）等；有相知相爱的同窗之盟，如《乐小舍拚生觅偶》（《警》卷二十三）、《同窗友认假作真　女秀才移花接木》（《二拍》卷十七）、《通闺闼坚心灯火　闹囹圄捷报旗铃》（《拍》卷二十九）等；有两情相悦的私订终身，如《宿香亭张浩遇莺莺》（《警》卷二十九）、《莽儿郎惊散新莺燕　㑳梅香认合玉蟾蜍》（《二拍》卷九）、《鼓掌绝尘·雪集》、《许玄之赚出重囚牢》（《欢喜冤家》第十回）等；有患难与共的忠贞不渝，如《宋小官团圆破毡笠》（《警》卷二十二）、《陈多寿生死夫妻》（《醒》卷九）等；有追求幸福的私奔出走，如《崔待诏生死冤家》（《警》卷八）、《宣徽院仕女秋千会　清安寺夫妇笑啼缘》（《拍》卷九）、《两错认莫大姐私奔　再成交杨二郎正本》（《二拍》卷三十八）、《鼓掌绝尘·风集》等；有不道德的偷情奸淫，如《蒋淑真刎颈鸳鸯会》（《警》卷三十八）、《乔兑换胡子宣淫　显报施卧师入定》（《拍》卷三十二）等；有不忠于爱情的背义负情，如《金玉奴棒打薄情郎》（《喻》卷二十七）、《杜十娘怒沉百宝箱》（《警》卷三十二）、《王娇鸾百年长恨》（《警》卷三十四）、《满少卿饥附饱飏　焦文姬生仇死报》（《二拍》卷十一）等；有婚姻上的骗局，如《简贴僧巧骗皇甫妻》（《喻》卷三十五）、《张溜儿熟布迷魂局　陆惠娘立决到头缘》（《拍》卷十六）等；有情爱中的颠错，如《钱秀才错占凤凰俦》（《醒》卷七）、《陆五汉硬留合色鞋》（《醒》卷十六）等；有前世情债的偿还，如《闲云庵阮三偿冤债》（《喻》卷四）等；有旧日婚姻的再续，如《蒋兴哥重会珍珠衫》（《喻》卷一）、《范鳅儿双镜重圆》（《警》卷十二）等；有青楼的迷恋，如《新桥市韩五卖春情》（《喻》卷三）、《众名姬春风吊柳七》（《喻》卷十二）等；有同性的畸情，如《弁而钗》、《宜春香质》等；还有出家人压抑下的情欲萌动，如《夺风情村妇捐躯　假天语幕僚断狱》（《拍》卷二十六）、《闻人生野战翠浮庵　静观尼昼锦黄沙弄》（《拍》卷三十四）等；有动荡社会下的婚姻悲剧，如《李将军错认舅　刘氏女诡从夫》（《二拍》卷六）等；有死而复生的真情感召，如《宣徽院仕女秋千会　清安寺夫妇笑啼缘》（《拍》卷九）等；也有死不甘心的魂灵相随，如《闹樊楼多情周胜仙》（《醒》卷十四）、《崔待诏生死冤家》（《警》卷八）等；还有才子佳人的诗词唱和，如《苏小妹三难新郎》

（《醒》卷十一）等。总之，作品中的情爱婚姻故事缤纷多彩，情爱生活中所能有的它都力争包罗在内。而此时出现的《欢喜冤家》则是以整本书的内容写了市井中形形色色的情爱婚姻之喜剧、闹剧、悲剧，更广泛地反映了当时市井中的情爱生活，充分说明了当时人们对情爱的关注之情。在这些情爱婚姻故事中，还着力表现了封建社会婚姻生活的复杂和青年男女追求幸福婚姻的曲折而艰苦的历程。如《乔彦杰一妾破家》（《警》卷三十三）写了一夫多妻的封建家庭中严重的妻妾矛盾；《宋小官团圆破毡笠》写了宋小官与刘宜春历经曲折终得团圆的爱情故事；《闹樊楼多情周胜仙》中的周胜仙为了得到幸福婚姻，病而至死，死而得生，至死不渝；《玉堂春落难逢夫》（《警》卷二十四）写了玉堂春在爱情路上的曲折遭遇等。

在这些丰富多彩的情爱婚姻故事中，反映出了新的情爱观和婚姻观，表达了市民阶层对情爱婚姻生活的新要求，表现了市民的情爱和婚姻理想。

首先，作品承认人的性爱、情爱之欲是人的最正常和最基本的生理和心理需求，一定程度上批判了禁欲主义，肯定了人们对情爱的追求行为；特别是对那些严重违背封建礼教的情爱行为，给予了一定的理解。

作品肯定了男女之间的性爱和情欲，如《乔太守乱点鸳鸯谱》中的孙润面对美丽的慧娘想道："你想恁样花一般的美人，同床而卧，便是铁石人也打熬不住，叫我如何忍耐得过。"《卖油郎独占花魁》中的卖油郎秦重见到莘瑶琴时，也止不住产生痴想："人生一世，草木一秋，若得这等美人搂抱睡一夜，死也甘心。"《勘皮靴单证二郎神》（《醒》卷十三）中韩夫人，因在宫中得不到情爱，面对一尊神像，竟然想到了"若是氏儿前程远大，将来嫁得一个丈夫，好象二郎尊神模样，煞强似入宫之时，受千般凄苦，万种愁思"，作品通过韩夫人的这番话，表达了对人正常的情欲需求的肯定，对无视人情欲的宫廷生活表示了不满。作品还对僧侣所受到的严格的禁欲给予了极大的同情，表现了他们反抗情欲压抑、追求常人情爱的要求，对出家人的还俗表示了理解，如《闻人生野战翠浮庵》中的僧尼静观主动争取幸福婚姻；《汪大尹火焚宝莲寺》（《醒》卷三十九）中在头回中通过至慧僧在见到一个美貌妇人后的心理活动，真实地反映了僧侣的被情欲压抑的内心世界："若得与他同睡一夜，就死甘心"，"我和尚一般是父娘生长，怎地剃掉了这几茎头发，便不许亲近妇人。我想当初佛爷，也是扯淡！你要成佛作祖，止戒自己罢了，却又立下这个规矩，连后世的人都戒起来。我们是凡夫，那里打熬得过！又可恨昔日置律法的官员，你们做官的出乘驷马，入罗红颜，何等受用！也该体恤下人，积点阴骘，偏生与和尚做尽对头，设立恁样不通理的律令！如何和尚犯奸，便要责仗？难道和尚不是人身？就是修行一事，也出于各人本心，岂是捉缚加拷得的!”“不如还了俗去，娶个老婆，生男育女，也得夫妻团圆。”竟自蓄发还俗娶妻。

作品对那些严重违背封建礼教的情爱行为，给予了一定的理解。如《蒋兴哥重会珍珠衫》中，王三巧因丈夫蒋兴哥经商在外为人引诱而与商人陈大郎通奸，对此，作品几乎没有对王三巧进行谴责，而是表现出了一定的理解。蒋兴哥也从自身找原因，认为错在自己：“只为我贪着蝇头微利，撇他少年守寡，弄出这场丑来，如今悔之何及!”最后夫妻在经历了一番离别之后，又和好如初。《乔太守乱点鸳鸯谱》中的乔太守作为官员，本是封建礼教的维护者，但面对一桩情奸案时，也表现出对男女间情欲的理解，试看他的一段判词：“弟代姊嫁，姑伴嫂眠。爱女爱子，情在理中。一雌一雄，变出意外。移干柴近烈火，无怪其燃；以美玉配明珠，适获其偶。”乔太守不但没有责怪慧娘与孙润的私合之举，反倒成全了他们，使有情人终成眷属。《勘皮靴单证二郎神》中的韩夫人因情欲得不到满足而错将流氓当二郎神，与之私合，虽然严重地违背了封建礼教和宫中规矩，但却只被“另行改嫁良民为婚”，这简直就是成全了她多年的心愿。

尽管作品中承认、理解人们的情欲需求，但对那种以欺骗手段而达到发泄情欲的行为、过分的淫乱行为则是给以了批判和惩罚，如《蒋兴哥重会珍珠衫》中，王三巧是在丈夫长年离家的情况下被薛婆所诱而与陈大郎通奸，作品对三巧的惩罚仅是经历了一番改嫁后，由蒋兴哥的妻变为妾而已；相反，对诱奸者陈大郎则给以了病死子亡妻嫁的惩罚。《勘皮靴单证二郎神》中，韩夫人与孙神通通奸，作为偷情者，二人同是违背了封建礼教，罪不可赦。但是文中对韩夫人充满了同情，所受的惩罚为“另行改嫁良民为婚”，孙神通却因用欺骗行为来获得自己情欲的满足，被凌迟处死。此外，像《汪大尹火焚宝莲寺》、《蒋淑真刎颈鸳鸯会》、《金海陵纵欲亡身》（《醒》卷二十三）都对淫乱者给以了批判和惩罚。

其次，作品表现出对自主婚姻的赞同，表达了新的婚姻理想。作品中，儒家的“男女无媒不交，无币不相见”的伦理观被打破，孟子“不待父母之命、媒妁之言，钻穴隙相窥，逾墙相从，则父母国人皆贱之”的教条也不再起作用，封建的以父母之命、媒妁之言的婚姻原则受到破坏，自主婚姻成为人们的婚姻理想。青年男女为追求美满爱情、婚姻而大胆私奔、私订终身，成为这一时期作品中的常见题材。司马相如与卓文君这种历史上的私奔故事也被多次引用，为人艳羡，如《俞仲举题诗遇上皇》头回、《鼓掌绝尘·雪集》等。作品对自主婚姻的赞同，最有力的表现是塑造许多违反封建礼教却获得美满婚姻的成功者形象。

有私奔的成功者。为了冲破家庭包办婚姻，获得自己的幸福，一些青年男女选择了私奔的方式，如刘素香为了不与恋人分别，对恋人说道："你我莫若私奔他所，免使两地永抱相思之苦。"（《张舜美灯宵得丽女》，《喻》卷二十三）而私奔是违背封建礼教为人所耻的行为，但是在作品中却成为青年男女获得幸福的一条出路，并基本上都获得了成功，最终生活幸福美满。如《张舜美灯宵得丽女》头回中，张生与得不到爱的霍员外之妾相爱，在"寻思无计"、要"双双做风流之鬼"时，被一老尼指点，走上私奔之路，最终"两情好合，谐老百年"。《鼓掌绝尘·风集》中的韩玉姿与杜萼私奔后，杜中了状元，虽然韩相国强调了韩玉姿"不是明媒正娶，那里算得"而又为杜聘了金刺史公的千金为妻，但最终韩玉姿与刺史千金一样，同为状元妻。这些私奔的女性虽遭遇挫折，但最终还是和意中人成婚。即使像《陶家翁大雨留宾　蒋震卿片言得妇》（《拍》卷十二）中的陶幼芳、《彭素芳》（《贪欣误》第四回）中的彭素芳私奔时都因男子的失约未能如意，但也意外地获得了美满的婚姻。这样美好的结局，正表明了私奔作为人们尤其是妇女争取自主婚姻幸福的行为被认可，表达了人们对于青年男女为获得幸福而不惜违背礼教行为的积极肯定。

还有私订终身、自主婚姻的成功者。刘翠翠与金定（《李将军错认舅》），贺秀娥与吴彦（《吴衙内邻舟赴约》，《醒》卷二十八），黄损与韩玉娥（《黄秀才缴灵玉马坠》，《醒》卷三十二），莺莺与张浩（《宿香亭张浩遇莺莺》），顺娘与乐和（《乐小舍拚生觅偶》），罗惜惜与张幼谦（《通闺闼坚心灯火　闹囹圄捷报旗铃》）等都是私订终身、自主婚姻的成功者。这其中有他们与封建家庭的斗争，有为获得自主婚姻而做的种种努力。这种行为已表现出现代性爱的意识倾向，恩格斯在《家庭、私有制和国家的起源》中说："现代的性爱，同单纯的性欲，同古代的爱，是根本不同的。第一，它是以所爱者的互爱为前提的；在这方面，妇女处于同男子平等的地位，而在古代爱的时代，决不是一向都征求妇女同意的。第二，性爱常常达到这样强烈和持久的程度，如果不能结合和彼此分离，对双方来说即使不是一个最大的不幸，也是一个大不幸；仅仅为了能彼此结合，双方甘冒很大的危险，直至拿生命孤注一掷，而这种事情在古代充其量只是在通奸的场合才会发生。"① 晚明时的作品中已微现出这种情爱要求。

尤其难得的是作品中女子在争取自主婚姻过程中所表现出的勇敢、大胆

① 恩格斯：《家庭、私有制和国家的起源》，载《马克思恩格斯选集》第四卷，人民出版社1972年版，第73页。

和机智，令世人瞩目。如张浩为家长之命所逼，拟与孙氏成婚，莺莺得知，自投官府，申辩私约已定，张浩与孙氏成婚则是背约行为，终与张浩成婚。周胜仙主动大胆地向意中人表白自己的爱慕之情，并生死相随；彭素芳认为“嘉偶曰配，不嘉吾弗配矣！宁可死了罢！”为了获得中意的婚姻以死相逼。罗惜惜不满于父母包办婚姻，私会恋人，并表现出了强烈的反抗情绪和无所畏惧的精神：“我此身早晚拚是死的，且尽着快活。就败露了，也只是一死，怕他甚么?”一直处于被压迫被奴役的女性表现出了从未有过的勇敢、自主的精神。在她们身上，我们看到了广大市民反抗封建礼教、要求自主婚姻、争取幸福生活的决心和勇气。

在作品中，一些本应是封建礼教卫道者的官僚、家长竟也倾向或同情自主婚姻的青年男女。在这些开明者的身上，寄托了市民们对自主婚姻的渴望之情。如莺莺与张浩私订终身的行为不但得到了父母的允许，还得到龙图阁待制陈公的支持，在与张浩、孙氏的“父母之命”的婚姻较量中取得了胜利。乔太守从“相悦为婚，礼以义起”的原则出发，使青年男女各得所爱，个个欢喜。富员外为景芳莲求亲时说：“舍甥之意不肯轻配凡流，老汉不敢擅自主张，任她意中自择。”（《同窗友认假作真　女秀才移花接木》）表现出极其开明的态度。彭素芳的父亲彭员外得知女儿不愿嫁宦门子弟，誓死要嫁贾人之子陆二郎，也答应了，且想办法解决掉与宦门的婚约。甚至唐玄宗对于在为边塞军士制寒衣时密缝情诗的宫女，也不追究、惩治，反而满足她的要求，配给了军士（《唐玄宗恩赐纩衣缘》，《石点头》卷十三）。

作品对婚姻中的门第观念予以否定，赞同婚姻双方的两情相悦和才貌相当。“要知只是一个情字为重”（《大姊魂游完宿愿　小姨病起续前缘》），许多青年男女的结合是建立在情的基础之上。赵不敏思念情人盼奴而病，同族兄弟赵院判来劝解，让他不要“为了闲事伤了性命”，赵不敏答道：“情上的事，各人心知。正是性命所关，岂是闲事?”遂相思而逝（《赵司户千里遗音　苏小娟一诗正果》）。作品还提出了注重才貌相当的婚姻观，如《钱秀才错占凤凰俦》中富户有女“书史皆通”，便“定要拣个读书君子，才貌兼全的配他，聘礼厚薄到也不论。若对头好的，就赔些妆奁嫁去，也自情愿”。县官也认为“佳男配了佳妇，两得其宜”，而成全了一对青年男女的婚姻。《鼓掌绝尘·雪集》中的高谷太守见到被捉奸的文荆卿和李若兰“才貌兼全”，以“君子乐成人之美”为由成全了二人。在封建社会讲究门第的情况下，婚姻注重两情相悦和才貌相当是婚姻观的进步。在这种观念之下，社会对妇女的贞节观也发生了改变，如《蒋兴哥重会珍珠衫》、《单符郎全州佳偶》、《卖油郎独占花魁》等都体现了这种观念倾向。

作品还对情爱婚姻中的负情行为给予了惩罚。男子的负情是现实生活中司空见惯的事情，许多人也习以为常，但在这一时期的作品中，负情人却受到了严惩，如杨思厚答应郑义娘不再续娶，不久却忘记旧情而续妻，后落水而亡（《杨思温燕山逢故人》，《喻》卷二十四）；穷书生莫稽富贵后嫌贫贱之妻，竟将之推入江中。后受到妻子棒打，这种惩罚虽未免太轻，但是妻打夫在封建社会毕竟是不可想象的行为（《金玉奴棒打薄情郎》）；满生在贫困时受焦大郎资助，并娶其女文姬为妻，一旦授官则与宦家女结婚，抛弃文姬，后为文姬鬼魂索命（《满少卿饥附饱飏　焦文姬生仇死报》）；周廷章慕财贪色，背弃与王娇鸾的婚约，致王自尽，后为吴江县阙大尹擒拿到案，乱棒打死（《王娇鸾百年长恨》）。这些作品充分地体现了市民对负情行为的痛恨，及对被弃妇女的深切同情。

正如“骑士对爱情的赤裸裸的表达方式正是反映了中世纪神学文化向文艺复兴时期的世俗文化的过渡，反映了社会偏见的削弱和阶级界线的放宽”① 一样。晚明的白话短篇小说在情爱表达上的真诚、直接和大胆也是当时文学世俗化的一个显著特征，它反映了当时社会封建礼教束缚的减弱和新兴市民阶层的要求。它因符合市民的理想，而受到广大市民读者的欢迎。

第二节　发财之梦与小说的发迹变泰故事

著名精神分析学家弗洛伊德认为幻想的动力是未得到满足的愿望，但这并不意味着人们的幻想和愿望可以无边无际，而在实际生活中，人们最容易对那些没有得到却渴望得到并且是有可能得到的事物产生幻想。因此，在中国古代，做大官、成为忠臣良将，这是文人士大夫们所津津乐道、苦思冥想的成功之梦，对于广大的普通市民来说，是较少会去想的，因为这不是他们这个阶层所易为的；以求利为目的的工商业生活方式决定了只有发财才是他们的梦想，才能说明他们的成功，才能令他们为世人所瞩目。所以，发财之梦是市民阶层中存在的普遍梦想。而当时好货尚利的社会风气、新兴的富裕阶层的奢侈生活也进一步助长了人们的发财梦想。市民这一理想表现在文艺欣赏上，就是对于发迹变泰故事的热衷，因为他们借此不但可以满足心理上对财富的渴望之情，还能慰藉现实的辛苦劳作，鼓舞自己更有信心地生活。

顺应市民这一理想，这一时期的白话短篇小说中讲述了许多各具特色的发迹变泰的故事。有的用全文的篇幅讲述，有的则是在其他题材的故事中穿

---

① ［法］阿诺德·豪泽尔著，居延安译编：《艺术社会学》，学林出版社 1987 年版，第 25 页。

插了人物的发迹经过。在这些发迹变泰的故事中，大致可以分为三类：一类是靠经营工商业发家致富，如《施润泽滩阙遇友》（《醒》卷十八）、《汪信之一死救全家》（《喻》卷三十九）等；一类是凭运气偶获意外之财，如《宋小官团圆破毡笠》（《警》卷二十二）、《转运汉遇巧洞庭红　波斯胡指破鼍龙壳》（《拍》卷一）、《诉穷汉暂掌别人钱　看财奴刁买冤家主》（《拍》卷三十五）等；一类是以文韬武略受到赏识或建立功名而获得官爵和财富，如《史弘肇龙虎君臣会》（《喻》卷十五）、《临安里钱婆留发迹》（《喻》卷二十一）、《郑节使立功神臂弓》（《醒》卷三十一）、《穷马周遭际卖䭔媪》（《喻》卷五）、《赵伯升茶肆遇仁宗》（《喻》卷十一）、《钝秀才一朝交泰》（《警》卷十七）、《俞仲举题诗遇上皇》（《警》卷六）等。在这三类作品中，前两类的发财更贴近市民的理想，而后一类似乎是文人的理想，但实际上，在后一类作品中，文韬武略也好，高官厚禄也好，虽然不是普通市民所能奢想的，但这并不影响他们对这类作品的兴趣，因为他们通过作品中人物命运的轨迹，同样可以真切地体会到人生际遇的起落和发迹带来的荣华富贵，满足人们渴望成功和艳羡富贵的心理，如《临安钱婆留发迹》的结尾写道："将相本无种，帝王自有真。昔年盐盗辈，今日锦衣人。"表达的就是以工商业为主的市民阶层不甘平庸、求富得贵的心理。

在这些发迹变泰的故事中，有的作品也写了主人公凭靠辛苦劳作挣得家业，如《徐老仆义愤成家》（《醒》卷三十五）中写了徐老仆以十二两银子为本钱，为主人如何四处奔波，一点点苦心经营，"十年之外，家私巨富"的经历；《施润泽滩阙遇友》中写了施复每日辛苦劳作，不上十年，由一张绸机发展为三四十张绸机的致富经过；《汪信之一死救全家》中介绍了汪信之于荒山开矿冶铁，"数年间，发个大家事起来"。尽管他们凭自己的劳动致富用的时间都不算长，或"数年间"或十年左右，但是作品对这种致富并未进行太多渲染，实际上，小说更热衷的是那些或善于抓住机遇，或遇到意外原因而迅速致富的故事。因为在现实生活中，从事工商业虽有利可图，但是对于缺少资本的广大普通市民而言，仅仅靠每日的劳作而致富毕竟是一件颇为遥远的事情，商人自身的急功近利，使他们更渴望实现财富的快速积累，所以瞬间暴富最能代表他们的这一心理，且在商业活动中也的确存在着种种令人暴富的机遇和不可预料的意外因素。因此，这类暴富故事对于广大市民来说更具有诱惑力，更切合他们的发财梦想。

许多作品讲述了偶然机遇下的发财故事。如孤苦患病的宋小官为丈人嫌憎，弃于野岸荒崖，在走投无路之时，发现了盗贼所藏八箱宝物，遂成富豪（《宋小官团圆破毡笠》）；倒运汉文若虚是在随人"看看海外风光"时，本为解渴带去的“洞庭红”竟卖得几百两银子的好价钱，本是为了好玩而带回来的龟壳内竟有二十四颗夜光珠，卖得五万两银子，于是“做了闽中一个富商”（《转运汉遇巧洞庭红》）；王生屡次经商却屡遭抢劫——这其实倒是一些商人的真实遭遇——在一次被抢中引起强盗的怜悯，以一船苎麻偿之，不料苎麻中捆有五千两白金，得此横财，“遂成大富之家”（《乌将军一饭必酬　陈大郎三人重会》，《拍》卷八）。而在《俞仲举题诗遇上皇》和《赵伯升茶肆遇仁宗》中更是强调了机遇对于人生转折的重要意义，俞仲举之诗偶然入上皇的眼目，赵伯升偶然遇宋仁宗于茶肆，于是结束了穷困潦倒的生活，过上了富贵日子。在这一时期的作品中还多处写到了路上拾金、地里掘金的故事，如《施润泽滩阙遇友》、《诉穷汉暂掌别人钱　看财奴刁买冤家主》、《屈突仲任酷杀众生　郓州司马冥全内侄》（《拍》卷三十七）、《桂员穷外途忏悔》（《警》卷二十五）、《吕大郎还金完骨肉》（《警》卷五）、《袁尚宝相术动名卿　郑舍人阴功叨世爵》（《拍》卷二十一）、《彭素芳》等，都有这种故事，其实这也是当时人们渴望意外发财机遇的一种潜在心理反映。

对于发财机遇的关注与渴望，必然引起人们对把握机遇的重视，有的作品就强调了人们因把握住机遇，而改变了命运。如《叠居奇程客得助　三救厄海神显灵》（《二拍》卷三十七）中，程宰兄弟买卖失利，无颜回乡，后遇海神。程宰听海神指点，先是买下无人收买的药材，不久当地出现疫病，药材价钱腾涨，获得大利；又买下有脏斑的彩缎五百匹，不久有军事，须大量彩缎做旗，获利千金；后买下粗布六千匹，次年，国丧急需粗布，又赚得五六千金。这一系列情节表明了善于发现和把握商业机会对于获取高额利润和迅速致富的重要性，而海神的先知先觉则反映了人们渴望预料和把握商业机遇的强烈心理。除了这种经商故事外，在其他的故事中，也同样强调了机遇对于人生富贵的重要性，主张人们要及时把握。如《史弘肇龙虎君臣会》虽然是历史题材，并且是讲述武将的故事，但是文中还侧重写了两位女人独具慧眼，择夫于其未遇之时：阎行首因见史弘肇“必竟是个发迹的人，我如今情愿嫁他”；柴夫人嫁郭大郎也是“自看见他是个发迹变泰的贵人”。此外，开笛艺人刘诏亮得知史弘肇会发迹变泰，也百般巴结。他们都看到了发迹的机遇，并且主动地把握住了这一机遇。即使是写卓文君私奔相如的故事也强调了发迹变泰的机遇：文君见相如时首先想到的是“日后必然大贵”，并拿定主意：“虽然有亏妇道，是我一世前程。”于是与相如私奔；而文君的父亲卓王孙看到相如被朝廷招去时自言：“我女儿有先见之明，为见此人才貌双全，必然显达，所以成了亲事。”（《俞仲举题诗遇上皇》头回）此外，《临安钱婆留发迹》中，钟氏父子也是见到钱婆留曾身现异形，知其非凡，而与之结交，获得富贵。《郑节使立功神臂弓》中，张俊卿因梦见郑信将来贵为诸侯，而在其贫困时周济帮助，与之结交。《穷马周遭际卖䭔媪》中，王公与王媪在马周穷困时见其举止怪异，知其非常人，而善待他，马周发迹后，二人亦得富贵；与此相对，刺史达奚不识马周之才，几错过机遇。这些都充分反映了市民想要预先发现并把握发迹变泰的机遇，以便轻易地获得富贵的心理。

发迹变泰与机遇有关，同时，还与"时机"何时到来有关。如《钝秀才一朝交泰》，通过钝秀才马德称的经历，告诉人们在发迹变泰的过程中不但要善于发现和把握机遇，还需要忍辱负重，善于等待机遇的到来。马德称在时机未到之时，事事不吉利，"弄得日无饱餐，夜无安宿"。幸为人延请，不是人家"忽得书报家中老父病故，踉跄而别"，就是"方才举箸，忽然厨房中火起，举家惊慌逃奔"，还被当作"火头"下了监铺，真是处处背运。但他并不灰心，其未婚妻黄六媖也不嫌弃，且从旁相助，终于等来了一举中第。文中劝勉世人道："列位看官们，内中倘有胯下忍辱的韩信，妻不下机的苏秦，听在下说这段评话，各人回去硬挺着头颈过日，以待时来，不要先坠了志气。"告诉人们有些机遇是要等的。还有的作品既写了等待机遇，又写了把握机遇，还写了意外之获，如《乞丐妇重配鸾俦》（《石点头》卷六）中，长寿女本以织苇为主，嫁渔家子，因不谙渔家生业，在父死后为夫家遗弃，沦为乞丐。作品中通过相术暗示了长寿女"合受贫苦一番，方得受享荣华"，"当有诰封之分"，等到了时机，便"造化到也"，这里强调的是要等待机遇。而在作品的另一人物吴公佐身上则强调了发财的偶然性机遇。吴公佐为富家子，但背父远游，沦为寺庙香火人，在与一大赌客的赌博中，赢得几千万缗，从此发家。此外，作品中的朱从龙与邓元龙二人则是及时地把握了机遇，他们听说长寿有富贵相而有心提拔，前者将之带到家中供养，后者将之嫁出，果然受到酬报而富贵。

在渴望把握发财机遇的同时，人们还渴望在变幻莫测的商业活动中和多灾多难的人生道路上能得到意外帮助。有人相助，这其实也是一种变相的机遇。有的作品就写了主人公在他人帮助下而发迹变泰的故事。如程宰兄弟经商失败，遇见了海神，在海神的帮助下，程宰不但"囊资丰饶"，而且避过三遭大难归回故里（《叠居奇程客得助　三救厄海神显灵》）。杜子春在每次穷无分文的情况下，都遇仙人厚赠（《杜子春三入长安》，《醒》卷三十七）。郑信渴望发迹，日霞仙子赠之以百发百中的神臂弓，而屡建战功，官至两川节度使（《郑节使立功神臂弓》）。李元依靠称心盗取考题，顺利中举当官（《李公子救蛇获称心》，《喻》卷三十四）。李君得一白衣仙人的三封仙书，在困境之时拆开，受到指点，获富得贵（《华阴道独逢异客　江陵郡三拆仙书》，《拍》卷四十）。县令杨谦之在去蛮荒之地安庄赴任途中，一僧人介绍一美人李氏相随，李氏不但一路除灾免难，并使杨仕途顺利，宦囊丰盛（《杨谦之客舫遇侠僧》，《喻》卷十九）。在这几则故事里，给人极大帮助的海神、仙人、日霞仙子、称心、白衣仙人等都非现实中人，都具有超人的能力，或能预见商业行情，或有神奇宝物，或有飞身取物的高明手段，或有指点后事的先见之明，即使是身为世间女子的李氏也是“百能百俐”、“自幼学得些法术”、懂得天文的奇异女子。作品强调了她们非凡的能力，实际上表达了人们在苦难生活中对于神奇力量的渴望和对于发迹变泰的迫切心理，即所谓“吾贫，仙兄能指点富吾；吾贱，仙兄能指点贵吾”（《华阴道独逢异客　江陵郡三拆仙书》）。

由于机遇是一种偶然性的因素，它往往不易察觉、稍纵即逝，显示出其神秘和不可知性，由此也引发了人们的宿命论观点，认为一切都是“时也，运也，命也”（《拍》卷一、《喻》卷五），认同“生死由命，富贵在天，荣枯得失，尽是八字安排”（《杨八老越国奇逢》，《喻》卷十八）的宿命观，许多作品中出现了“运去黄金失色、时来铁也生光”（《警》卷三十一、《醒》卷三、《拍》卷一）、“时来风送滕王阁，运去雷轰荐福碑”（《喻》卷三十九、《警》卷十七、《拍》三十五）、“时运好，看了石灰变做宝；时运穷，掘着黄金变做铜”（《鼓掌绝尘·花集》）、“富贵功名，就如春兰秋菊，各有时度，不可矫强”（《西湖二集》卷三《巧书生金銮失对》）等论调，这种想法也是当时人们渴望发迹但面对不可知的人生际遇时，又无从解释、无可奈何的心理表现。

人们发财的梦想还表现在作品为许多主人公，尤其是行善乐施的主人公都安排了富贵的结局，如施润泽辛勤劳作，拾金不昧，家道大富；林善甫拾大珠百颗交还失主，就有了位至三公之富贵；小厮郑兴儿拾得二十两银子还给失主，也有了平步青云的结果（《袁尚玉相术动名卿　郑舍人阴功叨世爵》）。对一些受害者也多是以获得大富作为其所遭受苦难的补偿，如《日宜园九月牡丹开》（《欢喜冤家》第五回）中，作为妻子被人抢占的受害者刘玉，最终获得了加害人的百万家产，骤然富贵；而更为值得注意的是，在这出本为悲欢离合的故事中，却充满了对刘玉夫妻乘机巧妙窃取仇家财富而发财的津津乐道。在这一时期的白话短篇小说中，尤其在一些以因果报应为主要情节模式的故事中，是否富贵已成为与子孙兴衰、科举成败相提并论的报应结果，这一定程度上表明了市民心理对人生圆满的解释是以发迹变泰为主要特征的。而这些富裕生活的得来，多数不是靠辛苦的经商活动或其他劳动点滴积累，而是靠意外或凭机遇所获；有的作品在讲述完善恶故事之后，甚至不具体写到好人是如何得到富贵，只是一笔提到“此后家道大富”等。这一切都表明了在当时市民社会中，得富获贵的心理在社会生活中占有着重要的位置，它不但成为市民日常活动的动力，也成为人们的人生目标。

此外，人们在对发迹变泰的故事感兴趣的同时，也对富人们的生活十分关注，所以许多作品还讲述了富人们的生活、生计、婚姻、命运等。在这一时期的作品中，无论什么题材，其中的人物，动辄“家财万贯”，像“金银满箧”、“家中巨富”、“泼天大富”、“藏镪数万”、“家赀巨富”、“家累千金”、“万贯家资”、“囊橐肥饶”、“广有家财”、“家道富厚”，或“富翁”、“富商”、“富户”、“富家”等字眼频频出现，感觉当时富人何其多。这不仅说明追求财富已成为社会大多数人的日常行为，富裕阶层的逐渐崛起和扩大已成为事实，也体现了广大市民对富贵生活的关注与艳羡心理。

第三节　尚义之念与小说的道德主题

恩格斯认为：“人们自觉地或不自觉地、归根到底总是从他们阶级地位所依据的实际关系中——从他们进行生产和交换的经济关系中，吸取自己的道德观念。”[①]“所以道德始终是阶级的道德；它或者为统治阶级的统治和利益辩护，或者当被压迫阶级变得足够强大时，代表被压迫者对这个统治的反抗和他们未来的利益。”[②]因此在阶级社会里，道德具有强烈的阶级性，是一定阶级利益和意志的体现，同时为一定阶级的利益服务。但另一方面，由于“一个阶级是社会上占统治地位的物质力量，同时也是社会上占统治地位的精神力量”。[③]作为社会统治阶级，它的意识形态必然在社会上占统治地位，因此作为市民阶层的道德观念，就是“一种既有反封建因素又受封建思想影响的市民意识”[④]，具有双重倾向。它既有顺从封建道德的要求的一面，同时为了维护自身的利益，又常常自觉或不自觉地背离、否定统治阶级的道德观念，在内心里轻视它的存在，于是在道德上呈现出明显的两重性。随着市民阶层的日渐壮大和成熟，他们对社会道德逐渐有了自己的看

① 恩格斯：《反杜林论》，载《马克思恩格斯选集》第三卷，人民文学出版社1972年版，第133页。

② 同上书，第134页。

③ 马克思、恩格斯：《德意志意识形态》，人民出版社1961年版，第42页。

④ 胡士莹：《话本小说概论》，中华书局1980年版，第40页。

法，但由于市民的道德观是置于统治阶级的道德观之下，更由于市民的社会力量、地位和影响力决定了他们不可能提出崭新的道德观念，建立起一种崭新的道德规范，因此只能常常是在统治阶级已存的道德概念里，注入合乎本阶层要求的新内容。

作为市民阶层道德标准的一个重要的内容是“义”。

“义”在中国封建道德里，是一个十分重要的道德标准，而且一直作为利的对立面而加以提倡。早在春秋战国时，孔子就曾明确地提出“君子喻于义，小人喻于利”（《论语·里仁》），孟子又进一步将二者对立：“王亦曰仁义而已矣，何必曰利?”（《孟子·梁惠王上》）之后董仲舒主张“正其谊（义）不谋其利，明其道不计其功”（《汉书·董仲舒传》），把“义”与“利”绝对地对立起来。“义”这一道德标准要求人们的行为和思想绝对纯正。

传统的义利观在明中叶以后开始发生变化。由于商品经济的快速发展，“利”成为许多人的追求目标，在社会生活中越来越受到重视。在重“利”意识的影响下，“义”日渐受到人们的轻视甚至摒弃，于是出现了“重利轻义”的社会风尚和价值观念。时人顾宪成曾描述了这一情况：“只因人自有生以来，便日向情欲中走，见声色逐声色，见货利逐货利……劳劳攘攘，了无休息，这良知却掷在一边，全然不顾。”（《小心斋札记》卷十一）特别是在城市生活中，生活环境复杂，金钱腐蚀，利欲熏心，商品交易中尔虞我诈、不择手段等现象屡屡出现，使人心疏远，人情冷淡，道德沦丧，人与人之间淳朴友好的关系为冷漠、势利、竞争、欺诈、利己所代替，于是人们迫切希望有一种道德力量来约束人的行为，改善人与人之间的关系。正如封建统治者出于对自己统治的需要而将“义”作为主要的社会道德标准一样，市民阶层出于维护自身的利益、维持本阶层的社会秩序的需要，也开始以“义”来标榜，将他们道德上的新要求归结为“义”。但与封建道德以忠君、保国、爱民为义的主要内涵有所不同，在市民道德中，建立起人与人之间信任、互助、互利的社会关系，则成为他们“义”的主要内容，“义”几乎涵盖了社会人际交往的各个方面，成为市民的主要的道德理想。

市民尚义的理想表现在晚明的白话短篇小说里，就是道德主题成为作品所要表现的一个重要内容。很多作品写了人们在道德上的形形色色的故事，反映了市民的道德理想。在作品中，“义”这一道德标准贯穿了市井生活的方方面面：有夫妻、兄弟间之情义，如《蒋兴哥重会珍珠衫》（《喻》卷一）、《三孝廉让产立高名》（《醒》卷二）、《陈多寿生死夫妻》、《单符郎全州佳偶》等；朋友间之信义，如《范巨卿鸡黍死生交》（《喻》卷十六）、

《羊角哀舍命全交》（《喻》卷七）、《吴保安弃家赎友》（《喻》卷八）等；子对父之孝义，如《任孝子烈性为神》（《喻》卷三十八）等；妻对夫之节义，如《宣徽院仕女秋千会　清安寺夫妇笑啼缘》等；施恩者与报恩者之恩义，如《老门生三世报恩》（《警》卷十八）等；仆对主之忠义，如《徐老仆义愤成家》等；助人乐善之仁义，如《张员外义抚螟蛉子　包龙图智赚合同文》（《拍》卷三十三）等；拾金不昧之诚义，如《吕大郎还金完骨肉》、《施润泽滩阙遇友》、《袁尚宝相术动名卿》等；陌路相助之侠义，如《赵太祖千里送京娘》（《警》卷二十一）、《李克让竟达空函　刘元普双生贵子》（《拍》卷二十）等；除恶济贫之仗义，如《李汧公穷邸遇侠客》（《醒》卷三十）等。与此相对，也写了一些背义、弃义、忘义的故事，如《李汧公穷邸遇侠客》、《桂员外途穷忏悔》（《警》卷二十五）等。凡此种种，表现出了鲜明的道德主题，这是市民阶层尚义之念的充分体现。

在这些道德主题中，“义”主要是作为协调人与人之间关系，即建立信任互助的社会交际关系的道德标准，其适用范围远远大于封建伦理的三纲五常。从以上分类中我们看到，一方面写了亲人朋友间的“义”，这主要是针对世风日下，封建三纲五常遭到破坏的现实，如父子、兄弟、夫妻、朋友之间的孝、悌、忠、爱、信等伦理道德不被履行等；另一方面，还有相当多的作品写出了人与人或萍水相逢、或未曾谋面时所表现的义行，表达了人们在险恶的世情中、在陌生的异乡中、在奔波的路途中，对真诚情义的渴望。

另外，与传统道德的“义”是作为“利”的绝对对立面出现不同，在市民道德中，强调了“义”与“利”的统一。对于市民来说，求利是生活中重要的事情，因此传统道德弃利求义、单纯地强调超越“利”之上的“义”的义利观显然已不合乎市民的心理要求，而败坏的社会人际关系又需要依靠“义”这种道德力量来维护，因此怎样达到“义”与“利”的合理结合是这一时期道德观上的一个亟待解决的问题。在商品的交换价值规律的影响下，人们日益感觉到如果“义”的付出能以“利”的获得为补偿，则不但利于道德的提倡和社会秩序的安定，同时，也能合乎广大市民向善与求利并举的心理需求。在这种观念下，小说作品中不但赞扬了人们在面对“利”时的“义”行，并且作为义举的奖赏，又给予“利”的回报。作品往往通过人物的刻画、情节的设置和议论，指出“利”和“义”并不是完全对立的关系，而是可以统一的：一个人如果行义施善，就会成倍地获得财富；反之，如果背信弃义，就会家破人亡。以此鼓励人们行善行义。

首先，作品写了许多拾金不昧者，高度赞扬了他们在面对金钱利益时，为他人着想的义行，而对他们的义行也都给予了“利”上的极大的奖励和报偿。如施复拾了六两银子归还失主，而获得意外财富（《施润泽滩阙遇友》）；吕大郎于坑厕拾二百金送还失主，而骨肉团圆（《吕大郎还金完骨肉》）；林善甫拾大珠百颗交还失主，而一举及第，位至三公；因“妨主”被赶出门的小厮郑兴儿拾二十多包银子等还失主，而平步青云，做了游击将军（《袁尚玉相术动名卿　郑舍人阴功叨世爵》）。其中对施复的刻画尤为典型。当施复去收绸行家卖绸匹，主人喝定价钱，把银子给他时，“施复自己也摸出等子来准一准，还觉轻些，又争添上一二分，也就罢了”。在这里，他为了一二分钱也要争一争，但是后来拾到六两银子却还给了失主，似乎是不可思议的，而实际上，前面争一分钱，正体现了商业活动中锱铢必较的商业精神，是正当的行为；而后来若将他人丢失的财物据为已有，则是损人肥私，是不义的。所以作者对前者没有一句指责，对后者的义举给予了一系列的善报。善报之一是在急缺桑叶时，正是失银者朱恩为他解决了困难。这种巧合正好表明，商人之间所行的“义”其实也是为了商业上的互惠互利，只有施“义”于人，才能获“利”于已。

其次，作品还强调了商业上的“义”。在商业经营上的行义就是买卖公平、诚实、厚道，不贪不义之财，这种义行换来的必然是商业的更加赢利：卖油郎秦重卖的油“比别人又好又贱”，所以买卖兴旺；刘奇、刘芳开布店，因“少年志诚，物价公平，传播开去，慕名来买者，挤挤不开。一二年间，挣下一个老大家业”（《刘小官雌雄兄弟》，《醒》卷十）。反之，就会在“利”上受损：《金令史美婢酬秀童》（《警》卷十五）的头回，矫公“自开解库，为富不仁，轻兑出，重兑入，水丝出，足纹入，兼将解下的珠宝，但拣好的都换了自用。又凡质物值钱者才足了年数，就假托变卖过了，不准赎取。如此刻剥贫户，以致肥饶”。做这样欺心买卖，又不知悔改，最后遭到天报，“解库里火起”，“一贫如洗”。刘弘敬虽“广行善事，仗义疏财”，“已不知济过多少人”，只因在买卖上不能一一综理，“彼任事者只顾肥家，不存公道，大斗小秤，侵剥百端，以致小民愁怨”，“纵然行善，只好功过相酬”，因而无子（《李克让竟达空函　刘元普双生贵子》）。由此看来，经商也要讲究道德，公平、诚实等商业道德同其他方面的道德同样重要，并与“利”密切相关。

作品中最痛恨的是忘恩负义、为富不仁的人，他们受到的报应就是家破人亡。房德听信妻言，非但不厚赠恩人，而且欲加害，最后被义士杀死（《李汧公穷邸遇侠客》）。缪千户选授得福建地方官职，缺少路费，向元自实借银三百两，后遇大乱，元家被劫掠一空，去投缪处，缪欺心赖账，后亦遭报应被杀（《庵内看恶鬼善神　井中谭前因后果》，《二拍》卷二十四）。

杨巡道“家富心贪”，“又贪又酷”，他“是要银子的，除了银子，再无药医的，有名叫做杨疯子，是惹不起的意思”。收了张寅五百金欲帮他判得家产，说好“若不应验，原物尽还”，因落官事未办成，为不退钱，竟将张寅全家杀掉，最后事发而死（《青楼市探人踪　红花场假鬼闹》，《二拍》卷四）。

作品对因在金钱上吝啬而不行义的人也给以了批判，因为这样的人必然不会救济帮助他人，不会施行仁义与人。所以对这种人给以了捉弄和不好的结局，以此来教训他们。如金钟为了永绝和尚来求布施之患，竟欲毒死和尚，结果却把自家的儿子毒死（《吕大郎还金完骨肉》头回）；张富见主管周济他人两文钱，就大发脾气，将钱夺回，为此遭到市井无赖宋四公的捉弄，最后被官府逼勒，“又恼又闷，又不舍得家财，在土库中自缢而死”（《宋四公大闹禁魂张》，《喻》卷三十六）。

作品用大量的故事一再表明，经商赚钱虽是正事，但一定要取之有道；贪财求利虽是人的正常需求，但一定不要损害他人利益。只有在钱财上施仁行义，才能获得更多的财富和好处。

除了在行义上寻求与利的统一，鼓励人们多行义事外，有的作品还写了超越封建礼教与法律之上的“义”，表现出了鲜明的市民道德特征。

市民往往从自身利益而不是从封建统治者的利益出发来理解“义”，因此，他们对“义”的理解有时就要超越封建法律道德礼教的要求，像杀富济贫、打抱不平等都是典型的市民“义”的表现，如《李汧公穷邸遇侠客》中的剑侠说的“平生专抱不平事，要杀天下负心之人”，就代表了这种观点。

在小说中，当“义”与封建礼教、法律等发生冲突的时候，市民往往要违背封建礼教与法律而选择行义，履行市民的道德规范。有的作品中写了一些不符合封建道德的“道德缺欠者”，他们的一些行为是违背封建法律的，却合乎市民道德。如《宋四公大闹禁魂张》中，写了吝啬鬼禁魂张为人苛刻，有财不施，而为闲汉宋四公捉弄和诬陷，有了牢狱之灾。这一故事若从法律的角度上讲，宋四公杀人、偷盗、诬陷他人这些所为都是违法行为，而张富虽为人吝啬但够不上犯罪，其家人被杀、土库被盗、自己又受陷，是一个受害者，但张富的吝啬和无情正是市民所痛恨的，因此，作品对其所受遭遇毫无同情，而对宋四公的所为却有欣赏之意。最后的结局更说明了这一点，犯法者宋四公逃之夭夭，而受害者张富被诬为犯法而自缢身亡。在这里，作为封建道德的评判标准已经毫无意义，起决定作用的是市民的喜恶。此外，《神偷寄兴一枝梅　侠盗惯行三昧戏》（《二拍》卷三十九）、

《乌将军一饭必酬　陈大郎三人重会》（《拍》卷八）、《万秀娘仇报山亭儿》（《警》卷三十七）中都以小偷、强盗等人物作为正面形象，他们的偷盗抢劫行为虽然不为封建法律所容，但是他们身上所具有的救危济贫的品德却为市民们所推崇。作品中，“盗亦有道真堪述”（《刘东山夸技顺城门　十八兄奇踪村酒肆》，《拍》卷四）；“胯下曾酬一饭金，谁知剧盗有情深。世间每说奇男子，何必儒林胜绿林”（《乌将军一饭必酬》）；“平生专抱不平事，要杀天下负心之人”（《李汧公穷邸遇侠客》）等评价性言语，都是极有代表性的市民道德的体现，表达了市民对“义”的理解。

当“义”与封建礼教发生冲突时，市民也毫不犹豫地选择“义”。如《陈御史巧勘金钗钿》（《喻》卷二）中，田氏在发现丈夫梁尚宾冒表弟之名奸淫了顾小姐而致其自尽之后，大骂道：“你这样不义之人，不久自有天报，休想善终！从今你自你，我自我。”“我宁可终身守寡，也不愿随你这样不义之徒。”于是毅然离婚而去。对于田氏，从三从四德的封建礼教来说，他应该随从丈夫；但从道德上来讲，丈夫行了不义之事，违背了道德。在两难境地中，田氏毫不犹豫地选择了“义”，最终与丈夫决裂。与此类似的还有《欢喜冤家》第三回《李月仙割爱救亲夫》中的李月仙、第七回《陈之美巧计骗多娇》中的犹氏。李月仙与犹氏都是与后夫极尽欢爱之时，得知前夫为后夫所杀，两人在情与义、礼与义中，毫不犹豫地选择了后者，到官府首告后夫。而犹氏与后夫已是“十八年的夫妻，情投意合”，但这些情与礼都抵不过“义”在她们心中的分量。此外，《单符郎全州佳偶》中的单飞英不因未婚妻落入风尘为娼妓而弃之不顾，反娶之为妻，虽然娶妓不合乎封建礼教，但在作品中却被视为“有义气”。这些都表现了市民道德的“义”对于封建礼教的超越。

有的作品中还从多个角度表现了市民道德的“义”对于封建礼教与法律的超越。极为典型的是《李汧公穷邸遇侠客》，作品中，作为执法官员的李勉因见强盗头子房德“人材雄伟，丰采非凡”，并是被挟为盗，便私下将之放跑，这是违法行义之举；路信作为房德之家人，见其主人欲杀李勉，要行恩将仇报之事，出于义愤，通知李勉，并助其逃跑，是背主行义之举；侠客答应房德杀李勉，但得知房德是忘恩负义之人，放了李勉，反而杀了房德，是背信行义之举。这几个人违背了封建的礼教、法律和道德要求，从市民道德出发，履行了市民的“义”行。

当然，晚明白话短篇小说中还有不少地方表现了传统道德或封建道德。在传统道德方面，一些中华民族优秀的道德如助人为乐、知恩图报、救危济贫等等也都有反映。还有一些作品突出了封建道德，如《陈多寿生死夫妻》

过分地强调了女性对丈夫所尽的节义，《徐老仆义愤成家》强调了仆人对主人的忠义，《老门生三世报恩》强调了知恩必报，表现出市民道德受封建道德的影响。尽管有如此的现象，但就整体而言，作品中表现出来的市民道德仍然具有市民阶层的鲜明特色，反映了市民的道德理想，因而也赢得了广大市民读者的喜爱。

第四节　公平之心与小说的报应主题

善恶报应作为中国古代社会的一种较为普遍的民众信仰由来已久。由于我国古代文化传统是以道德为其核心内容的，我国思想家很早就提出了人在道德上的善恶之行对于人们今后命运的影响，如《易·传》“文言”云：“积善之家必有余庆，积不善之家必有余殃”；《国语·周语》云：“天道赏善而罚淫”；《老子》七十九章云：“天道无亲，常与善人”；《商书·伊训》云：“作善降之百祥，作不善降之百殃”等等。由此可见，早在春秋时期就已经有了善恶报应的观念。之后汉代盛行的司命信仰，即“天地有司过之神，随人所犯轻重，以夺其算”（葛洪《抱朴子》），进一步强化了这一信仰。东汉初年，佛教传入中国，受到统治者的大力推行，开始在社会上形成广泛影响，作为佛教主要思想的因果报应逐渐渗入到普通人中间。此后随着佛教的发展和佛教思想的不断传播，特别是其因果报应观念因说理简单，易于理解，能满足人们的某些心理，更是深入人心，以至于到后来，它已经不再仅仅作为一种宗教观念而存在，而是积淀为一种社会的，甚至民族的心理，成为人们认识世界的一个方法和处理日常生活的一个原则。

明中叶以后，由于市民力量的崛起和市民社会对于公平的强烈要求，传统的因果报应观所体现出来的行善有善报、作恶有恶报的思想受到广大市民的喜爱。公平之心是日渐成熟起来的市民阶层的理想。由于商业活动中存在的价值规律，即任何商品交换都是一种等价的交换，买卖讲究的就是这种公平交换，所以市民在长期的商业活动中，自然地将这种商业价值规律转化为日常生活的原则甚至是人生的价值观。在这种等价原则下，因果报应的一报还一报正合乎他们的这种心理。另一方面，以商人和小生产者为代表的市民阶层是个内部相对平等的阶层，因为他们无官无职，没有严格的等级差别，有的只是财富上的差异，而财富的多寡又往往是由经商智慧而不是社会等级造成的，所以，这是一个相对来说较为平等的阶层，在这个地位平等的社会阶层里，有条件讲求社会的公平。同时，日益富裕、崛起的市民阶层在社会生活中仍处于较低地位的实际状况，也激发了他们对社会公平的渴望。加上市民生活自由，思想开放，受封建等级约束也相对少些，因此在等级森严的封建社会，较其他阶层更具有追求公平之心。佛教的因果报应正与市民的这种公平之心有着一定的相似之处，市民在因果报应中找到了实现公平这一社会理想的一个便捷途径。对于市民而言，行善与作恶都应该有相应的报应，否则就无法建立起一个相对公平的理想世界，并且也只有建立起这样一个公平原则，才能引导人们弃恶扬善，实现社会道德的完善和社会秩序的和谐。不过这种建立在公平意识之上的因果报应有的已不完全同于佛教的因果报应，它融进了一些反映市民阶层的是非观念和价值标准等的新内容，使得因果报应的内容更为丰富和复杂。

作为市民文学代表的晚明白话短篇小说，对因果报应有较多的反映和表现，因果报应成了这一时期作品的主题之一。一方面，有的作品为了配合故事中所反映的因果报应，对市民进行了因果报应原理的解释，如《月明和尚度柳翠》（《喻》卷二十九）中，借月明和尚之口说道：

> 前为因，后为果；作者为因，受者为果。假如种瓜得瓜，种豆得豆，种是因，得是果。不因种下，怎得收成？好因得好果，恶因得恶果。所以说：要知前世因，今生受者是；要知后世因，今生作者是。

又如《王大使威行部下　李参军冤报生前》（《拍》卷三十）也解释道：

> 诗曰：冤业相报，自古有之。一作一受，天地无私。杀人还杀，自刃何疑？有如不信，听取谈资。
>
> 话说天地间最重的是生命。佛说戒杀，还说杀一物要填还一命。何况同是生人，欺心故杀，岂得无报？所以律法上最严杀人偿命之条，汉高祖除秦苛法，止留下三章，尚且头一句，就是“杀人者死”。可见杀人罪极重。但阳世间不曾败露，无人知道，那里正得许多法！尽有漏了网的。却不那死的人，落得一死了？所以就有阴报。那阴报事也尽多，却是在幽冥地府之中，虽是分毫不爽，无人看见。

但另一方面，更多的作品则表现了具有市民心理特色和理想特征的因果报应。就总体而言，小说中的报应主题表现出如下四个特点。

第一，以现世报应为归宿。

佛教的因果报应说通于过去、现在和未来，认为现世的果必然有过去的因，现世的因必将引出未来的果。过去一生的行为，决定今世一生的状况，今世一生的行为，决定来世一生的状况，谓之三世因果。三世因果决定了三世业报，即现报、生报、后报，《三报论》中讲道："业有三报，一曰现报，二曰生报，三曰后报。现报者，善恶始于此身，即此生受。生报者，来生便受。后报者，或经二生、三生、百生、千生，然后乃受。受之无生，必由于心；心无司定，感事而应；应有迟速，故报有先后；先后虽异，咸随所遇而为对；对有强弱，故轻重不同，斯乃自然之赏罚，三报之大略也。"[①] 在佛教看来，三种报应不但是共存的，也都是同样重要的。但是到明末，由于社会商品经济的发展、生活的世俗化以及尚利好货价值观念的被认可，以工商业为代表的广大市民变得急功近利，更加注重现世的一切，注重当下利益，佛教的"生报"、"后报"都未免太迟缓、太遥远，已经不能适应他们对当前现实利益的关注心理，所以"现报"便为市民所看重。这种心理表现在小说中，就是对于大量的今生做今生受的现世报应的热衷，即所谓"殃祥果报无虚谬，咫尺青天莫远求"（《蒋兴哥重会珍珠衫》，《喻》卷一）。

在这一时期的白话短篇小说中可以看到，绝大多数的报应故事，基本上都是以现世报应为最终归宿的。当然，不可否认，在晚明白话短篇小说中，我们也能看到两世、三世因果报应故事，如《月明和尚度柳翠》、《闹阴司司马貌断狱》（《喻》卷三十一），《庵内看恶鬼善神》、《桂员外途穷忏悔》等。但是这种故事极少，绝大多数作品写的是现世因果报应，即一个人在现世作恶行善，一定要在现世中得到报应。这种现世报应有的是在极短的时间里就能实现，所谓即为即报。如金钟吝啬，为永绝和尚求布施之患，欲毒死和尚，却转眼间阴差阳错地毒死了儿子；吕大郎拾得银子交还失主，便立即找到了失散多年的儿子，吕二郎设计卖嫂，同时就遭到自己妻子被卖的报应（《吕大郎还金完骨肉》）；程元玉在贩货途中，因出于义气代一女子付饭钱，随后就在险途中化"忧虞"为顺达（《程元玉店肆代偿钱　十一娘云冈纵谭侠》，《拍》卷四）。有的报应是在事隔一段时间之后，在遭遇到某些事情时得以实现，如施复拾银归还失主，后来在缺少桑叶时意外得到报应，不但解决了桑叶之缺，还躲过了祸事；在盖房子时，又掘出银子（《施润泽滩阙遇友》）；陈大郎寒天请一陌路人吃饭，虽出无心，但两年后，在妻子与舅舅失踪而四处寻找、乘船遇飓风时，正为陌路人所救，全家团圆，并获厚赠，"做了吴中巨富之家"（《乌将军一饭必酬　陈大郎三人重会》）。还有的报应则经过较长的时间后实现，往往体现在人生的最后阶段，如刘元普替人养孤，而寿至百岁，子孙不绝（《李克让竟达空函　刘元普双生贵子》）；徐谦

① 《中国佛教思想资料选编》第一卷，中华书局1987年版，第87页。

命当朝中贵臣，在任受贿而枉杀人命，“上帝已减寿三十年，官止于此”（《李生徐子》，《贪欣误》第六回）。

无论上述报应最终实现的时间有多短或多长，但都是以现世报应为归宿。作品通过对现实中人们所行善恶的即为即报、报应不爽，造成强烈的因果报应效果，以此告诫人们，报应不但是存在的，而且是很快就会发生的，从而达到震撼、警诫和感化人心的作用。

第二，以利益得失为内容。

与因果报应以现实为归宿相一致，在晚明白话短篇小说的因果报应故事中，更多的是以个人实利的得失为报应的主要内容。即做善事的人一定会在个人利益上得到好处，行恶的人也一定会在个人利益上受到损失。这种以利益得失为内容的因果报应几乎涵盖了所有的报应故事中。当然，传统的因果报应也主要以利益的得失为主要内容，但是在小说作品中，却被突出地强调。这种实利的获得与失去是实实在在的，关系到行事者的自身，是看得见、摸得着的。这种实利的报应主要集中在如下几个方面：

一是财富。对于市民来说，以财富作为报应的内容，更能体现行善作恶对人自身利益的影响，所以有许多作品都写到了这方面的报应。如施润泽行善得富；桂富五负恩损财（《桂员外途穷忏悔》）；矫公“自开解库，为富不仁，轻兑出，重兑入，水丝出，足纹入，兼将解下的珠宝，但拣好的都换了自用。又凡质物值钱者才足了年数，就假托变卖过了，不准赎取。如此刻剥贫户，以致肥饶”。做这样欺心买卖，最后遭到天报，“解库里火起”，“一贫如洗”（《金令史美婢酬秀童》，《警》卷十五）。

二是生命。生命对任何人都是宝贵的，市民也不例外，这种报应更具有现实利益性。如缪千户忘恩负义，置恩人全家生死于不顾，则自家为乱军所杀（《庵内看恶鬼善神》）；李凤娘因妒害死黄贵妃，被黄的鬼魂活捉而死（《李凤娘酷妒遭天谴》，《西湖二集》卷五）；范鳅儿“在‘逆党’中涅而不淄，好行方便，救了许多人性命，今日死里逃生，夫妻再合，乃阴德积善之报也”（《范鳅儿双镜重圆》，《警》卷十二）。

三是子嗣。在封建社会，子嗣的重要甚至超过财富和生命，所以得子或丧子、无子都被视为一种利益上的得失，作品中也写了大量的这方面的报应。如钟离与贾昌因为救助一女子而得子（《两县令竞义婚孤女》，《醒》卷一）；刘元普也因救助他人而无子得子；吕大郎拾金还人，得以与失散的儿子团圆；“刘员外广施阴德，到底有后；又恩待骨肉，原受骨肉之报”（《占家财狠婿妒侄　延亲脉孝女藏儿》，《拍》卷三十八）。

四是科举、仕途。科举和仕途所带来的实利是市民羡慕不已的，虽然离市民生活较远，但是以它作为报应内容，同样表达了市民对实际利益的重视。如书生仰邻瞻答应为鬼女安葬，便科举顺利（《感恩鬼三古传题旨》，《石点头》卷七）；高大伊行善则两子高官厚禄（《两县令竞义婚孤女》）；潘遇本有中状元之命，只因应试途中奸淫一女，致与状元无缘，“后来连走数科不第”（《吴衙内邻舟赴约》）；李登本有相命，只因多次奸淫妇人而仕途无望（《李生徐子》，《贪欣误》第六回）。

富贵、生命、子嗣和科举仕途是市民们最为看重的个人实利，因此市民多将善报恶果都归结到这几方面上。以这些切身利益的得失来唤起人们对自己行为的谨慎，促使人们向善。

第三，以绝对公平为原则。

小说在报应上还追求“绝对”的公平。当然，报应本身就体现了公平意识，但是在某些作品中，这种报应却几乎是以如同商品交易的“绝对”公平形式出现，市民以商业买卖中的得失平衡来实现人们的善恶之报，而不在乎这种报应是否合乎道德伦理和法律等。这种讲求“绝对”公平的因果报应主要表现在下面三个方面：

一是以作恶者的同样受损来补偿受害者。出于对作恶者的报应和对受害者的同情，作品以作恶者的同样受损来补偿受害者，而达到绝对的公平，而不顾这种使作恶者受损的行为同样是不道德、不合礼教、不合人情的。最具典型意义的是有为数不少的作品在写男子与他人之妻通奸时，强调了“淫人妻，妻为人所淫”、“我不淫人妻女，妻女定不淫人。我若淫人妻女，妻女也要淫人”（《乔兑换胡子宣淫　显报施卧师入定》）的绝对报应。如《蒋兴哥重会珍珠衫》中陈大郎奸淫了蒋兴哥的妻子三巧，而结尾除了写陈大郎因相思而亡外，觉得这样恐怕还不能达到对于受害者蒋兴哥的公平弥补，也不能实现对韩大郎的所作所为的真正报应，因此将其妻嫁给了蒋兴哥。同样，在《乔兑换胡子宣淫　显报施卧师入定》中，胡生先淫了铁生之妻，作为报应和补偿，铁生先淫后娶了胡生之妻。《陈御史巧勘金钗钿》（《喻》卷二）中的梁尚宾骗奸了鲁学曾的未婚妻，鲁后来也娶了梁的妻子。

二是“以其人之道还之其人”的“绝对公平”式的报应。有杀人偿命的，如吾爱陶为官贪酷，不知残害了多少无辜百姓，最终受到同样报应而死（《贪婪汉六院卖风流》，《石点头》卷八）；满少卿富贵弃妻而致妻死，后亦暴死（《满少卿饥附饱飏　焦文姬生仇死报》）。有还金得金的，如施润泽拾银子还了失主，后就掘地出银。有昧财失财的，如贾仁将别人家的藏金据为己有，二十年后还是人家的，自己只做了个看财奴（《诉穷汉暂掌别人钱　看财奴刁买冤家主》）。有图利失利的，如赵聪夫妻图财忘亲，致父手无分文，竟到儿子房中行窃而送了性命，后赵聪也财失人亡（《赵六老舐犊丧残生　张知县诛枭成铁案》，《拍》卷十三）。有“孝顺定生孝顺子，忤逆还生忤逆儿”的，如姚伯年至孝，战乱中寻父母尸，并历尽艰辛背至祖坟，后生子孙也皆孝而得善终（《姚伯子至孝受显荣》，《西湖二集》卷六）等。其中对吾爱陶的报应更能表现这种“绝对”公平。吾爱陶曾以酷刑致王大郎一家七人丧生，后来王大郎来索命，道：“你前日将我们夹拶吊打，诸般毒刑拷逼，如今日件件也要偿还”，几番吊打，一命呜呼，真是曾经怎样对人，就要怎样受报。

三是不履行誓言则如誓言报之。诚实守信是进行商品经济活动的一个重要前提条件，因为欺骗和失信会带来经济利益的损失，所以广大市民痛恨不守信用的人。对于这种人给以什么样的报应呢？小说中常常是以其誓言相报，以达到一种所谓的公平。与其说是达到公平，不如说是达到市民心理的平衡。如卞福答应替蔡瑞虹报仇，否则受翻江之报，后“因不曾与瑞虹报仇”，“果然翻江而死，应了向日之誓”（《蔡瑞虹忍辱报仇》，《醒》卷三十六）。杨思厚对亡妻的鬼魂表示不再续娶，并发下了“若负前言，在路盗贼杀戮，在水巨浪覆舟”的誓言，后来杨娶妻，果覆舟而亡（《杨思温燕山逢故人》，《喻》卷二十四）。其实一个人失信不足以死相惩，但是市民社会的尔虞我诈使市民认为不以此相报便有失公道，不足以惩罚失信之人。

上述种种报应所显示的“绝对”公平，虽然体现了市民追求公平的理想，但同时也表明市民的公平理想也有其狭隘的一面。

第四，以市民道德为准则。

由于善恶报应是一种建立在民间道德意识基础上的观念，因此，它本身也就体现了一种道德评价的标准。即对什么样的事给以什么样的报应，其实是一种道德观的体现。这一点，在晚明白话短篇小说中表现得更为鲜明。白话短篇小说的因果报应，一定程度地反映了市民的道德观，也是作品道德主题的进一步强化的体现。具体地说，就是因果报应作为故事的结局，鲜明地体现了市民的道德评价标准和道德理想。

首先，作品注重以人物行为的动机所体现出的道德作为依据，来予以相应的报应。如《乔彦杰一妾破家》（《警》卷三十三）中对于王青的报应。王青是在一次偶然机会中得知乔俊的下人董小二因与乔俊的妾、女通奸，被乔妻高氏谋死，于是上门讹诈，讹诈未果，便至官府首告，官府将乔氏妻、妾、女、下人洪三一同捕来，用刑拷问，下于狱中，致四人先后身亡。在这起人命案中，乔氏之妻为主谋，妾与洪参与其中，本来都是有罪之人；王青的首告是揭发一起人命案，非但不违于法，反有功于法；并且四人之死也是因安抚黄正大“贪滥酷刑”所致。但是由于王青首告的动机是出于讹诈不遂的报复心理，因此他的行为被认为是极不道德的，是市民所痛恨的，因此乔俊全家皆亡的账就全算在他一人身上，最后受报落水而死。同样的情况在其他作品中也有，如《欢喜冤家》第一回《花二娘巧智认情郎》中，李二娘与书生任龙私通，本是不法之事，周裁缝知晓捉奸甚至告官，也无可厚非，但是由于他是出于报复的动机而策划捉奸，便被认作是不道德的，最终被安排了死于非命的结局。《乔太守乱点鸳鸯谱》中，孙刘两家子女私通，李都管因曾欲强买刘家房子不得而怀恨在心，知道此事后便从中调唆，以“鹬蚌相持，自己渔人得利”，最后受报，“躲避乡居”，“家宅反归于刘氏”。通过这种报应，体现了市民在报应上的观点，这就是事出有因的违法行为，他们并不觉得十分错误，但是如果是出于个人的私利和不正当的想法，不管理由多么正当，途径多么合法，都是不道德的，都是应当受到报应的。

其次，以市民的道德标准评判人物行为，给以报应。如《沈小官一鸟害七命》（《喻》卷二十六），杀人者张公妻子张婆并没有杀人，但是只因丈夫杀了人取了财回来，她不但不报官或斥责，反而“欢天喜地”，她表现出来的高兴和对于死者的无动于衷被认为是不道德的，最后受报应跌倒而死。又如《宋四公大闹禁魂张》中，张富生性吝啬，阻止主管周济乞丐，本也算不上什么大的罪恶，但是作为市民道德，提倡人们之间的互相帮助，痛恨为富不仁，因此，张富的这一小小的不善，竟导致了宋四公的几番捉弄，最终竟惹上官司，自缢而死。《神偷寄兴一枝梅　侠盗惯行三昧戏》中“剧贼”懒龙却因不偷良善与患难之家，说话讲信用，仗义疏财，警告贪婪等，而“竟得善终”。

正因为善恶报应体现道德观，并且因报应不爽而具有令人震撼的力量，所以又被市民作为理想的教化手段。一些通俗小说的编撰者也认识到其所具有的教化意义，如冯梦龙认为“村夫稚子，里妇估儿，以甲是乙非为喜怒，以前因后果为劝惩，以道听途说为学问，而通俗演义一种，遂足以佐经书史传之穷”。“余阅之，大抵如僧家果报说法度世之语，譬如村醪市脯，所济者众。”又如《二拍》卷十二《硬勘案大儒争闲气　甘受刑侠女著芳名》的入话中，作者以说书人的身份道：“从来说的书，不过谈些风月，述些异闻，图个好听。最有益的，论些世情，说些因果等听了的触着心理，把平日邪路念头化将转来。”有的作品在讲完故事后，又进一步进行诸如“善有善报，恶有恶报；不是不报，时辰未到”、“善恶到头终有报，只争来早与来迟”、“为人一念，善恶之报，一些不差的”等因果报应的劝诫。从中我们可以看到，小说中的因果报应既有文人进行社会教化的成分，也是市民阶层进行自我教育的需要，他们都企图以此规范人们的日常行为，建立起一个安定、公平、和谐的社会秩序。并且这种报应主题在以后也一直成为白话短篇小说创作的一个重要主题，并随着文人的积极参与，而愈加强烈。

第八章　市民趣味与小说编创

市民教育的相对普及、文化程度的提高、经济实力的增强，以及消费分配向文化娱乐方面的倾斜，都使市民成了当时通俗文学的主要读者，他们的趣味、喜好、要求等都影响着小说的创作。

虽说文人是白话小说的主要编创者，但由于他们在长期的市井生活中，在生活趣味上发生了向俗的变化，因此能够贴近市民的心愿；加之当时文学商品属性的增强，也一定程度地刺激作家为满足市民读者的需求而进行编创。因此，在白话短篇小说的编创中，使用什么样的语言，描写什么样的故事，追求什么样的表达效果等等，都会不自觉地考虑到市民的趣味要求；而只有那些合乎市民审美习惯和趣味的作品才会被读者喜欢，才会在社会上流传开去。

第一节　“亲俗”与小说的语言风格

“艺术中最重要的始终是它的可直接了解性。”[①] 如果艺术中没有可直接的了解性，也就是说它不能被欣赏者直接地了解，不能被欣赏者所接受，它也就不能实现它的最终价值。因此，怎样做到让欣赏者直接了解，对于艺术的最终完成是一个十分关键的问题。对于文学作品来说也是这样。

“文学的第一要素是语言，语言是文学的主要工具，它同各种事实、生活现象一样，构成了文学的材料。”[②] 对于文学来说，它所使用的语言不仅仅只是用来完成作品的写作工具，同时它也是用来完成作品被欣赏者直接了解的阅读工具。罗贝尔·埃斯卡皮说得更透彻，他说：“书籍的阅读传播首先同语言集团有密切关系，因为懂得一本书所使用的语言，并且能够阅读这本书，同为利用该书的两个必须的前提。”[③] 所以文学作品写出来是给什么

---

① ［德］黑格尔著，朱光潜译：《美学》第一卷，商务印书馆 1979 年版，第 384 页。

② ［苏］高尔基：《和青年作家谈话》，载《高尔基文学论文选》，人民文学出版社第 294 页。

③ ［法］罗贝尔·埃斯卡皮著，王美华等译：《文学社会学》，安徽文艺出版社 1987 年版，第 18 页。

人看的，就要使用这些人能懂的语言。

在古代中国，在文化为统治者所控制的情况下，书面文学一直为文人所把持，它以文言为语言特征，呈现出典雅、凝练、蕴藉的语言风格。元明时期，在说唱等通俗文艺的影响下，出现了以白话为书写语的文学作品，如《三国演义》、《水浒传》等，开创了新的阅读语体。同时，随着社会教育的普及，市民的文化素质得到提高，他们不再仅仅是口头通俗文学的听众，也成了书面文学的阅读者。但是由于市民所受的教育毕竟是一种较初级的教育，因此这就决定了他们对文学的接受也只能停留在他们所能理解的白话文上；他们所感兴趣的、所愿意亲近的也只是以白话文为载体的文学样式，其中白话小说是他们喜爱的主要的文学样式。而另一方面，明代中叶以后，在整个社会上出现的世俗化趋向，使文人对市井间的俗事发生了浓厚的兴趣，表现在文艺上就是对通俗文艺的接受与喜爱，形成了亲俗的审美趣味。而这种接受与喜爱不仅表现在通俗文艺的内容上，也表现在其形式上，其中对通俗易懂的白话体的接受与喜爱则是一个重要的方面。

在当时亲俗趣味影响下，一些著名文人从不同角度阐述了文学语言通俗化的重要性。徐渭在总结戏曲语言规律时主张："吾意与其文而晦，曷若俗而鄙之易晓也。"（徐渭《南词叙录》）又说："语入要紧处，不可着一毫脂粉，越俗，越家常，越警醒。此才是好水碓，不杂一毫糠衣，真本色。"（《徐文长佚草·又题昆仑奴杂剧后》）王骥德在《曲律》中说："剧戏亦须老妪解得，方入众耳，此即本色之说也。""词藻工，句意妙，如不谐里耳，为案头之书，已落第二义。"袁宏道明确主张使用一种明白显畅的文学语言来创作："口舌代心者也，文章又代口舌者也。辗转隔碍，虽写得畅显，已恐不如口舌矣，况能如心之所存乎？"（《论文上》）并赞扬《水浒传》"语语家常，使我捧玩不能释手者也"（《东西汉通俗演义序》）。甄伟认为"俗不可通，则义不必演矣"（甄伟《西汉通俗演义·序》），提出通俗是"演义"的必要前提。冯梦龙从教化角度多次强调小说语言的通俗性，认为它较于深奥的文言更利于普通市民读者的接受："大抵唐人选言，入于文心；宋人通俗，谐于里耳。天下之文心少而里耳多，则小说之资于选言者少，而资于通俗者多。试令说话人当场描写，可喜可愕，可悲可涕，可歌可舞；再欲捉刀，再欲下拜，再欲决脰，再欲捐金；怯者勇，淫者贞，薄者敦，顽钝者汗下。虽小诵《孝经》、《论语》，其感人未必如是之捷且深也。噫，不通俗而能之乎？"（《喻世明言叙》）"六经国史而外，凡著述皆小说也。而尚理或病于艰深，修词或伤于藻绘，则不足以触里耳而振恒心。"（《醒世恒言序》）因此，"话须通俗方传远"（《京本通俗小说·冯玉梅团圆》）、"无贤无愚，无不能读”（金圣叹伪托的“古本”《水浒传序》）成为这一时期热衷通俗文艺的文人在语言上的共识和主张。

这一时期的白话短篇小说语言通俗性主要表现在如下几个方面：

以白话文为书写语言。如果说在《三国演义》中，作为通俗小说的语言还在一定程度上保留了文言的表达方式，形成了“文不甚深，言不甚俗”（庸愚子《三国志通俗演义序》）的语言特征的话，那么在晚明的白话短篇小说中，基本上都是以极为通俗的白话文为主要的书写语言，大量地运用了生活用语，口语化程度极高。与文言体小说语言凝练蕴藉、叙事简洁不同，白话体小说语言生动、活泼、明白如话，在叙述上善于详细的铺陈和细腻的描写。

以谈话体为主要的叙述方式。由于这一时期的白话短篇小说基本上沿袭了说话的叙述和表达方式，因而形成了以谈话体为主要的叙述方式，较多地使用生活、口头的语言，尤其是叙述者动辄以第一人称的叙述方式与设想成读者的第二人称进行交流，仿佛书场听书一般亲切易晓。如《拍案惊奇》卷二十四《盐官邑老魔魅色　会骸山大士诛邪》中明显的第一人称与第二人称的交流就有：

> 而今小子要表白天竺观音一件显灵的，与看官们听着。且先听小子《风》《花》《雪》《月》四词，然后再讲正话。
>
> 看官，你道这四首是何人所作？话说洪武年间……
>
> 你道老来子，做父母的巴不得他早成配偶，奉事暮年，怎的二八当年多过了，还未嫁人？只因……
>
> 看官，你道这个人是那个？……看官，若如此，这多是应得想着的了。说来一场好笑，元来是……
>
> 你道是甚人？乃就是题《风》《花》《雪》《月》四句的。

与谈话体叙述方式相适应的，是文中存在大量的诸如“你看他”、“话说”、“再说”、“且说”、“却说”等这种说话套语，进一步增强作品的谈话体效果。

小说中的人物语言、对话是以生活原用语入话。这种语言贴切人物身份与性格，口吻毕肖，真实可感。而这种语言特色也与小说中的市民人物和世俗内容十分吻合，是文言小说语言较难达到的。

小说还对文中出现的普通读者不易懂的名词、术语，以叙述者的身份出面给予解释。如《华阴道独逢异客　江陵郡三拆仙书》（《拍》卷四十）

中，有一段话写道："本年又应一举，仍复不第。连前却满十次了。心里虽是不服气，却是递年打毷氉，也觉得不耐烦了。——说话的，如何叫得打毷氉？看官听说：唐时榜发后，与不第的举子吃解闷酒，诨名打毷氉。"这里对一般人所不了解的"打毷氉"专用语作了一番解释。又如《蔡瑞虹忍辱报仇》(《醒》卷三十六）对俗语"飞过海"一词的解释："原来绍兴地方，惯做一项生意：凡是有钱能干的，便到京中买个三考吏名色，钻谋好地方去做个佐贰官出来，俗名唤做'飞过海'。——怎么叫个'飞过海'？大凡官吏考满，依次选去，不知等上几年；若用了钱，穵选在别人前面，指日便得做官，这谓之'飞过海'"。又如《黄秀才徼灵玉马坠》（《醒》卷三十二）中对文中人物的职务"幕宾"作了介绍："荆襄节度使刘守道，平昔慕黄生才名，差官持手书一封，白金采币，聘为幕宾。如何叫做幕宾？但凡幕府军民事冗，要人商议，况一应章奏及书札，亦须要个代笔，必得才智兼全之士，方称其职，厚其礼币，奉为上宾：所以谓之幕宾，又谓之书记。有官职者，则谓之记室参军。"作品的这些解释，增加了作品的通俗性，便于读者的理解。

小说中还夹杂着丰富的俗语、谚语、歇后语等。俗语、谚语、歇后语是大众语言中的精髓，是群众生活经验的概括和思想智慧的结晶，具有形象、生动、精炼、诙谐幽默、生活哲理性强等特点。以《拍案惊奇》卷十为例，其中此类用语就有如下这些：

> 便笑他阴沟洞里思量天鹅肉吃。
> 道是："好一块羊肉，可惜落在狗口里了"。
> 这正是：凡人不可貌相，海水不可斗量。
> 俗语说得好：赊得不如现得。
> 常言道"有钱使得鬼推磨"。
> 这教做"赔了夫人又折兵"。
> 真是个：早知灯是火，饭熟已多时。
> 正所谓敢怒不敢言。
> 那二人听得，便怒从心中起，恶向胆边生。

在小说人物对话中，也常见这种语言。如《卖油郎独占花魁》中刘四妈劝莘美娘接客时的言语中，就用了下面这些俗谚语、歇后语等：

> 不是个软壳鸡蛋，怎的这般嫩得紧？

自古道，靠山吃山，靠水吃水。

一园瓜，只看得你是个瓜种。

放着鹅毛不知轻，顶着磨子不知重。

吊桶已自落在他井里，挣不起了。

像这样的俗语、谚语、歇后语、惯用语几乎在每一篇作品中都能找到。

大量运用方言俚语。文学作品的语言往往受到阅读人群和传播地域的影响。明代中叶以后的白话短篇小说的阅读人群和传播区域主要集中在经济、文化较为发达的江浙一带，语言区域主要是吴语区。而这一时期的小说作家也多集中在这一地带，如冯梦龙生活在苏州，凌濛初生活在湖州，《型世言》作者陆人龙为钱塘人；其他真实姓名不详的也根据其署名中的地域推知作者多是江浙一带，如《鼓掌绝尘》署名为“古吴金木散人”，《西湖二集》为“武林济川子清原甫”（武林即今之杭州），《欢喜冤家》为“西湖渔隐主人”等，其中以苏州与杭州为多。并且小说所写的故事也多发生在这一地区，所以白话短篇小说中使用较多的是吴地的方言俚语。当然，也有部分小说使用了其他一些方言俚语。

使用市语、行话、隐语。市语、行话、隐语是指在市场交易或某些特定行业中、特殊情况下所使用的语言，后来有的用语就流行于社会上，成为大家普遍使用的语言。作品中使用市语、行话等，使得语言表达更通俗，更符合市民的习惯。如：“你自开解库，为富不仁，轻兑出，重兑入，水丝出，足纹入”（《警世通言》卷十五），“水丝”即为成色低劣的银子，“足纹”即为成色十足的银子。“今日先有十两白物在此送你开手”（《醒世恒言》卷十六），“白物”也是钱的市语。“这几项人，极是老鲫留，也会得使人喜”（《拍案惊奇》卷二十），“鲫留”反切为“秀”，是“秀”的市语，指人油滑伶俐。“这汉与行院无情，一身线道，堪作你家行货使用”（《喻世明言》卷三十六），“线道”一词是“肉”的黑话。“挨身相就，止做得个吕字而散”（《警世通言》卷三十八），“吕”为二口，“吕字”即是接吻的隐语。“二来连日沉酣糟粕，趁着酒兴，未免走了酒字下这道儿”（《醒世恒言》卷二十九），“敢只是犯了‘酒’底下那一个字儿了”（《鼓掌绝尘·风集》），所谓“酒字下这道儿”、“酒底下那字儿”即是源于俗语“酒色财气”的排列顺序，“酒”字的下面是“色”字。“管字下边无分，闭字加点如何？”（《喻世明言》卷十二）这是从汉字的结构上来说的，“管”字的下边是“官”字，“闭”字加点是“闲”字。“却是犯了‘女旁之石’”（《西湖二集》卷十一），“女旁之石”为“妬”字。“为着你，安童适才险些儿被员外‘才丁’了”（《鼓掌绝尘·雪集》），“才丁”即是“打”字。

将韵文通俗化。白话短篇小说继承说话韵散相间的文体特点，大量地运用诗、词、赋、偶句等韵文，但在具体表达上，为了适应市民的文化水平，便于广大市民读者的阅读理解，往往是只借用了韵文的文体，而在语言上进行了通俗化。这种通俗化主要包括以下几个环节：一是用已有的现成韵文时，主要选用通俗易懂、用典少、人们耳熟能详的韵文，如《警世通言》卷二十二引张继的诗：“月落乌啼霜满天，江枫渔火对愁眠。姑苏城外寒山寺，夜半钟声到客船。”这是一首家喻户晓的诗。二是小说中人物作的诗也多为通俗明白，即使才子佳人的诗词也多是如此，如《喻世明言》卷二十七入话叙文人朱买臣面对其妻薄情而去，在壁上题诗四句：“嫁犬逐犬，嫁鸡逐鸡；妻自弃我，我不弃妻。”三是小说中用于描写、议论、劝诫、抒情的韵文，有的是作者自己写的，有的出处不详，但也都基本上做到了通俗易懂，多用口语和俗语。

此外，语言通俗化还表现在，作品中加入了其他通俗文艺形式，像民歌、民谣、叫唱等，也增强了作品的通俗性。如《卖油郎独占花魁》中插入三首歌谣《挂枝儿》烘托气氛，其中一首是西湖上子弟编出一支《挂枝儿》，单道那花魁娘子的好处：“小娘中，谁似得王美儿的标致，又会写，又会画，又会作诗，吹弹歌舞都余事。常把西湖比西子，就是西子比他也还不如！那人有福的汤着他身儿，也情愿一个死！”另一首是单道刘四妈说词的。又如《警世通言》卷十二引用了一首吴歌：

月子弯弯照几州，几家欢乐几家愁；
几家夫妇同罗帐，几家飘散在他州。

又如《天凑巧》第二卷《陈都宪》中有些民谣：“人谣道：‘七十九公，公子、公孙、公女婿；八千（十）同怨，怨祖、怨父、怨丈人’”；“又有个谣道：‘白马紫金牛，骑出万人羞。问道谁家子，雪白五千头。’”甚至还有一些街头叫唱之类的小曲，如《石点头》第六卷《乞丐妇重配鸾俦》中就加入了乞丐叫唱的“莲花落”。《鼓掌绝尘》的《花集》中还记下了当时市井时调《桂枝香》和勾栏淫曲《闹五更》，《雪集》中还有星士唱的《十供养》等。

白话短篇小说语言通俗性的上述特点，使它表现出与典雅、简洁、蕴藉的文言迥然不同的语言风格，这就是浅显平易、明快活泼、生动形象，并具有生活气息、地方色彩和幽默风趣的味道，便于广大市民读者的接受。

第二节　“尚奇”与小说的题材选择

好新尚奇是人的普遍心理，心理学家麦独孤在1908年的《社会心理学引论》一书中，提出了人的十一种本能，其中好奇本能列于第三位。[①] 不过，由于人们的生活、环境、见识等的不同，人们的好新尚奇程度也存在着差异。在明代，社会生活已经开始较明显地分成了农村与城市两个区域，相对于农村，城市生活多姿多彩，五花八门，翻新极快，令人耳目常新。这不但调节了人们的生活，满足了人们的各种需要，而且还不断地激发着人们对新奇事物的渴求心理。这种心理体现在城市生活的方方面面，体现在文艺的欣赏上，就是表现出尚奇的欣赏趣味，即所谓“酒庐茶肆，多异调新声，汩汩浸淫”（《博平县志》卷四）。为了迎合市民的求新尚奇趣味，一些通俗文学作家和评论家也开始提出新奇要求，如王骥德从“人情厌常喜新”（王骥德《曲律》）的社会心理出发，茅元仪从“耳目无久玩，新者入我怀”（茅元仪《观大将军谢简之家伎》）的自我感受出发，指出了人们欣赏中的喜新厌旧现象，要求创作者要常出新意。

市民读者的求新尚奇的阅读需求，同样也引起白话短篇小说作家的关注。特别是随着市民欣赏水平的提高和对自身、社会关注的加强，一些作家逐渐脱离了谈鬼说怪之奇，开始从日常生活中选取新奇的题材。凌濛初还从理论上对此作了阐释，他在署名即空观主人的《拍案惊奇序》中写道：

> 语有之：少所见，多所怪。今之人但知耳目之外牛鬼蛇神之为奇，而不知耳目之内日用起居，其为谲诡幻怪，非可以常理测者固多也。昔华人至异域，异域咤以牛粪金。随诘华之异者，则曰：“有虫蠕蠕，而吐为彩缯锦绮，衣被天下。”彼舌挢而不信，乃华人未之或奇也。则所谓必向耳目之外索谲诡幻怪以为奇，赘矣。

他还进一步认识到这种耳目之内的“奇”更难写，在《拍案惊奇》凡例四说：“事类多近人情日用，不甚及鬼怪虚诞。正以画犬马难，画鬼魅易，不欲为其易而不足征耳。亦有一二涉于神鬼幽冥，要是切近可信，与一味驾空说谎，必无是事者不同。”姑苏笑花主人的《今古奇观序》也表达了类似的观点：

① 转引自沙莲香《社会心理学》，中国人民大学出版社1993年版，第218页。

> 夫蜃楼海市，焰山火井，观非不奇。然非耳目经见之事，未免为疑冰之虫。故夫天下之真奇，在未有不出于庸常者也。仁义礼智，谓之常心；忠孝节烈，谓之常行；善恶果报，谓之常理；圣贤豪杰，谓之常人。然常心不多葆，常行不多修，常理不多显，常人不多见，则相与惊而道之。闻者或悲或叹，或喜或愕。其善者知劝，而不善者亦有所慚恧悚惕，以共成风化之美。则夫动人以至奇者，乃训人以至常者也。吾安知闾阎之务不通于廊庙，稗秕之语不符于正史？若作吞刀吐火、冬雷夏冰例观，是引人云雾，全无是处。吾以望之善读小说者。

明确地指出“奇”是建立在“庸常”的基础上的，是于“庸常”中发掘和提炼出来的。

白话短篇小说作家也在实践上贯彻了这一理论，如凌濛初“取古今来杂碎事、可新听睹”者，“演而畅之”（《拍案惊奇序》），“凡耳目前怪怪奇奇，当亦无所不有”（《拍案惊奇序》）。他的小说的题目标以“拍案惊奇”，也是因为“同侪过从者索阅一篇竟，必拍案曰：‘奇哉所闻乎！’”（《二刻拍案惊奇小引》）凌濛初对“奇”的强调还表现在故事起始和结束时，常对作品题材之“奇”加以强调。以《拍案惊奇》为例，在四十篇作品中，有半数之多的作品中对所讲的故事作了“奇”的强调：如

> 卷一：从来希有，亘古新闻。
>
> 卷二：今日再说一个容貌厮象，弄出好些奸巧希奇的一场官司来。
>
> 卷四：而今再说一个……从古未经人道的，真是精绝。
>
> 卷五：这话传出去，个个奇骇，道是新闻。
>
> 卷六：果是情心，罕闻罕见。
>
> 卷九：奇奇怪怪，难以尽述。
>
> 卷一二：片言得妇是奇缘，此等新闻本可传。
>
> 卷一三：如今且说一段不孝的故事，从前寡见，近世罕闻。
>
> 卷一四：国朝嘉靖间有一桩异事。而今更有一个希奇作怪的，……实为罕见。
>
> 卷一九：而今再说一个……绝奇的女人，真是千古罕闻。
>
> 卷二〇：慷慨奇人难觅见。
>
> 卷二三：小子如今再说一个……怪怪奇奇，真真假假，说来好听。
>
> 卷二六：而今再讲一个狠得诧异的，来与看官们听着。
>
> 卷三〇：看官，小子先前说这两个，……还不希罕，又有一个……

事儿更为奇幻。

卷三四：如何得这样奇缘。

卷三五：在下先拣一个希罕些的，说来做个得胜头回。……这事更奇，听在下表白一遍。

卷三六：而今更有一个……更为可骇可笑。

卷三九：小子而今再说一个极做天气的巫师，……比着西门豹投巫，还觉希罕。

这种形式的强调，在其他的作品如《三言》、《石点头》中都存在。稍后的抱瓮老人选《三言》与《二拍》共四十篇，起书名为《今古奇观》，也突出选本以奇事为主的特点，对所选用的《三言》评价为“钦异拔新”（《今古奇观序》）。在《欢喜冤家》第五回《日宜园九月牡丹开》结尾，作者还以文中人物之口总结情节之六奇：

后来元娘笑道：“好奇，九月开花是一奇，打劫女人是二奇，梦中取鞋是三奇，蒋青之报是四奇，三才自杀是五奇，反得厚资是六奇。”刘玉笑道：“分明陈平六出奇计。”夫妻大笑。

在这一时期的白话短篇小说中，主要以如下选材方式来表现题材之“奇”：

一是“非现实题材”之奇。尽管以凌濛初为代表的一些通俗文学作家已经提出写耳目内之奇，但这一时期写非现实的作品仍占有一定的数量。对于现实中的人们来说，非现实世界永远都是神奇而具有吸引力的，人们渴望了解现实生活中不可知的异域世界，所以神话、仙怪、灵妖、鬼魂、阴间、梦境等一直为人们所喜闻乐见，成为白话小说的题材之一。早在宋元说话里，就专门有灵怪一类，以讲述一些关于灵怪的非现实的事情。在晚明白话短篇小说中，也存在一些这样的作品，《三言》、《二拍》每书四十篇作品中都有十篇左右的此类作品，如《福禄寿三星度世》（《警》卷三十九）、《灌园叟晚逢仙女》（《醒》卷四）、《独孤生归途闹梦》（《醒》卷二十五）、《薛录事鱼服证仙》（《醒》卷二十六）、《郑节使立功神臂弓》（《醒》卷三十一）等。此外，还有一些讲佛经和道教故事，因为这类故事涉及来世、前世和仙境等，同样为人们所好奇，如《月明和尚度柳翠》（《喻》卷二十九）、《明悟禅师赶五戒》（《喻》卷三十）等。

二是历史传说题材之奇。讲史从说话开始就一直为人们所喜爱，历史中的帝王将相、英雄豪杰对于下层百姓来说本身就具有传奇色彩，而一些传说在民间流传的同时，也不断地被丰富了故事的奇异性。在这一时期的白话短篇小说中也保留或编写了一些历史、传说故事。历史题材的如《赵太祖千里送京娘》（《警》卷二十一）、《晏平仲二桃杀三士》（《喻》卷二十五）、《隋炀帝逸游召谴》（《醒》卷二十四）等；传说题材的如《吕洞宾飞剑斩黄龙》（《醒》卷二十一）、《俞伯牙摔琴谢知音》（《警》卷一）、《感神媒张德容遇虎　凑吉日裴越客乘龙》（《拍》卷五）、《白娘子永镇雷峰塔》（《警》卷二十八）、《潘文子契合鸳鸯冢》（《石点头》第十四卷）等。

三是"现实题材"之奇。这一时期写"现实题材"的作品占大多数。这种写"耳目之内日用起居"之奇的小说被认为是难写的，那么小说又是怎样从平淡熟悉的现实生活中选择具有令人"拍案惊奇"的题材呢？一般来说主要选择下面几种类型的题材：

小事酿大事。即一件本是十分微小的事情，由于一些偶然原因却酿成了惊人的后果。如《沈小官一鸟害七命》（《喻》卷二十六）、《一文钱小隙造奇冤》（《醒》卷三十四）、《乔彦杰一妾破家》（《警》卷三十三）、《十五贯戏言成巧祸》（《醒》卷三十三）等，单看题目就可知其故事是因小事而起，最终酿成大事。

高出常人之举。即人物在品德、智力、胆量、技艺等方面表现出高于普通人之处。如《小道士一着饶天下　女棋童两局注终身》（《二拍》卷二）、《刘东山夸技顺城门　十八兄奇踪村酒肆》（《拍》卷三）等写出了人物的高超技艺；《吴保安弃家赎友》（《喻》卷八）、《赵春儿重旺曹家庄》（《警》卷三十一）、《三孝廉让产立高名》（《醒》卷二）、《白玉娘忍苦成夫》（《醒》卷十九）、《陈多寿生死夫妻》（《醒》卷九）等突出了人物的非凡品格；《襄敏公元宵失子　十三郎五岁朝天》（《二拍》卷五）、《伪汉裔夺妾山中　假将军还姝江上》（《二拍》卷二十七）、《张淑儿巧智脱杨生》（《醒》卷二十二）等表现出了人物的超人智慧。

变不可能为可能。即从表面或常理上看不可能导致后来的结果，但由于种种因素，不可能的事情竟出人意料地发生了。如《晏平仲二桃杀三士》中以二桃杀了三人，《卖油郎独占花魁》中无钱无势的卖油郎娶了被誉为"花魁"、心气颇高的妓女，《袁尚宝相术动名卿　郑舍人阴功叨世爵》（《拍》卷二十一）中一个因方主人而被赶出门的下人竟做了游击将军等。

做不合通常情理之事。或是主人公冲破社会传统观念，做了从社会情理上讲是行不通的事情，如《单符郎全州佳偶》（《喻》卷十七）、《唐解元一笑姻缘》（《警》卷二十六）、《闻人生野战翠浮庵　静观尼昼锦黄沙弄》

(《拍》卷三十四)，分别写了文人士子娶妓、娶婢、娶尼姑这种不合社会通常情理的事。或是写了常理中罕见的事，如《刘小官雌雄兄弟》(《醒》卷十)、《李秀卿义结黄贞女》(《喻》卷二十八)，写男女以兄弟身份相处后成婚之事；《张溜儿熟布迷魂局　陈蕙娘立决到头缘》(《拍》卷十六)写本是与夫以色骗人的女子反要背夫嫁给被骗者。或违背社会情理，做了不尽人情的事，如《赵六老舐犊丧残生　张知县诛枭成铁案》(《拍》卷十三)、《懵教官爱女不受报　穷庠生助师得令终》(《二拍》卷二十六)，写了子女不孝父母之事。

阴差阳错。即因无意间的差错颠乱，而导致意外结局。如《钱秀才错占凤凰俦》(《醒》卷七)、《乔太守乱点鸳鸯谱》(《醒》卷八)、《陶家翁大雨留宾　蒋震卿片言得妇》(《拍》卷十二)、《同窗友认假作真　女秀才移花接木》(《二拍》卷十七)、《两错认莫大姐私奔　再成交杨二郎正本》(《二拍》卷三十八)等都属这类题材。

骗局与公案。这两类题材本身就具有吸引力，而尤其是手段高明的骗局和冤案、疑案、难案等公案故事，烟笼雾罩，奇特迷离，也是这一时期作品中的主要题材之一。前者有《沈将仕三千买笑钱　王朝议一夜迷魂阵》(《二拍》卷八)、《简贴僧巧骗皇甫妻》(《喻》卷三十五)、《丹客半黍九还　富翁千金一笑》(《拍》卷十八)；后者有《三现身包龙图断冤》(《警》卷十三)、《况太守断死孩儿》(《警》卷三十五)、《勘皮靴单证二郎神》(《醒》卷十三)、《赫大卿遗恨鸳鸯绦》(《醒》卷十五)、《陆五汉硬留合色鞋》(《醒》卷十六)、《恶船家计赚假尸银　狠仆人误投真命状》(《拍》卷十一)、《夺风情村妇捐躯　假天语幕僚断狱》(《拍》卷二十六)、《青楼市探人踪　红花场假鬼闹》(《二拍》卷四)、《徐茶酒乘闹劫新人　郑蕊珠鸣冤完旧案》(《二拍》卷二十五)等。有时在一篇作品中这两类题材同时出现。

复仇。复仇题材的扑朔迷离也同样对读者具有吸引力。如《木绵庵郑虎臣报冤》(《喻》卷二十二)、《王娇鸾百年长恨》(《警》卷三十四)、《万秀娘仇报山亭儿》(《警》卷三十七)、《蔡瑞虹忍辱报仇》(《醒》卷三十六)、《满少卿饥附饱飏　焦文姬生仇死报》(《二拍》卷十一)、《李公佐巧解梦中言　谢小娥智擒船上盗》(《拍》卷十九)等。

意外奇遇。这是最能体现故事之奇的题材之一。如《赵伯升茶肆遇仁宗》(《喻》卷十一)、《杨八老越国奇逢》(《喻》卷十八)、《俞仲举题诗遇上皇》(《警》卷六)、《转运汉遇巧洞庭红　波斯胡指破鼍龙壳》(《拍》卷一)、《玉堂春落难逢夫》(《警》卷二十四)等。

在一些内容含量大的作品中，往往用多种写奇手法，使内容更加奇幻迭生。如《鼓掌绝尘》中的绝大多数作品都是如此。

还有一些作品则是在现实的题材中加入了一些非现实的内容，为故事增添了奇异的色彩，如《桂员外途穷忏悔》中桂员外因忘恩负义而变狗，《临安里钱婆留发迹》（《喻》卷二十一）中关于钱婆留睡时化为大蜥蜴，《任孝子烈性为神》（《喻》卷三十八）中任珪手刃奸夫淫妇被判死刑，行刑前坐化为神，《张廷秀逃生救父》（《醒》卷二十）中张廷秀兄弟被人打落水中，水竟逆流而行，兄弟意外得生等，都使故事在发展过程中常常出人意料。

总之，为了满足市民读者尚奇的阅读趣味，大多数作家和作品都通过各种手段和题材使故事呈现出平常中见奇异的效果。

第三节 “喜变”与小说的情节设置

“故事是小说的基本面，没有故事就没有小说。这是所有小说都具有的最高因素。”[①] 对故事性的偏爱，决定了情节是读者关注的一个重要内容，而在小说发展的初级阶段，这种倾向更为突出。对于这时期的读者来说，小说情节的吸引远胜过人物、思想等方面的吸引。而建立在“说—听”这样的叙述基础上的晚明白话短篇小说更是注重以情节取胜。

同时，城市生活的丰富多彩和变化多端，也造成了市民喜欢更迭变化，讨厌平淡庸常、一成不变的心理。这种心理在日常生活中表现为对服饰、饮食、家居等方面的不断快速的更新和求变；表现在文艺欣赏上则体现为喜变的审美趣味。对于市民来说，他们不仅喜欢题材新奇的作品，也喜欢故事情节跌宕起伏、变幻无穷的作品。为了适应这一时期市民读者喜变的审美趣味，白话短篇小说注重情节的设置，避免平铺直叙和波澜不惊。为了达到这一效果，作品在情节的设置上主要运用了如下的手段：

一是突遭意外。在故事的平静进展过程中，凭空遭遇意外，打断了原有的情节进程，使情节发展出现新的起伏。如《闲云庵阮三偿冤债》（《喻》卷四）中，阮三在与陈玉兰私会时突然死去，造成情节的意外发展；《宋小官团圆破毡笠》中，由于宋小官的发病而引起了一系列的矛盾和变故；《杜十娘怒沉百宝箱》中，由于商人孙富的出现，使原本看似美满的爱情迅速化作一场悲剧；《张舜美灯宵得丽女》中，男女主人公在私奔过程中走失，

---

① ［英］爱德华·摩根·佛斯特：《小说面面观》，花城出版社1981年7月版，第21页。

造成了新的情节变化。

二是恰逢巧合。由于一些巧合，使情节有了意外的发展。如《蒋兴哥重会珍珠衫》的情节就是由一系列巧合构成的：蒋兴哥之妻王三巧因盼夫归家心切，于帘内向外探望，恰巧为商人陈大郎望见，于是发生了一场婚外情；蒋兴哥在买卖途中因巧遇陈大郎穿着珍珠衫而知家中妻子之私情，回家后休妻；蒋兴哥休妻再娶的平氏恰是陈大郎之妻；蒋兴哥做买卖与人争执中误打死一老人而被逮，审案的县主吴杰正是其前妻三巧之后夫。故事在一系列的巧合中一波三折，摇曳多姿，充满了戏剧性。其他的如《十五贯戏言成巧祸》、《陶家翁大雨留宾》等也都是因为种种巧合而使情节出现曲折变化的典型作品。

三是设置阻碍。在故事的进程中设下阻碍，在人物超越阻碍的过程中增加了情节的曲折性。如《吴保安弃家赎友》（《喻》卷八）中，郭仲翔被掳，需用千匹绢赎，他修书给吴保安，求其找叔父解决，不料叔父已逝，而吴家中仅有二百匹绢，于是为了解决这一困难，吴保安舍家从商，历尽十年磨难。《张道陵七试赵升》（《喻》卷十三）中，张道陵对赵升的七种考验其实就是在情节上设置的七个障碍。《杨谦之客舫遇侠僧》（《喻》卷十九）中，设置了蒟酱纠纷、庞老寻事等阻碍。像《王安石三难苏学士》、《苏小妹三难新郎》（《醒》卷十一）、《佛印师四调琴娘》（《醒》卷十二）等单看题目就知文中设了多重阻碍。

四是发生误会。由于误会的发生，使情节错综复杂。如《白玉娘忍苦成夫》（《醒》卷十九）中，程万里战乱中沦为奴，主人将白玉娘嫁之，白玉娘出于诚心两次劝程逃走，程反以为是主人设计，告诉主人，致使与白玉娘分离。《一文钱小隙造奇冤》（《醒》卷三十四）中，杨氏因儿子与再旺玩钱输去一文钱，大骂再旺，被再旺母孙氏知道，回骂杨氏偷汉，被杨氏丈夫听到，信以为真，回家盘审杨氏，并将其关在门外；杨氏羞愤欲死，打算吊死在孙氏家门口，却误到白铁家；白铁早起出门，发现一吊死妇人，为避官司，将之向别家门里撇下；这一家主人王公发现尸体后，令小二抛于河中，不想被朱常拾到，以此移祸仇家赵家。一系列的误会造成了情节的波澜起伏。《鼓掌绝尘·风集》中，因歌伎韩蕙姿、韩玉姿面貌相似，在与杜萼和康汝平的交往中造成了一系列的误会。此外，《同窗友认假作真女秀才移花接木》、《程朝奉单遇无头妇王通判双雪不明冤》（《二拍》卷二十八）等也都属此类作品。

五是预设计谋。因有预先设计下的计谋，而使情节的发展充满迷雾，格外引人。如《酒下酒赵尼媪迷花机中机贾秀才报怨》（《拍》卷六）中出现了两个计谋，一个是卜良知贾秀才妻巫氏美，托赵尼姑设计，将巫氏灌醉而奸之；一个是贾秀才知情后，也设计报了仇。《简贴僧巧骗皇甫妻》、《三现身包龙图断冤》（《警》卷十三）、《恶船家计赚假尸银　狠仆人误投真命状》、《占家财狠胥妒侄延亲脉孝女藏儿》（《拍》卷三八）、《丹客半黍九还富翁千金一笑》（《拍》卷一八）、《卫朝奉狠心盘贵产陈秀才巧计赚原房》（《拍》卷一五）、《沈将仕三千买笑钱》、《汪监生贪财怜寡妇》（《欢喜冤家》第十二回）、《杨玉京假恤寡怜孤》（《欢喜冤家》续第八回）、《梦花生媚引凤鸾交》（《欢喜冤家》续第十一回）等，都是以各种计谋带动情节的发展。

六是设下谜语。这与预设计谋有些相似。由于文中主人公设下谜语，从而使故事在解谜的过程中充满了悬念。如《滕大尹鬼断家私》（《喻》卷一〇）中，伊守谦为了在自己死后让妾生的儿子得到一份家产，苦心绘下《行乐图》，暗含遗嘱，使故事情节扑朔迷离。又如《李公佐巧解梦中言　谢小娥智擒船上盗》也是通过解开梦中言来步步打开悬念的。

七是犯下错误。由于主人公犯下了错误，为情节的发展提供了新的矛盾。如《葛令公生遣弄珠儿》（《喻》卷六）中，由于武夫申徒泰非礼目视葛令公宠妾，表面上造成了与葛令公的矛盾，使后面情节具有更大的吸引力。《乔彦杰一妾破家》写了一系列的错误：乔彦杰因娶妾春香造成了与妻高氏的矛盾；春香与雇工小二私通，小二又奸污了乔女玉秀，致使矛盾更为激化；高氏杀了小二，沉入湖中；王酒酒认出尸体，勒索高氏，高氏不理，于是怀恨，告到官府。其他的还有《宋四公大闹禁魂张》、《汪信之一死救全家》、《满少卿饥附饱飏　焦文姬生仇死报》、《任君用恣乐深闺　杨太尉戏宫馆客》（《二拍》卷三十四）、《调错情贾母詈女　误告状孙郎得妻》（《二拍》卷三十五）等。

当然，大多数的作品中，并不仅用一种情节手段，而是多种手段交相使用，使情节更丰富、更曲折。如《单符郎全州佳偶》中，金兵入侵，造成春娘一家遇害，春娘沦为娼妓，这是突遭意外；数年后，单符郎到任，同僚唤妓相迎，与春娘相逢，这是恰逢巧合；但是此时一个为官，一个为妓，二人相结合，遇到了社会地位相差悬殊的障碍，是为设置阻碍。在这些情节手段中，最为常用的是意外与巧合的联合使用，它甚至成为一种模式，出现在较多的作品中，如《杨八老越国奇逢》、《吕大郎还金完骨肉》都有两次意外和两次巧合。

大多数白话短篇小说在情节上基本形成了“平—抑—扬”的情节变化模式。具体地说就是故事平静地展开，这是“平”；由于一些偶然、错误或阴谋等原因，使故事开始发生变化，出现了矛盾、纠纷、困难等等，这是“抑”；然后由于巧合、清官、中举等原因，问题得到了解决，报应得以实现，或事情走向好的方面，这是“扬”。这样，小说在情节上呈现出明显的起伏变化，增强了小说的吸引力。在较为复杂的作品中，尤其是双线索或多线索的作品中，还会出现这种模式的重叠和交叉使用。如《李汧公穷邸遇侠客》（《醒》卷三十）中，开篇先写书生房德家贫，靠妻生活，接着写了因一个偶然的机会被强盗挟持到山上为盗头，在一次抢劫中，被官府捕获，事件向“抑”上发展；但是因审问官李勉见其“人才雄伟，丰彩非凡”，并知是被迫为盗，而有心放了他，使事件出现了“扬”。这是故事第一次出现“平—抑—扬”的情节模式。接着写李勉因放走房德而免官，“贫困转剧”，后路遇已做县官的房德，房为报大恩，殷勤招待，这是第二次出现由抑转扬。不料，房在妻子的百般调唆下，变了主意，恩将仇报，欲谋杀李勉，故事又转入低潮。但这一阴谋为房的手下路信听到，出于义愤，报信与李勉，李得以逃出险境，这是第三次由抑转扬。房发现走漏了消息，为不留后患，以虚言打动剑侠，求之杀李。事情再度进入紧张时刻，侠客伏于李的床下，听到事情真相，返身回去，将房杀死，这是第四次由抑转扬。此外，在作品最后还写了李勉重新被起用，官至中书门下平章事。相对李勉的免职来说，这也是一种由抑转扬。而在《鼓掌绝尘》和《宜春香质》这种篇幅较长、内容丰富的作品中，这种模式更是多次使用。

另外，白话短篇小说在情节方面还有一个很特殊的现象，这就是在故事叙述中，有时还会对后面将要发生的情节进行预告。一般来说，为了让情节的发展一直都能对读者具有吸引力，小说往往要避开对后面情节作事先预告。但是在这一时期的白话短篇小说中，叙述者却要经常出面对下面的情节作一番预告，有的甚至还要三番五次地预告，如《张舜美灯霄得丽女》中有：“不看万事全休，只因看了，直教一个秀才，害了一二年鬼病相思，险些送了一条性命。”《江都市孝妇屠身》（《石点头》卷十一）中有：“那知道因这老人家舍不得儿子媳妇分离，却教端端正正巴家做活，撇得下老公，放不开婆婆的一个周大娘子，走到江都绝命之处，卖身杀身，受屠受割。”《乔彦杰一妾破家》是多次预告结局：“小二千不合万不合走入房内，有分教小二死无葬身之地”；“若还思量此事，只消得打发了小二出门，后来不见得自身同女打死在狱，灭门之事”；“既知其情，只可好好打发了小二出门便了。千不合，万不合，将他绞死。后来却被人首告，打死在狱，灭门绝户，悔之何及”；“只因此起，有分教高氏一家，死于非命”。有的预告还形成诸如“若是说话的当时同年生，并肩长”、“千不合，万不合”等较为固定的表达模式，如《警世通言》卷十九："若是说话的当时同年生，并肩长，劝住崔衙内，只好休去。千不合，万不合，带这隻新罗白鹞出来，惹出一场怪事。真个是亘古未闻，于今罕有！"《喻世明言》卷三十二："若是说话的同年生，并肩长，拦腰抱住，把臂拖回，也不见得受这般灾悔！"

那么这些预告是不是有损于后续情节的吸引力呢？这种情节的预告源于说书，说书时为了让观众继续听下去，往往要将下面的情节预告一下。从这一作用来看，它反倒是为了吸引观众。说书发展成白话短篇小说，仍然袭用了这种形式。我们仔细阅读就会发现，作品中并不是随意地预告情节，而往往是在发生了一些事情将会引起大的情节起伏变化时，叙述者才出面预告，将后面不同寻常的情节或结果先虚张声势，目的是为了引起读者对后面情节的关注，告诉喜变的读者：下面的情节即将要发生大的变化，敬请继续关注。它以预告的形式造成了前后情节的陡然变化，吸引读者耐下心来详细地了解事情何以发生了如此大的变化；而且这种预告是简单的，只指出大致的后果或情节要点，绝不将情节全盘托出。

总之，白话短篇小说在情节上尽量制造出曲折起伏、波澜迭起的效果，以满足市民求变的阅读心理需求。

第四节 "求真"与小说的细节描写

市民读者在阅读通俗小说时，希望能从作品中看到自己所熟悉的生活，希望作品能真实地反映他们的生活和情感体验。因此，唯有真实地反映市民的真实生活和情感的作品，才能引起市民的共鸣。这与那些写英雄传奇、神魔鬼怪等故事要求突出神奇怪异不一样。市民在读这些小说的时候，他既是怀着一种好奇的心理等待着故事的发展，又怀着求真的心理来将故事与自己的生活和经验相验证，评判故事的可信性。所以求真成了对通俗小说的一个重要的要求。通俗文学作者也认识到了这一点，冯梦龙在评价自己的作品时说："子犹诸曲，绝无文采，然有一字过人，曰真"（《冯梦龙全集》第十四册，《太霞新奏》）。睡乡居士在《二刻拍案惊奇·序》中也对小说的"真"进行了论说：

> 尝记《博物志》云："汉刘褒画云汉图，见者觉热，又画北风图，见者觉寒。"窃疑画本非真，何缘至是？然犹曰：人之见为之也。甚而僧繇点睛，雷电破壁；吴道玄画殿内五龙，大雨辄生烟雾。是将执画为真，则既不可；若云赝也，不已胜于真者乎？然则操觚之家，亦若是焉

则已矣。

今小说之行世者，无虑百种，然而失真之病，起于好奇。知奇之为奇，而不知无奇之所以为奇。舍目前可纪之事，而施骛于不论不议之乡。如画家之不图犬马，而图鬼魅者，曰：吾以骇听而止耳。夫刘越石清啸吹笳，尚能使群胡流涕，解围而去。今举物态人情，恣其点染，而不能使人欲歌欲泣于其间，此其奇与非奇，固不待智者而后知之也。则为之解曰：文自《南华》、《冲虚》，已多寓言，下至非有先生、凭虚公子，安所得其真者而寻之？不知此以文胜，非以事胜也。至演义一家，幻易而真难，固不可相衡而论矣。即如《西游》一记，怪诞不经，读者皆知其谬。然据其所载，师弟四人，各一性情，各一动止，试摘取其一言一事，遂使暗中摸索，亦知其出自何人，则正以幻中有真，乃为传神阿堵，而已有不如《水浒》之讥。岂非真不真之关，固奇不奇之大较也哉！

并评价《二刻拍案惊奇》为“摹写逼真”。

达到“真”的一个主要途径则是细节的描写。恩格斯在1888年致英国女作家玛·哈克奈斯的信中就指出：“现实主义的意思是，除了细节的真实外，还要真实地再现典型环境中的典型人物。”[①] 恩格斯将细节的真实置于环境与人物之前，也说明了细节对于体现作品真实的重要意义。左琴科曾说：“我……确信，即使不说细节决定一切，那末，说很多东西取决于细节是可以的。短篇里不能把什么都写到，因而短篇的力量就在一些细节上了。”[②] 从文学发展规律上看，注重细节及其真实性是叙事文学走向成熟的标志，是人们细致地观察生活和精确反映生活的必然产物，也是人们希望真实而详细了解社会的阅读心理对文学的必然要求。真实、细腻、典型的细节描写对于刻画人物、揭示主题、推动情节、表现环境具有重要的作用。可以说细节的真实是作品成败的决定性因素之一。

作为白话小说前身的说书，由于是一种诉诸听觉的艺术，听众具有被动性。在听书时，听众不可能随心所欲地让说书者重复地讲，也没有时间去细细地回味，故事的情节才是最让人关心的，因此说书人不会用心于故事的细节描写。相反，作为案头文学的白话短篇小说由于其阅读成为读者的自主性行为，读者在阅读时关注的东西越来越多，而对作品能否真实而详细地反映

① 恩格斯：《马克思恩格斯选集》第四卷，人民文学出版社1972年版，第462页。
② 转引自《左琴科谈细节的意义》，载《文谭》1982年第9期。

生活、描绘人物就有了更高的要求，因此，小说中开始出现了较多的细节描写。随着小说的发展与成熟，细节描写也愈加被重视，细节描写技艺也不断得到提高。在这一时期的白话小说批评中也出现了关于小说真实与细节描写的评论，如李贽在评点《水浒传》时，就曾评道："妙处只是个情事逼真"、"闲话都逼真，却又不闲"、"语与事俱逼真"；叶昼也提到《水浒传》人物描写"情状逼真，笑语欲活"；刘廷玑在评价《金瓶梅》时说："深切人情世务，无如《金瓶梅》……内中家常日用，应酬世务，奸诈贪狡，诸恶皆作，果报昭然。而文心细如牛毛茧丝，凡写一人，始终口吻酷肖到底，掩卷读之，但道数语，便能默会为何人。"（刘廷玑《在园杂志》卷二）认为这些优秀的通俗小说是通过真实的细节描写，生动地表现了人情事态，写出了社会生活、社会关系的情理。

晚明白话短篇小说也注重细节的描写，通过细节描写，反映真实的生活。这种细节描写的真实性表现在许多方面，比如对人物的肖像、语言、行动、服饰、表情心理活动及事物的细微环节等。

以《卖油郎独占花魁》为例，其中的细节描写相当丰富：

文中在人物语言方面的细节描写主要体现在：刘四妈一劝美娘接客，二劝王九妈同意嫁美娘。在一劝中，刘四妈根据美娘的心理，既讲了不接客的利害，又讲了接客对于将来从良的好处，丝丝入扣，使得美娘最终心甘情愿地接客。在劝王九妈时，从王八公子欺凌美娘说起，引到妓女名声大的坏处，进而说到美娘性气不好。步步设圈，让王九妈不由得想到了将美娘卖出去的主意，表面上处处为王九妈着想，实际上正好达到了自己的目的。当王九妈听说美娘皮箱内有许多东西，面露不悦之色时，刘四妈说了如下一番话：

> 九阿姐，你休得三心两意。这些东西，就是侄女自家积下的，也不是你本分之钱。他若肯花费时，也花费了。或是他不长进，把来津贴了得意的孤老，你也那里知道！这还是他做家的好处。况且小娘自己手中没有钱钞，临到从良之际，难道赤身赶他出门？少不得头上脚下都要收拾得光鲜，等他好去别人家做人。如今他自家拿得出这些东西，料然一丝一线不费你的心。这一主银子，是你完完全全鳖在腰跨里的。他就赎身出去，怕不是你女儿。倘然他挣得好时，时朝月节，怕他不来孝顺你。就是嫁了人时，他又没有亲爹亲娘，你也还去做得着他的外婆，受用处正有哩。

这些语言真实地刻画出一个能说会道、又能看人脸色揣摩人心意的市井鸨母形象。

在心理细节描写方面，主要表现在秦重和美娘的心理描写上。秦重是一个走街卖油的小商人，本小利微，虽也想到妓院见美娘，可没钱是最大的障碍，因此，文中多次写到他在钱上的打算，这是十分符合这一人物身份的。当钱攒足后，他又想："这样散碎银子，怎好出手！拿出来也被人看低了！见成倾银店中方便，何不倾成锭儿，还觉冠冕。"当下兑足十两，倾成一个足色的大锭。表现出秦重细心、厚道、老实的性格，同时也反映出作为市民的秦重略带虚荣的心理。

情理上的细节交代也十分突出。如秦重在一年时间里挣得的十六两银子除了用于见美娘的十两，其余又如何花费了呢？文中交代得很详细："当下兑足十两，倾成一个足色的大锭，再把一两八钱，倾成水丝一小锭。剩下四两二钱之数，拈一小块，还了火钱，又将几钱银子，置下镶鞋净袜，新褶了一顶万字头巾。"到了王九妈家，在交代了拿出十两银子之后，又写道："又摸出一小锭来，也递与鸨儿，又道：'这一小锭，重有二两，相烦备个小东。'"这里的二两，即是前面所说的"再把一两八钱，倾成水丝一小锭"，这里清楚地交代了银子的去向，也真实地写出了当时社会的情状，如同样是银子，为何用于嫖妓的十两是足数，而用于做东的明明是一两八的银子，却说成是二两，或者说，秦重在倾银成锭时为何不倾成足足的二两呢？文中的交代恰恰反映出了当时市井社会的真实情况，因为前者是明码标价的，作为诚实人不能欺人，这是买卖的公平；而后者是东道杂费，多与少看客人的意愿，作为客人没有必要非诚实到如此地步，作为鸨儿，也没有必要斤斤计较，世情如此。因此，这种细致的看似矛盾的交代其实倒是最为真实的。

动作细节描写，主要表现在美娘醉酒后，秦重的小心侍候：

> 秦重看美娘时，面对里床，睡得正熟，把锦被压于身下。秦重想酒醉之人，必然怕冷，又不敢惊醒他。忽见阑干上又放着一床大红纻丝的锦被。轻轻的取下，盖在美娘身上，把银灯挑得亮亮的，取了这壶热茶，脱鞋上床，捱在美娘身边，左手抱着茶壶在怀，右手搭在美娘身上，眼也不敢闭一闭。
>
> 却说美娘睡到半夜，醒将转来，自觉酒力不胜，胸中似有满溢之状。爬起来，坐在被窝中，垂着头，只管打干哕。秦重慌忙也坐起来。知他要吐，放下茶壶，用手抚摩其背。良久，美娘喉间忍不住了，说时

迟，那时快，美娘放开喉咙便吐。秦重怕污了被窝，把自己的道袍袖子张开，罩在他嘴上。美娘不知所以，尽情一呕，呕毕，还闭着眼，讨茶漱口。秦重下床，将道袍轻轻脱下，放在地平之上，摸茶壶还是暖的。斟上一瓯香喷喷的浓茶，递与美娘。美娘连吃了二碗，胸中虽然略觉豪燥，身子兀自倦怠。仍旧倒下，向里睡去了。秦重脱下道袍，将吐下一袖的腌臜，重重裹着，放于床侧，依然上床，拥抱似初。

这些细节表现了秦重温存体贴的性格。

《蒋兴哥重会珍珠衫》中的细节描写也十分有特色，如它十分注意情节上的细节交代，其中有一段细节描写比较典型：陈大郎偶见王三巧，倾心于其美貌，托薛婆牵线。薛婆于是想出了以卖珠宝首饰为饵，跨进蒋家门的主意。作为卖珠宝首饰的道具——篾丝箱便多次在描写中被细致地提到。一开始，薛婆与陈大郎约好在汪三朝奉的铺中相会，只见：

不多时，只见薛婆抱着一个篾丝箱儿来了。陈大郎唤住，问道："箱内何物?"薛婆道："珠宝首饰，大官人可用么?"大郎道："我正要买。"薛婆进了典铺，与管典的相见了，叫声聒噪，便把箱儿打开。内中有十来包珠子，又有几个小匣儿，都盛着新样簇花点翠的首饰，奇巧动人，光灿夺目。

王婆在与陈大郎的故作交涉和争吵中，引起了王三巧的注意，三巧打发丫环晴云请王婆到家，这时，文中写道：

婆子把珍珠之类，劈手夺将过来，忙忙的包了，道："老身没有许多空闲，与你歪缠!"……一头说，一头放入箱儿里，依先关锁了，抱着便走。晴云说："我替你老人家拿罢。"婆子道："不消。"

薛婆来到三巧家，说了两句闲话之后，又写道：

说罢便去开了箱儿，取出几件簪珥，递与那妇人看。

看了一会儿，薛婆故意说道："老身有件要紧的事，欲往西街走走，遇着这个客人，缠了多时，正是：'买卖不成，担误工程。'这箱儿连锁放在这里，权烦大娘收拾。老身暂去，少停就来。"

留下箱子，这是薛婆的一个计，以此再来第二次。事隔五天，薛婆又来，这次，同样又提到了箱子：

> 三巧把东西检过，取出薛婆的篾丝箱儿来，放在桌上，将钥匙递与婆子道："你老人家开了，检看个明白。"婆子道："大娘忒精细了。"当下开了箱儿，把东西逐件搬出。

当天吃完晚饭，又写道：

> 婆子道："天晚了，大娘请自在，不争这一夜儿，明日却来领罢。连这篾丝箱儿，老身也不拿去了，省得路上泥滑滑的不好走。"

这也是为日后的再次上门备下理由。此后，由于薛婆与三巧越来越熟，箱子已经完成了它的作用，后文中就再也未提。在这一过程中，箱子是一个关键的道具，它为薛婆进一步地接近三巧创造了一次次机会，推动了情节的发展。通过这一情节细节，更真实地表现了薛婆的算计准确、步步逼近的高明手段，增强了情节的真实性。

《陈御史巧勘金钗钿》（《喻》卷二）中的细节描写能将人物语言的细节与心理上的细节有机地结合在一起，并为情节的发展作了细致的铺垫。如鲁公子因岳母要见，无像样衣服，于是想与表兄梁尚宾借件衣服遮丑。原来梁尚宾是个不守本分的歹人，早打下欺心主意，要冒充表弟偷入其岳父家。当鲁公子领送信的婆子来借衣服时，他说道："衣服自有，只是今日进城，天色已晚了；宦家门墙，不知深浅，令岳母夫人虽然有话，众人未必尽知，去时也须仔细。凭着愚见，还屈贤弟在此草榻，明日只可早往，不可晚行。"见鲁公子答应，梁尚宾又道："愚兄还要到东村一个人家，商量一件小事，回来再得奉陪。"又嘱咐梁妈妈道："婆子走路辛苦，一发留他过宿，明日去罢。"梁尚宾的每一句话都有其心理目的；看似为他人着想，实际是为自己的奸计创造条件：他装作为表弟着想，不让其夜间去见岳母，实际上是拖住鲁公子，为自己的打算空出机会；又以到东村与人商量事情，得以离家脱身；留婆子住下，也是为了不让婆子回去把情况说出，误了自己的算计。这些详细的人物语言细致地表现出人物的心理活动，真实地刻画了一个市井无赖的虚情假意和狡猾算计，并为后面情节的发展提供了铺垫。

此外，白话短篇小说中还有许多闲来之笔写得也相当细致。这也是白话短篇小说细节描写与真实性上的一个特点。所谓闲笔，就是对于故事情节的发展和人物形象的塑造无甚意义的文字。对于一些文学样式来说，往往较少存在这种闲笔，但是作为反映世俗日常生活的白话短篇小说，却因有了这种闲笔更能增强作品的生活气息，真实地表现社会的人情事理，使作品更具真实性和可感性。如上文《蒋兴哥重会珍珠衫》中“晴云说：‘我替你老人家拿罢。’婆子道：‘不消。’”这种细致的闲来之笔，不写其实也无碍情节的发展，但是写了更能真实地再现社会的人情世态。又如《转运汉遇巧洞庭红》中，经纪人领文若虚看段匹铺，对铺子描写道：

> 正是闹市中间，一所好大房子。门前正中是个铺子，傍有一弄，走进转个湾，是两扇大石板门，门内大天井，上面一所大厅，厅上有一匾，题曰“来琛堂”。堂旁有两楹侧屋，屋内三面有橱，橱内都是绫罗各色缎匹。以后内房、楼房甚多。

如果这是作品中故事展开的场所，这种描写倒也十分必要，但是在这篇作品中，这只是故事临近结尾时，文若虚以自己的货换来的房产，若以一两句话提到也是可以的，而文中如此不厌其详地介绍，能使故事更具真实可感性，也能满足读者的好奇心。这种闲来之笔的大量存在，使小说像电影、戏曲一样，更像生活本身一样，一幕幕逼真而来，仿佛身临其境，让读者在其中看得清楚，读得详细，觉得真实。

第五节　“取乐”与小说的喜剧色彩

市民在闲暇时间里阅读通俗小说主要是为了消遣，他们希望从小说中得到一些乐趣，以暂时忘记尘世间的烦恼，打发无聊的时光，所以求乐是他们阅读通俗小说的最基本的要求；同时，市民本身在市井生活中也形成了幽默诙谐的性格。这些使得通俗小说为迎合市民取乐的愿望，追求喜剧效果，在内容的选择、情节的设置和具体的描写等方面，呈现出喜剧色彩。

白话短篇话小说所呈现出来的喜剧色彩最突出地表现在大团圆结局。如同明代多数戏曲以大团圆来结尾，白话短篇小说也表现出这种特色，关于这一点，历来学者作过许多有益的探讨，王国维认为：“吾国人之精神，世间的也，乐天的也。故代表其精神之戏曲小说，无往而不著此乐天之色彩：始于悲者终于欢，始于离者终于合，始于困者终于亨，非是而欲伏阅者之心难矣。”① 鲁迅先生也

① 王国维：《红楼梦评论》，载《王国维文学美学论著集》，北岳文艺出版社1987年版，第10页。

进行过分析："中国人底心理，是很喜欢团圆的，所以必至于如此，大概人生现实底缺陷，中国人也很知道，但不愿意说出来；因为一说出来，就要发生'怎样补救这缺点'的问题，或者免不了要烦闷，要改良，事情就麻烦了。而中国人不大喜欢麻烦和烦闷，现在倘在小说里叙了人生底缺陷，便要使读者感着不快。所以凡是历史上不团圆的，在小说里往往给他团圆；没有报应的，给他报应，互相骗骗。"① 他们主要从中国国民的文化心理来谈的。但是从市民心理来说，还有一层原因，就是市民的文化、教育和生活决定了他们欣赏文艺是出于娱乐性的目的，且由于其文化素质和文学修养不高，对娱乐性的要求多停留在肤浅的程度上，而悲剧的感伤是不受他们欢迎的。大团圆的结局、因果报应的结尾，符合市民的愿望、欣赏水平和审美趣味；在以这种方式结局的作品中，他们能够得到满足感和轻松感，而没有压抑感和沉重感。在这一时期的白话短篇小说中，甚至对一些本是悲剧的题材也会进行喜剧化处理，以大团圆的结尾削弱题材本身的悲剧性。如《金玉奴棒打薄情郎》中，乞丐团头的女儿金玉奴在书生莫稽穷困潦倒之时嫁给他，并资助其考科举，但是莫稽富贵嫌妻，谋害妻子，将之推坠江中。这本是一个充满悲剧意味的题材，反映了统治阶级的丑恶灵魂和罪恶行为，表现了下层妇女的悲惨命运。但是作品结尾不但让金玉奴奇迹般地活着，还被淮西转运使许德厚收为义女；负义人莫稽只是受到了金玉奴和丫头们的一场象征性的棒打，夫妇最终团圆。这种强将悲剧变喜剧的做法，无疑是市民求乐心理的体现。

除了故事结局上的大团圆，这一时期作品中还常常洋溢着浓厚的喜剧气氛，表现了市民阶层乐观、自信的精神。特别是一些表现青年男女爱情婚姻的小说中，这种喜剧气氛、乐观精神体现得更充分。如《乔太守乱点鸳鸯谱》与《钱秀才错占凤凰俦》就是两出充满喜剧色彩的爱情婚姻故事，小说通过因差阳错的情节和男女之间大胆的情爱故事，表达了对市民自主情爱婚姻的赞同，尤其是作品中官员对于市民这种婚恋的支持，更反映了市民情爱观在与封建婚姻观的斗争中的胜利，处处充满了喜剧气氛。《鼓掌绝尘》中《风集》与《雪集》也都写得乐趣横生，充满喜剧色彩。如在《风集》里，韩氏姐妹面貌相似已经能使故事在误会中笑话连篇了，但这还不够，作者又写了姐妹俩互相隐瞒对各自恋人的私情，既互相试探，又互相揭短，表面上向对方讲大话表清白，而私下又背着对方做出违背封建礼教的行为，两相对照，笑料迭出，真实地表达出了爱情中的复杂心理。其他如《小道人

① 鲁迅：《中国小说的历史的变迁》，载《鲁迅学术论著》，浙江人民出版社 1998 年版，第 225—226 页。

一着饶天下　女棋童两局注终身》、《韩秀才乘乱聘娇妻》、《陶家翁大雨留宾　蒋震卿片言得妇》等作品也都是充满喜剧气氛的情爱故事。

一些反映市民经商活动的小说中，也洋溢着喜剧气氛和乐观精神。如《转运汉遇巧洞庭红波斯胡指破鼍龙壳》中对于文若虚的发财过程处处都有喜剧色彩。倒运汉文若虚到海外去观光，带去的一筐"洞庭红"颜色可人，引起异域人的注意，有人问价钱，同行的一人开玩笑，就扯个谎，竖起一个指头说："要一钱一颗"，不料人们非但不嫌贵，还纷纷抢购。原先用一两银子买的，如今竟赚千两。而异域人在银子上不以轻重而以花色为贵贱的计法，更增加了其喜剧色彩。之后，文若虚在荒岛上拾得一个大龟壳，众人都笑他道："好货不置一件，要此何用？"还有的与他开玩笑道："也有用处。有什么天大的疑心事，灼他一卦，只没有这样大龟药。"在船至福建，按货排座次时，文若虚因没货，还"满面羞惭，坐了末位"；当经纪人看到这个大龟壳时，"众人都笑指道：'此敝友文兄的宝货。'中有一人帮衬道：'又是滞货。'"不想这个滞货价值连城。当经纪人让出个价时，又难坏了不懂行情的文若虚，文中写道：

> 文若虚其实不知值多少，讨少了，怕不在行；讨多了，怕吃笑。忖了一忖，面红耳热，颠倒讨不出价钱来。张大便与文若虚丢个眼色，将手放在椅子背上，竖着三个指头，再把第二个指空中一撇，道："索性讨他这些。"文若虚摇头，竖一指道："这些我还讨不出口在这里。"却被主人看见道："果是多少价钱？"张大捣一个鬼道："依文先生手势，敢象要一万哩。"主人呵呵大笑道："这是不要卖，哄我而已。此等宝物，岂止此价钱？"众人见说，大家目睁口呆。

最后文若虚得了五万两银子，发了家。在这种热闹喜气的气氛中，表达了市民乐观的精神、对发财致富的自信，渲染了致富过程中的出人意料的因素。

还有的作品通过嘲笑蠢行、捉弄恶人达到喜剧的效果。如《沈将仕三千买笑钱　王朝议一夜迷魂阵》讲述了一个少年被人设局骗去三千两银子，非但不醒悟，反到再次受骗的故事。《丹客半黍九还　富翁千金一笑》写富翁潘某酷信丹术，连遭诈骗，尚不醒悟。后于西湖游览，见一远客豪富，心生艳羡。闻知为丹客，即延请于家，倾囊作引，以炼金银，不料中了丹客美人计，家产被敲诈一空，愤懑中被骗加入丹客一伙，剃发扮头陀骗人钱财，又被骗子骗走金银，自己却被捉拿治罪。《乔势天师禳旱魃　秉诚县令召甘霖》（《拍》卷三十九）的入话则写了两个捉弄巫师的喜剧故事：一个讲的是，一人以帮衬为名，与巫师说好手拿糖糕，让他在表演时猜中，而实际上手握的是干狗屎。当巫师自以为猜中，将递来的狗屎吃到嘴里时，已是有苦说不出。另一个讲的是一人亦不信巫，当面与巫师争辩，忽然假装跌倒，“口流涎沫，一时晕去”，巫师见此，正中下怀，“越妆起腔来道：‘悔谢不早，将军盛怒，已执录了精魄，押赴酆都，死在顷刻，救不得了。’”其妻闻讯赶来，抚尸恸哭。看者也纷纷相诫：“神明利害如此！戏谑不得的。”巫师十分得意。不料此人又跳将起来，扭住庙巫，连打数掌道：“我把你这枉口嚼舌的，不要慌，那曾见我酆都去了？”巫师一场没趣。又如《卫朝奉狠心盘贵产　陈秀才巧计赚原房》（《拍》卷十五）中的头回，和尚慧空乘人之危买人房子，人要赎回时，“平白地要增价钱”，激起义士贾秀才的不平，于是贾乘其睡觉时，换上其服，调戏对面楼的妇人，致使慧空被妇人家人狠打一顿，狼狈搬走。

一些作品还通过对社会中存在的不良世风和丑恶现象进行讽刺，达到“意存劝讽”（即空观主人《拍案惊奇序》），也产生了喜剧效果。如《庄子休鼓盆成大道》（《警》卷二）中，庄子与妻田氏相敬相爱。一日，庄子路遇一妇女扇坟，怪而问之，原是其夫新死，生前相爱，死不能舍，遗言妻子待坟土干了，方可改嫁。但其妻思新筑之土不易干，故以扇扇之。庄子回去之后，对妻田氏说起此事，并感慨夫妻间“生前个个说恩爱，死后人人欲扇坟”。田氏大怒，信誓旦旦道：“‘忠臣不事二君，烈女不更二夫’。那见好人家妇女吃两家茶睡两家床，若不幸轮到我身上，这样没廉耻的事，莫说三年五载，就是一世也成不得。梦儿里也还有三分的志气。”几日后，庄子假死，第七天，有楚王孙来访，田氏见其标致，便与之成婚，楚王孙忽然心痛，说要吞食人脑髓可癒，田氏便以斧开棺，欲取庄子脑髓，不想庄子挺身坐起。田氏见此，又百般温存。庄子给她看了分身隐形之法，原来都是庄子用以试她的。田氏遂羞愧自缢。在这一系列富有喜剧性的情节中，嘲笑了夫妻生前说恩爱，死后不相念的世风。《通闺闼坚心灯火　闹囹圄捷报旗铃》（《拍》卷二十九）的头回中也写了一个颇有讽刺意味的笑话。举子赵琮屡试不第，被妻家所轻，其妻亦受家人怠慢。一日，赵琮又到长安赴试，家里逢迎春日子，搭棚看戏，女眷盛装斗富，惟有赵娘子衣衫褴褛，众女眷憎嫌她妆饰弊陋，不与之同坐，并将一个帷屏遮着她。不想，看戏期间，得赵琮及第消息，于是故事发生了喜剧性的变化：

众亲眷急把帷屏撤开，到他跟前称喜道：“而今就是夫人县君了。”一齐来拉他去同席。赵娘子回言道：“衣衫蓝褛，玷辱诸亲，不敢来

> 混，只是自坐了看看罢。”众人见他说呕气的话，一发不安，一个个强陪笑脸道：“夫人说那里话？”就有献勤的，把带来包里的替换衣服拿出来与他换了。一个起头，个个争先。……霎时间把一个赵娘子打扮的花一团，锦一簇，还恐怕他不喜欢。是日那里还有心想看春会？只个个撺哄赵娘子，看他眉头眼后罢了。

在一场笑话中，讽刺了势利的世风。又如《鼓掌绝尘·月集》中张秀误踢死一妓女，拿出二百两银子要私了，闲棍李篾、方帮为了多得买嘱钱，私留一百五十两，仅将五十两去告官，不想这个知县“只要剥虐下民，看他接过这锭银子，就如见血的苍蝇，两眼通红，哪里坐得稳？”当看见凶犯张秀一幅穷模样，又姓名不合，也不细审，大骂公差：“这奴才好大胆，一件人命重情，老爷水也不曾沾着一口，你就得了他许多赃，买放了正犯，把这一个三分不像人，七分不像鬼的来当官搪塞！”于是将公差先打了四十板，竟将真犯张秀赶了出去，另寻罪人。对为官者的贪婪与荒唐讽刺得极为深刻。后来张秀为官，极为刻薄，与李篾同死后，人命其手下的徒夫抬两口棺木来，结果只抬来一口，问其：“如何两个尸骸，只取得一口棺木？”徒夫答道：“老爷有所不知。我本官在日，常是两名人夫，止给得一名口粮。而今只把一口棺木，殓他两个，却是好的。若用了两口棺木，我本官在九泉之下终不瞑目。”辛辣地讽刺了官吏的腐败。

小说还对有些人的病态心理和做法给以了嘲讽，如对家财万贯却“数米而炊，称柴而爨”的吝啬鬼金钟，作者以讽刺的手法写了他的“五恨”，即“一恨天，二恨地，三恨自家，四恨爹娘，五恨皇帝”，恨的原因就在于天冷要买衣，地上的树木偏不能直接长成房架，自家天天得吃饭，爹娘留下亲眷朋友要费茶费水，皇帝还要收粮钱。又有“四愿”，即“一愿得邓家铜山，二愿得郭家金穴，三愿得石崇的聚宝盆，四愿得吕纯阳祖师点石为金这个手指头”（《吕大郎还金完骨肉》）。

此外，还有如《佛印师四调琴娘》、《苏小妹三难新郎》等逗趣之作。

作品为了突出喜剧性，达到喜剧效果，十分注意各种手法的运用，在情节设置和具体的场面、语言、行为、细节、肖像描写等方面下工夫。

通过情节的设置达到喜剧效果。如《刘东山夸技顺城门　十八兄奇踪村酒肆》的头回中，写唐时一举子，生得臂力过人，武艺出众，并豪侠仗义。一日宿于一户人家，家中老婆子向他述说被媳妇凌辱之事，听后双眉倒竖，说：“我为尔除之”，“我生平专一欺硬怕软，替人出力。谅一个妇女，到得那里？既是妈妈靠他度日，我饶他性命，不杀他，只痛打他一顿，教训他一番，使他收过性子便了。”及至媳妇归，见其背一猛虎，“心里就有几分惧他”；委婉地劝说女子，被女子扯到太湖石边，一时间挣扎不脱，暗道：“等他说得没理时，算计打他一顿。”当女子边向他诉说事情过程，边以手向石上画，“只见那石皮乱爆起来，已自抠去了一寸有余深”，“那举子惊得浑身汗出，满面通红，连声道：‘都是娘子的是’，把一片要与他分个皂白的雄心，好象一桶雪水，当头一淋，气也不敢透了。”在奇异女子的非凡臂力面前，举子步步退缩，与开始夸下的海口形成了鲜明对照，读来十分好笑。又如《吴衙内邻舟赴约》（《醒》卷二十八）中，贺秀娥与吴彦都随父赴任，恰巧暂歇时，两舟相邻，得以相见赠诗。晚上吴彦到秀娥船上赴约，天明时，两船解缆开行，吴彦被困于秀娥船中，只好藏于秀娥床下。因吴彦食量特大，秀娥只得装害了饿病，以供其吃饱。不知真相的秀娥父母真以为女儿患病，焦急万分，一面求神占卦，一面请来多个名医，为女儿治病。可笑的是，名医们竟都捕风捉影地大谈一气病情和病理，然后下药，并都扬言吃了自己的药，就会好的。父母的焦急，“名医”们的“胸有成竹”，与秀娥和吴彦的瞒天过海，造成了极强的喜剧效果。

通过喜剧性的场面描写达到喜剧效果。如《张秀廷逃生救父》（《醒》卷二十）写玉姐上吊一段，本是令人悲的一个场面，但是作者处理成喜剧色彩：

> 王员外没有心肠再问，忙忙的寻衣服，只在手边混过，那里寻得出个手脚。偶扯着徐氏一件袄子，不管三七二十一，披在身上。又寻不见鞋子，赤着脚赶上楼去。徐氏只摸了一条裙子，却没有上身衣服。只得把一条单被，披在身上，到拖着王员外的鞋儿，随后一步一跌，也哭上来。那老儿着了急，走到楼梯中间，一脚踏错，谷碌碌滚下去。又撞着徐氏，两个直跌到底，绞做一团。也顾不得身上疼痛，爬起来望上又跑。那门却还闭着，两个拳头如擂般乱打。楼上楼下丫鬟一齐起身。也有寻着裙子不见布衫的，也有摸了布衫不见裤子的，两只脚穿在一个裤管里的，也有反披了衣服摸不着袖子的。东扯西拽，你夺我争，纷纷乱嚷。那撒粪的丫鬟也自相抹身子，寻觅衣服，竟不开门。

通过人物语言的幽默达到喜剧效果。《鼓掌绝尘·花集》中，娄公子告诉夏方他花一百两银子买了一个独脚蟹，花四百两买了一匹马，夏方颇觉不值，笑道：“可见公子到都在脚上用了钱去。一只脚的一百两，四只脚的四百两，似小弟这样没脚踪的，终不然不值一厘银子？”语言十分幽默。

通过夸张的肖像描写达到喜剧效果。如《鼓掌绝尘·雪集》：

> 文荆卿仔细一看，只见那小厮：头如芋子，顶似梨花。一阵风飞来玉屑，三竿日现出银盔。几茎黄毛，挽不就青螺模样；一张花脸，生将来粉蝶妆成。闹烘烘逐不去脑后苍蝇，气呼呼撇不尽鼻中蚯蚓。

又如《钱秀才错占凤凰俦》中对妄想取美妻的名叫颜俊的人物肖像描写道：

> 面黑浑如锅底，眼圆却似铜铃。痘疤密摆泡头钉，黄发鬔松两鬓。牙齿真金镀就，身躯顽铁敲成。楂开五指鼓锤能，枉了名呼颜俊。

此外，作品叙述中还有一些插科打诨，也增强了小说的喜剧色彩。《盐官邑老魔魅色　会骸山大士诛邪》（《拍》卷二十四）中有一段写一老头要娶一妙龄女子时调侃道："看官，你道这个人是那个？敢是石崇之富，要买绿珠的？敢是相如之才，要挑文君的？敢是潘安之貌，要引那掷果妇女的？看官，若如此，这多是应得想着的了。说来一场好笑，元来是：周时吕望要寻个同钓鱼的对手，汉世伏生要娶个共讲书的配头。"《赵司户千里遗音　苏小娟一诗正果》（《拍》卷二十五）中才艺颇高的曹文姬以诗择夫，此言一出："就是张打油、胡钉铰，也来做首把，撮个空。至于那强斯文、老脸皮，虽不成诗，叶韵而已的，也偏不识廉耻，诌他娘两句，出丑一番。谁知投去的，好歹多选不中。这些人还指望出张续案，放遭告考，把一个长安的子弟，弄得如醉如狂的。"《黄秀才徼灵玉马坠》（《醒》卷三十二）中写黄生在得到韩玉娥之约后，欣喜若狂，作品写道："黄生大喜欲狂，恨不能一拳打落日头，把孙行者的瞌睡虫，遍派满船之人，等他呼呼睡去，独留他男女二人，说一个心满意足。"当黄生无路可走、悲痛得欲投江时，作品插入一句韵文，是由文天祥的名句改成："人生自古谁无死，留与风流作话文。"这些插科打诨，增加了作品的喜剧色彩，也表现了市民幽默求乐的审美趣味。

昆提利安认为笑的作用是"在过度劳累之后，驱除忧郁带来的伤感，使心灵从紧张专注中松懈下来，更新心理能力和补充心理力量。"① 对于广大市民而言，阅读白话短篇小说正是出于这样的心理需要，所以他们更愿意

---

① 转引自皮丁顿《笑的心理学》，中山大学出版社1988年版，第95页。

看到乐观、欢喜、幽默的作品。

第六节　“寻刺激”与小说的色情描写

寻刺激也是相当一部分市民的生活趣味。由于绝大多数的市民文化水平、文化素养不高，在五花八门的市井生活中，他们常常寻求那些能够给人带来强烈刺激的东西，以满足感观和心理的需求。而在这些刺激性的东西中，色情是一个最主要的方面。明中叶以来社会风气的转变，也使得社会思想开放，谈色说情不再是禁忌，人们对色情的兴趣也不必遮遮掩掩。

明中叶以后，王阳明的心学在社会上引起广泛的影响，程朱理学一统天下的局面被打破。在此基础上，以泰州学派为代表的新的思想家更是以前所未有的勇气，对程朱理学进行了批判，提倡个性的解放。他们肯定人的自然人性，肯定人的私欲，认为人的诸如穿衣吃饭等自然欲望都是人的合理、正常的要求，不应该予以禁止和扼杀，“人之贪财好色，皆自性生，其一时之所为，实天机之发不可壅阏之”（王世贞《弇州史料后集》卷三《嘉隆江湖大侠》），“性而味，性而色，性而声，性而安适，性也”（何心隐《爨桐集》卷二《寡欲》）。李贽在认为“盖声色之来，发乎性情，由乎自然”（李贽《读律肤说》）的同时，还进一步指出“成佛证圣，惟在明心，本心若明，虽一日受千金不为贪，一夜御十女不为淫也”（周应宾《识小编》）。袁宏道在《兰亭记》中道：“夫世界有不好色之人哉？若果有不好色之人，尼父亦不必借之以明不欺矣。”上述这些论说中，大胆地肯定了人的性欲情欲。这在封建社会禁欲的情况下，无疑是振聋发聩的。市民阶层从自身要求出发，成为这股解放思潮的最先、最主要的接受者。

与此同时，封建统治集团，在生活上穷奢极欲，明中叶以后，更是腐败淫乱，房术、春药在宫廷中传播，甚至有人可以献房术而骤然得贵。鲁迅在《中国小说史略》指出：

> 成化时，方士李孜、僧继晓已以献房中术骤贵，至嘉靖间而陶仲文以进红铅得幸于世宗，官至特进光禄大夫柱国少师少傅少保礼部尚书恭诚伯。于是颓风渐及士流，都御史盛端明、布政使参议顾可学皆以进士起家，而俱借“秋石方”至大位。瞬息显荣，世俗所企羡，侥幸者多竭智力以求奇方，世间乃渐不以纵谈闺帏方药之事为耻。风气既变，并及文林，故自方士进用以来，方药盛，妖心兴，而小说亦多神魔之谈，

且每叙床第之事也。①

在这股人性解放思潮和统治集团淫乱生活的影响下，社会风气发生了大的改变，出现了“世俗以纵欲为尚，人情以放荡为快”（张瀚《松窗梦语》卷七“风俗纪”）的社会状况。欲的大门一旦打开，便如洪水般不可遏制地汹涌而出，出现了纵欲的倾向，“不论亲疏，不分长幼，不别尊卑，不问僧俗，惟知云雨绸缪，罔顾纲常廉耻”（挑浪月《痴婆子传·序》）。这种现象正如罗素在谈到禁欲主义时所讲的：“回避绝对自然的东西就意味着加强而且是以最病态的形式加强对它的兴趣。因为愿望的力量同禁令的严厉程度是成正比的。”② 这种社会风气的影响，表现在市民阶层的文艺趣味上，就是追求低级庸俗的色情刺激，即“闻一道德方正之事，则以为无味而置之不道；闻以淫纵破义之事，则投袂而起，喜谈传诵而不已”（屠隆《鸿苞节录》卷二）。各种淫秽色情的刊物刊行于世，“书贾借以觅利，观者借以破愁”（佩蘅子《吴中雪》第九回）。对此，郑振铎也指出：

明代从中叶以后，特别是在万历、天启的时代，乃是一个放纵不羁的时代，有类于罗马帝国的末年。差不多到处都可表现出他们的淫佚的情调来。凌氏的“承平日久，民佚志淫”二语，恰好为这个时代的最好的注释。在那一个淫佚的时代，差不多任何秽亵的作品，都是可以自由刊行的。所以，像《金瓶梅》，附着二百幅插图（其中有一部分简直是春画）的，也能够立即风行一代。袁中郎在他的《觞政》里，还以之配《水浒》。而如《隋炀艳史》、《肉蒲团》诸亵书也不断的刊行无忌。即南曲也多妖艳佚荡之语。著名的南曲集《吴骚合编》也还公开的在插图中列着春画呢。③

在长篇白话小说方面，出现了诸如《金瓶梅》、《如意君传》等色情小说。在白话短篇小说方面，这种现象也十分突出，即使像凌濛初这样批判近世小说“一二轻薄恶少，初学拈笔，便思污蔑世界，广摭诬造，非荒诞不足信，则亵秽不忍闻。得罪名教，种业来生，莫此为甚。而且纸为之贵，无

① 鲁迅：《中国小说史略》，上海古籍出版社 1998 年版，第 128 页。

② 转引自瓦西列夫《情爱论》，三联书店 1985 年版，第 72 页。

③ 郑振铎：《大众文学与为大众的文学》，载《中国文学研究》上册，人民文学出版社 2000 年版，第 376—377 页。

翼飞，不胫走。有识者为世道忧之，以功令厉禁，宜其然也”（《拍案惊奇序》），并认为或要“语涉风情”，“只存其事之有者，蕴藉数语，人自了了。绝不作肉麻秽口，伤风化，损元气。此自笔墨雅道当然”（《拍案惊奇·凡例》），其作品中都不能避免色情描写的存在。

白话短篇小说中以男女情爱等市井生活为主要题材，这种题材更便于作品进行色情描写。具体表现如下：

首先，作为正面题材，一些反映青年男女情爱的故事中，常常渲染或描写两性关系。在这些题材中，男女情爱在冲破了“父母之命，媒妁之言”的封建礼教之后，往往陷入了以性爱为主要特征的情爱中。对于男女主人公来说，他们情爱的最主要行为表现之一就是发生性爱。小说中这一爱情表现虽然是当时青年男女情爱观的局限，但同时与市民求刺激的心理有很大关系。因为违背礼教的性爱和露骨的性爱描写，能够满足他们寻求刺激的阅读心理需求。所以，在这类题材中经常伴有色情描写。例如《吴衙内邻舟赴约》、《通闺闼坚心灯火》等。

其次，作者打着“明人伦，戒淫奔”（欣欣子《金瓶梅词话序》）的幌子，写了一些淫乱的故事，这种题材涉及淫秽的内容较多，秽亵程度深，最便于进行色情描写。这里有的是写纵欲，有的是写偷情，有的是写行奸等，如《金海陵纵欲亡身》（《醒》卷二十三）、《任孝子烈性为神》（《喻》卷三十八）、《蒋淑真刎颈鸳鸯会》（《警》卷三十八）、《何道士因术成奸　周经历因奸破贼》（《拍》卷三十一）、《乔兑换胡子宣淫　显报施卧师入定》（《拍》卷三十二）、《任君用恣乐深闺　杨太尉戏宫馆客》（《二拍》卷三十四）等。

此外，在其他题材作品中，也往往动辄涉及两性关系，并借机大加渲染。有在公案故事中涉及的，如《勘皮靴单证二郎神》、《赫大卿遗恨鸳鸯绦》、《陆五汉硬留合色鞋》等；有在家庭故事中涉及的，如《乔太守乱点鸳鸯谱》、《乔彦杰一妾破家》等；有在因果故事中涉及的，如《月明和尚度柳翠》、《明悟禅师赶五戒》等；有的写妓女和僧尼这类敏感人物故事时，带进色情描写，前者如《众名姬春风吊柳七》，后者如《闻人生野战翠浮庵　静观尼昼锦黄沙弄》、《酒下酒赵尼媪迷花　机中机贾秀才报怨》（《拍》卷六）等。

不可否认有些色情描写对于表现主题、人物、思想和推动情节发展有一定的作用，但是也有较多的描写只是为了满足读者寻刺激心理而强加进去的。如《鼓掌绝尘·雪集》在写才子与佳人的情爱故事的同时，加入了两个仆人的偷情行为，并做了详尽的描写。虽然写两个仆人的偷情是为了引起后面的情节，但是显然这种将偷情全过程详细描写是多余的、过分的。又如《天凑巧》第一回《佘尔陈》中，过分地描写了佘尔陈与妓女小娟的床笫之欢，与情节发展没有太大必要。

这一时期白话短篇小说创作上还出现了专门写色情的一些低俗、甚至淫秽的小说集，代表作主要有《欢喜冤家》、《弁而钗》、《宜春香质》。《欢喜冤家》侧重于写一些偷情、婚外恋等非正常的情爱故事；《弁而钗》与《宜春香质》则主要写的是男性同性恋。它们在内容和趣味上都不健康，与《三言》、《二拍》中的情爱描写相比，既多又露骨又详细。尤其是后二部小说集，几乎通篇都是不堪入目的色情描写，它以粗俗露骨的摄影式写法代替以往多用韵文、隐喻、象征等暗示性手法，是当时较为典型的色情小说。

这种种色情描写，虽然满足了读者寻求刺激的阅读心理需求，但是却严重地影响了白话短篇小说的思想性和艺术性。

钱钟书认为："一个艺术家总在某些社会条件下创作，也总在某种文艺风气里创作。这个风气影响到他对题材、体裁、风格的去取，给予他以机会，同时也限制了他的范围。"① 在晚明社会风气和市民要求下，白话短篇小说在编撰过程中，无论在题材、人物、语言、情节、风格等方面都发生了一定的变化，有了一定的发展，表现了市民阶层的理想和趣味，满足了广大读者的阅读需求，因而受到欢迎；有些小说在很长时间里，多次被翻刻刊印，显示了其长久的生命力。但是，另一方面，市民阶层的一些低级庸俗的阅读趣味，也一定程度地限制了小说的艺术性与思想性，影响了小说的进一步发展，有的还成为糟粕。但不管怎样，这一时期的白话短篇小说创作典型地代表了市民通俗文学的特征，是市民阶层思想和趣味的真实反映。

① 钱钟书：《中国诗与中国画》，载《七缀集》，上海古籍出版社 1985 年版，第 1 页。

第九章　危机下的社会心理与小说创作

明代进入晚期，社会各种弊端日益深重，出现了社会危机，尤其是到了崇祯朝，社会危机愈发严重：政治黑暗，官吏腐败，各地暴动，清军威胁，军事无力，民心动摇，封建帝国的大厦已处于风雨飘摇之中。面对内忧外患的社会现实，人们不能不开始关注国家的命运、政治的成败等社会问题和自身的安危。而作为始终肩负国家责任的知识分子更是充满忧虑，他们愤恨于现实的黑暗，思考着各种社会问题，寻找拯救民族、社会危机的良方。在这种社会心理下，一些文人开始寄意于文学创作，试图通过文学达到发泄忧愤、教育民众、挽救世风、拯救危机的目的。于是这一时期的小说创作从题材、形式、艺术水平等方面都发生了相应的变化。

第一节　社会危机与社会心理变化

在明中叶以来社会繁荣的背后，其实已经掩藏了重重的危机。到万历时，由于神宗不理朝政，致使积弊愈重，形势日下，各种社会矛盾更加激化，社会危机日益严重。

首先是从万历朝中期开始，上层统治者中存在着皇帝不理朝政、党争激烈、宦官专权等种种现象，出现了诸如“争国本”、“挺击案”、“红丸案”等宫廷案，朝廷斗争尖锐而复杂，统治秩序日益混乱。加上统治集团生活穷奢极欲，极端腐化，强大的国势开始走向下坡路。

据《明通鉴》记载，神宗“自万历二十年来，深居大内，大小臣工，莫能相见，朝夕左右，不过宦侍之流”（《明通鉴》卷二七）。《明史》也记载：“神宗冲令践祚，江陵秉政，综核名实，国势几于富强。既乃因循牵制，晏处深宫，纲纪废弛，群臣否隔。于是小人好权趋利者驰骛追逐，与名节之士为仇仇，门户纷然角立。驯至愍愍，邪党滋蔓。在廷正类无深识远虑以折其机牙，而不胜忿激，交相攻讦。以致人主蓄疑，贤奸杂用，溃散决裂，不可振救。”（《明史·神宗纪二》卷二一）因皇帝不理朝政而引起的“门户纷然角立”、“邪党滋蔓”、“贤奸杂用”等现象一直继续到明亡，其中阉宦之祸更是突出，黄宗羲在《明夷待访录》中指出了这点：“奄宦之祸，历汉、唐、宋而相寻无已，然未有若有明之为烈也。汉、唐、宋有干与朝政之奄宦，无奉行奄宦之朝政。今夫宰相六部，朝政所自出也，而本章之批答先有口传后有票拟，天下之财赋先内库而后太仓，天下刑狱先东厂而后法司，其它无不皆然。则是宰相六部为奄宦奉行之员而已。”（《明夷待访录·奄宦上》）同时，由上而下的整个政府官员的腐败现象极为严重。“臣尽行私，比党而公忠绝少”（李自成《登极诏》）[①]，官员贪污受贿达到惊人的程度，“有历官四月而扛至三十九抬者，有历官旬日而积羡过一千者”（《明神宗实录》卷三一八）。万历四十二年（1614），两淮巡盐御史徐缙芳被人弹劾收贿，“赃私计数十万”（《明神宗实录》卷五二〇）。这种腐败，连皇帝本人都心知肚明，崇祯的《罪己诏》，就一针见血地指出了当时官员肥已行私的现象：

> 今出仕专为身谋，居官有同贸易。催钱粮先比火耗，完正额又欲羡余。甚至已经蠲免，亦悖旨横征；才议缮修，便乘机自润。或召买不给价值，或驿路诡名轿抬。或差派则卖富殊贫，或理谳则以直为枉。阿堵违心，则敲扑任意。囊橐既富，则奸慝可容。抚按之荐劾失真，要津之毁誉倒置（《明季北略》卷一三）。

以至后人在评价明代灭亡时指出：“自明之季世，天下无一办事之官，廊庙无一可恃之臣。”（李塨《恕谷后集》卷四《与方苞书》）

在统治者的残酷剥削和压迫下，全国各地频频发生民变，有的声势浩大，影响颇广；加上连年灾荒不断，大量的饥民、流寇等流窜骚扰，严重地影响了社会统治的稳定。作为国家机器的军队，兵变次数剧增，在万历朝的中后期不到三十年的时间里，就发生了陈州兵变、蓟镇兵变、辽东兵变、云南兵变、贵州兵变、宣镇兵变等十余起较大规模的兵变，军队士气不振，削弱了国防力量。边境上外族势力渐大，时时侵扰挑衅，威胁着国家的安全。国库日见空乏，国家形势极其险危。万历年间担任过国子监祭酒的陶望龄，以“漏舟泛江海”比喻当时的局面：“方今之势，如漏舟泛江海，犹幸无事，濡衣褐，解幞被，叫呼狂顾，塞此溃彼。假令风济彼解，犹幸无事，万分有不幸，冲飙狂涛，又震击之，虽有童昏之人，犹知其难也。”（陶望龄《歇庵集·因旱修省陈官时政疏》）万历三十四年（1606），大学士朱赓万分

---

① 转引自郭沫若《甲申三百年祭》，人民出版社1954年版，第2页。

忧虑地上书道："内有啸集之患，外有闯入之虞，兼之官属星稀，府库告竭"，以至"每接邮筒，惟恐边腹告急，至不敢启视"（《明神宗实录》卷四二五）。

同时，在意识形态上，明中叶以来的王学，尤其是以李贽为代表的异端思想给社会带来巨大冲击，新的思想蔓延到整个社会；加上各地讲学成风，"今学者动引宋人互相标榜，日以讲学为事"（《明熹宗实录》卷六〇），"南北相距不知几千里，而兴云吐雾，尺泽可以行天；朝野相望不知几十辈，而后劲前矛，登高自为呼应。其人自缙绅外，宗室、武弁、举监、儒吏、星相、山人、商贾、技艺以至于亡命辈徒，无所不收，其事则遥制朝权，掣肘边镇，把持有司，武断乡曲，无所不为；其言凡内而弹章建白，外而举劾条陈，书揭文移。自机密重情以及词讼细事，无所不关说"（《明熹宗实录》卷六〇）。造成了社会思想的自由和混乱，封建意识形态受到了前所未有的破坏。

自万历朝开始的社会危机，其深重程度已经影响到了明代最终灭亡的命运，以至"论者谓明之亡，实亡于神宗"（《明史·神宗纪二》卷二一）；"论者谓明之亡不亡于崇祯，而亡于万历"（赵翼《廿二史札记·万历矿税之害》卷三五）。

至崇祯朝时，国势已走到无可挽回的地步，正如阿英所说："明朝统治者的崩溃危机，自万历以后，是一天一天的加深，到崇祯已是无可挽救了。"① 尽管崇祯皇帝本想大有作为一番，但积弊深重，而与此同时，原先此起彼伏的农民暴动形成大规模的农民起义，席卷半个中国，直接威胁到中央政权；边防形势愈加紧迫，日益强大的满族势力虎视眈眈，频频挑衅。财政危机，国库空虚，军队虚弱，都是无法挽回的事实。曾经国势强大、经济繁荣的帝国，已经走到了尽头，在强大的农民起义与异族的不断入侵面前一再退缩，无能为力。

岌岌可危的局势引起了整个社会心理的巨大变化：

首先，人们表现出对现实强烈的关注意识。与明中叶以来人们对现实的关注以世俗生活为主不同，这时人们对现实的关注主要表现在对社会局势、政治、国家安危以及自身命运的关注。这种对现实的关注意识，不仅存在于士大夫和知识阶层，即使是下层的普通百姓也深切地感受到了社会的动荡和国势的危机，将注意力投向了现实，投向了社会。人们已经看到了民族的存

---

① 阿英：《〈西湖二集〉所反映的明代社会》，载《小说闲谈》，上海古籍出版社 1985 年版，第 4 页。

亡、社稷的安危不再是历史故事，而是迫在眉睫的事，他们开始关心政治局势，关心国家安危荣辱。在这一时期应运而生的大批时事剧、时事小说的受欢迎，就表明了人们对于现实的强烈关注意识。

其次，人们表现出明显的忧患意识，这在文人身上表现得更为强烈。忧患意识“是一种社会责任感、历史责任感，是一种对潜在危机的洞见和预防”①，是中华民族知识分子的基本精神，即“身在江海之上，心居乎魏阙之下”（《庄子·让王》）；“居庙堂之高，则忧其民；处江湖之远，则忧其君。是进亦忧，退亦忧”（范仲淹《岳阳楼记》）。无论醉生梦死、放浪形骸，还是隐逸江湖之远，都不能妨碍知识分子对于国家、民族、生民的关心与担忧；而当国家和民族的危机真正到来时，他们这种忧患意识会更为强烈地表现出来。他们不但敏锐地觉察到了社会存在的各种危机，并且努力地探求造成危机的原因，反思历史，总结教训，寻找出路。晚明长达数十年的危机早就引起了文人的忧虑，到天启、崇祯时，这种忧虑更为深重，在一些诗文中也表现了这种意识。如冯梦龙在《甲申纪事·自序》中就说了这样的一段话：“方今时势，如御漏舟行江湖中，风波正急，舵师楫手，兢兢业业，协心共济，犹冀免溺。稍泄玩，必无幸矣，况可袖手而间诟谇乎！庙堂隐忧，无大于此。”

这一时期，社会上还产生了愤世心理。社会存在的种种黑暗和社会面临的种种危机，使人们对各种社会弊端及不合理现象产生激愤痛恨的心理，他们以愤激的心情痛骂那些造成国家危机和社会动荡的贪官污吏，痛心疾首地指摘社会弊病。如李柏《南游草》中道：“嘉靖、天启以来，笃实君子在野，虚文小人满朝廷，上欺其君，下虐其民。民不堪命，聚而为盗，盗满天下，由盗满朝廷也。”就是当时愤世心理的体现。

面对重重的社会危机，人们在忧患意识的基础上，还形成了救世心理。忧患、愤世并不能解决问题，怎样挽救危机才是最为重要的，所以晚明文人积极地投身到拯救民族危亡与社稷安危的活动中，他们或结社，或创作，总之，他们在自己所及的领域内行动起来，希望寻找一条走出危机的道路。正如阿英所说：“当时一部分清明的知识分子目击内忧外患、贪污横行、民不聊生，心中的悲愤是达到了极点。较积极的便采取种种方法警醒国人，冀能挽颓运于万一。”② 以顾宪成、高攀龙为首的东林学子，主张“复兴古学”，

① 冯天瑜：《中华元典精神》，上海人民出版社 1998 年版，第 433 页。

② 阿英：《〈西湖二集〉所反映的明代社会》，载《小说闲谈》，上海古籍出版社 1985 年版，第 4 页。

将社会的危机、风气的败坏、国家的衰弱，归因于空虚颓废之学的兴起，对明中叶以来的王学进行了批判，认为它使人“以任情为率性，以随俗饰非为中庸，以阉然媚世为万物一体，以枉尺直寻为舍其身济天下，以委曲迁就为无可无不可，以猖狂无忌为不好名，以临难苟免为圣人无死地，以顽钝无耻为不动心”（《明儒学案·东林》）。他们提倡“经世致用”，强调明体实用等，希望通过学术讨论和时政讽议来拯救人心，扭转风气，挽救国家，续持道统。稍后在江南地区出现的复社和几社，也以复兴古学相号召，以经世致用为目的，强化封建纲常的规范作用，试图恢复儒家思想的统治地位，把人们的思想重新纳入正统思想的范畴内，从而达到“补救时弊”的目的。在这种社会心理下，一些文人作家强化了文学“有补于世”的作用，将文学作为进行改造社会的武器，如梦觉道人在《三刻拍案惊奇叙》中说道：

> 客有过而责余曰：“方今四海多故，非苦旱潦，即罹干戈，何不画一策以苏沟壑，建一功以全覆军，而徒哓哓于稗官野史，作不急之务耶?”予不觉叹曰：“子非特不知余，并不知天下事者也！天下之乱，皆从贪生好利，背君亲，负德义；所至变幻如此，焉有兵不讧于内，而刃不横于外者乎？今人孰不以为师旅当息，凶荒宜拯，究不得一济焉。悲夫！既无所济，又何烦余之饶舌也？余策在以此救之，使人睹之，可以理顺，可以正情，可以悟真；觉君父师友自有定分，富贵利达自有大义。今者叙说古人，虽属影响，以之喻俗，实获我心；孰谓无补于世哉!”

关注现实心理、忧患意识、愤世心理、救世心理，是晚明尤其是明末危机形势下最显著的社会心理，它们不仅存于文人中间，也一定程度地存于一般百姓中间。在这种种社会心理影响下，文学创作上也开始发生明显的变化。

第二节 社会心理变化对小说题材的影响

社会危机引起人们对现实的关注、忧患、愤世、救世心理，表现在白话短篇小说的创作上，首先是引起了题材的变化。

题材变化表现之一，题材的选择突破了旧题材的限制，开始将视线从前朝故事投向当朝当代故事，即“现实”题材增多。

项目 / 书目	出版时间	存总数	明以前	明代						不详
				总数	嘉靖以前	嘉靖隆庆	万历—天启	崇祯	不明	
喻世明言	天启	40	35	5	4	1				
警世通言	天启	40	27	12	8	2	1		1	1
醒世恒言	天启	40	25	14	7	3	2		2	1
拍案惊奇	崇祯	40	21	16	9	1	2		4	3
二刻拍案惊奇	崇祯	40	20	18	8	4	1		5	2
鼓掌绝尘	崇祯	4		4					4	
型世言	崇祯	40	2	37	18	5	2	1	11	1
欢喜冤家	崇祯	24	1	22	1	1	4	1	15	1
石点头	崇祯	14	8	5	3				2	1
天凑巧	崇祯	3		3			1		2	
贪欣误	崇祯	6	1	5			2		3	
西湖二集	崇祯	34	25	9	8	1				

白话短篇小说从产生时起就喜欢谈古说昔，到《三言》、《二拍》时，这类的作品仍占大多数，反映当朝当代的作品数量较少，即使写明代的事情，也极少是作者生活的时代。然而随着人们对社会关注意识的增强，讲史论昔已引不起人们的兴趣，人们需要了解现实的生活，所以出现了大量记写现实的作品。

从上表中基本上可以看出，晚明白话短篇小说中所写故事的发生时间，由以前代故事为多，逐渐转为以本朝近代故事为多。如《三言》中有半数以上的作品写的是前代的故事，像《喻世明言》的四十篇中，有三十五篇这样的作品。当然这与当时白话小说刚刚起步、在成书方式上主要以改编前代作品有密切关系，但是这几部书的受欢迎，也说明在当时，无论是编撰者还是读者，都只是对好听的故事感兴趣，不在意所讲的故事离现在是否久远；其中即使有少量的写明代的作品，时间上也往往是在嘉靖以前；而写作者生活时代的事，《三言》、《二拍》中各有三篇，数量极少。但是稍后晚明危机日益严重时期的作品，开始出现新的转变，即有为数众多的作品写了明代故事，如《型世言》四十篇作品中有三十七篇、《贪欣误》六篇作品中有五篇、《天凑巧》残卷三篇作品中也有二篇故事发生的时间是在明朝；且有的离成书时间很近，如《鼓掌绝尘》刊于崇祯四年，而其中已经写到了魏忠贤倒台（《月集》）。这种现象的普遍存在仅仅以旧题材的匮乏来解释显然是不够的，它实际上反映了人们对现实的关注，人们需要在作品中看到离自身生活更近的事物，需要了解现实中的人情世态和眼下发生的种种事情。题材上的这种变化表明了晚明白话短篇小说在现实主义创作道路上又前进了一步。

题材变化表现之二：部分作品选取具有典型意义的特殊历史时期或历史事件，来反映现实。

在这一时期，虽然大多数作品将视线投向现今，写当朝当代的故事，近距离地反映现实，但同时也有部分作品仍然以旧朝代故事为题材。不过，与以前作品选用旧朝代题材时关注一般社会生活不同的是，这些作品多是针对现实问题和现实斗争，有意识地选取具有典型意义的特殊历史时期、历史事件。从表面上看来，以这种题材反映现实的做法是间接的，但从效果来看，却是相当深刻地揭示了现实问题。

这类作品以《西湖二集》最具代表性。在《西湖二集》的三十四篇作品中，有二十多篇作品写的是前代故事。它在选取故事发生的时间或背景时，有意识地选择一些特殊的历史时期和历史事件。总体看来，作品主要偏重于三个时期的历史事件：一是南宋偏安时期的帝王与朝廷故事，二是朝代末社会动乱时期的故事，三是明初开国时期的帝王将相故事。三者中又特别侧重于南宋偏安时期，此类作品有十四篇之多；写朝代末的动荡主要集中在唐末的黄巢起义和元末红巾军起义；在写本朝代故事时，主要集中在明初洪武帝开业时期。显然，这种历史年代及事件的选择是极有深意的。南宋偏安前后正是宋帝昏庸无能、追求享乐，导致外族进入中原的时期，这一时期的情形与明末统治阶级贪图享乐，治国无力，满清又在边防虎视眈眈，整个国家呈现出衰败景象的现实极其相似。而对各朝代末的社会动乱的侧重，也是与明末不断出现起义和叛乱的动荡不宁的现状相似。对明初开国时期帝王将相建功立业的渲染，可以与眼前明末的帝国大厦在昏君佞臣手中日将颓倒的现实形成鲜明的对照。这种有意识地对一些特殊历史时期及其事件的侧重，实与作者欲写晚明帝王之昏庸、廷臣之不忠和社会动荡，而又不能直言，只得以古喻今、以史鉴今的写作意图有关，作者的目的仍然是为了写“今”，为现实服务。

题材变化表现之三：体现封建伦理道德的题材明显增多。

明中叶以来的白话短篇小说如《三言》、《二拍》等，虽然编撰者在序中一再表明其创作的封建教化意图，但实际上，由于白话短篇小说是由民间说话发展而来，以广大市民为主要阅读对象，所以作品更多反映的是市民的生活、思想及情感；特别是晚明时期，由于商品经济的发展和社会思想的活跃，市民在观念上背离封建统治者伦理道德的一面也愈加明显，小说中也出现了更多违背封建传统伦理道德、宣扬新的时代精神和市民道德的故事，即使有教化，也多不用封建礼教、封建道德，而是以源于日常生活的体验、经验为主，像慎行（如《一文钱小隙造奇冤》等）、谨言（如《十五贯戏言成巧祸》等）、戒贪（《宋四公大闹禁魂张》）、戒淫（《任君用恣乐深闺》）、守信（《杨思温燕山逢故人》）、忍辱待机（如《钱秀才一朝交泰》）等等。

但是到了明末，由于社会危机的日益严重，社会环境和社会风气发生了变化，一些文人在反思现实、挽救危机的过程中，重新回归到对传统封建伦理道德的提倡，以图改变世道人心，挽救社会。《型世言》是这种社会心理下最有代表性的白话短篇小说。《型世言》在命名上与《喻世明言》、《警世通言》、《醒世恒言》、《石点头》等白话短篇小说的命名用意和模式相似，但教化意味更为突出，作者要通过树立道德典范“以为世型”（第一回后评）、“树型后世”（第三回回前小引）。在《型世言》中，表现封建伦理道德的题材几乎占了全部作品。仅在回目中，就明显地出现了以“烈士”、“贞女”、“孝子”、“义士”、“忠臣”、“节妇”、“善士”、“薄幸夫”等这种以伦理道德划分的人物类型词语，和“完令节”、“盟忠自得忠”、“忍心殉夫”、“千秋盟友谊”、“贪财受报”等这种体现封建伦理道德、因果报应的情节性的词语。在作品中，作者主要通过三种题材的选择来达到其教化目的：一是选择具有典范性的正面人物，即通过树立一系列高大的封建道德典范形象，来表现忠、孝、节、义、仁、智、信等封建伦理道德，此类作品主要集中在前二十四回中；二是选择封建伦理道德的反面人物，即通过恶人遭恶报的情节模式进行道德批判和劝惩，以达到社会教化和提倡封建道德的目的，此类作品主要集中在二十五回至三十六回中；三是选择志怪性或寓言性的故事，间接地警醒世人遵循封建道德，此类作品主要集中在后四回中。有不少的作品还通过正面与反面人物的强烈对比，来强化封建教化作用。在具体的内容上，封建伦理道德要求的方方面面基本上都写到了，如为臣要倡忠戒奸（一、八、十二、十七回）；为官要清廉智恕，戒贪酷昏聩（二十一、二十二、二十三、二十四、二十九、三十、三十六、三十八、三十九回等）；在家庭中，对父母讲孝（二、三、四、六、九回等），对兄弟讲悌（十三回），对夫讲贞、节、贤（六、十、十六、十八回等），仆对主人要忠义（十五回）；人与人交往讲信义仁善、重恩知报（五、七、十三、十四、十九、三十一、三十三回等）；个人生活要正直，戒贪财贪色（五、十一、二十、二十五、二十六、二十七、二十八、二十九、三十三、三十五回等）。几乎每一篇都宣扬了封建伦理道德，其进行封建伦理道德教化的主旨十分强烈。

以往出现过的小说题材，在这一时期也被作者赋予了强烈的道德色彩。

如关于一个淫人妻又因义愤而杀人妻的故事，在早期的作品《欢喜冤家》中仅作为一个社会事件来讲述，但是在《型世言》中则作为一个道德典范的故事来宣扬。《欢喜冤家》第九回《铁念三激怒诛淫妇》写了铁念三与友崔福来妻香姐通奸，香姐因此对夫薄情，并对铁说要将夫毒死，铁觉妇甚无情，将之杀死，而卖水的何礼被误为凶手被捕。后香姐显灵，人们方知铁念三为凶手，将之送官治罪。作者以冷静的态度客观地描述了这一事件的全过程。对于铁念三杀死薄情妇，又寄钱助福来收殓，作者未作丝毫的评价；对于铁念三后来借公差逃之夭夭，回来后，明知卖水的何礼因已蒙冤也不自首，作者也不谴责。总之，作者既不表扬铁念三的所谓“义”行，也未深责其惧罪而逃、陷罪于人的行为，而只是较为客观地记载了一件事情。其用意，正如作品结尾所说：“世人当慎行谨身，方成君子。”也就是说，作者写此事不过是作为社会经验、教训而让读者注意。但同样的题材在《型世言》中变得道德意味极浓。在第五回《淫妇背夫遭诛　侠士蒙恩得宥》中，人物耿埴出场时，作品就以“意气则直”将之定位于正面人物，又明确指出耿埴杀邓氏，是“杀一不义”；后耿见卖水白大因己受冤，便挺身而出，向官府自首，作者马上指出这是“生一不辜”；最后永乐帝下了“饶死”批示，对其行为作了彻底的肯定。作者将一杀人凶手塑造成一个仗义行侠、敢作敢当的道德典范，充分表现了作者在处理题材上刻意向伦理道德回归的创作意识。

在《西湖二集》中，也有一些表现封建伦理道德的题材，如卷五《李凤娘酷妒遭天谴》、卷六《姚伯子至孝受显荣》、卷十《徐君宝节义双全》、卷十九《侠女散财殉节》等。此外，《贪欣误》中第一回《王宜寿》强调孝行，第三回《刘烈女》强调节操。

题材变化表现之四：政治题材大量出现。

由于白话短篇小说是产生于市井说话的基础上，为了吸引读者，一向热衷于市井间的家长里短或奇闻逸事，其中虽也伴有皇帝、名将、臣相、官吏等政治人物及事件等，但却并不以反映政治事件为主，而是侧重于故事的传奇性，表达的是世俗的情感。真正的政治题材较少，即使有的具有政治题材倾向，也缺乏现实的针对性。

但是到了晚明后期，社会政治的黑暗、腐败导致了国家衰败的现实，引起人们对国家政治生活的强烈关注，在小说创作上也相应地出现了反映现实政治生活、政治斗争、政治事件的题材。如《型世言》中的第一回《烈士不背君　贞女不辱父》、第八回《矢智终成智　盟忠自得忠》写的是明靖难兵起义之后朝廷的斗争；第十七回《逃阴山运智南还　破石城抒忠靖贼》写的是忠臣项忠为朝廷平定边境之事。《西湖二集》中的政治性题材更多，如《宋高宗偏安耽逸豫》（卷二）写宋高宗偏安杭州，不思恢复，而营造宫殿，修饰湖山，游乐其间之事。《李凤娘酷妒遭天谴》写宋孝宗时的后宫为子争位之事。《党阖黎一念错投胎》（卷七）写宋朝宰相史弥远在朝中为所欲为之事。《刘伯温荐贤平浙中》（卷十七）写元末明初，刘伯温向朱元璋荐贤，使朱屡获大胜之事。《商文毅决胜擒满四》（卷十八）写的是明臣商辂忠义正直，为明帝除恶去奸之事。《薰莸不同器》（卷三十二）写的是唐朝朝廷中的忠奸斗争。这些政治性题材的作品不但响应了这一时期关注社会政治的读者的要求，而且还具有很强的现实针对性，直接或间接地批判了晚明政治，表达了忠君、爱民、勤政等政治理想。

晚明君王的昏庸、廷臣的苟且、朝廷斗争的激烈，造成了整个社会政治的腐败、混乱和黑暗，人们在关注社会政治生活的同时，也开始对君臣品质提出了要求。在这种情况下，作品中出现了专门表现帝王将相品质的题材，即主要通过一些帝王将相的政治生活，提出了为君为臣的品质要求。在《型世言》中有五篇作品（第一、八、十二、十七、二十回）写了明朝不同时期的忠臣故事，提出了为臣之道在于忠君。《西湖二集》在这方面表现得更为突出：有的写帝王不思进取坐失江山（《宋高宗偏安耽逸豫》），指出帝王应该具有勤政忧国的品质；有的写奸相祸国殃民（《徐君宝节义双全》），有的写朝臣为国荐贤（《刘伯温荐贤平浙中》）和忠义正直（《忠孝萃一门》、《商文毅决胜擒满四》等），指出作为臣子，应该具有为主效劳、效忠等品质。作者在写作时，还比较喜欢用对比的方法来提倡帝王将相的某些道德，如《宋高宗偏安耽逸豫》里，在叙述宋高宗偏安享乐故事的同时，插入明太祖晚睡早起管理朝政之事，形成鲜明的对照，用以说明“从来做天子的，都是一味忧勤，若是贪恋嬉戏，定是亡国之兆”。这种对于君臣品质的关注也是以往小说中不多见的。

题材是小说的主要组成，一个时期的小说选用什么题材往往更能反映当时的社会状况、社会心理和社会要求等。明末白话短篇小说题材在时间上的当代化和典型化，在内容上以封建伦理道德为主，正是明末社会危机下，人们关注现实、拯救危机心理的直接反映。

第三节　小说批判意识的增强

严重的社会危机，使人们愈发清晰地看到，正是种种社会弊端及黑暗、不合理的现象将明朝推向了不可挽回的地步，于是产生了强烈的批判社会意识。这种强烈的批判意识也同样表现在文学创作上，尤其是当皇帝昏庸、官吏腐败、阉党专权等政治问题、社会问题已无可遮掩时，文学作品对统治集团和社会黑暗的揭露与批判也就不再是闪烁其词的暗示，而成为大胆的揭露和强烈的批判。这在明末的白话短篇小说中也表现得十分明显。

在晚明前期的白话短篇小说如《三言》、《二拍》等中，也不同程度地存在着对现实的揭露和批判，但就整部作品而言，占的比例还是极小，批判意图不明显。但是随着社会腐败和黑暗的加强，社会危机的日益严重，到了明末，白话短篇小说中的批判意识日益强烈，《型世言》与《西湖二集》是这方面具有代表性的作品。

《型世言》虽然以塑造正面的典型人物为主，但作为人物活动的背景则是一个充满黑暗的不合理世界，作者对此给以了深刻的揭露和批判；而一些以反面人物为主的作品中，揭露得更为直接，批判得更为深刻。《西湖二集》则是借历史进行揭露，阿英认为《西湖二集》“最突出的，是很强烈的反映了明末的社会：政治的窳败，官吏的贪污作恶，民众的不聊生。也反映一些当时的风俗习惯，和一部分知识分子对当前的现状，抱着怎样的态度”①。此外，诸如《天凑巧》等作品对现实也进行了较为深刻的批判。在这些作品中，对明代统治集团、科举制度以及当时社会风气的揭露和批判最为突出。

首先，小说将批判的矛头指向了明代最高统治集团，深刻地揭露和批判了统治集团生活腐化享乐、行政腐败昏庸和奸臣当道、宦官擅权等丑恶现象，尤其是对最高统治者的批判，是以往作品中极少见的。

《型世言》中有七回（一、八、十二、二十、二十四、三十四回）比较直接地揭露了上层统治集团的腐朽，大胆地抨击了朝政，表现出很强的批判意识。作者陆人龙大胆批判的矛头直指最高统治者。第十二回《宝钗归仕女　奇药起忠臣》中，侍讲李懋先只因上了两个时政阙失的本子，明仁宗便大怒，叫武士拿金瓜打下，折了三条肋骨：李懋先虽因提醒“陛下纳谏如流，不意臣以谏死”，而免于一死，但“不期第二天，圣旨又着拿锦衣卫”，又是一番酷刑折磨。到宣宗继位后，冤案不但不能昭雪，反又旧账重提，起解处决。最终虽“蒙圣恩”得免，但冤屈数载，已几近绝境。第八回《矢智终成智　盟忠自得忠》，忠臣程君楫上本奏明将有兵兴，“乞固边防，饬武备，杜不虞，以安新祚”，建文帝却指责他妄言惑众，欲处以死刑。后来建文帝在靖难中坐失江山，流落异乡，正是其昏庸无能、不能明鉴

① 阿英：《〈西湖二集〉所反映的明代社会》，载《小说闲谈》，上海古籍出版社1985年版，第3—4页。

忠言的必然下场。由于朝纲不振，朝廷官员之间的矛盾日益激化，第十七回《逃阴山运智南还　破石城抒忠靖贼》开篇就指责朝廷文武两立，官员之间忌功嫉能，愎谏任意，导致五路丧师，辽广陷没。第二十四回《飞檄成功离唇齿　掷杯授首殪鲸鲵》中，秦凤仪因直言时政而触怒内阁，被发到烟瘴之地任职；又因所属署印为内阁同乡，欲献殷勤，便受到百般刁难与凌虐。在小说的结尾，作者让窦知府说出了"这不公道时事，还做甚官！"的肺腑之言，宣泄了正直官员面对窳败社会政治的愤慨之情。

明末政治腐败和军事失利的一个重要的原因就是朝廷用人不当，尤其是对宦官的过分宠用而导致宦官专权，则成为明代朝廷最为黑暗的现象。在明代，相继出现了王振、汪直、刘瑾、冯保、魏忠贤等大宦官，他们倚仗皇帝的恩宠，排斥异己，陷害忠良，飞扬跋扈，为所欲为。对此，陆人龙愤恨地加以揭露和怒斥。如在《宝钗归仕女　奇药起忠臣》中写了太监王振"因直谏支解了一个翰林侍讲刘球，因执法陷害了一个大理寺少卿薛瑄"，只因李懋先不肯附就，便捏造罪名，欲致死地。《逃阴山运智南还　破石城抒忠靖贼》揭露王振唆使英宗亲征，不待讲和就叫拔营，致"一干文武官员车碾马踏，箭死刀亡"，"还弄得大驾蒙尘，圣人都入于虏营"。此回又记宦官汪直开西厂，荼毒缙绅士民，项尚书上疏奏劾，反为中伤，廷勘削籍。

《西湖二集》则是主要通过描写南宋偏安时的宫廷生活，影射了晚明的最高统治者不理政事、奢侈享乐、安于闲逸、不求进取等现象，表现出极强的批判意识。如《吴越王再世索江山》（卷一）、《宋高宗偏安耽逸豫》写了宋代泱泱大国，至第八朝天子徽宗，"宠用一干佞臣"，"大兴工役，凿池筑囿"，"害得天下百姓，十死九生，人民咨怨，个个思乱"，失去大半江山；高宗偏安杭州，"并不思量去恢复中原，随你宗泽、岳飞、韩世忠、吴璘、吴玠这一班儿谋臣猛将苦口劝他恢复，他只是不肯，也不肯迎取徽、钦回来，立意听秦桧之言，专以和议为主，把一个湖山装点得如花似锦一般，朝歌喜乐"。又写"高宗能言而不能行，若是真要报仇雪耻，须像越王卧薪尝胆，日图恢复之志，身率岳飞一班儿战将，有进无退，直杀得金兀术大败亏输而走，夺还两宫，恢复土宇，仍都汴京，方是个有道的君王、报仇雪耻的臣子。高宗不知大义，听信贼臣秦桧和议，误了大事"。《徐君宝节义双全》中，写了元军打来，国势危急，奸相贾似道"只是瞒着度宗皇帝，终日燕雀处堂，在半闲堂玩弄宝物，与娼妮淫媾，十日一朝，入朝不拜"。《李凤娘酷妒遭天谴》、《薰莸不同器》、《觉阁黎一念错投胎》写的是残酷的宫廷斗争，揭露了朝廷任用奸相给国家带来的深重灾难。这些揭露虽然是打着前代的旗号，实际上却真实地反映了现实，批判了明代统治者。

同时，作者还通过强烈的对比，批判晚明最高统治者。《西湖二集》写的南宋故事中，君王基本上是以昏庸、享乐、任用奸相这种反面形象出现的。与之相对，明代开国皇帝洪武帝则完全是以英明勤政、任用忠臣的正面形象出现，如《寿禅师两生符宿愿》、《刘伯温荐贤平浙中》等。尤其是有的作品在叙宋高宗的故事中插入明太祖之事，形成直接对照，用以说明帝王要勤政，莫要嬉乐："说话的，不知从来做天子的，都是一味忧勤，若是贪恋嬉游，定是亡国之兆。只看我洪武爷百战而有天下，定鼎金陵，不曾耽一刻之安闲。夜深在于宫中，直待外边人声寂静，方才就枕。四更时便起，冠服拜天，后即往拜奉先殿，然后临朝，敬天敬祖，无一日而不如此。"（《宋高宗偏安耽逸豫》）以此批判统治者的荒淫奢侈，误国误民。

作者对于最高统治集团的批判意识还表现在即使写普通人的故事，也要联系到朝廷、政治事件，借机对统治者进行批判，如《西湖二集》中的《天台匠误招乐趣》（卷二十八）主要写一个僧尼招淫的故事，但开篇却从南宋理宗"在位日久，嬖宠昌盛，倡优傀儡皆入禁中。内里宠着一位阎贵妃，外有佞臣丁大全、马天骥，表里为奸"写起；《张采莲隔年冤报》（卷十三）写的是一个市井公案故事，开篇也从秦桧专权弄政，屈杀岳飞父子，引起门客施全的愤恨，执刃暗杀不果说起。其余还有《姚伯子至孝受显荣》、《徐君宝节义双全》、《寄梅花鬼闹西阁》（卷十一）、《马神仙骑龙升天》（卷三十）等，都有这种写法。

作品对下层官府之黑暗与腐败也进行了深刻的批判。在《型世言》中，共有十三回作品（二、五、六、十三、二十一、二十二、二十三、二十六、二十九、三十、三十三、三十五、三十六回）直接地写到了下层官府、官吏，但仅有四回写的是较为清廉的官吏（二十一、二十二、二十三、三十五回），多数作品都揭露了当时官府的黑暗和官员的腐败。作品中表明，腐败官府与黑心官吏对百姓的敲诈与勒索已是司空见惯的现象。如《妙智淫色杀身　徐行贪财受报》（二十九回）中的贪酷之官徐州同，他得知儿子勒索和尚五百两银子而被赖掉三百两之后，竟顿足道："你不老到，你不老到，不妨，有我在"，于是指使新捉来的强盗攀和尚为窝家，要他一千两作保；为除后患，又将和尚活活闷死。又如《陈御史错认仙姑　张真人立辨猴诈》（四十回）中，通过陈溜山为官的妙诀："厚礼奉承上司，体面去结交乡宦，小惠去待秀才，假清去御百姓"；审案时，"看是小事，出作不起的，三五石谷也污名头，竟立案免供。其余事小的，打几下逐出免供。人人都道清廉，不要钱，不知拿着大事，是个富家，率性诈他千百，这叫'削高堆'，人也不觉得"，批判了"精明与浑厚并行"的贪官污吏。腐败官府还制造了一起起冤案，这在第五、六、十三、二十、三十三、三十六回等中都有反映，如《完令节冰心独抱　全姑丑冷韵千秋》（六回）中对毛通判的描写是“极是糊涂又且手长”，判案时不问清实情，不让被告开口，武断地判清白之妇唐贵梅下监；挑水老白（五回）、简胜（二十回）、杜外郎（三十六回）、庚盈（三十三回）都是在酷刑之下被迫承担了罪名。此外，牢狱的黑暗、蠹吏的横行在文中更是随处可见。

其次，小说对明代科举腐败进行了深刻的揭露和批判。

以往白话短篇小说作品中也有对科举的揭露和批判，但只是零星地穿插于作品中，不作为写作的主要内容，更谈不上有意识地揭露与批判；而以全篇的内容主要写科举腐败的作品更是少见。但是这一时期的小说创作不但有意识地揭露和批判科举，还出现了以整篇内容来写科举的作品，且极尽讽刺和夸张，批判得极为深刻。最为典型的是通过“愚才”科举通达的故事来批判科举腐败。如《西湖二集》中的《愚郡守玉殿生春》（卷四）中，胸无点墨又愚钝不化的赵雄竟凭一次次意外，不但科举高中，且位至宰相。赵雄科考路上的一次次意外，其实正是科举中的一个个弊端造成的：或借考官漏题舞弊之机，或借他人现成之文。他的侥幸成功竟造成“自此之后，人人磨拳，个个擦掌，不要说那识字的抱了这本《百家姓》看作诗赋，袖了这本《千字文》只当万言策，就是那三家村里一字不识的小孩童、痴老狗、扒柴的、牧牛的、担粪的、锄田的，没一个不起个功名之念，都思量去考童生，做秀才，纳上舍，做举子，中进士，戴纱帽，穿朝靴，害得那资州人都像害了失心风的一般”的滑稽现象。之所以能出现“愚才”科举通达的现象，这与不识才的“瞎眼”考官也是分不开的，文中对此也批判道：

> 若是举子命运不好，就是孔夫子打个草稿，子游、子夏修饰词华，屈原把笔，司马相如磨墨，扬雄捧纸，李斯写字，做成一篇锦绣文字，献与试官，那试官把头连摇几摇，也不过与“上大人，丘乙已”字儿一样。若是举子命运好，且不要说《牡丹亭记》上道“国家之和贼，如里老之和事；天子之守国，如女子之守身；南朝之战北，如老阳之战阴”这样的文字要中状元，就是“之乎者也矣焉哉”七个字颠来倒去写在纸上，越觉得文字花碌碌的好看，越读越有滋味，言言锦绣，字字珠玑；就是那“两只烧鹅朝北走”，“屋里青山跳出来”那般对句，安知没有试官不说他新奇出格有趣？真是不愿文章中天下，只愿文章中试官。就是吃了圣水金丹，做了那五谷轮回文字，有那喜欢的收了他去，随你真正出经入史之文，反不如放屁文字发迹得快。世上有什么清头？

有什么凭据？

《天凑巧》中的《陈都宪》也是同类题材，但揭露的更为深刻。文中通过愚钝书生陈都宪的科举经历，写了一系列的科场闹剧：陈都宪因去骗酒吃而未来请赈，就被州官认为是"安贫养高的人"，不凭文字便在一系列考试中让其顺利过关；有人本欲作为笑料将陈的卷子拿给大座师看，不想，大座师未看便称好，题名榜上；在上京考试时，有一位工部都掌科，"人都笑他是个不通的榜主头一名。侥幸得了科第，人偏胡虚他，又因门第，得了个翰林院庶吉士。他……常说道：'天下的人，难道只有我不通？定然还有不通的，与我作个对头。'这一次轮该分房，别个进去选的是上卷，他进去先要选下卷。看过了十八九，都是胜似他的。遂叹息道：'天下这等多才！"忽然看到陈都宪的卷子，大笑道："妙！妙！妙！有了替身了。若论起我当日的试卷，还公然胜他几分。这卷子取出去，人定笑他，不笑我了'"。陈都宪这样的学问，一旦中得科举，也"昧了心，公然谈论起文来。后来竟也做了个会试小考，却苦于念不通，道：'如今这文字这样奇了，竟没有我当日的文章上那话头！'那样规搁了一日，要装个病，央人代看罢，又怕惹人笑话"。无法，只得以抽签的形式决定。在作者夸张的文字里，我们看到明代科举腐败已经达到了怎样令人震惊的地步。虽然作者以命运和阴功来解释这一切，但这只不过是一种无奈的自我安慰。

除了上述用全篇内容来揭露和批判科举外，还有不少作品是在文中局部写到了科举，用笔虽不是很多，但批判得也同样深刻，如《西湖二集》的《洒雪堂巧结良缘》（卷二十七）中，在写魏鹏因思念贾云华无心应考时，写道："怎知自己极不得意文字，那试官偏生得意，昏了眼睛，歪了肚皮，横了笔管，只顾圉圈点点起来。"上京会试，魏鹏"会场中也不过随手写去，做篇虚应故事之文。偏生虚应故事之文，瞎眼试官中意，又圈圈点点起来，说他文字稳稳当当，不犯忌讳，不伤筋动骨，是平正举业之文，竟中高第"。又如《巧妓佐夫成名》（卷二十）中借名妓曹妙哥之口批判了科举的弊端：

> 你只道世上都是真的，不知世上大半多是假的。我自十三岁梳拢之后，今年二十五岁，共是十三个年头，经过了多少举人、进士、戴纱帽的官人，其中有得几个真正饱学秀才、大通文理之人？若是文人才子，一发稀少。大概都是七上八下之人、文理中平之士。还有若干一窍不通之人，尽都侥幸中了举人、进士而去，享荣华，受富贵。……况且如今

试官，……若是见了明珠异宝，便就眼中出火，若是见了文章，眼里从来没有，怎生能辨得真假？所以一味糊涂，七颠八倒，昏头昏脑，好的看做不好，不好的反看做好。临安谣言道：“有钱进士，没眼试官。”这是真话。

《文昌司怜才慢注禄籍》（卷十五）中的罗隐与李振二才子都是二十余年不中科举，因为这个世道是“谁问你有才无才，只问你有贿赂无贿赂，有关节无关节。”

《型世言》第二十七回《贪花郎累及慈亲　利财奴祸贻至戚》还写到了专替人代考的“枪手”：

包覆试三两一卷，止取一名，每篇五钱，若只要黑黑卷子，三钱一首。到府间价又高了。每考一番，来作生意一次。……进学三百两，他自去寻有才有胆不怕事秀才，用这富家子弟名字进试，一百八十两归做文字的，一百二十两归他。覆试也还是这个人，到进学却是富家子弟出来，是一个字不做，已是一个秀才了。

第二十三回《白镪动心交谊绝　双猪入梦死冤明》入话中还批判了捐纳得官现象：

但当日有钱，还只成个富翁，如今开了个工例。读书的萤窗雪案，朝吟暮呻，巴得县取，又怕府间数窄分上多；府间取了，又怕道间遗弃。巴得一进学，侥幸考了前列，得帮补，又兢兢持持守了二三十年，没些停降。然后保全出学门，还止选教职、县佐贰。希有遇恩遴选，得选知县、通判。一个秀才与贡生何等烦难！不料银子作祸，一窍不通，才丢去锄头、扁挑，有了一百三十两，便衣巾拜客。就是生员，身子还在那厢经商，有了六百，门前便高钉‘贡元’匾额，扯上两面大旗，偏做的又是运副、运判、通判、州同、三司首领，银带绣补，就夹在乡绅中出分子、请官。

再次，小说对晚明日益败坏的社会风气进行了批判。

明中叶以来，由于商品经济的发展和王学左派的影响，社会风气发生了较大的变化，至晚明时期，由于社会危机的严重，许多人将国力的衰败归罪于社会风气的转变，因此也不遗余力地对当时的社会风气进行了深刻而广泛的批判。以《型世言》为代表的明末白话短篇小说针对晚明日益败坏的社会风气进行了批判，在批判内容上较以往的作品既有较为鲜明的时代特征，又很深刻。在《型世言》中，除了塑造那些并不真实的封建道德典范之外，用大量的篇幅真实地反映了晚明的社会风气。如《千金不易父仇　一死曲伸国法》（二回）中写了侄子打死叔父以钱求和的事情，批判了晚明以来出现的以少犯长等社会伦理道德的败坏和“当今之事，惟钱而已”、“如今论甚天理，有钱者生，无钱者死”的社会风气。《白镪动心交谊绝　双猪入梦死冤明》（二十三回）写一个人贪图朋友钱财，以至杀死朋友的故事，批判了晚明社会出现的尚利好货、人为利动、人情冷漠的社会风气，在此文的开篇作者还直接论道：“如今人最易动心的无如财，只因人有了两分村钱，便可高堂大厦，美食鲜衣，使婢呼奴，轻车骏马。有官的与世家不必言了，在那一介小人，也装起憨来。又有这些趋附小人，见他有钱，希图叨贴，都凭他指使，说来的没有个不是的。真是个钱神”。《寸心远格神明　片肝顿苏祖母》（四回）中写李氏夫死子幼，生活无靠，又不肯另嫁，其兄弟道：“就是县里送个贞节牌匾，也只送了有钱的，何曾轮着我们乡村?”道出了当时一切以钱为中心的世风。有的小说还由叙述者直接出面对各种不良世风进行批判，如《鼓掌绝尘·风集》论道：“你道他如何又有这个时运？看来如今风俗，只重衣衫，不重人品。比如一个面貌可憎、语言无味的人，身上穿得几件华丽衣服，到人前去，莫到提起说话，便是放出屁来，个个都是敬重的。”批判了极为势利的世风。《西湖二集》卷三《巧书生金銮失对》也道：“世情宜假不宜真，若认真来便失人。可见世情都是假，一斗米麦九升尘。”

这一时期的小说批判意识的加强还表现在，作品直指现实弊端，对当今现实进行了直接的批判，表现出强烈的批判现实意识。

这一时期的小说在进行社会批判时，诸如“现今”、“如今”、“近来”、“我朝”等明显直指现实的字眼屡屡出现，这种情况也是以往作品中不多见的。如《型世言》中的《千金不易父仇　一死曲伸国法》对近来官府议论道：“只是近来官府糊涂的多，有钱的便可使钱，外边央一个名色分上，里边或是书吏，或是门子，贴肉揌，买了问官。有势的可以使势，或央求上司分付，或央同年故旧关说，劫制问官。又买不怕打、不怕夹的泼皮做硬证，上呼下应，厚贿那仵作，重伤报轻伤。在那有人心问官，还葫芦提搁起，留与后人；没人心的，反要坐诬。”《勘血指太守矜奇　赚金冠杜生雪屈》（三十六回）对魏忠贤专权一事，愤慨指出：“就如目下，魏忠贤把一个‘三案’，一网打尽贤良，还怕不够，又添出‘封疆行贿’一节，把正直的扭做奸邪，清廉的扭做贪秽，防微的扭做生事，削的削，死的死，戍的戍，追赃的追赃。”对于明朝朝纲不振，《西安府夫别妻　郃阳县男化女》（三十七回）中愤恨地骂道：“我朝自这干阉奴”，“不雄不雌的，在那边乱政，因有这小人磕头搬脚、搽脂画粉去奉承着他，昔人道的：举朝皆妾妇也。”《匿头计占红颜　发棺立苏呆婿》（二十一回）也道：“我朝名卿甚多，能明断的有几人!”《捐金有意怜穷　卜兆无心得地》（十九回）中，借贪得无厌的蛟龙被雷击斃之事，告诫道：“今之做官的贪赃不已，干犯天诛的，这就是个样子!”对于姑息门子，作品形象比喻道：“正如养疽一般，疽溃而身与俱亡。”对于“如今”科举之舞弊，《内江县三节妇守贞　成都郡两孤儿连捷》（十六回）论道：“其时还是嘉靖年间，有司都公道，分上不甚公行，不似如今一考，乡绅举人有公单，县官荐自己前列，府中同僚，一人荐上几名；两司各道，一处批上几个，又有三院批发，本府过往同年亲故，两京现任。府间要取二百名，却有四百名分上。”又如《天凑巧》中的《陈都宪》中道：“不知道如今的时势，贿赂公行，买卖都是公做，有什么羞?”《西湖二集》卷十九《侠女散财殉节》中也论道：“强似如今假读书之人，受了朝廷大俸大禄，不肯仗节死难，做了负义贼臣，留与千古唾骂。”这些都是直指现实而进行的批判。

尽管这一时期小说中所表现出来的批判形式多种多样，有间接批判，有直接批判，有用全篇进行批判，有在篇中某一处批判，但是就总体而言，所表现出来的批判意识较以往强烈而深刻，它较为充分全面地表达了人们对于晚明危机的思考和对黑暗现实的愤慨，并因此成为这一时期小说创作中的一个特色。

第四节　小说论说特色的强化

儒学以伦理道德为核心的价值观，决定了我国古代文学的教化传统。孔子的“诗可以兴，可以观，可以群，可以怨”和《毛诗序》“正得失，动天地，感鬼神，莫近于诗。先王以是经夫妇，成孝敬，厚人伦，美教化，移风俗”的论述较早地表明了文学的教化作用。在明中叶以后的白话短篇小说创作中，由于其作者、读者、自身特点和文学地位等缘故，也表现出一定的教化意图。

白话短篇小说的作者已经不是生活在社会下层、仅以赢利为目的的书会才人，而是像冯梦龙、凌濛初这样具有较强社会责任感的文人，作品所面对的又是极为广大的“蒙昧”的下层民众；因此，在作品中进行劝诫、教化是难免的；而小说一向被歧视的社会地位，也需要通过统治阶级认可的道德教化功能的强调而得以提高。这种教化、劝诫目的的实现，除了借用故事本身之外，更为重要的是，脱胎于说话艺术的白话短篇小说自身就有论说特点：如在结构上有专门用于论说的部分即入话；在故事讲述过程中，可以插入叙述者的议论；在结尾处以诗或极短之语对文中内容进行总结、评论，对读者进行警诫。这些论说性的语言都十分便于小说进行教化劝诫。我们几乎在所有的白话短篇小说中都能看到这种形式的论说性语言，它成了白话短篇小说的一个不可或缺的内容和形式特色。不过在这一时期的小说的教化色彩不是很浓，议论、劝诫性的文字也并不多。

但到明末，在忧患、愤世与救世心理下，写小说成了一部分文人泄愤和劝世的途径，即“不得已而借他人之酒杯，浇自己之磊块，以小说见”（湖海士《西湖二集序》）。“一则要诫劝世上都做好人，省得留与后人唾骂；一则发抒生平之气，把胸中欲歌欲笑欲叫欲跳之意，尽数写将出来；满腹不平之气，郁郁无聊，借以消遣。”（《西湖二集》卷一《吴越王再世索江山》）于是，白话短篇小说创作较以往强化了议论、劝诫文字，郑振铎在评论《西湖二集》时就指出：“明末平话小说半为劝诫教训，半亦陷于自泄悲愤的渊阱中。清原此作，正足以见当时平话集的风尚。”①

明末白话短篇小说论说特色的强化，首先表现在增多了入话和结尾处的议论性语言。

较早的白话短篇小说承袭了话本的形式，一般在入话中进行一番论说。这种论说性语言有两种表达方式，即说明和议论，以此引起所讲故事。但这种说明或议论的语言一般都很短，只有一句或几句话。到《三言》、《二拍》时，全文中议论、劝诫性的文字虽有所增加，但入话中仍以说明性文字为多。不过，到了明末，以《型世言》、《西湖二集》为代表的白话短篇小说集中，入话中使用更多的是议论性语言，且议论篇幅大大增长。如《型世言》四十篇小说中，只有第五、八回的入话是说明性的，其余多为议论性的，字数一般多达四五百字以上，甚至还有千言的，如第十二回。更值得注意的是，一般白话短篇小说中在入话之后、讲主要故事之前，都要讲一个或几个小故事，称为头回。但在这一时期，有些作品却取消了头回故事，一些原本可以独立出来作为头回的故事，却往往被作者简化为几句话，纳入入话中，作为入话用以议论的例子，以增强入话的议论强度，如《型世言》第

① 郑振铎：《明清二代的平话集》，载《中国文学研究》上册，人民文学出版社2000版，第395页。

三十二回《三猾空作寄邮　一鼎终归故主》入话写道：

> 造化小儿，尝把世间所有，颠弄世间，相争相夺，逞智逞强，得的喜，失的忧，一生肺肝，弄得不宁。不知识者看来，一似一场影戏，人自把心术坏了，机械使了。我观人最可无、人最要聚的是古玩，他饥来当不得食，寒来当不得衣。半个铜钱不值的，被人哄作十两百两；富贵时十两百两谋来的，到穷来也只做得一分二分。如唐太宗要王羲之《兰亭记》，直着御史萧翼扮做商人到山阴，在智永和尚处赚去。临死要殉入棺中，后被温韬发陵，终又不得随身。桓玄见人有宝玉，毕竟赚他赌，攫取他的；及至兵败逃亡，兵士拔刀相向，把支碧玉簪道要买命。可笑杀了你，这玉簪不是他的么？我朝有一大老先生，因权奸托他觅一古画，他临一幅与之，自藏了真迹；竟为权奸得知，计陷身死。还有一个大老先生，闻一乡绅有对碧玉杯，设局迫取了；后来他子孙还礼，也毕竟夺去此杯，还至子孙受他凌辱。这都是没要紧，也不过与奸人小人，同做一机轴，令人发一场笑便了。

这样的议论有理有据，十分充分，增强了议论力度，也强化了作品的劝诫效果。

同时，小说结尾处也增多了议论、劝诫性语言。明末以前的白话短篇小说大多是以一首四句短诗结束全文，因这种篇尾诗具有总结全篇、劝诫读者的作用，所以一般来说，结尾处较少另发议论，即使有议论，也较为简短。但是到了明末，由于作者泄愤、劝世意识的强烈，他们在小说结尾处也加强了议论和劝诫性语言。《西湖二集》是在诗上做文章：或增多篇尾诗，如第十一卷、二十六卷、三十三卷等篇尾诗都为两首以上；或增长诗的篇幅，《西湖二集》中有三分之一的作品篇尾诗为八句以上。结尾处的另外一种变化，就是有的作品取消了篇尾诗，代之以较长的散文体议论、劝诫性语言，这种变化以《型世言》为典型代表。《型世言》四十篇作品中，只有第一、五、十一、十三、二十三回有篇尾诗，其余三十五篇都被取消，与此同时加强了结尾的散文体议论劝诫性语言。这种现象的出现，可能是因为小说篇尾短短的四句或八句诗显然已不够进行深入的论说、教化、劝诫，诗体的形式也限制了表达的自由和深入，不能痛快淋漓地抒发作者的胸臆，于是就代之以不受拘限的散文。

明末白话短篇小说论说特色的强化，其次表现在密切了入话论说性语言与正文内容的关系。

在说话艺术中，入话的作用是为了稳定提前到场听书的观众，同时等待晚来观众的落座，在内容上丰富多彩，一般与正文没有直接和必然的联系，多数是为了拖延时间，或能引出正文的话题。脱胎于说话艺术的白话短篇小说的入话在早期时也基本上延续了这一传统，虽然经过文人之手的编撰，入话内容更为讲究，有一部分作品中的入话与正文内容关系较以往有所密切，但是从总体来看，基本上保持了说书艺术的入话特色，其作用大多是为了唤起读者的阅读兴趣，引出正文的话题，入话与正文的关系并不十分密切。一般说来，入话与正文这种关系主要表现为如下几种形式：一是入话论说的是正文内容所要反映的某一社会问题或人生哲理等，以引起正文故事，如《乔兑换胡子宣淫　显报施卧师入定》（《拍》卷三十二）入话强调的是"色"字害人，《诉穷汉暂掌别人钱　看财奴刁买冤家主》（《拍》卷三十五）入话强调"人生财物，皆是分定。若不是你的东西，纵然勉强哄得到手，原要一分一毫填还别人"，论说的都是正文故事所要反映或体现的问题与道理，这种入话与正文的关系是早期白话短篇小说中最为密切的。二是入话论说的是与正文相类的人物、情形，以引起下文，如《乌将军一饭必酬　陈大郎三人重会》（《拍》卷八）入话论说强盗、《张溜儿熟布迷魂局　陆蕙娘立决到头缘》（《拍》卷十六）入话论说拐子、《姚滴珠避羞惹羞　郑月娥将错就错》（《拍》卷二）入话论说人与人面貌的相似，这些人物或情形正是正文所要涉及的。三是入话论说的事情，是引起正文故事的话头，如《陈多寿生死夫妻》（《醒》卷九）的入话录下三首写棋的诗，并加以论说，其与正文的关系正如作者写道："今日为何说这下棋的话？只为有两个人家，因这几着棋子，遂为莫逆之交，结下儿女姻亲。后来做出花锦般一段说话。"四是入话介绍的是正文故事的背景、环境，如《勘皮靴单证二郎神》（《醒》卷十三）入话论说的是宋徽宗为政时大兴工役、宠用奸相、宠幸安妃等情形，这是正文韩夫人故事发生的社会背景。由此看来，在晚明之前的白话短篇小说中，入话与正文内容有联系，但是多数情况下这种联系并不密切。

至明末，由于社会危机的严重，文人忧患意识和救亡意识的高涨，白话短篇小说中的入话成了说教的工具，因此入话中所论述的内容就不单是为了吸引读者、引起话题，更多的是为了向读者进行劝诫和教化，引起读者的重视。与此相应，正文的故事似乎就是为了增强这种劝诫和教化的可信性。在这种创作心理下，除了上述入话与正文关系的第一种形式外，其余的都很少用。像《型世言》等作品，一般都采用类似第一种的入话形式，并在入话与正文内容的关系上更为密切，它往往开门见山地提出问题，论清道理，表明立场，从而将正文故事作为入话提出的问题和所作的议论的例证来进行讲述，互相印证，相辅相成，两者关系十分密切。

入话论说性语言与正文内容关系的密切，不但表明了作者写小说是有的放矢的，同时也更利于作者思想的明确表达，说理也更透彻，并使作品从整体上来看较以往更集中、更紧凑。但同时，也一定程度地降低了作品的趣味性、可读性。

明末白话短篇小说论说特色的强化，还表现在增加了借作品人物之口进行论说的方式。

较早的白话短篇小说一般比较专心于故事情节的讲述，较少借人物之口进行议论说教。到了明末，由于作者具有强烈的忧患意识，急于表达内心对社会各种问题的态度，抒发胸中的情愫，或向读者进行教化，往往要借文中人物之口进行论说。如《西湖二集》卷三十四《胡少保平倭战功》中，作者借王直之口直接揭露官府黑暗，发泄自己的愤怒：

> 如今都是纱帽财主的世界，没有我们的世界！我们受了冤枉，那里去叫屈？况且糊涂贪赃的官府多，清廉爱百姓的官府少。他中了一个进士，受了朝廷多少恩惠，大俸大禄享用了，还只是一味贪赃，不肯做好人，一味害民，不肯行公道。所以梁山泊那一班好汉，专一杀的是贪官污吏。

又如卷十五《文昌司怜才慢注禄籍》中：

> 那李振忿恨这些害民贼道："当日三国时节，督邮倚势欺诈刘玄德钱，却被张飞缚在柳树上，口口声声骂为害民贼，鞭打数百，千古快心。若在今日，一刀砍为两段，方才心满意足。"

此外，《祖统制显灵救驾》中借祖真夫骂做官的人；《巧妓佐夫成名》借妓女曹妙哥之口，以长达近两千的文字，说尽了社会的黑暗和作者的愤慨，是这种议论劝诫形式的最为典型的例子。又如《型世言》中的《千秋盟友谊 双璧返他乡》（十四回）借王冕之口论官场黑暗："如今在这边做官的，不晓政事，一味要钱，这是贪官；不惟要钱，又大杀戮，这是酷官；还又嫉贤妒能，妄作妄为，这是蠢官。"《三猾空作寄邮 一鼎终归故主》借帮闲水心月论说重利轻才的世风："如今时势，只论银子，哪论文才，州中断要分上。若靠文字，便是锦绣般，也只不看。"《贪欣误》第三回《刘烈女》

中借刘大姑母与女儿的谈话，来论说国难时的忠臣烈女："古人说得好：'国难识忠臣。'男子之事君，犹女子之事夫；男子殉节为之忠，女子殉难谓之烈。须当患难死生之际才见得，故又云：'愿为良臣，不愿为忠臣。'"这些都抒发了作者的思想情感，表达了作者的观点。

在情节发展过程中，借人物之口对某些社会现象、社会道德等进行议论，较之叙事者出面在文前或篇尾议论显得更加自然和有针对性，增强可信度和说服力；在论说的力度上也能表现得更大胆尖锐、淋漓酣畅，便于作品和作者思想的充分表达。但是，有的作品中或因这种论说方式用得较多，或用得不恰当，也一定程度地损害了人物形象的真实性和作品的艺术性。

明末白话短篇小说论说的内容转向了封建伦理教化，这也强化了小说的论说特色。

晚明以前的白话短篇小说中的论说内容十分广泛，有一般性的道德问题，也有针对社会中一些常见的弊端和生活中的经验教训等，如《袁尚宝相术动名卿　郑舍人阴功叨世爵》（《拍》卷二十一）入话处议论道："小子为何重宣这一遍？只为世人贪财好利，见了别人钱钞，昧着心就要起发了。何况是失下的，一发是应得的了，谁肯轻还本主？不知冥冥之中，阴功极重。"是劝人莫贪财。《十五贯戏言成巧祸》（《醒》卷三十三）入话论道："这道诗，单表为人难处。只因世路狭窄，人心叵测。大道既远，人情万端。"这是针对一般社会现象，发自于生活的体验。

但是，到了明末，面对日益衰败的社会局面，文人们将社会问题和社会危机原因归结为封建伦理道德的失落，希望通过封建伦理道德的提倡，来拯救社会、挽救危机，所以在文学创作上宣扬封建伦理道德的作品明显增多，像《型世言》和《西湖二集》都是以宣扬封建伦理道德为创作宗旨。与这种创作宗旨相一致，这一时期的绝大多数作品中的议论、劝诫也都集中在忠孝节义等封建伦理道德方面。如《型世言》第一、八、十七回论的是忠烈，第二、三、四回论的是孝，第五、十四回论的是义，第六、十、十一、十六回论的是贞节，第十九、二十五回论的是善。《西湖二集》中，除了上述道德的提倡外，还对君王和臣相的道德给予了大量的议论，如《宋高宗偏安耽逸豫》、《徐君宝节义双圆》、《刘伯温荐贤平浙中》、《祖统制显灵救驾》、《忠孝萃一门》、《薰莸不同器》等。

明末白话短篇小说论说内容向封建伦理道德教化的转向，更加深了作品的说教性，使文学作品成为了封建伦理道德的教化工具，严重地影响了作品的思想性和文学性，并最终促成了白话短篇小说这一文学体裁的衰落。

明末白话短篇小说论说语言还表现出浓烈的感情色彩和较为鲜明的个性

化倾向，这是此前小说中所没有的。

和以往的作品相比，明末白话短篇小说在议论的语气上表现出浓烈的感情色彩，往往情绪激愤，直抒胸臆，或畅快淋漓，尖锐深刻。这在《西湖二集》中表现得更为明显。鲁迅在《中国小说史略》中曾指出《西湖二集》“好颂帝德，垂教训，又多愤言。”[①] 如《吴越王再世索江山》，其“入活”就有这样的一段：

> 看官，你道一个文人才子，胸中有三千丈豪气，笔下有数百卷奇书，……叵耐造化小儿，苍天眼瞎，偏锻炼得他一贫如洗，衣不成衣，食不成食，有一顿，没一顿，终日拿了这几本破书，‘诗云子曰，之乎者也’个不了，真个哭不得，笑不得，叫不得，跳不得，你道可怜也不可怜？

像这样感情色彩十分浓烈的语言在作品中很多见，又如《徐君宝节义双全》在入话处，写了宋末理宗时皇后谢太后昭仪降元北去，不能死节，倒是朱氏等四个宫人死节，感叹：“若不亏朱氏四人，则宋朝宫中便无尽节死义之人，堂堂天朝为犬羊污辱，千秋万世之下，便做鬼也还羞耻不过哩。”“请问这廉耻二字何在！”《觉阇黎一念错投胎》写奸相史弥远把持朝政时论道：

> 不要说他吐气成雷，就是他放一个屁，也还威行千里。那些奉承他的还要把这个屁顶在头上，当道救命符箓；捧在鼻边，只当外国的返魂香；吸在口里，还要咬唇咂舌，嚼出滋味；定要把这个屁自己接得个十分满足，还恐怕人偷接了去，不见得男女孝顺之心。以此威势日旺一日。

《祖统制显灵救驾》中道：

> 不过做了几篇括帖策论，骗了一个黄榜进士，一味只是做害民贼，掘地皮，将这些民脂民膏回来，造高堂大厦，买妖姬美妾，广置庄园，以为姬妾逸游之地。收蓄龙阳、戏子、女乐，何曾有一毫为国为民之心，还要诈害地方邻里，夺人田产，倚势欺人。这样的人，狗也不值。

---

① 鲁迅：《中国小说史略》，上海古籍出版社 1998 年版，第 142 页。

有的作品还用谩骂式的语言来表达心中的愤恨，如对于元代多次称其为“犬羊禽兽”，骂不忠不义的佞臣道为禽兽不如：“看官，你道禽鸟之微，尚且有君臣之义、故主之恩，怎么人在世上可以不如禽鸟乎？”（《会稽道中义士》）“遂叫那只狗一般惯会咬人的许敬宗”（《薰莸不同器》），等等。这种激愤的语言在《三言》、《二拍》中几乎是见不到的，它充分地表达了明末社会危机下文人愤慨不平的情绪。

随着论说感情色彩的增强，明末白话短篇小说论说性语言还呈现出一定的个性化倾向，这也是以往作品中所罕见的。早期的白话短篇小说中论说性语言一般是不带有作者个人倾向的“从众”语言，它以说书人的口吻表达，论说的一般是社会舆论、公论等，因此作品中的叙述者的面孔既模糊又相似，谈不上表达的个性化。而到了晚明末期，虽然论说性语言仍然是通过说书者的身份来表达的，但其中却或多或少地出现了作者的声音，流露出了一定的个性化议论倾向，像《西湖二集》中许多对于帝王臣子的议论都带有极明显的作者个人的色彩，而《型世言》中有的作品甚至还出现了“我尝道”（如《型世言》第三十七回等）这种议论形式，论说的个性化更为强烈。

第五节　小说思想、艺术水平的一次降低

晚明社会危机影响下的社会心理对白话短篇小说创作产生了深刻的影响。其中作品对现实关注的加强，对社会弊端的揭露，都是有可能促成白话短篇小说思想的进一步发展；而随着创作经验的积累，艺术水平也应得到一定的提高。但是，由于小说作家过于强调小说的教化功能，注重在作品中进行封建伦理道德的宣扬，减弱了小说的思想性和艺术性，一定程度地影响了小说的创作成就。与前期的《三言》、《二拍》等作品相比，这一时期作品的思想、艺术水平都有所降低，于是白话短篇小说逐渐走出了它最为辉煌的时期。

对现实的关注，以当朝当代的故事为主要题材，这是白话短篇小说在题材上的一个重大突破，也是在现实主义创作道路上向前又迈进了一步，是值得肯定的。然而，在救世心理之下，作家们在侧重当朝当代故事的同时，热衷的是那些可用来教化的题材，以此进行封建伦理道德的宣扬，使创作题材较以往受到了一定限制。在《型世言》等作品中，我们清楚地看到，封建伦理道德题材是怎样地限制了作品的现实主义创作，并影响了小说的思想性。作品中，作为主要故事发生的背景，作者写了较多的现实内容，对封建

社会的种种黑暗进行了大胆的揭露和批判，对百姓所遭受的苦难都有所表现，可以说在反映社会的广度与深度上较以往有了较大进步；但是这种具有现实意义和进步倾向的内容常常是作为封建伦理道德教化故事的背景来使用，作者写作的真正用意不是反映现实，而是塑造封建道德典范。因此，在作品中常见到一个非常现实的故事开端发展到后来，却离开了现实本身，走向对封建伦理道德的宣扬。如《寸心远格神明　片肝顿苏祖母》开篇写的是一妇人夫死子幼，无所依赖，又被兄弟劝嫁，这些都反映了封建社会妇女的真实命运，但接着作品后半部就着重写了妇嫁后留下的一女与祖母相依为命，祖母病，女则多次割肉刲肝相救，却得神灵保佑不死。又如第九回《避豪恶懦夫远窜　感梦兆孝子逢亲》，故事开篇写了一个被里胥逼得背井离乡、受尽苦楚的农民，这是极具现实意义的，可是接着故事转到了其子千里寻父上，形成了对孝道的宣扬。这些都使作品的现实性与思想性大为减弱。

《西湖二集》以其具有特色的历史时间和事件的选择，使作品也一定程度地具有了现实意义，如反映社会动荡下百姓流离失所、朝不保夕的生活，揭露上层统治集团种种斗争和奢侈淫乐的生活等。但是因行文中对封建伦理道德的大力提倡和对轮回、报应思想的强调，减弱了作品的现实性和思想性，如《姚伯子至孝受显荣》、《徐君宝节义双圆》等属于前者，《吴越王再世索江山》、《觉阇黎一念错投胎》、《寿禅师两生符宿愿》等属于后者。

在这一时期的作品中，曾经为大众所喜闻乐见的新人物，让位于封建伦理道德的典范人物。作者通过塑造封建伦理道德的典范或抨击封建道德的违背者，大力宣扬了忠孝节义等封建伦理道德。有的作品在塑造封建伦理道德典范时，甚至达到了无视人性的程度。如对孝的提倡上，《型世言》的《千金不易父仇　一死曲伸国法》，孝子王世名为报父仇，杀了仇人，知县怜其孝，要检其父之尸，若有伤，可以不死。但王孝子为全父尸，竟触阶绝食而亡。在《寸心远格神明　片肝顿苏祖母》中，孝女妙珍为疗祖母之病，竟割肉刲肝。《完令节冰心独抱　全姑丑冷韵千秋》中，唐贵梅公婆与人通奸，并欲拉她“落水”，唐不从，公婆以忤逆罪告于官。唐为全公婆之名节，竟不洗自己不孝之罪，含冤自尽。《烈妇忍死殉夫　贤媪割爱成女》中的烈妇陈氏在夫病亡后，不顾家人劝阻，为夫殉节，自缢而亡，其母也任之不救。对于这些过激行为，作者都给予了高度的赞扬。

作品对晚明以来的一些新思想给以了一定的批判。《三言》、《二拍》等小说中所洋溢的新的时代精神在这一时期的白话短篇小说中较少看到。比如《三言》、《二拍》中，同情、肯定了青年男女的自主婚姻，而在《型世言》

中，同样的题材却作为道德的反面而受到批判。《毁新诗少年矢志　诉旧恨淫女还乡》（十一回）中的谢芳卿是一位勇于追求爱情与幸福的青年女子，她倾慕陆仲含的才貌，并主动大胆表露心迹，以效相如、文君之事，这原本是《三言》、《二拍》中常见的爱情题材，且结局几乎都是“有情人终成眷属”。但是谢芳卿却失败了，作者非但未写其追求爱情的成功，反而还安排了流落烟花柳巷的可怕后果。而以“道学家”严辞拒绝了有情女子求爱的陆仲含却成为作者赞扬的对象，认为他“见得定，识得破，不偷一时之欢娱，坏自己与他人的行止”。《西湖二集》卷十六《月下老错配本属前缘》中讲述了一个有才有貌的佳人朱淑真对于一个又丑又蠢的男子的不般配婚姻的恼恨，在朱氏身上一定程度地表达了青年女子对于般配、幸福婚姻的渴望和对不合理婚姻制度的反抗，但是作者接着用因果报应对朱氏不幸婚姻进行了解释：因其前世本为一男子，奸骗一女子，并导致该女子含恨而死，被玉帝罚有如此之婚姻，以偿负心之罪。以此化解不般配婚姻，湮没了朱氏身上所表现出来的进步性。又如，在《三言》、《二拍》中，有的作品已经开始为妇女争取与男子同样的社会地位，一定程度上体现了男女平等的要求。如《二刻拍案惊奇》中有这样的一段话：

> 天下事有好些不平的所在！假如男人死了，女人再嫁，便道是失了节，玷了名，污了身子，是个行不得的事，万口訾议；及至男人家丧了妻子，却又凭他续弦再娶，置妾买婢，做出若干的勾当，把死的丢在脑后，不提起了，并没人道他薄幸负心，做一场说话。就是生前房室之中，女人少有外情，便是老大的丑事，人世羞言；及至男人家撇了妻子，贪淫好色，宿娼养妓，无所不为，总有议论不是的，不为十分大害。所以女子愈加可怜，男人愈加放肆，这些也是伏不得女娘们心里的所在。不知冥冥之中，原有分晓。若是男子风月场中略行着脚，此是寻常勾当，难道就比了女人失节一般？但是果然负心之极，忘了旧时恩义，失了初时信行，以至误人终身、害人性命的，也没一个不到底报应的事。从来说王魁负桂英，毕竟桂英索了王魁命去，此便是一个男负女的榜样。(《满少卿饥附饱飏　焦文姬生仇死报》，《二拍》卷十一)

在这段对男女不平等地位的质疑中，体现了新的社会理想。但是在这一时期的小说中，这种质疑却成为妒妇的罪状而受到批判，如《西湖二集》卷十一《寄梅花鬼闹西阁》道：

> 从来道，妒妇胸中有六可恨。哪六可恨？第一恨道，一夫一妇，此是定数，怎么额外有什么叫做小老婆。我却嫁不得小老公，他却娶得小老婆，是谁制的礼法，不公不平，俺们偏生吃得这许多亏。这是第一着可恨之处了。第二道恨，妇人偷了汉子便道是不守闺门，此是莫大之罪，该杀该休。男儿偷了妇人，不曾见有杀休之罪。……又有傻鸟、信佛法的书呆子，造言生事，说谎弄舌道，有什么阎罗王十八层、十九层地狱，安排断炼，吃苦不尽，恐吓俺们。这是第二着可恨之处了。第三恨道，男子娶小老婆，偷妇人，已是异常可恨之事了，怎生又突出一种“男风”来，夺俺们的乐事……

几乎同样的想法，一个被理解，一个被批判，这可以鲜明地看出不同时期作品的思想倾向。

这一时期的小说创作在艺术上也呈现出降低的趋势。这主要表现在：一是故事的真实性有所降低。由于作者侧重教化，希望在作品中突出教化，因此，在进行故事的编写和人物的塑造上，从作者的主观出发，而不是从生活的真实出发，减弱了作品的真实性。如《型世言》第四回写了一个十四岁女孩陈妙珍孝敬祖母，割股刳肝治祖母病，并得到神人保佑不致伤身，后又为祖母不嫁为尼。文中的故事和人物都是缺乏生活的真实性和典型性，只是作者教化主旨的体现。不过，尽管作品主要人物和事件不够真实，但是作为故事发展的背景却往往真实可信，比如陈妙常生活的周围，人情冷淡，妙常母寡，亲人嫌累赘，也不愿多助，只得改嫁；后来妙珍为尼，而尼庵中更是污秽不堪。这些都是当时社会真实情况的反映。由此看来，这一时期小说中的真实性表现得不统一。二是在人物的塑造上，出现了类型化、道德化、概念化倾向。正面人物多是某一封建伦理道德的化身，是具有高大形象的典范人物；而反面人物多是封建伦理道德的违背者。人们性格较为单一，面目较为苍白，有的是作者某种观念的演示品，因而较缺乏个性特征和真实感人的力量。三是作品中议论增多，特别是在故事叙述中插入议论，或通过人物进行议论这种现象的存在，影响了人物性格的塑造和故事情节的叙述。如《西湖二集》中，动辄议论，有时是在故事叙述中，加入与故事无关的情节，引发议论，如第二卷在写宋代皇帝的故事时，插入对明开国皇帝的议论：“说话的，不知从来做天子的，都是一味忧勤，若是贪恋嬉游，定是亡国之兆。只看我洪武爷百战而有天下，定鼎金陵，不曾耽一刻之安闲，夜深在于宫中，直待外边人声寂静，方才就枕。四更时便起，冠服拜天后，即往拜奉先殿，然后临朝，敬天敬祖，无一日而不如此。”作者的用意是形成对照，用以说明帝王要勤政，莫要嬉乐。但却打断了故事的叙述。有的还借文中人物进行议论，如《马神仙骑龙升天》中唐代马神仙劝宰相的一番议论、《巧妓佐夫成名》中曹妙哥论科举的议论都极长，这种议论有的与人物身份不相符，削弱了形象和故事本身所具有的客观意义，使作品带有明显的倾向性和教化色彩，而缺乏艺术吸引力。

马克思认为："作家绝不是把自己的作品作为手段，作品就是目的本身。"① 明末的一些小说作家从挽救社会危机出发，将小说视为进行社会教化的工具，忽视了小说自身的特点，造成了小说思想性与艺术性的一次降低。这种情形，在清以后，尤其是清中叶的小说创作中又有了更大的进展。

① 《马克思恩格斯全集》第一卷，人民出版社1956年版，第2页。

第十章　商业意识与小说的创作、出版

随着明中叶以来商品经济的快速发展，商品意识也逐渐渗入到文学的创作与出版中，出现了为赢利而创作、出版和销售文学作品的群体，文学商品化现象日益明显。文学的商品化对文学的繁荣与发展起到了不可低估的作用，对于白话短篇小说来说也同样是一件不可忽略的事情。

第一节　商业意识与小说创作、出版的繁荣

出版业在明中叶以后得到了极大的发展，为文学的商品化提供了有利的客观条件。

明代中叶以后，刻书业有了较快的发展。一方面，雕版得到了进一步的普及与发展，出现了木活字和铜活字；在印刷术方面，还出现了套色印刷等多种印刷方法。这些都在技术方面为出版业的发展创造了条件。另一方面，明代刻资低廉，据记载：

> 前明书皆可私刻，刻工极廉。闻前辈何东海云："刻一部古注十三经，费仅百余金。"故刻稿者纷纷矣。尝闻王遵岩、唐荆川两先生相谓曰："数十年读书人，能中一榜，必有一部刻稿。屠沽小儿，身衣饱暖，殁时必有一篇墓志。此等板籍，幸不久即灭，假使尽存，则虽以大地为架子，亦贮不下矣。（叶德辉《书林清话》卷七）
>
> 万历时，所刻支那本释藏，每卷后均记字数，及刻资银若干。如《宋高僧传》卷一，计字七千三百九十五个，该银三两七钱，约计每百字银五分，刻价之贱如此。（丁国钧《荷香馆琐言》卷上）

刻资低廉，刻书成为容易的事。

由于上述原因，明代官刻和私刻都较为发达。在官刻方面，明代各级政府机关基本上都有刻书机构，清人袁栋《书隐丛说》载："官书之风，至明极盛，内而南北两京，外而道学两署，无不盛行雕造。"如在中央，国子

监、司礼监、礼部、工部等都可以刻书；在地方，各省、府、州、县等也大多有刻书机构。私刻图书也十分发达。私刻包括家刻与坊刻：一些大户人家自己雇工刻书，不为求利，不对外销售，这是家刻；坊刻主要是商人为求利而刊刻书籍。

以赢利为目的的坊刻在明代获得了较大的发展。明代教育较为发达，人们对书籍的需求量增大，经营图书有利可图，于是以赢利为目的的坊刻得到前所未有的发展。明人李诩曾说："余少时学举子业，并无刊本，……今（隆、万）满目坊刻，亦世华之一验也。"（李诩《戒庵老人漫笔》卷八）明崇祯间曹溶《流通古书约》记载："近来雕版盛行，烟煤塞眼，挟资入贾肆，可立致数万卷。"坊刻主要分布在北京、金陵、苏州、杭州、徽州、潮州、福建等地，其中南京、苏州、福建坊刻最盛。福建建阳有刻书坊数百家，著名的有忠正堂、诚德堂、三台馆、双峰堂、清白堂、存诚书堂等书坊，出现了像余象斗、熊龙峰这样知名的刻书家。坊刻一般热衷于销路好的书籍，如学童启蒙书、科举考试书、文学书等。

随着大量书籍出版一同涌现的是分布各地的图书市场。在一些大中城市，有专门的常年经营图书的铺子，有的地方还形成图书流通市场，称为"聚书地"，如福建建阳崇化镇，"比屋皆鬻书籍，天下客商贩者如织，每月一、六日集"（嘉靖《建阳县志》卷三）。这样，书籍像其他商品一样被运送到全国各地销售，有许多商贩从事书籍的买卖。胡应麟曾具体地记载了明代图书出版和流通的繁荣景象：

燕中刻本自希，然海内舟车辐辏，筐篚走趋，巨贾所携，故家之蓄，错出其间，故特盛于他处。第其直至重，诸方所集者，每一当吴中二，道远故也；辇下所雕者，每一当越中三，纸贵故也。

越中刻本亦希，而其地适东南之会，文献之衷，三吴七闽，典籍萃焉。诸贾多武林龙丘，巧于垄断，每瞯故家有储蓄，而子姓不才者，以术钩致，或就其家猎取之，楚蜀交广，便道所携，间得新异。关洛燕秦，仕宦囊装所挟，往往寄鬻市中。省试之岁，甚可观也。

凡燕中书肆，多在大明门之右，及礼部门之外，及拱宸门之西。每会试举子，则书肆列于场前，每花朝后三日，则移于灯市，每朔望并下浣五日，则徙于城隍庙中，灯市极东，城隍庙极西，皆日中贸易所也。灯市岁三日，城隍庙月三日，至期百货萃藨，书其一也。

凡徙，北徙其肆也，辇肆中所有，税地张幕列架，而书置焉，若綦绣错也，日昃，复辇归肆中。惟会试，则税民舍于场前，月余试毕归，地可罗雀矣。

凡武林书肆，多在镇海楼之外，及涌金门之内，及弼教坊清河坊，皆四达衢也。省试则间徙于贡院前。花朝后数日，则徙于天竺，大士诞辰也。上巳后月余，则徙于岳坟，游人渐众也。梵书多鬻于昭庆寺，书贾多僧也。自余委巷之中，奇书秘简，往往遇之，然不常有也。

凡金陵书肆，多在三山街及太学前。凡姑苏书肆，多在阊门内外，及吴县前，书多精整，然率其地梓也。

凡刻之地有三：吴也、越也、闽也。蜀本，宋最称善，近世甚稀。燕、粤、秦、楚，今皆有刻，类自可观，而不若三方之盛。其精，吴为最，其多，闽为最，越皆次之。共直重，吴为最；其直轻，闽为最，越皆次之。（胡应麟《少室山房笔丛》卷四）

在这种图书出版、销售繁荣的形势下，备受市民大众喜爱的通俗小说读物也成为出版商和书商的生产品和销售品，进入了市场，占有了一定的市场份额，从而具有了商品的属性。通俗小说所具有的商品属性反过来又促进了小说的创作和出版的进一步发展。

首先，作家进行小说创作已经不仅是一种单纯的文学行为，也是一种商业行为，在金钱的诱惑下，有更多的文人投入到通俗文学创作中去。尽管由于社会的偏见，通俗小说家几乎都没有在作品上署上真名，但他们积极从事通俗文学创作的热情却是有目共睹的。在商业利润的吸引下，有更多的人参与到书籍出版、销售中，成为出版商、书商。为了获得更多利润，他们要看清行情，寻找作家，策划出版和销售，以各种手段吸引读者消费。如《二拍》的编撰就表现出明显的商业性，它源于出版商从冯梦龙《三言》的热销中看到了此类作品的良好市场，而步其后尘以求获利，即《拍案惊奇序》所云："独龙子犹氏所辑《喻世》等诸言，颇存雅道，时著良规，一破今时陋习，而宋元旧种，亦被搜括殆尽。肆中人见其行世颇捷，意余当别有秘本，图出而衡之。不知一二遗者，皆其沟中之断芜，略不足陈已。因取古今来杂碎事，可新听睹、佐谈谐者，演而畅之，得若干卷。"《二刻拍案惊奇》的出版是因"为书贾所侦，因以梓传请。遂为钞撮成编，得四十种。……贾人一试之而效，谋再试之"（《二刻拍案惊奇小引》）。

有的出版商和作者为了获得更多更好的故事题材，还向各处征稿，如陆人龙、陆云龙兄弟曾为《型世言》创作发过征稿启事，王重民在《中国善本书提要》记美国国会图书馆藏《皇明十六名家小品》道：此书有征文启事两叶，称"见惠瑶章，在杭付花市陆雨侯家中；在金陵付承恩寺中林季芳、汪复初寓"。

所录其征启内拟刻书名中就有："刊《型世言二集》，征海内异闻。"①

为了打开销路，出版商还重视作品的宣传，如天许斋在《古今小说题辞》宣传道："小说如《三国志》、《水浒传》称巨观矣。其有一人一事，可资谈笑者，犹杂剧之于传奇，不可偏废也。本斋购得古今名人演义一百二十种，先以三分之一为初刻云。"兼善堂《警世通言识语》道："自昔博洽鸿儒，兼采稗官野史，而通俗演义一种，尤便于下里之耳目；奈射利者而取淫词，大伤雅道，本坊耻之。兹刻出自平平阁主人手授，非警世劝俗之语，不敢滥入，庶几木铎老人之遗意，或亦士君子所不弃也。"衍庆堂《喻世明言识语》道："绿天馆初刻古今小说□十种，见者侈为奇观，闻者争为击节。而流传未广，阁置可惜。今版归本坊，重加校订，刊误补遗，题曰《喻世明言》，取其明言显易，可以开□人心，相劝于善，未必非世道之一助也。"衍庆堂《醒世恒言识语》道："本坊重价购求古今通俗演义一百二十种，初刻为《喻世明言》，二刻为《警世通言》，海内均奉为邺架玩奇矣。兹三刻为《醒世恒言》，种种典实，事事奇观。总取木铎醒世之意，并前刻共成完璧云。"都从不同的角度为作品进行宣传，以赢得读者的青睐。

此外，出版商为了吸引读者，还注重名人效应，即请名人作序写跋，或作评语。如陈继儒、李贽、王世贞、袁宏道、汪道昆、金圣叹等名士都曾为通俗文学作过序评；而同时，这些名士的名字也最易为出版商盗用，尤其是像李贽、袁宏道这种思想激进、声名远播的名字，更为出版商看好，作为作品的幌子，吸引读者购买。陈继儒《国朝名公诗选·李贽小传》中指出："坊间诸家文集，多借卓吾先生选集之名，下至传奇小说，无不称为卓吾批阅也。"袁中道也指出当时署名其兄宏道之书非其兄所为："得祈年武昌书，谓书坊假中郎名刻书甚多，告之以赝，亦不信。""得中郎《十集》，内有《狂言》及《续狂言》等书，不知是何伧父，刻画无盐，唐突西施，真可恨也。"（袁中道《游居柿录》）为了追求更高利润，一些不法商人还经常盗版、删改、翻刻他人之作，如"吴中镂书多利，而甚苦翻板"（冯梦龙《智囊》卷二八），"往见牟利之夫，原版未行，翻刻踵布"（袁宏道《禁翻豫约》）。郑振铎在《西谛书话》也指出明代出版业的这一现象："坊间射利之徒，每每得到残版，便妄题名目，另刊目录，别作一书出版。……像所谓《别本喻世明言》、《别本拍案惊奇》，及《觉世雅言》等皆是。"② 可见这是当时出版界常见的现象。

---

① 参见陈庆浩《型世言·导言》，载《型世言》，江苏古籍出版社1993年版。

② 郑振铎：《明清二代的平话集》，载《西谛书话》，三联书店1983年版，第130页。

在商品意识下出现的上述种种情况，无论是正当或不正当的，都直接或间接地促进了通俗文学的发展与繁荣。从事通俗文学的作者、出版商、书商增多了，作品也丰富了，通俗文学得到了广泛的传播，从而获得了前所未有的快速发展。

第二节　商业意识下的文人创作

尽管我们在前面分析了晚明白话短篇小说是一种市民文学，它反映的是市民的理想与趣味，但是，我们并不能因此而否认小说创作中存在的文人意识。只要文人成为小说的编撰者、创作者，文人意识就必然会或多或少地介入到小说的创作中去，影响小说的创作。

从晚明起，白话短篇小说开始由改编野史、笔记、话本等逐渐走向了独立创作，作者也主要是以有一定文化修养的文人为主，这样，小说创作在题材、趣味、主旨、语言等方面都刻有文人的印记，呈现出一定的文人意识。特别是晚明危机心理影响下的作品更是较多地表现了文人思想，文人意识更为强烈。郑振铎在谈到晚明白话短篇小说时曾指出文人意识对于白话短篇小说创作的影响："凌氏这部《拍案惊奇》可以说是最早的一部'话本创作集'了"，"为了这个缘故，所以他的《拍案惊奇》里，便也充满了文人学士的'创作'的气息，一方面，多做作的笔调，多教训的词语，一方面便立刻显示出很不自然的'拟作'的态度，全失了宋元话本之流畅、自然的风格。"① 鲁迅先生评价明代白话短篇小说时也指出了小说创作中表现出的文人意识："宋市人小说，虽亦间参训喻，然主意则在述市井间事，用以娱心；及明人拟作末流，乃诰诫连篇，喧而夺主，且多艳称荣遇，回护士人，故形式仅存而精神与宋迥异矣。"②

但同时，白话短篇小说创作中出现的这种文人意识倾向，在当时文学商品化的形势下，又不断地受到商业意识的冲击。在商业意识影响下，小说创作势必要迎合市民思想、趣味等要求，必然要媚俗。在这种情况下，文人在小说创作时，就出现了"创作活动受到他的作品消费者的制约，另一方面，他又不能完全摆脱本阶级的意识和思想"③ 的状况。

---

① 郑振铎：《大众文学与为大众的文学》，载《中国文学研究》上册，人民文学出版社 2000 年版，第 375—376 页。

② 鲁迅：《中国小说史略》，上海古籍出版社 1998 年版，第 143 页。

③ ［法］阿诺德·豪泽尔，居延安译编：《艺术社会学》，学林出版社 1987 年版，第 48 页。

那么，处于商业意识下的白话短篇小说又是如何将迎合市民趣味与表现文人意识结合起来的呢？

首先，以市井题材表现教化主旨。

文人意识在白话短篇小说创作中的一个主要表现，就是在小说功能的认识上，强调教化功能。早期的作品主要是用以娱乐消遣的，其中有教化，但并不为主，它注重的是以动人的故事来吸引读者。但是，当文人参与到小说编创中去时，这一情况发生了变化。编撰者在注重娱乐功能的同时，也注重教化功能。对于这一变化，郑振铎先生也曾注意到：

> 最古的话本并不曾包含有什么特殊之目的。他们的作者们，只是以说故事的态度去写作的。他们并不劝孝，也不劝忠。他们只是要以有趣的动人的故事来娱悦听众。但到了后来，话本的写作却渐渐的变成有目的的了。当他们不复为当场的实际上的使用物时，当他们已被把握于文人学士的手中，而为他们所拟仿着时，话本便开始的成为文人学士们自己发泄牢骚不平或劝忠劝孝的工具了。这些后期的话本，充满了儒酸气，道学气，说教气，有时竟至不可耐。初期的活泼与鲜妍的描绘，殆已完全失之。①

在现存的作品中，从冯梦龙的《三言》开始，作品在注重小说娱乐功能的同时，增强了作品的教化功能，并标榜小说创作是以教化为主旨："以'小说'为教育的工具，《三言》的命名就是一个证据。"② 即"明者，取其可以导愚也。通者，取其可以适俗也。恒则习之而不厌，传之而可久。三刻殊名，其义一耳。""以《明言》、《通言》、《恒言》为六经国史之辅"（《醒世恒言序》），以达到"说孝而孝，说忠而忠，说节义而节义"（《警世通言叙》）的效果。《石点头》也将教化作为主要的创作目的："小说家推因及果，劝人作善，开清静方便法门，能使顽夫伥子积迷顿悟。"（《石点头叙》）不过在实际的小说编撰中，教化意识还不十分突出。至明末，由于社会危机的日益严重，一些小说家将小说创作视为改变社会风气的一种手段，进一步加强了小说创作中的教化倾向，这主要体现在以《型世言》和《西

① 郑振铎：《大众文学与为大众的文学》，载《中国文学研究》上册，人民文学出版社2000年，第333—334页。

② 陆侃如、冯沅君：《中国文学史简编》第五篇《明清的文学》，转引自胡士莹《话本小说概论》，中华书局1980年5月版，第397页。

湖二集》为代表的小说创作中。

但是这种明确的教化主旨，并不能妨碍作品在内容上迎合市民趣味。在教化主旨之下，绝大多数小说仍以市井生活为主要题材，以市民为主角，反映市民熟悉的生活，表现市民的喜怒哀乐。

其次，以市井社会为背景表现封建伦理道德。

在这一时期的白话短篇小说创作中，无论是早一些的作品如《三言》、《二拍》，还是稍后的作品如《型世言》，作者在表现封建伦理道德、树立道德典范时，基本上都以市井社会为背景，将人物置于市民生活中。如《三言》中的《陈多寿生死夫妻》、《张秀廷逃生救父》、《徐老仆义愤成家》等体现了忠孝节义封建伦理观，但故事无一不是在市井社会中发生。《型世言》在树立封建伦理典范上更胜一筹，但绝大多数作品也是将典范人物置于市井中。在这种情况下，作者既可以完成道德的提倡和典范的塑造，又能表现多彩多姿、五花八门的市井生活。

另外，作家在创作时，还注意将文人与市民的理想、道德、趣味等进行调和。比如，在表现婚姻爱情的题材中，有为数不少的作品写了男女人物不守礼教、无媒自荐等行为，这是属于市民理想范畴的，不合乎封建礼教和文人思想；但是作者又注意将这种不合礼教的行为进行一定的限制，使之不至于完全陷于背离礼教的境地，从而让大多数读者接受，如让这种行为最终得到父母的认可，得到官府官员的承认；或是以男女二人的情感专一、忠贞不渝、不再另娶来抵消以往不合礼教的行为。这种情况在《三言》、《二拍》中大量存在。而《石点头》第四卷《瞿凤奴情愆死盖》则更典型地表现了这种调和。文中写了方氏夫死后与有妇之夫孙谨通奸，后劝女儿凤奴亦与情夫私通。作者在写三人违背礼教的行为之后，竟又刻意地写了凤奴和孙谨二人彼此钟情，凤奴为孙坚守贞节，宁死不嫁，而孙谨也为凤奴自残身亡。作者用这样的情节，将偷情与忠贞两种不同的道德融合在一人身上，力图使人物形象既有市民意味，也合文人口味。即使像《宜春香质》和《弁而钗》这样的描写同性恋的色情小说也是如此。作者一方面肆意地描写同性恋，表现市民的趣味，另一方面，又以文人道德观来塑造人物。作者在写这些小官时，十分注意以文人的评价标准塑造人物，《宜春香质》批判了人品低下、情感不专一、嫌贫爱富等小官；与之相反，《弁而钗》则赞扬了忍辱负重、重情有义、忠厚为善的小官。对这些小官身上的品质评价，基本上是以文人的道德标准来确定的。这样，就使得淫秽不堪的色情小说兼得了一些文人的道德和趣味。

此外，作家进行编撰小说时，在尊重小说原有的形式、风格和广大读者的阅读习惯的同时，也表现出了一定的个性化的编撰意识，使小说有了较为规整的形式和深一层的意蕴。冯、凌二人的《三言》、《二拍》，每部小说集是四十篇，每篇结构以题目、入话、头回、正话、尾诗形式为主，题目讲究对称、对偶。而《欢喜冤家》则表现得更为突出，它在篇目的结构上，“演说二十四回，以纪一年节序”，题材选用和情节设置上，也自有见解：

> 有客问曰：“既以欢喜，又称冤家，何欤?”予笑而应之曰：“人情以一字适合，片语投机，谊成刎颈，盟结金兰。一日三秋，恨相见之晚；倏时九转，试爱恋之新。甚至契协情孚，形于寤寐。欢喜无量，复何说哉！一旦情溢意满，猜忌旋生。和蔼顿消，怨气突起；弃掷前情，酿成积愤。逞凶烈性，遇煽而狂焰如飚；蓄毒虺心，恣意而冤成若雾。使受者不堪，而报者更甚。况积憾一发，决若川流，汹涌而不能遏也。张陈凶终，肃朱隙末，岂非冤乎！非欢喜不成冤家，非冤家不成欢喜。居今溯昔，大抵皆然。其间喜笑怒骂，离合悲欢，庄列所不备，屈宋所未传。使慧者读之，可资谈柄；愚者读之，可涤腐肠。稚者读之，可知世情；壮者读之，可知变态。致趣无穷，足笃唐人杂说；诙谐有窍，不让晋士清淡。使蕙风发响，人松壑而弥清；流水成音，泻盘石而转韵。圣人不除郑卫之风，太史亦采谣诼之奏。公之世人，唤醒大梦。”（《欢喜冤家序》）

这使得《欢喜冤家》成为一部有特色的小说集。此外，《型世言》以“树型今世”（第三回回前小引）为选材标准，大量地写了忠臣孝子节妇义士，并且在每回回前都有翠娱阁主人陆云龙作的“引”“叙”“题词”等。《西湖二集》选用的题材在地点上与西湖有关，在时间上多集中在宋末、元末、唐末、明初等社会动乱时期，人物中又多出现帝王将相，特别是宋末的帝王、明开国皇帝朱元璋及其周围的奸相贤臣等。这些都是编撰者带有个性化的编撰意识的体现。

虽然作品呈现出文人意识与市民意识、商品意识的调和，但也不可避免地会出现偏向一方的情况。比如有的作品文人意识过于浓重，像《西湖二集》中所作的历史思考、现实批判，以及在思想表达上的曲折和间接等多是文人化的东西。还有的作者有时忽略作品中的人物身份，过多使用文人用语，如《石点头》第六卷《乞丐妇重配鸾俦》中，乞丐妇长寿本以织苇出身，竟也会说出一番冠冕堂皇的文人话来，当朱从龙对之面有邪淫之色时，她道：“洒扫有书帏之童，衾裯有巾栉之女奴。越石父愿辞晏相而归缧绁者，恨不知己也。谨谢高门，复为丐妇。”

当然，在商品经济下，大多数的小说创作情况是“精明的书商感受到了时代的脉搏，根据突发的病症，开出了不是治愈它，而是激化它的药方；只要患者能继续服药，他就继续开药方，一旦出现恶心的症状，他就改变用药剂量。”① 加上还有相当一部分的小说作家，受市民的需要限制，放弃自己思想的表达，同书商抱有同样的心理，写了些低级平庸之作，如《宜春香质》、《弁而钗》等小说就是过多地迎合了低俗趣味，体现了商品意识对于创作的影响。

在晚明，由于文人的积极参与，晚明白话短篇小说得到了繁荣，为社会广大读者所接受和喜爱。白话短篇小说这一文学样式也日渐深入人心，它在思想、艺术、文体等各个方面所形成的特色，对此后的创作产生了深远的影响。入清以后，在新的社会形势下，白话短篇小说继续发展。

---

① ［美］伊恩·P. 瓦特：《小说的兴起》，高原、董红钧译，三联书店 1992 年版，第 53 页。

第三编

清初社会心理与白话短篇小说之变异

文学创作的历史实践证明，当社会发生剧烈动荡变化时，社会生活和心理受到冲击，往往能激发作家的创作欲望，从而带来这一时期文学创作上的繁荣。明清鼎革的巨大社会变动，不仅强烈地冲击了人们的心理，也无形地刺激了当时的文学创作。

在遗民心理的影响下，白话短篇小说创作在以往的发展基础上，又呈现出新的特征。它在题材上倾向战乱、历史、归隐等，在主题上以反思历史为主，在表达方式上采取了较为曲折的表达方法。此外，在这一时期，有更多的文人自觉地进行白话短篇小说创作，基本上改变了以往小说以编撰为主的写作方式，并且表现出了一定的文人化倾向，使小说创作不但具有了较深的思想蕴涵，而且还呈现出个性化的特征，推动了小说进一步的繁荣发展。

第十一章　鼎革对社会心理的冲击与文学创作的活跃

明清鼎革的巨大历史变化，不但深刻地影响了当时社会的政治、经济、生活等方面，也对社会心理造成了强烈的冲击。而这种心理变化又直接地影响了这一时期的文学创作。文人出于对明朝灭亡的悲痛与伤感，和对清人入侵的愤慨与反抗等各种复杂的情感，创作了大量的文学作品，使这一时期的文学创作呈现出异常活跃的状况。

第一节　鼎革对社会生活与心理的冲击

崇祯十七年甲申（1644）三月，李自成农民军攻入北京，崇祯帝缢死煤山，明朝沦亡；旋即，四月二十二日，清兵入关，曾经强大的明帝国，最终倾覆在农民起义军与异族的铁骑之下。一个朝代猝然结束了，它如同一座大厦的顷刻颓倒，一场地震的瞬间爆发，强烈地震荡着人们的心灵。之后，明福王朱由崧在南京建立弘光政权，掀起了反清斗争，唤起了人们复兴明朝的希望；但弘光政权如昙花一现，便在清军的紧逼下和内部的争权夺势中结束。与此同时，清兵南下，入主中原，所到之处，烧杀掳掠，无所不为，制造了“扬州十日”、“嘉定三屠”等一场场震惊历史的血案，给广大汉族人民带来了深重的灾难；“留头不留发，留发不留头”（韩菼《江阴城守记》上）的“薙发”令又使所有的人只能在屈辱地生和壮烈地死两难境地中做出选择。民族矛盾异常激化，民心异常动荡。在这场“天崩地解”的历史巨变中，从士大夫到寻常百姓，都不可避免地在生活上经历了流离失所、动荡不定甚至家破人亡的苦难岁月，在心理上经历了一场灵与肉的洗礼和生与死的严峻考验，整个社会生活和心理受到了强烈的冲击。

相对于普通百姓，食朝廷之俸禄、视忠于君主为天职的文人士大夫，在这场异族入侵、改朝换代的历史巨变中，生活和人生道路发生了更大的改变，心理经受了更为痛苦的磨难。梁启超在《清代学术变迁与政治的影响》一文中曾描述过明清鼎革给社会尤其是文人心理所带来的非同一般的影响：

> 一六四四年三月十九日以前，是明崇祯十七年；五月初十日以后，便变成清顺治元年了。本来一姓兴亡，在历史上算不得什么一回大事，但这回却和从前有点不同。新朝是“非我族类”的满洲，而且来得太过突兀，太过侥幸。北京、南京一年之中，唾手而得，抵抗力几等于零。这种刺激，唤起国民极痛切的自觉，而自觉的率先表现实在是学者社会。①

伴随着亡国剧痛的同时，文人士大夫的民族自尊心受到了冲击，优越的人格尊严受到打击，平静的内心世界被扰乱了，人生价值观、节义观也面临着一次严峻的考验。总之，对于鼎革之际的文人士大夫来说，心理与生活一样，承受着动荡、颠簸甚至破裂的重载。

文人节操和民族气节在“神州荡覆，宗社丘虚”（《日知录》卷七）的社会变化中，被格外重视，许多文人不但在此后的生活道路、人生选择上受到它的左右，而且在心理上也受它的支配。有人为君死节，有人削发归隐，有人彷徨观望，有人投降变节，每个人的心理都发生了变化，都不能不承受着时代给予的重压。

一部分文人士大夫在“主辱臣死，固其分也”（张岱《石匮书后集》卷二三）的信念下，慷慨以死，尽忠保节，《甲申朝事小记》中列举了近百名这样的死节者。而更多生存下来的文人士大夫则对新朝表现出了强烈的反抗情绪和不合作态度，体现出明显的忠于前朝、不认新廷的遗民心理。首先是在明亡初期，许多文人士大夫与广大人民一道参加了反抗清朝的斗争，尤其是江南一带，反清武装起义此起彼伏。钱澄之参加了嘉兴人民的抗清武装，其妻、子在战斗中殉难；万寿祺与友人组织了抗清义军；顾炎武、归庄等人参加了昆山人民的抗清战斗；黄宗羲弟兄则“尽帅家丁荷役前驱，妇女执爨以饷之”（全祖望《鹧鸪先生神道表》）。其他如王夫之、阎尔梅、黄道周、陈子龙、杨廷麟等许许多多文人都积极投身到反清复明的斗争中。“他们反抗异族的力量是微薄的，然而他们反抗异族的意识，则是普遍而深刻的。”② 但是反清斗争失败了，随着清朝政权的稳固，许多文人士大夫在文人节操和民族气节的感召下，放弃了其政治出路，选

---

① 梁启超：《中国近三百年学术史》之《清代学术变迁与政治的影响（上）》，北京市中国书店1985年版，第13页。

② 钱穆：《国史大纲》第四十四章《狭义的部族政权下之士气》，商务印书馆1994年版，第848页。

择了诸如出家、行医、务农、处馆、苦隐、游幕、经商[①]等生活道路，表现出坚决与新朝不合作的态度。其中削发为僧者尤多，“今日东林社，遗民半入禅”（屈大均《过吴不官草堂赋赠》）。尤其在薙发令发布以后，民族的自尊心再次受到伤害，为了保持自己民族的发式与服式，从而维护明朝与汉民族的尊严，许多文人选择为僧人道士，在古佛青灯之下了此余生。“一旦衣冠更制，发肤惨刑，其所以拂郁人心，铩伤志气者，弥益切至。夫是故有出家披鬀，服僧袈衣以终身者”（陈去病《明遗民录》自序）；“夫人至求为闾巷编民而不得，脱而逃于方之外，又以为畏途焉，复转逃于方之内，悲夫？此盖古人所不及悲者也”（钱澄之《姚瞻子行路吟引》）。这是当时真实的社会现实。一时间为僧者剧增，即所谓“僧之中多遗民，自明季始也”（邵廷采《明遗民所知传》自序）。此外隐居山林、深居不出者也不少，他们闭门不出，累召不至，淡于功名，超然尘外，如黄宗羲在抗清斗争失败后，闭门著书，清廷屡次诏征他博学鸿词科试和监修《明史》，他都予以拒绝。顾炎武在清廷的逼迫下，毅然以死相对：“七十老翁何所求，正欠一死，若必相逼，则以身殉之矣。”（《与中讱菴书》）王夫之“既知事不可为，乃退而著书，窜伏群山四十余年，一岁数徙其处。故国之戚，生死不忘”（李元度《国朝先正事略》卷二七）；魏禧隐居故乡翠微峰，康熙十七年，诏举博学鸿词，以疾推辞；徐枋“前二十年不入城市，后二十年不出户庭”（《居易堂集自序》）；李天植“二十七年不见人”（温睿临《南疆逸史》卷四二），与清朝统治下的尘世隔绝；傅山明亡后隐居著书行医，康熙十八年被强征入京，托老病坚辞不就；张岱在明亡后“披发入山，戒戒为野人，故旧见之，如毒药猛兽，愕窒不敢与接”（《张岱诗文集》）。此外，一些文人虽然未采取上述种种明显的决裂行为，但也淡泊功名，不求仕进，如李玉“甲申以后，绝意仕进”（吴伟业《北词广正谱序》），叶时章“适遭鼎革，淡于功名”（孙岳颁《牧拙生传》），归庄教书鬻字画为生，都表现出强烈的遗民心理和遗民气节。在入禅归隐的同时，许多人闭门著书，或反思历史，或批判现实，或专心学术，或消遣时日，如顾炎武写下了《天下郡国利病书》、《肇域志》、《日知录》等，黄宗羲在此时写下了著名的《明夷待访录》、《明儒学案》等，王夫之更是著述极丰，涉猎颇广。

然而另一方面，有的文人士大夫出于各种理由，在屈辱地生和壮烈地

① 钱穆：《国史大纲》第四十四章《狭义的部族政权下之士气》，商务印书馆 1994 年版，第 851 页。

死的选择中，选择了前者，走上了忍辱偷生或背弃忠义、投降新廷的人生道路。进士出身、官至太子少保、兵部尚书的洪承畴在抗清被俘之后，投降清朝；大学士冯铨降清后入内院佐理机务；东林党人陈名夏降清任礼部尚书、弘文院大学士。南明时任兵部尚书兼右副都御史的阮大铖也以降清而终。但是，对于懂得封建礼教和民族气节的文人士大夫而言，这种偷生的选择也不是轻松的，相反却要付出更大的代价，他们的内心时时受到愧悔心理的折磨，经受更痛苦的心理煎熬。在这方面，钱谦益和吴伟业的人生经历更具有代表性。官至礼部侍郎的钱谦益，在明亡后追随弘光政权，表现出了反清复明的决心；顺治二年（1645），清兵南下渡江，弘光帝逃走，钱谦益出城降清，被清廷授以礼部侍郎。但他到底不能释然于这种人生道路的选择，道义的追讨，良心的谴责，使他仅仅经过半年之后，便引疾告归，并主动地与反清势力联系，以图改过自新，重新获得精神上的自尊和心理上的自慰，但无补于事，还是留下了降清变节的骂名。吴伟业迫于清廷的压力和保全家族的考虑，无奈仕清，也仅一年后，借母病辞职；但是这一年的仕清却让他悔恨不已："误尽平生是一官，弃家容易更名难。松筠敢厌风霜苦，鱼鸟犹思天地宽。"（《自叹》）"浮生所欠止一死，尘世无由识九还。我本淮王旧鸡犬，不随仙去落人间。"（《过淮阴有感》其二）"故人往日燔妻子，我因亲在何敢死！憔悴而今困于此，欲往从之愧青史。"（《遣闷》）这些诗都表达了他对自己仕清行为的无限悔恨，其内心的痛苦不难看出。他们出尔反尔的行为和犹豫不定的心态，正反映了在新旧朝廷更迭之际，一部分文人士大夫极为复杂的心理和这种心理下的极为无奈的选择。作为明代的官员，在鼎革之际，不是不知道背君变节是奇耻大辱，理应忠于旧朝，但是在"故君曰逝，故友已亡，吾将安归"（《夏完淳集》附编二，绝命词）、"悠悠忽忽，既不能觅死，又不能聊生"（《琅嬛文集》卷五）的现实下，他们的生存道路在哪里，他们的社会位置在哪里，他们无从选择；在清廷强大的军事与政治的压力下，他们又不得不做出选择。一次错误的选择让他们要为此付出更大的代价，心理遭受更加痛苦的磨难。

历史的巨变就这样在瞬间改变了人们的生活和心理。而这种改变对清初社会的政治、文化等都产生了极为深广的影响。尤其是遗民心理，作为当时一种典型的社会心理，很长一段时间里，对社会的各个方面都产生着深刻的影响。

第二节　鼎革之际文学创作的活跃

明清鼎革的时代巨变，带来了清初文学创作上的繁荣。文学创作的历史实践表明，当社会发生剧烈动荡变化时，社会生活和心理受到冲击，往往能激发作家的创作欲望，从而带来这一时期创作上的繁荣。明清鼎革的巨大的社会变动，不仅强烈地冲击了人们的心理，也无形地刺激了当时的文学创作。我们看到，这一时期的文学创作异常活跃、丰富，这不但是因动荡世事给人们的创作带来新的素材、新的观念，也由于巨大的历史变动和令人忧愤的社会现实，极大地激发了人们的创作欲望，许多人希望借创作来描述出这一历史变动的真实，进行对历史与现实的思考，抒发抑郁不平的情怀。同时，也由于在朝代更迭的特殊历史时期下，无论是旧朝还是新朝，都无力于社会思想、文化的控制，致使人们可以较为自由地表达不同的思想。因此，这一动荡的时期反而促进了文学创作的发展与繁荣。对这种情况，当时一些学者也予以指出，如生活于明清之际的黄宗羲清楚地看到了社会变化对于文学繁荣的影响：

> 夫文章，天地之元气也。元气之在平时，昆仑旁薄，和声顺气，发自廊庙，而鬯浃于幽遐，无所见奇。逮夫厄运危时，天地闭塞，元气鼓荡而出，拥勇郁遏，坌愤激讦，而后至文生焉。故文章之盛，莫盛于亡宋之日，而皋羽其尤也。(《谢皋羽年谱游录注序》)

> 夫以时而论，天下之治日少而乱日多，事父事君，治日易而乱日难。韩子曰："和平之音淡薄，而愁思之声要妙；欢愉之词难工，而穷苦之言易好。"向令风雅而不变，则诗之为道狭隘而不及情，何以感天地而动鬼神乎？是故汉之后，魏晋为盛；唐自天宝而后，李杜始出；宋之亡也，其诗又盛。无他，时为之也。(《陈苇庵年伯诗序》)

归庄也指出：

> 太史公言："《诗三百篇》，大抵圣贤发愤之作。"韩昌黎言："愁思之声要妙，穷苦之言易好。"欧阳公亦云："诗穷而后工。"故自古诗人之传者，率多逐臣骚客，不遇于世之士。吾以为一身之遭逢，其小者也，盖亦视国家之运焉。诗家前称七子，后称杜陵，后世无其伦比。使

> 七子不当建安之多难，杜陵不遭天宝以后之乱，盗贼群起，攘窃割据，宗社鼽脆，民生涂炭，即有慨于中，未必其能寄托深远，感动人心，使读者流连不已如此也。然则士虽才，必小不幸而身处厄穷，大不幸而际危乱之世，然后其诗乃工也。（《吴余常诗稿序》）

他们都看到了时代、世事的变动对文学创作的巨大影响。

在当时的情况下，许多文人想通过创作来抒发内心各种情感和表达各种想法。吴伟业在为李玉所编《北词广正谱》写的序中写道："盖士之不遇者，郁积其无聊不平之慨于胸中，无所发抒，因借古人之歌呼笑骂，以陶写我之抑郁牢骚；……而士之困穷不得志，无以发奋于事业功名者，往往遁于山巅水湄，亦恒借他人之酒杯，浇自己之块垒。"顺治年间，邹式金在《杂剧三集小引》中说："迩来世变沧桑，人多怀感。或抑郁幽忧，抒其禾黍铜驼之怨；或愤懑激烈，写其击壶弹铗之思；或月露风云，寄其饮醇近妇之情；或蛇神牛鬼，发其问天游仙之梦。"（《杂剧三集》卷首）《清史稿·遗逸传》上还记载过遗民顾祖禹寄愤于诗："甲申之变，柔谦（顾祖禹的字）哀愤，往往形诸诗歌，读者悲之。"正是这种抒发情感的愿望，激发了文人的创作意识，带来了这一时期文学创作上的繁荣。

清初的文学创作在各个领域都获得了繁荣的发展。在诗歌方面，"兵兴以来，海内之诗弥盛"（钱谦益《施愚山诗集序》）。以遗民诗为代表的诗歌创作成为当时诗歌创作的主流，据卓尔堪《明遗民诗》辑录，清初遗民诗人有四百余名，所作诗歌近三千首，而未被收选的作品更是难以数计。他们的诗或揭露满清对汉族的血腥屠杀、战乱岁月下的动荡离乱，如方文《大明湖歌》："城中杀戮十余万，家家骨肉哀号呼"。吴嘉纪《过兵行》："扬州城外遗民哭，遗民一半无手足"；《挽饶母》："忆昔芜城破，白刃散如雨，杀人十昼夜，尸积不可数"。钱秉镫《虔州行》："闭城刈人人莫逃，马前血溅成波涛，朱颜宛转填眢井，白骨撑拄无空壕。"或感时忧世，情念故国，如吴梅村写了许多怀念故国的诗："旧识天下尽，与君兄弟存，……乱余仍老屋，恸哭故国恩。"（《再简子叔》）"楚雨荆云雁影还，竹枝弹彻泪痕斑。坐中谁是沾裳者，词客哀时庾子山。"（《听朱乐隆歌》六首之六）或关注民生，表达民族志节，如阎尔梅《满巡抚赵福星遣官招余余却之》："殷商全赖西山士，蜀汉孤生北帝王。岂有丈夫臣异类，羞于华夏改胡装。"除了遗民诗之外，其他文人在面对现实时，也有感而发，写下了许多诗篇，如吴伟业、钱谦益、宋琬、施闰章、王士祯等都是当时著名的诗人，写了许多感怀世事、伤时忧世的作品。

词在经历了元明两代的沉寂之后，在清初获得进一步的发展。明清鼎革，刺激了人们抒发情感的欲望，许多文人借词这种便于抒情的文学样式，来抒写心中的哀婉、伤感之情。一时间词人层出，词作大增，呈现出较为活跃的创作局面。出现了以朱彝尊为领袖，以李良年、李符、沈皞日、沈岸登、龚翔麟为代表的、影响深远的浙西词派，以及以陈维崧为宗主的阳羡词派等。

戏曲方面，产生了一批专业的戏曲家，如李玉、尤侗、李渔、吴伟业、洪昇、朱素臣、毕万后、叶雉斐、朱良卿等。随着民族矛盾的尖锐和社会历史的变迁，戏曲创作更加活跃，像王夫之、焦循这些著名的学者也参与到戏曲创作或戏曲研究中，并形成了以李玉、朱素臣等苏州作家群为代表的苏州派，创作了《清忠谱》、《万里圆》、《风筝误》等许多反映历史、时事和现实生活的优秀戏曲作品。在繁荣的戏曲创作基础上，戏曲理论也得到发展，李渔的《闲情偶记》较全面和深入地阐述了戏曲理论。在小说创作上，一些文人主动地参与了小说的创作，据陈大康先生统计："若不计少数年代未能判明的作品，那么明嘉靖至万历三朝 99 年中新刊出的通俗小说约 75 种，天启、崇祯与弘光三朝 25 年中新出约 56 种，而清前期 46 年中则是约 100 种，这些数字表明，此时的创作无论如何也称之为繁荣。"① 短篇白话小说创作，也是新作迭出，在短短的时间里，写出了大量的具有较高思想和艺术水平、反映现实的作品。现存的小说集就有三十多种，上百篇。其中还出现了像李渔这样的职业小说家，和《无声戏》、《十二楼》这样的讲究小说艺术的作品，也出现了如艾衲居士这样勇于创新的小说家和《豆棚闲话》这样充满新意的作品。

在遗民心理的影响下，这一时期的文学作品中也充满了悲愤的情绪，这也成了这一时期文学所特有的风格。如钱谦益曾指出当时诗歌创作是："要皆角声多，宫声寡；阴律多，阳律寡；噍杀恚怒之音多，顺成啴缓之音寡。"（《牧斋有学集》卷十七）朱彝尊《紫云词序》中也说："曩时兵戈未息，士之栖于山泽者，见之吟卷，每多幽忧凄戾之音，海内言计时得称焉。"（《曝书亭集》卷四十）《清夜钟》第六回回末评价本回作品："说来语语都堪痛哭流涕，所以提醒人者酷矣。"《醉醒石》第二回回末总批道："描写忠臣孝子，一段威武，一段悲愤，三百年后犹凛凛有生气。"均指出忧愤悲戾为这一时期文学创作的主要风格特色。

---

① 陈大康：《从繁荣到萧条——论清初通俗小说的创作》，载《上海社会科学院学术季刊》1993 年第 3 期。

除了文学创作以外，这一时期的其他著述也十分丰富。许多文人在隐退之后，以著述为人生之寄托，用来反思、明志，表达自己的思想。如张岱著《石匮书》，谈迁著《国榷》，查继佐著《罪惟录》，李清著《南渡录》，顾炎武著《圣安纪事》，王夫之著《永历实录》，黄宗羲著《弘光实录钞》，钱澄之著《所知录》，屈大均著《皇明四朝成仁录》，等等。[①] 这种著书之活跃与文学创作之活跃互相映衬，更加清楚地表明了广大文人学士在苦闷的社会现实下，往往愿将各种情感、思想寄于笔端的行为特色。

① 赵园：《明清之际士大夫研究》，北京大学出版社1999年版，第438页。

第十二章　遗民心理与小说创作

清初最主要的社会心理是遗民心理，它不仅广泛地存在于广大的文人士子中，也同样存在于普通百姓中，并且在社会上延续了近半个世纪之久。在遗民心理的影响下，这一时期的白话短篇小说创作，无论是题材的选择，还是主题的表达，都表现出明显的遗民情结。

第一节　遗民心理与小说题材的新特征

清兵以铁骑征服了中原，推翻了明朝，但却无法完全征服人们的心。在清初，忠于前朝、不认新朝的遗民心理成为主要的社会心理。遗民心理并不仅仅体现在那些以遗民自居的士大夫身上，也同样体现在普通的文人甚至百姓身上，他们痛心于明朝的灭亡，痛恨清朝的统治，怀恋故国，盼望复明，愤恨投降卖国，鄙视觍仕新朝。这种遗民心理是在特殊历史时期下瞬间形成的社会心理，它具有着极深的社会思想内涵，并有着广泛的社会感染力。

在遗民心理的影响下，清初的白话短篇小说在创作上也发生了一定的变化。首先在题材上出现了新的特征：在故事时间上偏于明代，在事件上偏于战乱、朝廷、官场、历史、归隐等，因为这些题材更便于表达他们当时的思想和情感，也更能满足读者的阅读心理需要。具体表现在如下五个方面。

小说题材新特征之一：小说故事发生时间多设在明代，且有为数不少的作品热衷于明清鼎革前后的故事或时事。

项目 书目	篇目（存）总数	明以前	明代				清初
			总数	崇祯以前	崇祯—鼎革	不明	
清夜钟	10		10	3	2	5	
醉醒石	15	1	14	6		8	
鸳鸯针	4		4	3	1		
照世杯	4		4	1		3	
云仙笑	5	1	4	3	1		

续表

项目 书目	篇目（存）总数	明以前	明代				清初
			总数	崇祯以前	崇祯—鼎革	不明	
载花船	3	2	1	1			
人中画	5		5	1		4	
珍珠舶	6				4	2	
风流悟	8	1	6	1	1	4	1
都是幻	2		2	1	1		
十二笑	6	1	5	2	1	2	
生绡剪	18	1	16	7	1	8	1
连城璧	18		18	16	2		
十二楼	12	5	7	6	1		
笔梨园	1		1	1			
锦绣衣	2		2			2	
跨天虹	2	1	1	1			
五更风	4		4	3		1	

不同于早期白话短篇小说故事年代分散于各朝，也不同于明末时一些小说多写本朝的事情，这一时期的作品既少写明以前各朝的事，也极少写本朝——清朝的事情，大多数作品题材在时间上都不约而同地集中在刚刚过去的朝代——明代，即使一些无关时事和历史的虚构故事，也多如此。一些作品虽然未能明确交代年代，但是人情事态也基本上是明代的样子。这种现象的存在，一方面表现出人们对明代社会的关注和对曾经生活过的旧朝的亲近与留恋心理；而另一方面，表现出遗民不承认清朝统治者的正统地位，不愿或逃避使用“清”及其年号的心理，这种心理在当时遗民中是具有普遍性的。在封建社会，“王者易姓受命，必慎始初，改正朔，易服色，推本天元，顺承厥意”（《史记·历书》）。年号和服饰一样是一个王朝存在的标志，换历和换衣冠就意味着一个王朝为另一王朝所替代，这是许多遗民所不愿为的，这只要看一下在清兵攻入中原时，许多人在严厉的“留头不留发，留发不留头”的薙发令下宁死不屈的情形，就可理解人们对清历的敏感心理。所以在当时，有人看到朝历而悲泣：“明朝书中甲子，又见泪光浓。”（屈大均《乙丑岁除作》）“看历一回肠一断，山妻知不为无钱。”（方文《除夕》）有人惧见新历：“起看历本惊新号，忽睹衣冠换昨年。”（冯舒《丙戌岁朝》）“眼暗怕看新换历，镜清惭负旧时巾。”（冯舒《丙戌除夜》）而顾炎

武看到南明颁发的隆武四年大历，便添出许多信心：“犹有正朔在，未信江山改。”（《顾亭林诗集》卷二）于是不用清历也成为遗民气节的一个表现，许多人在生活与作文中便极力逃避使用清历，正如屈大均诗曰：“虎视谁书秦正月，龙兴自纪汉元年。”（《癸酉元日作》）“私史长书大（永）历年。”（《赠家秦士兄》）正是在这种社会心理下，清初的白话短篇小说在故事时间的设置上就出现了集中于明朝这一现象。这种现象在其他类型的小说如世情小说、才子佳人小说和历史小说等中都同样可以看到，说明这是当时社会普遍心理下的一个普遍现象。

值得一提的是在这一时期的小说创作中，有为数不少的作品还直接地写了鼎革之际的时事，有人将此称之为“时事小说”。鼎革之际的题材是明代遗民最为关心的题材，许许多多的人都亲身经历了这场历史巨变，无论作者还是读者，都希望在作品中重新回顾那段惊心动魄的岁月，从中进行反思和追念。而在几乎全部的反映鼎革这一历史事件的作品中，叙述重心和情感倾向都表现出一致的偏于明朝，基本上没有从正面反映清朝这一新朝的状况，清人主中原、建立王朝只是作为明代故事的烘托而出现。这也同样表明了人们心向明朝的鲜明的倾向性。

小说题材新特征之二：是对战乱背景的侧重，写了众多战乱动荡背景下发生的故事。

项目／书目	篇目（存）总数	战乱篇目总数	明以前	明代			战乱内容
				总数	崇祯以前	明末清初	
清夜钟	10	4		4	1（六回）	3（一、四、十四回）	一：李自成；四：清兵；六：北边防；十四：李自成、流寇。
醉醒石	15	2		3	3（二、五、十二回）		二：占山贼寇；五：倭寇；十二：和尚谋叛。
鸳鸯针	4	4		4	3（一、二、四卷）	1（三卷）	一：倭寇；二：俺达、倭寇等；三：李自成等；四：杨浩人作乱。
云仙笑	5	3	1（四回）	2	1（二回）	1（三回）	二：强盗；三：李自成；四：刘福通。
载花船	3	1	1（二回）				二：金兵。
珍珠舶	6	2		2		2（四、五卷）	四：李自成、流寇；五：闯王。

续表

书目＼项目	篇目（存）总数	战乱篇目总数	明以前	明代			战乱内容
				总数	崇祯以前	明末清初	
风流悟	8	3	1（八回）	2		2（二、四回）	二：清兵；四：山贼；八：元末大乱，张士诚、刘福通。
笔梨园	1	1		1	1（媚婵娟）		媚婵娟：倭寇。
都是幻	2	1		1		1（梅魂幻）	梅魂幻：李自成。
五更风	4	1	1（剑引编）				剑引编：回回侵扰。
生绡剪	18	1	1（四回）				四：元时叛蛮。
连城璧	18	1		1		1（外编二）	外编二：李闯王。
十二楼	12	3	1(鹤归楼、生我楼)	1		1（奉先楼）	鹤归楼：金兵；奉先楼：流寇；生我楼：宋末元兵深入。
豆棚闲话	12	5	3（三、六、七则）		2（四、十一则）		三：隋末唐初；四：白莲教；六：叛乱；七：商亡；十一：明末动乱。

明末清初社会最大的特征是动荡不宁，战乱四起。连年的社会动荡给社会带来了重重灾难，也给人们留下了深刻的印象。时至清初以后很长时间，战乱的阴影依然笼罩在人们的心头，因此清初小说中反映战乱的题材增多，作者也常将战乱作为故事发生或展开的背景。像《续金瓶梅》、《水浒后传》、《说岳全传》等众多的小说故事都是在战乱的背景下展开的。清初白话短篇小说创作也是如此。我们从上表中可以看出，几乎每一部小说集里都有为数不少的作品不同程度地反映战乱及战乱下的社会状况，有的作品集如《鸳鸯针》中则全部作品都写到了战乱。当然所写的战乱中有宋代、元代等时期的各种战乱，但较多的还是写了明代尤其是明末清初鼎革前后的社会动乱。在写战乱时，一般倾向于写那种影响较大、波及较广、危害较重的社会战乱，如宋末金兵入侵，元末起义、暴动，明嘉靖时的倭患，明末农民起义，清兵入关和南下等，其中对李自成起义写得较多。此外还有一些作品写了一些较小的社会动乱，如流寇、山贼和强盗，有的还写了灾荒年，也反映了当时动荡不定的社会局面。无论是大的还是小的，也无论是历代的还是当代的，对社会动乱的这种关注和描写真实地反映了历经明清鼎革的人们对于

那场浩劫的深刻印象，对于那场灾难的切肤体会，尤其是一些爱情、婚姻、公案、世情等作品也动辄写动乱，更进一步说明了这一点；同时也间接或直接地表露了人们对明末战乱迭起所造成的国破家亡、流离失所的社会现实的愤恨、痛惜和恐惧心理。

在对战乱的表现上，一是完全以战乱为主要题材，直接描写战乱。如《醉醒石》第二回《恃孤忠乘危血战　仗侠孝结友除凶》。二是将战乱作为主要故事发生或发展的背景进行描写，这类作品占绝大多数。另外，作品在描写战乱给主人公带来灾难和命运转变的同时，还写了它给社会和广大百姓带来的危害，如《鸳鸯针》卷一《打关节生死结冤家　做人情始终全佛法》写了倭寇作乱为害一方："却说徐鹏子离家之后，倭寇作乱，浙江一带地方，并无宁宇。经过地方，鼠逃鸦散；未经过的地方，鹤唳风声。大小男妇，东边的走到西边，西边又走到东边。山谷之中，啼号不绝。所在地方，皆负担载锅而立。这样流离奔走之苦，真个说不尽的。"《云仙笑》第三册《都家郎女妆奸淫妇　耿氏女男扮寻夫》写了明末起义："张献忠已领着许多兵马杀进。那些百姓挨挨挤挤，却哪里逃得及，尽被他砍瓜切菜的排杀过来。"《载花船》卷二写金兵"尘飞满目，皎白为之不明；马溺成川，陆地非舟不往。正是万里兵烽至，黎民遍地惊，宁为太平犬，莫作乱离人"。"金兵既到秀州，各门俱以重兵屯列营寨。刺史封起府库，清开钱粮户口册籍，备办牛酒相迎，外解送犒兵银一万两。金帅准降。""城外人家，兵丁大掠，金帛子女，略无存留。"

在情节的构成上，战乱成了推动故事情节发展的一个常见的因素。以往的小说中，推动情节发展的因素很多，有巧合，有计谋，有误会，而这一时期的许多作品将战乱作为推动情节发展的主要因素。如《风流悟》第二回《以妻易妻暗中交易　矢节失节死后重逢》，由于清兵南下，造成了赵舜生一家的离散和阴氏的一段忍辱偷生的生活；《珍珠舶》卷五，东方白与贾琼芳的婚姻因闯王兵攻陷河南掳了贾父而出现了新的转机；《云仙笑》第三册、《载花船》卷二、《鸳鸯针》卷一等中也都是因一场动乱而演出了一场悲欢离合的故事。此外有的作品还通过战乱这一情节，造成了意想不到的故事结局，达到某种报应的目的，如《鸳鸯针》卷三的假名士卜亨出乖露丑后被"闯贼"掳去做了伪官，被处罚；卷四的范顺因曾昧心赚人钱财，致在战乱中屡遭厄运，人财两空。

此外，一些战乱题材的作品还深层次地表现了人们对动乱下一些问题的思考。如对战乱中人的品格的要求。特别是对妇女贞节的要求，在《清夜钟》第二回《村犊浪占双娇　洁流竟沉二璧》入话中，作者感于战乱中妇女的贞、节、烈，在正文中写了两个节妇；《连城璧》外编卷一《落祸坑智完节操　借仇口巧播声名》写了民妇耿二娘为李闯王前锋所掳，共用七计，保完贞节与夫相会，赞扬了妇女在面对突发的浩劫时所具有的勇气和智慧。又如《十二楼》的《奉先楼》提出了在动乱情况下，保嗣和守贞孰为重的问题；《鹤归楼》告诉人们怎样应对与亲人的离别。

小说题材新特征之三：强调题材的历史感。

在历史巨变和社会浩劫之后，人们的目光不再仅仅停留于小家琐事之中，而是投向了广阔的社会，视野中多了一份对历史的深沉的关照。表现在创作上，就是除了写一些历史题材的故事外，在一些非历史题材的作品中也融入浓厚的历史感。以往小说中讲述百姓故事时虽交代朝代年号，却较少地与历史事件相结合，这一时期的作品则常常在故事的发展中加入一些历史人物和事件，为故事本身添加了一种浓重的历史感。如《鸳鸯针》中的卷三，写的是一个不学无术的假学士卜亨，但作品开始却从崇祯皇帝讲起：

> 那崇祯皇帝，因除了逆党，将那附党的大小官儿尽情痛处，结了钱案。此时在朝的正人君子，人人改头换面，个个沥胆披肝，为盛世干一番事业。即那草莽之臣，也个个延颈待治。那时，读书的鼓舞奋发，争相跃摩。从那登极至末年，一科胜似一科，一省胜似一省，真是丰城之剑出土称光。昆□□圃，披□□宝，精华烂熳到极处，真个是天开地辟，一番文明极盛之治。

末尾又结束在卜亨当了李自成的伪官被人捉住：“此时，正值弘光登极南京，连夜押解过江”，给人很强的历史感。又如卷一写的是一个无才无德的小人丁协公中了进士，贪赃枉法，作者也让他与历史事件相联系：

> 那时，值严相当权，他使得福建的东西不着，运了些进京，打点了严世蕃，又拜他做了个干儿子。严世蕃分付吏部，就起了他户部主事。……不上年把，严相也逐回籍了，严世蕃不久也正法了。

又如《生绡剪》的第七回《沙尔登凭空孤愤　霜三八仗义疏身》写了义士沙尔澄痛恨魏忠贤专权，曾去湖州办事，当地上演魏忠贤迫害忠良的戏，气愤难当，竟上台将扮演魏忠贤的演员杀死。第八回《挑脚汉强夺窈窕娘　巧丹青跳出阎罗网》文士顾又凯献画得皇上赏识，召入宫中，为魏忠贤逼作春画而逃出。还有《云仙笑》里的《都家郎女妆奸淫妇　耿氏女男扮寻夫》中，写了李自成攻进北京和弘光政权建立等历史事件："过了几月，那李自成攻破北京，百官就在南京立了弘光。""又过了几日，听得说吴平西要替先帝报仇，借了大清朝兵马，杀败自成"。又如《十二楼》中的《萃雅楼》写明朝嘉靖年间，少年金仲雨、刘敏叔、权汝修合伙做生意，为严嵩之子严世蕃所陷；其中还写到了世宗皇帝和朝廷的忠奸斗争。将这一特征表现到极点的是《都是幻》中的《梅魂幻》，它把整个明朝的历史贯穿于一个故事之中，在故事的进展中，三番五次地强调了朝代的更迭和历史事件，摘录如下：

> 话说明朝永乐皇帝登基，此时风调雨顺，国泰民安，莫说万民乐业，便是草木也欣欣向荣。
>
> 自永乐洪熙以后，历数递传至天启皇帝，天下兵戈荒旱水怪山妖一时迭见。
>
> 此时正值崇祯改元。
>
> 不料外边世事变更，李自成把京师都破了。
>
> 外面新朝渡江逃兵沿途抢掠。

小说题材新特征之四：关于官吏、官场的题材增多。

与以往白话短篇小说中较多反映市民的生活不同，这一时期小说在题材的选择上，出现了较多表现官吏、官场的作品。如《清夜钟》的第六、十四回，《醉醒石》的第一、二、五、七、八、十、十一、十二、十五回；《鸳鸯针》的卷二，《照世杯》的卷三，《载花船》的卷一、三，《人中画》的卷二等等。在这些作品中，既有清官廉吏，忠臣良将，也有贪官污吏，逆臣奸相；在他们身上反映了在社会动荡和国家灭亡之后，人们对官吏的社会作用、身担责任和道德品质的反思和要求，提倡为国为民尽心尽力的为官之道，批判了官员贪图个人利益的自私行为。其中武官题材是以往作品中少有的。以往小说中虽然偶有写武官的，但主要是作为表现发迹变泰的主题来讲述的，作者本意并不在于表现武官本身，如《穷马周遭际卖䭔媪》（《喻》卷五）、《史弘肇龙虎君臣会》（《喻》卷十五）、《临安里钱婆留发迹》（《喻》卷二十一）、《郑节使立功神臂弓》（《醒世恒言》卷三十一）等。作为下层的文人作者，他们更熟悉也更愿意表现文人、文官的生活和命运，所以真正写武官的作品极少。但在明末的鼎革中，武官的作用有了发挥的余地，文官的作用受到了质疑，因此相应地也出现了表现武官的作品，如《醉醒石》第五回《矢热血世勋报国　全孤祀烈妇捐躯》写的是姚指挥在国难当头时的作为及其家庭变故；第十五回《王锦衣衅起园亭　谢夫人智屈权贵》写的是王锦衣与陆指挥之间的恩怨；《鸳鸯针》卷二《轻财色真强盗说法　出生死大义侠传心》也写了北京指挥高进之的仕途命运。这也是这一时期小说题材上的一个小小的变化。

小说题材新特征之五：表现出归隐倾向。

明末社会动荡、人生不定、宦海无常的现实和明清鼎革的巨大变化诱发了人们逃避现实、无为而乐的归隐思想和对现实的幻灭之感。随着清朝政权的建立，归隐还成为许多文人士大夫保持节操的人生选择，因此这一时期作品题材上出现归隐倾向。其中，有一些作品以归隐为主要题材，如《清夜钟》第十四回《神师三致提撕　总漕一死不免》，写杨一鹏官为司理，路遇僧人，僧人多次劝他从宦海中抽身归隐：“你功名远大，大凡宦海波涛极猛，今子方解缆，怎么叫你回篙？但操舟的人，不到黑风四吹、狂澜乱起之时，怎肯息帆住楫？但到这时，危已切身，见机须早，回头须决。若一濡迟，便无觅处。故平日把舵要牢，临急抽身要快。”但杨一直未从，最终断送了性命，作者在结尾处议论道：“官高必险，反不如持瓢荷杖之飘然。”表现出浓厚的归隐思想。李渔在《十二楼》的《闻过楼》中也塑造了一个一心想要归隐林下的高士形象。《珍珠舶》第二卷写了金宣因不愿做贪官而归隐西湖几十年。《西湖佳话》中的《灵隐诗迹》、《孤山隐迹》等也是同类题材的作品。还有一些作品喜欢在其他题材的基础上添加一笔归隐的色彩，如在功成名就时，以归隐作为人物理想的归宿。《鸳鸯针》卷二《轻财色真强盗说法　出生死大义侠传心》中，时大来与风髯子位高官大之后就想归隐，认为：“如今恩荣已极，若不及早回头，未免犯不知足之辱了。”《连城璧》子集《谭楚玉戏里传情　刘藐姑曲终死节》中的谭楚玉“就不想赴京去考选，也不想回家去炫耀，竟在桐庐县之七里溪边，买了几亩山田，结了数间茅屋，要远追严子陵的高踪，近受莫渔翁的雅诲，终日以钓鱼为事。莫渔翁又荐一班朋友与他，不是耕夫，就是樵子，都是些有入世之才、无出世之兴的高人，终日往还，课些渔樵耕牧之事”。其他的如《醉醒石》第十回《济穷途侠士捐金　重报施贤绅取义》，《人中画》的《自作孽》、《终有报》和《寒彻骨》，《风流悟》第八回，《都是幻》的《写真幻》等都是此类作品。虽然作品中归隐这一笔看来微不足道，但因多是出现在故事的结局，所以也极有深意，表现出明显的倾向性。

总之，在遗民心理影响下，作品的题材发生了变化，这种变化不仅表现在白话短篇小说的创作中，也同样表现在白话长篇小说和戏曲等文学的创作中。

第二节　亡国之恨与小说的反思主题

明朝三百年宏伟基业一旦而毁，这“天崩地解”（黄宗羲《留别海昌同学序》）的历史悲剧极大地戳伤了明代士子和民众的心，亡国之恨、失君之痛引起了人们对整个明代社会历史的反思，寻找明亡的历史原因，总结历史教训。尤其对于文人来说，这种反思既是必然的也是深刻的。许多文人通过著书立言，抒发亡国之痛，发表反思见解，如思想家顾炎武著《日知录》、黄宗羲著《明夷待访录》、唐甄著《潜书》等，从政治、哲学和历史的高度对明亡作了深刻的反思。

反思还成为这一时期文学创作的重要主题。大量的遗民诗文、时事剧和历史剧以及《续金瓶梅》、《后水浒传》、《说岳全传》等长篇白话小说都不同程度地表现出了反思的主题，如“《续金瓶梅》在描绘这幅战乱世画时，不仅仅一般地把罪孽归结于上就算了事，而是面对当今现实，胸怀亡国之痛，多方面地探究了明朝亡国的历史教训。……以宋金征战的历史背景，来影射现实的明清易代。在整部小说中，作者留下了许多痕迹来暗示宋犹明，金即清……”[①]白话短篇小说的作者主要是中下层文人，他们虽然不能像顾炎武与黄宗羲等人对明亡作出那样深刻的认识和精深的阐述，但却更能代表广大中下层人们对于当前发生的历史悲剧的思考，在某种意义上更具有代表性，而广大读者也急于通过通俗读物了解明亡的真相；白话短篇小说通俗的形式、易于议论的体制，既便于作者反思思想与情绪的表达、发泄，也便于读者的接受。因此，反思也理所当然地成为清初白话短篇小说创作上的一个重要的主题，像《醉醒石》、《清夜钟》等作品集，反思意味都十分明显。

白话短篇小说对明亡历史的反思主要通过下面三种形式表现出来：一是通过对明亡前后的历史事件的真实记述和描写，较为形象、直接、具体地反思明亡的历史原因，一针见血地指出当时存在的种种问题，如《清夜钟》第一回《贞臣慷慨杀身　烈妇从容就义》写崇祯十七年起义军兵临城下之际，官员一味顾己、朝廷无人可用、军事一再失利的政治局势；第四回《少卿痴肠惹祸　相国借题害人》写了一出弘光政权时，官员不思复明，反借一假太子事打击异己的闹剧。二是通过以往历史或与某些现实相关、相似的事件间接地反映现实，进行反思，如《清夜钟》第六回《侦人片言获伎　阍夫一语得官》，通过正统时御史王威宁整治边防之事，反思明代用人

① 黄霖：《续金瓶梅·前言》，齐鲁书社1988年版。

制度上的问题；《醉醒石》第二回《恃孤忠乘危血战　仗侠孝结友除凶》通过明初刘濬、刘琏父子誓死抗敌的故事，反映了朝廷官员的利己行为。三是通过在入话、结尾或行文中的议论，直指问题，这种形式用得较多，几乎每篇表现反思主题的作品中都有。

借用上述三种形式，白话短篇小说对明亡进行了较为广泛而深刻的反思，主要表现如下：

一是对封建官僚德才的反思。批判了封建官员既腐败又无能的失职行为和背忠弃节的投降态度，一定程度地否定了封建官僚的操守与才能。

关于明朝官员腐败的问题早在晚明时就已经引起了社会的关注，一些文学作品对此也有所揭露，但是一般来说，这种揭露较少作为整篇作品的创作主旨，且多含蓄、间接、浅淡。然而到了国将大乱、社稷将倾的历史关键时刻，明代官员面临国家危难，非但一无所能，且明哲保身，自私麻木，甚至逃跑投降，表现得极让人吃惊、失望和痛心，引起了人们对封建官僚品质的反思。

清初的白话短篇小说首先揭露了朝廷官员在国难面前的自私自利的心理和行径。大敌当前，官员们想的不是怎样齐心协力效忠于国家，而是相互推诿责任。《醉醒石》第二回入话中，作者就详细地论说了当时官僚们的这种行为：

> 不遇盘根错节，无以别利器；不值时危国乱，无以识忠孝。国事之败，只缘推委者多，担当者少；贪婪者多，忠义者少。居尊位者，以地方之事，委之下寮。为下寮者．又道官卑职小，事不由己。于是多方规避，苟且应命。古人有云：‘不敢以贼遗君父。’其谁知之？为文官者则云：‘我职在簿书，期会而已，戎马之事，我何与焉。’为武将者则云：‘武夫力战而殉诸原，儒生操笔而议其后，功罪低昂，不核其实，徒令英雄气短耳，朝廷误人，何苦以身为殉。古人有云：文官不爱钱，武官不惜死，则天下太平。又谁知之？

即使大敌当前，也各怀私心，战后又邀功卸责：

> 至于共履行间，同趋上命，或奋勇前驱，或恫怯退缩；明为犄角之势，实怀观望之情。一人有功，则云我实牵制某营，故某进薄其隘，我实分贼之势，故某得捣贼之虚，全师取胜。万一不幸，众寡不敌，覆师亡躯，则云某人不度彼己，孤军深入，以致丧身辱国，惟我知难而退，

> 得以保全。把那丧败，一肩卸在死者身上；自家失援不救之罪，都瞒过了。又有全躯保妻子的文臣，媒孽其短，以自解其御将不严，攻取无术之责。

作者对此愤恨道：“文武如此，寇盗如何平，百姓如何宁?”认为：“要太平，除是不论官之尊卑，人怀必死之心。被害的，都有报仇雪耻之志，贼自易除了。”

有的作品还批判了明朝自上而下的投降态度和变节行为。“三百余年养士朝，一闻国难尽皆逃。”（《连城璧》寅集《乞儿行好事　皇帝做媒人》）这是人们对于明亡原因的一个普遍认识。然而除了逃跑之外，还有更甚者，这就是投降清廷。如《清夜钟》第四回中写清兵攻进南京，弘光帝逃走，假太子乘机登位，“唯是那一辈极老到极有见解的，听了嚇嚇冷笑道：‘清朝兵来，如汤泼雪。如今走的走，散的散了，不日到来，便真太子也不顾他，况是假太子？留这头还向清朝磕，留这膝盖还向清朝跪去。’所以大臣、正途官没一个出来。”“假太子权皇帝刚刚做得三日，清兵已到，在天坛屯札。这番莫说官不来顾权皇帝，连当日高兴来拥戴的百姓也都在家洗刷门神门对，粘帖顺民，剃头做新朝百姓，没人来亲近了。”又如《清夜钟》第一回：“不料到街坊一望，穿红的是办迎贼官，带黄纸的是迎贼的百姓。”《云仙笑》第三册《都家郎女妆奸淫妇　耿氏女男扮寻夫》中也提到李自成起义时，“那些官府，收拾逃命的就算是个忠臣了。还有献城纳降到（做）了贼寇的向导，里应外合，以图一时的富贵，却也不少”。面对这种背忠失节的行为，人们不能不对当时的封建道德和封建教育提出了质疑：“平日谈忠道义，临机一味背国忘君。”“一时死节义，单只汪、刘、周、马四人。所谓读圣贤书，所学何事?”

另外，特别需要指出的是，和以往动辄将亡国的责任归咎于皇帝的腐败和昏庸不同，这一时期的作者大都明确地指出明亡的原因在臣不在君，正是臣僚的不忠不义导致了国破君亡。在历史上，对崇祯的评价褒贬不一，但是由于崇祯曾力除阉党，大快人心，表现出了一个要有所作为的皇帝的态度倾向，因此，在民间有一定的威望。在这一时期的白话短篇小说中，崇祯基本上是作为一个勤俭有为的皇帝来写的，“毅宗十七年在位，并不曾荒淫失德”（《清夜钟》第四回）。认为他与历史上的荒淫残暴的亡国之君不同，如《清夜钟》第一回入话写道桀、纣、北齐后主、隋炀帝等暴虐荒淫亡国，为自取，不足惜，但“若在明朝毅宗烈皇帝，他自信王为天子，不半年，首除崔呈秀，渐去魏忠贤、五彪、五虎。这时身边何曾有一个亲信的近臣、才识的大臣去相帮他？真乃天生智勇，胆、力、识都全，不落柔懦，亦非残忍。后来身衣布素，尽停织造，何等俭；时时平台召对，夜半批发本章，何等勤；京畿蝗旱，素衣布祷，何等敬天恤民；对阁下称先生，元旦下御座相揖，何等尊贤礼下”。这样一位贤君作了亡国之君，作者认为责任全在于那班误国的大臣：“你试看这干误国害民、贪赃坏法的，那个不该砍、哪个不该处？就是设厂卫缉访，那作弊的、送书帕的，何曾歇手？钱粮增加，内帑尽耗于魏忠贤，那些边关上文武将吏，再不肯为国家汰冗兵、核虚饷，借势增添需索。”发出了“有君无臣，天再不生一个好人扶佐他”的感慨。在兵临城下的危亡之际，国家重臣中竟无一人为皇帝分忧：“里边也有相公陈演、魏藻德、范景文、方岳贡、本兵张尚书，一筹莫展。外边督师复山陕，又有李阁老，也只高坐临清。”“十七日贼到外城，外城已破了。此会毅宗着急，亲自微服登城，见守兵稀少，知不济，回身去见成国公，成国公在外吃酒”；“见周皇亲，周皇亲孩子出痘，忙不见人”。在这里，崇祯帝的焦急和无奈，臣子们的无能和麻木形成了强烈的对比，谴责之意溢于文中。作者对满朝文武的气愤和对故国旧君的惋惜之情，终于借正文中汪伟编修之口喊了出来：“夫人，我这哭，不是与你舍不得死，怕死贪生。我是哭谋国无人，把一个三百年相传宗社、十七年宵旰的人君，都送在贼手里。”《清夜钟》第六回《侦人片言获伎　阍夫一语得官》入话也进行了同样的谴责：“几省六十余城，破如弹指。圣明宵旰在上，以词臣司兵，辅臣出将，监司侍御躐补节钺，那一个人不从破格？这班见用的人，那一个能体圣心破格抡材？所用都是些如哑如聋，如痴如跛，推不上前，呼不肯应的人。”

二是对军事失败的反思。揭露了明末军事力量软弱、军队涣散、统帅无能、决策失误等问题，总结了军事教训。

表面上拥有强大军事力量的明王朝，面对内忧外患时，在军事上节节失利。明朝的灭亡使人们清楚地看到明朝的军事已经走到了何等软弱不堪的地步。对此有不少的作品作了反映。

首先，作品对明王朝末期缺兵少将、府库空虚、装备坏失的军事条件进行了多方面的揭示。如《风流悟》第四回《莫拿我惯遭国法　贼都头屡建奇功》，王兵备在接到山贼围城的消息后，“吓得手足无措”，忙道：“太平日久，无兵无将，如何是好？”在进呈的本子中又道：“外既无兵，内复无饷，无兵何以应敌？无饷何以养兵？问诸府库，而府库空虚；问诸士民，而士民莫应。措处无策，束手待毙”，最后竟以“集公银三千送去犒赏他”为退敌之策。《云仙笑》第三册中，李自成起义时，明军无力回击：“不惟兵卒一时纠集不来，就是枪刀器械，大半换糖吃了。总有一两件，已是坏而不堪的，所以一遇战斗，没一个不胆寒起来”；“那时荆州府，也为官府太平日久，一时遂不及堤防，弄得百姓们妻孥散失，父子不顾，走得快的，或者多活几日；走得迟的，早入枉死城中去了”。

明王朝混乱的军事管理也是造成军事力量软弱的一个重要原因。如《醉醒石》第五回《矢热血世勋报国 全孤祀烈妇捐躯》就借写嘉靖时海寇来犯时的情形，反映了明朝军事管理上的各种问题：

> 不料海上果然多事。浙有汪直、徐海，闽有萧显，广有曾一卿，或是通番牙行，或是截海大贼，或是啸聚穷民，都各勾引倭夷，蹂躏中国。沿海虽有唬船、沙船，哨船，都经久不修，不堪风浪。信地虽有目兵、伍长、什长，十人九不在船。就是一个要地，先有卫所，所有千人，加二十个总旗，一百个小旗，十个百户，一个正千户，一个副千户，一个镇抚，不为不多。平日各人占役买闲冒粮，没有一半在伍，又都老弱不知战，也不能战的。一卫统五所，上边一个指挥使，两个同知，四个佥事，一个镇抚。有一个官是一个蠹国剥军的，都无济于事。道是军弱，养了军又增饷养兵，又设总哨备倭。把总、游击、参将，也不能彼善于此。船中相遇，也有铳炮、火砖，见贼船影就放。及至船到，火器箭已完，他的火器在，反得以烧我船。岸上防守，山上或岸上呐喊站立。及见贼一到岸，一个上岸，各兵就跑。将官也制不定。

明王朝军事策略上的一再失误，更彻底地将明王朝葬送了。有的作品反思了明末在对待四起的“流寇”上一味主张“抚”，而将贼势养成的策略失误，如《清夜钟》第一回写道：

> 即如流寇一节，内中主张在兵部，外边主张在督抚，下边将士效力，文武同心。无奈初起时，一味蒙蔽，把贼势养成了，到后来一味姑息，要把个“抚”字了局。不知这贼从不曾吃一遭亏，有甚怕你，他肯来降？最可恨贼在栈道，前不能进，后不能退。东西扼住山险，贼自坐毙。一个痴庸的总督陈其愚，主一“抚”字纵他出险，遂不可制。贼在河南，秋黄不接，正可剿其饥疲，又一个痴庸的总理熊文灿，主一“抚”字，纵他和籴，食足复反。其余督兵将官，当讲“抚”，自然按兵坐食。

同时还指出，就是有的将领实行了“剿”的策略，也只是虚张声势，“只贼东我西”；甚至借“剿”的名义，为害百姓：“贼作梳子，民财掠去一半；兵作篦箕，民间反到一空。”由此看来，由于官员的腐败，即使有正确的军事策略，也同样无补于事，这是最令人悲哀的。

军事上的失误还表现在，作为国家政治、军事中心的京城，竟在守卫上存在着极大的漏洞：“京营原是虚名，原不多人，却又分调开去，守通州，守郡县，守在外边。不料闯贼却从北来，破了宣府、大同，取了昌平。昌平去京七十里，这时措手不及，若是外面有人接战，贼也不敢轻易进城；城若守得几日，关门近镇，勤王兵来，贼也未便得志。”（《清夜钟》第一回）如此的局面，只能使读者和作者不由得发出这样的疑问：“不知兵部平日运筹些甚么？京营简练些甚么？”以此说明明朝的将领都是尸位素餐、误国害民的无能之辈。

作品还较深刻地批判了将领中存在的种种腐败现象，使人们看到腐败不仅存于文官中，它已经腐蚀到了整个官僚系统中，武官的腐败行为同样触目惊心。《醉醒石》第五回中批评了有些武官不务军事，为贪利而引敌入室的现象：

> 如今人都道太平，那文官把我们武职轻渺，武职们也不知自爱，不知我管下有几个军，也不识得那一个是我的军。少一个军，我有一石粮，不去勾补。在的不肯操练，军器硝黄，还要偷卖。说起勾补操练，道我多事。又有那贪利不知害的缙绅富室，听说这边丝绵绸绫，拿到日本，可有五分钱，磁器玩物书籍合子钱，就有这些光棍穷民求他发本，求他照管。他就听了打船制贷，压制防海官兵不许拦截。不知我去得，他来得，可不是把一条路径开与夷人么！一日就把我这边船装了倭人，突入内地，变起不测，如何防备?!

《清夜钟》第六回批评了将领只顾贪财，不恤下属，致无人效力的现象：

> 但如今为大将的，贪财好色，愎谏蔽贤，还要掠人妻女，怎肯舍自己的美姬与人。圣旨部札，视如等闲，那个肯听人说话？所以如今用哨探，不过听难民口说，不破的城说破，已失城说不失，说鬼说梦，再没个舍命入敌营探个真消息的人。随你大将小将，远远离贼三四百里驻札，只晓得掘人家里藏，怕敌兵来，每夜还在人屋上睡，那个敢劝道杀贼？

作品用大量的事件指出，由于军事上存在的种种问题，明王朝在对付农民起义军和异族进攻时，只能措手不及，无力应敌，最终导致国破君亡。

三是对国家用人的反思。批判了人才选拔制度上的弊端，提倡不拘一格、赏罚有信等用人原则。

强大的明帝国敌不过蛮夷，危难时刻，将相无能，若大国家竟无一人能挽颓运于万一，这不能不使人们对那些平日食禄的所谓国家重臣的才能提出了质疑，从而对所谓国家用人等问题进行了反思。

明代从中叶以来在人才的选拔上已出现了严重的舞弊现象，如科举腐败，任人唯钱唯亲，使真正的才学之士无用武之地；至明末，这种现象日益严重。《清夜钟》第五回入话针对开三途进行了批判："如今又科道成千论价，部属整百论钱，或现或赊，终是孔方得力。你荐我的弟兄，我荐你的子侄，移来换去，终是缙绅有权。"第六回入话揭露了情同卖官鬻爵的选才内幕："至保边材，都是情面；保贤良，尽是赂贿。先时怕累举主，还举些虚名之士、老疾不能得出之人塞责；后来科道论千，部属论百，现一半赊一半，你道有才的肯钻营，钻营的是真才么?"武职高进之未能用钱便只能赋闲在家（《鸳鸯针》卷二）。这样的选拔人才，文武官员多为庸才，临难时"文官怯懦，用武将，临事也只一般；武将权轻，用内臣，到头不差一线"。（《清夜钟》第六回）甚至位至臣相也只会纸上谈兵："一个嘴嗦嗦杨嗣昌，毅宗眷注他，服未满，召他做兵部尚书，那纸上布摆得且是好看，把个河南作战场，东边是山东、凤阳督镇，西边是山西、陕西督镇，北边顺天、保定督镇，南边江西、湖广抚镇，搜括加派剿练饷七百万，四面合围，期于一年灭贼，却也像一番春梦！及至嗣昌拜相，自己出督师，毅宗赐座、赐宴、赐诗，所到地撼山摇，才报得个官兵大败献贼、单马赤身逃入四川，却已襄阳府被献贼所破，襄王已被杀了。"对此作者讽刺道："破贼全凭纸上，机宜昧却彀中。"（《清夜钟》第一回）国家高级官员尚且如此，何求国不破君不亡？因此如何选拔人才是一个更令人关注的问题。

针对明末出现的严重的"赏信却赏非所当赏"的问题，有的作品提出了在用人上应"信赏必罚，用人听言"，如《清夜钟》第六回中道："何尝文官不立功勋？就是人品不尽纯，但有得这'信赏必罚，用人听言'八个字，也能为国家建些功业。"正文中写了正统进士王威宁整顿边防，在用人上不拘泥成见，唯才是用，任用了考语中有"淫酗不简"的张千户，听了马夫的退敌之言，均获成功；尔后将美妾等赏之，激励其为己所用。王威宁本人也是一个极有争议的历史人物，他趋附太监汪直、倖臣朱宁，人品不无可议，但他能用人从谏，也屡立战功，对于他的为人和他的用人原则，作者在文中的最后议论道："人道是'安有权臣在内，大将能立功于外？只看如一个有才望大臣，只为持了正义，不肯与人诡随，所以要兵不得兵，要粮不得粮，要人犄角不得犄角，卒至身死，为人所笑。'我道：'和衷'二字说得，'趋附'二字说不得。若说用人听言赏罚拘泥成见，张千户如何得用？愎谏自用，马夫如何得进一言？不如此重赏，如何得人死力？"对王威宁用人做法的赞同和对他本人的一分为二的看法，都明显地表达了作者在明末紧迫形势下在用人问题上的新思考；并由此提出了破格选拔人才的问题："我道如今文武将帅，遇着踶跻之才，也须破格拔用，不得专徇资序，凭贿赂，听请讬。言语可听的，不妨虚己听受；罚不避亲，赏不避疏，不要叙功只叙子姓权豪奏带，则人知激劝。"

还有些作品针对某些盗贼身上所具有的良好品质和才能，提出了新的用人观，即破格吸收这些人，为国家所用。晚明市民暴动、农民起义及流寇、盗贼等活动频繁，有的显示出强大的力量，给人们留下了深刻的印象，特别是其中一些人在军事上所表现出来的才能和品质上所表现出来的正直、义气，与那些贪生怕死、无能寡德的封建官僚形成鲜明的对比，引起人们对他们的关注和钦佩，也让人们想到，如果将这些人引入封建统治的正途，为国家所用，必能保国立功。这种反思体现了在危难的国家形势下一种崭新的用人态度。当然，在中晚明以来的作品中也出现过褒扬盗贼的作品，但多是从市民的道德观出发进行肯定，并没有将他们作为国家有用之人大加赞扬。

首先，这一时期的作品强调并赞扬了某些强盗身上的可贵品质和非凡的才能。如《鸳鸯针》第二卷《轻财色真强盗说法　出生死大义侠传心》是一篇着重写盗贼的作品，在入话中对强盗大加赞扬：

> 也有仗义疏财的，也有闻难相救的，也有锄强扶弱拔刀借命的，也有败子回头替国家效用的。这一班人，负不可一世之志，既不肯卑污无耻，与虫蚁般生死，又不肯做瞒心昧已的勾当，掠那黑暗钱财。宁可拚着一身品节不立，光光明明作个畅汉。做得来，横挺着身子；坏事时，硬伸个头颈。却比那暗中算计人东西的，觉得气象还峥嵘些。所以先贤李涉赠他的诗云："相逢何用相回避，世上如今半是君。"在当时，可以道得个半是君。如今，这句却要改了，改做"世上谁人得似君"。

认为强盗身上所具有的品德与气概令人钦佩，在世风日下的当时社会，更显得难能可贵。小说正文塑造了一个有勇有谋、有情有义的大盗风髯子，他除了具有济穷人、不劫贫这种侠义强盗的品格外，最突出的地方在于他以行盗为朝廷效力，认为："做好人，有好人的勋业。就做歹人，也有歹人的品节。大丈夫即投胎在这里，也要为天公留些仁爱，为朝廷效些忠悃，为自家立些声名。如那行商坐贾，赍了祖宗血本，涉水登山，担忧受怕，只博得半分三厘利息，回家还债，负养老小，你却一鼓而鲸吞，天理也不容你。那些贪官污吏，吃了朝廷俸禄，又拿竹批椤子，刻剥穷户，大杠小担为他行淫乐祸之助。若朝廷知得，也要追他赃物，还要问个罪名。我如今，起了赃物，饶了他罪，为朝廷施法外之仁，还便宜了他。"作品赋予了强盗效忠朝廷的品质，这是此前小说中所少见的。此外，作品还强调了盗贼身上所具有的军事手段和才能，如风髯子为官府所用后，屡次打败俺答。

在这些作品中，作者常常将强盗身上所表现出来的美德和才能与政府官员的贪婪和无能形成鲜明的对比来写，让人强烈地意识到国家在用人方面应不拘一格。如《风流悟》第四回中，强盗围城，官员们"措处无策，束手待毙"，而小偷"莫拿我"，却不动一兵一卒降了对方。有的作品中直接地提出了朝廷要破格用这些人，如《鸳鸯针》第二卷入话道："朝廷要破格用人，不可拘定那一流一途才做得官。这些人，得一官半职，鼓舞才能，国家还可以收得人之效。"李渔《十二楼》的《归正楼》正文写一拐子高明的拐骗手段后，也借人物之口发表了这一见解："若把这些妙计用在兵机将略之中，分明是陈平再出，诸葛复生，怕不替朝廷建功立业，为什么将来误用了。可见国家用人，不可拘限资格，穿窬草窃之内尽有英雄，鸡鸣狗盗之中不无义士。恶人回头，不但是恶人之福，也是朝廷当世之福也。"

一些作品还安排了强盗被政府吸收为国家官员并为国立功的结局。如风髯子屡立战功，被授都司、御倭副将，最后升为宁夏挂印总兵（《鸳鸯针》第二卷）；"莫拿我"也因破敌有功，做了总兵（《风流悟》第四回）；刘福通部下的曾珙做了明王朝的"开国勋臣"（《一碗饭报德胜千金》，《云仙笑》第四册）；贼头丁翼做了蓟州镇屯捕总司的手下（《沙尔澄凭空孤愤霜三八仗义疏身》，《生绡剪》第七回）；小偷"云里手"最后官至佥事（《陌路施恩反有终》，《警悟钟》卷二）。这些作品都明确地表达了在国家危难时势下的新的用人观，也反思了在盗贼流寇横行社会状况下如何处理和对待他们，达到为我所用等问题。

此外，在用人上还反思了重文轻武的人才观。封建社会一向有重文轻武的传统，尤其是在国泰民安的时期更是如此，然而一旦烽火燃起，武官的作用就会立刻被全社会重视。在明末的战乱中，文官谈文作诗已无补于事，武官的作用重新被认识。在一些作品中反映了对传统的重文轻武人才观的反思，如《醉醒石》第五回中，嘉靖时姚指挥作为武官，反对武官学文官之做作，主张练武："承平将官，高品学文人做作，谈文作诗。他道这不是武夫勾当，不过读些《武经》、《百将传》，看些《通鉴》够了，要赋诗退贼么?"

四是对战乱起因的反思。认为明末出现的各种起义是由于官逼民反，一定程度上表现出了对百姓起义的理解。

风起云涌的明末起义，终于使人们不能再将之简单地视为劫财夺货的"山贼"、"强盗"行为，开始深一步地思考造成如此局面的真正起因，许多人已经清楚地看到，官逼民反是对这一现实的最合理的解释，正如阎尔梅《流寇》诗里写道："揆厥所由来，大半皆苦贫。兼之催科猛，饮恨莫能伸。处处悲苛政，呼应遂如神。"

这一时期的一些白话短篇小说也指出，正是官僚的贪婪、不尽职责的行为导致了民不安生、贼寇四起的不稳定的社会局面。《鸳鸯针》第二卷入话中明确地指出，官员的责任就是要保持地方安定："你说朝廷设了吏部，日日推选许多官员。这些官，要他做甚，无非是要他治安百姓。那治安百姓的事体虽多，莫重在靖盗。所以说道，靖盗安民。朝廷有了文官，又设一班武官。自镇巡将领以下，又有那游击番捕。那些人，吃了朝廷钱粮，分明都是责备他靖盗安民的了。"但实际上官员非但不能"靖盗安民"，反而其行径竟似强盗，正文中的任知府，"极是个手长的，也初选得了会稽县知县。被他做得甚没体面，诈了被告，又诈原告，地方人揭告了，住脚不牢，用了些银子，调个任，做了江西靖安县。这靖安县，一到他上任，就不肯靖安了。连地皮卷尽，还恨那树根生得不坚牢"。连强盗风髯子也说："那般清廉，若是都恁样起来，天下该久已太平了。我辈从何处站脚?"所以说，正是由于官员的腐败和对百姓的逼勒，才造成了"万民嗟怨，如毁如焚，恨不得一时就要天翻地覆，方遂那百姓的心愿"（《党都司死枭生首》，《豆棚闲话》第十一则）的局面。又如《生绡剪》第七回写明末时书生蒋淇修路遇山贼，贼头对他说："我等各有身家，因山东一带，吃白莲教扰害。可恨贪官污吏，将富足平民，埋陷株连。且弄到天荒地白，父东子西，冻饿无聊，逼到这条路上。我看你这娇怯行径，必定是到京里谋官做的。但做官第一要诀是黑心，没阴骘。我劝你莫去罢。"甚至还出现了在朝廷武断和厂卫重裁下，连地方官也铤而走险，从了流寇的现象："关中左右地土辽阔，各州府县既无兵马防守，又无山险可据。失了城池村镇，抢了牛马头畜，不论情轻情重，朝廷发下厂卫，缇骑捉去，就按律拟了重辟，决不待时。那些守土之官权衡利害，不得不从了流贼，做个头目快活几时。"（《党都司死枭生首》，《豆棚闲话》第十一则）

封建社会的文人一向敌视农民起义或市民暴动，认为他们破坏了封建社会的正常秩序。但是晚明社会政治之黑暗，官僚腐败之严重，百姓生活之困苦，使一些文人逐渐地看到了百姓起来造反的真正原因，对他们的行为和处境有了一定的理解。表现在小说中，就是有些作品能够较为客观地描写他们，表现了他们身上令人同情甚至令人敬佩的地方，而不再是一味地诬蔑。

巨大的历史变化所引起的思考是多方面的，上述四个方面只是相对突出的地方。不过也有另外一种反思。当一些人为明亡表现出万分悲痛与无限惋惜，并试图寻出史因时，也有人在无奈、自慰等复杂的心理下，从宇宙轮回论上解释了朝代更迭的合理性，这主要表现在《豆棚闲话》中，如第七则《首阳山叔齐变节》借齐物主之口说道："众生们见得天下有商周新旧之分，在我视之，一兴一亡，就是人家生的儿子一样，有何分别？譬如春夏之花谢了，便该秋冬之花开了。只要应着时令，便是不逆天条。……你们不识天时，妄生意念，东也起义，西也兴师，却与国君无补，徒害生灵。况且尔辈所作所为，俱是腌臜龌龊之事，又不是那替天行道的真心，终甚么用？……道隆则隆，道污则污……生生杀杀，风雨雷霆，俱是应天顺人，也不失个投明弃暗。"表现了人们在失序的历史变动中，逃避对现实社会存在的具体问题作具体分析，力图接受现实的心理。

反思往往是为了更好地改进，但是对于明遗民来说，家国破碎，新朝已立，已是没有疗救的可能了，因此这样的反思既是痛苦的，也是毫无实用价值的。但即使这样，他们也愿意在作品中去回味那段不堪回首的历史，愿意查找出症结之所在。这份执著，这份眷恋，这份苦涩，正是明遗民心理的体现。

第三节　小说创作主旨的曲折表达

清初的白话短篇小说是在一个较为特殊的时期下产生的，其中有些较早的作品产生于明清鼎革后的动荡时期。由于此时明朝已亡，清朝的统治还未完全建立，社会上思想自由，在出版和言论等方面未受到严格控制，所以有些白话短篇小说可以毫不隐讳地直接反映现实，抒写对明亡的哀悼之情。但是，随着清政权的日益稳固，对思想和言论的控制愈加严厉，作家在小说创作上开始有所顾忌。一方面是郁积心中又不能不说的对明亡的感念，另一方面又是新政权的控制，因此，对于一些统治者敏感的问题只能采取曲折的、间接的表达手段。主要表现于下：

通过历史题材间接地反映现实，表达作者的创作主旨。历史有着惊人的相似，历史又有着取之不尽的写作素材。通过与现实相似的历史事件的叙述和描写，来曲折地反映现实情况；通过对历史事件的评论来间接地发表对现实的看法，是这一时期部分作品的特色。如《醉醒石》第二回《恃孤忠乘危血战　仗侠孝结友除凶》，讲的是明太祖时刘濬、刘琏父子为忠为孝的故事，文中褒扬了刘氏父子的忠孝行为，批判了徐千户和周千户大敌当前各顾私利，不能同心协力，事后又互相推诿责任并邀功请赏的行为。这种情形恰与明末统治集团的情形相似，因此作者写这篇故事的用意也就十分明显了。在故事的结尾，作者还根据文中的情节进一步议论道：

> 若使当时为官的，平日才望服人，临难不惜一己，自然破得贼守得城。百姓轻财好施，彼此相结，同心合力，也毕竟杀得贼，保全得家资。只是明季做官的，朝庭增一分，他便乘势加增一分；朝庭征五分，他便加征十分。带征加征，预征火耗，夹打得人心怨愤。又有大户加三加五，盘利准人，只图利己，所以穷民安往不得穷？还要贼来，得以乘机图利。贼未到先乱了。若能个个谋勇效忠如刘巡检，武将又协力相助；人人如刘孝子，破家报仇，结客灭贼，贼人又何难殄灭哉。只是有榜样，人不肯学耳。

文中没有一字提到明末，但小说所写的事件、所反映的问题正与明末叛乱四起，朝廷官员无能、自私、内讧、推卸责任等现实相似；作者在刘氏父子身上所着意宣扬的忠孝品质，也正是明末内忧外患严峻时刻作为国家臣民最重要的，也是最让世人关注的品质，这些作者不言也自明。又如第十二回《狂和尚妄思大宝　愚术士空设逆谋》，写的是成化年间侯立柱听信相士之哄言，妄想为帝，联结宫中韦含太监图谋不轨，事发受诛之事。作者通过本篇意在告诫人们：

> 我想四民中，士图个做官，农图个保守家业，工商图个擢利，这就够了。至于九流，脱骗个把钱糊口，也须说话循理。……宁可贫穷到饿死，还是个良民。若这干人，输了个砍头，还又得个反贼之名，岂不是可笑！故为百姓的，都要勤慎自守，各执艺业，保全身家。不要图未来的富贵功名，反失了现前的家园妻子。

这种议论也是针对明末起义纷起、威胁中央政权这一现实的。

有的作品写的虽然不是历史题材，而是虚构的故事，但是作者为了能够既避免文祸又能抒发心中感慨，就在故事发展过程中，一定程度地参入历史事件。这种历史事件，不是全文的主要内容，字数也极少，在运用过程中，与整个故事衔接得十分自然，仿佛浑然天成，如果不注意、不联系清初的社会背景，几乎不会感觉到有什么特别用意。而实际上，在当时的社会环境下，作者正是通过这些不起眼的历史事件的参入，引起读者的联想和与现实的对比，借机表达作者的创作主旨，进而丰富了作品的内涵。

参入的历史事件主要作为虚构故事发生的背景；而这种作为背景的历史事件，往往又以朝廷、帝王之事为多。如李渔《十二楼》的《鹤归楼》以宋政和年间的社会状况作为故事发生的背景："只因宋朝的气运一日衰似一日，金人的势焰一年盛似一年，又与辽夏相持，三面皆为敌国，一年之内定有几次告警"，这种社会情形与明末相似。又如《云仙笑》第四册《一碗饭报德胜千金》，描写元朝至正年间，"顺帝无道，天下饥荒，水旱蝗疫，处处不免"。淮安府山阳县旱蝗成灾，瘟疫大作，死者盈路，黄通理开仓济饥，却受到诬陷，说是假托济饥，买服民心，图谋不轨，受到官府捉拿，激起民变，最后为刘福通的黄巾军所救。在这一故事中，既有虚构的情节，也有历史真实事件，在这虚虚实实中，揭示了官逼民反的道理。

参入的历史事件中又以动乱事件为多，如大量地穿插了诸如隋末唐初的动乱、宋末金兵的南下、元末的起义与暴动、嘉靖时的倭祸等动乱，通过对战乱下的社会和民生的生动描写，曲折而真实地反映了明末清初的大动荡对社会和百姓造成的巨大灾难和极大痛苦。如《载花船》卷二写到南宋末年时，金兵入侵，到了临安秀州，"临安朱刺史差人往金营纳款，这秀州刺史也献地请降"。不日金兵大至，但见："战马飞腾，金戈耀日。画戟锋带血腥，铁甲气余乳酪。一片头缨俱赤色，何殊火曜临凡；满地哔呖带雄声，不异震雷盈耳。雕鞍上搂定绝色娇娃，总是香憔粉悴。那里数得到出塞的昭君；皮袋内满装着希奇路菜，无非野鹿山獐，何曾晓得个烹调的滋味。尘飞满目，皎白为之不明；马溺成川，陆地非舟不往。正是万里兵烽至，黎民遍地惊，宁为太平犬，莫作乱离人。""金兵既到秀州，各门俱以重兵屯列营寨。刺史封起府库，清开钱粮户口册籍，备办牛酒相迎，外解送犒兵银一万两。金帅准降。""城外人家，兵丁大掠，金帛子女，略无存留。"这种情形也正是清兵入关和南下的所作所为。虽然作者没有提到清兵一字，但作为当时社会背景下的作品，读者从中不能不做出如此的联想，这也正是作者的创作用意之所在。

有些作者为了更充分地表达对现实的看法，大胆地、创造性地改编历史故事，借"史"发挥。这类作品主要集中在《豆棚闲话》中。作为明遗民的艾衲居士，他的《豆棚闲话》刊行在“文字狱”十分严重的康熙年间。在这样一个时期，隐晦地表达对现实的看法更是必然之举。《豆棚闲话》中写了几个历史故事，与同时期的写史故事相比，表现出两个明显特点：一是时间上离现实更为遥远一些，二是将原有的历史故事进行了创造性的改编。如第一则《介子推火封妒妇》、第二则《范少伯水葬西施》、第七则《首阳山叔齐变节》。其中《首阳山叔齐变节》对历史的改动最引人注目。叔齐、伯夷作为气节之士千百年来为人仰慕，但是针对清初许多所谓的遗民纷纷变节、向新朝投降的现实，艾衲居士借用了这一历史故事背景，进行了有针对性的改编，将叔齐塑造成一位觍颜新朝的变节之徒，并揭露了他的投降思想：

> 我们乃是商朝世胄子弟，家兄该袭君爵，原是与国同休的。如今尚义入山，不食周粟，是守着千古君臣大义，却应该的。我为次子，名分不同，当以宗祧为重。前日虽则随了入山，也不过帮衬家兄进山的意思，不日原要下山。他自行他的志，我自行我的事。

这种心理反映了清政权稳定后一些遗民受不了生活上的困苦，为变节找理由开脱的现实，这与王应奎《柳南随笔》中所写的“鼎革初，诸生有抗节不试者。后文宗临按，出示山林隐逸，有志进取，一体收录，诸生乃相率而至。人为诗以嘲之曰：一队夷齐下首阳，几年观望好凄凉，早知薇蕨终难饱，悔杀无识见武王”（王应奎在《柳南随笔》卷二《诸生就试》）、温睿临《南疆逸史》所记载的“世祖隆礼明士大夫，招致即授显秩，士之匿迹山泽者咸出”（温睿临《南疆逸史》卷三十八《李孔昭传》）的清初史实是一致的。同时作品中还加入了商亡后，许多人出于各种想法仿效叔伯二人，入山做遗民，影射当时现实：

> 或是商朝在籍的缙绅、告老的朋友，或是半尴不尬的假斯文、伪道学，言清行浊。这一班始初躲在静僻所在，苟延性命，只怕人知；后来闻得某人投诚、某人出山，不说心中有些惧怕，又不说心中有些艳羡，却表出自己许多清高意见，许多溪刻论头。日子久了，又恐怕新朝的功令追逼将来，身家不当稳便。一边打听得夷、齐兄弟避往西山，也不觉你传我，我传你，号召那同心共志的走做一堆，淘淘阵阵，鱼贯而入。犹如三春二月烧香的相似，都也走到西山里面来了。

还写了当时民众投降新政权的情形：

> 到一市镇人烟凑集之处，只见人家门首俱供着香花灯烛，门上都写贴“顺民”二字。又见路上行人，有骑骡马的，有乘小轿的，有挑行李的，意气扬扬，却是为何？仔细从旁打听，方知都是要往西方朝见新天子的。或是写了几款条陈去献策的，或是叙着先朝旧职求起用的，或是将着几篇歪文求征聘的，或是营求保举贤良方正的，纷纷奔走，络绎不绝。

上述的这些描写都是清初现实的真实反映。对于这种通过大幅度的改编来表达创作主旨的做法，回末总评指出：“必须体贴他幻中之真，真中之幻。”

相对于那些完全取材于历史的作品，这种改编历史的作品更能充分、自由地表达作者的创作主旨。

还有一些作品中，正文写的其实是生活中的一个很小的故事，但作者却在入话或结尾议论中从大处落笔，扣上“大帽子”，引起人们的联想和注意，以体会小故事中蕴含的作者不便直言的深意。

如《醉醒石》第一回《救穷途名显当官　申冤狱庆流奕世》，正文写的是关于一名狱吏身上发生的一些细小的故事，但在入话中作者强调的是：“士大夫事权在握，而不辩雪冤狱，矜恤无辜，不深负上天好生之心乎？”结尾又落在“当权君子，能不广行方便，诒厥孙谋乎？”将话题引向“士大夫”、“当权君子”这些国家重要人物身上，作品的用意、指向就超越了小小的狱吏，创作主旨不言而喻。像这样的情况在当时的小说创作中是一个较为普遍的现象。又如第九回《逞小忿毒谋双命　思淫占祸起一时》，正文写的是市井中恶棍谋命奸人女之事，并不是什么新鲜的题材，但作者却从国家之事和忠义之名谈起，在开篇入话中道：“事成是何名目，事不成是如何结果。这是杨椒山主张国事的。我道人当国家之事，果能赤心白意，慷慨担承，事成固不求忠义之名，事不成何妨为忠义之鬼。”第十四回《等不得重新羞墓　穷不了连掇巍科》中，正文写一妇人嫌丈夫贫贱而弃夫他嫁的故事，作者在入话中也上升到了国家和朝臣：“你又看那不安贫贱的人，那个是肯为国家做事的人。”“是不安卑贱之心，竟为五伦之蠹。即如王敦、桓玄，干犯名义，谋反篡位。先时戕害僚友，继而弁髦君上。末后把祖宗宗祀斩了，妻子兄弟族属枭夷。”《五更风》中的《鹦鹉媒》写的是家庭故事，入话更是从大处入手：“国难曷由而起？文爱钱乎？武惜死乎？将相不和乎？而其祸最烈于勋戚宦寺之间，而尤烈于宦寺。宦寺者，国之阴贼也，阳变速而阴变迟，阳祸小而阴祸大，阳谋露而阴谋藏。欲弥家难，不听妇人言而已；欲弥国难，不许宦官干政而已。”其他的如《清夜钟》第三回、第七回，《豆棚闲话》第五则等也不同程度地存在这种特色。

类似的写法不得不让人们发问：就正文中的故事来说，有必要在入话中做出如此的议论吗？议论和故事的内容是不是不相称？作者是不是小题大做了？但是如果我们联想到当时的社会情况和社会心理，也就知道作者如此做的深意了——在不能就事论事的当时环境下，不甘于沉默的知识分子要想表达内心深处的感慨，只好借无关国事与政治的小故事来小题大做，寄寓自己的深意，正如《清夜钟》第五回《小孝廉再登第　大砚生终报恩》的回末总批中所言：“借事写世情，尽多题外之意”。

有的白话短篇小说还用类比手法表达作者的创作主旨。与上述借用、改编历史事件等方法不同，类比手法是一种更为曲折的表达方法。作者在表现和宣扬某种品质时，有时不直接写此种品质及故事，而是写与此品质在特征上有相似之处的其他品质及故事，极为隐晦地表达自己的观点。其中写得最多也最为典型的是借妇女之贞节来类比朝臣之忠贞。

如《醉醒石》第四回《秉松筠烈女流芳　图丽质痴儿受祸》，从正文来看，描写的是一个烈女形象，表现的是妇女贞节品质。但是如果细读入话和结尾，就能知道作者写节烈之妇，实言忠节之臣。作品在开篇入话中写道：

> 孔融藏匿张俭，事发，弟兄母子争死；一家义侠，奕世美谭。后来竟有贪权畏势，不识纲常节义，父子不同心，兄弟不同志；况在贾竖之中，巾国之流，凛凛节概，出于一门。

将一个写节妇的故事冠以如此的开篇，不能不说是极有深意的。同样写节妇的还有《清夜钟》第二回《村犊浪占双娇　洁流竟沉二璧》，正文写的是两个村妇不堪婆婆凌虐，为守贞节，双双沉水而亡的故事，但是入话中强调的是妇女在战乱中尤其是明末城池失陷情况下的贞节；在结尾处，作者又发出这样的感慨：“可见天地正气，原自尝存；十室之邑，必有忠信。”由此看来，作者写此文的目的也不完全在于宣扬妇女贞节。关于这点，评者在回末总评中也明确地提出：“此两女流而能同，更事之奇。今在朝之人各一心，又安望有烈烈（后面原文缺）”，虽有缺文，但其意思还是极明显的。又如《生绡剪》第八回《挑脚汉强夺窈窕娘　巧丹青跳出阎罗网》中，蟾舒之父陆生劝其改嫁时，文中写道：“蟾舒一听此言，犹如几盆烈火泼上身来，走向父母面前跪道：‘忠臣不事二君，烈女岂更二夫！’”其父陆生道：“血性男子，尽有历事几君的，何况女流之辈！听父之言，终身之倚。”蟾舒道：“古来丈夫不如巾帼，那李陵失身异域，冯道仰事四朝，至今言之，尚有余秽。孩儿宁甘饿死，决不效那些狗彘，觍觍人间。”结合清初的历史背景，蟾舒父女间对话中所蕴含的更深意味，是不难理解的

明朝的灭亡，使节义问题变得十分的突出和敏感。在清初的环境下，已不便直言为明坚守节义，所以往往以妇女之贞节来类比朝臣之节烈，以妇女之是否守贞殉节来影射或暗指明士大夫在国难之际的节烈表现。作者这种类比几乎是不露痕迹的，但联系当时的特殊的历史背景，又是十分明显的。

此外，有的作品还通过象征的手法表达主旨，这也是一种隐晦的表达方法。如《都是幻》中的《梅魂幻》里，写明末南斌为龙神转世，曾随友入京，至永乐陵冢，见有梅树十二株，相传为永乐帝所植，“南斌忖道：此梅新抽小枝开花尚且如此，想当初原枝所发之花不知怎样香华，如何艳丽。自伤薄命，因而伤梅花之薄命，竟抱着梅花号啕大哭”，昏于树下，梦入王宫，于是在宫中做驸马，平动乱，后来宫中失火，“宫主已无踪影，仍依原路走回，火已熄去，宫主既失，十二王与王后也无。宫殿是一块茫茫白地。孤身无倚，感痛悲伤，号啕大哭”。在这里，梅花的历史与兴衰，南斌的出身和游历，王宫的繁华和幻灭，甚至南斌的几次“号啕大哭”，都含有一定的象征意义，它非常曲折地表达了作者对于明王朝的眷恋和对明亡的悲哀之情。又如《豆棚闲话》第八则《空青石蔚子开盲》中写道：“天地开辟以来，一代一代的皇帝，都是一尊罗汉下界主持。……当初不知那个朝代交接之际，天上正在那里捡取一位罗汉下界。内中却有两个罗汉，一尊叫做电光尊者，一尊叫做自在尊者，都不知尘世龌龊，争着要行。”最终电光尊者抢先下界为帝，那天上古佛见了，道：“电光，你见识差了。只图到手得快，却是不长久的。……自在且略缓些，也随后就来了。”“电光尊者即下尘凡，降生西牛贺洲，姓焦名薪。任着火性，把一片世界，如雷如电，焚灼得东焦西烈。百姓如在洪炉沸汤之中，一刻难过。也是这个劫运该当如此。”读者读此，一眼就能看出这电光尊者的特点其实象征了清人入主中原的作为。后来写了两个盲人原是要求蔚蓝大仙医好双目，“开眼看那光明世界”的，待到双目复明，却见世上“许多孽海冤山，倒添入眼中无穷芒刺，反不如闭着眼的时节，到也得清闲自在”。结果二人不愿返人世，让蔚蓝大仙将自己置于杜康埕中，做桃源世界的美梦。这些都是有所指向和寄托的。《五更风》中的《鹦鹉媒》，将故事的背景设在魏阉篡政的天启年间，而故事里的家长水崑岺懦弱无能，任由后妻胡作非为，几乎害死善良的前妻之子，影射了熹宗天启皇帝的无能和魏忠贤阉党的种种恶迹，并明显地以人物名“鬼

监”象征魏阉，以“室氏”象征“客氏”。

通过各种手法曲折地表达作者的创作主旨，是清初特殊历史时期下有遗民倾向的作家不得不采用的办法，关于这一点，当时的文人们已经有所认识，有人就曾主张读者在阅读此类作品时要“善读”，如《豆棚闲话》第十二则回末总评中有“艾衲所云，‘知我不得已之心，甚于孟子继尧、舜、周、孔以解豁三千年之惑。’岂不信哉！著书立言，皆圣贤发愤之所为作也，亦在乎后学之善读”。第七则回末总评也指出：“必须体贴他幻中之真，真中之幻。”这种认识也说明了曲折的表达手法的确是当时小说创作中的一个特点。

第十三章　逃避现实心理与小说创作

随着反清斗争的一再失利，许多遗民因失望和无法面对现实而放弃了对现实的关注；同时，在清初统治者恩威并施的社会环境下，大多数遗民既无力反抗奋争，也无心臣服感恩，因此，在现实生活中只得采取对现实不闻不问的逃避态度。这种态度表现在文学创作上，就是出现了一批借文学创作消遣娱乐、排忧解愁的作家。他们在作品中，不反映现实问题，回避现实斗争，只在自我的世界中寻找种种寄托，其中李渔是这类作家中的典型代表。

第一节　清初社会与文人处境

在经过鼎革的社会动乱之后，满族贵族逐渐在中原建立起了稳固的政权。清朝统治者一方面通过恢复经济、发展生产，来稳定社会，缓和民族矛盾；另一方面，又通过各种严厉的政治和文化等措施强制地将人们置于其统治之下。所以至顺治帝末年，被破坏的社会经济开始得到恢复和初步的发展，动荡的社会局面出现好转。然而，对于文人士子来说，在清初以后很长的一段时期，在生活上处于贫困状态，在社会地位、政治地位等方面处于受排斥、受压制的境地。

首先，由于文人士子拒绝与清廷合作，不愿出仕，造成了生活日益贫困的处境。出仕是大多数文人唯一的生存之路，没有了官俸就等于没有了生活的保障。在清初，出于民族气节和儒家教谕，很多汉族知识分子拒绝出仕，长期赋闲，在生活上没有了经济来源，这就使本来就因明末战乱而贫困的生活雪上加霜。有的文人归隐在穷乡僻壤，生活更为艰难。曾经在明朝享过荣华生活的张岱描述过自己在清初的窘困生活：

> 余当兵火余，自分死沟洫。不料有次生，贫窘遂已极。上无片瓦存，下无一锥立。流徙未能安，饥馑又相值。家口二十三，何所取衣食？山厨长断饮，一日两接淅。秋来无寸丝，空房叫促织。老妾甚九羸，短衣不蔽膝。如此年复年，萧萧徒四壁。奈何五六口，犹望我之

粒。柴米少不足，诟谇到我侧。老人无计施，日夜自煎逼。（《张岱诗文集》）

烟水散人也曾记写过自己的困境：

以长卿之贫，犹有四壁，而予云庑烟障，曾无鹪鹩之一枝。以伯鸾之困，犹有举案如光，而予一自外入，室人交遍谪我。（《女才子书·序》）

李渔在《答吴彦远述游况萧索》中写了衣食无定的生活：“自来贫作客，犹胜富耕田。到处逢迎好，生来口腹便。不知明日仗，又挂阿谁钱”。这是当时广大文人真实的生活处境。生活贫困成为当时困扰文人的一个极为现实的问题，有的文人为其所迫，只得卖文为生，其情况竟惨于普通百姓；有的文人无奈，只得与清廷合作。

除了生活的困窘，清初以后的汉族知识分子的社会地位和处境也发生了重大的改变。首先大部分文人在社会地位上面临着由社会中心向社会边缘转化的处境。钱穆先生认为：“民族文化正统的承继者，操在读书人的手里。而读书人所以能尽此职责，则因其有政治上的出路，使他们的经济生活，足以维持在某种水平线之上。若使读书人反对科举，拒绝仕宦，与上层政权公开不合作，则失却其经济凭藉，非躬耕为农，即入世经商，而从此他们亦再不能尽其负荷民族传统文化之职责。所以一个士人，要想负荷民族传统文化之职责，只有出身仕宦。”① 但是，在清初，民族矛盾的激化，使许多人选择了与清廷不合作的道路，不再从政为官，而宁愿“出家、行医、务农、处馆、苦隐、游幕、经商”②。另一方面，早在清兵入关之时，就有一部分文人转身归隐林下，不参与当时的政治生活，置尘世于身外；到清初以后，反清复明斗争彻底失败，巨大的痛苦与无奈使文人志士对现实彻底地失去了关注的热情，纷纷关起门来，试图将现实中的一切拒之于门外。他们远离了现实斗争，也自动地丧失了社会的中心地位。清统治者虽对汉族知识分子也采用拉拢手段，如顺治六年（1649）始征召知名文士、康熙时开博学鸿词科，但是受到青睐的毕竟是少数有名望的士人，更多的文人处于无人问起的

① 钱穆：《国史大纲》第四十四章《狭义的部族政权下之士气》，商务印书馆 1994 年版，第 849—850 页。

② 同上书，第 851 页。

境地。这样，许多文人在社会地位上开始向社会边缘转化，失去了在社会政治、文化、舆论等方面的影响力。

同时，清初汉族知识分子的社会处境愈加险恶。满族统治者为了控制社会思想，实行了一系列的措施，对知识分子实行了严厉的打击与控制。如将未经本朝录用的绅衿特权尽行革去；严禁生员议政干政；“不许大小各官投拜门生”（王先谦《东华录》顺治十四年）；下令严禁文人结社：“士习不端，结社订盟……著严行禁止，以后再有此等恶习，各该学臣即行黜参奏。如学臣郇隐者，事发一体治罪。”（王先谦《东华录》顺治十七年）严厉控制知识分子的言行，严重地削减了汉族知识分子的参政权利。除了这些法令外，清初统治者还借故制造了一系列震动全国的事件，打击知识分子。发生在顺治十四年（1657）的“科场案”，打着整顿科场、严惩舞弊的旗号，大兴刑狱，诛戮无辜，以达到羁络人心的目的。顺治末年时，清廷针对江南绅衿拖欠钱粮一事，提出过给予惩罚，但因绅衿在明代享有特权，故对此置若罔闻。康熙即位，开始严厉打击拖欠钱粮，凡有拒交者，以“抗粮”的罪名，给以了严厉的处罚，这就是有名的“奏销案”。此案涉及人数众多，仅苏州、松江、常州、镇江四府，就有一万三千余人受处罚。清廷借此案，严厉打击了江南的官僚地主和士大夫，“两江士绅得全者无几”（周寿昌《思益堂日札》）。顺治十六年（1659），因郑成功、张煌言率领水师由海上攻入长江，进军金陵，事后，清廷大兴“通海案”，镇压有反清倾向的士绅。为此而避祸的陈忱曾在诗中记写了当时的心情：“闭门卧风雨，只此远危机。事去不须问，家亡何所依？”（《仲春二十四日四十九岁初度》，《浔溪诗征》卷八）。两年后，顺治十八年（1661），苏州知县贪污公粮，诸生为首的上千名群众集会孔庙，要求撤换知县，史称“哭庙案”。但是清廷将此作为逆案处理，给以了严惩，一代才子金圣叹也在此案中处斩。在诸如此类的事件中，清统治者摧抑了汉族知识分子的反清意识，沉重地打击了汉族知识分子，控制了社会人心。在一次次打击中，文人士绅的政治优越感受到了伤害，他们见识到了清廷的铁拳政策的严厉和残酷，开始清醒地意识到，他们在明朝所享有的一切都随着清朝的统治而一去不复返了，反抗、抵触的态度只能带来更大的灾难。同时，方兴未艾的文字狱更使他们感到如履薄冰，“虚名在人，每东南有一狱，长虑收者在门，及诗祸史祸，惴惴莫保”（吴伟业《与子暻疏》）。吴伟业的此番话正代表了清廷严厉控制下的文人心理。

通过上述的一系列的措施，清统治者严厉地打击了汉族知识分子的反清情绪，加强了思想上的控制，但却造成了文人在社会处境上的更加恶化。知识分子处境的恶化，一方面使一部分人更加远离现实，逃避对现实政治的参与，而只在自我的世界中寻找种种寄托；而另一方面，摄于社会压力，有些知识分子屈从现实，走向了归附求荣的道路。

第二节　逃避现实心理与小说的自娱倾向

清初统治者种种严厉的控制手段和文人处境的变化，造成了文人普遍逃避现实的心理。这种逃避，既有因对现实失去希望、心灰意冷而自觉地远离现实斗争，对现实采取不闻不问的漠然态度；又有迫于清廷的种种压力，不敢直言现实的被迫缄口；还有不堪现实的种种重荷，寻找新的排遣方法，努力忘怀现实。这种心理，广泛地存在于文人中间，无论是那些以遗民自居的文人，还是出仕新朝的文人，都不同程度地存在着逃避现实的心理倾向。

逃避现实的社会心理影响了清初的文学创作。在清初的文学创作中，较少有就当前的社会现实进行及时、直接的反映；许多作家若要反映现实，抒发思想、感受等，往往通过借用历史或其他题材，间接、曲折地表达。无论是戏剧如吴伟业作《秣陵春》、《通天台》，李玉作《一捧雪》、《万民安》、《千忠戮》，尤侗作《读离骚》、《桃花园》等，还是白话长篇小说如陈忱的《水浒后传》，钱彩、金丰的《说岳全传》，丁耀亢的《续金瓶梅》等，都一致地在创作上走着这样一条曲折地反映现实的道路。白话短篇小说也是如此，我们很少能看到像鼎革之际的《清夜钟》、《醉醒石》里那些关注现实社会和政治问题的作品。也有一些作家在作品中确实反映了“现实”，但是面对清初巨大的历史变动和动荡纷乱的社会现实，却停留在一般性的社会问题的反映上，逃避对现实中突出、敏感的社会问题作出反映和判断。有的作品也揭示社会矛盾，但最终将矛盾消解，如《鸳鸯针》第二卷《轻财色真强盗说法　出生死大义侠传心》中，时大来在处理贪酷官员任知府时道：“这等鄙夫，杀他则甚。满长安，这样人也还多。无用的东西，含容他罢了。”给百姓造成极大伤害的贪酷官员却受到宽恕；同时，作者对其恶行进行了令人谅解的解释，不切实际地臆想了他的转变：“任副使先前相与的，都是那鼠窃狗偷；交谈的，都是逢迎钻刺。及至遇了恁廉明的上台，又遇着恁豪侠的女婿，才晓得世上也有这样一种正人君子。从此以后，一般也爱民如子，视财如土了。”于是现实中本不可调解的尖锐矛盾得到化解。这种对现实的间接反映虽然是逃避现实的一种表现，但毕竟还是反映了现实，使作品表现出一定的思想价值。而与此同时，有的作家在创作上走着另一条逃避现实的道路。这就是放弃对现实的关注，通过对理想的人生际遇的描述和虚幻故事的编造，逃离现实，娱悦自我，以求得暂时的精神快感。

社会的种种不平与黑暗，个人处境的落魄，功名的难以期就，促成了文人将人生的种种愿望求诸幻想，形诸笔端，在赏阅玩味中获得精神的满足，忘却现实的烦忧。当然，对于崇尚“文以载道”的知识分子来说，放弃对现实的关注与评判，而一味地在“子虚乌有”的世界里驰笔逞才遣兴，并不是一件易行的事情，他们似乎都经过了一番痛苦的心理斗争，在无奈的现实下不得已而为之。陆云龙在《答朱懋三》中说：“弟少颇自负，砺名节，尚气节，期退不谦于伦常，进不缺于经济。雕虫小道，了不经心，特以舍是，无可致身，不得不间为从事。乃机缘之左，叹邓禹之笑人；时事之非，作刘蕡之孤愤。今人无可告语，乃上而与陈死人作缘；更不堪庄语，乃妄而与齐谐辈作伍。然非傲也，非诞也，一腔不得矣”。天花藏主人在《天花藏合刻七才子书序》中说：“顾时命不伦”，“淹忽老矣”，“欲人致其身，而既不能；欲自短其气，而又不忍，计无所之，不得已而借乌有先生以发泄其黄粱事业。”戏曲、小说家李渔也有过同样的心理历程：“予生忧患之中，处落魄之境，自幼至长，自长至老，总无一刻舒眉。惟于制曲填词之顷，非但郁藉以舒，愠为之解，且尝僭作两间最乐之人，觉富贵荣华其受用不过如此。未有真境之为所欲为，能出幻境纵横之上者。”（李渔《闲情偶记・词曲部・语求肖似》）烟水散人在《女才子书叙》中说：“回念当时，激昂青云，一种迈往之志，恍在春风一梦中耳。虽然，缨冕之荣，固有命焉。而天之窘我，坎壈何极！……于是唾壶击碎，收粉黛于香闺；彤管飞辉，拾珠玑于绣阃。”艾衲居士在《豆棚闲话叙》说自己是：“卖不去一肚诗云子曰，无妨别显神通；……收燕苓鸡壅于药裹，化嘻笑怒骂为文章。莽将二十一史掀翻，另数芝麻账目；学说十八尊因果，寻思橄榄甜头。”《吴江雪》作者佩衡子是“知诗文词赋之未能出世也，乃佯狂落魄，戏作小说一部”（顾石城《吴江雪序》）。

这里既有作家创作此类小说的无奈，也表明了他们都希求能在文学创作过程中，逃避现实的苦楚和愤懑，暂时获得哪怕是虚幻的娱悦。受这一创作心理的影响，创作题材上表现出新的倾向：

一是写才子佳人的故事明显增多。

关于才子佳人的故事，在文学史上早已存在。晚明白话短篇小说中也曾出现过此类故事，如《鼓掌绝尘》的《风集》和《雪集》、《三言》、《二拍》中的《苏小妹三难新郎》、《同窗友认假作真》等，都基本上是才子佳人故事，但在数量上毕竟不多。到清初，才子佳人故事题材受到广大文人的青睐，才子佳人故事创作达到空前的繁盛。在戏剧界，有万树的《风流棒》、《空青石》、《念八翻》，李渔的《笠翁十种曲》等，影响极大。在小说创作上，则形成了一个较为成熟的流派——才子佳人小说，涌现出了如《玉娇梨》、《平山冷燕》、《情梦柝》、《风流配》等脍炙人口的作品，并因此而带来了才子佳人小说的创作高潮。才子佳人故事在清初的受欢迎，这与它所建构的虚幻而美好的世界，体现了文人的理想，满足了文人的内心需求是分不开的。理想的爱情、大团圆的结局、浪漫的情节，这对处于动荡、压抑状态下的文人来说，无疑是安慰剂和兴奋剂；同时，对于作者来说，诗文才华也有了用武之地。

在这种文学氛围下，清初白话短篇小说中的才子佳人故事也有了明显的增多，并成为当时白话短篇小说创作的主要题材之一（参看下表）。除了鼎革之初的作品如《清夜钟》、《醉醒石》、《鸳鸯针》和个别的作品集外，绝大多数的小说集子中都出现了此类题材，有的多达总篇数的半数以上。在这些作品中，男女才貌俱佳，一见钟情，因遭波折而分开，最后男获功名，与女成婚。还出现了一男娶多美的情况，如《梅魂幻》男主人公竟娶了十二位佳人。这些都是典型的才子佳人故事。另外还有一种情形，就是女主人公不是闺门之秀，而是青楼之女，但是由于这些妓女虽落风尘，但却同样具有佳人之品性，如《生绡剪》第十回中的马翠娘、《照世杯》卷一的畹娘，都是能文会诗、性情贤淑、才貌兼善的女子，在她们身上同样体现了文人的“佳人”理想。因此我们不妨将之称为“才子佳人型”故事。总之，在这一类故事中，一切都是美好的、完满的、理想的，即使因战乱和社会黑暗而使人物命运出现波折，作者也往往对这战乱和黑暗一笔提过，将之作为推动情节发展的因素，以达到好事多磨的叙述效果。

白话短篇小说中的才子佳人故事是清初文人在当时心无所寄的情况下做的一个白日梦。

项目 书目	篇目（存）总数	才子佳人（型）故事		穷书生发达故事	
		篇目总数	特色	篇目总数	特色
清夜钟	10	无		无	
醉醒石	5	无		1（十四回）	十四：妻嫌夫贫改嫁，夫苦读中进士。
鸳鸯针	4	无		2（一、二卷）	一：坐吃山空，几经挫折，后中进士。二：穷无分文，后中进士。
云仙笑	5	无		2（二、四册）	二：穷而卖妻，后娶贼妇得赃而富。四：穷将饿死，为叛军参谋，后归顺明朝，成开国勋臣。

续表

项目 书目	篇目（存）总数	才子佳人（型）故事		穷书生发达故事	
		篇目总数	特色	篇目总数	特色
人中画	5	2（一、四回）	一：中探花，娶二女。四：中二甲第一，娶女。		
珍珠舶	6	3（二、四、五卷）	二：中举娶佳人。四：中举娶佳人。五：中举得官救佳人父，娶佳人。	3（二、四、五卷）	二：十年落魄，中举娶佳人。四：家业飘零，得人助中举，娶佳人。五：挥金结客致穷，后中举得官娶佳人。
风流悟	8	3（三、七、八回）	三：佳人选才子，三男各娶三佳人。七：才子佳人婚后纠葛，实为前生宿怨。八：中科举，娶佳人。	1（五回）	五：赌而穷，受两尼助，中举，娶二尼。
都是幻	2	2（写真幻、梅魂幻）	写真幻：升为吏部主事职衔，先后娶四女。梅魂幻：娶十二佳人。	1（写真幻）	写真幻：家业衰落，以画得进，上赐吏部主事职衔。
无声戏	16	2（一、九回）	一：与女戏子成婚，后中进士。九：才貌俱佳，得五佳人。		
十二楼	12	4（一、二、四、七卷）	均为男女有情，通过计谋成婚。		
五更风	4	2（雌雄环、剑引编）	雌雄环：几经挫折，中探花娶佳人。剑引编：中状元，立战功，娶三佳人。	1（雌雄杯）	雌雄杯：遗业凉薄，生计日促，后中探花，娶佳人。
生绡剪	18	4（三、五、十、十六回）	三：私奔生波折，后团圆。五：才子与女神之恋。十：士与妓之恋。十六：佳人慕男之才情，因约私奔生波折，后成亲。	3（四、十一、十二回）	四：少年孤苦，后中进士。救佳人父，授官，终与佳人成婚。十一：生计无着而经商，助人而得人助，后荐为朝廷修史。十二：穷时为大伯冷嘲，中举后被大伯趋奉。
照世杯	4	1（一卷）	一：寻佳人，遇妓，钱尽而离散，后成婚。		

二是出现了大量的穷书生发达的故事。

穷书生发达的故事并不是新鲜题材，但是在这一时期相对来说有明显增多的倾向（参看上表）。作品中的穷书生多是因遗业微薄、坐吃山空而生活穷困。有的穷至身无一文（《鸳鸯针》卷二），有的被迫卖妻（《云仙笑》

第二册)，有的饿倒于途(《云仙笑》第四册)。他们因穷困而为人所鄙，寄人篱下，郁郁不得志。这种境地正是明清鼎革以来文人社会处境的真实反映。因此《云仙笑》的作者在《一碗饭报德胜千金》中十分珍惜困苦时得来的一碗饭，甚至认为没有穷困时对于文人的一碗饭般的帮助，“那汉朝一统，宋家一代，却靠谁来！岂不是天下关系也在这一碗饭?”不过文人笔下的文人都比现实中的文人幸运，因种种机遇，他们或科举成功，或遇人提拔等，最后都得以发达，有的还因此而娶了心仪已久的佳人。对穷书生发达故事的热衷，是清初文人面对自己生活的困境而做的又一个白日梦，“以供那未得时的展眉一笑”(《珍珠舶》卷二)。

此外，在一些作品中，同时出现了才子佳人故事与穷书生发达故事相结合的作品，如《珍珠舶》第二、四、五卷，《都是幻》的《写真幻》等，更为充分地表达了作者超脱于现实之上的种种梦想和自我娱悦的创作心态。

才貌兼备的佳人，功名富贵的境地，这是自古以来许多文人的人生梦想，但是没有任何一个时期的文人能像清初文人这样，能在此类的梦想中倾注了如此多的精力和情感，能够如此不厌其烦地玩味；也没有任何一个时期的文人能像清初文人这样，在其中消解了太多的忧愁，找到了太多虚幻的快乐和慰藉。

三是虚构新颖奇巧和富于喜剧性的故事。

有些作者将对现实的关注热情转入到对题材的新奇甚至喜剧性的追求上，以达到娱悦他人也娱悦自己的创作目的。李渔就是这类作家的典型代表，《十二楼》、《连城壁》代表了这种创作倾向。

对于李渔来说，新奇的故事比现实的故事更具吸引力，因此，他努力地在作品中虚构出一个个新颖绝伦的故事，但是这些新奇的故事如同空中楼阁，好看，但多不是建立在反映现实的根基之上。同时，李渔还在作品中写了太多的喜剧。为了达到喜剧的艺术效果，他不惜牺牲生活的内在逻辑，以肤浅的喜气掩盖了现实中的丑恶，以庸俗的喜乐代替了对现实本质的揭示；他用了种种手段化悲为喜，将小说中的“人世”装扮得欢乐和喜气。

李渔和其他有着同样追求的作家们就在这样的创作中得到了精神的娱悦：“我欲作官，则顷刻之间便臻荣贵；我欲致仕，则转盼之际又入山林；我欲作人间才子，即为杜甫、李白之后身；我欲娶绝代佳人，即作王嫱、西施之元配；我欲成仙作佛，则西天蓬岛即在砚池笔架之前；我欲尽孝输忠，则君治亲年可跻尧舜彭篯之上。”(李渔《闲情偶记·词曲部·语求肖似》)

清初文人在小说创作中表现出的逃避现实与自娱倾向，使得作品远离现实生活，不能对现实生活作出真实而本质的反映，失去了作品对现实反映的广泛性、丰富性和深刻性。这也就是为什么在明清易代的社会巨变之后，没有产生一大批有社会影响力、反映时代特色、具有较高思想性作品的原因所在。

第三节　李渔小说的喜剧追求

李渔是清初白话短篇小说作家中在创作上表现出逃避现实、以文自娱的典型代表。

李渔“生忧患之中，处落魄之境，自幼至长，自长至老，总无一刻舒眉”，但创作给他带来了快乐，忘掉了现实的烦恼：“惟于制曲填词之顷，非但郁藉以舒，愠为之解，且尝僭作两间最乐之人，觉富贵荣华其受用不过如此。未有真境之为所欲为，能出幻境纵横之上者。”（《闲情偶记·词曲部·语求肖似》）于是以文自娱成为李渔写作的一个目的。由此目的出发，李渔的文学创作追求的是“一夫不笑是吾忧”（李渔《风筝误·尾声》）的喜剧效果，他在《偶兴》一诗中曾说：“尝以欢喜心，幻为游戏笔。著书三十年，于世无损益。但愿世间人，齐登极乐国。纵使难久长，亦且娱朝夕。一刻离苦恼，吾责亦云塞。还期同心人，种萱勿种檗。”（《李笠翁一家言》卷五《偶兴》）通过作品达到人人皆大欢喜是他的创作追求。因此，李渔的作品，无论是戏曲还是小说，处处散发着喜剧色彩；他以擅长编写喜剧而在当时戏剧与小说创作中独树一帜。这与明清鼎革之时的戏曲与小说创作中经常流露出感伤、悲愤的情调截然不同。

然而，李渔的喜剧是刻意的喜剧，是以逃避现实和违背生活真实为代价的。他逃避了对现实中黑暗、残酷、丑恶一面的深入反映，努力地将故事从现实的真实，引向虚幻的喜乐，以肤浅的喜剧抹杀了现实的本质，用了种种手段将作品中的“人世”装扮得欢乐和喜气，有时甚至不惜牺牲生活的内在逻辑。不过，我们在李渔较早的小说创作中也常能见到他对现实的关注，如在《无声戏》中，还是反映了一些社会问题，如清官、经商、家庭、道德、世情等问题，这说明李渔并不是一个对现实视而不见的人。但是到了《十二楼》时，题材逐渐变窄，关注的问题以婚姻、情爱为主，并以游戏之笔来进行小说创作，明显地表现出对现实的逃避和对喜剧性的追求。由此看来，李渔是一个了解现实的人，但是在现实环境所造成的压抑和苦闷心理下，逃避对现实进行深入的反映，而刻意地以喜剧示人，并因此而形成了自己的创作风格。

李渔小说的喜剧追求主要是通过如下几个途径实现的：

首先，李渔以极其新颖的题材为小说增添了喜剧的色彩。李渔是位刻意求新的作家，他认为："人惟求旧，物惟求新。新也者，天下事物之美称也。而文章一道，较之他物，尤加倍焉，戛戛乎陈言务去，求新之谓也。"(《闲情偶记·词曲部·脱窠臼》)"文字莫不贵新"，"不新可以不作"(《窥词管见》)。"我行我法，不必求肖于人，而亦不求他人之肖我。"(李渔《诗韵序》)基于此种文学观念，他在题材上力求新颖，"不效美妇一颦，不拾名流一唾，当世耳目为我一新"(《与陈学山少宰书》)。他所谓的新与奇又常常表现在对现实的夸张或对常情常理的违背，以此来营造一种喜剧效果。比如《美女同遭花烛冤　村郎偏享温柔福》，写的是一个又丑又臭的男子先后取了三个美妻，每一个美妻都嫌恶他，最后一个美妻想出奇计，使一家和乐。作者一反以往小说中男女才貌相当的配偶原则，别出新意，极力夸大男子身上的缺欠，将对比极强烈的男女配为夫妻，将生活中极不和谐的事情化为一场忍俊不禁的喜剧。小说后评对此评价道："这回小说救得人活，又笑得人死，作者竟操生杀之权。"指出了此作所具有的喜剧性。又如《寡妇设计赘新郎　众美齐心夺才子》，写的是妇女如何将意中男子夺为自己夫君的故事，这与以往小说中往往写男子如何设计得美妻正好相反。因为悖于常理常情，其间也充满了喜剧色彩。《十卺楼》为说明"天下好事，只宜迟得，不宜早得；只该难得，不该易得"的新奇道理，编造了一个更为荒唐的故事：一男先后娶九妻皆不谐，娶到第十妻时，却为原妻，夫妻好合。以亘古未见的新题材，上演了一出庸俗喜剧。《生我楼》中写一老人卖身为父，这也一反以往卖身为子为仆的题材，不合生活情理，这种题材本身就有喜剧因素。

其次，依靠奇巧的情节加强作品的喜剧色彩。在李渔的作品中，与题材新颖并驱的是情节的奇巧。现实的动荡和乱离，李渔不是没有看到，而是他更喜欢去写动乱中的种种出人意料的巧合，正如他在《生我楼》入话中所说："从来鼎革之世，有一番乱离，就有一番会合。乱离是桩苦事，反有因此得福，不是逢所未逢，就是遇所欲遇者。造物之巧于作缘，往往如此。"巧合是李渔惯常的喜剧手法，他以难以置信的巧合给作品带来意想不到的喜剧效果。如《生我楼》写战乱中一年轻人买来一老翁竟是义父，买一老妪又是义母，后又买一女子原来是早年定下的未婚妻，李渔以如此巧合的情节来造成全家团圆的喜剧气氛。在《遭风遇盗致奇赢　让本还财成巨富》中，写了秦世良多次借钱经营，本钱全失，但巧的是后来凡失去的钱财又都数倍地还来，成了财主。恐怕李渔自己也意识到这样的巧事确实有些让人难以置信吧，因此他还写了人物秦世良自己都不敢相信会有这样的奇事：

秦世良常常对着镜子自己笑道："不信我这等一个相貌，就有这许多奇福。奇福又都从祸里得来，所以更不可解。银子被人冒认了去，加上百倍送还，这也勾得紧了。谁想遇着的拐子，又是个孝顺拐子，撞着的强盗，又是个忠厚强盗，个个都肯还起账来，哪里有这样便宜失主！

作者试图通过人物自己称奇道巧，来掩盖作品过于编造的痕迹，让人更相信这种巧合确是真实的。

再次，李渔还特别喜欢用高超巧妙的计谋来组构情节，通过人们在计谋中的受骗和可笑的表现而造成喜剧效果。如《合影楼》、《夏宜楼》、《佛云楼》、《闻过楼》、《三与楼》、《鹤归楼》、《生我楼》、《妒妻守有夫之寡　懦夫还不死之魂》、《贞女守贞来异谤　朋侪相谑致奇冤》、《说鬼话计赚生人　显神通智恢旧业》等，都是运用计谋来展开情节。在大多数情况下，一方为了达到自己的目的，想出奇计，善意地愚弄另一方；由于计谋巧妙，一方的精明和得意与一方的被骗和让步相映成趣，形成强烈的喜剧效果。

此外，通过对现实故事情节的转移，弱化现实矛盾，减少现实冲突，增加作品的喜剧性。在李渔的作品中，我们看到作者并没有一味地逃避在世外桃源的男欢女爱中，其中有相当一部分作品或多或少地也写到了现实，但这种对现实的反映却在多数情况下是蜻蜓点水式的，往往把现实作为故事展开的背景。作品中的故事往往有一个极现实的开端用以展开情节，但又常常刚开了头正需要深入下去的时候却立即刹住，将故事引向他方。在这一点上，李渔有着极强的驾驭情节的能力，无论什么样的开端，他都能从容不迫地、在读者不知不觉中将叙述引向他自己的故事中。如《老星家戏改八字　穷皂隶陡发万金》开篇写一个善良的皂隶在衙门中吃不开，屡次受罚，这样的事是现实中常见的，是现实的真实反映，也不为新奇，作者甚至还揭露了衙门的黑暗："那同行里面，也有笑他的，也有劝他的。笑他的道：'不是撑船手，休来弄竹篙。衙门里钱这等好趁？要进衙门，先要吃一服洗心汤，把良心洗去；还要烧一分告天纸，把天理告辞，然后吃得这碗饭。你动不动要行方便，这方便二字是茅坑的别名，别人泻干净，自家受腌臜，你若有做茅坑的度量，只管去行方便。不然，这两个字，请收拾起。"这也说明作者并非对现实没有认识，只是他不想在作品中追究下去，于是作者接着将故事引向一个新的方向，这就是皂隶偶去算命，知命局不好痛哭，算命先生只得哄他改八字，不想这一玩笑，却真的给皂隶带来了好运。本来是一个悲剧人物，却因情节的转换，而成为了幸运儿。在这大起大落不可思议的故事中，消解了现实的残酷，留下的是喜剧的热闹和畅快。在《乞儿行好事　皇帝做媒人》的开篇，写的是周氏之女为乡宦骗占，被索以六十两银子赎回，乞儿助以三十两，希望别人效仿自己，也能凑起剩下的三十两，谁想人情冷于冰，竟无一人捐助，乞儿也因助银被误判为抢官府钱粮。这是社会现实的真实描写，但至此，作者笔锋一转，将皇帝拉出，一切苦难与冤案解除了，昏官受到了处罚，乞儿竟做了皇亲国戚。滑稽而喜乐的结局，掩盖了现实中的黑暗与矛盾。又如《生我楼》中，写到社会动荡时，乱兵曾“把这些妇女当做腌鱼臭鲞一般，打在包捆之中，随人提取”，“止论斤两，不论好谦，同是一般价钱”。战乱给妇女带来如此的苦难，但是作者并不想对此多说，反而将如此沉重的事情，化作一桩笑谈：主人公姚纪本为买妻，买来一看竟为老妪，后知是散失多年的母亲；再去买一个，竟是未婚妻。原本人间极悲惨的一幕就被这一家人团圆的喜气冲淡了。

李渔的小说在对喜剧的追求上，还有更为重要的一个特色，就是故事几乎全部以大团圆的方式结束，甚至对于恶人恶行也采取了极为宽容的态度。如《三与楼》中，恶人唐玉川以卑鄙手段谋得虞素臣的房产，虞氏之子为官后，不究前事，并努力为唐家平冤。没有进行强烈的因果报应，恶人得到的报应甚轻。

总之，李渔力求能在作品中奉献与人一个欢喜、团圆、美满的世界，来忘却现实中的烦恼，调和在现实中不可调和的矛盾。正如李时人先生所说：“李渔的小说尽量远离感伤、忧愁、苦闷、迷惘、惆怅、沉痛等一切带有悲剧色彩的人生所必有的情感和悲剧本身的残酷。即使不能不走近这类危险地带，也尽可能绕过去或使其笼罩在喜剧的迷雾之中。”① 但是作者过于追求喜剧效果了，为了突出作品的喜剧效果，往往无视那些作了笑料牺牲品的人物的痛苦，或逃避了对这部分人内心和命运的关注，而陶醉在自己的奇思妙想中。如《十卺楼》，作者站在男性的立场，以一种欣赏的目光看着这出荒唐的喜剧，丝毫没有想到作为同样是受害者的女性所遭受的苦难。《美女同遭花烛冤村郎偏享温柔福》中也有类似的情况。《鹤归楼》中作者只是关注了那种以绝情对待离别的处变态度，而无视人的正常情感。

总之，李渔小说的喜剧追求，是清初文人在逃避现实的心理下，通过创作进行自娱的最突出的表现。

① 李时人：《李渔小说创作论》，载《文学评论》1997 年第 3 期。

第十四章　文人审美趣味对市民审美趣味的取代

明末清初，有大量的文人参与到了白话短篇小说的创作中去，随着文人进行白话短篇小说创作的自觉，白话短篇小说创作在题材、思想、趣味等各个方面，都较晚明呈现出更多的文人化倾向，一定程度地改变了小说原先所具有的浓厚的市民文化特征；有的小说创作还表现出了一定的个性化趋势。白话短篇小说创作逐渐走向了雅化。

第一节　文人自觉独立创作与文人题材的增多

清初文人在白话短篇小说创作上表现出较为自觉的状态，尤其是已经有相当数量的作品为文人独立创作，改变了此前白话短篇小说内容依附于野史、笔记等的写作方式。这对于白话短篇小说的发展无疑具有重大的意义。

其实早在明末的白话短篇小说创作上已经表现出了一定的自觉意识，如《型世言》为维护封建统治，在选材上自觉地向宣扬封建礼教靠近；《西湖二集》有意识地选择与西湖有关的历史题材，在历史的朝代更迭与动荡中表达时代的危机之感。甚至也出现了作家独立创作的作品。但这种情形毕竟是极个别的，并未形成一种趋势。至明清鼎革之际，巨大的历史变动和浩大的社会动荡，激发了文人“发愤著书”的自觉创作意识；同时，清初文人处境的艰难，也使一部分文人不得不以写小说为生。于是在白话短篇小说创作上也表现出了更为自觉的创作倾向。而更为重要的是，激荡巨变的社会现实为作家创作提供了丰富而鲜活的生活素材，使他们不必再去故纸堆中寻找残羹冷炙，促进了作家直接向现实取材、走向自觉独立创作的小说道路。另外，白话短篇小说经过晚明的发展，至此时日益成熟，也为作家进行自觉、独立创作奠定了一定的基础。于是，白话短篇小说逐渐成长为一种作家独立创作的文学样式，并涌现出李渔、艾衲居士等优秀的小说作家。

李渔和艾衲居士是清初自觉、独立创作意识最强的两位作家。二人基于对生活的不同立场和认识，从不同的角度，以不同的手段，独立地创作了风格迥异却都脍炙人口的白话短篇小说。孙楷第先生最早注意到李渔小说的独立创作，他指出，在李渔之前，冯梦龙、凌濛初等人的小说“取材则不免依傍，或据前人之成文，或取当时之记载，演意揣摹，便成自著。虽其美者实有移步换形之妙，谓之纯粹个人创作则非也”。而李渔小说“冥心搜索，率出己意，间有所本，十不一二”，“其情节意境固纯为个人造作”①。李时人先生还从小说虚构方面给予了高度评价来说明他的独立创作：“小说是一个民族叙事艺术发展到一定阶段的产物，艺术虚构则是小说的重要文体特点。也可以说，没有艺术虚构就没有现代文体意义的小说。……至少在李渔以前还没有什么人像李渔这样强调过虚构在小说创作中的作用。”②《豆棚闲话》看似选材于历史，而实际上是“莽将廿一史掀翻”，作者借用的是历史中的人物和某些事件，但是在具体的写作中，却完全违背了历史事实，进行了彻底的篡改，可以说是一次新的创作，以此表达了作者的愤慨于怀又不能直言于口的种种思想。

创作的自觉倾向引起了白话短篇小说的一系列的变化。题材的变化是一个最为显著的变化。

项目 书目	篇目总数	文人与官僚								市民村民及其他
		总数	文人						官僚	
			总数	才子佳人	科举	品行	际遇	家庭	总数	
清夜钟	10	8	4		2（五、十三）	1（十三）		2（三、八）	4（一、四、六、十四）	2(二、七)
醉醒石	15	10	4			2（三、六、十）		2（三、十四）	6（二、五、七、八、十一、十五）	5（一、四、九、十二、十三）
鸳鸯针	4	3	3		1（一）	2（一、三）	2（一、二）			1（四）
云仙笑	5	3	3		1（一）	1（一）	1（四）	1（二）		2（三、五）
人中画	5	4	4	2（一、四）		2（二、五）				1（三）

① 孙楷第：《大连图书馆所见小说书目》之《连城璧》提要，载《日本东京所见小说书目》，人民文学出版社1958年版，第158页。

② 李时人：《李渔小说创作论》，载《文学遗产》，1997年第3期。

续表

项目 书目	篇目总数	文人与官僚								市民村民及其他
		总数	文人						官僚	
			总数	才子佳人	科举	品行	际遇	家庭	总数	
珍珠船	6	3	3	3（二、四、五）			1（二）			3（一、三、六）
风流悟	8	5	5	3（三、七、八）			1（五）	1（二）		3（一、四、六）
载花船	3	2	1					1（一）	1（三）	1（二）
都是幻	2	2	2	1（梅魂幻）			1（写真幻）			
五更风	3	3	3	2（雌雄环、剑引编）			1（鹦鹉媒）			
连城璧	18	8	8	2（一、四、九）		1（外一）		4（七、八、十二；外编三）	1（四）	10（二、三、五、六、十、十一；外编二、四、五、六）
十二楼	12	10	9	4（一、二四、七）		1（十二）	2（六、八）	2（三、十）	1（九）	2（五、十一）
十二笑	6	3	3				1（四）	2（一、三）		2（二、五、六）
照世杯	4	3	2	1（一）		1（二）			1（三）	1（四）
生绡剪	19	12	11	4（三、五、十、十六）		3（九、十一、十八）	2（四、七）	3（八、十二、十八）	1（十四）	7（一、二、六、十三、十五、十七、十九）
飞英声	1	1	1	闹青楼						
豆棚闲话	12	6	5			4（二、四、七、十二）		1（一）	1（十一）	6（三、五、六、八、九、十）
警悟钟	4	2	2		1（一）		1（一）	1（四）		2（二、三）

由于这一时期的大多数作家是自觉独立地创作小说，因此他们可以在作品中较为自由地表现自己所熟悉的生活，反映自己所关注的社会问题，在创作题材上较以往发生了新的变化。一个显著的变化是文人题材增多，它实际上也包括了前面提到的才子佳人、穷书生发达等题材。据不完全统计，在这一时期的绝大多数的作品中，关于文人的题材基本上占全部作品的二分之一

至三分之二左右，如果加上官僚题材（实际上一些官僚题材在某种程度上也是文人题材），这个比例将会更大些。有的作品如《西湖佳话》、《十二楼》中所写的文人题材占的比例更高。与此形成对照的是，专门写市民的作品相应减少，这与晚明时期作品的题材以市民为主有很大的不同。

小说创作除了作品以文人题材为多之外，在具体表现上，文人题材较以往更为丰富，对文人生活的反映更为全面。许多作品以文人为中心，对文人的整个生活和精神状态进行了较为广泛而深入的反映；打破了以往创作只是对文人的情爱、婚姻和科举有所关注的题材局限，将题材扩展到了文人的品行、家庭、际遇等多个方面；并且往往在一篇作品中能从多个方面来写文人的生活，尽可能地增大小说的容量。这样，作品对文人生活面的反映明显地宽广了，作品的内容明显地厚实了。如《鸳鸯针》第一卷《打关节生死结冤家　做人情始终全佛法》中既批判了科举的黑暗，也揭露了无行文人的丑恶嘴脸；既描述了文人背井离乡的颠簸生活，也写了与妻子的意外相逢；既写了文人受冤下狱后的凄苦悲凉，也写了仇家的下场和文人对仇家的宽容；既写了文人穷困潦倒时的落魄无助，也写了偶然际遇下的青云直上；甚至还写了一段面对女色不动心的故事。又如《珍珠舶》卷二，也是同时写了文人的科举、穷困生活、爱情婚姻、报恩、归隐以及官场等各个方面。这类作品内容涉猎颇广，基本上涵盖了文人生活的各个方面。当然，由于内容的丰富，作品的篇幅也相应增长，有的甚至达到了中篇的程度，如《鸳鸯针》、《载花船》、《珍珠舶》、《人中画》、《警悟钟》、《跨天虹》等小说集中的每篇作品篇幅都较长，且都是以分回的形式来完成的。而在晚明，只有《鼓掌绝尘》等极少数的作品是分回的。

在具体题材的选择上，除了才子佳人和穷书生发达题材突出外，还有一个重要特点是强调文人品行的题材大量出现，这在多数小说集中都可以见到。这种现象说明这一时期的作家对文人世界的深度关怀和对其自身的认真审视。如《醉醒石》第三回《假淑女忆夫失节　兽同袍冒姓诓妻》写的是诓骗朋友之妻的文人，第六回《高才生傲世失原形　义气友念孤分半俸》写的是恃才傲物的文人，《照世杯》卷二《百和坊将无作有》中写的是一个无耻贪婪的文人；《清夜钟》的第十三回《阴德获占巍科　险肠顿失高第》、《云仙笑》中的《拙书生礼斗登高第》强调了文人品行对于文人功名的重要性；《人中画》中的《寒彻骨》中突出落难文人的气骨；《珍珠舶》卷二突出“乐道安贫”的文人品质等等。有的作品还往往通过对比的手法从正反两个方面对文人品质进行了较为全面而深入的反映，如《人中画》的《自作孽》成功地塑造了一个忘恩负义、轻狂傲慢的得志小人汪费和一个济人不求报、荣辱皆不惊的有德君子黄舆的形象；《终有报》写了“持己端方”、不为苟行的文人唐季龙和“东游西荡”、强求风流的富家子元晏；《鸳鸯针》第一卷写了有才有德的文人徐鹏子与无才无行的文人丁全，第三卷写了胸无点墨却大话连篇、招摇撞骗的假名士卜亨和“精该博综”、又谦虚恭谨的真才子宋连玉。这些是写文人品行的作品中表现最深刻的。总的看来，清初作品涉及更为丰富的文人生活，表现出了更为复杂的文人世界和更为深层的文人心理。

同时，在选择题材时，小说除了对文人自身的关注外，还注重选择文人所关心的社会问题，如《豆棚闲话》中的第七则《首阳山叔齐变节》关注的是清初以后遗民变节仕清的社会问题；第八则《空青石蔚子开盲》是对明清更替这一社会现实的真实反映和思考。又如李渔小说如《鹤归楼》、《奉先楼》、《落祸坑智完节操》等提出了战乱中人们如何应变的问题。而关注科举问题的作品数量最多，如《鸳鸯针》第一卷、第三卷、《云仙笑》第一册《拙书生礼斗登高第》、《清夜钟》的第十三回《阴德获占巍科　险肠顿失高第》等作品中，对科举问题表现得都很深刻。

在题材上还表现出对才女题材的偏爱。以往作品中较少写知识女性，在写到佳人时，也多强调了美貌，对其才华只略加提到，而未作重点突出。这一时期，比较注重突出作品中佳人之才华，《女才子书》的出现正反映了当时作家对女子之才的看重。在白话短篇小说创作中，也表现出这种倾向，如《生绡剪》第八回中，写了两个才女陆蟾舒和楚萱念博学多才；《飞英声》中的《闹青楼》里的王慧英十岁时就是一个聪明过人、文武兼通的才女；《人中画》中的《寒彻骨》里的孟小姐“才德兼备”，为免豪贵求亲，假说失明，表现出了一个有才女子的聪明才智。《风流配》一文同时写了两个才女——儒师之女华峰莲与农家女尹荇烟，她们都才华出众，胜过须眉，这与同时期的才子佳人小说《平山冷燕》中写了大学士之女山黛和农村大户之女冷绛雪两个才女颇为相似。又如《珍珠舶》卷一的苏秀玉有“咏絮之才”，卷四的佳人杜仙珮“识字能诗”，并与男主人公有多次的诗书往来，卷五中佳人贾琼芳“琴棋书画，件件俱精”。而《照世杯》甚至还写到了妇女结诗社之事。

上述清初白话短篇小说中文人题材的增多正是作家自觉独立进行小说创作的一个重要表现。在此基础上，小说创作上开始发生了一系列的变化，这对于白话短篇小说的发展来说是一件不容忽视的现象。

第二节　小说创作的个性化趋势

清初小说作家自觉、独立的创作是白话短篇小说走向个性化的前提。

文学成熟的一个标志是它的个性化。创作个性是作家在创作实践中表现出来的独特性，是作家将对生活的感受、体验、认识等赋予作品中，并用他自己独特的形式和手法表现出来。因此，优秀的文学作品，从内容到形式，都表现出作家鲜明的个性特征。清初小说作家日渐走出了依傍旧有材料和完全模拟的小说写作道路，而逐渐走上了自觉和独立的创作道路，促进了白话短篇小说的个性化发展，使之日渐呈现出个性化创作特色。

在小说形式方面，这一时期的作家根据表达的需要，一定程度上打破了白话短篇小说原有的僵化的话本体制，相对晚明小说创作呈现出了较为自由的文体形式。白话短篇小说由于是在说书、话本的基础上发展起来的，在形式上保留了大量的说书、话本特征。白话短篇小说自产生以来，一直遵循着这种固有的体制，尤其在晚明，由于冯梦龙、凌濛初杰出编撰了《三言》、《二拍》，使这种体制愈加程式化，并具有了典范作用，《鼓掌绝尘》、《型世言》等少数作品曾试图打破这一模式，但影响甚微。至清初，由于小说创作的繁荣和作家创作自主意识的增强，小说在形式上才明显地出现了新的变化。

首先，大部分作品取消了头回和结尾诗，它们不再是小说结构上必有的组成部分，而是根据作者和作品的需要可有可无。在晚明的绝大多数作品中，基本上保留了头回的形式，只有《型世言》等个别的作品集表现出了淡化头回的趋势。到清初，有头回的作品已属少数，多数作品集取消了头回，如《人中画》、《照世杯》、《一片情》、《载花船》、《珍珠舶》、《警悟钟》等；有的作品集则是有头回与无头回的作品相混，如《清夜钟》、《醉醒石》、《连城壁》、《十二楼》、《云仙笑》、《鸳鸯针》等。同时，小说结尾诗的处理上也有新的变化。清初之前，绝大多数小说集里的作品都严格遵守了话本的结尾方式，以散场诗结束全文，只有《型世言》、《欢喜冤家》等少数小说集里有些作品无篇尾诗。清初以后，这种整齐划一的方式被打破，许多小说集子中出现了有篇尾诗作品与无篇尾诗作品相混杂的现象，如《清夜钟》、《醉醒石》、《十二楼》、《云仙笑》、《人中画》等；还有一些作品集则全部取消了篇尾诗，结尾部分变成了可以更为随意、尽情发表观点、表达思想的论说性的散文体，如《照世杯》、《载花船》、《珍珠舶》、《警悟钟》、《连城壁》等。这种现象说明，作家在运用小说的形式进行创作时，有了自主意识，他不必遵循一个不变的模式，而是可以根据自己表达的需要有所创新，有所改变，作家一定程度上有了创作的随意性和自主性。有个别作品中还无意中提到了作者创作时的这种随意性和自主性，如《连城璧》卷一入话之后写道："别回小说，都要在本事之前另说一桩小事，做个引子；独有这回不同，不须为主邀宾，只消借母形子，就从粪土之中，说到灵芝上去，也觉得文法一新。"在《醉醒石》第六回回末结束全篇时作者这样写道："在下懒作落场诗，听唱《黄莺儿》一支。"从这种偶露的一句话中是可以看出作家在创作过程中，自觉地突破了旧形式的束缚，按自己的意愿进行了改造。

此外，白话短篇小说的篇幅上也发生了较大的变化。清以前的小说多是以单篇不分回的形式存在，仅有个别的作品集子里的作品是分回的，且每本小说集子里的作品的回数都是一样的，如《鼓掌绝尘》里的每篇作品都分十回；《宜春香质》、《弁而钗》中的每篇作品都分五回，非常整齐。但是在清初以后，小说在篇幅上出现了各种样式，有的仍是单篇不分回，如《清夜钟》、《醉醒石》、《连城璧》、《云仙笑》等；有的因内容增多，文字增长，分成不同的回数，如《警悟钟》、《珍珠舶》、《载花船》、《人中画》、《鸳鸯针》等。各小说集子里作品的回数并不统一，如《人中画》中的作品，分别分二回、三回和四回；《十二楼》中的作品一回至六回不等。说明作家在创作时完全是根据作品内容的多少来决定是否分回和分几回的。此外还出现了《照世杯》这种每篇作品不分回，但在目录的每个总名下分出了若干"段"的特殊形式。《豆棚闲话》在形式上走得更远，它以豆棚下乘凉讲故事为线索，将十二个独立的故事连缀在一起，有人称为"话本小说文体演变史上又一里程碑式的作品"①。更鲜明地表现出作家在小说形式上的个性化创新追求。

清初的白话短篇小说在叙述者身份上开始出现了作者的影子，这是一个值得重视的现象。清以前的白话短篇小说，在叙述者的身份上几乎无一例外的是以虚拟的说书人的身份出现，读者感受不到作者的存在；作者的身份要么转换成说书人的身份，要么隐藏在说书人的背后。作品中出现的是一个面目和语调甚至道德评价标准等方面都几乎一致的说书人，他的使命就在于把一个现成的故事叙述给读者；他在开头结尾、在转换情节、在情节紧张关头该怎样说，与读者怎样进行交流，都有专门的套语；其中若有议论劝诫之语需要说书人出面时，他也是以大众化的道德、原则、口味进行一般性的极为

① 石昌渝：《中国小说源流论》，三联书店 1994 年版，第 284 页。

简洁的说明和劝诫。也就是说，在小说的叙述中，故事的叙述者说书人是与作者相分离的，作品中只能看到说书者，而几乎听不到作者的声音。在清初的白话短篇小说创作中，叙述者的身份不再完全由虚拟的说书人承担，作者的身份逐渐从说书人的背后浮露出来。读者在读小说的时候，已经明显地听到了作者的声音，感受到了作者身份的存在。

随着小说中议论的增多，作者的身份开始在作品中出现。与以往小说中议论短小且多就社会一般性问题而发不同，在《型世言》之后，作品中的议论说教成分增多，且又往往是针对现实社会中出现的一些问题或弊端而发，在这种情况下，出现在议论中的不再是毫无个性的说书人的从众话语，而是带有较明显的作者个人倾向性的观点。至清初，这种倾向又有了更大的发展。由于王朝更迭和社会动荡，引起了文人对于现实社会的极大关注，激起了他们对时事、历史等一系列问题的深度思考与大胆评议，拟话本中的论说性语言明显增多，情绪变得激昂，论说的内容和表达的观点多带有明显的个人化、个性化，叙述者的作者身份更加明显。如《清夜钟》、《醉醒石》等都是典型的代表作。我们在读这些作品时，从开篇就能强烈地感受作者的个性化议论，作品在长篇大论中淋漓尽致地道出了作者胸中的种种愤慨和情愫。开篇议论中形成的这种基调甚至也影响了人们对于正文中故事叙述者的确认，尽管在真正故事的叙述中，作者的身份有时并不明显。

这一时期的拟话本在进行论说时，还常常会出现“我道”、“我想”、“我这回小说”等明确论说者身份的词语。以往叙事者为说书人身份时，说书人一般自称为“在下”，“在下”为谦称，说书人以此表明对于听者的尊敬和对自身身份的谦卑。在说书时，这一谦称不具指代的明确性和具体性，而是对叙述者的一个笼统的虚指称呼。将“在下”改成非谦称的“我”字，从而取消了对叙述者身份的谦卑，也明确和具体了所指代的人物即是作者本人。而实际上，这种改变正是作者文人身份代替了说书人艺人身份的一个不自觉的流露。清以后大多数作品中都出现了“我”这个自称代词。如《清夜钟》第一回结尾：“我道：百年旦夕，这巍阔也不多几日，聊书榜样，以发愧心。”第三回：“我道满前是些恶奴，怎得如张乖崖一出。”第五回结尾“我道这大砚台还不足取。”第六回：“我道：‘和衷’二字说得，‘趋附’二字说不得。”《醉醒石》第四回开头：“我正不欲其泯泯也。”第九回：“我道人当国家之事，果能赤心白意慷慨承担……”第十一回：“我请问众守财奴：贪财是要顾妻子，要营官职。”《照世杯》中的《掘新坑悭鬼成财主》：“这等看起来，除非做鬼才没有气性。我道做鬼也不能脱这口气。”《云仙笑》中《又团圆》尾：“吾这回小说，直是不可无一，不可有二的事。”《鸳鸯针》第二卷有“我且说一个样子，与你听着”。“我且把正文说来，你们听着。”

有的作品还更明确地表明了文中叙述者的文人身份，如《鸳鸯针》第三卷开篇诗之后写道：“这首诗，单为我辈读书的而作。”又如《十二楼》在一番议论之后写道：“这番议论，无人敢道，须让我辈胆大者言之。”不但表明叙述者为文人身份，而且也表明作者所假想中的读者也为文人身份。

另外，除了文中论说里出现了作者的身份外，有的作品还在故事叙述时，以“我如今说个……”、“我闻得”等形式开始故事的讲述，再次强调叙述者为作者身份。如《醉醒石》第十一回：“我闻得广东有个魏进士。”《鸳鸯针》第二卷：“我且说一个样子，与你听着。”《十二楼》的《三与楼》：“我如今再说一位达者。”《夏宜楼》：“我往时讲一句笑话，人人都道可传。如今说来请教看官。”有的在叙述开始时虽未明确地提“我”字，其实是作者的省略，如《清夜钟》第二回在正文之前，写了几个小事件，都是以“尝闻”、“及闻”和“又闻”的形式引起下文的事件，虽然未直接出现第一人称“我”，但毫无疑问是作者本人的所闻。同样的情况在其他作品中也有，如《鸳鸯针》第一卷有“曾闻得，昔年有个秀才”、“又闻得，有个举人”，《连城璧全集》酉集头回有“区区眼睛看见一个，耳朵听见一个”、“眼睛看见是浙江人”、“耳闻的那一个是万历初年的人”等句子。这种表达方式表明，作者的写作已经不再是依傍历史、笔记，并凭借说书人之口道出，而是将自己的亲身所见所闻、自己虚构的故事，通过自己的叙述讲给读者。

但是，我们也必须看到，尽管小说中的叙述者身份有了作者的影子，但是并不能因此说在叙述者身份上，作者已经完全代替了说书人的身份，实际上，这一时期的几乎全部作品在叙述者身份方面都是由说书人和作者两人共同承担。作者力图在作品中显现自己的身份，可是由于习惯，在叙述的过程中又常常不自觉地扮起说书人的角色，所以作品中常会出现一会儿是“我”的叙述，一会又以“在下”身份与读者交流，在称谓上较为混乱。这一时期小说中的说书术语虽然也有了大量的减少，但是仍保留了一些，无法彻底改变小说的说书体制，因此说书人在故事的叙述中仍占有重要的位置。

也许对于许多文学样式来说，叙述者为作者身份是一件不言而喻的事情，但是对于起源于说话技艺的中国白话短篇小说来说，却是经过了一段较长时间的发展才逐渐表现出来的，因此从这种现实出发，我们不能不重视由此而表现出来的作者的个性显示，尽管对于文学本身来讲，这是极微不足道的事情。

白话短篇小说创作的个性化倾向还进一步地表现在，有一些作品在内容中融入了作者的经历、感受、理想等，表现出作者对于自我表达的追求。

白话短篇小说产生的基础决定了它是一种通过讲述有趣的故事来娱乐读者、甚或劝诫读者的文学样式，其娱乐和劝诫的内容也是本于公众的普遍需要，因而具有普遍的适合性。它不是为了展示作者个性的思想和情感，一个文人如果想展示他的个性化的思想或情感，他可以在诗文甚或文言小说中实现。在较长的一段时间里，这一创作原则并没有改变。但是到清初，由于白话短篇小说创作的日渐成熟和时代的需要，以及文人在创作上日渐表现出较为强烈的自觉、独立意识，小说中体现作者个性的东西也越来越多，有的作家就开始把白话短篇小说创作当作了表达自己某种思想、寄托某种情感等表现自我的工具，从而使小说在内容上表现出了个性化的倾向。

如这一时期反思作品中表现出的亡国之痛，描写儒林行止的作品对士子道德的强调，才子佳人型作品中对美满情感的追求，都不同程度地、间接地表达了作者的自我情感和理想。此外，有的作品中直接记录了表现作者情感与思想的诗文，并明确指明为作者所作，有的还对此进行一番分析，将自己的思想和情感呈示给读者，如《生绡剪》第六回在开篇录写了作者的诗之后，写道："我今诌这几句诗，非是劝人游游荡荡……"对诗进行了分析。又如《十二楼》的《萃雅楼》和《闻过楼》都录用了多首作者自己写的诗。《夏宜楼》还写了作者自己讲过的含有一定人生体验的一个笑话："我往时讲一句笑话……"有的作品用一定的篇幅直接写了作者的一段亲身经历以及由此而来的感受，典型的如《闻过楼》，作者在入话中写道：

> 此诗乃予未乱之先避地居乡而作。古语云："小乱避城，大乱避乡。"予谓无论治乱，总是居乡的好；无论大乱小乱，总是避乡的好。只有将定未定之秋，似乱非乱之际，大寇变为小盗，戎马多似禾稗，此等世界，村落便难久居。造物不仁，就要把山中宰相削职为民，发在市井之中去受罪了！予生半百之年，也曾在深山之中做过十年宰相，所以极谙居乡之乐。如今被戎马盗贼赶入市中，为城狐社鼠所制，所以又极谙市廛之苦。你说这十年宰相是那个与我做的？不亏别人，倒亏了个善杀居民、惯屠城郭的李闯，被他先声所慑，不怕你不走。到这时候，真个是富贵逼人来，脱去楚囚冠，披却仙人氅。初由田畯社师起家，屡迁至方外司马，未及数年，遂经枚卜，直做到山中宰相而后止。

与同时期的其他作品相比，李渔小说中的自我表现最为强烈，自我形象也最为鲜明，他在小说中注入了自己的亲身经历、生活感受和人生理想；许多作品中所写的人与事，带有很明显的作者影子，表现出了鲜明的作者个性。如《闻过楼》、《三与楼》在顾呆叟、虞灏身上寄予了作者的人格理想、生活趣味；又如《合影楼》主张“道学”加“风流”的处事原则，《鹤归楼》如何处变的人生哲学，都是作者独特的处世态度的表达。所以孙楷第先生在考证李渔生平事迹的基础上，指出《闻过楼》与《三与楼》“同是笠翁的自寓，其追怀往事，梦想将来，也是一样的”①。

这一时期作品个性化倾向最具有说服力的表现应该是，有为数不少的作品表现出了鲜明的创作风格。创作风格是作家创作个性在作品中所表现出来的鲜明的艺术特色，它体现在作品的整个艺术构思和艺术表现中。清初的一些白话短篇小说作家在作品中已经表现出了不同于以往作品，也不同于他人作品的独特风格，表达了作者对现实的独特认识、体验、感受和在艺术上的独特追求。如薇园主人的《清夜钟》长于议论，沉郁悲愤；华阳散人的《鸳鸯针》针砭时弊，痛快淋漓；艾衲居士的《豆棚闲话》“化嘻笑怒骂为文章”、“莽将廿一史掀翻”（《豆棚闲话叙》），“满口诙谐，满胸愤激”（第七则回末总评）；酌玄亭主人的《照世杯》则是一出出幽默、讽刺的轻喜剧；李渔小说新颖奇巧、虚化现实、热闹喜气等等，风格都较为鲜明。然而也必须看到，创作风格的表现还不普遍，由于要满足广大市民读者的需求，一些作家只能牺牲创作的个性风格追求，去适应读者的口味；也由于长期以来白话短篇小说创作上对野史笔记的依赖，在形式上模仿说书体，使得有些作家在创作上为材料所牵引，为说书体制所限制，不能走上表现自我的创作道路，这都影响了创作风格的形成。

“真正具有自己的创作个性的作家，总是摆脱依傍和模仿，独立地走自己的路，他绝不重复别人，而是独辟蹊径。”② 在一直以依傍旧有材料和模仿话本体制基础上发展起来的白话短篇小说创作，终于在清初走向了独立创作，表现出了一定的个性化趋势，这对于白话短篇小说的发展，无疑是极为重大的改变。但是由于旧体制和创作传统对小说创作的制约，作家在作品中表现的个性化趋势毕竟是有限的。它常常是作者在创作小说时不自觉的流露，而不是有意识的显示。因此清初白话短篇小说创作离小说创作的个性化还有很长的一段距离。

---

① 孙楷第：《李笠翁与〈十二楼〉》，载见《十二楼》附文，人民文学出版社 1986 年版，第 305 页。

② 杜书瀛：《文学原理——创作论》，社会科学文献出版社 1989 年版，第 220 页。

第三节 文人趣味与小说的雅化

由于清初白话短篇小说作家的创作自觉和独立，使文人的审美趣味越来越多地渗进了小说，作品中表现出较以往浓厚的文人趣味，一定程度上减弱了小说的世俗化特点，引起了小说创作的雅化。

文人的审美趣味是文人在长期的文人生活、教育中形成的，它既受文化传统的影响，也与文人的社会教育、交际等生活有关，与市民趣味相反。表现在文学创作上，就是作品在思想、内容、人物、形式、语言等方面的文人化和雅化。

白话短篇小说创作在明末由于文人的参与，一定程度上改变了原先的粗俗状态，特别是出现了如《西湖二集》、《型世言》等文人化程度较高的作品。但就当时的总体创作而言，绝大多数作品在形式、内容、风格等各个方面仍然体现了俗世化特点，还不存在一个普遍的文人化现象，亦即雅化现象。清初以后，小说作家在以往创作的基础上，更加自觉独立地进行创作，在题材上较多地侧重文人生活，表现文人世界；在形式上书面化的文体特征更为明显，在风格上有的作品明显地倾向于文人的创作风格，因而小说出现了更为突出的雅化倾向。

清初小说的雅化倾向，表现在如下几个方面：

小说中反映了文人的审美理想。题材上侧重文人生活只是小说雅化的一个前提，更重要的是小说通过人物的塑造和故事的讲述，体现了文人的审美理想，表现了文人的人生观、价值观。

在这一时期的作品中，塑造了不少的理想文人形象，在他们身上，寄托了文人们的理想人格：或忠君为国，置生死于度外，如《清夜钟》第一回的汪伟编修、《生绡剪》十四回中的吉水元；或风流倜傥、义气助人，如《人中画·风流配》里的司马玄；或恬淡寡营，怀隐逸之志，如《十二楼》之《闻过楼》中的顾呆叟、《鹤归楼》的段玉初、《珍珠舶》卷二的金宣；或饱有才学，宽容仁厚，如《鸳鸯针》第一卷的徐鹏子、卷二的时大来；或落拓不羁，挥金结客，如《珍珠舶》卷五的东方白；或抱负不凡，眼空一世，如《珍珠舶》卷四的谢宾又；或老成厚道，为人正直，如《人中画·自作孽》里的黄尊行；或坚忍自砺，怀有气骨，如《人中画·寒彻骨》中的柳春荫；或才高孤傲、洁身自好，如《人中画·终有报》里的唐季龙，等等。这些文人在作品中虽表现各异，但他们身上具有的这些品质都体现了文人的理想。其中作品尤其强调了文人的才学、品德和风流。对才学的强调几乎在每一个人物身上都有，成为文人理想的最主要体现；还有些作品侧重文人极高的道德境界，如顾呆叟、黄尊行等人物形象；此外，文人的风流也在一些作品中被强调，如上面提到过的谢宾又，作者写了他有三件癖好："诗，酒，美色"，东方白是"日逐饮酒赋诗，挥金结客"，而金宣、唐季龙等人则是才学、道德和风流三者兼备的人物，较为全面地体现了文人的审美理想。

小说在女性人物的塑造上也体现出鲜明的文人审美理想。清以前的白话短篇小说中的女性形象多数代表的是市民心中的理想女性，作品突出的是市井女性所具有的大胆、泼辣的性格和勇敢地冲破封建礼教、追求爱情与幸福的行为；而清初以后作品中的女性则多是才华出众、贤淑守礼的佳人，如《人中画》的《终有报》篇中的庄玉燕和《风流配》篇中的华峰莲与尹荇烟、《珍珠舶》卷五的贾琼芳、《鸳鸯针》卷二中的任小姐等。对于不守礼教的女子，即使有才，也给以批评与不好的报应，如《载花船》卷一的靓娘颇负才学，可做幕宾，但因不守妇道，与人通奸，而为义奴所杀。

在反映婚恋的作品中，也表现出明显的文人情爱理想。以往的作品从市民要求出发，反映的是男女冲破封建礼教、追求自主婚姻的婚恋观，它多以性爱为婚恋的前提，以私奔、偷情为主要的情爱方式。清初白话短篇小说中有婚恋故事，虽然也写了冲破了门户的婚恋，也有自由追求的成分，但多是在不违背封建礼教前提下的情爱追求。男女婚恋追求的是相互的支持与理解，是才华和品德的钦慕，如《生绡剪》第十六回《梨花亭诗订鸳鸯　西子湖萍踪邂逅》入话中，认为色易衰，"只有那才，万古常新。……便是男人有才，男人也爱那男人；女子有才，女子也爱着女子，况那才男去爱才女，才女去爱才男。""……除非那真正才妇，方识得那真正才子。"所以金宣是"见秀玉之诗，不时思慕"；杜仙珮知谢宾又"文才既妙"，有所倾心后，才问"态貌如何"。司马玄见才女华峰莲之诗后，感叹道："这一番真令我司马玄想杀也。"尹荇烟见了才子司马玄之诗，是"看了又看，十分爱慕"，超越了以往作品中仅以性爱为主的婚恋观；在两性交往上，或以诗酬唱，或侍女联络，多为彬彬有礼，不逾礼教。由此形成了较为典型的才子佳人型的情爱小说，表现出明显的文人理想、趣味和情调。

在清初表现道德主题的白话短篇小说中，也体现了小说的文人化倾向，即写了与原先市民道德截然不同的文人道德。晚明白话短篇小说站在市民立场上，写的较多的是市民道德，如肯定人的私欲，赞同经商活动和情爱追求、强调济危救贫、打抱不平的做法，向往公平、平等，主张个性的张扬等。而清初作品从封建传统道德出发，表现出向传统道德的回归，特别是许多作品直接表现文人的道德、价值观，强调文人行止，肯定忠烈廉耻、谦虚恭谨、安贫乐道、宽恕仁厚等文人品行，批判背忠弃义、恃才傲物、招摇撞骗、鲜廉寡耻等文人中出现的不道德行为。如《人中画》中的《寒彻骨》就是一篇极力表现文人道德品行的作品：宦家公子柳春荫父为奸臣所诬，全家抄斩有幸逃出，励志苦读，不为财色所迷，为父平冤，不弃盲妻，不贪功名，及时隐退。整篇小说突出的是文人的道德品行。又如相对晚明作品中动辄以强烈的报应对恶人进行严厉惩罚这种所谓公平的做法稍有不同，这一时期的一些作品对不道德行为的报应不似以往强烈，而主张宽恕仁厚的文人道德，如《鸳鸯针》卷一中的徐必遇得官之后，对于害得自己科举无名、又下牢狱的丁协公和曾欲强奸、拐卖自己妻子未遂的李麻子，都未报复，并网开一面，使他们逃脱了重罚，作者因此赞扬徐以德报怨、宽恕待人的品德："他一味以德报怨，全不记怀'冤仇'二字。虽是摩练学问，从艰苦中操出来的，却还是本来面目上原带了菩提种子"。"才晓得徐刑部以德报怨，真正是仕途中圣贤，恩怨内菩萨"。李渔《三与楼》的结尾也同样是以德报怨。这种故事结局报应的变化，其实是以宽恕为美德的文人道德的表现。

这一时期的白话短篇小说在思想内容方面，体现出较以往创作更强的深刻性。有相当一部分作品突破了以往作品基于市民的认识、在思想的表现上普遍浅显的做法，而是从文人认识出发，表达了更为深刻的文人的思想，深化了白话短篇小说的思想内涵。如《清夜钟》、《醉醒石》、《豆棚闲话》等为代表的反思性作品，对明亡的历史进行了多方面的深刻反思。如有的作品对社会的弊端进行了更为大胆、深刻的揭露与批判。像《醉醒石》第七回《失燕翼作法于贪　堕箕裘不肖惟后》中借人物之口批判了卖官鬻爵和贪赃枉法的社会问题：

> 读甚么书，读甚么书！只要有银子，凭着我的银子，三百两就买个秀才，四百是个监生，三千是个举人，一万是个进士。如今那一个考官，不卖秀才，不听分上？监生是直头输钱的了，乡试大主考要卖，房考用作内帘是巡按，这分上也要五百。定入内外帘是方伯，无耻的也索千金。明把卖举人做公道事，到后边外面流言得凶，御史将房官更调，他两个又自行打换，再没个不卖的，只要有钱。起初用了三千，又是一万得了出身。拼得个软膝盖谄人跪人，装了硬脸皮打人骂人，便就抓得钱来。上边手松些，分些与上司，自然管我。下边手松些，留些与下役，自然寻来与我。……到那时，一本十来倍利。拿到家中，买田置产畜妾，乐他半生，这便是肖子，读甚么书！若要靠这两句书，这枝笔，

> 包你老死头白。你看从来有才的，毕竟奇穷，清官定是无后。读甚么书，做甚清官！

又如《照世杯》卷二《百和坊将无作有》批判了文人的打秋风：

> 世上尊其名曰游客。我道：游者，流也；客者，民也。虽内中贤愚不等，但抽丰一途，最好纳污藏垢。假秀才、假名士、假乡绅、假公子、假书帖，光棍作为，无所不至。今日流在这里，明日流在那里，扰害地方，侵渔官府。见面时称功颂德，背地里捏禁拿讹。游道至今日大坏，半坏于此辈流民，倒把真正豪杰、韵士、山人、词客的车辙，一例都行不通了。

小说雅化还表现在小说的形式上，主要反映在以下三个方面。

一是话本特征的减少。话本特征大体上包括话本体制和话本套语两方面。首先对话本体制进行了一定的改造，将小说体制改造成一种结构紧凑、故事集中的文体形式。其次，话本套语大量减少，只保留了诸如“话说”、“却说”、“单说”、“话休絮繁”等用来分段或提醒事件的套语，使用频率也大大降低。文中报题目现象减少。话本往往在正话开始之前或在正话结束之后，要报一下题目，以强调所说的故事，让听众留下印象。《三言》中有二十余篇作品也保留了这种现象。清初白话短篇小说中报题目现象基本被取消，只有极个别的作品中还保留了这种形式，但也将报题改为释题，如《人中画》等。总之，话本体制特征有了较明显的减少，这也使得小说在叙述方式上表现出了小说由讲述方式向记述方式的转化，白话短篇小说的书面化和文人化特征更明显。

二是小说语言雅化。白话短篇小说自产生以来，主要是使用白话口语，通俗易懂。清初以后，小说语言虽然仍是白话，但由口语向书面语转化，语言风格渐为纯正、文雅、凝练，有的甚至出现了文言用语，有的还使用典故，特别是在议论部分，雅化倾向十分明显，如《醉醒石》第六回结尾议论道：

> 古今才士，不为少矣，而变虎者，曾未之闻，乃竟以傲放一念致之。世之非才士者，侥幸一第，便尔凌轹同侪，暴虐士庶，上藐千古，下轻来世；其又不知当变为何物耶？至于李俨，以异类之所托，而不负约言，分俸赡子，其视贫贱之交，漠不一顾，死亡之际，视若路人，其

贤不肖又何如邪。

这种简洁、雅正的语言显然更合乎文人的语言习惯。

三是艺术手法上的创新性追求。这一时期有为数不少的小说立意新颖，构思巧妙精细，表现出明显的文人笔法。如李渔的作品每篇都刻意求新，巧妙设置；艾衲居士的《豆棚闲话》翻改历史，别出新意。使小说创作改变了原先构思上的简单朴拙，而表现出精致新巧。另外，对于市民来说，他们希望看到的是内容浅显、思想明快的作品，因此，早期的作品一般都是简洁直接地反映作者的创作旨意。但是在这一时期的作品中，出现了一些运用含蓄、曲折手法反映现实，运用象征、“故事新编”等手法表现作者思想等现象。比如《十二楼》之《合影楼》中管、屠和路子由，实际上代表了道学、风流和既道学又风流三种处世观念。《豆棚闲话》中通过改编历史，曲折地表达了作者对现实的看法。这样就使作品不再是一种肤浅的道德的表达，而成为了一种富于寓意性、具有深层内涵的文人化的东西。

议论的文人化，也是这一时期小说雅化的一个标志。作品中的议论有进一步强化的趋势，且多以文人的价值标准和是非观念进行议论。

尽管这一时期的白话短篇小说出现了上述的雅化倾向，但这只是倾向而已，实际上，这一时期的许多作品在风格上仍以通俗为主，一些作者在创作上为了适合读者的品位，也力争将作品写得通俗，达到雅俗共赏的阅读效果，如李渔曾就创作中的俗与雅作过谈论：“科诨之妙，在于近俗，而所忌者又在于太俗。不俗则类腐儒之谈，太俗即非文人之笔，吾于近剧中，取其俗而不俗者，《还魂》而外，则有《粲花五种》，皆文人最妙之笔也。”（《闲情偶记》卷二《科诨五》）当然，不可否认，这一时期也出现了一些更为庸俗的色情小说，如《一片情》、《风流悟》、《载花船》等，“这些作品大抵搜集市井中的淫乱事情进行敷演，名为戒淫，实为宣淫”，“这一现象说明话本小说的两极分化，主流在向雅化，但同时还存在着俗不可耐的另一流”①。

① 石昌渝：《中国小说源流论》，三联书店1994版，第278页。

第十五章　晚明精神在社会心理的淡化与小说创作

始于弘治、正德之际的人文主义思潮，经过泰州学派的鼓吹，至万历中期以后达到了极盛。但是随着明末各种社会危机的加深，人文主义精神受到怀疑，一些知识分子将当时的社会动荡、风尚不纯、民心不古等一系列社会问题归咎于这股新的社会思潮，对其进行了反思与批判，把社会秩序恢复的希望寄于传统道德的重振。于是曾在晚明喧嚣一时的人文主义思潮日趋衰落。至清初，随着明朝的灭亡和社会对理学的重新批判，晚明精神日渐暗淡。这种情况也影响了白话短篇小说的创作，使小说表现出平庸化的发展趋向。

第一节　日渐散去的晚明精神和日渐平静的社会心理

“无事袖手谈心性，临危一死报君王”（颜元《存学编》卷一《学辩一》），面对知识分子于国破之际的这种无能无用的表现，很多人已经清楚地看到晚明王学之弊端，进而认识到，正是明中叶以来兴起的以王阳明为代表的心学以及以李贽为代表的异端思想，造成明末的学风空疏、社会风气衰糜和思想混乱的局面，所谓“明亡天下，不亡于盗寇，不亡于朋党，而亡于学术”（陆陇其《学术辩》卷三）。在这种认识的基础上，清初的整个知识界对王学和晚明异端思想以及空疏的学风进行了一次较为彻底的清算和批判。

顾炎武否定了晚明的言心谈性的风气，认为他们空谈心性，不务实际，是“空虚之学”（《与友人论学书》）。他批判道：“刘石乱华本于清谈之流祸，人人知之。孰知今日之清谈有甚于前代者！昔之清谈谈老庄，今之清谈谈孔孟。”“不习六艺之文，不考百王之典，不综当代之务，举夫子论学论政之大端一切不问，而曰‘一贯’，曰‘无言’。以明心见性之空言，代修己治人之实学。股肱惰而万事荒，爪牙亡而四国乱，神州荡覆，宗社丘墟。”（顾炎武《日知录》卷七）认为这是导致国家灭亡的原因：“向若不祖尚浮虚，戮力以匡天下，犹可不至今日。”（《日知录》卷七）陆世仪在《思辨录辑要》中指出，“讲学之风，嘉隆之末、万历之初而弊极：凡诸老相聚，专拈‘四元’，掉弄机锋，闲话过日。——其失更不止如晋人之清谈。”黄宗羲认为：“今之言心学者，则无事乎读书明理；言理学者，其所读之书不过经生之章句，其所穷之理不过字义之从违”，“天崩地解，落然无与吾事，犹且说同道异，自附于所谓道学者。”（《南雷文定》前集卷一《留别海昌同学序》）朱舜水批判了晚明学界各立门户，互相标榜，以致误国的事实：“讲道学者，又迂腐不近人情，……讲正心诚意，大资非笑。于是分门标榜，遂成水火，而国家被其祸。”（《朱舜水集》卷十一《答林春信问七条》）张烈著《王学质疑》，对王阳明的心学观点进行质疑和反驳，认为：“朱子之言，详密的实，中正无瑕。若阳明，则虚浮飘荡，假借可以御人，按时终非妥确。望其藩篱者，皆欲扬眉努目，自标宗指。乱儒术而坏人心，莫此为甚。”以致“《五经》、《四书》悉更面目，纲常名教为之扫地”（该书《总论》）。

在批判、反省心学的同时，许多人认识到，要改变这种社会思想状况，首先要从改革学风开始。于是他们强调明本实用，崇尚实学，抛弃“无根游谈”，以此来改变长期以来的空疏之风。顾炎武、黄宗羲、王夫之、颜元等人都以此为出发点进行其政治、思想、哲学、历史等方面的研究。这样起于明末东林党的针对王学末流之弊而提出的“经世致用”的思想，继续得到提倡，并形成广泛的社会影响，成为清初的主流思潮之一：“承晚明经学极衰之后，推崇实学，以矫空疏，宜乎汉学重兴，唐宋莫逮。”“一时才俊之士，痛矫时文之陋，薄今爱古，弃虚崇实，挽回风气，幡然一变。”（皮锡瑞《经学历史》第十章）① 以此矫正“束书不观，游谈无根”的王学弊端的影响。

经世致用的要求虽然主要针对学术而言，并首先是在学术上开展起来的，但它又不单纯是为学术，也不仅限于学术界。梁启超在谈到清初思想上的这种变化时，曾明确地指出了这点：“他们对于明朝之亡，认为是学者社会的大耻辱大罪责，于是抛弃明心见性的空谈，专讲经世致用的实务。他们不是为学问而做学问，是为政治而做学问”，“他们里头，因政治活动而死去的人很多，剩下生存的也断断不肯和满洲人合作，宁可把梦想的‘经世之用之学’依旧托诸空言，但求改变学风以收将来的效果。”②

① 转引自郑天挺主编《明清史资料》下册，天津人民出版社 1981 年版，第 441 页。

② 梁启超：《梁启超论清学史二种》，复旦大学出版社 1985 年版，第 106 页。

在经世致用思潮的影响下，一些知识分子在文学上提出了文学为现实服务的观点，其中以顾炎武提出的“文须有益于天下”的文学主张最具有代表性。顾炎武认为：“文之不可绝于天地之间者，曰明道也，纪政事也，察民隐也，乐道人之善也。若此者，有益于天下，有益于将来，多一篇多一篇之益矣。若夫怪力乱神之事，无稽之言，剿袭之语，谀佞之文，若此者有损于己，无益于人，多一篇多一篇之损矣。”（《日知录》“文须有益于天下”条），“故凡文之不关于六经之指、当时之务者，一切不为。而既以明道救人，则于当今之所通患，而未尝专指其人者，亦遂不敢以辟也”（《与人书》）。与顾炎武的“文须有益于天下”相应和，黄宗羲在文学创作上鲜明地提出了“文之美恶，视道合离”的观点，认为“大凡古文传世，主于载道，而不在区区之工拙”（《与李杲堂陈介眉书》）。所以，“文之美恶，视道合离。文以载道，犹为二之。聚之以学，经史子集。行之以法，章句呼吸。无情之辞，外强中干。其神不传，优孟衣冠。五者不备，不可为文”（黄宗羲《李杲堂先生墓志铭》）。他还批评了文不载道的做法：“周元公曰：‘文所以载道也。’今人无道可载，徒欲激昂于篇章字句之间，组织纫缀以求胜，是空无一物而饰其舟车也。”（《陈夔献偶刻诗文序》）将传统的“文以载道”的文学观再次加力强调。

在上述的社会思想和文学观的影响下，活跃于晚明社会和晚明文学的新的具有启蒙意义的反传统的人文精神失去了它的光芒，日渐从人们的心中散去。“非礼勿视，非礼勿听，非礼勿言，非礼勿动”（《日知录集释》卷十三），“礼义，治人之大法；廉耻，立人之大节”（《日知录集释》卷十三）等传统道德有所回升。

与此同时，随着清统治的日益稳固，清初的民族主义精神也日渐消泯，张履祥在《与唐灏儒》中曾针对文人科举态度的前后变化描述道：“方昔陆沉之初，人怀感愤，不必稍知义理者，亟亟避之（指参加科举考试），自非寡廉之尤，靡不有不屑就之之志。既五六年于兹，其气渐平，心亦渐改，虽以向之较然自异，不安流辈之人，皆将攘臂下车，以奏技于火烈具举之日。”（张履祥《杨园先生全集》卷四）至康熙中叶，明遗民中为数不少的人已做古，剩下的虽然仍以遗民自居，但他们的反清情绪明显减弱；遗民们自己不仕清，但他们的子孙和门生却参加清朝科举或出仕为官，像黄宗羲就是这样的。随着晚明精神的日渐散去和明末清初民族精神的日渐消泯，社会意识形态开始向传统方向回归，曾躁动不定的社会心理日渐平静。

第二节 小说创作的平庸化发展

曾经给文学创作尤其是给白话短篇小说创作带来过巨大影响的晚明精神在清初又一次受到批判，曾经为鼎革之际的小说提供了创作激情的民族主义、爱国主义思潮也在清统治者恩威并施下歇止了它的声响。日益枯萎的人文主义精神和日渐平静的社会心理使清初的小说创作缺乏新的精神土壤，失去了原有的勃勃生机，未能沿着《三言》、《二拍》所开辟出来的道路继续发展，开创出自己的新天地。相反，随着创作技艺的日益娴熟，白话短篇小说却走上了一条平庸化的发展道路。

尽管我们看到，清初的白话短篇小说较以前有了一些发展，尤其是在小说的形式方面出现了较大的改变，还出现了李渔、艾衲居士这样具有自己风格的优秀小说作家和《十二楼》、《连城璧》和《豆棚闲话》等较为优秀的白话短篇小说，但是绝大多数作品水平不高，内容平庸，情节结构模式化，缺乏新意，不求创新，未能超越以前的小说创作，呈现出平庸化的一面。

在创作主旨上，多数作品仍未走出教化的圈子，作者在创作时或多或少都要体现出教化的意图。清初白话短篇小说作家在小说功能认识上虽然出现了诸如李渔的自我娱乐等认识，但还有相当多的作品在创作主旨上，注重教化功能，继续在《三言》、《二拍》、《型世言》以来形成的教化圈子里徘徊。这在这一时期的绝大多数的小说序跋里表现得很明显。如独醒道人《鸳鸯针序》说：

> 世人黑海狂澜，滔天障日，总泛滥名利二关。智者盗名盗利，愚者死名死利。……道人不惜和盘托出，痛下顶门毒棒。此针非彼针，其救度一也。使世知千针万针，针针相投；一针两针，针针见血。

薇园主人的《清夜钟序》认为作小说是：

> 将以鸣忠孝之铎，唤省奸回；振贤哲之铃，惊回顽薄。名之曰《清夜钟》，著觉人意也。大众洗耳，莫只当春风之过，负却一片推敲苦心。

江东老蟫在《醉醒石跋》说：

于此演说果报，决断事非，挽几希之仁心，断无聊之妄念，场前巷底，妇孺皆知。不较九流为有益乎！况又笔墨之简洁，言语之灵活，又出于寻常小说者。吾友今为重刻，将以行世，庶不负班氏志小说之苦心矣。

吴山谐野道人的《照世杯序》也认为：

采闾巷之故事，绘一时之人情，妍媸不爽其报，善恶直剖其隐，使天下败行越检之子，惴惴然而侧目视曰："海内尚有若辈存好恶之公，操是非之笔，盍其改志变虑，以无贻身后辱。"是则酌元主人之素心也哉。抑即紫阳道人、睡乡祭酒之素心焉耳。

鸳湖烟水散人的《珍珠舶序》说：

若夫余之所传，实堪警世。

睡乡祭酒的《连城璧序》道：

迷而不知悟，江河日下而不可返。此等世界，惩不能得之于夏楚，劝亦不能得之于遒铎；每在文人笔端，能使好善之心苏苏而动，恶恶之念油油而生。乃知天下能言之流，有裨世道不浅。……极人情诡变，天道渺征，从巧心慧舌，笔笔钩出，使观者于心焰熛腾之时，忽如冷水浃背，不自知好善心生，恶恶念起。予因拍案大呼："吾友洵当世有心人哉！经史之学仅可悟儒流，何如此作为大众慈航也。

钟离濬水的《十二楼序》曰：

今是编以通俗语言，鼓吹经传；以入情啼笑，接引顽痴……使人忽忽忘为善之难，而贺登天之易，厥功伟矣！道人尝语余曰："吾于诗文非不究心，而得志愉快，终不敢以稗史为末技。"

其次，在小说的内容上，绝大多数作品以写道德故事为主，未能开拓出新的题材天地。由于走不出教化的圈子，这就决定了作品在内容上也必然停留在道德故事的讲述上。在人物塑造上，也多以道德标准来划分。甚至在文人题材中，也多写道德内容。而越是往后的作品，这种倾向越明显，康熙年间的《警悟钟》，全部的内容都是讲封建道德故事，一定程度地预示了清中叶以后小说的发展倾向。总之，虽然在鼎革之际的作品在内容上有些新意，表现了战乱和社会矛盾，但就整体而言，突破不大；鼎革之后，随着社会心理的平静，内容上也平庸起来。

由于多数作品写的是道德故事，所以在作品主题方面，仍有不少作品宣扬传统的忠、孝、节、义等封建伦理道德，思想较为保守。清初的小说创作中，市民道德不被作家们提倡，而代之以传统的封建道德；晚明新的思潮也几乎荡然无存。关于这一点，以最能体现时代精神的有关女性贞节和情爱的故事为例来说明。清初的小说一改晚明小说对妇女节烈观的松弛态度，十分重视妇女的贞节，并大力宣扬，如《云仙笑》的《又团圆》中的女主人公裴氏在丈夫无钱纳粮被卖与人为妻的情况下，却定要保守贞节，后自赎出家。作者将其故事当作“烈女传”，认为“凡为女子的不可不读”。有的作品还反对妇女改嫁，如《醉醒石》第三回入话，认为女子“若是不肯改嫁，守节而死，其上也”；“其次不得已而再嫁，终念其夫而死”。其实是肯定“烈女不嫁二夫”的封建礼教要求。《连城璧全集》外编卷一《落祸坑智完节操　借仇口巧播声名》也对战乱中守节的妇女给予了高度的评价，认为“夺刀自刎”、“延颈受诛”，是“最上一乘”，“起初勉强失身，过后深思自愧，投河自缢的，也还叫做中上”，否定妇女的失节偷生行为；并在正文中极力塑造了一位在战乱中想方设法完守节操的妇女。在情爱方面，这种变化只要比较一下在《三言》、《二拍》中写得最多、最精彩、极受读者喜爱的青年男女的婚姻情爱故事就能看出。《三言》、《二拍》中的情爱故事里，男女主人公尤其是女主人公大胆、热情地追求爱情，甚至不惜以私奔、偷情等苟合行为私订终身。在清初以后的小说中较少见到这样的女性形象，从正面反映市民爱情的作品极少，市民的情爱故事多作为戒淫戒色的反面题材来写；另一方面，以往市民冲破礼教、大胆追求情爱的行为，变成了才子佳人的“发乎情，止于礼”的自觉遵从，男女主人在爱情上所能做的就是偷窥其貌，暗递诗柬，或相思成疾而已；婚姻必定要得到父母的许可，通过媒妁之言，方可成就。也有极个别作品写私奔的，如《生绡剪》的第三回《丽鸟儿是个头敌　弹弓儿做了媒人》中，写了巫姬与奚章甫的私奔，但是二人的私奔行为是在奚打死丽鸟，巫将受重处的情况下决定的。《珍珠舶》卷五也写了书生东方白爱慕贾琼芳，深夜与之私会，却原是花神作怪。可见，作家们是绝不肯轻易地让笔下的男女青年做出逾墙钻隙之事，认为“男女情欲，贪之有损无益”（《载花船》卷二）。并且形成了模式化的情爱方式和人物形象。而对于那些不合礼教的男女私情，多是给以了批判和惩罚。

总之，这一时期的白话短篇小说中的绝大多数作品在内容思想等方面，未能取得更大的突破，内容较为平庸、思想较为保守、教化意味较浓。不过我们还是应该看到，与清中叶以后的小说相比，这一时期的作品在教化上还未达到相当严重的程度，关注的社会问题还比较广，选材面较为广泛。不像在清中叶以后的小说创作中，只是紧紧地围绕着封建伦理道德一途，议论连篇，生活反映面极端狭窄。

清初的白话短篇小说在艺术上也同样未能取得更大的进步。虽然由于文人的创作，小说出现了雅化的倾向，无论在语言、结构、体制、手法等各个方面都有所改进；但同时，白话短篇小说所具有的活泼、生动等市民文学特点有所减弱。与以前的白话短篇小说的情节相比，这一时期小说的情节较以前有了发展，如情节变得较为复杂曲折，有的故事篇幅较长，枝蔓较多，改变了以往作品中情节简单、单线发展的状况；但是，无论多么丰富曲折的故事，最终仍然脱离不了因果报应的情节模式，情节发展模式化、单一化。在人物形象上，也出现了类型化、概念化的趋向。

总之，清初的小说创作就总体而言，无论在创作主旨、思想内容和艺术水平等各个方面，都没能在晚明小说的基础上获得更大的发展，还有一些诸如《一片情》、《载花船》、《风流悟》等带有淫秽内容倾向的作品，更是影响了这一时期小说创作的思想艺术成就，使清初的白话短篇小说在总体上呈现出平庸化的发展倾向。

第三节　小说创作主旨提示与内容表述的割裂

虽然白话短篇小说作家们一直标榜他们的创作主旨是宣扬封建传统道德，进行道德教化。但是实际上，社会生活的内容却不仅仅只有道德，当一个作家面对社会生活而进行创作时，他不可能无视丰富的生活内容，而只将视线停留在狭窄的道德题材方面。明末清初的社会变迁更是为作家创作提供了丰富的生活素材，因此，相对来说，这一时期的作品所反映的内容也还是较为丰富的。作品中写了道德的故事，但是也涉及了其他题材的故事；即使是写道德的故事，也包含了较为宽广的生活层面。然而，另一方面，由于明末清初以来随着晚明精神的散去和对封建道德的提倡，这一时期小说创作继承了明末《型世言》、《西湖二集》等作品对封建道德的强化态度，将表现封建道德作为创作主旨；加上大多数作家的内心里都有一种社会责任感，表现道德、进行说教是他们对小说创作目的的一个基本认识。这种情况下，作家进行创作时就必然出现了一个无法调和的矛盾现象：如果只写封建道德故事进行教化，就不能更好、更深入地反映广阔复杂的社会生活，使作品流于肤浅；如果要反映丰富的社会生活，又常常不能更好地为宣扬封建道德服务，达到劝惩的创作目的。尤其是随着作家独立创作意识的增强，表现生活与进行教化之间的矛盾冲突就愈发明显。在这种困境下，为了达到两者的兼顾，一些小说作家在写着丰富的社会生活时，又利用白话短篇小说在文前、文中、文后可以作议论的体制特点，进行封建说教，生硬地将两者糅合到一起，出现了作者所提示的创作主旨与作品实际表述的内容不能完全吻合甚至割裂的现象。此外还有另一种情况，随着文学创作商品化程度的提高，清初一些作者从商业赢利考虑，为了满足市民读者的某些要求、趣味，有时也要写一些低俗的小说，然而这种小说在当时文化专制日益严厉的情况下，除了可能要受到封建卫道士的强烈反对和一些正统文人的批评外，还可能遭受到“禁书”之厄，为了给自己的创作一个合理的解释及合法的外衣，他们也要在作品中宣称教化性目的，标榜教化功能，这样就出现了创作主旨提示与内容表述严重割裂的现象。

创作主旨的提示与内容表述的割裂这种现象并不是从清初才出现的，早在晚明时的作品中就已经存在了。清初以后，这种现象不但依然存在，还有了加强的趋势。所以郑振铎说：“明末清初的文人们写小说无不用《醒世》、《喻世》、《警世》、《觉世》，乃至《醉醒石》、《石点头》之名。尽管说的是‘男盗女娼’之事，却总要堂堂皇皇的挂上了一块教训的招牌，连李笠翁那样奇幻的戏曲，他也要挂着这样的招牌：‘不关风化事，纵好也徒然！’（《琵琶记》语）”。[①]

在清初，这种作品创作主旨提示与内容表述的割裂主要表现如下：

舍本求末式的主旨提示与内容表述的割裂。有的作品在故事表述过程中不同程度地反映了多个方面的内容，其中主要内容表述本身所体现的思想倾向性也都十分明显和突出，但是作者放弃对题材、内容所反映出来的主要思想倾向作出进一步的强调和评价，相反，对于其中极其细微、无足轻重之处，因其能够表现封建道德而给以特别的强调和评论，这种舍本求末的主旨提示与全文主要内容的表述形成严重的割裂。如《照世杯》卷三《走安南玉马换猩绒》的主要内容是写酷吏胡安抚及其养子利用权势欺压百姓以及商人杜景山在欺压之下的生活经历，然而作者在作品结尾表明创作主旨时竟说出这样一番话：“可见妇

① 郑振铎：《大众文学与为大众的文学》，载《中国文学研究》下册，人民文学出版社 2000 年版，第 191 页。

女再不可出闺门招是惹非，俱由于被外人窥见姿色，致启邪心。容是诲淫之端，此语真可以为鉴。”它所强调的只是这个故事的一个偶然的起因。同样，在作品故事讲述中，面对杜景山受到黑心的官府刁难和欺压，作者不置一词予以议论，而当杜景山在异域看到妇女在河中洗澡误为女妖时，却借机批判了吴越妇女的抛头露面，并把清净闺阃好一顿痛说：

> ……不晓得头脸与身体，总是一般，既要爱惜身体，便该爱惜头脸，既要遮藏身体，便该遮藏头脸。古云说得好：“篱牢犬不入。”若外人不曾看见你的头脸，怎就想着亲切你的身体？便是杜景山受这些苦恼，担这些惊险，也只是种祸在妻子，凭着楼窗，被胡衙内看见，才生出这许多风波来。我劝大众要清净闺阃，须严禁妻女姊妹，不要出门，是第一着。

这与结尾处的议论是呼应的。作者将故事发展的一个偶然起因或故事发展过程中极微小的情节当作了重点来强调，提示其所表现出来的教化意义，而对于胡安抚及其养子的丑恶行为未予一词一语，这种主旨提示，是一种舍本求末、舍主求次的主旨提示，与内容表述相割裂。

同类的现象在《醉醒石》中也存在。如第七回《失燕翼作法于贪　堕箕裘不肖惟后》，文中虽提到贪官吕主事不以教子读书为正务，但文字很少，而整篇故事描述得更多的是吕主事及其子的各种丑恶行为和官场、科场的种种黑暗，以及金钱万能的社会现实。但是作品无论是在入话还是在结尾都舍弃故事本身所反映出来的这种倾向性，而是将创作主旨的提示定在教育子女上：“所以古人道：‘黄金满赢，不如教子一经。’”“贫穷无以自立，只有读书守分，可以立身。富厚子弟，习于骄奢，易至愚荡。只有读书循理，可以保家。得来钱财有道，能教子孙，是个顺取顺守，可以久长。得来钱财无道，能教子孙，是个逆取顺守，还可不失。若只逞一己贪婪暴戾，又有不肖子孙相继，未有不败者也。”又如第五回《矢热血世勋报国　全孤祀烈妇捐躯》的内容主要讲述了战乱时期官府的无能和百姓所受的灾难，塑造了姚指挥舍身卫国的忠臣形象和其妾瑞贞节烈保孤的烈妇形象。不过作者将这段感人至深的故事主旨归结为女人不妒：“若使恭人有猜忌心，畜妾不早，则姚氏嗣绝；若不能背负喂养于乱离之中，则姚氏嗣亦终绝。是恭人为尤足法。不妒一字，其造福为无穷已。”

这种舍本逐末式的主旨提示与作品内容表述的割裂，使作品内容所反映出来的思想意义大为减弱，降低了作品的思想价值。

以封建道德为掩饰，形成主旨提示与内容表述的割裂。有一些作品因为各种原因，不便于或不能够将作品所表述的思想、意图直接示出，以引起不必要的麻烦，只能以封建道德为掩饰，在作品中故意强调其封建道德的教化作用。在当时社会环境下，以封建道德为掩饰来表达自己的思想或达到其他的目的，是一个再好不过的手段了。但是这却造成了作品主旨提示与内容表述的割裂。

这类作品主要集中在能为书商或作者赢利但往往受到统治者禁卖的淫秽小说。封建统治者为了国家的长治久安，一向视淫秽作品为洪水猛兽，动辄封杀；为了赢利，淫秽作品常常要打着宣扬封建礼教的幌子。这种现象早在明朝时就有了，如有人就这样宣称："余将止天下之淫，而天下已趋矣，人必不受。余以诲之者止之，因其势而利导焉，人不必不变也。"（憨憨子《绣榻野史序》）《宜春香质》、《弁而钗》等白话短篇小说都是打着道德的幌子，津津乐道于淫秽的故事，进行不堪入目的色情描写。在清初，由于统治者文化专制的加强，这种现象更加突出。如《一片情》虽然反映了当时社会情爱婚姻上的一些问题，但是总观全书，有相当多的淫秽描写，但作者常常在开头与结尾之处通过封建道德的宣扬来掩饰淫秽的内容，如第七回《缸神巧诱良家妇》开篇认为："人家妻女，断要防闲，不许他烧香拜佛，玩水游山"，"出去招人眼目"；第十一回《大丈夫惊心惧内》开篇讲夫为妻纲的道理："夫以义统妻孥，妻孥以顺事家长。哪有丈夫反去怕妻子，而受妻子挟制的？是天反居下，地反居上了！乱伦逆理，未有甚于此者"；十四回《骚腊梨自作自受》在开篇诗之后写道："这首诗乃梓童帝君醒人圣语，不过要劝人行些好事，不可暗里损人。你若算计了人，天的算盘丝毫不爽。"这些冠冕堂皇的教化主旨提示却与内容的淫秽不堪形成鲜明的对照。

创作主旨的提示与内容的表述相矛盾。与上面两点不同的是，在这一时期，还出现了较为严重的创作主旨的提示与内容的实际表述完全矛盾的情况。这主要表现在李渔的小说创作中。在清初小说创作中，恐怕还没有人像李渔这样在小说中口是心非。如《合影楼》分明是以欣赏和赞美的口气写了青年男女跨越了阻碍而获得幸福婚姻，但是在开头却摆出一幅道貌岸然的样子说："我今日这回小说，总是要使齐家之人知道防微杜渐，非但不可露形，亦且不可露影"。《夏宜楼》中也以欣赏的态度写了男女青年相互爱慕，以计谋成就自己的婚姻，可在结尾处又如此写道："可见做妇人的，不但有人之处，露不得身体，就是空房冷室之中、邃阁幽居之内，那'袒裼裸裎'四个字，也断然是用不着的。古语云：'慢藏诲盗，冶容诲淫'。露了标致的面容，还可以完名全节；露了雪白的身体，就保不住玉洁冰清，终久要被人点污也"。《拂云楼》中塑造了一个能言会道又有谋略又有主意，并成就了才子与佳人婚姻的丫环能红形象，文中处处流露出作者对这一人物的赞赏，并为她安排了美满的结局，但入话中却将之作为反面形象来提示读者："世上的月老人人做得，独有丫环做不得。丫环做媒，送小姐出阁，就如奸臣卖国，以君妇予人，同是一种道理。故引这回小说，原为垂戒而作，非示劝也。"议论中的这种种陈腐之言与作品内容所表现出来的反封建性思想截然相反。不过，如果我们了解了当时的社会氛围，就会明白小说的这一特色。正是因为他在作品内容上表现出了强烈的反封建性，所以反而要刻意在文前标榜封建道德，正如孙楷第所说："这是笠翁的假话。"[①] 这也说明，对封建道德的提倡是怎样地束缚了优秀小说作家的创作，连李渔这种生活和思想都较为开放的小说家也只能如此。又如《连城璧全集》外编卷五《婴众怒舍命殉龙阳　抚孤茕全身报知己》赞扬了一同性恋者的节义行为，在文中对两个同性恋者的恋情并没有指责，反而一再强调二人的深情恩爱，但是结尾中作者却说道："我劝世间的人，断了这条斜路不要走，留些精神施于有用之地，为朝廷添些户口，为祖宗绵绵嗣续，岂不有益！"主旨的提示与内容的表述也是割裂的，而这种割裂恐怕是源于作者既感其情之深又不赞同同性恋的心理的表现，与上面情况有所不同。

这种创作主旨的提示与内容表述的割裂，在此后的小说创作中仍然存在。它的存在说明，在封建社会，尤其是在统治阶级的思想统治日益严厉的时代，作家进行创作时一直背负着沉重的教化任务，而不能自由表达，不能反映和揭示生活的本质，从而出现创作上的困境，只得以这种口是心非或顾左右而言他的态度进行创作，以达到在遵从统治者要求和表达自我之间的平衡或调和，严重地影响了白话短篇小说创作的思想性。

在这一时期还出现了另外一种情况也值得注意，即有的作者认识到作品内容所体现出来的思想的多面性，为了帮助读者理解，在结尾中不厌其烦地一一加以揭示，如《云仙笑》中《又团圆》的结尾道："总是这回书，前半当作循吏传，凡为民父母的不可不读；后半当作烈女传，凡为女子的不可不读。"《平子芳》的结尾道："这回小说却有三个劝人的意思：戒人奸淫，是第一件；老年人莫取少年妻，是第二件；闺门谨慎，不要女人立在门首，是第三件。再看中间，不淫的到底便宜，好淫的到底吃亏，这便是天理昭昭处了。"尽管作了如此周到的总结，但只要基于教化的目的，主旨的说明与内容表述之间就可能存在着不同程度的分离。

① 孙楷第：《李笠翁与〈十二楼〉》，载《十二楼》附文，人民文学出版社1986年版，第295页。

第四编

清中叶社会心理与白话短篇小说之衰落

正如《豆棚闲话》最后一回，随着以复兴程朱理学为任的陈斋长的出现和《豆棚》的倒塌，“说闲话”停止了这一结局所预言的那样，从乾隆后期开始，由于封建统治者严格地实行文化专制统治，提倡程朱理学，对不合乎其统治思想的各种文艺进行了严禁和打击，作家的创作自由受到了限制，严重地影响了白话短篇小说的发展，小说创作出现了衰落的趋势。同时，发展了百余年的白话短篇小说使广大读者与作者形成了定势心理，小说呈现出较明显的模式化；由于创作上受到各种限制，虽然作家进行了各种尝试，但都未能给小说创作带来新的生机，小说创作因不能满足读者的阅读期待、缺乏作家创作而日益走向衰亡。

第十六章　避祸心理与小说创作

从康熙经雍正至乾隆，清统治者对全社会进行了残酷的文化镇压。一方面是愈演愈烈、动辄得咎的文字狱，一方面是严格的禁书令，其严厉和残酷程度为历史上少有，它不但摧残了社会文化的发展，也严重地影响了社会心理。避祸心理成为当时主要的社会心理，这一社会心理影响了当时的白话短篇小说创作。

第一节　残酷的文字狱和严格的禁书令

出于对自己正统地位和至高权威的维护心理，清统治者在社会日趋稳定的情况下，放下了屠刀，却拿起了文化专制的武器。统治者清醒地认识到，武力所能解决的仅仅是表面的顺服，只有在民心上达到完全的控制才能保证统治的长治久安。他们还认识到，民心中最不易控制的是那些有文化的知识分子，他们博通古今，思想活跃，喜欢著书立言，有极大的社会影响力，也具备较强的社会煽动性，因而他们是当时社会中最不安稳的阶层。所以，清朝统治者从一开始就未放松过对文人的打击和对其思想的钳制。清初的“通海案”、“奏销案”、“哭庙案”等事件已经显示出了清统治者对待汉族文人的强硬态度，从康熙后期兴起的文字狱和禁书令，更是清统治者的一个长期应用的文化控制手段，并且以其残酷和严格著称于史。

文字狱从康熙年间开始兴起，至雍正和乾隆时愈演愈烈。

康熙年间的文字狱主要出于打击反清思想的目的，如著名的庄廷鑨《明史》案，戴名世《南山集》案，都是因在书中找到了不利于清朝统治的反清思想而被定案。至雍正时，文字狱有增无减，目的也变得多样化，它不但是打击反清思想的主要手段，还成为皇帝剔除异己势力、维护皇权的最好借口。如雍正帝为铲除位高权重的年羹尧的余党势力，罗织文字罪名惩治依附于年羹尧的文人，年的记室汪景祺著《西征随笔》中有“皇帝挥毫不值钱”，被指责“讥讪圣祖”（萧奭《永宪录》卷三），所写的《功臣不可为论》，被认为是为年之死鸣不平，于是“律以大逆不道立决枭示”（萧奭

《永宪录》卷三）；钱名世因曾作诗颂扬过年，被指责为“以文词谄媚奸恶”，“行止不端，立身卑污”，受到革职；查嗣庭则被人告发在任江西考官中，出了一道“维民所止”的考题，因“维”“止”为“雍”“正”二字去首，被附会为暗喻砍雍正帝的头，于是被革职囚禁。虽然是统治者内部的斗争，但是因打着文字狱的幌子，却造成了整个文人阶层的恐惊。为了维护皇权，雍正帝对一些学者著书立说也动辄治罪，如谢济世之批注《大学》、陆生柟之编写《通鉴》，也都被诬为含有讥讪怨望，悖逆思想，而遭大祸：

> 戊申，九卿等议奏谢济世批注《大学》，肆行讥讪，怨望毁谤，怙恶不悛。陆生柟编写《通鉴》，妄抒愤懑，猖狂恣肆，悖逆已极。俱应拟斩，立决。即于军前正法。得旨，陆生柟、谢济世二人议罪之本，仍交与顺承郡王锡保，发与陆生柟、谢济世，看本内所载各条，伊等有何辩对。著询明确供具奏。（《东华录》雍正七年）

乾隆时文字狱发展到极致，不但数量最多，且往往小题大做，无中生有，文人稍不留意，便以“语含怨望”、“狂悖讥刺”而获罪，因此冤狱重重。其中震动最大的有彭家屏案、王锡侯案、徐述夔案等。河南乡绅彭家屏在乾隆帝南巡路过河南时面奏巡抚图尔炳阿匿灾不报，图尔炳阿为报复，告发其家中有记载李自成事迹的刻本《豫变纪略》，素有逆心，又加上彭在述及明朝万历年号时不避讳笔缺，“目无君上”，被赐令自尽。江西落第举子王锡侯，为便于查阅《康熙字典》，编有《字彙》一书，被仇家乘机告发“删改《康熙字典》，与叛逆无异”，又因书中不讳康、雍、乾三帝名字，是“大逆不法”，“罪不容诛”，谕令将其斩决。四十三年（1778），江苏东台县民徐食田为仇家告发其祖父徐述夔所著诗集《一柱楼诗》“多有妄逆之言”，其中“明朝期振翮，一举去清都”的诗句含有“复明灭清”之意。徐食田被处死。此外，浙江省上虞县平民丁文彬，出于臆想症而写的《大夏大明新书》，被认为是有组织的谋反活动，而被凌迟处死。乾隆二十年（1755）胡中藻也因诗中有“一把心肠论浊清”，罹罪处死。

清中叶文字狱案件之繁多，株连之广，惩治之残酷，是前所未有的，正所谓“前代文人受祸之酷，殆未有若清代之甚者”[①]，据有人统计，仅乾隆时的较大的文字狱就达七十四起之多（邓之诚《中华二千年》卷五）[②]。涉

① 柳诒徵：《中国文化史》下册，上海古籍出版社2001年版，第813页。

② 转引自郑天挺主编《明清史资料》下册，天津人民出版社1981年版，第187页。

及的社会面也颇广，有朝中大臣、政府官员，也有知名文人、下层知识分子，甚至连识字不多的普通百姓也不能幸免。更令人心惊胆战的是其处罚之严厉和残酷：动辄处死，甚至对死人都不放过，牵连甚广，稍有瓜葛，便难以侥幸逃脱。如庄廷鑨《明史》案中，“时廷鑨已死，戮其尸，诛弟廷钺。旧礼部侍郎李令皙曾作序，亦伏法，并及其四子”。“湖州太守谭希闵，莅位甫半月，事发，与推官李焕皆以隐匿罪至绞。”甚至卖书购书者、刻工、校工等都几无一免于难。因此案而死者达七十余人（全祖望《鲒埼亭集外编》卷二二）。在《南山集》案中，戴名士“法至寸磔，族皆弃市，未能冠笄者发边”（全祖望《鲒埼亭集外编》卷二二）[①]，受到株连的有三百余人。雍正时的吕留良案牵连七省，拖延三十余年，吕留良及其子葆中、徒严鸿逵“戮尸枭示”，族人或杀或流放，刊刻、收藏者均获罪，死者甚众。如此残暴的文字狱在中外历史上都属罕见。于此可以看出清统治者在文化统治上的极其专制。

在大兴文字狱的同时，统治者还通过颁布禁书令来强化其文化专制。阿英《关于清代的查禁小说》一文中说：“清代查禁是项书籍，可谓极为周密，且防范至官民多方面。而每易一帝，必重申禁令一次，尤以乾隆朝为最严。”[②] 而其中影响最大的举措是通过《四库全书》的编纂，大量查禁图书，销毁不利于清朝统治的书籍。在《四库全书》编纂期间，凡是不利于清朝的，或是触犯他们忌讳的，都要加以删除和篡改，或是大量地进行销毁。章太炎《检论·哀焚书》一文中详细地写了这一情况：

满洲乾隆三十九年，既开四库馆，下诏求书，命有触忌讳者毁之。四十一年，江西巡抚海成献应毁禁书八千余通，传旨褒美，督他省催烧益急，自尔献媚者蜂起。初下诏时，切齿于明季野史。（谕曰：明季末造，野史甚多，其间毁誉任意，传闻异辞，必有诋触本朝之语，正当及此一番查办，尽行销毁，杜遏邪言，以正人心厚风俗。）其后四库馆议，虽宋人言辽、金、元，明人言元，其议论偏缪尤甚者，一切拟毁。及隆庆以后，诸将相所著奏议文录，若高拱、张居正、申时行、叶向高、高攀龙、邹元标、杨涟、左光斗、缪昌期、熊廷弼、孙承宗、倪元璐、卢象升、孙传庭、姚希孟、马世奇诸家，丝袠寸札，靡不热爇，虽茅元仪《武备志》不免于火。厥在晚明，当弘光、隆武，则袁继咸、

① 转引自郑天挺主编《明清史资料》下册，天津人民出版社1981年版，第144—145页。

② 阿英：《阿英文集》，三联书店1981年版，第332页。

黄道周、金声。当永历及鲁王监国，则钱肃乐、张肯堂、国维、煌言。自明之亡，一二大儒，孙氏则《夏峰集》，顾氏则《亭林集》、《日知录》，黄氏则《行朝录》、《南雷文定》，及诸文士侯、魏、邱、彭所撰述，皆以诋触见烬。①

据当时兵部报告，《四库全书》编纂时，即从乾隆三十九年至四十七年，销毁之次数，达二十四回，书五百三十八种，共一万三千八百六十二部。然尤以为未足，至乾隆五十三年，尚严谕遵行。而实际在乾隆时所禁书总数比这个数目要庞大得多。

对有碍教化的通俗文学的禁止也是当时禁书令的一个主要内容。清统治者一向认为通俗文学“荒唐鄙俚，殊非正理”，有碍风化，所以从未放松过对它的控制。康熙五十三年（1714）在下给礼部的谕中说：“朕惟治天下，以人心风俗为本，欲正人心，厚风俗，必崇尚经学，而严绝非圣之书，此不易之理也。近见坊间多卖小说淫词，荒唐鄙俚，殊非正理，不但诱惑愚民，即缙绅士子，未免游目而蛊心焉。所关于风俗者非细，应即通行严禁。其书作何销毁，市卖者作何问罪，著九卿詹事科道会议具奏。”（《大清圣祖仁皇帝实录》卷二五八）清俞正燮在《癸巳存稿》卷九《演义小说》总结了清代重大的几次禁毁小说令，其中写道：

其小说之禁，顺治九年题准，琐语淫词，通行严禁。康熙四十八年六月议准，淫词小说各种秘药，地方官严禁。五十三年四月，九卿议定，坊肆小说淫词，严查禁绝，板与书尽销毁，违者治罪，印者流，卖者徒。乾隆元年覆准，淫词秽说，叠架盈箱，列肆租赁，限文到三日销毁；官故纵者，照禁止邪教不能察辑例，降二级调用。嘉庆七年，禁坊肆不经小说，此后不准再行编造。十五年六月，御史伯依保奏禁《灯草和尚》、《如意君传》、《浓情快史》、《株林野史》、《肉蒲团》等。谕旨不得令吏胥等借端坊市纷纷搜查，致有滋扰。十八年十月，又禁止淫词小说。②

对于违背和不执行禁书令的百姓和官员，统治者制定出详细而严格的惩罚措施：

① 周谷城：《中国通史》下册，上海人民出版社1957年版，第323页。

② 王利器辑录：《元明清三代禁毁小说戏曲史料》前言，上海古籍出版社1981年版，第37—38页。

> 凡坊肆市卖一应小说淫词，在内交与八旗都统、都察院、顺天府，在外交与督抚，转行所属文武官弁，严查禁绝，将板与书一并尽行销毁。如仍行造作刻印者，系官革职，军民杖一百，流三千里，市卖者杖一百，徒三年。该管官不行查出者，初次罚俸六个月，二次罚俸一年，三次降一级调用。(《大清圣祖仁皇帝实录》卷二百五十八)

这种规定还被郑重地写进了《大清律例》，其严格程度前古未有。

残酷的文字狱和严格的禁书令使清代的文化走上了极端的专制主义道路，这对清代文人的心理、文化的发展与走向产生了极大的影响。

第二节　避祸心理与创作自由的受限

由康熙经雍正至乾隆愈演愈烈的文字狱和愈来愈严格的禁书令，不但严重地阻碍了社会文化的发展，也对当时的社会心理尤其是文人的心理产生了巨大的影响。

对写作的文字捕风捉影、任意曲解，甚至无中生有；一旦获罪便招致杀身之祸，甚至死后也不得安宁；牵连广泛，从刻者、卖者到读者、收藏者一网打尽。在残酷的文字狱面前，由不得人不恐惧惊慌，噤若寒蝉。更为可怖的是，在朝廷严厉要求和格外重视下，不但各级官府一遇此案，便多方穷鞫，不依不饶，而且它也往往成为仇家怨主寻罪报怨的极有效的手段。在这一时期的文字狱中，像彭家屏案、王锡侯案、徐述夔案等都是因私仇而以文字告罪的，而其结果几乎是百告百中，被告者无一免于家破人亡的后果。乾隆时的御史曹一士就曾在上疏中较为详细地反映和分析了这一情况：

> 比年以来，小人不识朝廷诛殛大憝之故，往往挟睚眦之怨，借影响之词，攻讦诗书，指摘字句。有司见事生风，多方穷鞫，或致波累师生，株连亲故，破家亡命，甚多悯也。臣愚以井田封建，不过迂儒之常谈，不可以为生今返古。述怀咏史，不过词人之习态，不可以为援古刺今。即有序跋偶遗纪年，亦或草茅一时失检，非必果怀悖逆，敢于明布篇章。使以此类悉皆比附妖言，罪当不赦，将使天下告讦不休，士子以文为戒，殊非国家义以正法、仁以包蒙之意。[①]

---

① 《清代佚闻》卷五，转引自冯天瑜《明清文字狱述略》，载《中国文化研究集刊》第五辑，复旦大学出版社1987年版，第259页。

曹一士已经清楚地看到了残酷的文字狱中所存在的种种冤屈，以及所造成的“将使天下告讦不休，士子以文为戒”的不良社会影响。

为了避免祸难随时地罹临头上，人们只得更加谨慎小心，处处防备，“以文为戒”，即梁启超所谓“经过屡次文字狱之后，人人都有戒心”[①]。于是避祸成为这一时期的主要的社会心理之一。

也正是为了避免文字之祸，当时文人不但较少在笔下反映文字狱，甚至不敢直接抒写在文字狱下的恐慌和避祸心理，只有个别文字对此有所流露，如李祖陶在《与杨蓉诸明府书》一文中指出：“今之文人，一涉笔惟恐触碍于天下国家。”（李祖陶《与杨蓉诸明府书》，《迈堂文略》卷一）唐孙华在《记里中事》诗中更形象地描述人们在文字狱下的可怜的生存状态：“时事何容口舌争，畏途休作不平鸣。藏身复壁疑无地，密语登楼怕有声。书牍人方尊狱吏，溺冠世久厌儒生。闭门塞窦真良计，燕处超然万虑轻。”因演《长生殿》致祸的著名诗人查慎行，在送同案被革职的赵执信先行离京的《送赵秋谷宫坊罢官归益都》诗中也流露出文字狱下的压抑心情：“竿木逢场一笑成，酒徒作计太憨生。荆高市上重相见，摇手休呼旧姓名。”“南北分飞各怅天，输他先我著归鞭。欲逃世网无多语，莫遣诗保万口传。”在文字狱最烈时期已经过去的道光年间，诗人龚自珍在《咏史》中仍然愤恨地表达了文人对文字狱的恐惧心理和这种心理对文人人生观的影响：“避席畏闻文字狱，著书都为稻粱谋。”（龚自珍《咏史》）

一旦“著书”变成“都为稻粱谋”，文人原有的对社会政治、民生、时事的关注热情和济世治国的社会责任便日渐减弱。所以在这种心理下，清中叶以来的文人们对世事的关心少了，对政治的谈论少了，正如钱穆先生在谈到清代学术时所说：“清儒自有明遗老外，即鲜谈政治。何者？朝廷以雷霆万钧之力，严压横摧于上，出口差分寸，即得奇祸，习于积威，遂莫敢谈。”[②] 鲁迅先生也说道：“为了文字狱，使士子不敢治史，尤不敢言近代事。”[③] 梁启超在《清代学术概论》中也指出：“文字狱频兴，学者渐惴惴不自保，凡学术之触时讳者，不敢相讲习。”

文人不再对时事政治加以评论指摘，对清朝统治者来说是一件幸事，这样，它统治下的社会和政治就会更平稳安定。然而，对于社会文化的发展却

---

① 梁启超：《梁启超论清学史二种》，复旦大学出版社 1985 年版，第 109 页。

② 钱穆：《中国近三百年学术史》，商务印书馆 1997 年版，第 591 页。

③ 鲁迅：《且介亭杂文·买〈小学大全〉记》，载《鲁迅全集》第六卷，人民文学出版社 1981 年版，第 57 页。

不啻是一场灾难。“在这种主权者之下，学者的思想自由，是剥夺净尽了。”[①] 对于文学创作来说，也是如此。

严格的禁书令和残酷的文字狱所造成的避祸心理，表现在文学上，主要是限制了作家创作的自由。创作自由对于文学的繁荣有着重大的意义，因为审美与艺术活动都是以自由为本质特征的。作家只有在自由的社会环境中和自由的心境下，才能真实而全面地反映生活，揭示社会，才能充分发挥自己的艺术独创性，创作出好的作品。因此，文学艺术的繁荣总是伴随着那一时代的较为宽松自由的文化政治氛围的。在清中叶的避祸心理下，作家们只能在不违背统治者的要求、在不致罹祸的“安全地带”进行文学创作，创作自由受到极大的限制。表现在作品中，一是由于对现实的逃避或淡漠，面对广阔而丰富的社会生活时，却经常是“视而不见”，反映现实生活面愈加狭窄，不能真实而深刻地反映现实生活，揭示现实矛盾，尤其是避免反映社会政治生活中敏感的、关系重大的问题。因此，作家在作品的题材、内容等方面受到限制。二是作者不能在作品中自由地表达对现实社会的看法，特别是对社会政治、时事的看法。在表达个人看法的时候或用极隐晦的方式，或说些无关痛痒的话；而对于那些能招来灾祸的看法，缄口不言，从而影响了作者思想的真实表达，作品的思想性受到较大影响。由于作者创作自由的受限，在文学创作的思想、内容和形式等方面都很难别开生面。于是有的作家将文学创作等同于封建道德教化，来迎合统治者的要求；有的作家走着复古的道路，以期实现他们在创作上的“自由”；还有的作家走上了歌功颂德、赞美盛世的道路。如在诗文方面，“诗人的诗歌创作逐渐从反映现实转移到点缀升平，从重视内容倾向于追求形式，格调也从慷慨激烈变为温柔和平”[②]。

在白话小说创作方面，作家的创作自由也同样受到限制，尤其是统治者对通俗文学的鄙视态度，表现在禁书令中就是对于通俗文学的大量禁毁，使通俗文学创作受到阻碍，作家的创作自由不能得到实现，通俗小说创作发生了变化：起于明末兴于清初的近距离反映现实矛盾的时事小说在清中叶逐渐销迹；大多数的小说创作在历史、神怪和才子佳人等远离现实的题材里辗转；还有的续以往之书，避免新的题材，在创作上缺乏创新精神；有的

① 梁启超：《中国近三百年学术史》，中国书店1985年版，第20页。

② 朱则杰：《清诗史》，江苏古籍出版社1992年版，第6页。

“以小说为庋学问文章之具”① 等。作品内容单薄，思想平庸浅显，思想艺术水平普遍不高，明末清初的创作繁荣的景象没有了。在白话长篇小说创作上，作品数量虽然不少，但平庸之作多，而优秀之作少。白话短篇小说创作上更是出现了大幅度的倒退现象，在雍正、乾隆近百年的时间里，现存下的小说仅六七种，与明末和清初创作的繁荣相差悬殊；在思想上以宣扬封建道德为主，对现实的反映减少，创作缺乏新意，较晚明与清初有较大的退步。

第三节 小说题材的再度转变

在避祸社会心理的影响下，白话短篇小说在题材上发生了较大的变化，表现如下：

一是封建道德伦理题材成为主要题材。道德题材一直是白话短篇小说创作的一个传统题材，如果说以往的不同时期的白话短篇小说创作中还有打着宣扬封建道德的幌子进行自娱和他娱，并反映广阔的社会生活的创作倾向，那么这一时期的创作则几乎是不折不扣地进行封建道德的宣扬，几乎将小说题材完全集中在封建道德题材方面，而对于其他的社会道德尤其是市民道德题材则极少涉及。如《娱目醒心编》、《雨花香》、《通天乐》等几乎全部的作品都是以封建道德题材为主要的创作题材。这一点比以往任何时期的创作都突出，成为这一时期小说题材的主要特征。

二是反映现实的题材少。在《三言》、《二拍》之后，白话短篇小说创作题材上出现的一个可喜变化就是开始注重从现实选取题材，即不再从以往野史、笔记中选材，而是选取本朝本代或“耳目之内”的事件，如《型世言》等。清初，在朝代鼎革的现实下，一部分作品更是靠近现实，直接地反映了这一历史变化；而另一些作品虽将事件发生的时间不约而同地设置在明朝，但这并不完全是脱离现实，而是在遗民等社会心理影响下对清朝国号的逃避，有相当数量的作品曲折地反映了现实。随着社会遗民心理的减弱，作家本可以更直接地反映现实生活，写一些他们自己朝代和他们周围的事情了。但是由于文字狱的残酷和禁书令的严格，很多作家不敢将笔触深入到现实生活中，反映现实问题，只得回头走老路。在下表中，我们看到这一时期的作品除了《雨花香》和《通天乐》这两部作品是写“吾扬近时之实事”（《雨花香自叙》）外，其他作品所选用的题材在

① 鲁迅：《中国小说史略》之二十五篇《清之小说见才学者》，上海古籍出版社 1998 年版，第 173 页。

时间上多是明代及明以前的，而以明以前时代为题材时间的作品在明末清初的小说创作中已极少见了。这说明在清中叶，由于惧怕文字之灾，作家不敢反映现实，加之禁书令中对明代的回避规定，作家只好有意识地将故事时间设置在明以前或写久远以前的事情。而《雨花香》和《通天乐》中的题材虽多是当时所发生的“实事”，但由于是以教化的目的来选材，加之记叙粗略，虽写现实中真人真事，却基本上不能真实地反映现实，因而也算不上真正的现实题材。

年代 书名	总数	明以前	明代	清代	未明确交代
五色石	8	4	4		
八洞天	8	4	4		
二刻醒世恒言	24	14	5		5
醒梦骈言	12		12		
娱目醒心编	16		10	4	2
雨花香	40		6	16	18
通天乐	12			3	9

三是与以往白话短篇小说题材相重和相似的多。在避祸心理支配下，作家不仅避开现实，更怯于创新。因此他们喜欢在以往的“安全地带”中寻找题材，于是就出现了选录、改编以往作品或模仿旧作的情形。与以往题材相重的作品主要如下：

篇目 书目	篇目	相重复的作品篇目
二刻醒世恒言	下函第二回《错赤绳月老误姻缘》的头回	《西湖二集》第十六回《月下老错配本属前缘》
	下函第十回《昆仑圃弦续鸾胶》的头回	《警世恒言》卷三十《金明池吴清逢爱爱》头回
	下函第十一回《申屠氏报仇死节》	《石点头》卷十二《侯官县烈女歼仇》
雨花香	第三种《双鸾配》	《云仙笑》第三册《都家郎女妆奸淫妇》
	第七种《自害自》第二个故事	《警世通言》卷五《吕大郎还金完骨肉》、《换嫁衣》
	第九种《官业债》	《二刻拍案惊奇》卷三十三《杨抽马甘请杖　富家郎浪受惊》头回

续表

书目＼篇目	篇目	相重复的作品篇目
娱目醒心编	卷九《赔遗金暗中获　隽拒美色眼下登科》	《型世言》第十一回《毁新诗少年矢志　诉旧恨淫女还乡》
	卷十《图葬地诡联秦晋　欺贫女怒触雷霆》头回	《二刻拍案惊奇》卷十二《硬堪案大儒争闲气　甘受刑侠女著芳名》头回
	卷十一《诈平民恃官灭法　置美妾藉妓营生》	《石点头》卷八《贪婪汉六院卖风流》
	卷十三《争嗣议力折群言　冒贪名阴行厚德》头回	《醒世恒言》卷二《三孝廉让产立高名》
	卷十四《遇赏音穷途吐气　酬知己狱底抒忠》头回	《喻世明言》卷八《吴保安弃家赎友》

此外还有一些作品所写题材与以前作品极为相似。如《娱目醒心编》卷一《走天涯克全子孝　感异梦始获亲骸》与明代的《石点头》卷三《王立本天涯求父》、《型世言》第九回《避豪恶懦夫远窜　感梦兆孝子逢亲》都是写孝子千里寻父，后由梦兆寻到父亲的故事。卷四《活全家愿甘降辱　殉大节始显清贞》写崔氏为救全家自愿改嫁时，从容不迫，最后自缢轿中，身上留下“田归任姓，尸归王氏”的字条，这与清初的《醉醒石》第四回《秉松筠烈女流芳　图丽质痴儿受祸》中程菊英为官府所逼与一大户之子成婚，从容上轿，自毙轿中，并留下字条“尸归张氏，以成父志”的情节，颇为相似。卷六《愚百姓人招假婿　贤县主天配良缘》写的是以假婿骗人嫁女的官司，最后由县官根据相貌气质是否般配，竟以假婿配女。这种情节与《醒世恒言》卷七《钱秀才错占凤凰俦》相似。卷十二《骤荣华顿忘夙誓　变异类始悔前非》写一人受人大恩，富后不报，并悔掉儿女婚事，后受报变狗的情节，与《警世通言》卷二十五《桂员外途穷忏悔》相似。《二刻醒世恒言》下函卷四《穷教读一念赠多金》与《型世言》第十九回《捐金有意怜穷　卜兆无心得地》讲的都是一个教书先生拿到馆金回家途中遇人投水，救之，并将馆金送之，回家后得到妻子赞许，后得好报的故事。《通天乐》第六种《讨债儿》与《二刻拍案惊奇》卷二十四《庵内看恶鬼善神　井中谭前因后果》的头回故事相类似，都是讲一至诚者替一陌生人暂存钱物，陌生人答应不久后来取，但久去不来；后这至诚者生一子，长大撒漫使钱，方知为陌生人投胎索债，钱财索尽而亡。

除了这种重复和模仿白话短篇小说的作品之外，还有一个现象就是有为数不少的作品又回到了小说早期借用笔记和野史等题材进行改编创作的道路上来。如《二刻醒世恒言》大部分作品取材于宋元明以来的笔记、小说等：

上函第一回《琉球国力士兴王》取材于《逢人笑》；第九回《睡陈抟醒化张乖崖》见于宋人吴处厚《青箱杂记》、沈括《梦溪笔谈》所记张咏遇陈抟故事；第十一回《死南丰生感陈无已》根据世传陈师道瓣香曾南丰事演绎成篇；下函第十二回《雪照园绿衣报主》取材于五代王仁裕《开元天宝遗事·鹦鹉告事》或《剪灯新话》卷四《绿衣人传》。《娱目醒心编》卷三《解己囊惠周合邑　受人托信著远方》取自《明斋小识》卷三青浦徐氏为翁娶姑事；卷五《执国法直臣锄恶　造冤狱奸小害良》内容在《明史》中有记录；卷八《御群凶顿遭惨变　动公愤始雪奇冤》的故事在归有光的《张氏女子神异记》有记载。而《梦醒骈言》则更甚，十二篇作品完全是根据文言小说《聊斋志异》改编而成。

上述现象的存在只能说明小说作家们在避祸心理的重压力下，已经失去了创新的勇气。他们宁愿在并不新鲜的旧故事中打转转，也不会冒险去开创一片新的题材天地。

四是描写非现实世界的作品增加。当冯梦龙、凌濛初等晚明作家把创作视线由帝王将相和鬼怪神灵引向“耳目之内”的现实时，中国古代白话短篇小说创作上发生了重大的改变，它标志着白话短篇小说向现实主义创作迈出了重要的一步。此后，白话短篇小说创作基本上走的是一条现实主义的创作道路，它将视线投向了真实可信、平凡普通的人世。但是到清中叶以后，因为文字狱的严酷，逼使作家只能在文化专制的缝隙中进行创作。于是仙魔鬼怪的非现实受到作家们的喜爱，创作题材表现出向非现实题材靠近的倾向。它表明，在文化专制政策下，作家远离现实生活，文学创作的题材源泉开始枯竭，只能在非现实的题材中寻求创作的安全和得到创作的快乐，并得以隐晦地寄予某些思想。这是白话短篇小说在现实主义创作道路上的退步。

《二刻醒世恒言》共二十四篇作品，但其中有半数的作品写的是非现实题材，这主要集中在上函中。有写历史传说的，如第一回《琉球国力士兴王》、第二回《高宗朝大选群英》、第六回《桃源洞矫廉服罪》；有写神话仙道的，如第三回《九烈君广施柳汁》、第九回《睡陈抟醒化张乖崖》；有讲阴间事情的，如第五回《栖霞岭铁桧成精》；有讲转世的，如第七回《三世雠人面参禅》等；也有写幻境的，如第十回《五不足观书证道》。此外，《五色石》中的卷四《白钩仙》、《八洞天》中的卷三《培连理》、卷四《续在原》，以及《娱目醒心篇》中的第十六回《方正士活判幽魂　恶孽人死遭冥责》也是这类题材。还有一些作品是在写现实故事时，加入一些非现实因素，主要集中在《二刻醒世恒言》下函中，几乎每一篇都有这种表现。此外以往创作中不常有的仙化题材在许多作品中出现，如《二刻醒世恒言》

中上函第一回、第十回，下函第六回、第十回等，流露出远离现实的思想。在这些非现实或有非现实因素的作品中，作者非常间接而曲折地表达了对现实的种种不便直言的看法。如《二刻醒世恒言》的《桃源洞矫廉服罪》中，通过陶渊明被上帝敕为桃源洞主，审问陈仲子的故事，表达了对那些假廉士“离母避兄，无亲戚、群臣、上下之分”的无人伦行为的批判，赞扬了陶渊明之类的真正隐士。《栖霞岭铁桧成精》通过奸臣秦桧与万俟卨在阴间行贿得官、为所欲为的荒唐故事，其实反映的是现实中的忠奸斗争和乾坤颠倒的状况。《九烈君广施柳汁》通过写太上真人怜悯书生，借九烈君的柳汁多洒世间，以图多中几个进士，不想使天下生乱，表达了希望文人自爱的愿望。

这种现象在这一时期的其他类型小说创作中也不同程度地存在着，像历史演义、英雄传奇也加入了一些仙妖神怪的描写，如《说唐演义》、《说唐三传》、《说岳全传》、《女仙外史》等。

美国小说家亨利·詹姆斯说：“小说可以存在的唯一理由，就是它确实企图再现人生。”他认为：“现实（具体记叙的坚实性）的气息，在我看来，似乎是小说的最高德性——小说的其他的一切优点都不能不俯首帖耳地依存于这一个优点。如果这个优点不存在，其他优点都等于零；如果一切优点都存在，这些优点要靠作者成功地在作品中产生了的生命的假象，才能发生效果。”① 然而清中叶的小说创作恰恰首先失去了小说反映现实的优点，从这一角度来说，它注定不会产生出优秀的作品。

① ［美］亨利·詹姆斯：《小说的艺术》，转引自伍蠡甫主编《西方文论选》下卷，上海译文出版社 1979 年版，第 511—513 页。

第十七章　传统思想在社会心理的复位与小说创作

清代统治者从维护国家统治出发，特别重视传统的儒家思想，尤其是宋明以来的程朱理学，并以此作为国家至高无上的意识形态，从上至下在全国范围内推行。在统治者的大力提倡和推行下，至清中叶时，以程朱理学为代表的儒家思想在社会上重新获得了绝对的权威。受此影响，白话短篇小说创作彻底地走上了宣扬封建伦理道德、进行社会教化的道路，思想艺术水平随之降低。

第一节　程朱理学的提倡和传统思想的复位

清王朝建立以后，不但以文字狱、禁书令等强硬手段来控制社会的思想，而且还十分注重对汉文化的吸收与利用，以达到“以汉治汉”的统治目的。

清朝作为异族在中原建立政权，在面对汉民族武装还击的同时，更要长期面临社会思想上的种种分歧。为了建立长久的政治统治，统一全国的思想，清统治者认识到传统的儒家思想更利于社会思想的统治，于是将尊儒重道作为一项重要的国策，积极推行儒家思想。

从清初，统治者就开始提倡尊孔读经，大修孔庙，举行祭孔典礼，尊孔子为“大成至圣文宣先师”、“至圣先师”。此后康熙还亲自南巡，谒孔庙，向孔子行三跪九叩之礼，以示对以孔子为代表的儒家思想的尊重。

清统治者多次强调儒家思想对于社会人心风俗的作用，如康熙在亲制的《日讲四书释义序》中说：

> 朕惟天生圣贤，作君作师，万世道统之传，即万世治统之所系也。……此圣贤训辞诏后，皆为万世生民而作也。道统在是，治统亦在是矣。历代圣贤之君，创业守成，莫不尊崇表率，讲明斯道。朕绍祖宗丕基，孳孳求治；留心学问，命儒臣撰为讲义，务使阐发义理，裨益政

治。……每念厚风俗必先正人心；正人心必先明学术。诚因此编之大义，究先圣之微言，则以此为化民成俗之方，用期夫一道同风之治；庶几进于唐虞三代文明之盛也夫。（《东华录》康熙十六年）

康熙五十三年（1714）在谕礼部的文中一再申明儒家思想对社会风俗人心的重要意义，将之作为“不易之理”，主张严绝非圣贤之书：“朕惟治天下，以人心风俗为本，欲正人心，厚风俗，必崇尚经学，而严绝非圣之书，此不易之理也。”（《清圣祖仁皇帝实录》卷二五八）[①] 希望通过儒家思想的提倡，达到统治社会人心的目的。

清朝历代统治阶级也十分重视对儒家经典的学习，并身体力行，示范天下。如康熙曾自述其自幼学习儒道的过程：“予五岁既知读书，八岁践祚，辄以《大学》、《中庸》之训诂，咨询左右，必求得大意，而后予心始觉愉快。日日读书，必字字成诵，从不肯自欺。及四书既已贯通，乃读《尚书》，于典谟训诰之中，体会古帝王孜孜求治之意，既欲使古昔治化，实现于今。”（《东华录》卷三十四）

由于清统治者在程朱理学的“华夷之辨”和天理人欲等问题的认识中，为自己的统治找到了合理的解释和绝对的思想权威，因此尤好程朱之学。康熙不但坚持每日让大臣进讲，还深入研习、著文，达到很高的造诣：“仁皇夙好程朱，深谈理性。所著《几暇余篇》，其穷理尽性处，虽夙儒耆学，莫能窥测。”（《啸亭杂录》卷一《崇理学》）他极推崇朱熹，认为“惟宋儒朱子，注释群经，阐发道理，凡所著作，及编纂之书，皆明白精确，归于大中至正，经今五百余年，学者毫无疵议。朕以为孔孟之后，有裨斯文者，朱子之功，最为弘巨”（《清圣祖仁皇帝实录》卷二四九）[②]，称赞其“文章言谈之中，全是天地之正气，宇宙之大道。朕读其书，察其理，非此不知天人相与之奥，非此不能治万邦于衽席，非此不能仁心仁政施于天下，非此不能外内为一家”（《御纂朱子全书》序言）。在康熙的提倡和推行下，到康熙后期，程朱理学成为官方哲学。康熙为了推行程朱理学，还任用理学家为朝中大臣，如李光地、汤斌、魏介裔、李安溪、熊赐履等。并刊定《性理大全》、《朱子全书》等书，极大地提高了朱子和程朱理学的地位，树立起程朱理学的绝对思想权威，形成了“百经宗孔孟，百行法程朱”（惠栋《红豆斋楹联》）、“朝廷之意指，士大夫之趋响，皆定于一尊”（《清儒学案》卷

---

① 转引自郑天挺主编《明清史资料》下册，天津人民出版社 1981 年版，第 427 页。

② 同上。

五五）的局面。这种思想局面，利于当时的社会政治统治，关于这一点，1780 年一位朝鲜人朴趾源在《热河日记》中也作了切中要害的分析：

> 清人主入中原，阴察学术宗主之所在与夫当时趋向之众寡，于是从众而力主之。升享朱子于十哲之列，而号于天下曰：朱子之道即吾帝室之家学也。遂天下洽然悦服者有之，缘饰希世者有之……其所以动尊朱子者非他也，骑天下士大夫之项扼其咽而抚其背，天下之士大夫率被其愚胁，区区自泥于仪文节目之中而莫之能觉也。①

为了贯彻程朱理学为主的儒家思想，统治者还制定了具体措施，极力在全社会推行。如在科举方面，规定参加科举者必须学习《四书》、《五经》、《性理》诸书，科举考试须用八股文，取四书五经命题，以程朱理学家的疏解为标准（《清史稿》卷八一“选举一”）。在这种要求下，士子们只得苦读程朱理学，于是程朱理学深入士子之心。康熙九年（1670），根据理学要求，向各地学宫颁发了十六条圣谕，作为人们的行事准则，其内容涉及生活、伦理、思想等各个方面：

> 一，敦孝弟以重人伦；一，笃宗族以昭穆雍；一，和乡党以息讼争；一，重农桑以足衣食；一，尚节俭以惜财用；一，隆学校以端士习；一，黜异端以崇正学；一，讲法律以警愚顽；一，明礼让以厚风俗；一，务本业以定民志；一，训子弟以禁非为；一，息诬告以全良善；一，戒窝逃以免株连；一，完钱粮以省催科；一，联保甲以免盗贼；一，解仇忿以重身命。每月朔望，令儒学教官传集该学员宣读，务令遵守。违者责令教官并地方官详革治罪。（《清朝通考·学校考》）

雍正时又给十六条圣谕作了注释，称为《圣谕广训》，雍正二年将《圣谕广训》颁发全国，成为全社会的行为准则。此外，统治者还经常表彰在封建伦理道德方面做得出众的人，如雍正时，“朝廷每遇覃恩，诏款内必有旌表孝义贞节之条”（《清世宗实录》卷四，元年二月癸亥条），并多次下诏褒扬各地的孝子节妇，从而使民间都能自觉地遵守儒家的教条。

至清中叶，统治者的努力终于产生了明显的社会效果，社会上发生了显

---

① 朴趾源：《热河日记》之《审势篇》，北京图书馆出版社 1996 年版影印本，第 450—451 页。

著变化。首先是有许多知识分子开始埋首于程朱理学的阐释和研究中，鼓吹和标榜程朱理学，一时著作迭出，即“当时宋学昌明，世多醇儒耆学”（《啸亭杂录》卷一《崇理学》），于是程朱理学风行天下。而其他与程朱理学相悖的思想或得到彻底的肃清，或渐渐被排除在意识形态之外，程朱理学成为了清代的统治思想。在社会风习方面，随着程朱理学的提倡，以封建纲常伦理为主要特征的传统价值观重新复位到人们的心理，晚明的个性解放和重视人欲的启蒙思想渐从社会人心中清除，出现了“风俗醇厚，非后所能及也”（《啸亭杂录》卷一《崇理学》）的社会局面。在日常生活中，主要表现为礼教昌盛，如清代的烈妇层出不穷，人数为历代之最，《清史稿》之《烈女传序》谓：“清制，礼部掌旌格孝妇孝女、烈妇烈女、守节殉节、未婚守节，岁会而上，都数千人。”

程朱理学的提倡和传统思想在社会心理的复位，对社会文化和思想的发展带来了严重的影响。它又一次损害了知识分子独立思考的权利和其健康人格的形成；人们所受到的思想束缚日益严重，社会思想日渐僵化。

第二节　小说教化功能之强调与劝诫教化之泛滥

康熙以来统治阶级对儒家思想的提倡和传统思想在社会心理的复位，严重地影响了清中叶以后的文学创作。对通俗文学创作的影响就是更加重视作品的教化功能，努力地加强作品封建纲常伦理的教化内容。

虽然在白话短篇小说的发展历程中，作家从未停止过对它的教化功能的强调，但是这种强调出自各种不得已的原因，其程度和侧重点也绝不一样。大多数作品是一边打着教化的大旗，一边注重作品的娱乐和消遣功能；而所进行的教化也是多方面的，有社会生活经验和教训的提示，有对市民道德的强调，有对社会道德的提倡等。如以《三言》、《二拍》为代表的由明中叶话本发展而来的小说，虽以“喻世”、“警世”、“醒世”等字眼为书名，强调了小说的教化功能，但在教化的内容上却大多不以官方道德为准则，而是反映了日益壮大的市民阶层的道德理想和道德要求。以《型世言》为代表的明末白话短篇小说对教化有所加强，这种加强非为统治阶级宣扬封建伦理，而是出于以教化作为解决社会危机的一种手段的认识。至清初，白话短篇小说虽仍有教化的特点，但大多数作品内容表现的是动荡社会历史下人们的生活和心理，一些作品的娱乐性特点仍然较为鲜明，如《十二楼》、《连城璧》、《载花船》等。总之，将娱乐与教化功能并重，是清中叶以前大多数小说对小说功能的基本认识。

但是至清中叶，由于清代统治者对程朱理学的大力提倡，对封建教化的强调重视，晚明新思想被彻底肃清，封建传统思想成为社会的唯一合法和必须接受的思想，在人们的心中根深蒂固；再加上动辄得咎的“文字狱”和频频出台的禁书令的影响，导致人们对小说功能的认识发生了较大的改变，这就是人们将小说的教化功能上升为小说的首要的甚至是唯一的功能，把小说完全当作进行社会教化的工具：“到了乾隆的时候，藉通俗文学以致道德训条于大众之前者，尤为风行一时。夏伦的《惺斋六种曲》，那一种是‘褒忠传奇’，那一种是‘劝孝传奇’，他自己便已分配好了来的。而乾隆五十六年刊的《娱目醒心编》十六卷，更无一卷不是劝世垂训之作。”[①] 创作小说的主要目的就是进行社会道德教育，人们也以此作为评价小说的唯一标准。一些小说家和评点家，都大力地强调小说的教化功能，如乾隆时焦循要求小说应“以忠孝节义之训，寓于诙谐鬼怪之中”（焦循《易余禴录》卷二〇）。静恬主人在《金石缘序》明确地提出写作小说的目的就是进行劝善惩恶的教化：“小说何为而作也？曰以劝善也，以惩恶也。”并指出对于普通民众来说，这种教化效果甚于经史：“夫书之足以劝惩者，莫过于经史，而义理艰深，难令家喻而户晓，反不若稗官野乘福善祸淫之理悉备，忠佞贞邪之报昭然，能使人触目儆心，如听晨钟，如闻因果，其于世道人心不为无补也。”署名“滋林老人”的批评者于《说呼全传序》中也作了同样的说明：“小说家千态万状，竞秀争奇，何止汗牛充栋。然必有关惩劝扶植纲常者，方可刊而行之。一切偷香窃玉之说，败俗伤风，辞虽工直，当付之祖龙耳。”并以此标准评价了此书：“统阅《说呼》一书，其间涉险寻亲，改装祭奠，终复不共戴天之仇，是孝也。求储君于四虎之口，诉沉冤于八王之庭，愿求削佞除奸之敕，是忠也。维忠与孝，此可以为劝者也。至庞氏专权，表里为奸，卒归于全家殄灭，其为惩创孰大焉。”

同样的小说观在这一时期的白话短篇小说创作和批评中也存在。如袁载锡在《雨花香序》提到：“夫人之立言，惟贵乎于世道人心有所裨益。若不切于纲常伦理修齐治平之学者，虽字字珠玑，篇篇锦绣，亦汩如也。”《雨花香》作者石成金在自叙中也强调自己写作的目的是：“悉眼前报应须知，警醒明通要法，印传寰宇。凡暗昧人听之而可光明，奸贪刻毒人听之而顿改仁慈敦厚，若有忧愁苦恼之徒，听讲而得大快乐。”“是为

---

① 郑振铎：《大众文学与为大众的文学》，载《中国文学研究》下册，人民文学出版社2000年版，第191—192页。

善有如此善报，为恶有如此恶报，皆现在榜式，前车可鉴。种种事说，虽不敢上比云师之教济雨花，然而醒人之迷悟，复人之天良，与云师之讲义微同，因妄以《雨花香》名兹集。”（《雨花香自叙》）芾斋主人认为小说“有裨于斯世也大矣!”它可以“使善知劝，而不善亦知惩，油油然共成风化之美”（《二刻醒世恒言叙》）。闲情老人认为《醒梦骈言》是为那些“得噩梦”者、“病魔者”“驱睡魔也”，故曰：“‘醒梦骈言’以救之。是是书名之意也。”（《醒梦骈言序》）《五色石》的作者笔炼阁主人欲通过写小说来补“天道”，即世道人心，认为这是极为重要的事情：“女娲所补之天，有形之天也；吾今日所补之天，无形之天也。有形之天曰天象，无形之天曰天道。天象之缺不必补，天道之缺则深有待于补。”（《五色石序》）自怡轩主人在《娱目醒心编》的序中批评了以往小说创作中存在的以劝诫为点缀的做法：“稗史之行于天下者，不知几何矣。或作诙奇诡谲之词，或为艳丽淫邪之说。……方展卷时，非不惊魂眩魄。然人心入于正难，入于邪易。虽其中亦有一二规戒之语，正如长卿作赋，劝百而讽一，流弊所及，每使少年英俊之士，非慕其豪放，即迷于艳情。人心风俗之坏，未必不由于此。可胜叹哉!”认为《娱目醒心编》在教化功能方面“无不处处引人于忠孝节义之路。既可娱目，即以醒心。而因果报应之理，隐寓于惊魂眩魄之内，俾阅者渐入于圣贤之域而不自知，于人心风俗不无有补焉”。认为小说的语言和艺术手法，不过是为了更好地为实现这一目的而服务：“意在开导常俗，所以不为雅驯之语，而为浅俚之言。令读之者，无论贤愚，一闻即解，明见眼前之报应，如影随形，乃知祸福自召之义，一予一取，如赠答焉。神为之悚惧，心为之憬悟，志行顿然自新。若以此书遍布户晓，人各守分循良，普沾圣天子太平安乐之福，亦有补于名教不小。”（袁载锡《雨花香序》）

正是在这种小说观的影响下，这一时期的小说创作上表现出了不同于以往的极为浓厚的教化劝诫意识，几乎全部的作品充满了空泛的道德说教，否则它就不被社会和统治者认可，甚至没有在社会上存在的理由。郑振铎在论及这一时期的《娱目醒心编》时指出：

> 从乾隆五十七年以后，话本的作者，在实际上可以说是绝迹了。而这部最后的创作话本集，正足以充分的表现出当时的著作界的风气来。在这时，淫靡的作风是早已过去的了，随了正学的提倡的结果，连小说中也非谈忠说孝不可了。……这是这个时代使作者不得不取这样严肃的劝诫的态度。他不这样，他的著作，便不能自存。有多少明代的“艳

异”之作，不是毁亡于这个严肃的时代的！①

在这一小说观的指导下，小说创作从立旨选题、构思布局到人物塑造等，都围绕着教化的目的进行，处处体现了作者的劝诫意图，因此小说充溢着浓厚的教化意味。而在形式方面，这种劝诫也同样表现得十分突出，有的作品达到了泛滥的地步。

白话短篇小说在发展过程中，自觉地承担了感化世道人心的任务，因此为了配合这一任务，渐渐形成了在开篇或结尾处进行议论、劝诫的行文形式。清中叶小说创作上基本上沿用了这种形式，但是由于重视教化功能，在具体表现上又呈现出新的特色。尤其以《雨花香》和《通天乐》为代表的作品，劝诫意味更为浓厚，特点更为突出，彻底地将教化意图贯穿在作品之中，渐已形成教化泛滥的创作局面。

首先，劝诫性论说篇幅明显增多。这一时期的《雨花香》和《通天乐》中的劝诫性论说性文字明显增多，有的篇幅达到全文总篇幅的三分之一。由此可见作者对于劝诫议论的重视，说明小说创作上教化功能的增强。此外《娱目醒心编》中有的作品入话议论也较长，如卷一开篇就有一番议论，头回之后正文之前，还要再加上一番长议论。其次，小说入话是就正文内容而作的具体、全方面的议论，入话与正文内容关系密切。以往作品在开篇入话里，往往是就某一种社会问题或社会道德进行泛泛的说明或议论，以引起正文故事，一般不涉及正话中的具体事件和人物，有的作品在结尾处或许会针对文中的事情进行说明议论，如《载花船》等，也多是就一方面、至多为两三个方面进行议论。但是以《雨花香》和《通天乐》为代表的作品开篇即申明宗旨，并针对正文中的具体事件和人物进行明确、具体、全方面的评论，即从作品极短小的故事中尽可能多地挖掘出其中所涉及的劝诫性因素，提炼出来，提出多方面的劝诫，有的多达四五个方面。这种全方面议论和针对作品具体事件和人物的议论是以往作品入话中所没有的。这说明小说开篇入话已失去了以往的引起下文或提出问题的作用，而完全成为小说正文教化内容的概括和提示。再次，即使如此加强作品的劝诫性，作者尤嫌不足，《雨花香》和《通天乐》的作者还在部分作品后面附上与正文所涉及问题相关的论说文，以深化作品的教化意图。如《雨花香》在《今觉楼》后附以《惺斋十乐》，《四命冤》后附以《为官切戒》，《村中俏》后附以《风流

① 郑振铎：《明清二代的平话集》，载《中国文学研究》上册，人民文学出版社2000年版，第416页。

悟》,《老作孽》后附以《求嗣真铨》,《失春酒》后附以《公门修行》,《剐淫妇》后附以《戒食牛肉说》。《通天乐》也是每篇小说之后都附有针对正文内容的劝诫性文章,并且将这篇劝诫性文章的题目并列于小说题目之后。

此外,作家们还针对不同作品,通过各种形式来加强作品的教化劝诫,如《通天乐》中有的作品在开篇时出现逐字解题的现象,如第一种题为《长相悦》,开篇就解释道:“长,是久远也,有时刻不忘之义。欢是欣幸之极。悦是自心喜极。盖悦在自心,乐散于外。”第二种《莫焦愁》,开篇也解释道:“莫者,禁止之词,含有切忌切戒、毋在复蹈之意。火烧太过为之焦。焦者,火烧木也,木被火烧,顷刻灰烬。莫焦、莫愁,有急急救熄不可稍迟之意。又有焦燥之焦,是言性气之急燥怒恨抑而不伸也。”这种循循善诱的释题做法,实是从未有过。有的作品还借人物之口来阐明创作主题,进行劝诫。《通天乐》第一回是借一高寿老人田老之口来宣讲只有凡事“心满意足”,便“快乐极矣”,“寿由此而延长,福由此而加添,病却身安,得效量速”。为了增强作品的教化作用,有的作品独出心裁,一反以往创作中由因及果的结构方式,改成由果寻因。如《娱目醒心编》卷三《解己囊惠周合邑受人托信著远方》,作品首先提到某人现如今如何发达,然后寻因,是其先人行善的结果。这种表达方式在白话短篇小说发展史上也十分少见。此外,《五色石》的卷七中为了突出劝赌的主题,不但将一篇六百余字的劝赌的《哀角文》登在作品中,而且还将多个因赌而受惩的故事,串联在一起讲述,增加了劝诫的效果。《八洞天》在每卷的大标题的命名上,使用教化意味极浓的标题,如《明家训》、《劝匪躬》、《醒败类》等。

对教化功能的过分强调,对封建伦理纲常的过度宣扬,使白话短篇小说劝诫泛滥,几乎成为为统治阶级统治服务的封建道德的教科书,这对小说的发展无疑是不利的。

第三节　小说文学性的渐失

白话短篇小说由于语言通俗,是民众能够接受的文艺形式,所以在其发展史上,有时也被一些有社会责任感的文人视为教化的工具,让其承担感化世道人心的任务,从而出现过忽视小说文学性的现象。而到了清中叶,这种现象更为普遍和突出。清中叶以来,由于小说家和小说批评家在小说教化功能上的绝对认识,使作品无论在情节设置、人物塑造和具体的描写等方面都为教化目的服务,无视小说文学性的存在。因此,在创作上表现出作品文学性的逐渐丧失。

真实是文学艺术的认识和审美价值功能得以产生和实现的基础和前提，是衡量艺术价值的一个重要标准；它建立在生活真实的基础上，又超越于生活真实，反映的是生活的本质。因此，表现社会生活中某些本质性的东西，是艺术真实的内在的特征。在这一时期的白话短篇小说创作中，小说家们出于教化的创作主旨，为了宣扬封建伦理道德，无论在情节的设置上，还是在人物形象的塑造上，往往违背了生活的真实，不能本质地反映社会生活。如《娱目醒心编》卷二《马元美为儿求淑女　唐长姑聘妹配衰翁》，写了一位孝妇唐长姑，她在夫死子亡后继无人的情况下，竟让自己年轻的妹妹嫁给年近七旬的公公。为了达到这一目的，她先后四次以死逼迫父母和公公答应这一不般配、不合情理的婚姻，而其妹竟然毫无反抗之意，且乐于从之。婚后姐妹或以婆媳相居，或以姊妹相处，十分美满。这种描写显然是不合乎社会的人情事理，唐长姑姐妹的行为也不符合人的正常心理，但是作者不仅编造了这样荒唐的情节和人物，而且还大加赞扬，认为唐长姑是“夫家绝大功臣”。作者为了体现作品的教化功能，将畸形的伦理观强加在人物的身上，将不合现实情理的情节合理化，这是违背生活真实的。此外像卷一《走天涯克全子孝　感异梦始获亲骸》、卷三《解己囊惠周合邑　受人托信著远方》、卷四《活全家愿甘降辱　殉大节始显清贞》等，都是为了突出作品的教化意义，而在事件和人物上作了不真实的描写，塑造了道德上至高至善的人物。《八洞天》卷七《劝匪躬》中还写了尽忠行义竟使男子能哺育、宦官长胡须，显然是过分地夸大了道德的力量，也是不真实的。《雨花香》和《通天乐》中的事件是取扬州“近时之实事”，“纪录若干”（《雨花香自序》），多为真人真事，但因作者是以有助于教化为原则来选材和进行叙述，虽取材现实，但并不具有反映现实的本质性和普遍性，因而也达不到真实反映现实的目的。

小说是一种侧重刻画人物形象的文学样式，人物是小说表现的中心，塑造性格复杂、丰富的人物，进行深入细致的人物刻画是小说的一个重要任务。但是这一时期的小说创作在人物的刻画与塑造上极不成功，表现为：一是形象单薄，类型单一；二是不重视人物的刻画，刻画手段简单。我国古代白话小说起源于说书艺术，十分注重作品的故事性，而不够注重人物复杂、丰富个性的塑造，因此，在很长的一段时间内人物形象都为类型化人物，如《三国演义》、《水浒传》等白话长篇小说和早期的白话短篇小说中的人物多是如此。但是随着小说的发展和创作技艺的成熟，人物形象也开始逐渐向丰富的个性化发展，《金瓶梅》的出现就代表了这一变化倾向。在较为成熟的短篇小说中，如《三言》、《二拍》、《无声戏》等作品中的人物形象也都不同程度地呈现出较为丰富的个性特征。如果以此发展下去的话，至清中叶时，人物形象的个性化特征应该更突出。然而事情往往并不这样简单。由于小说家遵照教化至上的原则创作小说，教化代替了人物成为作品表现的中心，而人物则成为教化的示演者，它不再是一个活生生、有血有肉的个体，而是“按照一个简单的意念或特性”[①] 创造出来的。于是小说创作重新回到了类型化人物塑造上来，甚至有些作品中的人物连类型化都称不上，因为一方面这些人物太单薄，缺乏以往作品中类型化人物的厚重，像《雨花香》、《通天乐》、《二刻醒世恒言》中的绝大多数人物都是如此，如《雨花香》第三十种《旌烈妇》中写的主要人物程氏是一烈妇，在这一烈妇身上，读者除了看到她在得到夫死噩耗后两次自尽殉夫行为外，就没有别的印象。另一方面，人物所归属的类型，绝大多数是道德类型，对于道德属性之外的其他人性，作家们几乎不闻不问。总之，形象单调、雷同、缺乏立体感是这一时期人物塑造的主要特色。

人物形象单薄，也与这一时期小说不注重人物的刻画，刻画手法简单有关系。以往小说创作中已经表现出极为丰富的刻画人物的手法，如通过人物的语言、外貌、行为、心理、细节等描写，或通过环境的烘托、人物对比等多种手法进行人物刻画。这一时期的小说在人物刻画手法上逐渐减少，由于作者急于表现人物的道德属性，因此比起通过人物的自我表现来，作家觉得不如以叙述者之口直接说出更容易揭示人物性格、品质，更便于人们的理解，更好地为教化的主旨服务。像《雨花香》和《通天乐》是这类作品的极致，它们在人物塑造上缺乏描写，多借助叙述者之口来介绍，人物形象干瘪，于是人物成了“某种性格特征的寓言式的抽象品”[②]，忽略了文艺作品所具有的通过艺术感染来净化人的心灵的特征。由此看来，这时的小说创作不是“一心一意地把小说的人物写成艺术上最鲜明和最有说服力的人物”[③]，而是将之视为封建伦理的简单图解。

小说是典型的叙事文学，情节是其基本要素之一，是“人物之间的联系、矛盾、同情、反感和一般的相互关系——某种性格、典型成长的历史”[④]，因此可以说情节是小说的支柱。一般来说一篇小说没有了情节便不能称之为真正意义上的小说，尤其是早期或传统小说的创作中，情节更是它不可或缺的一个要素。对于起源于说话的白话小说来说，情节似乎更为重

① 爱·摩·福斯特：《小说面面观》第四章，花城出版社 1984 年版。

② ［德］黑格尔著，朱光潜译：《美学》第一卷，商务印书馆 1979 年版，第 303 页。

③ ［苏］高尔基：《高尔基文学论文选》，人民文学出版社 1959 年版，第 244 页。

④ ［苏］高尔基：《和青年作家谈话》，载《文艺论文选》，人民文学出版社 1958 年版，第 297 页。

要。而好看的小说往往有着生动、曲折而复杂的情节。

一向注重情节的白话短篇小说创作在清中叶以后却出现了明显的弱化情节的倾向，甚至还出现了无情节作品。首先情节简单化。除了《五色石》和《八洞天》基本上继承了此前小说创作情节曲折的特点，表现出故事的复杂性外，其余的大多数作品情节简单，既不曲折也不复杂；作者写故事的目的不是为了吸引读者阅读，而是作为印证他的某些道德观念的证据，因此不重视情节的精心设置和详细婉转的叙说。而有的作品只有故事的梗概，像《雨花香》、《通天乐》中的大多数作品只有千字左右，只是叙述了故事的大概。情节的弱化还表现在，有的作品为了充分地表现某一教化观念，以一系列的短小故事代替原先的通篇大故事。也就是说，一篇小说里不是讲一个较长而又完整、曲折的故事，而是围绕着某一个中心思想，罗列若干个极短小的故事。如《通天乐》第三种《沈大汉　武略私议》，为了突出沈大汉这一人物而写了他的几件事；《雨花香》第十八种《真菩萨》，为了突出善这种品质，在不足两千余字的作品中竟罗列了四个故事。其次，还出现了基本上无情节的作品，如《通天乐》第一种《长欢悦》中几乎没有什么完整的情节，通篇不过是介绍一长寿老人的快乐之法。又如《二刻醒世恒言》的上函第十回《五不足观书证道》写知虚子到焦思国与一士子辩论，全文也没有什么情节，主要采用问答体的形式，阐明人欲无足、不要贪心的道理，完全是一篇答客问式的论说文。由此看来，这一时期小说写作的中心已经不是以情节为结构中心，而是以教化或议论为结构中心。这样，故事情节不再是小说的支柱，而情节的存在不过是为了敷衍教化主旨，小说也就谈不上情节的生动性、曲折性，作品的文学性随之降低，不再能吸引读者。

此外，这一时期的小说创作中还出现了以说明性叙述代替具体生动的描写这样的现象。描写是小说创作的一个基本表现手段之一，它以生动形象的语言再现人物和情景，给人以具体真实之感。这一时期的小说创作，在故事情节展开和人物塑造上，主要不是依靠描写手段而是依靠作者的说明性文字来介绍情节的发展，进行人物形象的塑造，将观念强加给读者，从而使作品成为某种理念的表达和阐释而已。如《通天乐》第一种写一老者田老时，完全是通过作者的说明性叙述来完成情节的介绍和人物的塑造：

> 康熙初年，有个田老者，自号“靠天翁”，为人最长厚。少壮时，曾做过一任县丞。到任之后，上司之馈送，各项之料理，若点缀不到，非是委解钱粮，就是押送重犯，终日奔波不宁。凡民间讼事，或上司批词，他立心循理。但有来嘱情的，俱不肯依。但有来贿赂的，俱不肯

> 收。若要他以曲为直，断断不能。时存天良，冰心铁面，因此乡绅士宦，俱不喜欢田老。见□的事件，大半是坏心钱财。欲做清官，奈自己家不富余，微俸粮钱。欲不做清官，自心不安，报应可畏。因而未到半年，即告病回家。
>
> 城外一里多远，有一大竹园，每年四月间，发笋与人贩卖，得赀以供食用。园中有草房三间，安住妻子家眷，屋傍有小草轩一间，草花数种。他生有两子：一子略知书文，即教训蒙糊口；一子壮实粗拙，即教耕种度日。田老者不喜入城，每日只在园中逍遥快乐。

这样的作品失去了文学作品所应有的生动性和感染力，正如黑格尔所说："如果把教训的目的看成这样：所表现的内容的普遍性是作为抽象的议论、干燥的感想、普泛的教条直接明说出来，而不是只是间接地暗寓于具体的艺术形象中，那么，由于这种割裂，艺术作品之所以成为艺术作品的感性形象就要变成一种附赘悬瘤，明明白白摆在那里当作单纯的外壳和外形。这样，艺术作品的本质就遭到歪曲了。因为艺术作品所提供观照的内容，不应该只以它的普遍性出现，这普遍性必须经过明晰的个性化，化成个别的感性的东西。"① 不过，也出现了像《醒梦骈言》这种描写较好的作品，但也多是因为"大概行文有所依傍，故描写亦自然生色"②。

上述种种现象表明，清中叶的白话短篇小说创作无视文学作品所应具有的文学特性，渐渐丧失了小说的文学性，最终把小说作为道德说教的工具和手段，从而否定了文学所应有的审美性、娱乐性和消遣性，这样的话，小说作为文学存在的理由就没有了，正如黑格尔曾经所批判的那样："如果艺术的目的被狭窄化为教益，上文所说的快感、娱乐、消遣就被看成本身无关重要的东西了，就要附庸于教益，在那教益里才能找到它们的存在理由了。这就等于说，艺术没有自己的定性，也没有自己的目的，只作为手段而服务于另一种东西，而它的概念也就要在另一种东西里去找。在这种情形之下，艺术就变成用来达到教训目的的许多手段中的一个手段。"③ 由此看来，清中叶白话短篇小说创作文学性的丧失，必然导致这一文体在此后走向衰亡。

---

① ［德］黑格尔著，朱光潜译：《美学》第一卷，商务印书馆 1979 年版，第 63 页。

② 胡士莹：《话本小说概论》，中华书局 1980 年版，第 647 页。

③ ［德］黑格尔著，朱光潜译：《美学》第一卷，商务印书馆 1979 年版，第 63 页。

第十八章　文人精神的萎缩与小说创作

长期而残酷的文化钳制、程朱理学重新在全社会的提倡，在造成社会避祸心理与封建传统思想回归的同时，整个时代的精神也随之发生了极大的变化："时代离开解放浪潮相去已远，眼前是闹哄哄而又死沉沉的封建统治的回光返照。复古主义已把一切弄得乌烟瘴气、麻木不仁，明末清初的民主、民族的伟大思想早成陈迹，失去理论头脑的考据成了支配人间的学问。"① 文人的精神世界也在这变化中开始发生萎缩：晚明以来培养起来的开拓、张扬、独立的文人人格开始沉沦，具有启蒙意义的人文主义精神倾向日渐暗淡，中国传统的文人精神如关心、批判现实精神，也开始失落。这种倾向，使得白话短篇小说在明末清初时期崭露出来的批判现实主义精神和文人化、个性化的创作倾向未能在这一时期得到继续发展。

第一节　文人精神的萎缩

清中叶以后文人精神萎缩的倾向表现在下面几个方面：

首先，清中叶以后文人关心现实、批判现实的精神开始失落。

清中叶文人对现实、政治、时事的不关心、不敢言说，必然导致文人原有的对现实的批判精神的明显减弱。中国传统文人一向以关心现实、批判现实为应负的责任。但是到清中叶，由于惧怕祸难，大多数文人不再关心和评价现实政治、时事等，晚明以来形成的文人对现实的强烈的批判意识和战斗精神，到此时已是烟消云散，取而代之的是对现实的极为平和的态度，这是清代文人精神失落的一个重要表现。随着文人对社会批判精神的丧失，文人开放的、进取的精神世界为封闭和保守所代替，他们缺乏政治理想、开阔的胸襟和远大的人生抱负；自我封闭，保守自适；放弃对时务的参与，沉湎于古籍旧典或个人的天地之中。沈垚曾批评了当时文人中普遍存在的这种现象："今之公卿率庸猥鄙啬，置天下大小事不问，惟孳孳焉庇私人殖货利是

① 李泽厚：《美的历程》，安徽文艺出版社1994年版，第195页。

务。”（沈垚《落帆楼文集》卷七）

在清朝文化专制的压抑和干预下，“有思想才能者，无所发泄，惟寄之于考古，庶不干当时之禁忌”[①]。于是许多文人在人生道路上选择了治学，在治学上选择了研究经学或考据古书，在故纸堆中寻求生存的安全、才情的寄托和人生的出路。正如梁启超所说：“凡当主权者喜欢干涉人民思想的时代，学者的聪明才力，只有全部用去注释古典。欧洲罗马教皇权力最盛时，就是这种现象，我国雍乾间也是一个例证。”[②] 朱希祖在《清代通史》初版序中也详细地分析了当时学术界的变化：“清初文史理学，尚承明代遗风，颇有作；然清主疑忌汉人，无所不至，史案诛夷，而野史绝；文字狱兴，而文士诗文，不敢论时事。清主讲理学，于是趋时者即以理学为仕宦捷径。故康熙雍正以后，文史理学皆窳。一世聪明才智之士，皆迫而纳之于治古学，上不为巧宦，下不触刑网。此清代学术受政治之影响，而使考据之学独盛之原因也。”[③] 于是形成了清代文人好读古书、好考据的风气：“清朝人好读古书，好讲考据，尤其是嘉庆以还士大夫的志趣几乎完全在穷经稽古一方面，成了一时的风气。”[④] 为了避祸，学者在学术上又极为谨慎，很少发挥，正如乾隆年间史学家章学诚所说：“近日学者之风，征实太多，发挥太少，有如桑蚕食叶而不抽丝。”（《文史通义》外编三）这种学术风气和人生道路的选择，又进一步促进了文人精神的萎缩。许多文人埋首于古代学术研究，穷尽一生的心血，只为考据而考据，将文人精神消磨殆尽。他们虽然形成了重实证的考据学，取得了这一领域的极高成就，但却是以牺牲对现实的关注和丰富的创造力为代价的。

其次，清中叶以后的士风也发生了较大的变化。在文化专制统治之下，文人的个性要求被否认或压抑，加上社会处境的险恶，容不得人们标新立异，独树一帜，许多人只能随波逐流，人云亦云，缺乏特立独行的精神。特别是为了在专制的统治下求得生存，有的文人深谙明哲保身之道，糊涂过日；有的扭曲个性，变得圆滑媚世；有的只顾贪求私利，不顾廉耻等等，造成当时士风大变：“人情望风觇景，畏避太甚。见鳝而以为蛇，遇鼠而以为虎，消刚正之气，长柔媚之风，此于世道人心，实有关系。”（李祖陶《与

---

① 柳诒徵：《中国文化史》下册，上海古籍出版社 2001 年版，第 813 页。

② 梁启超：《中国近三百年学术史》，北京市中国书店 1985 年版，第 21 页。

③ 朱希祖：《清代通史》初版序，转引自郑天挺主编《明清史资料》下册，天津人民出版社 1981 年版，第 455 页。

④ 孙楷第：《李笠翁与〈十二楼〉》，载《十二楼》附文，人民文学出版社 1986 年版，第 251 页。

杨蓉诸明府书》，《迈堂文略》卷一）洪亮吉在乾隆死后，上书给军机处曾道："盖人才至今日，消磨殆尽矣。""以模棱为晓事，以软弱为良图，以钻营为进取之阶，以苟且为服官之计。……士大夫渐不顾廉耻。"（《清史稿》卷三五六《洪亮吉传》）指出了当时的士风已经堕落到何种不堪的地步。颜李学派巨子李塨也深痛于当时士风之不振："今则士风益颓矣！有名声者，亦率同气不和，见利忘义。呜呼！何自得一人以激发之耶?"（《恕谷后集》卷十三）龚自珍于嘉庆年间写的《明良论》中深刻地批判了清中叶以来"士不知耻"的士风："历览近代之士，自其敷奏之日，始进之年，而耻已存者寡矣！官益久，则气益偷；望愈崇，则谄愈固；地益近，则媚亦益工。至身为三公，为六卿，非不崇高也，而其于古者大臣巍然岸然师傅自处之风，匪但目未睹，耳未闻，梦寐亦未之及。臣节之盛，扫地尽矣。"（龚自珍《明良论》二）以至后人认为："雍、乾以来，志节之士，荡然无存。"① 产生于清中叶的《儒林外史》就形象地反映了清中叶以后文人在封建文化压制下的扭曲的心灵和传统文人精神的丧失，充分地说明了这一现象在清中叶以后所具有的普遍性。

当然，这一时期也出现了一些具有叛逆思想、标榜个性的思想家，如戴震等。他们的出现表明，无论在怎样专制的统治之下，总是有人会从中奋起抗争。然而这种力量在当时微乎其微，它虽然表明了当时一部分先进文人的心理要求，却并不能完全代表当时社会的主流。

封建文化专制造成的文人精神世界的萎缩，对文学的创作与发展产生了不可低估的影响。它使文学反映的社会内容不够宽广和深厚，作品境界狭窄，对现实世事缺乏深情的人文关怀和批判精神，对社会人生缺乏深层的探索等，影响了文学的思想性和艺术性。

第二节　小说创作文人个性化倾向的减弱

清中叶以来文人精神的日渐萎缩，对当时文学的发展产生了不小的影响。

文学创作中反映现实、批判现实精神减弱。反映现实、批判现实是衡量文学发展和文学价值的一个重要标准。由于清中叶文人缺乏对现实的关注热情和批判精神，导致绝大多数的文学类型未能走上一条现实主义的发展道路，而是走向了复古或点缀升平、歌功颂德的道路。诗歌方面，影响颇大的

① 柳诒徵：《中国文化史》下册，上海古籍出版社 2001 年版，第 813 页。

神韵说推崇盛唐，标榜神韵，如王士祯追求清幽淡远、典雅含蓄，施闰章崇尚“温柔淹雅，典丽冲和”（《徐伯调五言律序》），叶燮作诗评诗注重雅正，认为“雅也者，作诗之原”（《汪秋原浪斋二集诗序》）。在词的创作上，浙西词派的朱彝尊、阳羡派的陈维崧也都推崇雅正风格。在散文创作上，桐城派代表人物戴名士、蔡世远、方苞等都崇尚清真雅正的行文风格。许多作家折钝个性与思想的锋芒，努力表现“温柔敦厚”和盛世之音，而“不平则鸣”和“发愤著书”等创作动机和抒写怨愤之言的文学创作不被提倡，纪昀曾说：“平心而论，要当以不涉怨尤之怀，不伤忠孝之旨，为诗之正轨。昌黎《送孟东野序》称‘不得其平则鸣’，乃一时有激之言，非笃论也。”（《纪晓岚文集》卷九《月山诗集序》）于是文学创作缺乏个性和思想性，出现了“其时所传之诗文，亦惟颂谀献媚，或徜徉山水、消遣时序及寻常应酬之作”[①]。

白话短篇小说创作也出现了类似的变化，尤其与明末清初的白话短篇小说相比，这种变化尤其明显。作品较少对社会政治、科举、官场、世风、敏感的社会问题等进行大胆的揭露和批判，作品更热衷的是通过正面或反面形象的塑造，来宣扬封建伦理道德。并且，这一时期的小说在故事时间上，较少写清代，绝大多数的作品将时间设在清代以前，可以看出作家对现实的逃避或漠视。作品在叙事和议论时，较少表现出明显的感情色彩，虽然《娱目醒心编》被认为“叙述者的语调是严肃甚至愤慨的”[②]，但这“愤慨”也往往是源于作者对封建伦理道德的不能贯彻，而不针对现实的黑暗。所以明末清初小说中表现出的浓烈情绪和鲜明的倾向性在这里看不到了。

即使有的作品一定程度地揭露官场问题，但因时间不设在清代，缺乏现实的针对性，而还有写官场的是为了宣扬一种明哲保身的处世态度。如《娱目醒心编》卷五开篇入话写的是明朝嘉靖间因究治一小人之党会连及国戚大臣，朝廷将小人纵释，结果反诬执法直臣屈陷无辜，下狱抵罪，台谏诸臣有出来争论的，尽遭戮辱这一事件，小说在指出朝廷赏罚不明的同时，认为诸臣也有错：“然而诸君子亦有不是处。古语说得好：‘投鼠忌器’。设使诸君子早为算计，何至沉沦冤狱，直至新君登位，公议始伸？可见疾恶者勿为已甚，圣人之言不可不听的。”其实这是一种向“恶”作的妥协。在小说的结尾处，这种观点更明显：“总之，责人过犯，亦要存心平恕。留还人的余地，即留还自己退步，不必专恃一时意气，把人赶尽杀绝，却是明哲保身

① 柳诒徵：《中国文化史》下册，上海古籍出版社 2001 年版，第 813 页。

② ［美］P. 韩南著，尹慧珉译：《中国白话小说史》，浙江古籍出版社 1989 年版，第 213 页。

道理，士大夫不可不察也。”

表现文人世俗情怀的作品少了。由于文人精神的萎缩，文人身上存在的一些诸如个性张扬、世俗情怀、标新立异的东西少了，而多的是封建道德和传统精神。在清中叶的白话短篇小说创作上，一直为文人所喜爱艳羡的才子佳人故事基本上没有了。才子佳人小说一向能体现文人张扬的个性、世俗的情怀和人生的理想，尤其是男女两情相恋、自订终身的故事和对男女才情的看重，都表达了文人渴望摆脱封建礼教、追求个性发展的心理。在现存的清中叶的七部小说中，除了《五色石》在时间上存疑议不计外，在其他六部小说集中，明显的才子佳人故事只有《八洞天》的卷三《培连理》和《二刻醒世恒言》下函第十回《昆仑圃弦续鸾胶》两篇。这一现象表明了文人作家将张扬的个性收敛起来，而表现出一种循规蹈矩的态度。此外，作品在减少才子佳人题材的同时，也未能从正面表现市民的爱情。而于此相对应的是作品用了大量的笔墨来写节妇，如《二刻醒世恒言》下函卷十一、《雨花香》第三十七种、《通天乐》第十种、《娱目醒心编》卷四、卷八等。作品极力提倡妇女的节烈，如《娱目醒心编》卷四《活全家愿甘降辱　殉大节始显清贞》在开头入话中强调：“大凡女子守从一之义，至死不肯失节，此一定之常经，不易之至理也。”卷八《御群凶顿遭惨变　动公愤始雪奇冤》开篇议论道：“从来为女子者莫重于‘节烈’二字，节则清洁自守，历尽艰苦，终身不易其志；烈则一念激发，有夫死而遂以身殉者，有遭强暴逼迫，不受污辱，捐躯殒命者。……然生前玉碎珠沉，死后云开日朗，亲党为之称传，官府为之旌表，也不可负捐躯之志。”认为贞节比生命更为重要。对于节妇烈妇题材的热衷是清代以后常见的文学现象，如当时有《古今烈女传演义》，共六卷一百一十则故事；又如关于海烈妇的故事，为康熙年间之实事，对此，有若干人在不同文类的作品里给以了反映，见于传记者，有陆次云的《海烈妇传》（郑树若《虞初续志》卷五引），方孝标的《海烈妇传》（钱仪吉《碑传集》卷一百五十三烈义传上），任源祥的《陈有量妻海氏传》（《国朝贤媛类征初稿》卷八），以及犹龙子所演《古今烈女传演义》卷五之《海烈妇》等，都详为记载，《清史稿》中亦有传。此外冯景《义士蓝九廷序》（《解舂集文钞》卷二），亦与此故事有相当关系。另有《海烈妇》传奇（有扬州刻本，见《奢摩他室藏曲待价目》）。

由于文人精神的萎缩，清初以来白话短篇小说中初步形成的文人个性化创作倾向日渐消失。表现自我是文人文学创作的一个主要特征。白话短篇小说作为通俗文学，在清初由于文人的积极参与，一定程度地改变其反映市民生活和思想的创作特色，在这种大众化的文学样式中，出现了作者的个性化的声音和文人化倾向，一定程度地表现出对于文人自身的关注，表达了文人的个性思想，有的作品甚至还形成了较为独特的个性风格。但是到了清中叶，这一趋势没有得到进一步发展，相反却由于文人精神的萎缩，文人想通过作品进行自我表达的愿望降低，作品中的个性化和文人化创作倾向日渐消失。具体表现在：

一是清中叶白话短篇小说中，缺乏典型地反映文人生活的作品。这一时期真正写文人生活的作品不多，主要集中在《五色石》和《醒梦骈言》。但前者写作时代还待商榷，后者则是选用文言小说题材，非作者的独立创作，因此也不具有代表性。而其余作品多未典型地反映文人生活，虽然作品中的人物有的是文人，但在具体内容表现上，又不具有文人的生活特征和典型性，如《雨花香》第八种《官业债》、第十一种《牛丞相》、第十二种《狗状元》，《娱目醒心编》第九回《赔遗金暗中获隽》、第十六回《方正士活判幽魂》等，虽以文人、官僚为主要人物，但作者的本意主要是为了表现因果、善恶报应不爽等。

二是作品较少地表达文人独特的个性和思想境界，绝大多数作品的作者急于表达的都是作为一名封建文人对社会民众道德的关注，对封建道德的大力提倡，而不是对个人思想的积极阐释。像清初李渔的《十二楼》、艾衲居士的《豆棚闲话》那样的表达作者独特思想的作品基本上没有。《雨花香》第一种《今觉楼》在写作的角度上，似与李渔的《十二楼》有相似之处，但所表现的思想却大不相同，《十二楼》中的《三与楼》、《闻过楼》中在虞灏、顾呆叟身上表现了较为典型的文人志趣和追求，在《鹤归楼》中表现了作者在战乱中如何处变的独特思考。而《今觉楼》也写了一个文人形象陈正，作者写了他作画、种花草、居家等生活，但是作者如此描写的用意，不过是为了劝人知足自乐："人能安分享乐，病也少些，老也老得缓些，福也受得多些，寿也长些。陈画师即现在榜样也"；"要知人不会享福，虽有极好境界，即居胜蓬瀛，贵极元宰，怎奈他忧此虑彼，愁烦不了。视陈画师之小局实受，反不如也。"并在文后附有一篇题为"惺斋十乐"的论说文。这种知足自乐的思想并不是典型的文人思想，不能代表文人的志趣与追求，也不具有独特性。即使有的作品表现文人的思想，但也多隐晦，不直接，不明朗，如《二刻醒世恒言》的上函中有几篇试图表达作者的一些思想，如《高宗朝大选群英》、《九烈君广施柳汁》、《桃源洞娇廉服罪》等，但却写得极为仓促和不明朗，缺乏李渔和艾衲居士那种对所要阐释的思想进行清晰、有层次、较为深入和充分的表达。

三是在写作目的上，晚明"尝以欢喜心，幻为游戏笔"、"借他人之酒杯，浇心中之垒块”这种文人自我娱悦或自我发泄的创作态度没有了，清中叶作家们一本正经地为劝诫世人而进行小说创作，向世人喋喋地教劝。与此相关，清初以来作品中经常流露出的作者的个性化的情绪也为心平气和的论说与教诲所代替。

四是作者的个人身份不明显。由于创作中个性化的发展，清初的作品中已渐出现了作者个人身份。由于清中叶作家创作个性在作品中的消失，作者的身份又隐蔽回去。在几部仅存的作品中，只有《雨花香》和《通天乐》的作者石天基在作品中有“我”的身份出现，并且还进一步地将我作为作品中的一个次要人物，看来是令人惊喜的进步；不过，这是因为作者以笔记体写小说，用实录代替创作的缘故。并且，作品中的“我”尽管成为了故事中的一个人物，但是因为“我”在作品中或作为事件的见证人、闻听者出现，如《雨花香》第七种、第二十四种；或作为道德的教谕者出现，如第二十种，没有表现出鲜明的作者个性特征，因此面目仍然十分模糊。而除此以外的其他作品，在故事的叙述与议论中，都基本上听不到作者的声音。

尽管这一时期的文学创作因文人精神的萎缩而出现了种种不尽如人意的现象，但是正如在文人精神萎缩之外，依然有保持文人精神的文人一样，在文学创作上，同样也有超出常态的创作。在那些重于思考、敢于大胆表达，并具有独特个性甚至叛逆性格的文人笔下，同样会出现优秀的、充满个性思想的、具有独特艺术性的作品。如在文言小说创作中出现了蒲松龄的《聊斋志异》，白话长篇小说中出现了吴敬梓的《儒林外史》、曹雪芹的《红楼梦》等。不过，不幸的是白话短篇小说创作中未曾出现这样的作家，更是因白话短篇小说自身所存在的种种弊因，这种幸运始终没有降临。白话短篇小说发展过程中出现过的文人个性化趋势在清中叶小说创作中消退，这样就使这一文体未能承担起反映文人生活与表达文人思想的任务，发展成具有文人性的艺术形式，而只能作为市民大众的“通俗教科书”，肩负着社会教化的义务。

第十九章　欣赏、创作心理定势与小说的艰难创新

白话短篇小说在百年的发展中，逐渐对读者阅读和作家创作形成了定势心理，这种定势心理的存在，造成了小说创作上严重的模式化现象。同时，由于模式化的影响和当时社会文化专制的严重，小说创作虽然曾在各个方面努力开拓，进行过各种创新和尝试，但是都未能对小说创作形成重大的突破，带来新的创作生机。而小说创作也因模式化的存在不但失去了读者，也同时失去了创作者，走向了不可挽回的衰亡境地。

第一节　欣赏、创作心理定势与小说创作的模式化

定势的概念是由德国心理学家 E. 缪勒和 F. 舒曼于 1889 年首先提出的，它指一定的心理活动所形成的准备状态，并且这种准备状态将影响或决定继起的心理活动。苏联心理学家乌兹纳捷对缪勒和舒曼的理论加以改造，认为“定势是主体整体的变动状态，是对某种积极性的准备状态”，它不是主体的具体的心理体验，而是主体状态的模式，即主体对某种体验的准备性、倾向性，“这种状态是由主体的需要和相应的客观环境”两个因素决定的，[①]并将定势理论广泛应用于社会心理学中。

心理学的研究成果表明，社会中的每一个人与外界事物接触时，都是由自己的潜在经验形成的心理定势来进行指导和规范，“我们倾向于看见我们以前看过的东西，以及看见最适合于我们当前对于世界所全神贯注和定向的东西”[②]。因此心理定势是人对外界事物进行感知和评价的内部准备状态，是人类普遍的心理现象。人们在进行审美活动时，也同样存在着定势心理。审美活动并不是审美主体的被动、消极的接受过程，而是在之前已经有了一个准备状态，这个准备状态包括由生活实践、文化教养形成的世界观、人生

---

① ［苏］安德列耶娃：《社会心理学》，南开大学出版社 1984 年版，第 298 页。

② ［美］克雷奇：《心理学纲要》下册，文化教育出版社 1981 年版，第 78 页。

观和由审美实践形成的审美经验。具体来说，前者指审美主体在长期的社会生活中形成的趣味指向、情感倾向、人生追求、政治态度等。后者一方面是指审美主体从文艺作品等中得来的预先储存在心理的艺术形象、模式和观念等；另一方面则指审美者对各种文艺体裁、文艺发展史、文艺发展现状、文艺自身的技艺、手法、创作规律以及艺术特征的熟悉和了解。[①] 这种准备状态就是审美定势心理。它既是以往生活和审美活动的产物，同时又是每一次新的审美活动的起点。在审美活动中，审美定势影响审美主体对审美对象的选择，审美主体只选择与自己审美趣味、观念等相合的审美对象，对那些不合乎自己审美趣味的对象往往兴趣索然，因此一个人的审美定势决定了其审美对象的选择，具有不同的心理定势的主体对于对象的选择是绝不相同的。同时，审美定势还是审美主体评价判断审美对象的标准。审美主体在认知和体味作品的时候，无意中就以自己的审美定势作为参照的标准，对对象进行要求和评判。由于审美定势是在长期的社会实践和文艺实践中形成的较为稳定的审美心理，因此也决定了主体建立在审美定势之上的审美感受与审美趣味具有一定的稳定性。不过由此也会产生审美感知的某种惯性，在审美过程中形成呆板、僵化、教条式的感知状态，对于艺术创新的作品难以感知甚至拒绝接受。

同时我们还应该看到，除了读者具有审美定势外，作为作品的创作者也具有审美定势。作家在创作过程中，形成他自己的创作定势，在立题旨、选题材、处理内容等方面都依他的文体创作定势而进行。创作定势制约着作家的小说创作。正如韦勒克援引皮尔逊的话说："文学的类别可被视为惯例性的规则，这些规则强制着作家去遵守它，反过来又为作家所强制。"[②] 因此创作定势对文学的创作发展有着更直接的影响。

虽然说审美定势和创作定势具体地存在于个体的心理活动中，但是由于它是建立在人的基本生理条件和社会性的实践基础之上，是历史传承的群体生活作用的产物，因而往往体现出群体性的特点。因此研究一个时代人们的审美定势和创作定势对了解当时的文学发展状况有一定的意义。

白话短篇小说在明中叶兴起，在明末清初获得了较快的发展，至清中叶之前，白话短篇小说已经历了百余年的发展历程，成长为一种成熟、稳定的小说样式；并且曾经出现过一度的繁荣景象，作家辈现，作品迭出，拥有广大的读者群，成为当时通俗文艺的主要样式之一。人们在长期的小说阅读过

① 童庆炳主编：《文学理论》，高等教育出版社 1998 年版，第 417 页。
② ［美］韦勒克、沃伦：《文学原理》，三联书店 1984 年版，第 256 页。

程中，对于这种新的文学样式也由逐渐接受到普遍熟悉，最后建立起对它的审美定势。这种审美定势的存在，直接影响了人们对于白话短篇小说阅读的要求、选择和评判。另一方面，一些文人在作为读者接受白话短篇小说的同时，也进行作品的创作，在长期的阅读和创作实践中，也对这种文学样式形成了创作上的定势，制约了小说的创作。于是白话短篇小说作为一种文学样式，它的文体规范就由外在的存在转化为人们内在的意识，为读者和作者在阅读或创作时不自觉地遵守。

读者的审美定势与作家的创作定势，就个体而言是多种多样的，但其中也表现出许多共性的方面。在清中叶时，人们在对待白话短篇小说这种文学样式时所表现的定势心理主要如下：

首先，对“说书体”叙述形式的定势。“说书体”是我国古代通俗小说的主要的叙述形式，无论是长篇白话小说还是短篇白话小说中的几乎全部作品都是以“说书体”的形式来进行故事的叙述。其中虽偶有说书术语的减少或作者身份的浮现等现象，但就总体而言，基本上没有彻底改变小说的“说书体”的叙述方式。捷克学者普实克认为说书人统治中国白话小说长达七百年。[①] 在长期的耳濡目染中，读者形成了对“说书体”的心理定势。所以，读者对于白话小说文体确认的一个标准就是“说书体”，他们习惯甚至喜欢作品因“话说”、“看官”、“且说”、“下回再说”等等说书话语营造出的书场气氛和叙事效果，能在阅读中一见到此类字眼便能立即进入作品的叙述情境中。作为作者，他们在进行小说创作时，几乎是别无选择、自然而然地使用这种源于口头文学的叙述形式，在这种叙述形式之外，他们几乎想不到改用其他的形式。在这种审美定势和创作定势下，白话短篇小说就一直习惯性地沿用着“说书体”叙述形式。作为清中叶最后一部白话短篇小说的《娱目醒心编》，也仍是一丝不苟地使用“说书体”来叙述故事。将文言小说《聊斋志异》中的作品改编成白话短篇小说的《醒梦骈言》，依然用的是“说书体”，更足以说明说书的定势心理对白话小说创作的根深蒂固的影响。这样，“说书体”成为一种极为固定的叙述模式被小说运用，而排除了使用其他多种叙述方式的可能性。

其次，对小说话本体制的定势。早期白话小说是在模仿话本的基础上产生的，在小说结构上几乎照搬了话本的结构体制，即由篇头诗、入话、头回、正话、尾诗构成全篇大体的结构，中间还要穿插诗词。由于作家们的刻意模仿，不久这种体制成为白话短篇小说的标准体制而深入人心。在晚明尤

① ［捷］普实克：《普实克现代文学论文集》，湖南文艺出版社 1987 年版，第 123 页。

其是清以后，虽然有的作家创作时出于各种原因，一度在体制上出现过变化，如有时取消头回，有时取消尾诗，但就总体而言，话本的体制并没有发生根本性的改变，有的部分还相当稳固，如入话，它一直是小说的一个稳固不变的结构，几乎看不到没有入话的作品；无入话的作品对于读者和作者来说都是有缺欠的、不标准的小说。其他如开篇诗、尾诗甚至头回虽都曾经历过取消的尝试，但最终还是未能从作品中彻底摒除。至清中叶的白话短篇小说创作，也基本上沿用着这样的体制，说明小说创作中的这种话本体制从未被真正地打破过，它作为审美定势造成了小说体制上的模式化。

再次，是对故事性叙事的定势。产生在说书基础上的白话短篇小说从一开始就同说书一样，以故事招揽读者，读一个好故事和写一个好故事是读者与作者面对这种文体的一个重要的心理定势。因此小说在创作上一直追求作品的故事性，具体表现在对故事情节的精心安排，曲折、动人、复杂的情节永远都是读者与作者的最爱。而人物居于作品的次要地位，人物不过是故事的扮演者，因此不注重人物形象的丰富、厚重和独特。在故事的具体叙述时，又基本上采用的是传统的纪传体的形式，以人物贯穿于作品的始终：开篇以人物起始，介绍某人为何时何地人，家中情况如何等，结尾又以其人前程、终老及家中将来子嗣、贫富情况等结束。这种以故事为叙事中心，又以纪传体进行叙事的形式几乎从没有改变。同时，在故事叙述过程中，还形成了因果报应的情节结构定势，即：“‘报’决定了所有道德题材小说的结构。”① 因果报应是白话短篇小说的常见主题，早期的小说创作还有部分作品出于此种范围之外，如《三言》、《二拍》中的一些作品；至晚明特别是清代以后，因果报应充斥小说创作，大多数故事都脱不了这种模式。对于作者来说，一个故事若没有因果报应、不体现因果报应就仿佛失去了写作的目的和意义，就觉得此故事没有讲的必要；而对于读者来说，没有因果报应，就缺乏震动心灵的力量，无法实现道德上的满足。发展到后来，因果报应不但是题旨的体现，还成为白话短篇小说的情节结构模式，小说将故事的开头和结局看成因与果的关系，凡是行善就有善报，作恶就有恶报，如果没有果报，就仿佛故事没有结局一样。因果报应甚至还成为人物命运发展的模式，即好人有好运，坏人得厄运。基于因果报应的情节模式，以大团圆结局自是不言而喻的事情。在这种定势心理下，作品的情节高度模式化，可谓看了开头便知道结尾，使作品缺乏变化。

除了在形式上的定势，作者对作品教化的定势也影响了小说的创作。白

① ［美］P. 韩南著，尹慧珉译：《中国白话小说史》，浙江古籍出版社1989年版，第28页。

话短篇小说的教化意识从未停止过，到了清代以后，尤其是清中叶，越来越强烈。将之与其他文学样式如白话长篇小说相比较，可以更清楚地看到这种文学样式对教化的异乎寻常的强调。白话短篇小说作家责无旁贷地承担起教化的义务，并使之成为其创作目的和创作特色；创作白话短篇小说，就意味着要进行教化，要树立道德的典范，要进行因果报应的印证，要在入话中进行或长或短的劝诫性议论说明等。在这种定势下进行小说创作，必然将教化视为理所当然：既然要创作白话短篇小说，就不能不进行教化，就必须将教化完全贯穿于作品之中。因此作家进行白话短篇小说创作时，从确立主旨、选材到题材处理等，无不自觉地向教化靠近，无论什么样的题材到了白话短篇小说家的手中，都被赋予教化意味，于是形成了作品的教化模式，即入话与结尾处进行教化议论、题材上以伦理道德为主、情节上多为善恶之报、人物多以道德尤其是以伦理道德来划分的创作模式。这种创作模式在《醒梦骈言》中表现得最为典型，也最能说明问题。《醒梦骈言》是改编蒲松龄的文言小说《聊斋志异》中的部分作品而成的。《聊斋志异》作为文言小说，教化意味不浓，即使是结尾处的“异史氏曰”，也不重于教化。菊畦主人将之改成白话文的同时，将原故事进行教化提炼，刻意地加强了故事的教化意味，不但在入话与结尾处加上一些教化议论的话，强调创作的教化意图；而且改变了原文故事所要突出和侧重的地方，在内容上努力表现教化；并且还在故事结局上强调了因果报应。如第八回《施鬼蜮随地生波　仗神灵转灾为福》取自《聊斋志异》的卷十《仇大娘》，就将原作以仇大娘为主要人物的故事，改为以小人韦耻之（原作称魏名）为主要人物的故事。原作在“异史氏曰”中抒发的是“造物之殊不由人”、“益仇之而益福之”、“受其爱敬，而反以得祸”的感慨，教化意味甚微；而改编之后，是要劝诫人不要暗地里陷害友人，此“最是可耻”。在恶人的结局上，原作魏名后来“深自愧悔”，“后魏老，贫而作丐，仇每周以布粟而德报之”。改编后，韦耻之受到残酷的报应，被尤之亲家杀死，“挖出五脏六腑来，挂在树上了”，其头又被狗咬去，并紧接着作者提示道：“这是恶人的结局。”在全篇结尾处又附一首笑话此人的诗。这样，全篇的教化意味变得相当浓厚。又如第四回《妒妇巧偿苦厄　淑姬大享荣华》取自《聊斋志异》卷十一《大男》。原文作者谴责男子“不能自立于妻妾之间，碌碌庸人耳”。改编之后，强调的是妇德。原作在结尾处，妒妇愧悔，并得以善终；改编后妒妇“生起个发背来，在床上喊叫两个宽月而死”，报应得极为惨烈。又如第九回《倩明媒但求一美　央冥判竟得双姝》取自《聊斋志异》卷三《连城》。原作写的是一个才子佳人故事，作者强调的是知己之爱。对于这样一个难以找出教化意味的作品，改编者还是十分牵强地在开篇加入了一段并不十分恰当的议论，认为女子书读得多了，会了诗词歌赋就会做出丑事来，没见识的父母都要引以为鉴。第六回《违父命孽由己作　代姐嫁福自天来》为原作卷四中的《姊妹易嫁》，作者也给故事戴上了教化帽子：气量宽大必有福气；结尾处也有相应的报应等等。

由于读者的审美定势和作家的创作定势的影响，白话短篇小说创作沿着旧路发展。作家一面要听从自己的创作定势的召唤，一方面又要满足读者的审美定势要求，因此在创作上因循守旧，形成了小说创作的高度模式化。清中叶之后的小说创作几乎都是延续着小说的这种模式，而缺乏新的东西。更为重要的是，比起形式的模式化来说，内容上的模式化对小说发展的危害更大，而清中叶的小说创作恰恰也在内容上表现出了极端的僵化，不但有一部分作品选用以往作品，而且绝大多数作品在题材选择上、人物塑造上、情节设置上，都多沿着以往的模式进行，缺乏新意，这种创作虽然一定程度地满足了读者的定势心理，但同时，模式僵化的创作也必然导致它的最终灭亡，正如法国新小说家布托尔所认为的那样："小说家如果……不肯打破旧习惯，不要求读者作任何特别的努力，不迫使读者反省自身，不迫使读者对自己长期养成的习惯产生怀疑，他肯定会轻而易举地成功，但他因此也成了那种极不适应的同谋，成了那个我们在其中挣扎的黑暗的同谋；他使意识的反应变得更加呆板，使意识的觉醒变得更加困难；他促使意识的死亡，以致他的作品最终不过是毒药罢了，即使他的愿望是好的。"①

不过，定势心理造成的创作模式化只是小说创作问题的一面，并不意味着小说就只能在原有的模式中因循发展；小说创作还有另一方面，这就是在一定的时代和现实条件下，文学的创新是不可避免的，无论是作家还是读者，都会对那些以新的形式反映新的时代内容的作品偏爱有加。遗憾的是清中叶的小说因不具有这样的环境，因而未产生新的审美意识，未能走出旧有模式的限制，走出一条崭新的创作道路。

第二节　最终未能走出模式局限的尝试

审美定势与创作定势对文学创作造成的保守性和模式化，只是文学发展问题的一面，问题的另一面是，审美心理与创作心理又有求于新的要求，所

---

① ［法］布托尔：《作为探索的小说》，载柳鸣九主编《新小说派研究》，中国社会出版社1986年版，第90—91页。

以文学创作又每时每刻都蕴藏着创新的可能。

“完全确定的情境（无新奇、无惊奇、无挑战）是极少引起兴趣或维持兴趣的”,[①] 作为审美主体，人的心理本身就有求新求异的一面，当读者的审美心理和审美愿望发生了变化、有了新的审美要求时，就会对那些完全吻合他们审美定势的一再重复的作品产生厌倦，对模式化的作品因过于熟悉而失去兴趣，渴望从旧的审美模式中解放出来，寻找新的审美刺激来满足自己的审美要求。从作者的角度来看，在文学发展过程中，作家的创作既受到文学样式规范的制约，同时又存在着根据自身表达的需要寻求更适当的表达方法的可能：“如果作家是个自由人而不是奴隶，如果他能随心所欲而不是墨守成规，如果他能以个人的感受而不是以因袭的传统作为他工作的依据，那么就不会有约定俗成的那种情节、喜剧、悲剧、爱情的欢乐或灾难。”[②] 这样，在必要的时候，作家就会突破旧有的文学传统，进行不同程度的创新。

白话短篇小说从产生以来，在百余年的发生历程中，也曾进行过从形式到内容的多方面的创新尝试，至清中叶以后，这种尝试仍在进行。这说明小说作家在意识上并未满足、停留于原有的创作模式，一直进行着创新的努力。

在清中叶以前的白话短篇小说创新上取得较大突破的是，对于小说的说书叙述形式和话本体制的一定程度的改变。在说书叙述形式方面，一些作家不同程度地减弱小说的“说书体”叙述形式，说书话语一再减少，使小说的说书特征明显减少。如提醒听众、表明故事发展层次的诸如“话说”、“单说”、“却说”、“闲话休叙”、“话休絮繁”、“看观”、“权作笑耍头回”、“话分两头”、“却是为何”、“不在话下”、“不说……且说”等套语，逐渐减少或消失。又如减少和取消叙述者对情节的预告。在话本和早期的短篇白话小说中，往往在情节发生重大转折时，由叙述者出面，对后面将要发生的事情进行一番预告。随着短篇小说的书面化，绝大多数的小说中，叙述者不再出面对情节进行预告。又如减少叙述者与读者的直接交流。话本及短篇白话小说中都存在着叙述者与读者交流的语言，一般是叙述者以读者的身份向叙述者发问，然后叙述者接过问题给予解答，如《三言》中《小水湾天狐遗书》中：“说话的，那黄雀衔环的故事，人人晓得，何必费讲？看观们不知，只为在下今日要说个少年，也因弹了个异类上起。”这种形式以后逐渐

① ［美］克雷奇：《心理学纲要》下册，文化教育出版社 1981 年版，第 219 页。

② ［英］伍尔夫：《论现代小说》，见《论小说与小说家》，上海译文出版社 1986 年版，第 13 页。

变为叙述者向读者发问、然后自问自答的形式，如“你道这丽人是那一个？原来是扬州名妓，那花案上第一个叫做畹客的便是”（《照世杯》卷一《七松园弄假成真》）；有的变为叙述者单向的提示，仅仅剩下第二人称“你道”、“你看”等这种提示语言，如“看官，你道王安石一人身上……”（《西湖二集》第八回），叙述者与读者直接交流减少。入清以后的作品连这样以第二人称提示的语言也没有了。另外，叙述者在故事叙述中的议论减少。话本和早期的短篇白话小说在讲述故事时，往往边叙边议，帮助听众或读者理解，也可用以教化。后来的作品由于加强了入话和结尾的议论，在故事叙述中议论相应减少，甚至没有，这有利于故事叙述的流畅、紧凑和完整，增强故事叙述的客观性。

小说话本体制上的改变是，一定程度地打破了原有的固定的话本结构体制，不再严格地遵守着开篇诗、入话、头回、正话和结尾诗，以及穿插韵文的话本体制，尤其是头回、结尾诗的日渐淡化与取消较为明显。这些尝试一般是通过渐进的方式在多部作品中进行的，表现出了白话小说创作过程中，为适应书面表达的需要，对话本体制逐渐地加以改造。

此外，还有的创新是个别作家在个别作品中表现出的创新，虽然影响甚微，却显露出作家非凡的创造力，其中有的创新具有划时代意义，甚至表现出了近代小说的特征。如李渔以虚构的方式来写小说，体现出极强的独立创作意识，完全打破了以往创作依傍材料和实录的传统。他写的《十二楼》和《无声戏》的内容多是作者的虚构，并在虚构的基础上，讲究作品的布局设置、情节安排，体现了小说的精致化和个性化的发展方向。艾衲居士的《豆棚闲话》也是一部渗透着作家独创个性的作品，它以一“豆棚”串联十二个独立故事的独特结构也是史无前例的，表现出作家在小说结构上的大胆创新。此外，《生绡剪》在故事的叙述中，一定程度地改变了纪传体的叙述模式，大多数作品以自然形式结尾，过去那种定要说清文中人物将来命运、寻求最终结果的结尾形式被取消，而是随着情节的发展，自然地结束全文，结尾基本上不涉及情节以外的长远的结果。这种结尾形式在以往的作品中罕有，具有创新意义。《人中画》开篇在开篇诗之后既无入话也无头回，直接讲故事，在结尾处也几乎不作议论，只是以一句话点题而已。这种只注重故事讲述的写法对白话短篇小说的话本体制来说也是大胆的尝试，虽然在其他的短篇小说中偶尔有个别作品出现这种现象，但是作为一部小说集子中所有作品都采用这样体制，却是绝无仅有的，它的出现，一定程度地表明了作者对于小说这一文体特征的日渐清晰的认识，而非作者偶然疏漏所造成。还有一些作品在叙述上第一次出现了“我”的影子，在叙述者身份上表现出作者身份对说书人身份的替代欲望，一定程度地表现了小说叙述向多样化发展的趋向。这种种有益的探索，一定程度地改变了清初白话短篇小说创作的模式化局面，为这一时期的小说增添了新的亮点。但是十分可惜的是，这些本应具有开创意义的尝试，只是个别的现象，在小说的发展史上如一颗颗彗星仅在空中一现便消失了，并未能照亮一片天空，未成为新的创作现象被其后的小说创作所吸收；相反，其后的小说创作有的反而离这种创新更远。如在虚构方面，在清中叶，多数小说创作又走回小说产生初始阶段的改编或实录老路，如《雨花香》、《通天乐》是纪实性的作品，《醒梦骈言》是改编文言小说，还有的是借用旧题材。

至清中叶，白话短篇小说创作虽未能继往开来，但是也从其他方面进行了探索，出现了一些有所创新的小说。最突出的是《雨花香》和《通天乐》。这两部小说模仿笔记体来写小说，将笔记中的第一人称“我”引进了小说的叙述当中，而且“我”还成为作品中的一个次要人物，参与到故事的发展中，如《通天乐》第一种、第二种、第十一种等。这比清初小说创作中只在议论中出现第一人称现象来说，更具有创新意义，它改变了以往单一的第三人称全知视角的叙述形式，预示了白话短篇小说的叙述者、叙述视角将发生重大的改变，小说的叙述形式将日益丰富起来，对小说的发展具有开拓性意义，是极令人可喜的。但是这种现象也仍然是在独个作家作品中出现，未被当时的和此后的其他小说创作所吸收与进一步发扬。并且，它虽然注重了第一人称的参与，但是在视角上，却基本上仍然是以全知视角进行叙述，未形成多视角的叙述方式。

这一时期的白话短篇小说在创新的同时，还无意间将自身置于被瓦解的处境中。这主要从体裁上来说。小说在创作中吸收其他文体的特点，这是小说形式创新的一个常见的方法。但是清中叶白话短篇小说在吸收其他文学样式的同时，却失去了自我。主要表现在如下两个方面：一是吸收章回小说的分回形式，篇幅越写越长，使白话短篇小说出现向中长篇发展的趋势。早期的话本在一个故事一次说不完时也有“且听下回分解”的做法，在明中叶至明末的作品中也能看到这样的现象，如《熊龙峰刊行小说四种》中的《张生彩鸾灯传》有“未知久后成得夫妻也不？且听下回分解。”《喻世明言》卷二八《李秀卿义结黄贞女》中有：“似恁般说，难道这头亲事就不成了？且看下回分解。”《警世通言》卷八《崔待诏生死冤家》中有：“这汉子毕竟是何人？且听下回分解。”但实际上，并没有分出下回来，而是紧接着就写了下文。这是说话形式的遗留。一篇典型的短篇白话小说是不分回的，尤其是《三言》、《二拍》的成功编撰更是长久地规定了这一体制。但是随着小说创作的发展，人们为了让作品容纳更多的内容，就有人借鉴了中长篇白话小说的章回体制，形成了分回叙述的短篇小说体制，如《鼓掌绝尘》、《警悟钟》、《珍珠舶》、《载花船》、《人中画》等，于是分回叙述逐渐成为白话短篇小说的一种体制形式。但是分回毕竟是适宜长篇小说的体制形式，它适宜对一个长而复杂的故事进行有节奏的叙述。如果将这种体制运用到短篇小说中，回数又未作限定，势必导致作家不再受到短篇小说篇幅的限制，可能越写越长。同时，一些不分回的小说也开始在作品中表现复杂的故事情节，篇幅也相当长。在清中叶的小说中，分回的有《娱目醒心编》等，不分回的且写得较长的是《五色石》、《八洞天》等，字数都在二万字左右，与明末的《三言》、《二拍》、《型世言》和清初的不分回小说相比，都显得过长。短篇小说一般是人物相对较少，情节较为集中，往往截取一个生活的断面来反映生活本质的文学体裁，即所谓："借一斑略知全豹，以一目尽传精神。"① 清以后的小说越写越长，许多作品无论从篇幅还是从人物的繁多、情节的复杂都突破了短篇体制，表现出向中长篇小说发展的趋势。二是有的白话短篇小说发展还呈现出另一趋向，就是吸收了笔记体的写法，只写故事大概，叙述简洁，人物简单，几乎不作情节的铺展和细致的描写，篇幅变得十分短小，也同样失去了小说的艺术特色，成为一种白话笔记。这类作品主要有《雨花香》、《通天乐》。在清中叶现存的作品中，只有《二刻醒世恒言》和《醒梦骈言》在篇幅和形式上基本具有白话短篇小说的特色。由此看来，清初以后的白话短篇小说的发展呈现出三个发展趋势，一是向中长篇小说发展，一是向"笔记体"发展，一是沿原有的形式发展。这样，原先蓬勃发展的白话短篇小说如今只成为一股涓涓细流，艺术生命日益枯萎。这种情况说明，白话短篇小说在吸收其他文体特点进行创作时，并未能根据自己的需要，进行恰当的取舍或改造，为我所用，反而过于依赖其他体裁的形式，从而造成自身特征的丧失。从这一点来说，这种创新反而一定程度地瓦解了白话短篇小说的文体，使它向多个方向发展。这种现象的存在意味着白话短篇小说文体的日渐萎缩，预示了由明中叶发展起来的白话短篇小说的渐趋衰亡的命运。

"艺术传统只有当与创新艺术结合起来的时候，才能取得价值和力量，反之亦然。"② 一种文学样式只有不断地更新自己，不断地创新，才能保证

---

① 鲁迅：《〈近代世界短篇小说集〉小引》，载《鲁迅全集》第四卷，人民文学出版社1981年版，第131页。

② ［法］阿诺德·豪泽尔，居延安译编：《艺术社会学》，学林出版社1987年版，第53页。

自己的生命力。尽管明清白话短篇小说在各个方面都进行过探索和尝试，有所创新，并且只要再向前迈进一步，也许就可以真正地打破旧有模式的局限，开创出新的创作天地，但是遗憾的是，大多数作家囿于旧有的模式，不能及时地吸取他人的创新成果，形成一种带有普遍性的创作现象。白话短篇小说最终未能走出模式的局限，获得全面的创新，从而丧失了新的创作活力，不能满足读者的求新需求，导致了最终衰亡的命运。

第三节　文人创作的转向

文学实践表明，文学是一种特殊的审美的社会意识形态，它不但通过形象、典型来真实地反映社会现实生活和时代精神，而且还要从中体现作家的创作个性，表达作家的思想和情感，发挥作家独特的艺术创作力、想象力、理解力和表现力，因而它是一种个性的表达行为。这种特点决定了自由表达是作者创作的最佳境界。所以作者在创作时，都希望能自由地表达他对社会、人生的看法，反映丰富的社会生活，即使是迎合读者，作者也希望在作品中通过新的或有吸引力的内容、形式来赢得读者的喜爱和认可，从而获得创作上的快感。清中叶以后，由于白话短篇小说在形式和内容上出现了严重的模式化和程式化创作倾向，越来越限制了作者创作的自由，作者的创作才能得不到发挥，因而也不能激发作者的创作热情，满足不了作者的创作心理需求，对作者失去了创作上的吸引力。同时陈腐的内容与模式化的形式也令读者生厌，作家的创作得不到读者的认可。在这种情况下，许多作者开始逐渐远离以至到最后放弃这种曾经生机勃勃的文体，转向其他能够满足他们要求的文体创作。在 17 世纪末至 18 世纪末的百年时间里，我们能看到的新创作的白话短篇小说不足十种，而与此同时，其他的小说类型，如历史演义、英雄传奇、神魔小说、世情小说、才子佳人小说等中长篇小说创作却仍然或平稳或繁荣地发展着。这种鲜明的反差说明，文人作家从事白话短篇小说创作的已经极少，绝大多数作家转向了其他小说的创作。

首先，从数量上来看，中长篇白话小说创作繁荣。中长篇小说因为篇幅较长，内容含量大，适合多种题材创作，能够较为广泛地反映社会生活和思想，给作家创作留下了充分的自由发挥余地，从明末清初以来，一直呈现出较好的发展状况。清中叶以来，随着短篇白话小说的衰落，中长篇小说愈发显示出创作上的优越性，受到作家的青睐，呈现出繁荣局面，作家辈出，作品数量可观，与白话短篇小说的作品数量形成明显对照。这种情况间接地说明，当时的小说作家多数从事中长篇白话小说创作。

从题材上看，中长篇白话小说中的历史演义、英雄传奇、世情小说、神魔小说、才子佳人小说创作等一直成为小说作家创作的热点。这些题材或便于虚构，或利于作家想象力的驰骋，或利于广泛反映现实生活，能表达作者对现实生活与人生的认识和感悟；或能表达文人的理想，抒发心中的块垒。具体说来，历史演义和英雄传奇不但头绪纷杂，可显示作者的编撰技巧，在故事情节上取胜；而且中国历史丰富，史籍浩瀚，可称得上有取之不尽的素材，利于作家选材创作；加上作家可借历史事件和历史人物，间接曲折但却充分地表达对历史和现实的看法，因此，这一时期的历史演义在以往创作繁荣的基础上继续发展，作品有数十部之多，如《台湾外纪》、《三春梦》、《二十四史通俗演义》、《隋唐演义》、《说唐演义全传》、《东周列国志》、《说唐三传》、《薛仁贵征辽事略》、《说唐后传》、《女仙外史》、《征西全传》、《后三国石珠演义》等。神魔小说谈鬼说怪，驰骋想象，既能满足读者的好奇心，同时，较其他题材，在表达上更为自由，也能间接地反映现实，因而也吸引作家进行创作，出现了诸如《后西游记》、《钟馗平鬼传》、《雷峰塔奇传》、《济颠禅师醉菩提合传》、《绿野仙踪》、《海游记》、《跻云楼》等作品，创作上也较为繁荣。世情小说以写家庭生活、情爱婚姻和社会人情世态为主，具有能够较为细致、广泛、真实地反映现实生活的特点，在明代《金瓶梅》问世以来，此类作品不断有新作产生，呈现出繁荣发展的创作势头。至清中叶以来，仍兴盛不衰，出现了如《姑妄言》、《疗妒缘》、《金石缘》、《幻中游》、《歧路灯》等作品。才子佳人小说因能反映文人的理想，在康熙和雍正年间，得到繁荣发展，至乾隆时，余波未了，仍然成为小说作家热衷的小说类型，产生了《好逑传》、《二度梅》、《雪月梅》、《铁花仙史》等。此外还有杂家小说，如《镜花缘》、《野叟曝言》等，为“清之以小说见才学者”，“凡人臣荣显之事，为士人意想所能及者，此书几毕载矣”①。

此外，与白话短篇小说相比，中长篇白话小说的创作优势还表现在，首先是教化内容较少，虽然其中许多作品都有教化意图，但并没有形成像白话短篇小说那样的论说结构和论说传统，而是将教化寓于作品内容之中，注重的是作品的故事性，在故事的讲述中自然地体现教化意识。其次，重视作品的文学性，无论在人物的刻画上，还是情节的设置上，都注重运用多种文学手段，达到较高的审美效果，而不是像白话短篇小说为了教化牺牲作品的文学性，使作品成为某种道德观念的阐释。再次，小说创

① 鲁迅:《中国小说史略》，上海古籍出版社 1998 年版，第 174 页。

作利于作家较为充分、自由地表达思想和情感以及对社会生活的认识和理解，没有形成白话短篇小说的以封建伦理教化为主要创作主旨的传统。这一时期的绝大多数的长篇小说创作一般来说在保持各自题材类型的前提下，还兼取其他题材类型，扩展了作品反映的内容，增强了各自的表现力。而白话短篇小说至清中叶以后，题材内容较为单纯。

正是因为中长篇白话小说具有如此的优越性，因此对于白话小说作者来说，他们更愿从事中长篇小说创作。这也许就是为何在这一时期，同是白话小说，中长篇的历史演义、英雄传奇、神魔小说、世情小说、才子佳人小说获得了较为繁荣或稳定的发展，而短篇小说却走向了衰亡之路的原因吧。

在清中叶，还出现了白话小说创作的高峰，这就是以《儒林外史》和《红楼梦》为代表的小说创作。它们代表了当时小说创作的最高成就，它们的出现意味着中国白话小说创作走向了成熟，走向了个性化的创作道路。它们进行了白话小说创作上的有益探索，取得了成功的尝试：开拓了小说的表现领域和艺术境界，艺术手法更为多样讲究，表现更为精细，表达了文人的精神世界和艺术追求、艺术趣味，第一次将这一白话体改造成为表现文人生活和表达文人思想的体裁，摆脱了以市民为中心的内容和粗俗的小说形式等等。《儒林外史》不仅对讽刺文学作出了贡献，在我国小说发展史上也进行了多方面的尝试，它是小说史上第一部以封建社会末期知识分子生活为题材的长篇小说，完全突破了历史演义、英雄传奇、神魔等传统题材的藩篱；敢于直面现实人生，发掘社会深层问题；形式上摆脱了话本影响，艺术表现手法丰富。《红楼梦》将自己的个体人生体验和理想融入艺术表现之中，并深刻地反映现实，表现出强烈的批判现实主义精神，达到我国古代白话小说现实主义创作的巅峰。它在美学追求和表现手法上，也取得了极高的成就："自有《红楼梦》出来以后，传统的思想和写法都打破了。"① 这种成就的取得，更进一步说明了白话体小说并不是没有生命力的文体，经过在内容与形式上的改进，在杰出作家的手中一样能焕发出新的生机，而与之相对的白话短篇小说的衰落趋势，正好说明因循守旧、缺乏创新的小说创作，只能面临衰落的命运。

① 鲁迅：《中国小说的历史的变迁》，载《鲁迅学术论著》，浙江人民出版社 1998 年版，第 244 页。

第二十章　阅读期待心理的落空与小说创作的衰落

白话短篇小说创作数量的减少、创作上存在着严重的模式化、思想内容上的平庸陈腐，使广大读者想通过阅读得到娱乐消遣、获得精神上的快感的期待落空。白话短篇小说创作彻底地失去了它的读者，随着18世纪末最后一部小说集《娱目醒心编》的问世，白话短篇小说从此沉寂下去。而与这种沉寂相对的是明中叶以来优秀的白话短篇小说却从未间断它在读者中的传播，许多书商出于谋利的动机，不断地翻刻、重刊、选刊、合刊白话短篇小说。这种情况的存在，一方面补偿了清中叶以来人们的阅读期待心理，另一方面也充分地说明了白话短篇小说生命力之所在。

第一节　阅读期待心理的落空与小说创作的衰落

每个审美主体在进行审美活动时，总是带着一定的审美期待，有人将之称为“期待欲”，是指“欣赏者进入和继续欣赏活动的一种能动欲望”①。当审美对象能够满足这种期待欲时，读者就会产生满足感和愉悦感；反之，如果不能得到满足时，就会因失落而拒绝接受审美对象或中断放弃原已进行的审美活动。文学上的阅读活动也是如此。

清中叶以后随着社会的稳定和经济的发展，商品经济得到恢复，明末清初因战乱而受挫的市民力量有所回升，在这种情况下，广大市民的文化需求也随之日益高涨，并且在文化消费过程中，渴望着能有反映其生活和趣味的文化。尽管入清以后，清政府一而再地颁布禁书令，但这并不能遏制住市民对白话短篇小说的喜爱。

可是清中叶以后的白话短篇小说的创作已经越来越不能满足读者的需要。一方面是作者因转向，而较少从事白话短篇小说创作，作品数量大量减少，仅从数量上讲就不能为读者提供足够阅读的作品，更不要说提供可选择

① 钱谷融、鲁枢元主编：《文学心理学教程》，华东师范大学出版社1987年版，第326页。

的余地了。另一方面，作品在形式上出现了严重的模式化和程式化现象，缺乏创新；在内容上，思想庸俗，毫无新意，处处泛滥着陈腐的说教，令人生厌。这样，读者想通过阅读作品得到娱乐、消遣、快感的阅读期待得不到实现，于是就对这种文体感到失望，失去了阅读的兴趣。具体表现如下：

首先，清中叶白话短篇小说内容较为单一，不能反映广阔的社会生活，也不关注市民生活，缺乏对生活丰富性的再现，因此使读者通过阅读作品了解社会生活与人生命运的认知欲望落空。文学作品是社会生活的形象反映，它表现生活的某些本质，开拓人们的视野，可以帮助读者认识和评价生活与人生，具有“比政治家、政论家和道德家合起来所做的还多”① 的认识作用。这一时期的白话短篇小说，绝大多数写的是家庭伦理和社会道德内容，只有《五色石》和《醒梦骈言》中有几篇作品能超出这样的范围。真正写市民、反映市民生活的作品不多，如果有的话，也不过是为宣扬封建伦理道德而服务的，作品不关注市民生活，也不关注丰富多彩的现实生活，视野十分狭窄，与以往的白话短篇小说和同时期的其他类型小说相比，内容极为单一。

其次，作品所着重表现的是统治阶级的意识形态，远离了市民的道德、理想，因而不能引起市民读者的共鸣。小说作品以忠、孝、节、义等封建道德代替了建立在互利互助基础上的市民道德，以平庸的封建道德典范形象代替了鲜活的、丰富的市民形象，像《娱目醒心编》、《雨花香》、《通天乐》等都是此类的典型之作。小说甚至还宣扬一些极其陈腐、落后的思想，特别是一些在明中叶以来被否定或批判过的落后思想又重新得到肯定和大力提倡。如《雨花香》三十八种的入话竟然宣扬“女子无才便是德”：“男子有德便是才，女子无才便是德。要知读书识字之人，淫词艳曲、风流惑乱在所难免。惟妇人水性，一有私情，即不顾天理王法。”这与明末清初小说中对女性才华的赞美是天壤之别。这一时期小说还特别重视女性的贞节，在《娱目醒心编》卷八开篇作者论道：“从来为女子者莫重于‘节烈’二字，节则清洁自守，历尽艰苦，终身不易其志；烈则一念激发，有夫死而遂以身殉者，有遭强暴逼迫，不受污辱，捐躯殒命者。……然生前玉碎珠沉，死后云开日朗，亲党为之称传，官府为之旌表，也不可负捐躯之志。”卷四在开头入话中也强调：“大凡女子守从一之义，至死不肯失节，此一定之常理，不易之至理也”这些观点言论正是程朱理学“饿死事小，失节事大”观念的注解。所以作品写了不少为了贞节而殒命的女子，如《雨花香》三十七

① 《马克思恩格斯论艺术》第二卷，曹葆华译，人民文学出版社1963年版，第402页。

种《旌烈妻》写了女子程氏在夫病死之后，毅然自缢以殉节，作品高度地赞扬了她的这种行为："五伦为世之纲领。予不知程氏不过一女流，乃即知夫纲之大义，岂不深可敬哉！"《娱目醒心编》卷四写一女子为救全家而自卖与人，为不失节而缢死的故事。在晚明作品中，也有写妇女贞节的，但这种贞节主要是建立在爱情基础上的忠贞，多数作品不提倡妇女无意义的节烈。此外，还有的作品主张妇女一味地牺牲，如《娱目醒心编》卷二写一女为延夫家血脉，嫁妹与公公，牺牲了年轻妹妹的幸福。而对于这种不合理的事情，作品也极为赞颂。总之，这些完全站在统治者立场上所宣扬的封建、落后、腐朽的思想，是不会赢得市民读者喜爱的。

作品中太多的说教和作品文学性的减弱，也影响了市民读者的阅读兴趣。这一时期的作品由于是出于教化的目的进行创作的，小说中充满了因果报应和劝人行善的陈腐说教，诰诫连篇。如《娱目醒心编》卷十通过故事"使人知地理虽重，毕竟要循天理"，背了天理，必遭报应。卷十二尾也道："可见冥报全视人为，命好者必循天理而行，命歉者，尤不可再伤天理。"而天理是什么呢？天理不过是封建统治者的道德伦理要求。可见，这一时期的因果报应是建立在封建道德基础上的。由于作品有过多的说教，湮没了小说文体本身所具有的特点，使作品成了为统治阶级进行封建道德教育的教科书，作品的文学性也因此受到了影响。多数作品中的人物形象不丰满，缺乏个性，类型化程度高；故事情节不生动、不曲折，有的故事只有梗概，未能展开叙述，缺乏精心的故事结构；作品的描写少，不细致，使作品缺乏形象性和生动性。这样的作品必然使读者失去阅读兴趣。

此外，清中叶的小说在趣味上不表现市民趣味，也失去了市民读者。首先在语言上，这一时期的小说语言以较为雅化的白话书面语为主，不够生动，有的作品语言通俗朴直，也是出于让普通人接受教化的考虑，并未从市民趣味上满足读者的要求。由于大多数作家是以一副正襟危坐的面孔来讲故事，进行教化，所以早期白话短篇小说中洋溢的轻松、滑稽、乐观的喜剧色彩几乎见不到了。同时，市民所喜爱的市民婚恋故事、艳情故事也难得再见，尤其是此类小说中所具有的开放的婚恋情节、大胆的求爱行动更是少见。此外，市民读者在故事描写上追求真实、细致，在情节上追求变化，在题材上追求奇特等阅读趣味都在作品中体现得不突出。由于小说中市民趣味的欠失，不能满足市民读者的趣味要求，因此使市民读者的阅读期待心理落空。

作品缺乏新意是这一时期小说创作的一个严重问题。表现为：一是故事与以往重复、相似的多。二是题材上没有突破，停留在以往的题材尤其是道德题材，这也决定了作品中的人物、情节仍旧是老套子。三是艺术形式也缺乏创新，不能给人耳目一新的感觉。所以不能满足读者求新、求奇的阅读期待心理。

市民读者希望能从通俗小说作品中看到他们熟悉的生活，能激起他们兴趣的故事和人物，即合乎他们审美趣味和审美理想的东西。在清中叶，市民读者的这些阅读期待在白话短篇小说中未能得到满足。市民阅读期待心理的落空，使他们对这类小说失去了阅读的兴趣，放弃了阅读，或转向其他文学体裁的阅读。这样，白话短篇小说也就逐渐地失去了它的读者。一种文学样式，没有了读者来消费，也就没有了存在的商业价值和阅读价值，也就不会再有人继续进行创作。这种缺乏读者也缺乏作者的情况，就是它开始走向衰落的征兆；如果这种情况长久地存在，那么，就意味这一文学形式的最终灭亡。而清中叶以来的白话短篇小说基本上正走着这样一条衰亡之路。

第二节　阅读期待心理的补偿

当一种文学体裁已经不能满足读者的阅读需要而使阅读期待落空时，读者便会主动地转变阅读方向，进行新的阅读选择，从其他文学体裁的作品中寻求原有的阅读，期待心理的补偿。在清中叶，白话短篇小说创作上存在的种种问题已经不能满足读者的需求，阅读期待心理落空之后，读者必然要在其他通俗的文学体裁中寻求补偿。当时较为繁荣的通俗文学发展，特别是白话长篇小说的繁荣，使这种阅读心理补偿得到顺利实现。如历史演义、英雄传奇、世情小说或才子佳人小说等通俗文学创作在趣味、风格、艺术性等方面，都较能切合市民读者的阅读心理，满足他们的需求，并且其中的世情小说和才子佳人小说题材也是白话短篇小说中常见的，更易为读者所接受。

不过这种转向阅读，并不意味着白话短篇小说就完全地从人们的视线中消失，人们完全地放弃了对它的兴趣。其实，在这一时期，虽然新创作的白话短篇小说数量极少，质量不高，但是与此同时，一些出版商一方面翻印先前的白话短篇小说，另一方面又出版了许多以往作品的选本、合集，受到读者的欢迎。由此可见，优秀的白话短篇小说依然能够得到读者的喜爱。

一些优秀的白话短篇小说自产生以来到入清以后，一直被书商进行着重刊，据不完全统计，《拍案惊奇》就有尚友堂本、消闲居本、松鹤斋本、聚锦堂本、万元楼本、鳣飞堂本、文秀堂本、同文堂本、同人堂本等；《豆棚闲话》有康熙年间写刻本、乾隆四十六年书业堂刊本、乾隆乙卯三德堂刻本、嘉庆十年致和堂刻本以及宝宁堂刻本、翰海楼刻本、嘉庆戊午刊本、嘉庆乙丑刊本等；《西湖佳话》有清康熙癸丑金陵王衙精刻本、乾隆辛未会敬堂刻本、乾隆五十一年芥子园藏本、金阊绿荫堂袖珍本等；《石点头》有清同仁堂刊本、道光十二年竹春堂刊本、上海书局光绪二十一年石印本等。有的作品因屡次被禁，只好更名出版出售，如《欢喜冤家》多次更名为《贪欣报》、《欢喜奇观》、《艳镜》、《三续今古奇观》、《四续今古奇观》等，《十二楼》也曾改名为《觉世名言》。

此外，明清以来还出现了大量的白话短篇小说选本、合集等：

项目 书目	篇数	刊刻年代	刻书馆地	出处及选篇数
今古奇观（又名古今奇观、喻世名言二刻）	40	明崇祯年间；乾隆乙酉（1765）；清初刊本	明吴郡宝翰楼刊本；清芥子园、同文堂、文英堂等刊刻本；汗简斋刊，等等	喻世明言（8）、警世通言（10）、醒世恒言（11）、拍案惊奇（8）、二刻拍案惊奇（3）
觉世雅言	8	明刊本		三言（7）、二拍（1）
喻世明言（别本）	24		衍庆堂刊本	古今小说（21）、警世通言（1）、醒世恒言（2）
二刻拍案惊奇（别本）	34	清初刊本		二刻拍案惊奇（10）、型世言（24）
警世奇观	18	清康熙癸丑（1673）以后；清刊袖珍本		三言（9）、二拍（3）、无声戏（1）等
警世选言	6	清康熙年间	贞祥堂、集圣堂刻本	三言（4）等，并有删略
今古传奇（又名古今奇传、古今传奇）	14	康熙十四年（1675）；嘉庆二十三年（1818）	集成堂刊本	三言（6）、二拍（3）、石点头（3）、欢喜奇观（2）
幻影	30	清刊本		型世言（30）
三刻拍案惊奇	30	清刻本		型世言（30）
别本二刻拍案惊奇	34			型世言（24）、二刻拍案惊奇（10）
幻缘奇遇小说	12		爱月轩刊本	古今小说（2）、二拍（2）、欢喜冤家（7）、贪欣误（1）
两肉缘	1	明末清初		欢喜冤家（2）
巧缘艳史 艳婚野史	1		醉醒轩刊本	分上下两部，欢喜冤家（5）
风流和尚	1			欢喜冤家（3）

续表

书目 \ 项目	篇数	刊刻年代	刻书馆地	出处及选篇数
换夫妻	1			欢喜冤家（2）
百花野史	1			欢喜冤家（2）
纸上春台	6	清刊本		换锦衣、倒鸾凤、移绣谱、错鸳鸯、十二峰、锦香亭
西湖拾遗	44	清乾隆56年（1791）；嘉庆十六年（1811）刊本等；光绪年间上海申报馆重排本		西湖二集（28）、西湖佳话（15）、醒世恒言（1）
西湖遗事	16	清咸丰六年（1856）刊本		西湖二集（15），西湖佳话（1）
一枕奇	2	清初刻；乾隆间石印本	广东坊刊本	鸳鸯针（2）
双剑雪	2	清初刻；乾隆间石印本	广东坊刊本	鸳鸯针（2）
最娱情	残	顺治丁亥（1647）		古今小说（21）
遍地金	4	清刊本		五色石（4）
补天石	4	清刊本	紫云阁刊本	五色石（4）
四巧说	4	清刊本		八洞天（3）、照世杯（1）
八段锦	8	清刊本	醉月楼刊本	一片情（4）、古今小说（2）等
再团圆	5残	清乾隆四十五年（1780）	泉州尚志堂刊本	古今小说（3）、警世通言（1）、初拍（1）
今古奇闻 古今奇闻	22	光绪十三年（1887）； 光绪辛卯（1891）	上海东壁山房原刻本； 北京坊刊本； 铅印本	醒世恒言（4）、娱目醒心编（15）、西湖佳话（1）等
续今古奇观	30	光绪甲午（1894）； 光绪丙甲（1896）； 光绪十九年（1893）	上海石印本； 上海书局石印本； 上洋书局排印本	娱目醒心编（1）、初刻拍案惊奇（29）
二奇合传	40	咸丰刊本；光绪刊本		拍案惊奇（12）、今古奇观（26）、醒梦骈言（2）

这还只是一个不完全的粗略的统计。由统计可以看出，书商们为了赢利，除了通过作家进行创作之外，还一直进行着白话短篇小说的重刊、选刊、合刊等，甚至在白话短篇小说创作极不景气的清中叶和不产作品的清中

叶以后，也都从未停止过，至晚清也仍然存在。还有一些被禁毁的书，书商在利润的驱使下，冒着风险改头换面地出版，而盗版情况也屡屡存在。这种情况说明，尽管白话短篇小说创作在清中叶以后走向了衰亡的道路，但这并不意味着白话短篇小说这一文体存在着不可克服的缺欠，那些内容丰富、能够反映广大市民生活、趣味与要求的优秀的白话短篇小说仍然受到广大市民读者的喜爱。这种情况还进一步说明，白话短篇小说的衰亡更多的原因是在于小说的内容而非形式。白话短篇小说的重刊本、选本、合集、盗版等现象的存在和受欢迎，就说明了它的体制虽然具有程式化的特点，但并没有成为人们阅读上的障碍，也没有太大地影响读者的阅读兴趣，而这种小说形式在晚清、民国初期的再一次出现，也可以说明这种形式还有存在的合理性。与此相对，白话短篇小说的衰亡，正是与小说的内容有关，即题材、思想、趣味等方面。正是由于清中叶以来的小说创作在内容上日益陈腐和守旧，文学性日渐减弱，不能满足读者的需要，所以才导致了最终的衰亡命运。

结　语

当走过白话短篇小说短短二百年的兴衰发展史，我们清楚地看到了社会心理是如何深刻地影响了这一文体的发展。

每个社会生活历史时期总是有着相应的社会心理，从明中叶的社会商业经济的发展、新的哲学思想的兴起和市民的扩大，到晚明时的社会繁荣与危机并存的社会局面，到清初鼎革和动荡、清中叶的文化高压，这一系列的社会现实都引起了社会心理的极大变化，而每一次的变化都不可避免地影响了白话短篇小说的发展，并形成了各个时期的创作特色。同时，这二百年间的社会心理对于白话短篇小说的影响又是多方面，它既促进了这种文体在16世纪中叶的兴起，在明末清初获得了繁荣发展，也导致了这种文体在18世纪的最终衰亡；它还具体地影响了小说题材的选择、主题的确定、思想的反映、人物的塑造、形式的变化，以及趣味倾向和风格特征等。而种种社会心理对小说的影响又主要是通过对读者的接受心理和创作者的创作心理两方面来实现的。社会心理作为一种普遍的心理存在于读者和作者心里，基于这种社会心理的存在，读者要求小说作品中能反映社会心理，满足社会心理要求，而作为作者也同样愿意在作品中表现社会心理，满足了人们的阅读心理期待。

通过上述社会心理与白话短篇小说兴衰、发展关系的探讨，揭示了文学发展的一个规律，即社会心理对文学发展具有极大的作用；社会变化只有通过社会心理才能对文学施加影响；社会心理不仅影响文学样式的产生、发展、变化和衰亡，也影响着文学内容与形式的方方面面；它既影响读者的审美心理和阅读需求，也影响着作家的创作心理。在新的社会心理下，文学发展将会呈现出新的特色。而受社会欢迎的文学作品，它总是能准确、充分地体现了当时的社会心理，满足了人们阅读心理的需求。在白话短篇小说消失了一个世纪之后，19世纪末、20世纪初白话短篇小说再度兴起，也同样说明了这一文学发展规律。

参考书目

《清平山堂话本》，［明］洪楩编辑，石昌渝校点，江苏古籍出版社1990年4月版。

《喻世明言》，［明］冯梦龙编著，许政扬校点，人民文学出版社1958年4月版。

《警世通言》，［明］冯梦龙编著，严敦易校注，人民文学出版社1956年1月版。

《醒世恒言》，［明］冯梦龙编著，顾学颉校注，人民文学出版社1956年7月版。

《拍案惊奇》，［明］凌濛初编著，章培恒整理，王古鲁注释，上海古籍出版社1982年8月版。

《二刻拍案惊奇》，［明］凌濛初编著，章培恒整理，王古鲁注释，上海古籍出版社1983年9月版。

《鼓掌绝尘》，［明］金木散人编著，刘葳校点，江苏古籍出版社1990年3月版。

《型世言》，［明］陆人龙著，陈庆浩校点，江苏古籍出版社1993年8月版。

《三刻拍案惊奇》，［明］梦觉道人、西湖浪子辑，张荣起整理，北京大学出版社1987年4月版。

《欢喜冤家·八段锦》，［明］西湖渔隐主人、醒世居士著，吉林文史出版社1991年1月版。

《西湖二集》，［明］周楫纂，陈美林校点，江苏古籍出版社1994年7月版。

《石点头等三种　石点头》，［明］天然痴叟著，弘声校注；《醉醒石》，［清］东鲁狂生编辑，程有庆校点；《警悟钟》，［清］云阳嗤嗤道人编著，顾青校点。江苏古籍出版社1994年7月版。

《熊龙峰刊刻小说四种等四种》，［明］熊龙峰刊行小说四种，熊龙峰刊行，石昌渝校点；《四巧说》，［清］梅庵道人编辑，刘世德校点；《雨花香》，［清］石成金集著，张兵、储玲珍校；《通天乐》，［清］石成金著，张兵、储玲珍校点。江苏古籍出版社1990年4月版。

《明代小说辑刊第一辑》，侯忠义主编，巴蜀书社1993年版。

《明代小说辑刊第二辑》，侯忠义主编，巴蜀书社1995年版。

《明代小说辑刊第三辑》，侯忠义主编，巴蜀书社1999年版。

《鸳鸯针》，华阳散人编辑，李昭恂校点，春风文艺出版社1985年11月版。

《珍珠舶四种　珍珠舶》，［清］徐震著，丁炳麟校点；《云仙笑》，［清］天花主人编次，李伟实校点；《载花船》，［清］西泠狂者著，江本校点；《人中画》，［清］无名氏著，赵伯陶校点。江苏古籍出版社1993年3月版。

《西湖佳话等三种　西湖佳话》，［清］墨浪子编次，黄强校点；《豆棚闲话》，［清］

艾衲居士编辑，张道勤校点；《照世杯》，［清］酌玄主人编辑，袁世硕、徐中伟校点。江苏古籍出版社 1993 年 7 月版。

《连城璧》，［清］李渔著，孟斐校点，上海古籍出版社 1992 年 12 月版。

《十二楼》，［清］李渔著，杜濬评，文骁校点，人民文学出版社 1986 年 2 月版。

《五色石等二种　五色石》，［清］笔炼阁主人著，萧欣桥校点；《八洞天》，［清］五色石主人著，陈翔华、萧欣桥校点。江苏古籍出版社 1993 年 4 月版。

《醒梦骈言》，［清］菊畦子辑，王秀梅校点，中华书局 2000 年 7 月版。

《娱目醒心编》，［清］杜纲著，上海古籍出版社 1957 年版。

《二刻醒世恒言》，［清］心远主人著，张荣起校订，北京大学出版社 1990 年 11 月版。

《京本通俗小说五种》，江苏古籍出版社 1991 年 12 月版。

《明清稀见小说丛刊》，苗深等校点，齐鲁书社 1996 年 8 月版。

《挂枝儿·山歌》，［明］冯梦龙编纂，关德栋选注，济南出版社 1992 年 10 月版。

《古今奇闻》，［清］王冶梅选，李禾校点，齐鲁书社 1988 年 1 月版。

《西湖拾遗》，［清］陈梅溪搜辑，上海古籍出版社 1990 年版。

*　*　*

《白话文学史》，胡适著，上海古籍出版社 1999 年 12 月版。

《中国文学研究》，郑振铎著，人民文学出版社 2000 年 1 月版。

《中国文学史》，中国科学院文学研究所编写，人民出版社 1962 年 7 月版。

《中国文学史》，游国恩、王起、萧涤非、季镇淮、费振刚主编，人民文学出版社 1964 年版。

《中国文学史》，章培恒、骆玉明主编，复旦大学出版社 1996 年 3 月版。

《中国古代文学史》，郭预衡主编，上海古籍出版社 1998 年 7 月版。

《中国文学史》，袁行霈主编，高等教育出版社 1999 年 8 月版。

《中国小说史略》，鲁迅著，上海古籍出版社 1998 年 1 月版。

《阿英文集》，阿英著，三联书店 1981 年 11 月版。

《小说闲谈》，阿英著，上海古籍出版社 1985 年 6 月版。

《话本小说概论》，胡士莹著，中华书局 1980 年 5 月版。

《中国小说丛考》，赵景深著，齐鲁书社 1980 年 10 月版。

《三言二拍资料》，谭正璧著，上海古籍出版社 1980 年版。

《元明清三代禁毁小说戏曲史料》，王利器辑录，上海古籍出版社 1981 年 2 月版。

《中国小说美学》，叶朗著，北京大学出版社 1982 年 12 月版。

《中国通俗小说书目》，孙楷第著，人民文学出版社 1982 年版。

《中国古代小说研究》，刘世德编，上海古籍出版社 1983 年 5 月版。

《西谛书话》，郑振铎著，三联书店 1983 年 10 月版。

《论中国古典小说的艺术》，宁宗一、鲁德才编，南开大学出版社 1984 年版。

《小说美学》，吴功正著，江苏人民出版社 1985 年 6 月版。

《说书史话》，陈汝衡著，人民文学出版社 1987 年版。

《明末清初小说述录》，林辰著，春风文艺出版社 1988 年版。

《中国古代小说艺术论》，鲁德才著，百花文艺出版社 1988 年版。

《中国白话小说》，[美] P. 韩南著，尹慧珉译，浙江古籍出版社 1989 年版。

《中国通俗小说总目提要》，江苏省社会科学明清小说研究中心文学研究所编，中国文联出版公司 1990 年 2 月版。

《中国小说批评史略》，方正耀著，中国社会科学出版社 1990 年 7 月版。

《中国古代小说演变史》，齐裕焜主编，敦煌文艺出版社 1990 年 9 月版。

《金瓶梅论》，李时人著，学林出版社 1991 年版。

《中国古代小说美学资料汇编》，孙逊、孙菊园编，上海古籍出版社 1991 年版。

《明代小说简史》（上下），孙一珍著，辽宁教育出版社 1992 年 10 月版。

《世情小说史话》，萧湘恺著，辽宁教育出版社 1992 年 10 月版。

《话本小说史话》，张兵著，辽宁教育出版社 1992 年 10 月版。

《冯梦龙与三言》，缪咏禾著，辽宁教育出版社 1992 年 10 月版。

《凌濛初与二拍》，张兵著，辽宁教育出版社 1992 年 10 月版。

《古代小说禁书漫话》，欧阳健著，辽宁教育出版社 1992 年 10 月版。

《禁毁小说大观》，萧湘恺著，中州古籍出版社 1992 年版。

《通俗小说的历史轨迹》，陈大康著，湖南出版社 1993 年版。

《中国禁毁小说史话》，李梦生著，上海古籍出版社 1994 年版。

《中国小说源流论》，石昌渝著，三联书店 1994 年 2 月版。

《话本小说史》，欧阳代发著，武汉出版社 1994 年 5 月版。

《中国小说学通论》，宁宗一主编，安徽教育出版社 1995 年 12 月版。

《中国古典小说史论》，杨义著，中国社会科学出版社 1995 年 12 月版。

《中国小说发展史概论》，王恒展著，山东教育出版社 1996 年 5 月版。

《中国历代小说序跋集》（上中下），丁锡根编著，人民文学出版社 1996 年版。

《明代小说史》，齐裕焜著，浙江古籍出版社 1997 年 6 月版。

《清代小说史》，张俊著，浙江古籍出版社 1997 年 6 月版。

《中国近代白话短篇小说研究》，[日] 小野四平著，施小炜、邵毅平、吴天锡、张兵译，上海古籍出版社 1997 年 10 月版。

《中国古代小说百科全书》，刘世德主编，中国大百科全书出版社 1998 年 10 月版。

《明清小说理论批评史》，王先霈、周伟民著，花城出版社 1998 年版。

《明清稀见小说汇考》，薛亮著，社会科学文献出版社 1999 年 9 月版。

《中国古代小说与宗教》，孙逊著，复旦大学出版社 2000 年 7 月版。

《中国小说论著选》，黄霖、韩同文选注，江西人民出版社 2000 年 9 月版。

《明代小说史》，陈大康著，上海文艺出版社 2000 年 10 月版。

《宋辽金元小说史》，张兵著，复旦大学出版社 2001 年 7 月版。

《明代小说》，黄霖、杨红彬著，安徽教育出版社 2001 年 8 月版。

《古代小说艺术漫话》，何满子著，辽宁教育出版社 2001 年版。

《中国古典小说史论》，［美］夏志清著，胡益民、石小林、单坤琴译，江西人民出版社 2001 年版。

《古代白话小说形态发展史论》，鲁德才著，南开大学出版社 2002 年 12 月版。

《中国文学研究》，郑振铎著，人民文学出版社 2000 年版。

《中国历代文论选》，郭绍虞主编，上海古籍出版社 1980 年 6 月版。

《中国文学批评通史》（五、六），王运熙、顾易生主编，上海古籍出版社 1996 年 12 月版。

《中国古代文体概论》，褚斌杰著，江苏人民出版社 1996 年 4 月版。

《中国市民文学史》，谢桃坊著，四川人民出版社 1997 年 10 月版。

《明清文学史》，吴志达著，武汉大学出版社 1991 年 12 月版。

《近四百年中国文学思潮史》，陈伯海主编，东方出版中心 1997 年 10 月版。

《晚明小品研究》，吴承学著，江苏古籍出版社 1999 年 9 月版。

《明清传奇史》，郭英德著，江苏古籍出版社 1999 年 8 月版。

《市民、士人与故事：中国近古社会文化中的叙事》，高小康著，人民出版社 2001 年版。

《中国俗文学史》，郑振铎著，上海书店 1984 年 6 月版。

《中国叙事学》，［美］浦安迪著，北京大学出版社 1990 年版。

《明遗民诗》，卓尔堪选辑，中华书局 1961 年版。

* * *

《创作心理研究》，鲁枢元著，黄河文艺出版社 1985 年 7 月版。

《审美中介论》，劳承万著，上海文艺出版社 1986 年 3 月版。

《文艺心理学概论》，金开诚著，人民出版社 1987 年 9 月版。

《社会心理学》，沙莲香著，中国人民大学出版社 1987 年 11 月版。

《文学心理学教程》，钱谷融、鲁枢元主编，华东师范大学出版社 1987 年 12 月版。

《文艺消费学》，花建、于沛著，安徽文艺出版社 1989 年 4 月版。

《文艺社会学》，花建、于沛著，上海文艺出版社 1989 年 5 月版。

《艺术生产原理》，何国瑞主编，人民文学出版社 1989 年 8 月版。

《接受美学》，朱立元著，上海人民出版社 1989 年 8 月版。

《文学原理——创作论》，杜书瀛著，社会科学文献出版社 1989 年 9 月版。

《主体论文艺学》，九歌著，中国社会科学出版社 1989 年 10 月版。

《文艺心理探胜》，陆一帆、刘伟林等著，三环出版社 1989 年 12 月版。

《读者心理学》，张元璞著，学苑出版社 1990 年版。

《创作心理学》，彭定安著，中外文化出版公司 1990 年 12 月版。

《中国文学理论史》，蔡钟翔、黄保真等编，北京出版社 1991 年版。

《中介的探索》，许鹏著，中国人民大学出版社 1992 年 5 月版。

《文学理论教程》，童庆炳主编，高等教育出版社 1992 年 6 月版。

《超越文学——文学的文化哲学思考》，周宪著，三联书店 1997 年 3 月版。

《审美反映与艺术创造》，王元骧著，杭州大学出版社 1998 年版。

《文学原理新释》，顾祖钊著，人民文学出版社 2000 年 2 月版。

《文学原理》，董学文、张永刚著，北京大学出版社 2001 年版。

《文学概论》，姚文放主编，南京大学出版社 2000 年版。

《鲁迅全集》（卷四）（卷六），鲁迅著，人民文学出版社 1981 年版。

《鲁迅学术论著》，鲁迅著，吴俊编校，浙江人民出版社 1998 年 6 月版。

《马克思恩格斯选集》，人民出版社 1972 年版。

《马克思恩格斯论艺术》，曹葆华译，人民文学出版社 1963 年版。

《艺术哲学》，［法］丹纳著，傅雷译，人民文学出版社 1963 年 1 月版。

《美学》，［德］黑格尔著，朱光潜译，商务印书馆 1979 年 1 月版。

《心理学纲要》（下册），［美］克雷奇著，文化教育出版社 1981 年 12 月版。

《社会心理学》，［苏］安德列耶娃著，南开大学出版社 1984 年 4 月版。

《小说面面观》，［英］爱·摩·福斯特著，花城出版社 1984 年版。

《文学理论》，［美］韦勒克、沃伦著，刘象愚等译，三联书店 1984 年 1 月版。

《艺术社会学》，［法］阿诺德·豪泽尔著，居延安译编，学林出版社 1987 年 8 月版。

《文学社会学》，［法］罗贝尔·埃斯卡皮著，王美华、于沛译，安徽文艺出版社 1987 年 9 月版。

《小说的兴起》，［美］伊恩·P. 瓦特著，高原、董红钧译，三联书店 1992 年 6 月版。

《有闲阶级论》，［美］凡勃伦著，蔡受百译，商务印书馆 1964 年 8 月版。

《休闲》，［法］罗歇·苏著，姜依群译，商务印书馆 1996 年版。

* * *

《中国哲学史》，冯友兰著，中华书局 1961 年 4 月版。

《李贽研究参考资料》，厦门大学历史系编，福建人民出版社 1975 年版。

《李贽评传》，张建业著，福建人民出版社 1981 年版。

《中国近三百年学术史》，梁启超著，中国书店 1985 年 3 月版。

《中国近三百年学术史》，钱穆著，中华书局 1986 年 5 月版。

《中国教育通史》（第三卷），毛礼锐、沈灌群主编，山东教育出版社 1987 年 6 月版。

《宋明理学史》（上下），侯外庐、邱汉生、张岂之主编，人民出版社 1987 年 6 月版。

《士与中国文化》，余英时著，上海人民出版社 1987 年 12 月版。

《佛教与中国文学》，孙昌武著，上海人民出版社 1988 年 8 月版。

《中国思想史》，张岂之主编，西北大学出版社 1989 年 6 月版。

《明清实学思想史》，陈鼓应著，齐鲁书社 1990 年版。

《中国禁书大观》，安平秋、章培恒主编，上海文化出版社 1990 年 3 月版。

《清代文字狱案》，张书才、杜景华著，紫禁城出版社 1991 年版。

《历代教育笔记资料》（第三册明代部分），尹德新主编，蔡春编，中国劳动出版社 1992 年版。

《明代思想与中国文化》，宗志罡主编，安徽人民出版社 1994 年 10 月版。

《美的历程》，李泽厚著，安徽文艺出版社 1994 年版。

《心学与中国社会》，吴雁南主编，中央民族大学出版社 1994 年版。

《晚明思想史论》，嵇文甫著，东方出版社 1996 年版。

《市井文化与市民心态》，赵伯陶著，湖北教育出版社 1996 年 9 月版。

《明清文化史散论》，冯天瑜著，华中理工大学出版社 1998 年 4 月版。

《中国文化通志·明代文化志》，李学勤主编，商传著，上海人民出版社 1998 年 10 月版。

《中国文化通志·清代文化志》，李学勤主编，陈祖武著，上海人民出版社 1998 年 10 月版。

《清代禁书总述》，王彬著，中国书店 1999 年版。

《明代出版史稿》，缪咏禾著，江苏人民出版社 2000 年 10 月版。

《中国文化史》，柳诒徵著，上海古籍出版社 2001 年 10 月版。

《中国思想史》，葛兆光著，复旦大学出版社 2001 年 12 月版。

* * *

《明代社会经济史料选编》（上），谢国桢编，福建人民出版社 1980 年 3 月版。

《明代社会经济史料选编》（中），谢国桢编，福建人民出版社 1980 年 12 月版。

《明代社会经济史料选编》（下），谢国桢编，福建人民出版社 1981 年 7 月版。

《明实录经济史料选编》，郭厚安编，中国社会科学出版社 1989 年版。

《明清史资料》（上下），郑天挺主编，天津人民出版社 1981 年 8 月版。

《明史·食货志》，李洵校注，中华书局 1982 年 1 月版。

《万历十五年》，[美] 黄仁宇著，中华书局 1982 年 5 月版。

《明史》，南炳文、汤纲著，上海人民出版社 1985 年 10 月版。

《明遗民录》，孙静庵著，浙江古籍出版社 1985 年版。

《明代社会经济初探》，韩大成著，人民出版社 1986 年 6 月版。

《明清社会经济变迁论》，傅衣凌著，人民出版社 1989 年 1 月版。

《晚明民变》，李文治编，上海书店、中华书局 1989 年 2 月版。

《清史》，郑天廷主编，天津人民出版社 1989 年 8 月版。

《明代城市研究》，韩大成著，中国人民大学出版社 1991 年 5 月版。

《剑桥中国明代史》，[美] 牟复礼、[英]，崔瑞德编，中国社会科学出版社 1992 年版。

《利玛窦中国札记》，[意] 利玛窦、[比] 金尼阁著，何高济等译，中华书局 1983 年版。

《中世纪欧洲经济社会史》，[比] 亨利·皮郎著，乐文译，上海人民出版社 1964 年 7 月版。

《中国十大商帮》，张海鹏、张海瀛主编，黄山书社 1993 年 10 月版。

《国史大纲》，钱穆著，商务印书馆 1994 年 6 月版。

《明清社会性爱风气》，吴存存著，人民文学出版社 2000 年 6 月版。

《中国史稿》（六），中国史稿编写组编写，人民出版社 1987 年 6 月版。

《中华元典精神》，冯天瑜著，上海人民出版社 1994 年 5 月版。

《中国通史》（上下），周谷诚著，上海人民出版社 1957 年 8 月版。

《中国城市发展史》，戴均良主编，黑龙江人民出版社 1992 年版。

《中国社会史》，[法] 谢和耐著，耿昇译，江苏人民出版社 1995 年 9 月版。

《中世纪的城市》，[比] 亨利·皮雷纳著，商务印书馆 1985 年版。

* * *

《王阳明全集》，[明] 王守仁著，上海古籍出版社 1992 年版。

《何心隐集》，[明] 何心隐著，容肇祖整理，中华书局 1960 年版。

《震川先生集》，[明] 归有光著，周本淳校点，1981 年版。

《明经世文编》，[明] 陈子龙选辑，中华书局 1962 年版。

《涌幢小品》，[明] 朱国祯著，中华书局 1959 年版。

《李开先集》，[明] 李开先著，路工辑校，中华书局 1959 年版。

《少室山房笔丛》，[明] 胡应麟著，中华书局 1964 年版。

《菽园杂记》，[明] 陆荣著，中华书局 1985 年版。

《客座赘语》，[明] 顾起元著，中华书局 1987 年版。

《弇山堂别集》，[明] 王世贞撰，魏连科点校，中华书局 1985 年版。

《寓圃杂记》，[明] 王锜著，张德言校，中华书局 1984 年版。

《名山藏》，[明] 何乔远著，北京大学出版社 1993 年版。

《曲律》，[明] 王骥德著，陈多、叶长海注释，湖南人民出版社 1983 年版。

《汤显祖诗文集》，[明] 汤显祖著，徐朔方笺校，上海古籍出版社 1982 年版。

《松窗梦语》，[明] 张瀚著，中华书局 1985 年。。

《戒庵老人漫笔》，[明] 李诩著，中华书局 1982 年版。

《玉堂丛语》，[明] 焦竑著，中华书局 1981 年版。

《广志绎》，[明] 王士性著，中华书局 1981 年版。

《谷山笔麈》，[明] 于慎行著，中华书局 1984 年版。

《四友斋丛说》，[明] 何良俊著，中华书局 1959 年版。

《袁宏道集笺校》，[明] 袁宏道著，钱伯城笺校，上海古籍出版社 1981 年版。
《虞初志》，[明] 袁宏道参评，屠隆点阅，北京市中国书店 1986 年版。
《游居杮录》，[明] 袁中道著，步问影校注，上海远东出版社 1996 年版。
《柯雪斋集》，[明] 袁中道著，钱伯城点校，上海古籍出版社 1989 年版。
《焚书·续焚书》，[明] 李贽著，中华书局 1975 年版。
《初谭集》，[明] 李贽著，中华书局 1974 年版。
《李贽文集》，[明] 李贽著，北京燕山出版社 1998 年版。
《石匮书后卷》，[明] 张岱著，中华书局 1959 年版。
《陶庵梦忆》，[明] 张岱著，张松颐校注，西湖书社 1982 年版。
《嫏嬛文集》，[明] 张岱著，云告校点，岳鲁书社 1985 年版。
《夜航船》，[明] 张岱著，刘耀林校注，浙江古籍出版社 1987 年版。
《张岱诗文集》，[明] 张岱著，夏咸淳校点，上海古籍出版社 1991 年版。
《日知录集释》，[明] 顾炎武著，[清] 黄汝成注释，上海古籍出版社 1985 年版。
《明夷待访录》，[明] 黄宗羲著，中华书局 1985 年版。
《明儒学案》，[明] 黄宗羲著，沈芝盈点校，中华书局 1985 年版。
《黄宗羲全集》，[明] 黄宗羲著，浙江古籍出版社 1985 年版。
《明实录类纂》李国祥、杨昶主编，武汉出版社 1995 年版。
《万历野获编》，[明] 沈德符著，中华书局 1981 年版。
《明史》，[清] 张廷玉等撰，中华书局 1974 年版。
《广东新语》，[清] 屈大均著，中华书局 1974 年版。
《阅世编》，[清] 叶梦珠著，来新夏点校，上海古籍出版社 1981 年版。
《花当阁丛谈》，[明] 徐复祚编著，中华书局 1991 年版。
《甲申朝小纪》，[清] 艳阳生编著，任道斌校点，书目文献出版社 1987 年版。
《履园丛话》，[清] 钱泳著，张伟校点，中华书局 1974 年版。
《巢林笔谈》，[清] 龚炜著，钱炳寰整理，中华书局 1981 年版。
《柳南随笔》，[清] 王应奎著，中华书局 1983 年版。
《剧说》，[清] 焦循著，古典文学出版社 1957 年版。
《清经世文编》，[清] 贺长龄等编，中华书局 1992 年版。
《杨园先生全集》，[清] 张履祥著，中华书局 2002 年版。
《颜元集》，[清] 颜元著，王星贤点校，中华书局 1987 年版。

后　记

2003年夏天，刚刚摆脱了“非典”的恐慌，我便怀揣着厚厚的博士毕业论文，离开了繁华上海的宁静校园，回到了家乡。时至今日，已经有五个多年头了，但是对于在上海攻读博士的那段充实、恬静、单纯、日有进步的岁月愈发怀念，以至修改博士毕业论文等待出版的这些日子，时常有时光倒流之感。

在博士毕业论文即将出版之际，首先我要衷心地感谢我的博士导师李时人先生。记得刚进师门时，和师兄们相比，我既非来自高校，年龄又小，难免自卑，先生时常鼓励，及时肯定，使我终于树立起了自信心。在攻读博士的三年期间，先生以其宽厚和善之心在学习上给予了我细心的指导，让我感受到了从事学术研究的乐趣；先生严谨、勤奋的治学态度、“外松内紧”的管理方式，也时时鞭策着我，不敢懈怠，顺利地完成了学业。而先生淡泊、仁爱的处世态度更是深深地影响着我。

我还要感谢所有参加我博士毕业论文答辩和评阅的专家学者。我的毕业论文答辩委员会主席是复旦大学章培恒教授，委员有复旦大学黄霖教授、张兵教授，华东师范大学郭豫适教授、齐森华教授、陈大康教授，上海师范大学孙逊教授。答辩会上专家们严谨的治学态度、渊博而扎实的学识以及对论文提出的宝贵意见，都令我受益匪浅；他们的真挚坦诚、对后辈的关爱，也给我留下了深刻的印象。只因当时为非典时期，在答辩之外，没有更多的时间和机会与这些敬仰的专家学者进行深入的交流，实为憾事。

本书得以出版，还要感谢大连市学术专著资助出版委员会、大连大学人文社科处的领导和工作人员的支持，感谢中国社会科学出版社任明先生和其他工作人员为本书出版所做的辛勤工作。

论文写作过程中，参考了许多前贤时俊的研究成果，在此也致以衷心的感谢。

此外，我也非常感谢我的师母汪华女士。师母为人亲切随和，热心诚恳，在三年求学期间给予了我许多关怀和帮助；毕业后，师母仍牵挂着我的生活和工作，让我时时感到温暖。感谢我的父母家人多年以来的默默支持，让我毫无负担地实现了人生的一个又一个愿望。还要感谢许多在此期间有意或无意给予过我帮助与关爱的师长、朋友，虽然在此不能一一列举，但却铭记在我的心中。

王言锋

2009年2月15日